MIRA®

Der Preis dieses Bandes versteht sich einschließlich
der gesetzlichen Mehrwertsteuer.

Umwelthinweis:
Dieses Buch wurde auf chlor- und säurefreiem Papier gedruckt.

Catherine Spencer hat erst spät im Leben angefangen zu schreiben. Vorher musste sie verschiedene Berufe ausprobieren, Kinder großziehen und Zeit mit ihren geliebten Hunden verbringen, bevor sie eine von Harlequins meistverkauften Autorinnen wurde.

Nachdem sie ein Jahr lang als Stewardess die Welt gesehen hat, ließ **Barbara McMahon** sich in Kalifornien nieder. Als ihre Kinder in die Schule kamen, nutze sie die freie Zeit zum Schreiben. Ihre besten Ideen hat sie, wenn sie aus ihrem Fenster die wunderschönen Berge der Sierra Nevada betrachtet.

Die Bestsellerautorin **Emma Darcy** kümmert sich neben ihrer großen Liebe, dem Schreiben, um ihre vier anderen Lieben: Ihre drei lebhaften Söhne und ihren Mann Frank, ein erfolgreicher Geschäftsmann. An ihren Romanen liebt sie nicht nur die tiefen Gefühle, sondern vor allem, dass sie bestimmen kann, wie die Geschichte ausgeht.

Liebesreise in die Karibik

MIRA®

MIRA® TASCHENBUCH
Band 15010
1. Auflage: Januar 2007

MIRA® TASCHENBÜCHER
erscheinen in der Cora Verlag GmbH & Co. KG,
Axel-Springer-Platz 1, 20350 Hamburg
Deutsche Taschenbucherstausgabe

Konzeption/Reihengestaltung: fredeboldpartner.network, Köln
Umschlaggestaltung: pecher und soiron, Köln
Redaktion: Ivonne Senn
Titelabbildung: Getty Images, München
Satz: Buch-Werkstatt GmbH, Bad Aibling
Druck und Bindearbeiten: Ebner & Spiegel, Ulm
Printed in Germany
ISBN-10: 3-89941-374-1
ISBN-13: 978-3-89941-374-8

www.mira-taschenbuch.de

Catherine Spencer

Samtweiche Nächte auf Bellefleure

Roman

Aus dem Amerikanischen von
Kathrin Nowak

MIRA®

1. KAPITEL

M*erkwürdig*, dachte Anne-Marie Barclay und nippte an ihrem Champagner. *Seit der Hochzeitstermin feststeht, sprechen alle nur noch von Ethan Beaumont.* **Monsieur** *Ethan Beaumont. Sein Name wird so ehrfürchtig ausgesprochen wie der eines regierenden Fürsten!*

Dabei heiratete ihre beste Freundin Solange nicht Ethan, sondern dessen Bruder Philippe. Gewöhnlich stand bei einer Hochzeit das Brautpaar im Vordergrund. Hier dagegen drehte sich alles um den Bruder des Bräutigams. *Warum lässt Solange das nur zu?*, wunderte sich Anne-Marie.

„Wenn Sie steuerbord aus dem Fenster sehen, *Mademoiselle,* können Sie die Insel Bellefleur schon erkennen." Der Flugbegleiter bewegte sich für einen Mann seiner Größe überraschend lautlos und geschmeidig. Anne-Marie hatte gar nicht bemerkt, wie er aus der Bordküche des Privatflugzeugs getreten war. Jetzt beugte er sich über ihre Schulter und zeigte auf einen Punkt jenseits der Flügelspitze. „Es ist die halbmondförmige Insel dort drüben."

Sie betrachtete die vielen kleinen smaragdfarbenen Sprenkel, die die saphirblaue Wasseroberfläche zierten. Einer davon war Bellefleur. „Ja, ich sehe sie." Beim Anblick der Insel beschlich sie ein ungutes Vorgefühl. „Wann werden wir landen?"

„In wenigen Minuten. Bitte bleiben Sie sitzen, und halten Sie den Gurt geschlossen." Strahlend weiß blitzten die Zähne beim Lächeln in dem ebenholzschwarzen Gesicht des Stewards auf. „Eigentlich bräuchte ich Ihnen das nicht zu sagen. Sie haben sich während des Fluges kein einziges Mal bewegt. Haben Sie Angst vor dem Fliegen, *Mademoiselle?*"

„Normalerweise nicht." Vor dem Fenster war nichts als tiefblauer Himmel, als das Flugzeug eine steile Kurve flog. „Ich fliege sonst nie in einer so kleinen Maschine." *Und nicht über so viel Wasser*, dachte sie schaudernd.

Er lächelte freundlich. „Sie sind in den besten Händen. Kapitän Morgan ist ein sehr fähiger Pilot. Monsieur Beaumont stellt nur die Besten ein."

Wieder fiel ihr der ehrfürchtige Ton auf, in dem der Flugbegleiter von ihrem Gastgeber sprach. Anne-Marie überkam erneut eine instinktive Abneigung gegen diesen Ethan Beaumont.

„Er ist ganz anders als sein Halbbruder Philippe, obwohl sie einander sehr ähnlich sehen", hatte Solange ihr am Telefon erzählt. „Ethan wird hier behandelt wie ein Prinz. Wenn er durch die Stadt fährt, grüßen alle respektvoll. Viele verbeugen sich sogar. Ich verstehe, warum Philippe ein bisschen nervös ist bei dem Gedanken, Ethan von unserer Verlobung zu erzählen. Ethan ist eben *un peu formidable.*"

„Mit anderen Worten, er ist ein Despot." Anne-Marie hatte es kaum glauben können. „Ein erwachsener Mann scheut sich davor, seiner Familie zu erzählen, dass er heiraten wird! Das ist ja wie im Mittelalter. Diesem Ethan Beaumont sind wohl seine Macht und sein Geld zu Kopf gestiegen."

Solange hatte einen Moment nachgedacht. „*Oui,* er ist sehr mächtig, aber er ist ein guter Mensch. Natürlich ist er nicht so ein Kuschelbär wie mein Philippe. Dafür ist er viel zu diszipliniert. Ich kann mir nicht vorstellen, dass er sich je gehen lässt, nicht einmal im Bett."

„Immerhin hat er einen Sohn. Er muss also mindestens einmal im Leben seinen Gefühlen nachgegeben haben", bemerkte Anne-Marie trocken.

„Aber seine Frau hat ihn verlassen. Vielleicht hat er von seiner englischen Mutter zu viel vornehme Zurückhaltung geerbt." Solange seufzte. „Wie schade! Was für eine Verschwendung!"

„Was für ein Segen, meinst du wohl! Keine Frau braucht einen Ehemann, der ihr ihr Kind wegnimmt! Der kleine Junge tut mir leid, mit so einem Vater."

„Aber es war doch nicht Ethans Fehler, Anne-Marie! Die Mutter hat ihren Mann und ihren Sohn aus freien Stücken verlassen."

„Das zeigt nur, wie unerträglich die Ehe für sie gewesen sein muss. Lieber hat sie ihr Baby aufgegeben, als ihren Mann länger zu ertragen!“

Solange, deren perlendes Lachen anfangs wie Musik durch die Telefonleitung geklungen war, verstummte plötzlich. Dann sagte sie: „So etwas darfst du hier auf Bellefleur nur äußern, wenn wir miteinander allein sind. Die Leute hier mögen es nicht, wenn man ihren *Seigneur* kritisiert.“

Ihren **Seigneur***!*, dachte Anne-Marie kopfschüttelnd. *Dieser Ethan ist ja ein wahrer Feudalherr.* Sie lehnte sich in ihrem Sitz zurück und schloss die Augen, während der Jet in den Sinkflug überging und die tiefblaue karibische See immer näher kam.

Eine schwarze Mercedeslimousine brachte Anne-Marie vom Flughafen zur Residenz der Beaumonts. Der Chauffeur lenkte den schweren Wagen souverän durch die engen, gewundenen Gassen der kleinen Inselhauptstadt. Passanten blieben stehen und grüßten respektvoll. Dunkeläugige Kinder winkten fröhlich mit pummeligen Händchen.

Anne-Marie überlegte, ob sie zurückwinken sollte. *Ob der Seigneur es wohl gutheißen würde? Wahrscheinlich nicht.* Es ärgerte sie, dass sie sich auf einmal unsicher fühlte. Gewöhnlich war sie eine sehr selbstbewusste Frau.

„Ethan wird dir gegenüber sehr höflich und zuvorkommend sein. Aber erwarte nicht, dass er dich wie ein kanadischer oder amerikanischer Gastgeber behandelt“, hatte Solange sie vorgewarnt. „Er ist sehr förmlich. Wahrscheinlich wird er dich die ganze Zeit über siezen und dich mit ‚Mademoiselle Barclay‘ ansprechen. Es hat lange gedauert, bis er mich beim Vornamen nannte.“

Als sie vorhin aus dem Flugzeug aufs Rollfeld getreten war, war ihr die Hitze wie eine Wand entgegengeschlagen. Sie war froh gewesen, im kühlen Halbdunkel des klimatisierten Mercedes Zuflucht zu finden. Aber während die Limousine das Städtchen hinter sich ließ und den Berg hinauffuhr, musste Anne-Marie wieder an die Warnungen ihrer Freundin denken und fühlte sich immer unwohler.

Einen ganzen Monat lang vor einem selbst ernannten Inselfürsten buckeln zu müssen kann einem wirklich die gute Laune verderben, dachte sie. Dabei hatte sie sich so darauf gefreut, als Trauzeugin ihrer besten Freundin auf die Karibikinsel Bellefleur zu reisen.

Dass der unbekannte Ethan einen Schatten auf Solanges Hochzeit warf, war in Anne-Maries Augen unverzeihlich. Noch beunruhigender fand sie es, dass der Einfluss von Philippes Bruder sich womöglich auch auf die künftige Ehe des Brautpaars erstrecken würde. Sie hatte den Bräutigam Philippe Beaumont einmal getroffen und fand ihn sehr sympathisch. Er und Solange passten gut zueinander. Aber er hatte auf Anne-Marie nicht sehr durchsetzungsfähig gewirkt.

Sie hatte ein mulmiges Gefühl in der Magengegend, als der Mercedes das Tor zur Residenz der Beaumonts passierte, die Auffahrt hinauffuhr und auf dem Vorplatz vor dem Haupthaus zum Stehen kam. Anne-Marie hatte ein vornehmes Internat besucht, hatte viel von der Welt gesehen und sich nie Gedanken um Geld oder materielle Sicherheit zu machen brauchen. Luxus war ihr nicht fremd. Trotzdem überwältigte der Anblick der Beaumont'schen Villa sie.

Sie konnte sich gut vorstellen, dass Angehörige von Königshäusern die Nacht unter diesem Dach verbracht hatten, wie Solange ihr erzählt hatte. Das Haus war beinah ein Schloss, das selbst unter der gleißenden tropischen Sonne eine kühle, distanzierte Würde ausstrahlte.

„*Mademoiselle?*“

Anne-Marie zuckte zusammen. Die Autotür war von außen geöffnet worden. Ein Diener in makellos weißen Bermudashorts und einem perfekt gebügelten kurzärmeligen weißen Hemd reichte ihr die Hand, um ihr aus dem Wagen zu helfen. Sie rutschte über den Ledersitz zur Tür und stieg aus.

Im nächsten Augenblick fand sie sich in einer anderen Welt wieder. Ein leuchtend buntes Blumenmeer umgab sie. Überall rankten sich prächtige Blütenzweige in Lila, Rot und Orange aus riesigen Keramikschalen über die cremefarbenen Stuckwände der Villa.

Das Plätschern eines Springbrunnens war zu hören. Ein paar bunt gefiederte Vögel schrien heiser. Der würzig süße Duft von Gardenien, Ingwerblüten und anderen exotischen Blumen stieg ihr in die Nase.

Der Diener hielt einen bunten, hübsch bemalten Sonnenschirm über sie und geleitete sie ins Haus. Die schlossartige Villa schien keinen Haupteingang zu besitzen. Stattdessen führte ein kunstvoll geschmiedetes, filigranes Eisengitter direkt in einen geschützten Innenhof, der groß genug war, um als Ballsaal zu dienen.

Dort wartete Solange. In ihren Augen glänzten Tränen. „Ich habe dich so vermisst", rief sie und eilte auf Anne-Marie zu, um sie auf beide Wangen zu küssen. „Willkommen auf Bellefleur, *ma chére, chére amie! Ich bin so froh, dass du endlich hier bist.*"

„Froh?" Auch Anne-Marie hatte Tränen in den Augen. Sie blickte ihre Freundin forschend an. „Warum weinst du dann?"

„Vor Glück."

„Du siehst aber nicht glücklich aus, Solange."

Solange zuckte auf ihre typisch französische Art die Schultern und blickte sich verstohlen um. „Komm, ich zeige dir dein Quartier. Dort können wir frei reden. Ethan hat das Personal angewiesen, dich in dem Gästebungalow neben meinem unterzubringen."

„Wohnst du etwa nicht hier im Haupthaus?"

„Nicht vor der Hochzeit. Ethan möchte das nicht. Denn Philippe könnte in Versuchung geraten, sich nachts in mein Bett zu schleichen."

„So wie früher in Paris?"

„Psst." Solange hielt sich erschrocken einen Finger vor die Lippen. „Das darf hier niemand wissen. Die moralischen Maßstäbe sind hier ein wenig anders."

„Das merke ich", murmelte Anne-Marie und folgte ihrer Freundin auf eine Terrasse oberhalb eines riesigen Swimmingpools. Der

Blick aufs Meer und auf die Insel war atemberaubend. Kokospalmen, die sich leicht im Wind wiegten, vervollständigten das Panorama aus blauem Himmel und Ozean. „Müssen wir uns hier die ganze Zeit im Flüsterton unterhalten?"

„In unseren Bungalows sind wir ganz unter uns." Solange ging auf einem schattigen Weg voran, der an einigen künstlich angelegten Teichen vorbeiführte. Diese waren durch Miniatur-Wasserfälle und Bäche miteinander verbunden. „Wir sind zwar ein gutes Stück vom Haupthaus entfernt. Aber unsere Suiten sind sehr schön und geräumig."

„Das ist gut. Ich brauche nämlich Platz, um an den Kleidern zu arbeiten."

Für einen Moment zeigte sich Solanges übliche Lebhaftigkeit auf ihrem Gesicht. „Ich kann es kaum abwarten, mein Brautkleid zu sehen. Die Zeichnungen, die du mir geschickt hast, waren wirklich traumhaft."

„Du kannst es gleich anprobieren."

„Das hat Zeit bis morgen. Wir essen früh zu Abend. Du warst schließlich den ganzen Tag unterwegs."

„Dann werde ich wohl dem großen Ethan Beaumont vorgestellt werden." Anne-Marie schnitt ein Gesicht. „Ich habe jetzt schon Magenschmerzen!"

„Nein, heute Abend noch nicht", sagte Solange und lachte. „Ich habe unser Essen in meine Suite bestellt. Ethans Onkel und Tante sind bis morgen Nachmittag bei Freunden zu Besuch, und er ist geschäftlich unterwegs."

„Ich dachte, seine Geschäfte bestünden darin, über die Insel und ihre Bewohner zu herrschen."

„*Mon Dieu, non!* Er hat Geschäftsverbindungen überall auf der Welt. In letzter Zeit hat er einiges an Philippe übergeben und sich vorwiegend auf das Ölgeschäft konzentriert. Deswegen ist er jetzt auch verreist."

„In den Nahen Osten? Gut! Ich habe es nämlich nicht eilig damit, ihn kennen zu lernen."

„Nein, so weit ist er nicht weg. Er hat vor der venezolanischen Küste zu tun. Das ist von hier nur einen Katzensprung entfernt. In ein paar Tagen wird er wieder hier sein. Bis dahin musst du dich mit seiner Tante und seinem Onkel begnügen, die auch hier leben, und mit Adrian."

„Wer ist Adrian?"

„Ethans Sohn." Ihre Stimme klang weicher. „Er ist ein entzückender kleiner Junge. Du wirst ihn mögen."

Der Pfad endete auf einer weiten Rasenfläche. Solange wies auf zwei hübsche kleine Villen hoch über dem Meer. „Wir sind da, *chérie.* Das ist unser Zuhause für die nächste Zeit."

Nach allem, was sie bisher vom Anwesen der Beaumonts gesehen hatte, hätte Anne-Marie eigentlich nicht überrascht sein dürfen. Aber der Anblick der üppigen Blumenbeete und des überdachten Wandelgangs, der die beiden Häuser miteinander verband, beeindruckte sie doch. Die kleinen Villen waren Miniaturausgaben des Haupthauses und verfügten jedes über die gleiche großzügige Veranda und die gleichen kunstvoll geschmiedeten Tore. Der Swimmingpool mit der Umrandung aus Zierkacheln war eine kleinere Version des großen Pools am Haupthaus.

„Dein zukünftiger Schwager scheint zu wissen, wie man Gäste gut behandelt", rief Anne-Marie begeistert aus. Die heitere Anmut der Anlage nahm sie gefangen. „Das ist ein Paradies, Solange! Wir werden es uns hier in den nächsten Wochen so richtig gut gehen lassen!"

Solange lächelte wehmütig. „Hoffentlich hast du Recht."

„Ganz bestimmt. Die Tage vor der Hochzeit sollten für die Braut eine glückliche Zeit sein. Aber du machst ein Gesicht wie drei Tage Regenwetter. Was ist los, Solange? Hast du Zweifel bekommen, ob es richtig ist, Philippe zu heiraten? Es ist es noch nicht zu spät, um alles abzusagen."

„Es ist nicht wegen Philippe. Ich liebe ihn über alles. Wenn er bei mir ist, bin ich glücklich. Aber den Rest der Zeit ..." Sie machte ein trauriges Gesicht. „Ich fühle mich so fremd hier."

„Aber wie kann das sein? Immerhin hat die Insel früher einmal zu Frankreich gehört, und du bist Französin. Stell dir vor, man spräche hier Spanisch oder Portugiesisch und du würdest kein Wort verstehen!"

„Trotzdem fühle ich mich als Ausländerin." Hilflos wies sie auf das üppige Grün um sich herum und den dunklen Urwald auf dem Hügel oberhalb des Grundstücks. „Es gibt zwei Sorten von Menschen hier, Anne-Marie: Diejenigen, die auf der Insel geboren wurden, und die, die nicht hierher gehören."

„Wenn das stimmt, wie kannst du dann auf Dauer hier leben?"

„Philippe sagt, wenn wir erst einmal verheiratet sind und Kinder haben, würde ich anders empfinden. Vielleicht hat er ja Recht. Ich war in letzter Zeit einfach zu viel allein."

„Warum ist Philippe denn nicht bei dir?"

„Er hatte geschäftlich in Europa zu tun. Ethan will namlich, dass Philippe sich als zukünftiger Ehemann mehr um die Familiengeschäfte kümmert."

Ethan sagt, Ethan findet, Ethan will, dachte Anne-Marie. „Hat eigentlich schon einmal jemand den Mut gehabt zu sagen, zum Kuckuck mit Ethan?"

Erschrocken riss Solange die Augen weit auf. „*Mon Dieu,* sag so etwas bloß nicht, wenn jemand dabei ist! Das wäre ja ..." Sie gestikulierte nervös und suchte nach dem richtigen Wort.

„Majestätsbeleidigung?", spottete Anne-Marie. „Wer ist dieses verschüchterte Geschöpf, das gehorsam einem Despoten das Wort redet? Solange, ich erkenne dich gar nicht wieder!"

„Innerlich bin ich immer noch dieselbe." Solange straffte ihre Haltung und bemühte sich, ein fröhliches Gesicht zu machen. „Es fällt mir nur nicht leicht, mich hier einzugewöhnen."

Sie hatten die Gästepavillons erreicht. Die Tür zu Anne-Maries Haus stand offen. Ihr Gepäck war heraufgebracht worden, und ein

Hausmädchen hatte bereits mit dem Auspacken begonnen.

„Die Hochzeitsgarderobe packe ich lieber selbst aus", sagte Anne-Marie. „Aber wir reden später weiter, Solange. Vielleicht kannst du den anderen etwas vormachen mit deinem sanften, zurückhaltenden Lächeln, aber mir nicht. Etwas ist faul im Paradies, und ich werde der Sache auf den Grund gehen."

„Es ist nur die Aufregung vor der Hochzeit und das Eingewöhnen", beharrte Solange. Zögernd bewegte sie sich auf ihr eigenes Haus zu. „Ich war immer ein wenig schüchtern, das weißt du doch. Es ist nicht einfach, sich an ein neues Leben zu gewöhnen, vor allem, da Philippe so viel weg ist."

Und das geht auf das Konto des allmächtigen Ethan Beaumont, dachte Anne-Marie.

Eigentlich hatte Anne-Marie am nächsten Morgen ausschlafen wollen. Aber sie wachte schon bei Sonnenaufgang auf. Bis zum Frühstück waren noch ein paar Stunden Zeit. *Nach dem üppigen Abendessen gestern brauche ich ein bisschen Bewegung*, dachte sie. *Vor allem, wenn ich bis zur Hochzeit in mein Kleid passen will.*

Vorausgesetzt, die Hochzeit findet überhaupt statt, ging es ihr durch den Kopf, während sie unter ihrem Moskitonetz hervorkam und in den Schubladen der Kommode nach ihrem Bikini suchte. *Wenn dieser Ethan die Hochzeit nicht wünscht, kommt vielleicht noch etwas dazwischen*, befürchtete sie.

Der Gästepool glitzerte einladend, als Anne-Marie aus dem Haus trat. Aber aus Solanges Bungalow war noch nichts zu hören. Anne-Marie beschloss, ihre Freundin nicht zu stören. Solange brauchte sicher ihren Schlaf. Schnell zog Anne-Marie ein kurzes Strandkleid über den Bikini und hängte sich den Fotoapparat um. Sich die Füße von der warmen karibischen See umspülen zu lassen, würde ihr ebenso guttun wie ein Bad im Pool.

Den Weg zum Strand zu finden war schwieriger, als sie erwartet hatte. So früh am Morgen, wenn die Wege noch im Schatten der

Bäume lagen, war es fast unmöglich, sich in dem Dickicht des Waldes zu orientieren.

Zweimal langte Anne-Marie wieder dort an, wo sie losgegangen war. Dann fand sie sich oben auf einer steilen Klippe wieder. Sie war nicht sicher, ob sie den Weg zurück zu ihrem Bungalow finden würde. Da entdeckte sie einen Mann, der vor einem der Fischteiche kniete.

Er hatte ihr den Rücken zugewandt. *Der Ärmste verbringt wohl den größten Teil seines Lebens damit, sich für Ethan Beaumont in der Sonne zu schinden*, dachte sie. Offensichtlich war es hier nur einem Hilfsarbeiter gestattet, mit nichts als einem Paar abgeschnittener Jeans bekleidet herumzulaufen. Alle anderen Dienstboten waren makellos gekleidet.

„*Bonjour*", begann sie vorsichtig. Sie war nicht sicher, was die Etikette für ein Gespräch mit einem Gärtner vorschrieb. Beim Abendessen am Vorabend war ihr aufgefallen, dass hier jede Einzelheit genau geregelt war.

Anne-Marie hielt es für möglich, dass es diesem niedrigen Hilfsgärtner, der sich tief über das Wasser des Teichs beugte, nicht gestattet war, mit den Gästen des Hauses zu reden. Oder er verstand ihr Französisch nicht.

„*Excusez-moi*", sagte sie lauter und trat näher. „*S'il vous plaît, monsieur …*"

Gereizt gab er ihr ein Handzeichen. „Sprechen Sie leise. Ich habe Sie auch beim ersten Mal gehört."

Sein Englisch war ausgezeichnet, obwohl er einen leichten Akzent hatte. Aber seine Manieren ließen zu wünschen übrig. Empört erwiderte Anne-Marie: „Tatsächlich? Was würde Ihr Chef sagen, wenn er wüsste, wie unfreundlich Sie seine Gäste behandeln?"

„Es würde ihm nicht gefallen", antwortete der Mann und beugte sich tiefer über den Teich. „Aber es würde ihm noch viel weniger gefallen, dass ein Gast die komplizierte Pflege seiner preisgekrönten Zierkarpfen stört."

„Sie sind wohl sein Fischpfleger?"

„So könnte man es ausdrücken."

„Wie bezeichnet Ihr Chef Sie?"

„Überhaupt nicht", antwortete er. „Er hat mir nie einen Titel verliehen. In seinen Augen bin ich dafür wohl nicht wichtig genug."

„Trotzdem arbeiten Sie hier? Sie müssen Ihre Arbeit lieben, sonst würden Sie sich diese Behandlung sicher nicht gefallen lassen."

„Oh ja, Lady." Er ahmte mit seiner tiefen dunklen Stimme den Singsang-Tonfall der karibischen Inselbewohner nach. „Master lässt mich Fische versorgen, gibt mir Hütte zum Wohnen und Rum zu trinken. Ich sehr glücklich."

„Sie haben keinen Grund, sich über mich lustig zu machen. Es ist nicht meine Schuld, wenn Ihre Arbeit so wenig geschätzt wird." Sie neigte den Kopf, um besser sehen zu können, womit er sich so konzentriert beschäftigte. „Was tun Sie da eigentlich?", fragte sie neugierig.

„Ein Raubvogel hat die Kois angegriffen. Ich versorge jetzt die Wunden."

„Ich wusste nicht, dass das möglich ist. Wie machen Sie das?"

„Ich locke die Fische an die Wasseroberfläche, und dann behandle ich sie."

„Die Fische gehorchen Ihnen aufs Wort und halten so lange still, bis Sie ihnen einen Verband angelegt haben?", fragte sie ungläubig.

„Nicht ganz. Aber sie bleiben lange genug oben, bis ich die Wunde desinfiziert habe."

Sie trat näher. Der Mann hatte nicht übertrieben. Ein Zierkarpfen von fast einem halben Meter Länge fraß ihm aus der einen Hand, während er ihm mit der anderen etwas Salbe auf die Wunde am Rücken strich.

„Die Fische liegen Ihnen sehr am Herzen, nicht wahr?" Sie war beeindruckt.

„Ich habe Respekt vor ihnen. Einige sind über fünfzig Jahre alt. Sie verdienen es, gut behandelt zu werden. Was machen Sie eigentlich um diese Tageszeit hier im Garten?"

„Ich suche einen Weg, der hinunter zum Strand führt. Ich hatte Lust zu baden."

„Warum schwimmen Sie nicht im Gästepool?"

„Meine Freundin schläft noch. Ich wollte sie nicht stören. Es ging ihr in letzter Zeit nicht sehr gut."

„Warum? Heiratet sie nicht demnächst ihren Traummann?"

„Der Mann, der ihr wohl Kummer bereitet, ist nicht ihr künftiger Ehemann."

Er strich dem Zierkarpfen, den er gerade versorgt hatte, über den Rücken. „Es ist ein anderer Mann im Spiel? Das ist keine gute Voraussetzung für eine Ehe."

„So habe ich es nicht gemeint. Aber ich sollte mit Ihnen gar nicht darüber sprechen. Das würde Monsieur Beaumont bestimmt nicht gutheißen."

„Das glaube ich auch", stimmte er zu. „Auf dieser Seite des Grundstücks gibt es übrigens keinen Weg zum Strand. Wenn Sie schwimmen möchten, schlage ich vor, Sie benutzen den großen Pool beim Haupthaus."

„Lieber nicht. Es verstößt wahrscheinlich gegen die Etikette, wenn ein Gast auch nur die große Zehe in den Pool der Familie taucht, ohne eingeladen zu sein."

„Sie scheinen die Beaumonts nicht besonders zu mögen. Kennen Sie sie gut?"

„Nur den Bräutigam. Den großen Boss habe ich noch nicht kennen gelernt. Aber was ich über ihn gehört habe, hat mir nicht sehr gefallen."

Er wischte sich die Hände an den abgeschnittenen Jeans ab und sprang auf. Seine Bewegungen waren geschmeidig, obwohl er sehr groß war. „Der große Boss wird am Boden zerstört sein, wenn er das hört."

„Wer soll es ihm denn sagen? Sie vielleicht?"

Er lachte und wandte sich zu ihr um. In diesem Moment ging die

Sonne über einem der Hügel auf, so dass Anne-Marie ihn zum ersten Mal deutlich sehen konnte. Am liebsten wäre sie im Erdboden versunken.

Dieser Mann war kein gewöhnlicher Arbeiter. Die hohen Wangenknochen verliehen seinem Gesicht etwas Aristokratisches. Er hatte ein markantes Kinn, einen noblen Mund und dunkle Augenbrauen, unter denen tiefblaue Augen leuchteten. Sie brauchte ihm nicht vorgestellt zu werden, um zu wissen, wer er war.

„Sie arbeiten nicht hier“, sagte sie schwach.

„Doch, das tue ich. Sogar sehr hart.“

„Aber Sie sind gar nicht der Fischpfleger. Sie sind Ethan Beaumont.“

Er neigte den Kopf. „Wo steht geschrieben, dass ich nicht beides sein kann?“

Da bin ich ja schön ins Fettnäpfchen getreten, ärgerte sie sich. „Warum haben Sie nicht schon früher etwas gesagt?“

„Weil es mich so sehr interessiert hat, was Sie noch alles ausplaudern würden. Gibt es noch etwas, das Sie mir gern über mich sagen wollen?“

„Nein“. Das Ganze war ihr schrecklich peinlich.

„Dann gestatten Sie mir, Sie hinauf zum Haus zu begleiten. Sie sind herzlich eingeladen, so lange im Pool zu schwimmen, wie Sie möchten.“

„Ich habe keine Lust mehr zu schwimmen. Ich gehe wohl besser zurück in meinen Gästebungalow.“

„Und riskieren es, die zerbrechliche junge Braut aufzuwecken? Das kommt überhaupt nicht infrage.“ Er überragte sie deutlich, als er auf sie zutrat und ihren Arm nahm. Es war ein Griff, der keinen Widerspruch duldete. „Kommen Sie, *Mademoiselle.* Verschwenden wir keine Zeit mit sinnlosen Diskussionen. Der große Boss hat entschieden.“

2. KAPITEL

„Sie sollten doch in Venezuela sein und nach Öl graben!" Anne-Marie versuchte vergeblich, mit Ethan Schritt zu halten.

„Man gräbt nicht nach Öl, man bohrt."

„Sie wissen genau, was ich meine."

„Allerdings. Sie haben eine unmissverständliche Art, sich auszudrücken", meinte er ironisch.

Es fiel ihr nicht leicht, sich bei ihm zu entschuldigen. Aber sie wusste, was sich gehörte. „Ich hätte nicht so mit Ihnen reden dürfen. Es tut mir leid."

„Das sollte es auch. Redet man dort, wo Sie herkommen, vor Angestellten schlecht über seinen Gastgeber?", fragte er sarkastisch.

„Nein", erwiderte sie. „Aber wo ich herkomme, verhält sich ein Gastgeber auch nicht so ungastlich."

„Ungastlich?" Er zog überrascht die kräftigen, schön geschwungenen Brauen hoch. „Entspricht die Unterbringung etwa nicht Ihren Erwartungen? Schmeckt Ihnen das Essen nicht? Lassen meine Angestellten es an Aufmerksamkeit fehlen?"

„Das Essen war köstlich, Ihre Angestellten könnten kaum zuvorkommender sein, und mein Quartier lässt nichts zu wünschen übrig." Sie dachte an das kunstvoll geschmiedete Himmelbett mit der wunderschönen Bettwäsche und dem zarten Moskitonetz. „Aber die Atmosphäre hier gefällt mir nicht."

„Das ist eine Empfindung, die meine künftige Schwägerin offenbar teilt. Darf ich fragen, warum?"

„Sagen wir einfach, sie gibt nicht gerade das perfekte Werbefoto für eine glückliche Braut ab."

Er hielt die Wedel eines Riesenfarns zur Seite und ließ Anne-Marie vorbei. Der schmale Pfad schlängelte sich wie ein schillerndes grünes Band durch das Unterholz. Es roch nach Dschungel, nach tausenderlei verborgenen Blüten – und nach Ethan Beaumonts persönlichem Duft nach kühlem Wasser und Morgensonne. Er strahlte eine unbändige Kraft aus, als ob er mühelos allen Elementen trotzte. Neben ihm kam sie, Anne-Marie, sich klein und unbedeutend vor. Es lag nicht nur an seiner Körpergröße, sondern vor allem an der Würde und Autorität, die er ausstrahlte.

„Gehen Sie voran", forderte er sie auf. „Und erklären Sie mir bitte Ihre letzte Bemerkung."

Sie ging schnell an ihm vorbei und murmelte: „Ich habe vergessen, was ich gesagt habe."

„Sie sagten, Solange stelle nicht gerade das perfekte Werbefoto für eine glückliche Braut dar."

„Sind Sie etwa anderer Meinung?"

„Ich kenne sie nicht gut genug, um das beurteilen zu können."

„Jeder wildfremde Mensch würde auf Anhieb erkennen, dass sie nicht gerade vor Glück strahlt."

„Sie scheint ein bisschen launisch und schwierig zu sein." Er zuckte die Schultern. „Das sind ziemlich ungünstige Eigenschaften für eine angehende Ehefrau."

Die beiläufige Art, mit der er Solange verurteilte, ärgerte sie. Scharf erwiderte Anne-Marie: „Beinah so schlimm, wie einen Schwager zu bekommen, der fest entschlossen ist, nur das Schlechteste von einem zu denken."

„Wenn ich sie falsch eingeschätzt habe ..."

„Ich kenne Solange seit mehr als zehn Jahren. Ich versichere Ihnen, sie ist normalerweise ausgeglichen und fröhlich. Aber in einem Gästebungalow fernab des Haupthauses einquartiert zu werden, als hätte sie eine ansteckende Krankheit, ist ziemlich kränkend."

„Ich schütze nur ihren guten Ruf."

„Sie sorgen dafür, dass sie sich unwillkommen fühlt."

„Das ist doch lächerlich!", entgegnete er brüsk. „Tagsüber kann sie so viel Zeit mit dem Rest der Familie verbringen, wie sie will."

Sie hatten die Terrasse erreicht. „Solange ist völlig verunsichert", erklärte Anne-Marie. Sie blieb einen Moment stehen, um ein Beet voll hochgewachsener rosa Lilien mit tiefdunkelroten Blättern zu bewundern. „Sie möchte nicht aufdringlich erscheinen. Deshalb hält sie sich zurück, wenn Philippe nicht hier ist."

„Er wird auch nicht immer hier sein, wenn sie verheiratet sind. Philippe hat bisher ein ziemlich unbeschwertes Junggesellenleben geführt. Um seinen künftigen Pflichten als Familienvater nachkommen zu können, muss er eine Menge über die Geschäftswelt lernen. Dafür wird er die Insel hin und wieder verlassen müssen."

„Ach ja?", fragte sie spitz. „Versuchen Sie vielleicht, eine Ehe zu sabotieren, die Ihnen nicht passt?"

Er verzog verächtlich den Mund. „Ich habe es nicht nötig, mich solcher Manöver zu bedienen. Wenn mir etwas nicht passt, sage ich das offen und unternehme etwas dagegen."

„Und wenn das nicht möglich ist?"

„Es ist immer möglich", erwiderte er unbeeindruckt. „Aber in einem Punkt kann ich Sie beruhigen. Es macht mir keinen Spaß, zerbrechliche junge Frauen unglücklich zu machen. Was auch immer Solange belastet, sie hat von mir nichts zu befürchten. Ich will nur ihr Bestes."

„Das würde ich gern glauben."

„Es gehört nicht zu meinen Gewohnheiten zu lügen, *Mademoiselle.*"

Die Würde, mit der er sprach, beschämte sie. Sie errötete leicht. Welche Fehler er auch haben mochte, er war aufrichtig und integer.

Er wies auf den Pool, dessen Oberfläche sich unter der leichten morgendlichen Brise ein wenig kräuselte. „Genießen Sie Ihr Bad. Sie sehen aus, als bräuchten Sie etwas Abkühlung."

Ethan stand hinter dem Gitter seiner Schlafzimmerveranda und beobachtete Anne-Marie, wie sie auf das flache Ende des Beckens zuging. Vorsichtig ließ sie sich ins Wasser gleiten. Sie war genauso, wie er sich Solanges kanadische Freundin vorgestellt hatte. Er fand sie frech, vorlaut und übertrieben selbstbewusst wie die meisten nordamerikanischen Frauen.

Es überraschte ihn, wie zögernd sie sich dem Wasser näherte. Ihre Scheu irritierte ihn. Er wollte nichts über ihre verletzliche Seite wissen.

„Papa!“ Die Tür wurde aufgerissen, und Adrian stürmte ins Zimmer. „Wann bist du nach Hause gekommen?“

„Gestern Nacht“, antwortete er und schloss seinen Sohn in die Arme.

„Du hast mir keinen Gutenachtkuss gegeben.“

„Natürlich habe ich das. Aber du hast schon geschlafen.“

„Ich habe Angst, wenn du fort bist, Papa.“ Das Kind legte die Ärmchen um Ethans Nacken. „Was ist, wenn du vergisst, wieder nach Hause zu kommen?“

„Hab keine Angst, *mon petit*“, sagte er. „Eltern vergessen ihre Kinder nicht.“

„Doch, manchmal schon. Tante Josephine hat neulich gesagt, dass ich deswegen keine Mama habe.“

Innerlich verfluchte Ethan seine Exfrau dafür, was sie ihrem Kind angetan hatte. „Mich wirst du immer haben, mein Sohn.“ Er nahm sich vor, mit seiner Tante zu sprechen, damit sie solche Dinge nicht mehr sagte, wenn der Junge in der Nähe war.

Adrian rutschte zu Boden und griff nach der Hand seines Vaters. „Üb mit mir schwimmen, Papa.“

Ethan blickte hinaus zum Pool. Anne-Marie hatte sich etwas tiefer hineingewagt und ließ sich jetzt auf dem Rücken treiben. Ihr blondes Haar umgab ihren Kopf wie eine Seeanemone. Wenn sie sich mehr bewegte, würde sie ihren winzigen Bikini verlieren, dachte er. Er betrachtete ihre schlanke, verführerisch weibliche Figur. Schnell wandte er sich ab. „Jetzt nicht, Junge. Vielleicht später.“

„Aber du hast versprochen, dass wir schwimmen üben, wenn du nach Hause kommst. Und du bist schon seit Stunden zu Hause.“

„Du hast Recht.“ Er seufzte und wusste, dass er seinem Sohn gleich nachgeben würde.

„Du sagst immer, dass man ein Versprechen halten muss."

„Du hast schon wieder Recht." Er unterdrückte ein Lächeln. „Gut, du hast gewonnen. Lass mir zehn Minuten Zeit, um aufzuräumen und mich umzuziehen, dann üben wir vor dem Frühstück noch ein bisschen schwimmen."

Vielleicht ist die Kanadierin bis dahin verschwunden, und wir haben den Pool für uns allein, hoffte er.

Das Wasser umspülte Anne-Marie wie ein warmes Bad. *Daran könnte ich mich gewöhnen*, dachte sie. *Mit der Zeit lerne ich vielleicht sogar, Wasser zu mögen.*

Aus dem Haus war gedämpftes Geschirrgeklapper zu hören. Dienstbare Geister eilten auf Gummisohlen über die Marmorfliesen. Sie hatte keine Ahnung, wie spät es war. Aber wenn die Dienstboten bereits das Frühstück für die Familie vorbereiteten, wurde es Zeit, von hier zu verschwinden. Sie hatte keine Lust auf eine weitere Begegnung mit Ethan Beaumont.

Aber als sie sich im Wasser umdrehte und langsam auf die Stufen in der Ecke des Pools zuschwamm, kam ein Kind in einer leuchtend blauen Badehose über die Terrasse gerannt. Der Junge quietschte vor Vergnügen. Direkt hinter ihm kam Ethan aus dem Haus.

„Warte!", rief er.

Aber der Kleine hörte nicht, sondern sprang mit einem fröhlichen Schrei vom Beckenrand ab und schlug direkt vor Anne-Marie im Wasser auf. Die ruhige Wasseroberfläche verwandelte sich in einen wilden Strudel. Wasser schwappte Anne-Marie ins Gesicht, so dass sie nichts mehr sehen konnte und keine Luft mehr bekam. Erschrocken versuchte sie, den Beckenrand zu erreichen. Aber sie hatte sich ein wenig in der Entfernung verschätzt, griff daneben und ging unter.

Eigentlich hätte sie sich nur aufrecht hinzustellen brauchen. Das Wasser hätte ihr kaum bis zur Taille gereicht. Trotzdem geriet sie in Panik und schlug um sich wie eine Ertrinkende. Dass sie sich lächerlich machte, war schlimm genug. Noch schlimmer war es, an den Haaren aus dem Wasser gezogen zu werden.

Prustend tauchte sie auf und fand sich Auge in Auge mit Ethan Beaumont. Er kniete am Beckenrand und konnte das Lachen kaum zurückhalten. „Sie kleine Idiotin“, sagte er sanft.

„Sie Neandertaler!“, schimpfte sie. „Packen Sie Frauen immer an den Haaren?“

„Nur wenn sie dabei sind, im flachen Wasser zu ertrinken.“ Er ließ sie los und stand auf. Er hatte die abgeschnittenen Jeans mit einer schwarzen Badehose vertauscht und zeigte mehr nackte, sonnengebräunte Haut, als Anne-Marie lieb war. „Bleiben Sie, wo Sie sind. Ich bringe Ihnen bei, wie man im Wasser überlebt.“

„Nein, danke“, lehnte sie ab, aber Ethan ging bereits in langen Schritten auf das andere Ende des Pools zu. Einen Moment lang dachte sie daran, einfach davonzulaufen, aber ein Blick auf ihn genügte, um es sich anders zu überlegen. Er bewegte sich mit einer kraftvollen Anmut, wie sie nur wenige Männer besaßen.

Neben ihr spritzte Wasser auf. Das Kind hielt sich durch kräftiges Wassertreten an der Oberfläche. „Das ist mein Papa“, keuchte es stolz. Sein niedliches Gesichtchen strahlte. „Er kann Ihnen das Schwimmen beibringen. Mein Papa kann alles.“

Bestimmt nicht alles, dachte Anne-Marie und blickte wieder zu Ethan Beaumont hinüber, der gerade mit einem eleganten Kopfsprung in den Pool tauchte, ohne auch nur die kleinste Welle zu verursachen. Er tauchte direkt neben ihr wieder auf. Das dunkle Haar klebte ihm nass am Kopf. Das Wasser lief ihm in kleinen, glitzernden Bächen am Oberkörper hinab. „Lektion Nummer eins“, begann er. „Lernen Sie, sich mit dem Gesicht unter Wasser zu entspannen.“

„Das ist unmöglich“, entgegnete sie. „Jedenfalls für mich.“

„Das hat Adrian am Anfang auch behauptet. Aber er hat seine Meinung inzwischen geändert.“ Er blickte sie fragend an. „Haben Sie meinen Sohn schon kennen gelernt?“

„Nicht offiziell. Ich hatte gehofft, ihn gestern Abend noch zu sehen. Aber er war schon im Bett, als wir mit dem Essen fertig waren."

„Dann gestatten Sie, dass ich Sie vorstelle." Er streckte die Hand aus, damit der kleine Junge danach greifen konnte. „Das ist Adrian. Er ist gerade fünf geworden."

„Hallo, Adrian." Sie lächelte dem Kleinen zu. Er war ein hübsches Kind. Sein Haar war so schwarz wie das seines Vaters. Seine großen dunkelbraunen Augen wurden von langen schwarzen Wimpern umrahmt. „Ich bin Anne-Marie."

Der Junge erwiderte ihr Lächeln, aber Ethan runzelte tadelnd die Stirn. „Ich würde es vorziehen, wenn er Sie ‚Mademoiselle' nennt."

Es lag ihr schon auf der Zunge, zu sagen, dass es ihr gleichgültig war, was er vorzog. Aber sie beschloss, damit zu warten, bis sie allein waren. „Ich sollte jetzt wohl besser zurück in mein Quartier gehen. Solange wird inzwischen schon wach sein und sich wundern, wo ich bin."

Ethan hielt sie mit seiner freien Hand am Handgelenk fest. „Ich habe Ihre Freundin bitten lassen, das Frühstück mit uns auf der Terrasse einzunehmen. Sie müsste jeden Moment hier sein. Wir werden die Zeit nutzen, bis sie kommt, und gleich mit Ihrer Schwimmstunde beginnen."

„Sie meinen es bestimmt gut, Ethan." Sie amüsierte sich insgeheim darüber, dass er bei der vertraulichen Anrede missbilligend die Lippen zusammenpresste. „Aber ich würde es vorziehen, Ihr großzügiges Angebot abzulehnen. Ihr Sohn freut sich offensichtlich darauf, Zeit mit Ihnen zu verbringen. Ich möchte ihn nicht enttäuschen."

Er ließ sie einen Moment los, um Adrian aus dem Becken zu helfen. Er flüsterte dem Jungen etwas ins Ohr, woraufhin dieser zu einer kleinen Kabine lief, in der Handtücher und Wassersportgeräte aufbewahrt wurden. Dann wandte Ethan sich wieder Anne-Marie zu und sagte unerbittlich: „Adrian macht es nichts aus, ein paar Minuten zu warten. Zuerst einmal bekommen Sie eine Taucherbrille."

„Ich möchte gar keine Taucherbrille. Ich möchte auch keinen Schwimmunterricht. Wie klar muss ich mich denn noch ausdrücken?“

„Sie haben Angst.“

„Ja, ich habe Angst. Lassen Sie mich jetzt in Ruhe?“

„Nein. Solange Sie in meinem Swimmingpool baden, bin ich für Ihre Sicherheit verantwortlich. Ich könnte Ihnen auch verbieten, die Pools hier zu benutzen. Aber bei dem Klima hier ist Schwimmen eher eine Notwendigkeit als ein Luxus. Ich muss also darauf bestehen, Ihnen ein Minimum an Überlebenstechnik beizubringen.“ Er maß sie mit einem spöttischen Blick. „Was ein Fünfjähriger lernen kann, müsste eine Frau in Ihrem Alter eigentlich auch begreifen.“

Sie funkelte ihn zornig an, ohne etwas zu sagen. Aber es war offensichtlich, dass er Schweigen nicht als Antwort gelten lassen würde. Schließlich gab sie nach. „Ich gebe es ungern zu, aber Sie haben Recht.“

Er nahm eine der beiden Taucherbrillen, die Adrian zum Beckenrand gebracht hatte. „Natürlich habe ich Recht. Also los, fangen wir an.“ Er streifte ihr die Brille über den Kopf und schnallte sie fest. „Wie sitzt die Brille?“

„Gut.“ Sie war sich die ganze Zeit der Tatsache, dass sie beide fast nackt waren, nur zu bewusst. Die Situation mochte von außen betrachtet harmlos erscheinen, aber für Anne-Marie hatte sie etwas erregend Intimes.

„Ausgezeichnet.“ Schnell zog er die zweite Taucherbrille über, nahm Anne-Maries Hände und führte sie von der Treppe weg.

Sofort bekam sie wieder Angst. „Bitte nicht ins tiefe Wasser“, bat sie und sträubte sich dagegen, weiterzugehen.

„Entspannen Sie sich, *Mademoiselle!* Wir werden uns nur den Boden des Pools ansehen. Ich mache es Ihnen vor.“ Er atmete tief ein und tauchte dann das Gesicht ins Wasser, atmete ein paar Luftblasen aus und hob den Kopf. „Ganz einfach, oder? Und völlig sicher.“

„Bei Ihnen sieht es einfach aus.“

„Das ist es auch. Probieren Sie es, und überzeugen Sie sich selbst."

Vorsichtig folgte sie seinen Anweisungen. Überrascht stellte sie fest, dass es bei Weitem nicht so schlimm war, wie sie befürchtet hatte. Die hellblauen Fliesen am Boden des Pools reflektierten das schräg einfallende Sonnenlicht. Als Anne-Marie leicht den Kopf drehte, konnte sie die Stufen in der Ecke des Pools sehen. Der Anblick beruhigte sie. Als ihr die Luft ausging, hob sie mühelos den Kopf und atmete tief ein.

„Ich habe es geschafft!" Sie war erstaunt, wie sehr sie sich über ihren kleinen Erfolg freute.

„Das war sehr gut", lobte er. Ohne Vorwarnung hob er sie hoch, so dass ihre Füße den Kontakt mit dem Boden verloren. „Der nächste Schritt ist, sich im Wasser treiben zu lassen."

„Nein!", rief sie ängstlich aus, doch er hielt sie weiter fest. Sie musste es geschehen lassen, dass er sie immer weiter weg von den sicheren Stufen brachte.

„Konzentrieren Sie sich", ermahnte er sie, während er sie mühelos neben sich herzog. „Kopf hoch und einatmen, Kopf unter Wasser und ausatmen."

Sie folgte seinen Anweisungen so konzentriert, dass sie gar nicht bemerkte, wie weit er sie gezogen hatte. Erst als ein Schatten übers Wasser fiel, blickte sie auf und stellte fest, dass sie sich unter dem Sprungbrett am tiefen Ende des Pools befand. Erneut breitete sich Panik in ihr aus, aber Ethan verstärkte seinen Griff und sagte beruhigend: „Sie sind ganz sicher, *Mademoiselle.* Ich werde nicht zulassen, dass Ihnen etwas passiert."

„Ich glaube Ihnen", brachte sie hervor. Erstaunlicherweise entsprach das der Wahrheit. Ein wildfremder Mann hatte sie in tiefes Wasser verschleppt, und aus Gründen, die sie selbst nicht verstand, vertraute sie ihm völlig. Seit ihrer Kindheit hatte sie sich nicht mehr so geborgen gefühlt, und es gefiel ihr.

Etwas in ihrer Stimme musste ihm verraten haben, was in ihr

vorging. Er schob seine Taucherbrille hoch. Zum ersten Mal, seit sie einander begegnet waren, lächelte er. Sie vergaß zu atmen und geriet völlig aus dem Rhythmus. Wenn er lächelte, sah er nicht nur gut, sondern einfach umwerfend aus. Er hatte strahlend weiße Zähne und tiefblaue Augen.

Langsam entzog er ihr seine Hand, als fiele es ihm ebenso schwer, loszulassen, wie ihr. „Eine kleine Übung noch, dann ist Adrian an der Reihe", sagte er und versetzte ihr einen leichten Schubs. „Schwimmen Sie in Ihrem eigenen Tempo zu der Leiter dort drüben." Bevor sie protestieren konnte, fügte er hinzu: „Sie können auch zurück zum flachen Ende des Pools schwimmen. Aber das ist fünfmal so weit."

Sie wollte vor ihm nicht als Feigling dastehen. Gleichzeitig ärgerte sie sich darüber, dass seine Meinung ihr etwas bedeutete. Mit heftig klopfendem Herzen schwamm sie zur Leiter, griff nach der untersten Sprosse und nahm die Taucherbrille ab. Sie spürte Ethans Blick, als sie aus dem Wasser kletterte und sich an den Beckenrand setzte. Am liebsten hätte sie überprüft, ob ihr Bikini richtig saß, aber sie beherrschte sich. „Danke für den Unterricht."

Betont lässig schlenderte sie zu der Bank am flachen Ende des Pools, wo Solange mit Adrian wartete. „Da bist du ja endlich. Ich dachte, du würdest nie kommen", sagte sie leise zu ihrer Freundin und nahm sich ein Handtuch.

Ein Lächeln spielte um Solanges Mundwinkel. „Ich hatte nicht den Eindruck, dass du mich vermisst hast."

Anne-Marie wartete, bis Adrian in die ausgebreiteten Arme seines Vaters gesprungen war und planschend auf einen großen roten Ball zuschwamm. Dann fragte sie: „Was meinst du damit?"

„Dass du und mein zukünftiger Schwager so miteinander beschäftigt wart, dass ihr weder mich noch jemand anderen bemerkt habt."

„Er hat darauf bestanden, mir das Schwimmen mit einer Taucherbrille beizubringen." Sie frottierte sich das nasse Haar und wickelte dann das Handtuch wie einen Sarong um sich. „Anscheinend hat ihm nie jemand beigebracht, dass Nein tatsächlich Nein bedeutet. Er ist ziemlich stur."

„Und du bist ziemlich durcheinander."

Sie wollte nicht darüber diskutieren und wechselte schnell das Thema. „Wie geht es dir heute Morgen? Du wirkst ein bisschen fröhlicher als gestern Abend."

„Das liegt daran, dass du hier bist. Ich fühle mich nicht mehr so allein." Sie wies auf die Terrasse. „Das Frühstück ist fertig. Sollen wir hinübergehen und uns an den Tisch setzen?"

Anne-Marie warf einen verstohlenen Blick auf Ethan, der immer noch im Pool mit seinem Sohn spielte. „Sollten wir nicht warten, bis der Herr und Meister uns erlaubt zu essen?"

„Er ist kein Ungeheuer, Anne-Marie! Wir können uns ruhig eine Tasse Kaffee nehmen. Trockne dich ab, und lass uns gehen. Mit mir ist nicht viel anzufangen, bevor ..."

„Bevor du deinen *Café au Lait* getrunken hast", ergänzte Anne-Marie und lachte. Sie zog ihr Strandkleid über und hakte sich bei Solange unter. „Wie konnte ich das vergessen!"

Der Ball prallte an Ethans Schulter ab und fiel ins Wasser. „Papa", rief Adrian vorwurfsvoll. „Du passt überhaupt nicht auf."

„Ich weiß." Es fiel Ethan schwer, bei der Sache zu bleiben, während Anne-Marie spärlich bekleidet auf der Terrasse saß und ihr Lachen durch die Luft zu ihm drang wie Musik. Doch das konnte er seinem Sohn schlecht erklären, daher atmete er schnuppernd ein und sagte: „Es gibt Frühstück! Jeanne hat Pfannkuchen mit Früchten zum Frühstück gemacht." Er hob den Jungen aus dem Becken. „Los, laufen wir um die Wette. Wer zuerst auf der Terrasse ist!"

Die beiden Frauen unterhielten sich angeregt, als Ethan kam. Solange wirkte lebhafter als die Tage zuvor. „Du siehst erholt aus, *ma petite.*" Er küsste sie leicht aufs Haar. „Mademoiselle Barclay scheint dir gut zu tun."

„*Oui*, ich bin sehr glücklich, dass sie hier ist."

„So glücklich wie mit Philippe?"

Sie merkte nicht, dass er sie nur necken wollte. „Aber nein, Ethan!", protestierte sie erschrocken. „Niemand kann ihn ersetzen."

„Das freut mich. Er kommt nämlich heute Abend nach Hause."

Solanges Gesicht leuchtete auf. Sie ist wirklich hübsch, dachte Ethan. Darum hat Philippe sich wohl auch in sie verliebt. Aber sie schien ihm ein wenig zu empfindlich und bemühte sich zu sehr, es allen recht zu machen. Ihre Freundin, diese Anne-Marie Barclay mit den langen, sonnengebräunten Beinen, dem knappen Bikini und ihrer direkten Art war für die beeindruckbare Solange nicht der richtige Einfluss.

„Also, *Mademoiselle*", wandte er sich an Anne-Marie und nahm ihr gegenüber Platz. „Erzählen Sie mir ein wenig von sich."

3. KAPITEL

Was möchten Sie denn wissen?", fragte Anne-Marie zurück. Ethans überhebliche Art ärgerte sie. „Was Sie gern erzählen möchten. Fangen wir mit Ihrer Arbeit an. Sie haben Solanges Hochzeitskleid und die Kleider der Brautjungfern entworfen?"

„Ja."

„Machen Sie das beruflich, oder tun Sie Ihrer Freundin einen Gefallen?"

„Beides", antwortete sie. „Ich habe in Paris an einer der besten Modeschulen der Welt studiert."

„Sehr lobenswert. Wo leben Sie jetzt?"

„In Vancouver, an der Westküste Kanadas."

„Ich kenne Vancouver gut. Eine schöne Stadt, aber ich hatte nicht den Eindruck, dass es eine Metropole der *Haute Couture* ist. Für welches Modehaus arbeiten Sie?"

„Für mein eigenes."

Sein Lächeln wirkte herablassend. „Ich verstehe."

„Wirklich?", fragte sie und ahmte seinen arroganten Tonfall nach. „Dann wissen Sie sicher auch, dass ich mit meinen Entwürfen mehrere Designpreise gewonnen haben."

„Anne-Marie hat sogar schon Kostüme für Hollywoodfilme gemacht", kam Solange ihrer Freundin zu Hilfe. „Einmal war sie sogar für einen Oscar nominiert."

„Hollywood?" Er machte ein Gesicht, als hätte er ein Insekt auf seinem Mangopfannkuchen entdeckt, den der Butler ihm gerade serviert hatte.

„Ja", antwortete Anne-Marie honigsüß. Sein Entsetzen amüsierte sie. „Ich habe mich schon immer für Theater- und Filmkostüme interessiert."

„Aber jetzt haben Sie mit der Filmwelt hoffentlich nichts mehr zu tun. Bestimmt haben Sie sich inzwischen einen seriöseren Kundenkreis aufgebaut."

„Eigentlich nicht. Wir haben in Vancouver eine blühende Filmindustrie. Darum hat es mich auch zurück in meine Heimatstadt gezogen. Durch meine Kontakte dort und in Kalifornien zähle ich inzwischen einige bekannte Stars zu meinen Privatkunden. Aber natürlich arbeite ich auch für alle möglichen anderen Leute."

„Und ausgerechnet Sie entwerfen Solanges Brautkleid", sagte er finster. *„Mon Dieu!"*

„Warum stört Sie das, Ethan?", erkundigte sie sich. „Ich versichere Ihnen, die Braut und die Brautjungfern werden angemessen gekleidet sein."

Er presste die Lippen zusammen. „Wir sind eine kleine, konservative Gemeinschaft hier auf Bellefleur. Tradition spielt in unserem Leben eine große Rolle. Eine Beaumont-Hochzeit ist ein gesellschaftliches Ereignis. Wir haben repräsentative Verpflichtungen."

„Wie schade", sagte sie unverbindlich. „Wo ich herkomme, ist eine Hochzeit ein fröhliches Fest, wo Freunde und Angehörige zusammen mit der Braut und dem Bräutigam deren großen Tag feiern. Gewöhnlich ist bei einer Hochzeit die Braut die Hauptperson."

„Der Mann, dessen Frau eine solche Einstellung hat, tut mir leid."

„Warum?"

„Mangelnde Rücksicht auf die Wünsche des Bräutigams ist kein gutes Vorzeichen für die Ehe."

„Was für ein Unsinn", rief sie empört aus und achtete nicht auf Solange, die schockiert nach Luft schnappte. „Die Ehe ist ein lebenslanger gemeinsamer Weg, auf dem es um Respekt und gegenseitige Rücksichtnahme ankommt. Eine Hochzeit dagegen ist ein einziger Tag, an dem die Braut traditionsgemäß der Star ist. Da Sie solchen Wert auf Traditionen legen, hätte ich erwartet, dass Sie das wissen."

„Sind Sie überhaupt kompetent, um Aussagen über die Ehe zu machen?"

„Ich war nie verheiratet, wenn Sie das meinen."

„Dann werden Sie sicher verstehen, wenn ich Ihre Meinung nicht ganz ernst nehme."

„Natürlich", antwortete sie mit einem sonnigen Lächeln. „Sie werden sicher verstehen, wenn ich es mit Ihrer Meinung genauso halte, da Sie ja geschieden sind. Offenbar wissen Sie auch nicht, worauf es in der Ehe ankommt."

Nur strahlend blaue Augen wie seine konnten so hart und metallisch glitzern. „Wir sind ein wenig vom Thema abgekommen", sagte er kalt. „Eigentlich geht es um die Hochzeit von Philippe und Solange."

„Von der Sie befürchten, dass ich sie in ein geschmackloses Hollywoodspektakel verwandle."

Er neigte den Kopf. „Ich wollte Sie nicht kränken."

Der kleine Adrian verfolgte den Wortwechsel aufmerksam, auch wenn er nicht verstand, worum es ging. Darum unterdrückte Anne-Marie den Wutausbruch, dem sie nahe gewesen war, und sagte betont freundlich: „Sie haben mich offen angegriffen, Ethan, und ich verstehe nicht ganz, warum. Sie wissen doch kaum etwas über mich."

„Ich weiß, dass Sie Angst vor Wasser haben", sagte er leichthin, um die Situation ein wenig zu entspannen. Anne-Marie ging nicht darauf ein.

„Aber ich habe keine Angst vor Ihnen. Es ist mir gleichgültig, was Sie von mir und meinem beruflichen Erfolg halten. Ich bin nämlich hier, um Solange moralisch zu unterstützen, nicht, um Sie zu beeindrucken."

„Ich schätze Ihre Loyalität, Mademoiselle Barclay. Aber Sie sind nicht die Einzige, der Solanges Wohl am Herzen liegt."

„Dann haben wir eigentlich keinen Grund, uns zu streiten, Ethan. Sie können mich übrigens gern Anne-Marie nennen."

Er verschluckte sich an seinem Kaffee. „Danke vielmals", sagte er, als er sich von seinem Hustenanfall erholt hatte. „Darf ich fragen, was für Pläne Sie für den Rest des Tages haben, *Mademoiselle?*"

„Ich werde an Solanges Brautkleid arbeiten."

„Möchten Sie mit uns zu Mittag essen und am Nachmittag vielleicht eine kleine Tour über die Insel machen?"

„Nein, danke."

Er zog leicht die Brauen hoch. Offenbar war er es nicht gewohnt, dass jemand ein Angebot von ihm ablehnte. *Daran wird er sich gewöhnen müssen*, dachte Anne-Marie und schob ihren Stuhl zurück.

Als perfekter Gentleman stand er ebenfalls auf. „Sie gehen schon? Ich hoffe, es ist nicht meinetwegen."

„Nehmen Sie sich nicht so wichtig, Ethan. Wie ich bereits sagte, habe ich zu arbeiten."

„Also gut. Darf ich Ihnen zur Unterstützung unsere Hausschneiderin schicken?"

„Das ist nicht nötig. Ich kann meine Arbeit allein bewältigen." *Er kann sich wohl nicht vorstellen, dass die Welt sich auch ohne seine Hilfe dreht*, dachte sie.

„Haben Sie hier alles, was Sie brauchen?", erkundigte er sich.

„Ja, sicher. Abgesehen von …"

Er begann breit zu lächeln, als freute er sich darüber, dass sie doch nicht ganz ohne seine Hilfe auskam.

„Ich brauche ein Bügelbrett."

„Wir haben hier Angestellte, die für uns bügeln."

„Aber nicht für mich. Niemand außer mir wird meine Arbeit anfassen."

„Wie Sie wünschen." Er neigte den Kopf wie ein Herrscher, der einem Untertanen gerade eine unverdiente Gnade erwiesen hat. „Kann ich sonst noch etwas für Sie tun?"

„Ja", sagte sie. Sie beschloss, es ihm möglichst schwer zu machen. „Ich brauche einen Arbeitstisch, etwa zwei Meter fünfzig breit und neunzig Zentimeter tief, mit einer gepolsterten, stoffbespannten Tischplatte, um meine empfindlichen Stoffe zu schonen."

„Ich werde dafür sorgen, dass der Tisch in Ihre Suite geliefert wird", antwortete er, ohne zu zögern. Es war ihr nicht gelungen, ihn auch nur einen Moment aus der Fassung zu bringen. „Es ist Ihnen hoffentlich klar, dass das Ihren Wohnraum stark einschränken wird."

„Das ist kein Problem. Solange hat bestimmt nichts dagegen, ihr Wohnzimmer mit mir zu teilen."

„Sie können sich jederzeit hier im Haupthaus aufhalten."

Lieber wohne ich in einer Hütte am Strand, als eine Minute mehr als nötig unter Ihrem Dach zu verbringen!, hätte sie am liebsten geantwortet. Aber sie spürte, wie nervös Solange war, darum sagte sie nur: „Danke. Ich weiß Ihr Angebot zu schätzen."

„Bitte." Er beugte sich vor, um seinem Sohn über das dunkle Haar zu streichen. „Ich kümmere mich gleich um Ihren Arbeitstisch. Komm mit, Adrian."

Der Junge blickte hoffnungsvoll zu Solange. „Ich möchte in Solanges Haus spielen."

„Dort bist du nur im Weg, jetzt, da Mademoiselle Barclay hier zu Gast ist."

„Wenn es Adrian nicht stört, mir Solange gelegentlich für eine Anprobe zu überlassen, wird er überhaupt nicht im Weg sein", sagte Anne-Marie und lächelte dem Kind zu. „Lassen Sie ihn ruhig zu uns kommen."

„Also gut." Als er an Solanges Stuhl vorbeiging, legte er ihr freundschaftlich die Hand auf die Schulter. „Ruf einfach an, wenn du genug hast, *chérie.* Du sollst dich nicht überanstrengen."

„Das klingt ja, als läge ihm etwas an dir", sagte Anne-Marie leise zu ihrer Freundin, als Ethan schwungvoll die Treppe hinaufging und im Haus verschwand.

„Das ist auch so. Ich habe dir schon gesagt, dass er ein guter Mensch ist und nur das Beste will." Solange hielt sich den Mund zu, um ein Kichern zu unterdrücken. „Du hast ihn ziemlich in Rage gebracht, Anne-Marie! Ich hatte fast einen Herzanfall, als ihr zwei aufeinander losgegangen seid."

„Er ist der Typ Mann, der meine schlimmsten Seiten zum Vorschein bringt."

„Ach, so nennst du das?", neckte Solange sie. „Für mich hat es eher so ausgesehen, als ob zwei Menschen lieber einen Streit vom Zaun brechen, als zuzugeben, dass sie sich stark zueinander hingezogen fühlen."

„So etwas Lächerliches habe ich ja noch nie gehört." Obwohl ihre Worte überzeugend klangen, konnte Anne-Marie es nicht verhindern, dass ihre Haut beim Gedanken an Ethan leicht prickelte. Der Blick seiner blauen Augen hatte etwas tief in ihr angerührt. Seine Nähe brachte sie ganz durcheinander, auch wenn sie fest entschlossen war, das Gefühl zu ignorieren.

„Ich habe nicht behauptet, dass es vernünftig ist", sagte Solange. „Dieses plötzliche Aufflammen von Leidenschaft ergibt selten einen Sinn. Aber das ist kein Grund, es zu verleugnen."

Oh doch!, dachte Anne-Marie. Ethan Beaumont war zwar attraktiv, aber er war auch unausstehlich. Auf keinen Fall würde sie wegen einer rein körperlichen Reaktion ihr Herz in Gefahr bringen.

Ethan hörte die beiden Frauen und das Kind lachen, noch bevor er die Gästehäuser erreichte. Lautlos näherte er sich ihnen und blieb einen Moment im Schatten des riesigen Tibouchina-Baums neben der Terrasse stehen. Der Grund für die allgemeine Heiterkeit war ein Kätzchen, das einem Luftballon hinterherjagte, der mit einer Schnur an Adrians Handgelenk befestigt war.

Das Entzücken auf dem Gesicht seines Sohnes versetzte Ethan einen Stich. Es hatte zu viel Leid und Traurigkeit im Leben des Jungen gegeben und zu wenig Lachen. Wie erklärt man einem dreijährigen Kind, dass die Frau, die er vorher „Mami" genannt hatte, plötzlich keine Lust mehr auf diese Rolle hatte?

Ethans Wut auf seine Exfrau hatte sich längst in Gleichgültigkeit verwandelt. Wenn er überhaupt an sie dachte, dann empfand er Mitleid und Abscheu. Aber was sie ihrem Sohn angetan hatte, schmerzte ihn immer noch. Es war zwei Jahre her, seit Lisa fortgegangen war. Obwohl Adrian nicht mehr nach ihr fragte, hatte sie in der Seele des Jungen großen Schaden angerichtet.

Natürlich hatte Ethan versucht, sie zu ersetzen. Er liebte den Jungen genug für zwei Eltern und tat alles, was in seiner Macht stand, um für seinen Sohn eine sichere, verlässliche Welt zu schaffen. Aber nachts, wenn die Albträume kamen, fehlte Adrian die Zärtlichkeit einer Frau. Zu sehen, wie Adrian sich an die Besucherin aus Kanada lehnte und sich Schutz suchend an ihre weiblichen Rundungen schmiegte, als das Kätzchen spielerisch auf ihn losging, machte ihm wieder einmal klar, wie groß die Lücke im Leben seines Sohnes war.

Trotzdem hatte diese Kanadierin kein Recht, sich ins Herz seines Sohnes zu stehlen. Sie war nur ein Gast, und sie würde ihn im Stich lassen, wenn es sie langweilte, Kindermädchen zu spielen. Er trat aus dem Schatten. „Sie sollten aus der Sonne gehen, Mademoiselle", ermahnte er sie. „Hellhäutige Menschen holen sich in diesen Breiten sehr leicht einen Sonnenbrand."

„Ich habe mich gut eingecremt", antwortete sie und schmiegte die Wange an Adrians Nacken.

Sie trug ein kurzes, eng anliegendes gelbes Sommerkleid mit Spaghettiträgern. Ethan ließ den Blick über ihre schmale Taille und die schlanken Hüften schweifen.

Das Kätzchen schlug mit der Pfote erneut nach dem Luftballon, traf daneben und griff stattdessen Anne-Maries Zehen an. Kichernd rollte Adrian sich in ihrem Schoß zusammen.

„Das reicht, Adrian!", rief Ethan aus. Es klang schärfer, als er beabsichtigt hatte. „Du bist lästig."

Anne-Marie wehrte das Kätzchen ab, umarmte den Jungen und strich ihm das Haar aus der Stirn. „Nein, im Gegenteil. Wir haben sehr viel Spaß, stimmts, Adrian?"

„Ja." Er legte ihr die Arme um den Nacken.

Ethan unterdrückte mühsam seine Wut. „Ich dachte eigentlich,

Sie seien zum Arbeiten hier, Mademoiselle."

„Das bin ich auch", sagte sie honigsüß, während sie ihm unter gesenkten Wimpern hervor einen wütenden Blick zuwarf. „Aber da ich mein eigener Chef bin, brauche ich niemanden um Erlaubnis zu fragen, wenn ich eine Pause machen will."

Wenn sie nicht bald den Mund hält, bekommen wir hier ernsthaft Ärger, dachte er. „Das gibt Ihnen nicht das Recht, sich in die Erziehung meines Sohnes einzumischen."

„Ach, du liebe Güte!" Sie verdrehte die Augen, ließ Adrian los und gab ihm einen leichten Klaps auf den Po. „Der Herr und Meister ruft, mein Schatz. Lassen wir ihn nicht länger warten. Aber du kommst bald wieder, hoffe ich."

„Ich weiß, wie beschäftigt du bist, Ethan", versuchte Solange ängstlich zu vermitteln. „Wenn du angerufen hättest, hätte ich Adrian nach Hause gebracht und dir den Weg hierher erspart."

„Ich wollte sowieso hierherkommen", sagte er und wünschte, Solange wäre ihm gegenüber nicht immer so unterwürfig. „Ich wollte sicher sein, dass Mademoiselle Barclay alles hat, was sie für ihre Arbeit braucht."

„Das habe ich", sagte Anne-Marie, erhob sich aus ihrem Stuhl und strich den kurzen, eng anliegenden Rock ihres Kleids glatt.

Er wandte den Blick ab. „Ist der Arbeitstisch auch zu Ihrer Zufriedenheit?"

„Ja, danke."

„Möchtest du mein Brautkleid sehen?", fragte Solange. „Es ist wirklich fantastisch, Ethan."

„Das interessiert ihn nicht", ließ Anne-Marie sich vernehmen. „Er hat Wichtigeres zu tun."

Er konnte nicht sagen, was seine Neugierde mehr anstachelte, diese unverschämte Frau oder ihre Arbeit. „Aber natürlich interessiert es mich. Bitte zeigen Sie mir das Kleid."

Anne-Marie Barclay blickte ihn ablehnend an und zog dabei einen aufreizenden Schmollmund. Er glaubte schon, sie würde Nein sagen. Aber dann ging sie ihm voran in ihren Gästebungalow und forderte ihn mit einer Geste auf einzutreten.

Er streifte sie unabsichtlich, als er an ihr vorbeiging. Ihr Duft, ihre Nähe und die Berührung ihrer kühlen, zarten Haut machten ihn nervös.

Das Innere des Hauses war kaum wiederzuerkennen. Ungläubig sah Ethan sich um. Die Leselampen mit den Lampenschirmen aus Seide, die Schalen mit frischem Obst und die Vasen mit frischen Blumen waren verschwunden. Der silberne Kerzenleuchter, der normalerweise auf der Mitte des großen Tischs in der Essecke im Erker stand, hatte der Nähmaschine weichen müssen. Das Bügelbrett und das Bügeleisen standen nicht weit davon entfernt.

Der Wohnbereich war völlig verändert. Die Möbel waren an die Wand gerückt worden, um Platz für den Arbeitstisch zu machen. Der Raum war so voll, dass zwei Personen nicht mehr aneinander vorbeikamen, ohne sich zu berühren. Das wollte Ethan in diesem Fall lieber nicht noch einmal riskieren.

„Bitte sehr, hier ist es." Sie zeigte auf eine Kleiderpuppe in der Ecke, über die das Brautkleid drapiert war. „Wie Sie sehen, ist es damenhaft und moralisch unbedenklich."

„Das habe ich keinen Moment bezweifelt."

„Ach, wirklich?", rief sie aus, ging um den Arbeitstisch herum und korrigierte den Sitz des Kleides um paar Nuancen. „Ich glaube, Sie wollten meine Arbeit eigentlich nur sehen, um Ihr Vorurteil zu bestätigen."

„Vielleicht." Er zwängte sich am Tisch vorbei und betrachtete das Kleid von allen Seiten. Stecknadeln hielten den spinnwebfeinen Stoff zusammen. Obwohl er von Mode nicht viel verstand, fiel ihm auf, wie kühn und elegant der Schnitt des Oberteils und wie kunstvoll der Rock drapiert war. „Falls es so war, waren meine Befürchtungen unbegründet. Allerdings hätte ich erwartet, dass das Kleid inzwischen fast fertig ist."

„Es muss nur noch zusammengenäht werden", sagte sie gleichmütig, als wäre das für einen Profi wie sie nur eine Kleinigkeit. „Ich wollte sichergehen, dass es perfekt sitzt, bevor ich eine dauerhafte Naht mache. Der Stoff ist zu empfindlich, um die Nähte einfach wieder aufzutrennen."

„War der Koffer nicht zu klein für sie?" Er meinte die Puppe, aber Anne-Marie verstand ihn absichtlich falsch.

„Ich packe mein Arbeitsmaterial gewöhnlich in eine Überseekiste. Sie ist zwar groß genug für meine Sachen, aber ich passe beim besten Willen nicht auch noch hinein. Aber falls Sie die Puppe meinen, die lässt sich in ihre Einzelteile zerlegen und nimmt nicht viel Platz ein."

Er unterdrückte ein Lächeln. „Wir haben anscheinend Verständigungsprobleme, *Mademoiselle.*"

„Das glaube ich nicht", antwortete sie. Durch die Stecknadeln in ihrem Mund klang es ein wenig undeutlich. „Ich denke, wir verstehen einander ganz gut. Aber keiner von uns ist vom anderen sonderlich beeindruckt. Wenn es nach Ihnen ginge, wäre ich schon wieder auf dem Weg nach Hause."

„Das mag sein", gab er zu. „Aber da das keine Lösung ist, müssen wir uns etwas anderes einfallen lassen, um aus dieser bedauerlichen Lage das Beste zu machen."

Sie nahm die Stecknadeln aus dem Mund und steckte sie in ein dickes rosafarbenes Nadelkissen. „Sie streiten also nicht ab, dass die Lage bedauerlich ist?"

„Absolut nicht. Ich habe gute Gründe dafür, Ihnen nicht zu vertrauen. Allerdings kann ich mir nicht erklären, warum Sie mir gegenüber so feindselig sind."

Seine Antwort brachte sie für einen Moment außer Fassung. Er hätte die Situation ausnutzen und aus dem kleinen Machtkampf als Sieger hervorgehen können, aber der Anblick ihrer vollen tiefrosa Lippen lenkte ihn ab. Unwillkürlich fragte er sich, ob sie wohl so süß schmeckten, wie sie aussahen.

Sie stemmte eine Hand auf die Hüfte. „Was für einen Grund haben Sie denn, mir zu misstrauen?"

„Darüber möchte ich im Moment nicht sprechen", sagte er mit einem bedeutungsvollen Blick auf Adrian, der unter dem überdachten Wandelgang mit seinem Kätzchen spielte. „Erklären Sie mir lieber, warum Sie so aggressiv gegen mich sind."

„Das ist nicht schwer zu beantworten", antwortete sie freiheraus. „Sie sind nicht mein Typ. Ich habe für anmaßende Männer nichts übrig. Aber das ist bedeutungslos. Ich bin schließlich nur für ein paar Wochen hier, und wenn die Hochzeit vorbei ist, brauchen wir uns nie wiederzusehen."

„Da bin ich anderer Meinung. Ein einziger Tag in unerwünschter Gesellschaft kann einem endlos vorkommen. Täuschen Sie sich nicht, *Mademoiselle.* Wir werden in den kommenden Wochen viel Zeit gemeinsam verbringen."

„Warum? Wir sind schließlich nicht das Brautpaar."

„Allerdings nicht, und dafür bin ich aufrichtig dankbar", sagte er und amüsierte sich insgeheim über die leichte Röte, die plötzlich ihr Gesicht überzog. „Aber eine traditionelle Beaumont-Hochzeit besteht nicht nur aus der kirchlichen Trauung und der anschließenden Feier. Als Trauzeuge des Bräutigams ist es meine Pflicht, die Trauzeugin der Braut auf alle gesellschaftlichen Ereignisse zu begleiten, die vor dem großen Tag stattfinden. Daher sollten wir wohl besser Waffenstillstand schließen."

„Danke für Ihr Angebot, aber ich brauche keinen Begleiter."

Eine Kinderstimme brachte sie beide dazu, sich schnell umzudrehen. Adrian stand im Vorraum und wirkte verwirrt. „Können Sie meinen Papa nicht leiden, Anne-Marie?"

„Aber nein, Schätzchen!" In ihren grauen Augen stand aufrichtige Besorgnis, als sie um den Arbeitstisch herumeilte, sich vor Adrian hinkniete und sein Gesichtchen umfasste. „Ich habe nicht gesagt, dass ich ihn nicht leiden kann."

Nicht ausdrücklich vielleicht!, dachte Ethan und ärgerte sich über sich selbst. *Ich hätte daran denken müssen, dass das Kind uns durch die offenen Fensterläden hören kann.* Er stellte sich neben Anne-Marie und legte seinem Sohn die Hand auf die Schulter. „Habe ich dir nicht gesagt, du sollst bei Solange bleiben, *mon petit?*"

„Sie ist ins Haus gegangen, weil das Telefon geklingelt hat", sagte er und strahlte seine neue Freundin bewundernd an. „Sie blieb lange weg. Dann ist das Kätzchen fortgelaufen, und ich habe nach euch gesucht."

„Das war richtig", sagte Anne-Marie sanft. „Es war nicht nett von uns, dich allein zu lassen. Aber dein Vater und ich haben jetzt lange genug miteinander gesprochen. Möchtest du noch ein bisschen spielen?"

„Nein", antwortete Ethan anstelle seines Sohnes und nahm dessen Hand. „Ich habe bereits klargestellt, dass er nicht länger hierbleiben darf."

„Und ich habe klargestellt, dass er mich nicht stört."

Aber Sie fangen allmählich an, mich zu stören, dachte Ethan, ohne es laut auszusprechen. „Er kommt mit mir. Sie können nicht gleichzeitig arbeiten und auf ihn aufpassen."

„Ich bin eine Frau", erwiderte sie, als hätte er das nicht bereits bemerkt. „Frauen können mehrere Dinge gleichzeitig tun."

„Ich bin sein Vater, und ich will nicht, dass er in der Nähe eines Swimmingpools allein spielt. Insbesondere, wenn die Person, die auf ihn aufpassen soll, nichts von Erster Hilfe und Rettungstechniken im Wasser versteht."

„Verflixt!" Sie schnitt ein Gesicht und rieb die Nase an Adrians, was ihn erneut zum Lachen brachte. „Dein Vater hat Recht. Aber wir haben noch öfter Gelegenheit zu spielen, Schätzchen."

Nicht, wenn ich es verhindern kann, dachte Ethan und schob Adrian nach draußen. In diesem Moment kam Solange aus ihrem Bungalow.

„In deinem Büro wartet ein Señor Gonzales aus Caracas auf dich", informierte sie Ethan. „Es hat etwas mit der Ölbohrung zu tun."

„Ich habe ihn eigentlich erst morgen erwartet." Er drehte Adrian in die Richtung des Weges, der den Hügel hinaufführte. „Komm, wir gehen nach Hause, *mon petit.*"

„Gute Idee", bemerkte Anne-Marie ein wenig schnippisch. „Schließlich hält Sie ja hier nichts mehr."

„Im Moment vielleicht nicht." Er war fest entschlossen, das letzte Wort zu behalten. „Aber wenn ich zurückkomme, würde ich gern mit Ihnen ein paar Grundregeln vereinbaren. Wir sollten uns darüber einigen, wer hier das Sagen hat."

„Sie haben mich darüber nicht im Zweifel gelassen."

„Ich hoffe es. Aber Sie machen auf mich nicht den Eindruck, als fänden Sie sich leicht mit einer Niederlage ab."

Sie zuckte leicht mit einer Schulter, um ihm zu zeigen, wie wenig er sie beeindruckte.

„Das dachte ich mir. Aber es wird in Zukunft keine Auseinandersetzungen dieser Art mehr geben. Mein Sohn soll so etwas nicht mehr mit ansehen müssen. Ich lasse nicht zu, dass Sie mein Haus bis zur Hochzeit in einen Kriegsschauplatz verwandeln."

4. KAPITEL

„Du siehst bezaubernd aus“, bemerkte Solange, als Anne-Marie und sie durch die Gärten zu dem Pavillon gingen, wo vor dem Abendessen die Cocktails serviert wurden. „Hast du das Kleid selbst entworfen?“

„Natürlich. Ich mache alle meine Kleider selbst.“

„Wenn Ethan dich darin sieht, wird er bestimmt nicht mehr an deinen Fähigkeiten zweifeln.“

„Ich habe es nicht angezogen, um ihn zu beeindrucken“, verteidigte sich Anne-Marie, aber es entsprach nicht ganz der Wahrheit. Sie hatte das veilchenfarbene Chiffonkleid mit Bedacht gewählt. Der kühn geschwungene asymmetrische Ausschnitt ließ eine Schulter frei. Die tiefviolette Farbe ließ ihre grauen Augen dunkler und geheimnisvoller wirken und verlieh ihrer Haut einen elfenbeinfarbenen Schimmer.

Das wird ihn sprachlos machen, hatte sie beim Blick in den Spiegel zufrieden festgestellt, während sie sich das Haar hochsteckte und dann etwas lavendelfarbenen Lidschatten auf die Augenlider aufgetragen hatte.

Aber als sie und Ethan sich gegenüberstanden, war sie diejenige, die sprachlos war. Er hatte schon am frühen Morgen mit nacktem Oberkörper einen atemberaubenden Anblick geboten, aber in dem weißen Smoking und der schwarzen Fliege sah er einfach umwerfend aus.

„Ich freue mich, dass Sie gekommen sind“, begrüßte er sie. *Als wäre es vorstellbar, dass jemand es wagen würde, eine Einladung der Beaumonts zu ignorieren!,* dachte Anne-Marie. „Erlauben Sie, dass ich Ihnen meine Tante und meinen Onkel, Josephine und Louis Duclos, vorstelle.“ Er führte sie zu dem älteren Ehepaar, das weiter hinten wartete. „Das ist Solanges Freundin, Mademoiselle Anne-Marie Barclay.“

„*Enchanté, Mademoiselle*“, sagte Louis Duclos und küsste ihr mit altmodischer Galanterie die Hand. „Willkommen auf Bellefleur."

„Das genügt, Louis", ließ sich seine Frau vernehmen und tippte ihn leicht an der Schulter an. „Lass Mademoiselle Barclays Hand los, und erlaube der jungen Dame, meine Bekanntschaft zu machen. Sie können sich gern zu mir unter die Markise setzen, *Mademoiselle.*"

Die Beaumonts scheinen Einladungen immer wie Befehle auszusprechen, dachte Anne-Marie und ließ sich auf dem angebotenen Platz nieder. Josephines Augen waren von demselben dunklen Braun wie Adrians. Davon abgesehen war sie Ethan wie aus dem Gesicht geschnitten.

„Erzählen Sie mir etwas über sich", forderte sie Anne-Marie auf und musterte die junge Frau mit unverhohlener Neugierde. „Ich weiß gar nichts über Sie, außer dass Sie und Solange alte Freundinnen sind. Wie haben Sie sich kennen gelernt? Schließlich ist sie Französin, und Sie sind Kanadierin. Waren Ihre Eltern auch im diplomatischen Dienst?"

„Nein, meine Eltern sind bei einem Segelunfall umgekommen, als ich acht Jahre alt war."

Josephines Blick wurde eine Spur weicher. „Das tut mir leid. Was für ein schrecklicher Verlust für ein so kleines Kind. Waren Sie dann ganz allein auf der Welt?"

„Der Bruder meiner Mutter wurde mein Vormund. Aber er war Junggeselle und gerade erst Anfang zwanzig. Mein Onkel hatte keine Ahnung, was er mit einem kleinen Mädchen anfangen sollte, das jede Nacht nach seiner Mutter und seinem Vater weinte. Also hat er mich in ein Internat geschickt, wo ich wenigstens mit gleichaltrigen Kindern zusammen war. Solange und ich haben uns in einem Mädchenpensionat in der Schweiz kennen gelernt."

„Und Sie sind Freundinnen geworden, weil Sie so viel gemeinsam hatten. Sie war natürlich keine Waise, aber sie hätte es auch sein können, da ihre Eltern ja so gut wie kein Interesse an ihr zeigten."

„Sie haben mich nicht im Stich gelassen, *Tante* Josephine", verteidigte Solange ihre Eltern, wie sie es immer getan hatte. Es machte keinen Unterschied, wie oft sie ihren Geburtstag vergessen oder den geplanten Urlaub in den Schulferien abgesagt hatten. „Sie haben mich auf ein Internat geschickt, damit ich immer auf derselben Schule bleiben konnte, während sie von Land zu Land zogen."

„Du kannst es dir gern schönreden, wenn du willst", erwiderte Josephine. „Es bleibt trotzdem eine Tatsache, dass sie andere Leute dafür bezahlt haben, dich aufzuziehen, während sie sich auf Partys in ganz Europa amüsierten. Du bist nur zu nett und zu loyal, um es so deutlich auszusprechen wie ich."

„Ich habe Solanges Eltern kennen gelernt. Sie erschienen mir immer sehr fürsorglich", sagte Anne-Marie. Sie wusste, wie sehr es Solange kränkte, wenn jemand ihre Eltern kritisierte.

„Ganz bestimmt", meinte Josephine Duclos trocken. „Sie sorgten stets für sich selbst und ihr eigenes Vergnügen."

„Zu mir waren sie immer sehr freundlich", beharrte Anne-Marie mit fester Stimme.

„Ich habe nicht gesagt, sie seien vorsätzlich grausam, junge Dame. Sie gehören nur zu den Leuten, die ausschließlich mit sich selbst beschäftigt sind, wie eine gewisse Person, die wir einmal kannten." Josephine warf Ethan einen vielsagenden Blick zu.

„Lass uns nicht unsere gesamte schmutzige Wäsche auf einmal waschen", wehrte Ethan ab. „Mademoiselle Barclays Eindruck von unserer Familie ist bereits schlecht genug."

„Wie kommen Sie denn darauf?", fragte Anne-Marie und nahm ein Glas Champagner entgegen, das Louis ihr reichte. „Adrian ist doch zauberhaft."

„Aber ich bin es nicht." Sein Ton klang scherzhaft, aber sein Lächeln war spöttisch. Trotzdem schlug Anne-Maries Herz schneller. *Ich muss verrückt sein*, dachte sie. *Ich finde ihn sogar attraktiv, wenn er gezielt unfreundlich zu mir ist.*

„Stimmt", meinte sie und ging lächelnd auf den Scherz ein, „Sie sind unerträglich."

Solange schnappte hörbar nach Luft, aber Josephine fing zu Anne-Maries Überraschung an, laut zu lachen. „Du hast offenbar deine Meisterin gefunden, Ethan", rief die alte Dame belustigt aus. „Und was Sie betrifft, mein Kind …", sie berührte Anne-Marie leicht am Arm, „… Sie gefallen mir!"

„Sie haben bestimmt schon mitbekommen, dass nicht viele Menschen Gnade vor den Augen meiner Tante finden", sagte Ethan. „Möchten Sie noch etwas Champagner?"

„Mach sie nicht gleich betrunken. Ich bin noch nicht fertig damit, sie auszufragen." Josephines braune Augen glänzten lebhaft, als sie sich erneut an Anne-Marie wandte. „Was gibt es sonst noch Interessantes über Sie zu wissen, Kind, außer der Tatsache, dass Sie erfrischend ehrlich sind?"

„Sehr wenig. Ich arbeite viel und habe nicht viel Zeit für Hobbys."

„Ich wollte nicht wissen, was Sie tun. Ich will wissen, wer Sie sind. Ihre Gedanken, Ihre Ansichten interessieren mich. Wie denken Sie darüber, dass Solange einen Beaumont heiraten wird?"

Die Dämmerung war ziemlich schnell hereingebrochen. Das glitzernde Türkis des Meeres war in ein tiefes Pflaumenblau übergegangen. Im Licht der Kerzen, die auf dem Tisch um einen Strauß roten Hibiskus herum arrangiert waren, konnte Anne-Marie erkennen, dass Ethans Blick immer wieder von ihrem Gesicht zu ihrer nackten Schulter, dann zu ihren Füßen und wieder zurück glitt.

Nun wünschte sie doch, sie hätte sich für ein weniger gewagtes Kleid entschieden. Eins, das weniger von ihr enthüllte. Instinktiv drängte es sie, die Arme vor der Brust zu verschränken. Ethans durchdringender Blick verursachte ihr ein Kribbeln auf der Haut.

Gleichzeitig konnte auch sie den Blick nicht von Ethan wenden. Sein schwarzes Haar lag glatt an seinem Kopf an. Abgesehen von seinen Augen, die sogar in der Abenddämmerung noch blau wie Lapislazuli leuchteten, erinnerte er sie an ein Gemälde in Bronzetönen, Schwarz und Weiß.

„Wir warten alle auf Ihre Antwort, *Mademoiselle*“, sagte er sanft. „Halten Sie Solange für verrückt, weil sie in unsere Familie einheiratet?“

„Ich kann nur hoffen, dass sie es nicht ist“, antwortete sie direkt. „Und ich hoffe, dass Philippe ihre Erwartungen nicht enttäuscht.“

„Aber Sie zweifeln daran?“

Sie zögerte. Er hatte den wunden Punkt getroffen, über den sie bisher nicht einmal mit Solange gesprochen hatte. Sie hatte Philippe als charmanten und aufmerksamen jungen Mann in Erinnerung, der jedoch nicht die Charakterstärke seines Bruders besaß. Solange war sensibel und zerbrechlich. Sie brauchte einen starken Mann an ihrer Seite.

„Ich habe Philippe zuletzt vor acht Jahren gesehen.“ Anne-Marie wählte ihre Worte mit Bedacht. „Ich nehme an, er hat sich seitdem verändert. Ich würde mein Urteil lieber erst abgeben, wenn ich ihn wiedergesehen habe.“

Aber Ethan ließ nicht locker. „Wie war er denn damals?“

„Ein Junge, der gerade dem Teenageralter entwachsen war und versuchte, einen Mann von Welt darzustellen. Ich nehme an, er ist in der Zwischenzeit erwachsen geworden.“

„Darauf würde ich keine Wette abschließen“, brummelte Josephine. „Louis, reich mir bitte meine Stola, und lass uns ins Haus gehen. Ich habe Hunger.“

Sie hatte noch nicht zu Ende gesprochen, als das schnurlose Telefon neben Ethan klingelte. Er nahm den Anruf entgegen, ging zum äußersten Rand des Pavillons und führte leise ein kurzes Gespräch. Als er wieder zurückkam, kündigte er an: „Dein Magen ist pünktlich wie immer, *ma tante.* Und du, Solange, wirst dich freuen zu hören, dass Philippe vor einer halben Stunde nach Hause gekommen ist.“

„Er ist schon da? Ich habe ihn eigentlich erst später erwartet!“ Sie sprang auf. Ihr Gesicht leuchtete vor Freude. „Würdet ihr mich bitte entschuldigen?“

„Natürlich“, sagte er. „Geh nur, und begrüße ihn.“

Leichtfüßig lief sie davon. Da Josephine und Louis auch bereits losgegangen waren, blieb Anne-Marie keine andere Wahl, als mit Ethan zum Haus zu gehen.

Er nahm ihren Arm und hielt ihn fest, wie um Anne-Marie klarzumachen, dass sie weder seinem Griff noch seinen Fragen entkommen würde. „Jetzt, da wir allein sind, verraten Sie mir doch, wie Sie wirklich über die Heirat zwischen Ihrer besten Freundin und meinem Halbbruder denken.“

„Ich habe gemischte Gefühle, Ethan. Philippe war mir damals sehr sympathisch, aber er schien mir ein wenig verwöhnt zu sein. Wenn er inzwischen nicht etwas reifer geworden ist, habe ich Bedenken, ob er für eine Ehe wirklich bereit ist. Andererseits habe ich damals geglaubt, seine Beziehung mit Solange würde nicht länger als einen Sommer dauern. Es ist ein sehr gutes Zeichen, dass die beiden jetzt schon fast zehn Jahre zusammen sind.“

„Es hat zwischendurch auch andere Frauen in seinem Leben gegeben.“

„Und Solange ist mit anderen Männern ausgegangen. Aber letztendlich konnte nichts Philippe und Solange auf Dauer auseinanderbringen.“

„Weiß sie, dass Sie nicht sicher sind, ob sie eine kluge Wahl getroffen hat?“

„Nein. Solange hat wenig Selbstvertrauen. Es würde mir nicht im Traum einfallen, sie so kurz vor der Hochzeit zu verunsichern. Wenn sie mich vor sechs Monaten gefragt hätte, wäre ich bestimmt ehrlicher gewesen.“

„Es erstaunt mich, dass zwei so gute Freundinnen nicht offener miteinander reden. Ich hätte angenommen, dass Sie als Erste von der Verlobung erfahren.“

„An mich wendet sich Solange nur, wenn etwas schiefläuft. Wenn es ihr gut geht, dann teilt sie ihr Glück mit ihren Eltern. Sie weiß, dass ihre Mutter und ihr Vater weder Zeit noch Lust haben, sich mit

Problemen zu beschäftigen. Die einzigen Neuigkeiten aus Solanges Leben, für die sie sich interessieren, sind die guten Neuigkeiten."

„Meine Tante hatte mit ihren Bemerkungen also Recht?"

„Ja, leider."

„Ich frage mich, warum manche Leute überhaupt Kinder bekommen", sagte er mit einem zornigen Unterton. Der Druck um ihren Arm verstärkte sich.

„Bereuen Sie es denn, Adrian zu haben?"

„Liebe Güte, nein! Wie kommen Sie denn darauf?"

„Weil Sie dabei sind, mir den Arm zu brechen." Sie entwand sich seinem Griff. „Für einige Männer ist ein Kind eine Art Statussymbol. Ein Beweis für ihre Männlichkeit."

„Für manche Frauen ist ein Kind ein Spielzeug, das sie einfach wegwerfen, wenn sie seiner müde geworden sind."

„Sprechen wir gerade von Ihrer Exfrau?"

„Sie hatte einen Sohn wie Adrian nicht verdient."

„Eine Frau verlässt ihr Kind nicht leichtfertig. Sie muss furchtbar unglücklich gewesen sein, um sich zu einem solchen Schritt zu entschließen."

„Wollen Sie damit sagen, ich hätte sie aus dem Haus getrieben?"

„Ich will gar nichts damit sagen. Ich denke nur, dass es normalerweise gegen die Natur einer Mutter ist, ihr Baby zu verlassen."

„An Lisa war überhaupt nichts normal. Es tut mir nur leid, dass ich das nicht früher erkannt habe. Dann wäre einigen von uns und vor allem meinem Sohn viel Kummer erspart geblieben."

Und was ist mit deinem Kummer, Ethan?, hätte sie ihn gern gefragt. Vielleicht war Adrian nicht der Einzige, der sich nach Lisa sehnte. „Wenn sie zurückkommen wollte, wären Sie einverstanden?"

Der Weg führte aus dem Wald in eine Lichtung, die still im Mondlicht dalag. Der berauschende Duft tropischer Blumen erfüllte die Luft. „Ja, ich wäre einverstanden", antwortete Ethan rau. „Wie könnte ich ihr das verweigern?"

Es sollte mir gleichgültig sein, sagte sich Anne-Marie. Aber sie fühlte sich, als hätte sie gerade einen schweren Verlust erlitten.

Als Ethan und Anne-Marie im Haus ankamen, standen Josephine und Louis in den Anblick einer Blumenschale mit Gardenien vertieft auf der Veranda. Philippe und Solange waren in eine innige Umarmung versunken.

Ethan wusste nicht, ob ihm seine Missbilligung am Gesicht abzulesen war oder ob er unwillkürlich einen Laut von sich gegeben hatte. Jedenfalls warf ihm Anne-Marie einen amüsierten Blick zu und sagte leise: „Was ist los, Ethan? Sind Sie neidisch?“

„Natürlich nicht“, erwiderte er. „Aber es gibt für alles den richtigen Ort und den richtigen Zeitpunkt.“

„Sie haben doch selbst dafür gesorgt, dass Solange und Philippe so oft getrennt sind. Machen Sie ihnen jetzt einen Vorwurf daraus, wenn sie jede Gelegenheit nutzen?“

„Darf ich daraus schließen, dass Sie in Ihrem eigenen Privatleben ebenso wenig Zurückhaltung walten lassen?“

„Sie tun ja so, als stünden vor meinem Haus die Liebhaber Schlange.“

Sein Blick ruhte auf dem weich fallenden Stoff ihres Oberteils, auf ihren Brüsten und der schmalen Taille. „Ich könnte es ihnen nicht verdenken.“

Sie errötete leicht. „Ich weiß nicht, ob ich mich jetzt geschmeichelt oder beleidigt fühlen soll.“

Philippe, der die beiden endlich bemerkt hatte, kam auf sie zu und ersparte Ethan damit die Antwort.

„Wenn ich nicht bereits Solange heiraten würde, würde ich dir einen Antrag machen, Anne-Marie“, sagte Philippe und umarmte Anne-Marie überschwänglich. „Wie kommt es, dass kein anderer Mann so klug ist wie ich?“

Josephine meinte spitz: „Vielleicht ist ja Anne-Marie die Kluge. Lass sie los, du Kindskopf, damit dein Bruder sie zu Tisch führen kann. Ich bin schon ganz schwach vor Hunger. Warum kommt ihr denn erst jetzt, Ethan?"

„Wir haben uns unterhalten."

„Worüber denn?" Josephine ließ sich wie üblich nicht mit einer ausweichenden Antwort abspeisen.

„Über Kinder", antwortete er. Ihm fiel auf, mit welchem verklärten Gesichtsausdruck Solange seinen Bruder ansah. *Ob Philippe ahnt, wie sehr seine künftige Frau ihn anbetet?*, fragte Ethan sich.

Ethan führte alle ins Esszimmer und wies Anne-Marie den Platz zu seiner Rechten an. Er selbst saß am Kopfende des Tisches. Mit einer fließenden, anmutigen Bewegung nahm sie Platz. Dabei kräuselte sich der weich fallende Stoff ihres Kleides um ihre Beine. Erneut fiel Ethan auf, wie schön sie war.

Der Kerzenleuchter an der Decke warf ein schmeichelndes Licht auf ihr schimmerndes blondes Haar und tauchte ihr Gesicht in geheimnisvolle Schatten. Den Tag über hatte sie gerade genug Sonne abbekommen, um ihrem hellen Teint einen leichten honigfarbenen Ton zu verleihen.

Sie saß nah genug bei ihm, dass er leicht ihr Knie mit seinem hätte streifen können. Er hätte mit der schmalen Goldkette, die sie um das Handgelenk trug, spielen können, oder mit den glitzernden Diamantohrsteckern, die Funken aus Feuer und Eis zu sprühen schienen.

Es schockierte ihn, wie gern er all dies wirklich getan hätte. Ausnahmsweise war er einmal froh darüber, dass seine Tante sich brennend für das Leben anderer Menschen interessierte. So brauchte er sich nicht höflich mit Anne-Marie zu unterhalten, sondern konnte sie ungestört ansehen.

„Wie alt sind Sie, mein Kind?", erkundigte sich Josephine über der heißen Papaya-Orangen-Suppe.

„Achtundzwanzig."

„Und Sie waren nie verheiratet?"

„Nein." Anne-Marie lächelte. Die persönlichen Fragen schienen ihr nichts auszumachen. „Ich hatte keine Zeit dafür. Vielleicht habe ich auch noch nicht den richtigen Mann getroffen."

„Aber Sie haben nichts gegen die Ehe im Allgemeinen?"

Sie neigte den Kopf leicht zur Seite und senkte nachdenklich den Blick. Ethan fiel auf, wie lang ihre Wimpern waren. Schließlich antwortete sie: „Irgendwann hätte ich sehr gern einen Mann und Kinder und all die Vorzüge, die das Familienleben mit sich bringt."

„Was meinen Sie mit ‚Vorzüge'? Geld?"

„Liebe Güte, nein! Davon habe ich selbst genug."

„Gesellschaftlichen Status?"

„Auch den habe ich bereits." Sie warf Ethan einen herausfordernden Blick zu. „Obwohl in dieser Hinsicht nicht jeder hier am Tisch meiner Meinung ist."

„Kümmern Sie sich nicht darum, was Ethan denkt", spottete Josephine und lachte. „Wenn er sich einmal in etwas verrannt hat, ist er so leicht nicht mehr davon abzubringen. Aber das heißt nicht, dass er immer Recht hat."

„Wenn ich etwas zu meiner Verteidigung sagen darf, ich habe mir noch kein endgültiges Urteil über Sie gebildet, *Mademoiselle*", bemerkte Ethan.

„Aber natürlich haben Sie das", erwiderte sie. „Sie haben mich als unverschämt, geschmacklos und ungehobelt eingestuft, dabei bin ich nur unverschämt."

Josephine lachte.

„Legen Sie mir bitte keine Worte in den Mund", erwiderte Ethan.

Josephine machte eine wegwerfende Handbewegung. „Ignorieren Sie ihn, Anne-Marie. Erzählen Sie mir lieber, was Sie sich von Ihrer künftigen Familie wünschen."

„Zum Beispiel Familientraditionen. Ich würde gern mit meinem Kind zu Halloween auf den Markt gehen und es sich seinen eigenen Kürbis aussuchen lassen. Oder gemeinsam mit ihm den Weihnachtsbaum schmücken, danach heiße Schokolade trinken und Weihnachtslieder singen. Wenn ich eine Tochter hätte, würde ich ihr hübsche Kleider nähen und ihr eine Torte zum Geburtstag backen."

„Das sind alles Dinge, auf die Sie viel zu früh verzichten mussten. Ich verstehe, warum Ihnen das wichtig ist", sagte Josephine einfühlsam und nickte. „Möchten Sie denn gern mehr als ein Kind?"

„Oh ja, auf jeden Fall! Falls mir und meinem Mann etwas zustoßen sollte, was der Himmel verhüten möge, dann sind sie wenigstens nicht allein. Meiner Erfahrung nach sind Einzelkinder oft einsam."

„Das muss nicht so sein", wandte Ethan entschieden ein.

„Natürlich nicht." Sie zuckte die Schultern. „Es kommt auf die Umstände an."

„Und die waren in Ihrem Fall besonders tragisch." Ethans Tante machte eine kurze Pause, um etwas Suppe zu essen. Dann fuhr sie mit ihrer Befragung fort. „Sie haben sehr hart gearbeitet, um sich in der Modewelt einen Namen zu machen, meine Liebe. Können Sie sich denn vorstellen, für eine Familie alles aufzugeben?"

„Für eine gewisse Zeit schon. Ich finde, Mutter zu sein ist eine große Aufgabe. Eine Frau sollte ihr Bestes geben, wenn sie sich dafür entschieden hat."

„*Eh bien,* ist es nicht ein Glück, dass Sie ein paar Wochen hier sein werden?" Josephine blickte bedeutungsvoll in Ethans Richtung. „Wie schade, dass wir Sie nicht schon vor sieben Jahren kennen gelernt haben."

„Vorhin hast du behauptet, du seist am Verhungern. Jetzt redest du die ganze Zeit, statt zu essen", sagte er. Er wusste genau, was sie mit ihren Bemerkungen bezweckte. Sie hatte Lisa nie leiden können und es sich zur Lebensaufgabe gemacht, ihn mit einer passenderen Frau zu verkuppeln.

„Ich unterhalte mich doch nur", verteidigte seine Tante sich. „Wie gefällt Ihnen dieses Zimmer, Anne-Marie?"

„Sehr gut. Die detailgetreue Wandmalerei mit den Blumen ist erstklassige Arbeit. Sie wirkt täuschend echt. Man nennt das

Trompe l'oeil, stimmts?"

„Ganz recht, mein Kind. Wie schön, dass Sie sich damit auskennen", lobte Josephine. Sie war viel zu begeistert von ihrem neuen Protegé, um zu bedenken, dass man ihre Bemerkung auch als herablassend hätte empfinden können. Aber Anne-Marie war nicht gekränkt.

„Ich habe viele wunderbare Beispiele dafür in französischen Schlössern gesehen, als ich in Frankreich lebte", sagte sie. Das beeindruckte seine Tante noch mehr, wusste Ethan. „Ich habe einmal für ein Stoffdesign eine ähnliche Technik benutzt, als ich an der Modeschule studierte."

„Dafür hat sie eine Goldmedaille gewonnen", warf Solange ein. Sie hatte sich einen Moment lang von Philippe losgerissen, um auch etwas zur allgemeinen Unterhaltung beizutragen.

„Tatsächlich?" Josephine lächelte zufrieden. Ethan gestand sich ein, dass er ebenfalls beeindruckt war. Vielleicht ist an dieser Anne-Marie ja mehr dran, als ich anfangs dachte, ging es ihm durch den Kopf.

Der Butler Morton kam herein und überwachte das Servieren des zweiten Gangs. Es gab Josephines Lieblingssalat aus Palmenherzen, und die alte Dame widmete sich daher ganz ihrem Teller.

Ethan neigte sich diskret zu Anne-Marie hinüber und sagte leise: „Ich hoffe, meine Tante hat Sie mit ihren Bemerkungen nicht beleidigt. Ich bitte um Entschuldigung, falls es Sie gestört haben sollte."

„Keineswegs", antwortete sie. „Ich mag es, wenn Menschen direkt sind."

„Wenn Sie sich für Wandmalereien interessieren, kann ich Sie gern einmal durchs Haus führen, sobald Sie ein wenig Zeit haben", schlug er vor.

„Gern. Das wäre sehr nett."

Er fragte sich, ob sie das aufrichtig meinte oder nur höflich sein wollte. Die ganze Mahlzeit über beobachtete er sie und suchte nach

Anzeichen dafür, was sich hinter ihrem charmanten Lächeln verbarg. Nach dem Kaffee und dem Kognak entschuldigten sich die anderen vier und ließen ihn mit ihr allein. Er überraschte sich selbst, als er ihr spontan anbot, sie zurück zu ihrem Gästebungalow zu begleiten. *Wahrscheinlich werde ich es bereuen*, fürchtete er. Aber die Gelegenheit, etwas mehr über Anne-Marie zu erfahren, schien ihm auf einmal zu reizvoll, um sie ungenutzt verstreichen zu lassen.

5. KAPITEL

Das ist wirklich nicht nötig", sagte Anne-Marie, als Ethan sie durch den säulenbestandenen Eingang des Speisezimmers hinaus auf die Terrasse führte. Der Gedanke, mit ihm allein durch die nächtlichen Gärten zu spazieren, machte sie ein wenig nervös. „Ich finde den Weg auch allein."

„Der Weg ist an manchen Stellen ziemlich steil. Solange würde mir nie verzeihen, wenn Sie stürzen und sich wehtun würden. Ich könnte ein wenig frische Luft brauchen. Außerdem gibt uns der Spaziergang die Möglichkeit, einander näher kennen zu lernen."

„Näher? Wie wäre es mit ‚anders'?", fragte sie.

„Ich verstehe nicht, was Sie meinen."

„Ihre Meinung über mich hat sich während des Abendessens ein wenig zum Positiven gewandelt. Ich wüsste gern, warum. War es, weil ich die Wandmalerei im Esszimmer sachkundig beurteilen konnte, oder war es, weil ich nicht versucht habe, das Familiensilber zu stehlen? Oder weil Ihre Tante mich mag?"

„War ich tatsächlich so ein Ungeheuer?", fragte er. „In diesem Fall möchte ich Sie um Verzeihung bitten."

„Sie haben meine Frage nicht beantwortet."

„Ich habe keinen Moment lang befürchtet, Sie würden das Familiensilber stehlen, Anne-Marie. Ich habe auch nie an Ihrer Intelligenz gezweifelt. Was meine Tante betrifft …" Sie spürte ein angenehmes Prickeln auf der Haut, als sie ihn leise lachen hörte. „Ich bin so daran gewöhnt, dass Josephine zu jedem beliebigen Thema ihren Senf dazugibt, dass ich es kaum noch wahrnehme."

Seine umgangssprachliche Ausdrucksweise überraschte sie ein wenig. Schließlich war Englisch nicht seine Muttersprache, und er schien für die nordamerikanische Kultur wenig übrig zu haben. „Sie haben zwar einen leichten französischen Akzent, aber Ihr Englisch klingt, als hätten Sie länger in Amerika gelebt."

„Ich habe ein paar Jahre in Harvard studiert."

„Es ist also nicht alles schlecht, was aus Amerika kommt?"

„Nein, nicht unbedingt." Sie hörte am Klang seiner Stimme, dass er lächelte. „Ich habe viele Freunde und Geschäftskontakte in den Vereinigten Staaten und Kanada. Aber ich spreche auch fließend Spanisch und Portugiesisch und habe ebenfalls sehr gute Kontakte nach Südamerika."

„Dann haben Sie mir etwas voraus. Ich spreche nur Französisch und Italienisch."

„Das wäre nur dann wichtig, wenn wir Konkurrenten wären. Wir sollten Solange zuliebe versuchen, miteinander auszukommen." Er bot ihr den Arm, und als sie sich nicht freiwillig bei ihm unterhakte, half er mit sanftem Druck nach. Er führte sie den Gartenweg hinunter am Pool vorbei. „Es ist angenehm hier, finden Sie nicht?"

„Angenehm" ist nicht das richtige Wort, dachte sie. Es war eine klare Nacht. Die exotischen Lilien auf beiden Seiten des Weges wirkten im Mondlicht geisterhaft und unwirklich. Aber ihr schwerer, süßer Duft war sehr real. Die Landschaft wirkte wie verzaubert. Die Magie des Augenblicks war so stark, dass Anne-Marie einen Moment lang glaubte, Musik vom Haus zu hören. Sie blieb stehen und lauschte in die Nacht. Sie hatte es sich nicht eingebildet. Tatsächlich klang eine Melodie im Dreivierteltakt zu ihnen herüber.

„Ach, ich hab in meinem Herzen da drinnen einen wundersamen Schmerz …", sagte Ethan und blieb ebenfalls stehen. „Das ist ein Lied aus der Lieblingsoperette meiner Tante, ‚Der Bettelstudent'. Sie und mein Onkel tanzen fast jeden Abend dazu. An dem Abend, an dem er ihr seinen Heiratsantrag gemacht hat, waren sie gemeinsam in einer Vorstellung des ‚Bettelstudenten' am Broadway. Das ist über fünfzig Jahre her."

„Und sie pflegen diese Tradition heute noch?" Das berührte Anne-Marie tief. Auch ihre Eltern waren so liebevoll zueinander gewesen. Bei der Erinnerung traten ihr plötzlich Tränen in die Augen. „So sollte eine Ehe sein."

„Aber die wenigsten sind so." Er reichte ihr ein Taschentuch.

„Ich weiß auch nicht, was mit mir los ist." Sie wischte sich die Tränen ab.

„Wahrscheinlich haben Sie nicht damit gerechnet, dass eine Beziehung, in der die Frau die Hosen anhat, so liebevoll und zärtlich sein kann."

„Ihr Onkel schien tatsächlich ein wenig unter dem Pantoffel zu stehen", antwortete sie und lächelte.

Er nahm ihre Hand. „Oberflächlich betrachtet, vielleicht. Aber in Wirklichkeit ist er der Stärkere von den beiden. Da sieht man, wie einen der erste Eindruck täuschen kann, Anne-Marie. Das sollte uns beiden eine Lehre sein, keine voreiligen Schlüsse zu ziehen. Louis ist der Mittelpunkt des Lebens meiner Tante und umgekehrt."

Er hat mich Anne-Marie genannt, dachte sie, und es wurde ihr ganz warm ums Herz. „So habe ich meine Eltern in Erinnerung. Oft denke ich, es war besser für sie, gemeinsam zu sterben. Ich kann mir nicht vorstellen, wie einer von ihnen ohne den anderen hätte weiterleben können. Sie brauchten einander wie die Luft zum Atmen."

Der Weg mündete in eine kleine Lichtung mit einem Seerosenteich in der Mitte, über den eine schmale steinerne Brücke führte. Ethan ging mit Anne-Marie darauf zu. „Ihre Eltern brauchten einander. Und was brauchen Sie?"

Der Vollmond tauchte den Dschungel um sie herum in sein silbriges Licht und warf lange dunkle Schatten über die Wasseroberfläche. Ein Nachtvogel stieß einen heiseren Schrei aus.

„Was ich brauche?"

„Ja", antwortete Ethan schlicht. *Das Gefühl, zu jemandem zu gehören*, dachte sie, aber sie sprach es nicht aus. Seit dem Tod ihrer Eltern hatte sie sich nie wieder tief mit einem Menschen verbunden gefühlt. Nicht einmal in ihren wildesten Fantasien hätte sie sich vorstellen können, dieses Gefühl für einen Mann zu empfinden, den sie erst seit etwas mehr als vierundzwanzig Stunden kannte.

„Warum haben Sie mir nicht gesagt, weshalb Sie Angst vor Wasser haben?", fragte er. „Wenn ich gewusst hätte, dass Ihre Eltern ertrunken sind, als Sie noch ein Kind waren, wäre ich verständnisvoller gewesen."

„Wirklich?", brachte sie hervor.

„Ja." Er stand so nah vor ihr, dass sein Atem ihre Lippen streifte.

Was ist nur geschehen, fragte sie sich verwirrt. Die Beziehung zwischen Ethan und ihr hatte sich innerhalb von Sekunden völlig verändert. Auf einmal waren aus dem misstrauischen Gastgeber und dem angriffslustigen Gast ein Mann und eine Frau geworden, die sich unwiderstehlich zueinander hingezogen fühlten.

Ein verrückter Impuls erfasste Anne-Marie. Ohne über die Konsequenzen nachzudenken, hob sie Ethan ihr Gesicht entgegen. Tief atmete sie die süßen Düfte der karibischen Nacht ein. Und den Duft des Mannes, der vor ihr stand und eine verwirrende Wirkung auf sie ausübte. Erwartungsvoll schloss sie die Augen.

Sekunden verstrichen, während ihr Herz immer lauter klopfte. Dann hörte sie ihn schließlich sagen: „Soll ich Sie jetzt etwa küssen, Anne-Marie?"

Sie ahnte, dass er mit sich kämpfte, und fasste den Mut, leise zu sagen: „Wie wäre es mit der Wahrheit, Ethan? Sollte es nicht heißen: ‚Ich möchte dich gern küssen, Anne-Marie?'"

„Nein", erwiderte er. Aber seine Hände verrieten ihn. Wie von selbst lösten sie die Haarklammern, die ihre Frisur zusammenhielten, bis ihr das Haar lose auf die Schultern fiel. „Nein", wiederholte er beinah zornig, „das wäre ein Fehler."

Aber offenbar konnte er sich genauso wenig beherrschen wie sie. Er senkte den Kopf. Sie erbebte, als seine Lippen ihre fanden. Sie spürte seine Arme um sich und vergaß die Welt um sich her. Sein Kuss war wie das Versprechen eines Paradieses, das jenseits menschlicher Vorstellungskraft lag. Jeder andere Kuss, den sie je bekommen hatte, verblasste gegen diesen. Jeder Mann, mit dem sie je zusammen gewesen war, wurde zu einem konturlosen Schatten. Seine Zärtlichkeiten stachelten ihr Verlangen immer weiter an. Sie konnte von dem erregenden Spiel seiner Lippen und seiner Zunge einfach nicht genug bekommen.

Schließlich löste er sich von ihr. Er trat einen Schritt zurück und sah sie mit einem undurchdringlichen Blick an. „Ich hatte Recht. Es war ein Fehler."

„Aber es ist doch nichts Schlimmes passiert", sagte sie und versuchte, sich nicht anmerken zu lassen, wie aufgewühlt sie war. „Manche Menschen lernen aus Fehlern."

„Ja, aber das war eine Lektion, auf die ich gern verzichtet hätte."

Aber ich möchte mich für den Rest meines Lebens daran erinnern, hätte sie gern gesagt, schwieg jedoch. Er hatte sich in den unnahbaren, abweisenden Gastgeber zurückverwandelt.

„Kommen Sie." Er ging wieder zu der förmlichen Anrede über, als wäre nichts geschehen. Mit einer Geste forderte er Anne-Marie auf, ihm voran über die Brücke zu gehen. „Wir sind nur ein paar Meter von Ihrem Bungalow entfernt."

Im nächsten Moment wurden in der Dunkelheit die flackernden gelben Windlichter sichtbar, die die Terrasse säumten. Das Hausmädchen hatte in Anne-Maries Eingangsbereich das Licht angelassen. Im benachbarten Bungalow dagegen war alles dunkel. Umso besser, dachte Anne-Marie. Sie wollte Solange jetzt lieber nicht begegnen.

„Kann ich Sie allein lassen?", fragte er.

„Ja, natürlich."

„Gute Nacht, schlafen Sie gut."

Keine Chance, dachte sie, aber laut sagte sie: „Ich schlafe bestimmt wie ein Murmeltier."

Ein wenig zittrig ging sie ins Haus, lehnte sich gegen die Wand neben dem Fenster ihres Schlafzimmers und lauschte in die Nacht.

Über das Trommelfeuer ihres Herzens hinweg hörte sie, wie Ethans Schritte sich auf dem Kiesweg immer weiter entfernten. *Wenn er mich gefragt hätte, ob er mit hereinkommen könne, hätte ich Ja gesagt und die Nacht in seinen Armen verbracht*, dachte sie. Das Schlimmste daran war, dass er das wusste.

In den folgenden Tagen ging Anne-Marie Ethan aus dem Weg. Sie benutzte ihre Arbeit als Vorwand, um dem Haupthaus fernzubleiben. Während der kühleren Morgen- und Abendstunden nähte sie. Die fast heißen Mittagsstunden verbrachte sie am Pool vor ihrer Tür.

Jeden Tag machte sie ihre Übungen im Wasser. Dabei gewann sie immer mehr Selbstvertrauen. Am Ende schaffte sie es, den Pool in seiner ganzen Länge zu durchschwimmen, ohne Angst zu bekommen. Die Sonne verlieh ihrer Haut einen zarten honigfarbenen Ton und zauberte Glanzlichter in ihr blondes Haar.

Die Mahlzeiten ließ sie sich vom Haupthaus herüberschicken. Dreimal am Tag kam ein Diener mit einem elektrischen Golfcart vorbei und brachte ein mit einer silbernen Haube bedecktes Tablett. Zum Frühstück gab es Obst, ofenwarmes Gebäck und Kaffee, zum Mittagessen einen üppigen Salat und noch mehr exotische Früchte und zum Abendessen das, was auch der Familie im Haupthaus serviert wurde. Alles war perfekt zubereitet und schmeckte köstlich.

Fast jeden Nachmittag kam Adrian zu Besuch. Sein Kindermädchen brachte ihn gegen halb drei vorbei und holte ihn um vier Uhr wieder ab. Oft kletterte er auf Anne-Maries Schoß und bettelte: „Erzählen Sie mir von Kanada, Anne-Marie. Erzählen Sie mir vom Schnee."

Adrian hatte noch nie Schnee gesehen, noch nie einen Schneemann gebaut oder einen Schneeadler gemacht. *Das arme Kind!*, dachte Anne-Marie.

Einmal, als sie gerade dabei war, sich nach dem Schwimmen das Haar zu trocknen, lehnte er sich an sie und sagte traurig: „*Maman* hatte goldenes Haar wie Sie, aber sie ist fortgegangen. Papa sagt, Sie gehen auch fort. Aber ich will das nicht."

„Bis dahin ist noch viel Zeit", sagte sie, wusste jedoch, dass das für ihn nur ein schwacher Trost war. „Wir können noch oft miteinander spielen. Wenn ich dann wieder zu Hause bin, schicke ich dir Fotos von meinem Haus und meinem Garten."

Er sah sie lange und ernst aus seinen großen Augen an und verbarg dann das Gesicht an ihrer Schulter. „Das ist nicht dasselbe." Seine Stimme bebte. Doch er weinte keine einzige Träne, als wüsste er bereits, dass man mit Weinen niemanden dazu bringen konnte zu bleiben. Es brach ihr beinah das Herz, dass er eine so harte Lektion schon so früh im Leben hatte lernen müssen.

Als sie glaubte, er hätte das Gespräch längst vergessen, fragte er: „Ich kann schon ein bisschen lesen. Schreiben Sie mir Briefe? Ich bekomme gern Post. Der Briefträger hat mir zu meinem Geburtstag ganz viele Karten gebracht."

„Ich schreibe dir Briefe", versprach sie. „Damit du sie schneller bekommst, schicke ich sie dir per E-Mail auf den Computer deines Vaters."

„Nein, dann wird Papa böse. Er sagt immer, ich soll Sie nicht belästigen."

„Dann schicke ich sie eben an Solange. Es wird unser Geheimnis sein."

Es war nicht das einzige Geheimnis, das sie vor Ethan hatte. Am Abend ihres ersten vollen Arbeitstags war sie so müde und verspannt gewesen, dass sie beschlossen hatte, noch ein wenig in den Gärten spazieren zu gehen. Durch Zufall hatte sie die grob in den Fels gehauenen Stufen entdeckt, die über die Klippe zum Strand hinunterführten.

Dort unten setzte sie sich auf einen flachen Felsbrocken und sah zu, wie der Mond über dem Meer aufging. Als sie zurück zu ihrem Quartier kam, stieß sie beinah mit Philippe zusammen, der ganz plötzlich aus dem Dunkel hinter dem Pool aufgetaucht und auf dem Weg zu Solange war.

Seitdem ging Anne-Marie jeden Abend hinunter zum Strand, während Philippe sich im Schutz der Dunkelheit zu seiner Braut schlich. Ethan würde sich bestimmt furchtbar aufregen, wenn er davon wüsste, dachte Anne-Marie.

Sie war selber auch nicht gerade begeistert von Philippes nächtlichen Besuchen. Die Gästebungalows waren so hellhörig, dass in der Stille der Nacht Lachen, Stimmengemurmel und Stöhnen bis zu ihrem Haus herüberdrangen.

Ich bin neidisch, dachte sie entsetzt. *Solange hat jemanden, der sie liebt, während ich allein bin.*

Nach zehn Uhr abends am fünften Tag, als in Solanges Bungalow bereits das Licht erloschen war, tauchte Ethan plötzlich vor Anne-Maries Tür auf. „Ich habe gesehen, dass bei Ihnen noch Licht brennt, und dachte mir, ich komme kurz vorbei", sagte er. „Arbeiten Sie noch?"

Er trug ein helles, leichtes Sommerhemd, eine dazu passende Leinenhose und modische italienische Sandalen. Sie, Anne-Marie, kam gerade aus der Dusche, war barfuß und trug nur einen kurzen Baumwollbademantel, der ihr kaum bis zu den Knien reichte, und hatte ein Handtuch um den Kopf gewickelt.

Ja, und das hier ist meine übliche Arbeitskleidung, hätte sie am liebsten geantwortet. „Nein, ich bin für heute fertig", sagte sie stattdessen.

„Darf ich hereinkommen? Ich möchte gern mit Ihnen sprechen." Da er nicht den Eindruck machte, als ließe er sich davon abhalten, trat sie zur Seite und ließ ihn herein.

„Worüber?"

„Zum einen über meinen Sohn." Der Vorraum schien zusammenzuschrumpfen, als Ethan hereinkam. „Er verbringt viel zu viel Zeit mit Ihnen."

„Ich habe gern Gesellschaft."

„Dann kommen Sie doch öfter hinauf ins Haupthaus."

„Lassen Sie es mich anders ausdrücken. Ich schätze *Adrians* Gesellschaft."

„Im Gegensatz zu der meines Onkels und meiner Tante?"

„Nein, im Gegensatz zu Ihrer."

Um seine Mundwinkel zuckte es belustigt. „Ich bin am Boden zerstört. Aber ich werde es überleben. Es geht hier um Adrians Wohl. Er ist zu sensibel, als dass ich ihn Ihnen überlassen könnte."

„Sie glauben doch wohl nicht, ich könnte ihm etwas antun?", rief sie ungläubig aus.

„Vielleicht nicht absichtlich. Aber auch wenn Sie es gut meinen, werden Sie ihm trotzdem mehr schaden als nützen."

„Ich füttere ihn nicht mit Süßigkeiten, von denen er Löcher in den Zähnen bekommen könnte, ich bringe ihm keine Schimpfwörter bei, und ich lasse ihn auch nicht unbeaufsichtigt im Dschungel herumlaufen. Er darf nur in den Pool, wenn Solange dabei ist. Ich weiß, dass ich bei einem Notfall im Wasser nicht helfen kann. Ich spiele nur mit ihm!"

„Ich weiß." Er machte einen großen Schritt an ihr vorbei ins Wohnzimmer und sah sich dort um. Interessiert blieb er vor ihrem Arbeitstisch stehen, auf dem ein schimmernder aquamarinfarbener Stoff ausgebreitet war. „Aber er ist kein Spielzeug, Anne-Marie. Er versteht die Spiele nicht, die Frauen wie Sie spielen."

Sie war noch nie einem Mann begegnet, der sie so wütend machte. „Was soll das heißen, Frauen wie ich?"

Er ging hinüber zur Schneiderpuppe und inspizierte die Perlenstickerei am Oberteil von Solanges Brautkleid. „Der Typ Frau, der sich jeden Tag für etwas Neues begeistert. Im Moment genießen Sie es, dass ein leicht zu beeindruckender kleiner Junge Sie vergöttert. Aber wenn der Reiz des Neuen verloren geht und er Ihnen mit seiner Anhänglichkeit auf die Nerven fällt, werden Sie ihn wegstoßen und sich einem neuen Hobby zuwenden. Ich glaube nicht, dass Sie einen Gedanken dafür übrig haben werden, welchen Schmerz Sie ihm damit zufügen."

„Sie verwechseln mich mit Ihrer Exfrau", sagte sie scharf. „Ich würde niemals ein Kind oder überhaupt einen Menschen so schäbig behandeln."

„Lassen Sie meine Exfrau aus dem Spiel."

„Warum? Es geht hier doch um sie." Sie war entschlossen, keinen Schritt zurückzuweichen. „Sie werfen mir doch gerade ihre Fehler vor."

„Können Sie das nicht verstehen? Sie gehören der oberflächlichen Glitzerwelt an, die Lisa von hier weggelockt hat."

„Daraus zu schließen, dass ich ebenso oberflächlich bin, ist ziemlich ungerecht."

„Das Leben, das wir wählen, spiegelt unser Inneres wider, *Mademoiselle.*" Er kam auf sie zu.

„Ach, bin ich für Sie jetzt wieder *Mademoiselle?* Dann hören Sie mir jetzt mal gut zu, *Monsieur!* Ob Sie es glauben oder nicht, aber ich pflege Menschen nicht wie Gebrauchsgegenstände zu behandeln. Ich weiß genau, wie es ist, allein auf der Welt zu sein. Ich habe Adrian aufrichtig gern."

„Er mag Sie auch. Er vermisst seine Mutter und sucht nach jemandem, der sie ersetzen kann. Aber Sie sind nur vorübergehend in seinem Leben. Was es bei ihm auslöst, wenn Sie abreisen, kann Ihnen gleichgültig sein. Aber ich bin für sein Glück und sein Wohlergehen verantwortlich. Darum ergreife ich jetzt die nötigen Schritte, um ihn vor Ihnen zu schützen."

„Wollen Sie mir etwa verbieten, ihn zu sehen?", fragte sie empört. „In diesem Fall werden Sie ihm aber erklären, warum. Er soll nicht glauben, dass es meine Entscheidung war."

„Ein so drastischer Schritt wird nicht nötig sein. Er versteht, dass Sie arbeiten müssen. Ich bitte Sie nur, ihn nicht so oft allein zu treffen. Stattdessen lade ich Sie ein, mehr Zeit mit ihm im Haupthaus zu verbringen und sich der Familie anzuschließen. So wären Sie eine Person unter vielen für ihn. Das bringt mich auf den zweiten Punkt, den ich mit Ihnen besprechen wollte."

„Ich wusste, dass da noch etwas ist." Sie senkte die Lider und seufzte melodramatisch. „Schießen Sie los. Ich bin auf das Schlimmste gefasst."

„Sie sind mir aus dem Weg gegangen."

„Ist das ein Wunder?"

Entschlossen trat er näher. Die Art, wie er sie ansah, ließ sie erbeben. „Mir aus dem Weg zu gehen macht das, was zwischen uns passiert ist, nicht ungeschehen, Anne-Marie."

„Das weiß ich." Wenn ich mit meinem Turban und dem Bademantel nur nicht so lächerlich aussehen würde, dachte sie. „Aber so fällt es mir leichter, Abstand zu gewinnen. Ich bin nicht auf der Suche nach einem Liebhaber."

„Das habe ich auch nicht behauptet."

„Aber Sie denken es. So, wie Sie mich geküsst haben ..."

Er zuckte die Schultern. „Ich bin kein Heiliger, Anne-Marie. Wenn eine schöne Frau mir zu verstehen gibt, dass sie willig und verfügbar ist, dann werde ich genauso schwach wie jeder andere Mann."

Es war ihm also nicht entgangen, wie sehr sie ihn begehrt hatte. „Bilden Sie sich bloß nichts darauf ein!", fuhr sie ihn an. Sie fühlte sich gedemütigt. „Wir haben uns geküsst, nichts weiter, Ethan. Und wir wollten es beide. Machen Sie nicht mehr daraus, als es war: ein Fehler."

„Genau. Wenn ich mich recht erinnere, habe ich das auch wörtlich gesagt."

„Sie haben eben immer Recht", sagte sie sarkastisch.

„Ich habe mich auch schon geirrt." Langsam breitete sich ein Lächeln über sein Gesicht. Sie konnte den Blick nicht von ihm wenden. Als er näher kam, wurde ihr heiß.

„Wirklich?" Ihre Stimme klang dünn.

„Ja, allerdings. Sie sehen in diesem Ding übrigens bezaubernd aus." Er schob einen Finger zwischen zwei Knöpfe an der Vorderseite ihres Bademantels und zog sie näher zu sich. „Aber das hier steht Ihnen überhaupt nicht."

Bevor sie begriff, was er vorhatte, hatte er ihr das Handtuch vom Kopf gezogen und fuhr ihr spielerisch durchs Haar. „Das ist schon viel besser. So schönes Haar sollte man nicht verstecken."

„Ich weiß nicht, ob das klug ist", protestierte sie schwach. „Es könnte dazu führen, dass wir einen weiteren Fehler machen."

„Oder auch nicht", flüsterte er rau und beugte sich über sie. „Das kommt ganz auf den Standpunkt an."

Während der vergangenen Tage hatte sie sich oft gefragt, ob ihre Erinnerung ihr einen Streich spielte. So großartig konnte sein Kuss doch gar nicht gewesen sein. Aber jetzt, da seine Lippen sich ihren zum zweiten Mal näherten, wusste sie, dass sie sich nicht getäuscht hatte. Der erste Kuss mochte überraschend gut gewesen sein, der zweite war überwältigend. Diesmal küsste Ethan sie ohne jede Zurückhaltung. Während seine Lippen mit ihren verschmolzen, folgten seine Hände ungeduldig den Linien ihres Rückens vom Nacken bis zu den Hüften. Durch die dünne Kleidung, die sie beide trugen, blieb ihr nicht verborgen, wie erregt er war.

Sie hielt sich an ihm fest, weil sie fürchtete, sonst das Gleichgewicht zu verlieren. *Wir müssen beide verrückt geworden sein*, dachte sie. Sie war kurz davor, auf dem kühlen Marmorfußboden niederzusinken und sich ihm hinzugeben. *Zum Kuckuck mit den Folgen,* dachte sie. Beinah hätte sie laut aufgestöhnt. Aber als sie plötzlich das Stöhnen einer Frau hörte, war es nicht ihr eigenes. Es kam aus Solanges Bungalow.

Um es zu übertönen, fing Anne-Marie übertrieben an zu seufzen. Wenn sie beabsichtigt hatte, Ethan damit abzulenken, dann war es ihr gelungen. Aber nicht so, wie sie gehofft hatte. Er hob den Kopf, blickte sie an, als hätte sie den Verstand verloren, und sagte kalt: „Haben Sie Schmerzen?"

„Nein", sagte sie verlegen.

„Dann muss es wohl an mir liegen. Ich hatte keine Ahnung, dass Sie meine Zärtlichkeiten so abstoßend finden." Im nächsten Moment war sie allein und fühlte sich im Stich gelassen und frustriert.

6. KAPITEL

Am folgenden Tag erhielt Anne-Marie eine Einladung von Josephine zum Nachmittagstee. Die Teestunde verlief so angenehm, dass sie zur Gewohnheit wurde. Manchmal gesellte sich auch Solange dazu. Adrian war immer dabei und zappelte jedes Mal schon aufgeregt herum, weil er es kaum abwarten konnte, Anne-Marie zu sehen.

Der Tee wurde im Schatten auf der Veranda oberhalb des Kolibrigartens serviert. Auf einem Teewagen lag eine Auswahl an köstlichem Gebäck bereit. Josephine saß am Kopfende des niedrigen Tischs, der mit blütenweißem Leinen und einem Teeservice aus altem englischem Silber gedeckt war.

„Ethans Mutter hat diese Tradition eingeführt", erklärte sie Anne-Marie. Solange und Philippe waren Freunde besuchen gefahren. Adrian spielte im Garten mit seinem Kätzchen. „Sie stammte aus London und hielt die englischen Bräuche hoch."

Anne-Marie nahm sich ein Hörnchen mit dicker Sahne und importierter englischer Konfitüre. „Wie hat sie Ethans Vater kennen gelernt?"

„Sie war gerade neunzehn geworden und kam in den Ferien hierher. Ihr Vater war Arzt auf der Insel St. Vincent. Ethans Vater und sie begegneten sich zum ersten Mal beim Pferderennen auf Barbados. Pferdesport ist in dieser Gegend sehr verbreitet. Sie müssen sich von Ethan seine Stallungen zeigen lassen."

„Gern", sagte sie, obwohl sie wenig Hoffnung hatte. Seit dem Abend seines überraschenden Besuchs hatte sie Ethan nicht mehr zu Gesicht bekommen.

Josephine reichte ihr eine flache Teetasse aus feinstem Porzellan, die so anmutig auf der Untertasse ruhte, dass sie Anne-Marie an eine Lotusblüte auf dem Wasser erinnerte. „Ich hoffe, Sie mögen Earl-Grey-Tee, meine Liebe. Nehmen Sie etwas Zitrone dazu."

„Vielen Dank." Anne-Marie nippte an der heißen, aromatischen

Flüssigkeit. Trotz der tropischen Hitze, die die Luft über den Blumenbeeten unterhalb der Veranda flimmern ließ, schmeckte der Tee erfrischend. „Und sie haben sich sofort ineinander verliebt?"

Josephine blinzelte. „Ach so, André und Patricia. Sie stammte aus einer sehr vornehmen Familie, den Hythe-Griffiths. Und André – nun ja, die Beaumonts gehören in dieser Gegend zur Crème de la Crème. Ethans Urgroßvater hat Bellefleur 1921 gekauft. Davor gehörte die Insel zu Frankreich und war in einem jämmerlichen Zustand. Etwas Baumwollanbau, ein paar Erbsen- und Maisfelder, wilde Rinderherden und ein paar Schafe, das war alles. Er hat die Insel in ein florierendes Gemeinwesen verwandelt. Nehmen Sie doch noch ein Hörnchen, mein Kind."

„Und Patricia?", hakte Anne-Marie nach.

„Darauf komme ich gleich noch. Leider vertrank mein Vater das Familienvermögen und ließ die Insel wieder verwahrlosen. Es war für alle ein Segen, als sein Pferd ihn abwarf und er sich den Hals brach. Dadurch konnte ihm André nachfolgen, mein jüngerer Bruder und Ethans Vater."

„Ich verstehe." Anne-Marie unterdrückte ein Lächeln. Offensichtlich verschwendete ihre Gastgeberin ihr Mitgefühl nicht an Menschen, die es ihrer Ansicht nach nicht verdienten.

„André hat für Bellefleur wie ein Sklave gearbeitet", fuhr Josephine fort. „Die Zitronenhaine und Kokospalmen, an denen Sie auf dem Weg hierher vorbeigekommen sind, sind ihm zu verdanken, genau wie die Baumwollplantagen. Er hat auch damit begonnen, Pferde zu züchten. Aus diesem Grund war er auf Barbados."

„Wo er Patricia begegnete."

„Es war Liebe auf den ersten Blick. Sie war eine Schönheit. Und André …" Sie seufzte, und ihre Augen nahmen einen wehmütigen Ausdruck an. „Ach, er sah so gut aus! Die heiratsfähigen Frauen in Bellefleur waren alle ganz unglücklich, als er eine Braut nach Hause brachte."

„Sie sprechen von ihm in der Vergangenheitsform. Heißt das …"

„Der Insel wieder zu Wohlstand zu verhelfen, hat ihn am Ende umgebracht. Er hat sich totgearbeitet.“ Sie blinzelte und spielte dabei mit dem Ehering an ihrer linken Hand. „Ihm lag nichts mehr am Leben.“

„Was war mit Patricia?“

„Sie starb bei Ethans Geburt, nur ein Jahr nachdem sie als junge Braut nach Bellefleur gekommen war. Damals gab es hier noch kein Krankenhaus. Als bei ihr die Wehen einsetzten, zog ein Sturm vom Atlantik her auf. Es war unmöglich, die Insel zu verlassen.“ Sie seufzte. „Erst nach Ethans Geburt ließ André die kleine Klinik bauen, die nach Patricia benannt ist.“

„Es muss ihm das Herz gebrochen haben.“

„Es brach seinen Lebenswillen. Er hat sich die Schuld am Tod seiner Frau gegeben. In den Monaten danach hat er sich in sich selbst zurückgezogen. Aber er hatte einen Sohn, um den er sich kümmern musste und der eine Mutter brauchte. Ich habe zu der Zeit nicht hier gelebt, weil Louis' Arbeit uns in Europa festhielt. Zwei Jahre später hat André wieder geheiratet. Celine war ein guter Mensch und eine hingebungsvolle Ehefrau. Sie hat ihm seinen zweiten Sohn geschenkt, Philippe.“

„Wie war das für Ethan?“

„Er hat sich gefreut. Damals war er fünf Jahre alt. An Patricia konnte er sich überhaupt nicht erinnern. Celine war die einzige Mutter, die er kannte. Er hat seinen kleinen Bruder immer beschützt.“

„Aber es gab trotzdem kein Happy End für diese neue Familie“, vermutete Anne-Marie.

Wieder seufzte Josephine tief. „Leider nicht. Celine liebte André aufrichtig, und er liebte sie. Aber nicht so, wie er Patricia geliebt hatte. Celine wusste das. Sie war eine stolze Frau. Irgendwann hatte sie es satt, mit einem Geist konkurrieren zu müssen. Als sie fortging, war Philippe acht Jahre alt. André hat sich geweigert, den Jungen mit ihr gehen zu lassen. Weil sie katholisch war, kam eine Scheidung nicht infrage. Sie ist als Laienschwester ins Kloster gegangen.

Nachdem sie verwitwet war, hat sie die Gelübde abgelegt. Ethan war zwanzig, als sein Vater starb und ihm nicht nur die Verantwortung für die Insel übertrug, sondern auch für Philippe, der ein sehr schwieriger Teenager war.“

Ein kleines Geräusch übertönte kurz das gleichmäßige Summen des Deckenventilators im Raum hinter der Terrasse. Beide Frauen drehten sich gleichzeitig um und sahen Ethan an der Tür stehen. „Ich glaube nicht, dass unser Gast sich für unsere Familiengeschichte interessiert, Josephine“, sagte er steif. Sein Blick streifte Anne-Marie mit kränkender Gleichgültigkeit.

„Im Gegenteil“, sagte sie ruhig. „Ich höre gern etwas über die Beaumonts.“

„Warum?“, fragte er schroff.

Weil ich nicht so eine kaltblütige Schlange bin, wie du glaubst, hätte sie beinah geantwortet. „Familiengeschichten haben mich immer fasziniert. Wahrscheinlich deshalb, weil ich selbst so wenig davon habe.“

„Ich wusste gar nicht, dass du schon zurück bist.“ Josephine streckte ihm die Hand entgegen. „Trink eine Tasse Tee mit uns, *mon cher,* und erzähl uns von deiner Reise.“

Er war also verreist und ist mir gar nicht absichtlich aus dem Weg gegangen!, dachte Anne-Marie freudig. Aber schon Ethans nächste Worte machten ihre Hoffnung zunichte.

„Ich hatte das Problem in ein paar Stunden gelöst.“ Er nahm die Tasse, die seine Tante ihm reichte, und blickte hinaus auf den Dschungel und den Ozean jenseits des Gartens.

„Du bist heute Morgen früh aufgestanden. Es war noch dunkel, als ich dich wegfahren hörte.“

„Habe ich dich gestört? Das tut mir leid.“

„Ich schlafe nie gut, wenn du auf dem Weg zu dieser Ölplattform bist. Das ganze Projekt ist mir ein wenig unheimlich.“

Das Lächeln, das er seiner Tante schenkte, war so warm und voll aufrichtiger Zuneigung, dass Anne-Marie beinah eifersüchtig wurde. „Gefällt es dir etwa nicht, einen Ölbaron in der Familie zu haben?", neckte er Josephine.

„Ich weiß nicht, warum das nötig ist. Wir sind karibische Landbesitzer, keine arabischen Ölscheichs."

Aber Ethan könnte für einen durchgehen, dachte Anne-Marie. Verstohlen betrachtete sie ihn, wie er stolz sein kleines Königreich überblickte.

„Bellefleur braucht Investitionen, Tante Josephine. Wir haben eine Verpflichtung gegenüber den künftigen Generationen."

„Dein Vater hat sich auf die natürlichen Reichtümer Bellefleurs verlassen."

„Die reichen aber nicht mehr aus. Ich habe gern ein wenig Abwechslung."

Es gefiel Josephine nicht, dass er ihre Einwände so einfach abtat. „Anne-Marie könnte auch ein bisschen Abwechslung brauchen. Sie arbeitet viel zu hart. Ich habe ihr versprochen, du würdest ihr die Stallungen zeigen."

Sein kühler Blick schweifte hinüber zu Anne-Marie. „Ich bezweifle, dass sie das interessiert."

Ärger flackerte in ihr auf und verdrängte die Vorfreude. „Warum fragen Sie mich nicht selbst?"

Arrogant zog er eine Braue hoch. „Reiten Sie?"

„Bestimmt nicht so gut wie Sie", antwortete sie. „Aber ich liebe schöne Pferde, wie die meisten Menschen."

„Sie kennen sich also mit Pferden aus?"

„Sie haben zwei Beine mehr als Sie und einen hübscheren Kopf."

Er verzog ärgerlich das Gesicht. Josephine dagegen brach in lautes Lachen aus. „Kind, Sie sind wirklich erfrischend!" Sie ließ ihre bestickte Serviette fallen. „Hilf mir beim Aufstehen, Ethan. Es ist Zeit für meine Siesta."

„Ich nehme an, Sie müssen auch gehen", sagte er hoffnungsvoll zu Anne-Marie, nachdem seine Tante sich zurückgezogen hatte.

„Ja, das stimmt." Sie wischte sich ein paar Krümel vom Rock und ging auf die Treppe zu, die in den Garten hinunterführte.

„Sie finden den Weg allein?"

„Natürlich."

„Ist das Brautkleid inzwischen fertig?"

„Noch nicht ganz. Mir sind die Glasperlen ausgegangen, und ich musste erst welche aus Vancouver bestellen."

„Sie lassen sie doch hoffentlich nicht mit der Post schicken?"

„Nein. Ich beauftrage immer einen Kurierdienst."

„Gut. Die Postzustellung auf dieser Insel ist nämlich sehr unzuverlässig."

Vorhin wollte er mich loswerden, jetzt scheint er mit mir plaudern zu wollen, dachte sie irritiert. „Was soll diese Verzögerungstaktik, Ethan?", fragte sie. „Möchten Sie mir noch etwas sagen?"

Statt zu antworten, blickte er hinaus auf die Landschaft.

„Falls Sie sich Sorgen darüber machen, ob ich mich an Ihre Anordnung halte und Adrian fernbleibe, kann ich Sie beruhigen", sagte sie herausfordernd.

„Ich mache mir keine Sorgen." Er schien ganz versunken in den Anblick zweier Kolibris, die sich über einem Blumenbeet um Futter stritten. „Ich gehe davon aus, dass meine Anordnungen befolgt werden. Da Sie zurzeit nicht arbeiten, erwarte ich Sie morgen früh um neun bei den Stallungen."

„Dann machen Sie sich besser auf eine Enttäuschung gefasst. Dieser Anordnung werde ich nämlich nicht Folge leisten. Ich bin mit den Kleidern für die Brautjungfern beschäftigt und kann es mir nicht leisten, einen Vormittag zu vergeuden."

Das war gelogen. Abgesehen vom letzten Schliff waren die Kleider alle fertig. Sie hatte so viel freie Zeit, wie sie wollte. Aber sie hatte keine Lust, sich von Ethan herumkommandieren zu lassen.

„Das ist schade. Vielleicht an einem anderen Tag?"

„Vielleicht", sagte sie unverbindlich. Ohne ihn eines weiteren Blickes zu würdigen, spazierte sie über den gepflegten Rasen davon.

Die heißen, sonnigen Tage und die kühlen, sternklaren Nächte vergingen ruhig und gleichmäßig. Anne-Marie schwamm im Gästepool, trank Tee mit Josephine, malte Bilder für Adrian und spielte Krocket mit Louis. Oft machten sie und Solange es sich in ihren Liegestühlen bequem und nippten an erfrischenden, alkoholfreien Drinks, während sie über alte Zeiten plauderten. Spätabends ging Anne-Marie hinunter zum Strand, setzte sich auf ihren Lieblingsfelsen und betrachtete den Mond. Sie genoss die Ruhe und Schönheit der schlafenden Insel.

Ethan sah sie nur beim Abendessen. Die Mahlzeiten zogen sich oft über zwei oder mehr Stunden hin. Aber egal, wie köstlich das Essen oder wie unterhaltsam die Konversation sein mochte, Anne-Marie interessierte sich nur für Ethan.

Manchmal fürchtete sie, die Erinnerung an ihn würde sie für den Rest ihres Lebens nicht mehr loslassen. Nie würde ein anderer Mann an ihn heranreichen.

Auch er schien ihr gegenüber nicht ganz so gleichgültig zu sein, wie er vorgab. Obwohl er versuchte, sich nichts anmerken zu lassen, spürte sie doch, dass er sie immer wieder ansah. Als sie ihn einmal dabei ertappte, senkte er sofort den Blick.

Sie war überrascht, zu Beginn ihrer vierten Woche auf der Insel einen Anruf von Ethan zu erhalten. „Ein Ersatzteil für eine Maschine, das ich vom Festland bestellt habe, ist heute Morgen eingetroffen. Ich fahre zum Flughafen, um es abzuholen“, sagte er. „Haben Sie Lust mitzukommen? Für Sie ist auch ein Paket eingetroffen.“

„Ja, gern“, antwortete sie. Der Aussicht, eine Weile mit ihm allein zu sein, ließ ihr Herz schneller schlagen.

„Dann treffen wir uns in einer halben Stunde vor dem Haus“, teilte er ihr mit. „Setzen Sie einen Hut auf. Ich will nicht, dass Sie einen Sonnenstich bekommen.“

Kein „bitte“ und kein „wenn Sie möchten“, dachte sie. Aber dass er um ihr Wohlbefinden besorgt war, machte den Mangel an Höflichkeit wett. Nachdem sie den Hörer aufgelegt hatte, zog sie sich eilig um. Sie entschied sich für ein apfelgrünes Chiffonkleid mit kleinen pinkfarbenen Rosenknospen. Dazu setzte sie einen breitkrempigen Strohhut auf.

„Sie sehen ganz bezaubernd aus", sagte er, als er sie sah. „Und Sie haben Farbe bekommen. Es steht Ihnen gut."

Gern hätte sie ihm gesagt, dass er ebenfalls fantastisch aussah. Aber sein Kompliment hatte ihr die Sprache verschlagen. Er geleitete sie hinaus in die Auffahrt und half ihr in den weißen Rolls-Royce Corniche. Sie spürte ein leichtes Prickeln an ihrem Arm, wo er sie berührt hatte. „Kommt Adrian auch mit?"

„Nein. Er ist in der Schule."

„Ich wusste gar nicht, dass er zur Schule geht. Ich dachte, er hätte einen Privatlehrer."

„Er geht vormittags in die Vorschulklasse des Kindergartens. Haben Sie sich in der Stadt schon ein bisschen umgesehen?"

„Nein."

Er setzte die Sonnenbrille auf und lenkte das Cabriolet die Auffahrt hinunter. Das Eisentor öffnete sich automatisch und schloss sich sofort wieder, nachdem sie es passiert hatten. „Wenn wir unsere Pakete abgeholt haben, zeige ich Ihnen die Sehenswürdigkeiten. Ich nehme an, in Ihrem Päckchen befinden sich die Glasperlen, die Sie für Solanges Brautkleid brauchen?"

„Ich hoffe es. Bis zur Hochzeit ist es nicht mehr lange hin."

„Wenn es sein muss, fliegen wir nach Miami und kaufen dort für Sie ein."

„Das wird hoffentlich nicht nötig sein. Aber vielen Dank für das nette Angebot."

„Es ist eine Beaumont-Hochzeit. Und ich möchte, dass alles perfekt ist."

„Wie dumm von mir anzunehmen, Sie würden sich meinetwegen die Mühe machen."

Sein Gesichtsausdruck war unergründlich. Seine Augen waren hinter den dunklen Gläsern der Sonnenbrille nicht zu erkennen.

„Das eine ist von dem anderen nicht zu trennen. Es kommen etwa dreihundert Gäste zur Hochzeit. Sie alle werden Ihre Arbeit sehen und sicher auch bewundern. Sie könnten großen Nutzen für Ihre Karriere daraus ziehen."

„Das habe ich nicht nötig", erwiderte sie steif. „Ich habe genug Kunden."

„Möchten Sie Ihre Firma denn nicht erweitern?"

Sie fuhren durch das Städtchen. Aus dem offenen Auto hatte Anne-Marie einen freien Blick auf die pittoresken kleinen Häuser und die blühenden Reben, die sich über Zäune und Eingangstüren rankten. Unten am Kai war gerade Markt. Die Menschen drängten sich um Stände mit frischem Fisch, Obst, Gemüse und anderen lokalen Erzeugnissen. Der Duft exotischer Blumen vermischte sich mit dem Duft frisch gebackenen Brotes und dem salzigen Aroma des Ozeans. Obwohl es auf dem Markt bunt und lebhaft zuging, erschien die Atmosphäre Anne-Marie weniger hektisch als die der Großstadt Vancouver.

„Was ist, Anne-Marie? Möchten Sie Ihr Geschäft denn nicht ausweiten?"

„Nein", antwortete sie und überraschte sich selbst damit beinah so sehr wie ihn. „Ich liebe meine Arbeit. Aber sie wird mich nie ganz ausfüllen."

„Warum nicht?"

Wieder überraschte sie sich selbst mit ihrer Antwort. „Wenn ich am Ende meines Lebens darauf zurückblicken werde, was ich alles erreicht habe, dann sind die Kleider, die ich entworfen habe, sicher nicht das Wichtigste."

„Sondern?"

„Ein Zuhause."

„Haben Sie denn keins?", fragte er verwundert.

„Ich besitze ein sehr hübsches Stadthaus. Es ist gemütlich, in einer guten Lage und für meine Bedürfnisse perfekt geeignet. Aber ich möchte, dass man sich später nicht nur wegen meiner Kleider an mich erinnert. Ich möchte auch ein Vermächtnis der Liebe hinterlassen."

„Was meinen Sie damit?"

„Eine Familie." Die alte Sehnsucht stieg in ihr auf.

Er bog in die Straße ein, die zum Flughafen führte. „Die erfolgreiche Karrierefrau will alles aufgeben für das zweifelhafte Vergnügen, Windeln zu wechseln und Fußböden zu schrubben? Ich kann Sie mir schlecht in dieser Rolle vorstellen. Es sei denn, Sie haben vor, einen reichen Mann zu heiraten."

Am liebsten hätte sie ihn kräftig geohrfeigt. „Ich kann es mir leisten, einen armen Mann zu heiraten. Die einzige Bedingung dabei ist, dass er mich um meiner selbst willen liebt, nicht wegen meines Geldes."

„Ist Liebe genug, um eine Frau glücklich zu machen?"

Verärgert gab sie die Frage zurück. „Ist Liebe genug, um einen Mann glücklich zu machen?"

„Ja", antwortete er. „Aber leider bereuen Männer es oft hinterher, so gedacht zu haben. Männer sagen meist ehrlich, was sie wollen. Frauen dagegen verfolgen oft heimliche Strategien."

Eine unsichtbare Wolke schien auf einmal den strahlenden Tag zu verdunkeln. „Sprechen wir wieder von Ihrer Exfrau?"

„Sie fällt ganz sicher in diese Kategorie."

Sie hätte ihn gern gefragt, was seine Exfrau ihm angetan hatte, damit er so zynisch geworden war. Aber sie fürchtete, keine Antwort zu bekommen. Daher sagte sie: „Glauben Sie, Solange verfolgt eine heimliche Strategie dabei, Ihren Bruder zu heiraten?"

„Solange ist anders."

„Wir sind alle anders, Ethan. Sie sind doch viel zu intelligent, um an solchen Vorurteilen festzuhalten. Frauen machen Fehler, genau wie Männer. Und genau wie die Männer lernen wir daraus."

Er brachte den Corniche vor dem kleinen Flughafengebäude zum Stehen. Die Sonne brannte gleißend auf das Rollfeld herunter. Es war so heiß, dass man kaum mehr atmen konnte. Ethan öffnete die Tür und stieg aus. „Einige dieser Fehler sind leider nicht wiedergutzumachen. Kommen Sie mit, oder möchten Sie draußen auf mich warten?“

„Ich komme mit.“ Seine Bitterkeit schockierte sie. Wie sehr musste er seine Frau geliebt haben, dass sie ihn so tief verletzen konnte!

7. KAPITEL

Wir essen im Yachtclub zu Mittag", sagte Ethan, nachdem sie ihre Pakete abgeholt hatten. „Wenn hier heute irgendwo eine kühle Brise weht, dann dort."

„Das klingt gut", stimmte Anne-Marie zu und verbarg das Gesicht hinter der breiten Krempe ihres Hutes.

Der Club oberhalb des Yachthafens war gut besucht. Aber Ethan hatte eine Dauerreservierung, und sie wurden sofort zu seinem üblichen Tisch geführt. Viele Köpfe drehten sich nach ihnen um, als er, Ethan, mit der attraktiven Fremden in dem schwingenden hellgrünen Chiffonkleid den Raum durchquerte. Ethan nickte einigen Bekannten zu, die bereits beim Mittagessen saßen.

„Eistee", antwortete Anne-Marie auf seine Frage, was sie gern trinken möchte.

„Probieren Sie den Planter's Punch", schlug er vor. „Der ist sehr erfrischend." Bevor sie widersprechen konnte, hatte er bereits zwei bestellt.

Sie nahm den Hut ab und ließ ihn neben die Strohtasche auf den Boden fallen. „Wollen Sie etwa auch mein Essen für mich auswählen?", erkundigte sie sich angriffslustig.

„Ja, das hatte ich vor", antwortete er ungerührt und betrachtete sie aus den Augenwinkeln. Sie trug das Haar heute hochgesteckt. Eine Strähne hatte sich aus der Frisur gelöst und fiel wie fein gesponnene Seide über ihren honiggolden gebräunten Nacken herab. Er, Ethan, unterdrückte den Drang, die Strähne für sie festzustecken, und gab dem alten Kellner ein Zeichen. Der Mann hatte früher schon Ethans Vater und Großvater bedient. „Wir nehmen den Muschelsalat, Hamilton."

Wenig später brachte der Kellner die Getränke. Ethan beobachtete Anne-Marie, wie sie sich leicht mit dem Finger über den Hals strich und den Kopf so drehte, dass sie mehr von dem kühlenden Luftzug der Deckenventilatoren abbekam.

„Sie hatten Recht", sagte sie. „Es ist angenehm kühl hier."

„Ich bin froh, dass meine Wahl Gnade vor Ihren Augen findet."

Ein Lächeln spielte um ihre Mundwinkel. „Wollen Sie nicht sagen, Sie hätten immer Recht?"

„Ich habe nur in neunundneunzig Komma neun Prozent aller Fälle Recht."

Ihr Lächeln ging in das melodische Lachen über, das ihn jedes Mal erneut bezauberte. „Heißt das, Sie haben einmal geglaubt, einen Fehler gemacht zu haben, dann aber gemerkt, dass Sie Unrecht hatten?" Im nächsten Moment legte sie eine Hand vor den Mund und fügte gespielt zerknirscht hinzu: „Oh, es tut mir leid. Das war nicht sehr nett von mir."

„Warum fällt es mir so schwer, Ihnen das zu glauben?"

Sie wurde ernst. „Weil wir beide fast nie sagen, was wir wirklich meinen, Ethan. Wir beurteilen einander meist vorschnell." Sie stieß leicht mit ihrem Glas an seins. „Sollen wir darauf anstoßen, das in Zukunft zu ändern?"

Er musste an ihren letzten Kuss denken. Ihr künstliches Stöhnen fiel ihm wieder ein. Sie hatte die Augen weit geöffnet gehabt und dabei eher besorgt ausgesehen als ekstatisch. „Meinen Sie, das ist möglich?"

„Wir könnten es versuchen."

„Und wozu?"

„Sie haben selbst gesagt, dass wir einander nicht aus dem Weg gehen können. Warum sollten wir uns das Leben nicht leichter machen?" Sie probierte den Fruchtpunsch. „Köstlich! Wenn der Muschelsalat nur halb so gut schmeckt, werde ich meinen Stolz überwinden und Sie in Zukunft immer für mich bestellen lassen."

„Zumindest für den Rest Ihrer Zeit auf Bellefleur", sagte er. Da bemerkte er den Mann, der gerade von der Terrasse hereingekommen und an der Eingangstür stehen geblieben war. Obwohl im Gegenlicht nur seine Silhouette auszumachen war, erkannte Ethan ihn sofort. Roberto Santos war also zurückgekehrt.

Ethan fixierte ihn mit dem Blick. Santos schien nun zu spüren, dass er beobachtet wurde, und sah sich um. Schließlich traf sein Blick Ethans.

Die Mundwinkel des Mannes zuckten nervös. Er hatte volle, beinah weiblich wirkende Lippen. Er hob den Kopf, um Ethans herausforderndem Blick arrogant zu begegnen. Aber es schien Ethan nicht zu beeindrucken. Santos wusste, dass alle im Raum gespannt waren, wie er mit der Situation umgehen würde. Er straffte die Schultern und ging quer durch den Raum zu Ethans Tisch.

„Es ist lange her", sagte er mit seinem starken spanischen Akzent. „Wie geht es Ihnen, *amigo?*"

„Wie den meisten Menschen hier wäre es mir lieber, wenn Sie unserer schönen Insel fernblieben. Was führt Sie denn hierher zurück, Santos?"

„Das, was mich immer hierher geführt hat. Die schönen Frauen natürlich", sagte er anspielungsreich zu Anne-Marie und lächelte. Anne-Marie senkte die Lider mit den langen dunklen Wimpern und erwiderte das Lächeln. „Wollen Sie mich Ihrer charmanten Begleiterin nicht vorstellen?"

„Nein. Das tue ich nur bei meinen Freunden. Sie sehen ein wenig mitgenommen aus, Santos. Ist das Gefängnis Ihnen nicht gut bekommen?"

Das Gesicht des Mannes lief dunkel an. „Es war wohl ein Fehler, einen neuen Anfang zu versuchen. Sie sind ein sehr nachtragender Mensch." Er verbeugte sich leicht. „Guten Tag, *Señorita!* Vielleicht sehen wir uns einmal unter glücklicheren Umständen wieder."

„Nicht wenn ich es verhindern kann", versicherte Ethan ihm.

Anne-Marie war ein wenig geschockt und stärkte sich mit einem Schluck Punsch. „Mussten Sie wirklich so grausam sein? Der Mann war doch nur höflich."

„Haben Sie mitbekommen, dass er im Gefängnis war?"

„Allerdings", sagte sie ironisch. „Ich glaube, es ist niemandem im Saal entgangen."

„Warum finden Sie dann, ich sollte ihn höflich behandeln?"

„Er hat seine Strafe verbüßt. Die Vergangenheit ist vorbei."

„Sie wissen gar nichts über ihn, sonst würden Sie ihn nicht verteidigen."

„Ich weiß, dass Sie ihn gerade ohne Grund vor allen Leuten gedemütigt haben."

Ethan atmete tief durch und überlegte, ob er ihr mehr über Santos erzählen sollte. Wenn er schwieg, gab er Santos damit die Möglichkeit, sich als Opfer darzustellen statt als Täter. Er entschied sich für eine Kurzversion der damaligen Ereignisse.

„Er ist auf einer Nachbarinsel wegen Alkohols am Steuer verurteilt worden", sagte er kurz angebunden.

Wieder senkte sie den Blick. „Das wirft kein gutes Licht auf seinen Charakter."

„Allerdings nicht. Zumal er ein Kind im Auto hatte, als er festgenommen wurde."

Erschrocken blickte sie auf. „Ist dem Kind etwas passiert?"

„Nein. Weder das Kind noch die Mutter haben etwas abbekommen", antwortete er.

Sie zog hörbar die Luft ein. „Seine Frau hat ihn nicht daran gehindert, sich betrunken ans Steuer zu setzen und das Leben ihres Kindes in Gefahr zu bringen?"

„Es war nicht seine Frau, und es war auch nicht sein Kind. Es waren meine Frau und mein Kind."

„Oh Ethan!" Impulsiv legte sie nun die Hand auf seine. „Es tut mir leid!"

„Warum? Sie hatten ja nichts damit zu tun."

„Aber ich habe Sie vorschnell beurteilt. Und das, nachdem wir gerade erst einen Pakt geschlossen hatten, es nicht mehr zu tun."

„Wir sind nie dazu gekommen, den Pakt zu besiegeln. Aber das ist unwichtig. Santos ist auch unwichtig. Er ist es nicht wert, dass wir uns seinetwegen das Mittagessen verderben lassen. Hier kommt unser Salat. Möchten Sie noch einen Rumpunsch?"

„Bloß nicht! Ich habe kaum etwas davon getrunken, aber er steigt mir bereits zu Kopf. Aber ich hätte gern etwas Wasser, bitte."

Er bestellte eine Flasche Mineralwasser und wechselte das Thema. „Waren in dem Paket, das Sie am Flughafen in Empfang genommen haben, die Perlen für Solanges Hochzeitskleid?"

„Ja", sagte sie. Aber ihre Aufmerksamkeit galt jemandem oder etwas außerhalb seines Blickfeldes.

Was habe ich erwartet, fragte er sich. *Dass sie sich ernsthaft dafür interessiert, was ich sage? Sie ist so oberflächlich, wie ich anfangs geglaubt habe.*

„Jetzt, da die Perlen hier sind, werde ich das Kleid im Handumdrehen fertig haben."

„Dann werden Sie vielleicht meine Einladung noch einmal überdenken, sich die Stallungen anzusehen."

„Vielleicht", antwortete sie und blickte wieder an ihm vorbei zum Eingang.

„Was gibt es dort Interessantes, Anne-Marie? Erzählen Sie mir nicht, dass Santos noch hier ist und Sie von Weitem anschmachtet."

„Nein. Aber es ist gerade eine Frau zur Tür hereingekommen, die die ganze Zeit zu uns herüberstarrt. Sie scheint Sie zu kennen. Jetzt kommt sie auf uns zu."

Er blickte auf und sah Desirée LaSalle näherkommen. Darauf hätte er nach der Begegnung mit Santos gern verzichtet.

„Bist du es wirklich, Ethan?", trällerte sie. „Ich dachte schon, ich hätte mich getäuscht!"

„Habe ich mich so verändert, seit du mich zuletzt gesehen hast?", antwortete er, stand auf und küsste Desirée auf die parfümierte Wange, die sie ihm hinhielt.

Sie trat einen Schritt zurück und machte einen Schmollmund. „Aber das ist Wochen her, *chéri.* Ich hätte nicht erwartet …"

Dass ich mit einer anderen Frau hier sitze?, beendete er in Gedanken ihren Satz. Sie streifte Anne-Marie mit einem kritischen Blick. Diesmal konnte er, Ethan, eine gegenseitige Vorstellung kaum verweigern. „Das ist Solanges Trauzeugin Anne-Marie Barclay. Anne-Marie, das ist Desirée LaSalle."

„Ach, die Schneiderin! Angelique hat mir schon von ihr erzählt. Wie süß von dir, sie zum Mittagessen auszuführen, Ethan!" Desirée legte ihm vertraulich die Hand auf den Arm. Lächelnd wandte sie sich an Anne-Marie. „Was macht das Nähen? Kommen Sie gut voran, meine Liebe?"

„Oh ja, alles bestens", antwortete Anne-Marie. „Wie nett von Ihnen, danach zu fragen. Ich bin Monsieur Beaumont sehr dankbar, dass er mir ein paar Stunden freigegeben hat, um mir die Sehenswürdigkeiten zu zeigen."

„Ich freue mich, dass Sie Ihr Glück zu schätzen wissen. Ethan macht sich gewöhnlich nicht die Mühe, die bezahlten Aushilfen auszuführen."

„Bist du allein hier, Desirée?", fragte er. Es gefiel ihm überhaupt nicht, wie das Gespräch sich entwickelte.

„Nein, eigentlich nicht." Sie strahlte ihn an. „Ich bin mit Freunden hier."

„Dann lass dich bitte nicht aufhalten."

„Ach, die vermissen mich bestimmt nicht. Sie hätten nichts dagegen, wenn ich mich zu euch setzen würde."

„Ein anderes Mal. Wir wollten gerade gehen." Er entzog ihr seinen Arm. „Vorausgesetzt, Sie sind fertig damit, in Ihrem Salat herumzustochern, Anne-Marie?"

„Das bin ich", erklärte sie frostig. „Ich habe doch nicht so viel Appetit, wie ich zuerst dachte. Ich fürchte, ich habe mir den Magen verdorben."

„Vielleicht haben Sie ja zu viel Sonne abbekommen?", meinte Desirée.

„Eher zu viel heiße Luft", erwiderte Anne-Marie und setzte ihren Strohhut auf. Ihr Gesicht verschwand fast unter der breiten Krempe.

Draußen fragte Ethan sarkastisch: „Glauben Sie, ein Spaziergang würde Ihrem verdorbenen Magen guttun?"

„Nicht, wenn Sie es eilig haben, nach Hause zu fahren."

„In diesem Fall hätte ich den Vorschlag nicht gemacht. Lassen Sie uns bis hinunter zum Markt gehen, damit Sie einen Eindruck vom Alltagsleben hier bekommen."

„Wie Sie wollen." Sie zuckte gleichmütig die Schultern.

„Segeln Sie gern?"

„Nein. Warum?"

„Mir gehört die weiße Yacht, die an dem zweiten Dock dort drüben festgemacht ist. Ich wollte Sie zu einem Sonnenuntergangstörn einladen, aber wenn Sie keine Lust haben ..."

„Sie haben offenbar vergessen, wie meine Eltern umgekommen sind", erklärte sie kühl. „Aber wenn Sie Gesellschaft wünschen, würde Mademoiselle LaSalle Sie bestimmt gern begleiten."

„Es tut mir leid", entschuldigte er sich. „Das war taktlos."

„Schon gut." Ohne ein Wort zu sagen, gingen sie weiter und bogen schließlich in eine schmale Gasse ein. Zu beiden Seiten ragten hohe Mauern auf, hinter denen Palmen sich im Wind wiegten.

Ethan ärgerte sich über sich selbst, weil er so gedankenlos gewesen war. Er versuchte, das Gespräch wieder in Gang zu bringen. „Die ältesten Villen der Insel liegen hinter diesen Mauern", erklärte er. „Es sind wunderschöne Häuser in prächtigen Gärten. Sie werden sich in ein paar Tagen selbst ein Bild machen können. Die Tourneaus geben am Donnerstag vor der Hochzeit eine Party. Ihre Tochter Angelique haben Sie ja schon kennen gelernt. Sie wird die andere Brautjungfer sein."

Es folgte ein längeres Schweigen. Dann sagte Anne-Marie: „Sie schlafen mit ihr, stimmts?"

„Mit Angelique Tourneau? Natürlich nicht. Wie kommen Sie denn darauf?"

„Nicht sie", fuhr sie ihn an. „Angelique ist dafür viel zu charmant und wohlerzogen. Ich meine Desirée LaSalle."

„Desirée ist harmlos, Anne-Marie."

„Sie ist eine Giftschlange in Seidenstrümpfen."

„Es geht Sie zwar nichts an, aber ich schlafe nicht mit ihr. Ich habe es auch nicht vor." Es kostete ihn Mühe, ein Lächeln zu unterdrücken.

„Warum nicht?"

„Sie ist nicht mein Typ. Und sie will mehr, als ich zu geben bereit bin. Warum ist Ihnen das so wichtig?"

„Das ist es nicht", schwindelte sie und errötete leicht.

„Eben im Club haben Sie ihr beinah die Augen ausgekratzt."

„Mir gefiel ihre herablassende Art nicht", verteidigte sie sich.

„Mir gefiel Ihre Bemerkung gerade eben auch nicht. Was meinten Sie damit, Angelique sei zu charmant und zu wohlerzogen, um mit mir ins Bett zu gehen?"

Die Röte auf ihren Wangen vertiefte sich. „Ich habe es nicht so gemeint."

„Dann sind wir also schon wieder an dem altbekannten Punkt angelangt, stimmts? Dass Sie eine Sache meinen, aber eine andere sagen."

„Das ist nur Ihre Schuld!" Sie war ganz durcheinander. „Sie bringen mich die ganze Zeit dazu, Dinge zu sagen, die ich nicht meine!"

„Das erklärt wohl auch Ihre geheuchelte Reaktion auf meinen Kuss neulich."

„Aber ich habe mich gern küssen lassen!", protestierte sie tief empört.

„Bitte, Anne-Marie! Sparen Sie sich das für jemanden auf, der zu unerfahren ist, um Schauspielerei von echtem Gefühl unterscheiden zu können."

Sie blickte verlegen zu Boden. „Woran haben Sie es gemerkt?"

Er hatte damit gerechnet, dass sie es abstreiten würde. Seiner Erfahrung nach waren nur wenige Frauen so aufrichtig, so etwas offen zuzugeben. „Ihr Stöhnen klang künstlich, und in Ihren Augen stand etwas anderes als überwältigendes Verlangen. Genügt das?"

Sie presste die Lippen aufeinander. Er erinnerte sich daran, wie weich diese Lippen sich auf seinen angefühlt hatten. Als sie aufblickte, fiel ihm erneut auf, wie lang ihre Wimpern waren.

„Es tut mir leid. Ich war von ein paar nächtlichen Geräuschen abgelenkt."

„Sie sprechen von dem, was nebenan vor sich ging?"

„Sie wissen davon?", fragte sie erstaunt.

„Ich bin weder blind noch dumm, Anne-Marie." Er nahm den Spaziergang wieder auf. „Es ist mir bekannt, dass mein Bruder die Nächte bei seiner Verlobten verbringt."

„Und Sie wollen nichts dagegen unternehmen?"

„Die beiden sind erwachsen. Solange sie diskret sind, soll es mir recht sein."

„Aber ich dachte, das sei der Grund dafür, dass Solange nicht im Haupthaus wohnen sollte."

„Sie dachten, ich sei ein Familientyrann, dessen größtes Vergnügen es ist, seinen Mitmenschen das Leben zur Hölle zu machen."

„Aber es gefällt Ihnen doch, wenn alles nach Ihrem Willen läuft."

„Soweit es meinen Sohn betrifft, ja. Ich will nicht, dass er Dinge mitbekommt, die ihn verstören könnten. So wie seine Mutter sich aufgeführt hat, hat er schon genug durchgemacht."

Unwillkürlich war er in einen so schnellen Schritt verfallen, dass sie laufen musste, um auf selber Höhe mit ihm zu bleiben. Sie hielt ihm am Arm fest. „Langsam, Ethan. Lassen Sie mich wieder zu Atem kommen, damit ich mich bei Ihnen entschuldigen kann. Ich habe Ihnen Unrecht getan. Es tut mir leid."

„Wirklich?"

„Ja. Ich finde es schade, dass wir uns ständig über Dritte streiten", beteuerte sie.

„Da Sie ja nur für kurze Zeit hier sind, ist das nicht wichtig."

„Doch, es ist wichtig", sagte sie mit fester Stimme. „Alles im Leben ist wichtig. Jede Ameise, jedes Blütenblatt. Auch wir beide."

„Was soll an uns beiden wichtig sein?"

„Solange ist wie eine Schwester für mich. Nach der Hochzeit werden Sie und ich sozusagen verwandt sein."

„Verwandt?"

Sie wurde wieder verlegen. „Wenn Ihnen ‚verwandt' ein zu starkes Wort ist, wie wäre es stattdessen mit ‚befreundet'?"

Welcher Mann könnte ihr auf Dauer widerstehen, fragte er sich. *Aber solche Gedanken führen nur dazu, dass ich sie wieder küssen möchte,* ermahnte er sich und sagte schroff: „Ich bin kein Mensch, der schnell Freundschaft schließt, Anne-Marie."

„Wenigstens sprechen wir wieder miteinander. Das ist immerhin ein Fortschritt!"

„Es ist ein Anfang", gab er zu.

„Gut!" Sie schenkte ihm ein Lächeln, das seinen Widerstand beinah brach. „Erzählen Sie mir mehr über die Insel, Ethan. Wie ist es, wenn man das Schicksal der ganzen Bevölkerung hier in der Hand hält?"

Sie hatten das alte Villenviertel hinter sich gelassen und erreichten den Ortskern. Der Markt lag direkt neben dem Fischereihafen. „Es ist wie bei jeder Führungsposition, in der man Verantwortung für seine Mitarbeiter trägt", sagte er. Er blieb kurz stehen, um eine junge Mutter zu begrüßen, die ihnen gerade mit einem Baby auf der Hüfte entgegenkam. „*Bonjour,* Madeleine! Das ist ja ein Prachtjunge! Wie geht es Ihrem Mann?"

„Jeden Tag besser. Das haben wir Ihnen zu verdanken, *Monsieur*", antwortete die Frau. „Die Operation hat ihm das Leben gerettet. Wir können Ihnen nie zurückzahlen, was Sie für uns getan haben."

„Das haben Sie schon, Madeleine. Sie waren für Jean da, als er Sie brauchte. Grüßen Sie ihn von mir."

„Es ist also wie bei jeder anderen Führungsposition?", bemerkte Anne-Marie und blickte Madeleine nach. „Das bezweifle ich."

„Mir gehört zwar das Land, aber nicht die Menschen. Ohne ihre

Mithilfe könnte ich hier wenig ausrichten."

„Sie verehren Sie wie einen Halbgott. Ich fange allmählich an zu verstehen, warum."

„Ich bin ein gewöhnlicher Mensch, Anne-Marie. Ich habe Fehler gemacht, und alle hier wissen es."

„Wird es Ihnen nicht manchmal zu eng auf dieser kleinen Insel, wo jeder alles über jeden weiß?"

„Nein." Ihre Frage weckte unangenehme Erinnerungen in ihm. „Aber vielen anderen ging es so. Sie würden sicher auch so empfinden, wenn Sie länger hier wären."

„Das glaube ich nicht." Sie breitete die Arme aus und drehte sich einmal um sich selbst, während ihr Rock ihr um die schlanken Beine wirbelte. „Ich fühle mich hier so frei wie nirgendwo sonst."

„Aber es gibt kein kulturelles Angebot hier. Keine Oper, kein Theater oder Ballett. Auch keine Wellnesstempel oder Hotelanlagen", zählte er auf.

„Na und? Heute Morgen haben Sie gesagt, wir könnten zum Einkaufen nach Miami fliegen. Der Rest der Welt ist mit dem Flugzeug leicht zu erreichen. Aber hier ..." Sie kletterte auf eine niedrige Steinmauer, nahm den Strohhut ab und warf ihn wie eine Frisbeescheibe durch die Luft. „Hier ist das Paradies!"

Ein etwa achtjähriger dunkelhäutiger Junge mit dunklem Haar und dunklen Augen unterbrach sein Fußballspiel, um ihren Hut vom Rasen aufzuheben. Er brachte ihr den Hut zurück und lächelte sie an. *„Pour vous, Mademoiselle."*

„Danke, mein Lieber!" Sie sprang von der Mauer herunter und beugte sich zu ihm herab, so dass sie auf Augenhöhe mit ihm war. *„Merci beaucoup!"*

„Was für ein schönes Kind", meinte sie, als er zurück zu seinen Freunden gelaufen war, und richtete sich auf.

„Das sind sie alle in diesem Alter", sagte Ethan ein wenig bitter. Er konnte sich nicht erinnern, dass je eine Frau so freundlich mit Adrian gesprochen hätte. Josephine liebte den Kleinen, aber sie zeigte ihre Zuneigung nicht offen. Und Lisa hatte sich ihre Liebkosungen für ihre Liebhaber aufgespart.

„Wie meinen Sie das?“, fragte Anne-Marie.

„Kinder erfahren zu früh, was Verrat bedeutet. Sie verlieren den Glauben daran, dass diese Welt ein wunderbarer Ort sei.“

„Manchmal wachsen Kinder aber auch glücklich auf“, sagte sie und nahm tröstend seine Hand. „Auf Bellefleur stehen die Chancen besser als woanders. Man fühlt sich hier so sicher und geborgen. Es gibt keine Armut, keine Kriminalität …“

„Manchen Menschen genügt das nicht.“

„Ihrer Exfrau hat es wohl nicht genügt“, sagte sie. „Aber das lag an ihr.“

„Versuchen Sie das einmal Adrian zu erklären, wenn er das nächste Mal fragt, warum er keine Mutter hat. Und wenn Sie schon dabei sind, versuchen Sie auch gleich, all seine anderen Fragen zu beantworten.“

„Ich bin sicher keine Expertin in Sachen Kindererziehung“, räumte sie ein. „Aber ich halte es für das Beste, seine Fragen so offen und ehrlich wie möglich zu beantworten.“

Er lachte bitter. „Und was soll ich ihm denn sagen, wenn er mich fragt, warum seine Mami hinter der Umkleidekabine am Pool einen anderen Mann geküsst hat und weshalb sie dabei kein Bikinioberteil trug?“

„Das hat sie getan?“ Anne-Marie war schockiert. „Ethan, das tut mir leid! War es Señor Santos? Hassen Sie ihn deswegen so sehr?“

„Nein. Santos war nur einer von vielen. Als er hinter Gittern saß, hat sie sich mit einem Hausangestellten vergnügt. Ein blonder Schönling, der für die Pflege unserer Swimmingpools verantwortlich war. Sie ist mit ihm durchgebrannt. Aber nicht rechtzeitig, um Adrian den Anblick ihres Techtelmechtels zu ersparen.“ Er schwieg einen Moment, um sich zu beruhigen. „Ich habe damals Ausreden gebraucht. Aber wenn Sie es für richtig halten, ihm jetzt alle schmutzigen Einzelheiten zu erklären …“

„Nein, auf keinen Fall! Er ist doch noch viel zu klein, um das zu verstehen."

„Eines Tages wird er es erfahren müssen. Spätestens, wenn er alt genug ist, um zu heiraten. Ich möchte nicht, dass er meine Fehler wiederholt."

„Warum denken Sie, dass Sie etwas falsch gemacht haben?"

„Weil ich das Risiko kannte und Lisa trotzdem geheiratet habe."

„Wenn man liebt, denkt man nicht immer an das Risiko."

Er drehte sich um und ging ein Stück weiter. „Ich wünschte, ich könnte mich Ihrem naiven Glauben an die große Liebe anschließen, Anne-Marie. Aber die Liebe siegt nicht über alles. Romantische Gefühle sind kurzlebig."

„Glauben Sie etwa nicht mehr an die Ehe?"

„Ich sage nur, dass man sich sehr gut überlegen sollte, wen man heiratet. Ich habe es nicht getan, und Adrian bezahlt heute den Preis dafür."

Sie schwieg so lange, dass er schon hoffte, das Thema sei erledigt. Aber sie griff es noch einmal auf, als sie im Auto saßen und auf dem Rückweg nach Hause waren.

„Wenn Sie noch einmal von vorn anfangen könnten, was würden Sie anders machen?", fragte sie.

„Das ist nicht schwer", antwortete er wie aus der Pistole geschossen. „Ich würde eine Frau heiraten, die hier auf Bellefleur geboren und aufgewachsen ist."

8. KAPITEL

Das Cabrio war kaum zum Stehen gekommen, als Morton, der Butler, aus dem Haus geeilt kam. „Gut, dass Sie endlich da sind, *Monsieur!* Madame Josephine ist vor dem Mittagessen schwer gestürzt."

„Warum wurde ich nicht früher informiert?" Ethan sprang aus dem Auto, obwohl der Motor noch lief, und bestürmte den Butler mit Fragen. Anne-Marie drehte den Zündschlüssel um und folgte den beiden Männern ins Haus.

„Wir haben versucht, Sie im Club zu erreichen, *Monsieur,* aber Sie waren schon gegangen", erklärte Morton Ethan gerade, als sie die beiden erreichte. „Auf Ihrem Handy haben wir Sie auch nicht erreicht."

Ethan schlug sich mit der Hand an die Stirn. „Ich habe vergessen, das verflixte Ding mitzunehmen. War der Arzt schon bei ihr?"

„*Oui, Monsieur.*"

„Muss meine Tante ins Krankenhaus?"

„*Madame* hat sich geweigert. Doktor Evert hält es auch für besser, wenn sie sich zu Hause auskuriert. Sie hat es sich bequem gemacht und bittet Sie und Mademoiselle Barclay vorbeizuschauen, sobald Sie nach Hause kommen. Monsieur Louis ist völlig außer sich."

„Das kann ich mir vorstellen", sagte Ethan. „Wir gehen sofort hinauf." Er hatte den Innenhof schon halb durchquert, als er auf dem Weg zur Treppe stehen blieb und Anne-Marie mit einer ungeduldigen Geste bedeutete, ihm zu folgen. „Los, kommen Sie!"

Seine Bemerkung im Auto, er würde nur eine Frau von Bellefleur heiraten, hatte ihr die gute Laune bereits verdorben. Dass er sie jetzt wie eine Angestellte herumkommandierte, hätte normalerweise ausgereicht, einen Streit vom Zaun zu brechen.

Aber Josephines Wohl war wichtiger als Ethans schlechte Manieren. Es machte Anne-Marie ein wenig traurig, wie schnell die Vertrautheit, die auf dem Spaziergang kurz zwischen ihnen geherrscht hatte, wieder verflogen war.

Ein langer Flur verlief über die ganze Länge des oberen Stockwerks. An den beiden Enden befanden sich hohe Fenster, die weit offen standen. Deckenventilatoren sorgten für frische Luft. An den Wänden hingen Porträts dunkelhaariger, aristokratisch wirkender Männer und Frauen. Beaumont-Ahnen, vermutete Anne-Marie. Sie konnte im Vorübereilen nur einen flüchtigen Blick auf die Bilder werfen, aber die Ähnlichkeit mit Ethan war unverkennbar.

Die Wohnung der Duclos lag in dem entfernten Flügel am Ende des Hauses. Das Ehepaar bewohnte eine elegante Suite aus mehreren Zimmern, die auf die schattige Veranda hinausführten. Von dort aus hatte man einen atemberaubenden Blick den Hügel hinunter und aufs Meer.

Louis führte Ethan und Anne-Marie in das in Blau- und Elfenbeintönen gehaltene Schlafzimmer. Josephine trug einen Satinmorgenmantel mit Bändern und Spitzen und thronte auf einem Berg Seidenkissen wie eine Königin.

„So habe ich mir die nächsten Tage nicht vorgestellt", erklärte sie und wehrte mit einer Handbewegung die Fürsorge ihres besorgten Ehemanns ab. Sie bedeutete Anne-Marie, sich auf den Bettrand zu setzen. „Ich habe mir den Knöchel verstaucht. Ich fürchte, ich werde euch in den nächsten Tagen ziemlich zur Last fallen. Und das ausgerechnet jetzt während der ganzen Feierlichkeiten!"

„Mach dir darüber keine Sorgen. Wir kommen schon zurecht." Ethan stand am Fußende des Bettes und blickte teilnahmsvoll auf seine Tante herab. „Wie kam es überhaupt zu dem Sturz? Warst du wieder einmal zu sehr in Eile, um darauf zu achten, wo du hintrittst?", schimpfte er gutmütig.

„Mach mir bloß keine Vorwürfe!", gab Josephine zurück. „Adrians verflixtes Kätzchen ist schuld daran. Ich hätte mir den Hals brechen können!"

Ethan lächelte breit. „Du bist unverwüstlich, *ma tante.* Wenn hier jemand zu bedauern ist, dann wahrscheinlich die Katze."

„Der Katze geht es gut", versicherte sie ihm gereizt. „Und du solltest dich um Wichtigeres kümmern. Bestimmt hast du vergessen, dass der französische Handelsvertreter und sein Gefolge heute zum Essen bei uns sind und über Nacht bleiben."

„Das hatte ich tatsächlich vergessen!"

„Das habe ich mir gedacht. Ein Glück, dass Anne-Marie mich als Gastgeberin vertreten kann. Sonst könntest du dich allein mit Monsieur Pelletier und seiner unersättlichen Frau herumschlagen."

„Sollte nicht besser Solange für Sie einspringen?", gab Anne-Marie zu bedenken.

„Bloß nicht!", schnaufte Josephine. „Solange und Philippe haben nur Augen füreinander. Der Gesandte könnte an einer Gräte ersticken, sie würden es nicht einmal bemerken."

„Meine Tante hat leider Recht", stimmte Ethan zu.

Josephine lächelte befriedigt. „Jetzt kannst du mich allein lassen, Ethan. Der Koch möchte mit dir noch eine Änderung in der Speisenfolge besprechen. Nein, mein Kind, Sie bleiben noch hier und leisten mir Gesellschaft", hielt sie Anne-Marie zurück, die gerade aufstehen wollte.

Ethan legte ihr, Anne-Marie, kurz die Hand auf die Schulter. Sie erschauerte unter seiner leichten Berührung. „Würden Sie mit mir zusammen die Gäste empfangen, Anne-Marie?"

„Gern", brachte sie hervor. Der Gedanke, heute Abend an seiner Seite Gastgeberin zu sein, berauschte sie.

„Ich muss Sie allerdings warnen. Es wird ein wenig förmlicher zugehen als sonst."

„Noch förmlicher?" Sie musste beinah lachen. „Das kann ich mir kaum vorstellen."

„Langes Abendkleid und Schmuck. Mimi Pelletier wird aussehen, als würde sie heute allen gekrönten Häuptern Europas vorgestellt. Es wird ein langer und wohl auch langweiliger Abend werden. Trauen Sie sich das wirklich zu?"

„Kein Problem." Sie sah ihm in die Augen, und sein Blick hielt ihren fest.

„Haben Sie denn etwas Passendes zum Anziehen? Sonst hat vielleicht Solange ..."

„Keine Sorge, Ethan. Ich werde Sie nicht blamieren."

„Das habe ich nicht gemeint. Sie sind immer sehr gut angezogen. Ich möchte nur nicht, dass Sie sich unwohl fühlen."

„Danke, dass Sie so besorgt um mich sind." Sie hatte das Gefühl, in den Tiefen seiner blauen Augen zu versinken.

Er schenkte ihr sein seltenes, charmantes Lächeln. „Dann bis später", verabschiedete er sich.

Sie sah zu, wie er seine Tante auf die Wange küsste und dann seinem Onkel hinausfolgte. Die Tür fiel hinter den beiden Männern zu. Bis auf das Ticken der kostbaren antiken Uhr auf dem Nachttisch herrschte Stille.

Schließlich sagte Josephine: „Man kann Ihnen Ihre Gefühle vom Gesicht ablesen. Ist mein Neffe der Grund dafür?"

„Ja", antwortete Anne-Marie ehrlich. „Er ist anders als alle anderen Männer, die ich kenne."

„Mit anderen Worten, Sie verstehen ihn nicht."

„Ich verstehe mich selbst nicht, Madame Duclos!"

„Weil Sie sich hoffnungslos zu jemandem hingezogen fühlen, der sich solche Mühe gibt, Sie auf Abstand zu halten?"

„Verrückt, nicht wahr?" Anne-Marie versuchte zu lachen, aber es gelang ihr nicht richtig.

„Nein, gar nicht. Der Sex vernebelt Ihnen den Verstand."

Entsetzt rief Anne-Marie aus: „Ethan und ich hatten gar keinen Sex!"

„Aber Sie denken daran. Wahrscheinlich denken Sie in seiner Gegenwart an nichts anderes."

„Ist das so offensichtlich?" Ihr Gesicht brannte nun vor Verlegenheit.

Josephine lachte. „Sie brauchen sich deswegen nicht zu schämen.

In diesem Stadium einer Beziehung geht es hauptsächlich um Sex, und das ist auch richtig so. Sex ist ein unbezahlbares Geschenk, das man genießen sollte. Ich genieße es jedenfalls. Louis ist ein großartiger Liebhaber. Schockiere ich Sie?"

„Ein bisschen. Ich hätte nicht erwartet, dass Sie und ich so offen miteinander reden würden."

„Wir sind Frauen, Anne-Marie. Es liegt in unserer Natur, uns einander in Liebesdingen anzuvertrauen. Männer finden das natürlich empörend. Es gefällt ihnen nämlich nicht, wenn wir uns gegen sie verbünden."

Anne-Maries Neugierde war stärker als ihre Verlegenheit. „Verbünden wir uns etwa gerade gegen Ethan?"

„Schon möglich."

„Er würde furchtbar wütend werden, wenn er das wüsste."

„Von mir wird er es nicht erfahren." Josephine strich über den feinen Baumwollstoff ihrer Bettdecke und seufzte. „Ethan ist sehr gut darin, das Leben anderer Leute zu organisieren. Aber er bekommt sein eigenes nicht in den Griff. Darum spreche ich auch so offen mit Ihnen. Ich habe den Eindruck, Sie könnten vielleicht die richtige Frau für ihn sein. Darum lautet meine nächste Frage, was Sie außer sexueller Anziehung noch in die Beziehung einbringen."

„Im Moment weiß ich nicht einmal, ob wir überhaupt eine Beziehung haben."

„Das Potenzial ist vorhanden. Ich kenne die Anzeichen. Sie können nicht klar denken, wenn er in der Nähe ist. Er erfüllt Ihre Gedanken, Ihr Herz und Ihre Seele. Sie sehnen sich nach ihm, auch wenn Sie sich vor ihm fürchten, weil er Ihr ganzes Leben auf den Kopf stellen würde. Aber Ethan wird Ihnen davonlaufen, wenn er glaubt, sie fühlten sich nur wegen seines schönen Körpers zu ihm hingezogen."

„Aber es ist mehr als das!", protestierte Anne-Marie heftig. „Er ist kompliziert. Die Schranken zu überwinden, die er aufbaut, ist gar nicht leicht."

„Versuchen Sie zu verstehen, was ihn zu dem gemacht hat, was er heute ist. Seiner Erfahrung nach können Frauen zwischen Faszination und Liebe nicht unterscheiden. Er glaubt, sie schätzten Geld, Prestige und Äußerlichkeiten höher als Treue, Charakter und Liebe. Damit meine ich nicht nur die Liebe zu ihm, sondern auch zu seiner Familie und für diese Insel."

„Also all das, was seine Exfrau nicht zu bieten hatte."

„Genau. Wenn Sie das begriffen haben, liegen Ihre Möglichkeiten klar vor Ihnen. Er wird wahrscheinlich mit Ihnen schlafen wollen. Wenn Ihnen das genügt, gut. Aber er wird weder Adrians Glück noch sein eigenes aufs Spiel setzen, indem er sich in Sie verliebt. Es sei denn, es gelingt Ihnen, ihn davon zu überzeugen, dass Sie ebenso treu und loyal sein können wie er."

„Aber dafür brauche ich Zeit. Und ich fliege gleich nach der Hochzeit wieder nach Hause."

„Dann nutzen Sie jede Minute, die Sie haben."

„Aber wie trennt man bei so kurzer Bekanntschaft Faszination von Liebe?"

„*Mon Dieu,* Kind, ich weiß auch nicht alles. Ob das, was euch beide verbindet, von Dauer ist, kann nur die Zeit zeigen. Aber wenn Sie ernsthaft den Wunsch haben, es herauszufinden, dann los! Zeigen Sie ihm, was Sie fühlen."

Ob ich den Mut dazu aufbringe, fragte sich Anne-Marie. Der Gedanke verfolgte sie für den Rest des Nachmittags und auch noch, während sie sich zum Abendessen umzog.

Kurz vor Mitternacht war die Luft immer noch so schwer und warm wie am Tag. Anne-Marie hatte ihr elegantes mitternachtsblaues Abendkleid mit einem kurzen geblümten Sarong vertauscht. Leise schlüpfte sie aus ihrem Bungalow und machte sich auf den Weg zu ihrem Lieblingsplatz am Strand.

Die Stufen lagen hell im Mondlicht da, während alles darum herum in tiefe nächtliche Schatten gehüllt war. Als sie unten anlangte und die Schuhe auszog, spürte sie warmen Sand unter den Füßen.

Der Abend war ein voller Erfolg gewesen. Ethan hatte sie bereits erwartet, als sie zum Haus gekommen war. Er hatte kein Wort gesagt, sondern war nur auf sie zugetreten und hatte sie in den Salon geführt. Sein Schweigen hatte ihr nichts ausgemacht. Seine Hand fest, beinah Besitz ergreifend an ihrem Rücken zu spüren, hatte ihr genügt. Auch die Bewunderung in seinem Blick, während er ihr ein Glas Champagner eingoss, und die Art, wie er sie später über den Rand seines Glases hinweg angesehen hatte, war genug gewesen.

Aber es genügte ihr jetzt nicht mehr. Die anderen mochten von dem köstlichen Essen, dem Wein und den Gesprächen so müde sein, dass sie nur noch schlafen wollten. Anne-Marie dagegen fühlte sich unruhig und unbefriedigt.

Der Abend hatte mit höflichem Händeschütteln und hingehauchten französischen Wangenküsschen geendet. Dann war sie mit einem Rascheln ihres Seidenkleides in die Dunkelheit entschwunden, während Ethan die Pelletiers zu ihren Zimmern begleitete. Etwas Besonderes hätte diesen Abend beenden müssen, so wie der feine Orangenlikör, der mit zum Kaffee gereicht worden war und das Menü abgerundet hatte, dachte sie.

Vielleicht war das der Grund, warum sie sich jetzt ins Wasser wagte. Nur ein kleines Stück, dachte sie und blieb stehen, als das Meer ihre Waden umspülte. Sie bückte sich und bewegte die Hände im Wasser hin und her, das glänzend aufspritzte. Was für eine magische Nacht hätte das werden können … Sie hob den Saum ihres Sarongs und watete ein wenig tiefer hinein, bis die Wellen ihre Schenkel umschmeichelten wie die Hände eines Liebhabers.

„Oh Ethan!“, seufzte sie sehnsüchtig. Im nächsten Moment spürte sie eine Hand in ihrem Nacken. Erschrocken wirbelte sie herum und sah ihn in Freizeithemd und Khakishorts vor sich stehen.

„Für jemanden, der Angst vor dem Wasser hat, riskieren Sie ziemlich viel. Nachts kann es hier gefährlich werden. Und damit meine ich nicht nur das Meer“, warnte er sie.

„Sie meinen, ich könnte überfallen und ausgeraubt werden?" Sie lachte kurz auf. „Das glaube ich nicht! Ich habe nichts bei mir, das es wert wäre zu stehlen."

Sein Blick war unergründlich in der Dunkelheit. Er strich ihr leicht über den Hals. Die Berührung hinterließ ein Kribbeln auf ihrer Haut. „Da bin ich anderer Meinung. Sie besitzen etwas, das jeder Mann begehren würde."

„Wirklich?" Sie erschauerte erwartungsvoll und war sicher, er würde sie küssen. Insgeheim hoffte sie, er würde es diesmal nicht dabei belassen.

Aber er küsste sie nicht. *Warum wundert mich das,* dachte sie. *Er tut doch nie, was ich hoffe oder erwarte.*

„Sie haben mich heute Abend überrascht", sagte er, während er sie zum Ufer zurückgeleitete. „Ich wusste zwar, dass Sie etwas Französisch sprechen, aber ich hatte keine Ahnung, dass Sie die Sprache fließend beherrschen. Oder dass Sie so gut über die Karibik und Bellefleur informiert sind. Pelletier war hingerissen von Ihnen."

Und du, Ethan, fragte sie ihn in Gedanken. *Habe ich mir die Zuneigung in deinem Blick beim Essen nur eingebildet? Was hatte das kleine, vertrauliche Lächeln zu bedeuten, das jedes Mal um deine Lippen spielte, wenn du mich angesehen hast?* Laut sagte sie: „Seine Frau war auch sehr nett, aber ein bisschen still."

Ethan lachte. „Sie haben ihr heute Abend die Schau gestohlen. Warum haben Sie mir nie erzählt, wie umfassend gebildet Sie sind?"

„Warum haben Sie nicht gefragt, statt einfach anzunehmen, dass ich Sie blamieren würde?"

„Das habe ich nicht gesagt, Anne-Marie."

„Vielleicht nicht, aber ich kann Ihre Gedanken lesen."

„Wirklich?", murmelte er so leise, dass es beinah im Rauschen des Meeres unterging. „Dann sollte dich das hier nicht überraschen."

Er küsste sie, als sie es am wenigsten erwartete. Seine Lippen bemächtigten sich ihrer mit einem Feuer, das sie ganz schwindelig machte. Diesmal beließ er es nicht dabei, sie auf den Mund zu küssen, sondern erforschte auch ihren Hals und ihre Schulter mit den Lippen.

„Das wollte ich den ganzen Abend schon tun", sagte er und ließ die Hände über ihren Rücken und die Hüften gleiten. *Woher weiß er so genau, was er tun muss, um mich dahinschmelzen zu lassen?*, fragte sie sich, während ihr die Knie weich wurden. Er spielte mit dem oberen Saum ihres Sarongs und ließ dann eine Hand in ihren Ausschnitt gleiten. Im nächsten Moment fiel das Wickelkleid auseinander, gab ihre Brüste frei und fiel zu Boden.

„Von dem Moment an, als du auf die Terrasse kamst, wollte ich mit dir allein sein und dir dein sexy Abendkleid vom Leib reißen", gestand er mit rauer Stimme und strich aufreizend über die Spitzen ihrer Brüste. „Zum Glück hast du mir die Mühe erspart. Es wäre schade um das schöne Kleid gewesen."

Ein wildes Glücksgefühl überkam sie. „Ich wusste nicht, dass du das wolltest", flüsterte sie. „Ich habe dir nichts angemerkt. Du hast so beherrscht gewirkt."

Schnell zog er sein Hemd aus, machte den Hosenknopf auf und streifte den Rest seiner Kleidung ab. Das Mondlicht glänzte silbern auf seiner bronzefarbenen Haut.

Er nahm ihre Hand und legte sie sich aufs Herz. „Wirke ich immer noch beherrscht?", fragte er. Sie schüttelte den Kopf. Da legte er ihre Hand zwischen seine Beine. „Und jetzt?"

Sie ließ sich hinunter in den Sand sinken. Ethan kniete über ihr und streichelte sie am ganzen Körper. Seine Hände waren sanft und doch Besitz ergreifend. Immer wieder flüsterte er dabei zärtlich ihren Namen.

Schließlich streifte er ihr das Höschen ab und ließ die Hand zwischen ihre Schenkel gleiten. Eine leichte Berührung genügte, um sie vor Lust aufstöhnen zu lassen. Instinktiv griff sie nach ihm. Es war kein Traum. Er war wirklich über ihr, voll Verlangen und bereit für sie. Eine Weile ließ er zu, dass sie ihn streichelte. Dann entzog er sich ihr.

„Komm zu mir, Ethan", bat sie.

„Langsam, meine schöne *Canadienne*", flüsterte er rau und berührte sie wieder an ihrer empfindsamsten Stelle, aber diesmal mit den Lippen. Während er sie immer weiter erregte, hatte sie das Gefühl zu schweben. Dabei fühlte sie sich so lebendig und vollkommen wie nie zuvor.

Er brachte sie dazu, sich an ihn zu klammern und um mehr zu betteln. Sie wollte ihn ganz und flehte ihn erneut an, zu ihr zu kommen. Und als er die köstliche Qual schließlich beendete und in sie eindrang, wusste sie, dass sie sich ohne ihn nie wieder ganz fühlen würde. Sie nahm ihn tief in sich auf und genoss es, wie kraftvoll er sich in ihr bewegte. Dann wurde sie von einer Welle der Ekstase davongetragen.

Als es vorbei war, wappnete sie sich für den Moment, in dem er sich zurückziehen und sie wieder genauso kühl und distanziert behandeln würde wie vorher. Aber er blieb auf ihr liegen und drückte sie mit seinem Gewicht in den weichen, warmen Sand. Sie spürte seinen Atem an ihrem Ohr. Als er ihr leicht mit der Hand übers Haar strich, regte sich in ihr die leise Hoffnung, dass er womöglich ihre Gefühle erwiderte.

Schließlich bewegte er sich und küsste sie leicht auf einen Mundwinkel. „Wie fühlst du dich? Bereust du es schon?"

Sie schüttelte den Kopf und genoss die Berührung ihrer Wange mit seiner. „Was gerade passiert ist … es war besser, als ich zu träumen gewagt hätte!"

Er lachte. „Ich bin nicht sicher, ob das ein Kompliment ist."

„Ethan, es war wundervoll."

„*Oui.*" Er gab ihr einen leichten, zärtlichen Kuss. „Ausnahmsweise sind wir einmal einer Meinung. Wie schade, dass wir nicht den Rest der Nacht so verbringen können. Aber mein Sohn …"

„Ich verstehe", sagte sie. „Du musst da sein, wenn Adrian morgen früh aufwacht."

„Ja." Er strich ihr mit dem Finger über die Lippen, ohne zu ahnen, dass selbst die leichteste Berührung genügte, um neues Verlangen in ihr zu entfachen. „Und du solltest auch gehen, Anne-Marie. Ich habe ernst gemeint, was ich vorhin gesagt habe. Es ist gefährlich, sich allein an einem so abgelegenen Ort aufzuhalten."

„Aber es ist wunderschön", widersprach sie. „Ich liebe es, mir die Sternschnuppen am Himmel anzusehen und den Mond, wie er sich in der nächtlichen See spiegelt. Ich liebe es, wenn die Brandung die Insel in den Schlaf singt."

„Sehr poetisch, aber lass dich von der Ruhe nicht täuschen", erwiderte er ungerührt. „Das Meer kann sich ohne Vorwarnung in ein Ungeheuer verwandeln. Wer würde dich schreien hören und kommen, um dich zu retten, wenn du in Schwierigkeiten gerätst?"

„Du", sagte sie und lehnte sich an ihn. „Das habe ich gelernt, seit ich hier angekommen bin. Du bist da, wenn man dich braucht."

„Nicht immer. Ich bin genauso fehlbar wie jeder Mensch, Anne-Marie."

Das ist eine Warnung, dachte sie. *Ich sollte von dieser einen Nacht nicht zu viel erwarten.* „Dann komme ich hier nur noch nachts her, wenn ich weiß, dass ich nicht allein sein werde."

„Verführerin!" Er lächelte und sprang auf. „Komm. Ich bringe dich nach Hause", sagte er und streckte ihr die Hand hin.

„Nicht nötig." Sie wollte nicht zu anhänglich erscheinen. „Ich kenne den Weg."

„Aber du brauchst nicht zu Fuß zu gehen." Er zeigte auf die Stelle am Strand, wo der Dschungel begann. Im Unterholz stand ein Pferd, das im Mondlicht wie eine Geistererscheinung wirkte. *So ist er also hierhergekommen, ohne dass ich ihn bemerkt habe,* dachte Anne-Marie.

„Komm", wiederholte er, nachdem er sich angezogen und ihr den Sarong umgewickelt hatte. „So können wir die Nacht noch eine Weile genießen."

Sie brachte es nicht über sich, Nein zu sagen. Er schwang sich aufs Pferd und half ihr hinauf. Als sie sicher hinter ihm saß, forderte er sie auf, sich an ihm festzuhalten. Dann schnalzte er mit der Zunge. Das Pferd trabte los, immer am Strand entlang, bis ein Pfad landeinwärts führte.

Anne-Marie war noch nie ohne Sattel geritten. Und sie hatte noch nie jemanden zum Festhalten gehabt, der so stark und verlässlich war wie Ethan. Sie wusste, sie würde diese Nacht nie vergessen, solange sie lebte.

Der Ritt durch die Nacht war viel zu schnell vorüber. Ethan brachte das Pferd vor den Gästehäusern zum Stehen und saß ab. „*A demain, ma chére*“, sagte er, als sie vom Pferd herunter in seine wartenden Arme glitt. „Schlaf gut.“

A demain, das bedeutete, „bis morgen“. Ja, ich werde gut schlafen, dachte sie. In ihren Träumen würde sie jeden Kuss, jede Berührung und jedes Wort noch einmal durchleben und sich dabei auf morgen freuen. „*Oui*“, hauchte sie und hob ihm zu einem letzten Kuss das Gesicht entgegen. „*A demain.*“

9. KAPITEL

Am nächsten Morgen sah Anne-Marie Ethan nur von fern. Er schien zu beschäftigt, um sie zu bemerken. Sie versuchte auch gar nicht, seine Aufmerksamkeit zu erregen, sondern zog sich in ihr Arbeitszimmer zurück. Tapfer kämpfte sie gegen die Enttäuschung an. *Eine gemeinsame Nacht bedeutet nicht, dass man für immer zusammen sein wird,* sagte sie sich. So etwas geschieht nur in Romanen.

Am Nachmittag besuchte sie Josephine. Als sie von der alten Dame erfuhr, dass Ethan mit Adrian nach Miami geflogen war und über Nacht oder gar länger wegbleiben würde, traf es sie wie ein Schlag.

„Hat er Ihnen denn nicht gesagt, dass er fortmusste?", erkundigte sich Josephine und musterte Anne-Marie mit ihrem durchdringenden Blick.

„Warum sollte er?" Mit erzwungener Ruhe blickte Anne-Marie hinaus. „Er braucht schließlich nicht meine Erlaubnis, um irgendwo hinzufliegen."

Danach stürzte sie sich in die Arbeit, bis alle Kleider fertig waren. Dabei gingen ihr immer wieder dieselben Fragen im Kopf herum. *Warum hat Ethan mir nichts von seiner Reise gesagt? Will er mir damit zu verstehen geben, dass ich ihm nichts bedeute?*

Das schwüle Wetter machte alles noch schlimmer. Anne-Marie fühlte sich kraftlos und verlor ihre übliche gute Laune.

„Du bist ja schrecklich gereizt", meinte Solange am Ende des zweiten Tages.

„Das wärest du auch, wenn du bei diesem Wetter den ganzen Tag an der Nähmaschine verbracht hättest", fuhr Anne-Marie ihre Freundin an.

Solange zuckte zusammen. „Es ist meine Schuld, dass du so hart arbeiten musst. Ich hätte dir das nicht zumuten dürfen."

Anne-Marie schämte sich, so unbeherrscht gewesen zu sein.

„Entschuldige, Solange. Ich sollte meine schlechte Laune nicht an dir auslassen.“ Sie nahm sich vor, sich in Zukunft besser im Griff zu haben.

Am Abend zogen vom Osten her dunkle Gewitterwolken auf. Um nicht in einen Regenguss zu geraten, ließen Solange und Anne-Marie sich das Abendessen in ihr Quartier bringen. Gegen acht Uhr zuckten Blitze über den dunklen Himmel, und Donner grollte über den Hügeln. Ein Sturm rüttelte an den Palmen und riss die Blüten an den Büschen um die kleine Terrasse ab. Wenig später ging das Licht aus.

„Hier gibt es öfter Stromausfälle, wenn es stürmt“, berichtete Solange und zündete Kerzen an. „Aber Kerzenlicht ist so romantisch, findest du nicht?“

„Für dich vielleicht“, sagte Anne-Marie missgelaunt und zog sich in ihr Schlafzimmer zurück. Dort lag sie allein im Bett, das groß genug für zwei war, und blickte starr auf das Moskitonetz.

Als sie am nächsten Morgen aufwachte, war der Himmel klar, die See ruhig, und die Natur wirkte erfrischt. Auch Anne-Marie fühlte sich besser. Sie packte die fertigen Kleider in Kleiderhüllen und beaufsichtigte deren Transport ins Haupthaus, wo sie bis zur Hochzeit gelagert werden sollten. Nachdem die Kleider dort in einer leeren Kleiderkammer verstaut worden waren, ging Anne-Marie den Flur im oberen Stock entlang. Unten an der Treppe wartete Ethan.

„Ich habe gehört, du warst fleißig.“ Er sah sie an, während sie die Treppe hinunterschritt.

„Ich habe gehört, du warst in Miami“, erwiderte sie und hätte sich ohrfeigen können, weil sie so gekränkt klang.

Um seine Mundwinkel zuckte es amüsiert. „Hast du uns vermisst, Anne-Marie?“

„Ich habe Adrian vermisst. Mir ist kaum aufgefallen, dass du weg warst“, sagte sie schnippisch.

Er lächelte breit. „Wir haben dich auch vermisst.“

„Ja, sicher", sagte sie spöttisch. „Und die Schweine auf Bellefleur können fliegen."

Er unterdrückte das Lachen, aber seine Augen funkelten belustigt. „Es gibt auf Bellefleur keine Schweine, *chérie.* Nur Schafe, Pferde und Rinder. Und einen kleinen Jungen, der gerade Segeln lernt und sich wünscht, dass du ihm dabei zusiehst." Er nahm sie an der Hand und zog sie die letzten beiden Treppenstufen herunter. „Jetzt, da die Hochzeitsausstattung fertig ist, hast du keine Ausrede mehr."

Ihr Widerstand schmolz dahin. „Nein, eigentlich nicht."

„Sehr gut! Möchtest du probieren, ob du dich in dem kleinen Boot wohl fühlst?"

„Nicht so gern." Er sah sie mit so viel Wärme an, dass ihr die Knie weich wurden. „Ich sehe lieber zu."

Sie fuhren zu einem Strand mit einem Bootshaus, wo Anne-Marie noch nicht gewesen war. Nachdem Ethan Adrian seine Schwimmweste angelegt hatte, ließ Ethan über eine Rampe ein kleines Segelboot zu Wasser.

„Willst du wirklich nicht mitkommen?", fragte er Anne-Marie, während sein Sohn ins Boot kletterte. „Es ist Platz für drei. Wir haben eine zusätzliche Schwimmweste an Bord, und wir bleiben in Ufernähe."

„Ich bleibe lieber hier", sagte sie. Sie schauderte beim bloßen Gedanken, sich einem so leicht gebauten Boot anzuvertrauen.

„Ich lasse dich schon nicht ertrinken. Du bist viel zu wichtig für Solange, als dass ich dein Leben riskieren würde", scherzte er.

„Nur für Solange?", neckte sie ihn.

„Für mich und meinen Sohn auch." Das hatte sie hören wollen. Aber es genügte nicht, um sie an Bord der Jolle zu bringen. Sie hob den Fotoapparat, den sie um den Hals trug.

„Mir genügt es, die offizielle Fotografin zu sein."

In den nächsten Tagen begleitete Anne-Marie Ethan und Adrian zum Segeln und Schwimmen an den Strand. Dabei rutschte sie immer mehr in die Rolle der Ersatzmutter für Adrian. Sie sorgte dafür, dass er mit Sonnenschutzmittel eingecremt war und eine Mütze trug. Wenn er aus dem Wasser kam, hielt sie ein Handtuch bereit, um ihn darin einzuwickeln und abzutrocknen.

Er lief zu ihr, um sich trösten zu lassen, wenn er sich das Knie an einem Korallenriff aufgeschürft hatte. Wenn er sie umarmte und ihr sagte, wie hübsch sie sei, dass er sie lieb hatte und sie nie wieder weglassen wollte, wurde ihr warm ums Herz.

Die Nächte gehörten der Leidenschaft. Ethan kam zu ihr an den mondhellen Strand, manchmal auch in ihren Bungalow.

Sie ahnte, dass er gegen das Verlangen ankämpfte, das ihn zu ihr trieb, und dass er sich selbst für seine Schwäche hasste. Ihr war klar, dass sich dieser Hass eines Tages gegen sie wenden könnte. Aber es war ihr gleichgültig. Sie lebte nur noch für die gemeinsamen Stunden der Lust. Wenn er sie in seinen Armen hielt, vergaß sie alles andere.

Ihn immer wieder zu verführen und zu wissen, dass sie ihn ebenso um den Verstand bringen konnte wie er sie, wurde zu ihrem einzigen Lebensinhalt. Sie liebte es, wenn er beim Vorspiel die Kontrolle über sich verlor und plötzlich in sie eindrang. Sie genoss die Kraft seiner Stöße und sein Stöhnen, wenn die Lust ihn übermannte. Ebenso wie sie es liebte, wenn er seinen eigenen Höhepunkt hinauszögerte, um sie zuerst auf den Gipfel der Ekstase zu bringen.

Am meisten liebte sie den erotischen Wettstreit, wer mehr Macht über den anderen besaß. Am Ende siegte immer Ethan. Er trieb sie weit über die Grenze ihrer Selbstbeherrschung hinaus, bis sie sich in einem Taumel der Ekstase verlor. Manchmal klammerte sie sich an ihn fest und weinte, weil sie nicht fassen konnte, dass man so intensive Gefühle erleben konnte.

Und doch öffnete sich Ethan ihr nie ganz. Egal, wie leidenschaftlich sie sich gerade geliebt hatten, nie sagte er ihr, dass er sie liebte. Ihre innere Stimme warnte sie, dass das Ganze für ihn nur eine Affäre war. Aber sie wollte nicht darauf hören. Nur das Heute zählte.

Aber das Ende kam schneller, als Anne-Marie gedacht hatte.

„Es ist heute das letzte Mal, dass wir den Nachmittag so vertrödeln können", kündigte Ethan eines Tages an, während er das Boot im Bootshaus festmachte. Es war der Sonnabend vor der Hochzeit. „Die ersten Hochzeitsgäste treffen morgen ein. Das heißt, ich kann über meine Zeit nicht mehr frei verfügen. Und du musst an den Abenden für meine Tante einspringen."

Obwohl keine Wolke am Himmel stand, wirkte das Meer auf einmal nicht mehr so blau, und die Sonne schien nicht mehr so hell. Enttäuscht sagte Anne-Marie: „Aber warum jetzt schon? Die Hochzeit ist doch erst nächste Woche!"

„Viele gute Freunde, die für die Hochzeit um die halbe Welt fliegen, kommen jetzt schon an und machen ein paar Tage Urlaub hier. Ab Montag wird das Haus voll sein, aber es treffen jeden Tag mehr Gäste ein."

„Wo werden sie wohnen?"

„Einige nehmen sich Zimmer im Club, andere kommen bei Bekannten auf der Insel unter. Es wird ein bisschen eng werden, aber es wird schon gehen."

„Und ich beanspruche ein ganzes Gästehaus für mich allein!" Sie hoffte, er würde antworten, dass er das so wolle. Denn nur so konnte er heimlich nachts in ihr Bett kommen.

„Nach allem, was du für uns getan hast, hast du ein Recht auf etwas mehr Komfort. Wir sind dir sehr dankbar, Anne-Marie."

Das Wort „dankbar" versetzte ihr einen Stich. „Ist das dein Ernst, Ethan?", rief sie aus. „Du bist mir *dankbar*?"

„Natürlich. Du hast uns geholfen, wo immer es nötig war. Hast du gedacht, das sei für mich selbstverständlich?"

Tief verletzt sagte sie: „Nein."

„Worüber regst du dich eigentlich so auf?"

„Das ist wieder einmal typisch Mann."

„Und es ist typisch Frau, aus einer harmlosen Bemerkung ein Drama zu machen." Er blickte zu Adrian hinüber, der zwar nicht verstand, worum es ging, aber die Spannung zwischen den beiden Erwachsenen spürte.

Anne-Marie sah die Verwirrung und Angst auf dem Gesicht des Kleinen und lenkte ein. „Du hast Recht, Ethan. Ich habe überreagiert. Lass es mich anders ausdrücken. Ich habe mich lange auf die Hochzeit gefreut, aber jetzt tut es mir beinah leid, dass sie schon so bald stattfindet."

„Warum? Glaubst du, Solange und Philippe werden nicht glücklich miteinander?"

„Nein, das ist es nicht." Sie rang sich ein Lächeln ab. „Ehrlich gesagt, fände ich es schön, wenn alles noch eine Weile so bleiben würde, wie es in den letzten Tagen war." Deutlicher wagte sie nicht zu sagen, was in ihr vorging.

„Nichts bleibt für immer, wie es ist, Anne-Marie", sagte Ethan und wandte den Blick ab. „Das wussten wir doch von Anfang an."

Das Leben in der Beaumont-Residenz veränderte sich von einem Moment auf den anderen. Immer neue Gäste trafen ein. Die Mahlzeiten verliefen förmlicher und steifer. Die Tage waren mit gesellschaftlichen Aktivitäten angefüllt. Die Gäste segelten, ritten, spielten Krocket oder entspannten sich am Swimmingpool. Sie gehörten alle zum internationalen Jetset und gingen Anne-Marie mit ihrer aufgesetzten Freundlichkeit auf die Nerven.

„Nein, danke", lehnte sie ab, als Ethan sie einlud, sich mit den anderen zu vergnügen. „Ich glaube, Adrian fühlt sich ein bisschen allein. Wenn du nichts dagegen hast, verbringe ich meine Zeit lieber mit ihm."

„Danke, das ist nett von dir", antwortete er.

Ja, ich bin nett und hilfsbereit, dachte sie. *Und dumm genug, mich in einen Mann zu verlieben, der sich eine Zukunft mit mir nicht vorstellen kann.*

Um sich abzulenken, beschloss sie, Adrian einen Anzug für die Hochzeit zu nähen. „Ich trage die Ringe. Das ist sehr wichtig!", hatte er gesagt.

„Was würdest du denn am liebsten anziehen?", fragte sie.

„Einen silbernen Astronautenanzug mit Helm", antwortete er entschieden.

„Dann lass mich einmal nachdenken."

Eine Viertelstunde später legte sie ihm drei Entwürfe vor. „Das hier." Er entschied sich für ein Pierrot-Kostüm mit weit geschnittenen Beinen und Halskrause.

„Das gefällt mir auch am besten", stimmte sie ihm zu und umarmte ihn.

Am nächsten Morgen fuhren sie in die Stadt und kauften silbrig schimmernde weiße Seide. Sie aßen am Hafen noch ein Backfischbrötchen, bevor sie wieder in die Mercedeslimousine stiegen und nach Hause chauffiert wurden.

Adrian war entzückt darüber, dass Anne-Marie ihm so viel Aufmerksamkeit schenkte. Jeden Morgen kam er zu ihr und ließ das Maßnehmen und Anprobieren geduldig über sich ergehen.

„Du wirst der bestangezogene Mann auf dem Fest sein", versprach sie und schnitt für die Unterseite der Halskrause Stoffstücke aus hellblauer Seide zu, die von den Kleidern der Brautjungfern übrig war. „Alle Frauen werden mit dir tanzen wollen."

„Aber ich tanze nur mit dir", sagte er. „Ich habe dich so lieb, Anne-Marie!"

„Ach, Schätzchen!", seufzte sie. Es brach ihr fast das Herz, wie sehr er an ihr hing. „Ich habe dich auch lieb!"

Etwas in ihrer Stimme musste ihm verraten haben, wie unglücklich sie war. Er sah sie aus seinen großen dunklen Augen an und sagte sehr ernst: „Jemanden lieb zu haben tut manchmal weh, stimmts?" *Wie traurig, dass er das in seinem Alter schon erfahren hat,* dachte sie.

Am liebsten hätte sie ihre ganze Zeit mit Adrian in ihrem Bungalow verbracht und um das Haupthaus und die Gäste einen großen Bogen gemacht. Aber das ließ Josephine nicht zu.

„Sie brauchen ab und zu die Gesellschaft Erwachsener, und Ethan braucht Sie als Gastgeberin", teilte die alte Dame ihr mit. Anne-Marie war ins Haupthaus gekommen, um etwas für Solange zu erledigen. „Ich bin zu alt, um die halbe Nacht aufzubleiben, Leute anzulächeln, deren Namen ich mir nicht merken kann, und über Scherze zu lachen, die ich nicht verstehe. Sie müssen das für mich übernehmen, Kind."

Anne-Marie gab nach. Aber es fiel ihr schwer, ruhig und gelassen zu bleiben, während es ihr jedes Mal heiß wurde, wenn Ethan sie ansah. Ihm nah zu sein und ihn nicht berühren zu dürfen, schien ihr unerträglich. Ihm dagegen schien es nichts auszumachen, dass ihre Affäre vorerst beendet war. Trotzdem meinte sie, Eifersucht in seinem Blick zu erkennen, wenn ein anderer Mann in der Gesellschaft mit ihr zu flirten versuchte. Sie konnte sich keinen Reim darauf machen.

Am Tag vor dem großen Empfang bei den Tourneaus hatte sich Anne-Marie nach dem Abendessen entschuldigt. Sie war müde. Aber Ethan hielt sie an der Tür auf und fragte nur: „Später?"

Ihre Müdigkeit war auf einmal wie weggeblasen. „Ja, später", sagte sie überglücklich und lief danach wie beflügelt zurück zu ihrem Gästehaus.

Ihm liegt doch etwas an mir, dachte sie selig. Sie hatte genug Zeit, ein Bad zu nehmen und sich für ihn schön zu machen. Nachdem sie sich das Haar gewaschen hatte, spülte sie es mit Rosenwasser. Sie cremte sich mit einer leicht parfümierten Körperlotion ein. Voll Vorfreude legte sie sich ins Bett und zog das Moskitonetz zu. So erwartete sie ihn.

Es dauerte lange, bis die Musik und das Lachen im Haupthaus verklungen waren. Endlich waren von draußen nur noch die Geräusche des Dschungels zu hören. Lautlos trat Ethan aus der Dunkelheit an ihr Bett. Es waren sechs Nächte vergangen, seit sie sich zuletzt geliebt hatten. Er schob das Moskitonetz zur Seite und zog sie ungestüm an sich.

Seine Küsse waren heiß und verzehrend. Sie spürte seine Hände überall. Schnell zog er sich aus. Offenbar konnte er es kaum erwarten, ganz bei ihr zu sein. Als er in sie eindrang, existierte für Anne-Marie nichts mehr außer dem zeitlosen Rhythmus der Lust.

„*Ma chérie*", stöhnte er nah an ihrer Wange, als sie sich unaufhaltsam auf den Höhepunkt zubewegten, „du musst mich verhext haben."

Sie hielt sich an ihm fest und versuchte, den Höhepunkt noch ein wenig hinauszuzögern. Sie küsste ihn auf den Hals und schmeckte seine salzige Haut, während er ebenfalls versuchte, sich noch zurückzuhalten.

Sie umschlang ihn noch ein wenig fester mit den Beinen, bis er ganz tief in ihr war. „Ich liebe dich, Ethan", flüsterte sie, als die Ekstase sie schließlich überwältigte.

Einen Moment lang hielt er inne und blickte sie aus weit geöffneten Augen an, aber dann stöhnte er auf und sank über ihr zusammen. Sie spürte, wie er sich in ihr verströmte und wie sie beide in ihrem Innersten erbebten. Erst später, als alles vorbei war, wurde ihr klar, was sie gesagt hatte.

Die Stille zwischen ihnen war zum Zerreißen gespannt. Verzweifelt suchte Anne-Marie nach den richtigen Worten.

„Habe ich jetzt alles kaputtgemacht, Ethan?", fragte sie unsicher.

Er ließ sie los, schwang die Beine aus dem Bett und fuhr sich durchs Haar. „Es kam ein wenig überraschend", sagte er.

„Für mich auch. Ich hatte keine Ahnung, dass ich das sagen würde."

„Ich weiß. Darum sollten wir wohl beide darüber schlafen." Er schüttelte den Kopf, als wollte er einen Gedanken loswerden, der ihm nicht behagte. Dann griff er nach seiner Kleidung. *Er scheint nicht schnell genug von hier fortzukommen,* dachte sie.

Schließlich stand er vollständig angezogen am Fuß ihres Bettes und sagte sanft: „Nimm es nicht so schwer, Anne-Marie. Die Worte sind dir in der Hitze des Gefechts herausgerutscht. Morgen früh wirst du aufwachen und dich fragen, was, um alles in der Welt, dich dazu getrieben hat."

Aber es sollte bis zum folgenden Abend dauern, bis sie sich diese Frage stellte.

10. KAPITEL

„Ihre Freunde wissen, wie man Partys gibt!“ Solanges Mutter Veronique Fortier stieg aus der Limousine und sah sich mit herablassender Genugtuung vor der Villa der Tourneaus um. Sie und ihr Mann waren erst am Nachmittag auf Bellefleur eingetroffen. Anne-Marie fand die Arroganz der Frau beleidigend. „Ich hätte nicht erwartet, in einer so abgelegenen Ecke der Welt so viel Glanz und Glamour vorzufinden, *n'est-ce pas, mon amour?*“, sagte Veronique gerade zu ihrem Mann.

Monsieur le Consul Maurice Fortier war ein vornehm aussehender Mann mit silbergrauem Haar. Jetzt legte er den Arm um die schlanke Taille seiner verwöhnten Frau und lächelte entschuldigend. Anne-Marie hatte sich schon immer gefragt, wie es ihm wohl gelungen sein mochte, trotz seiner taktlosen Frau als Diplomat Karriere zu machen.

„Bellefleur scheint mir ein bezauberndes Fleckchen Erde zu sein“ sagte er zu Josephine.

In einem Punkt hatte Veronique Recht. Die Tourneaus hatten weder Kosten noch Mühe gescheut, um den Abend unvergesslich zu machen. Blumenbouquets in lackierten Schalen säumten die Stufen und die Eingangshalle, füllten die Räume des Hauses mit ihrem zarten Duft und stellten auf der Terrasse die Verbindung zu den üppigen Blumenbeeten im Garten her.

In dem geräumigen, eleganten Salon spielte eine Harfenistin. Unten am Strand, wo die jüngeren Gäste sich versammelten, klangen die harten Rhythmen einer Rockband durch die Nacht.

Die langen, weiß gedeckten Tafeln im Speisesaal bogen sich beinah unter den Mengen von Belugakaviar, Garnelen, schottischem Lachs und frischem Hummer aus dem Nordatlantik, der am Morgen frisch eingeflogen worden war. Weiß gekleidetes Personal stand bereit, um die Gäste zu bedienen, und der Champagner floss in Strömen.

Für Anne-Marie war es eine Qual, so zu tun, als wäre zwischen ihr und Ethan nichts vorgefallen. Dass er auf der Party ihr offizieller Begleiter war, machte es nicht gerade leichter.

„Bitte fühl dich nicht verpflichtet, in meiner Nähe zu bleiben", sagte sie zu ihm, nachdem er sie formvollendet den Tourneaus vorgestellt hatte. „Es sind bestimmt viele Leute hier, mit denen du dich lieber unterhalten würdest als mit mir."

Er nahm zwei Gläser Champagner vom Tablett eines Kellners und reichte ihr eins davon. „Trink das, Anne-Marie. Es hebt deine Laune vielleicht ein bisschen. Im Übrigen verbringe ich nie Zeit mit jemandem, wenn ich keine Lust dazu habe."

„In meinem Fall hattest du in letzter Zeit wohl keine Wahl. Du bist mein Gastgeber, und ich bin eine alleinstehende Frau. Die Etikette verlangt, dass du dich um mich kümmerst."

Er ließ den Blick von ihrem blonden Haar bis zu ihren goldenen Riemchensandaletten und zurück zu ihren Brüsten schweifen. „Glaubst du, dass ich gestern Nacht in dein Bett gekommen bin, weil es zu meinen Pflichten als Gastgeber gehört?"

Sie errötete so tief, dass die Farbe ihrer Haut kaum noch vom Rosa ihres Kleides zu unterscheiden war. „Darüber habe ich nicht nachgedacht."

„Du lügst, *ma chére.* Du denkst über nichts anderes nach. Ich übrigens auch nicht." Er griff nach ihrem Ellbogen. „Wir sollten offen miteinander reden."

„Hier?" Entsetzt sah sie sich in dem Raum voller Menschen um. „Ich habe gestern Nacht etwas Dummes gesagt, aber ich verdiene es trotzdem nicht, öffentlich gedemütigt zu werden."

Er lächelte. „Natürlich nicht hier, *chérie!* Wir werden einen diskreten Ort finden. Habe ich dir schon gesagt, wie bezaubernd du heute Abend aussiehst?"

„Du brauchst mir keine Komplimente zu machen. Dadurch wird das, was du mir zu sagen hast, nicht angenehmer."

„Und wenn ich nur die Wahrheit offen aussprechen will?" Er führte sie hinaus auf die Terrasse. Dort fanden sie eine stille Ecke.

Kerzen, die in Glaslaternen von einem Baum hingen, waren die einzige Beleuchtung.

„Ich weiß nicht, ob die Wahrheit immer das Beste ist“, sagte Anne-Marie und dachte dabei an ihre unbedachten Worte in der vergangenen Nacht.

„Sie ist das einzig Wichtige in der Beziehung zwischen Mann und Frau. Wie soll man einander sonst vertrauen?“

Sie konnte ihn kaum ansehen und drehte nervös an dem Perlenring an ihrem Finger. „Du hast natürlich Recht. Aber ich fühle mich im Moment nicht annähernd so mutig wie gestern Nacht. Im Gegenteil, ich habe Angst.“

„Dann lass mich deine Qualen beenden.“ Er hob ihre Hand an seine Lippen. „Du bist eine schöne und großmütige Frau, Anne-Marie. Du sollst nicht glauben, dass ich deinen Wert nicht erkenne.“

Sie ertrug die Spannung nicht länger. „Aber du bist nicht in mich verliebt“, platzte sie heraus. „Ich verstehe das. Für einige Männer gibt es eben nur eine große Liebe im Leben, und das war für dich deine Exfrau.“

„Lisa?“ Verwundert schüttelte er den Kopf. „Mit ihr hat das hier überhaupt nichts zu tun.“ Er stand so nah vor Anne-Marie, dass seine Lippen beinah ihre berührten.

Ein wenig Hoffnung mischte sich in ihre Verzweiflung. „Was willst du mir sagen, Ethan?“, flüsterte sie.

Bevor er antworten konnte, kam eine Gruppe von vier Männern aus dem Haus. Als sie ihn bemerkten, gingen sie direkt auf ihn zu. Er fluchte leise. „Es tut mir leid, Anne-Marie, aber wir müssen später weiterreden. Das sind Geschäftspartner von mir aus Venezuela, die nur für ein paar Tage hier sind. Ich habe etwas mit ihnen zu besprechen. Wartest du im Garten auf mich?“ Sie nickte.

„Danke, *mon ange.*“ Er strich ihr leicht über die Wange. „Hinter den Bougainvilleen steht eine kleine Bank vor einem Teich. Dort können wir uns ungestört unterhalten.“

Üppig blühende Bougainvilleenranken hingen von dem Spalier

herunter, das die kleine Bank vom Garten trennte und gegen Blicke abschirmte. Ein paar Blüten lagen verstreut auf dem Bänkchen, das immer noch warm war von der Gluthitze der Sonne. Der Mond spiegelte sich in dem kleinen Teich. Aus der Ferne war das Rauschen der Meeresbrandung zu hören.

Was für ein kleines Paradies, dachte Anne-Marie. Sie wollte sich gerade setzen, als sie von der anderen Seite des Spaliers Stimmen hörte.

„Ich habe mich großartig amüsiert", sagte eine dunkle, verführerische Frauenstimme, die Anne-Marie bekannt vorkam. „Miami ist die richtige Stadt für mich, und Ethan ist der richtige Mann für mich. Es wäre noch schöner gewesen, wenn er nicht dieses lästige Kind dabeigehabt hätte. Ich frage dich, Roberto, wozu hat man so viel Geld, wenn nicht dazu, sich das Leben leichter zu machen? Ethan hätte den Jungen ohne Weiteres bei einem Kindermädchen lassen können."

„*Sí*", antwortete der Mann auf Spanisch. Da wusste Anne-Marie plötzlich, wer die beiden waren. Roberto Santos und Desirée LaSalle aus dem Club. „Heißt das, dass du und Beaumont gar nicht im selben Bett geschlafen habt?"

„Richtig."

„Der Mann ist ein noch größerer Narr, als ich dachte."

„Aber wir hatten nebeneinanderliegende Hotelzimmer." Sie lachte. „Wenn diese Hochzeit endlich vorbei ist und er nicht länger den Babysitter für die Freundin der Braut spielen muss, fliegen wir wieder nach Miami. Ohne das Kind und ohne trennende Türen."

„Die Freundin der Braut, damit meinst du doch diese Kanadierin, stimmts?"

„Ja. Hast du sie kennen gelernt?"

„Nur kurz. Ich fand sie reizend."

„Dann wünsche ich dir viel Spaß mit ihr." Desirée schien sich gut zu amüsieren. Die Stimmen entfernten sich, als die beiden weitergingen. „Ich fand sie allerdings ziemlich peinlich. Ich habe den

Verdacht, Ethan denkt genauso. Aber er ist ein Mann von Welt. Er macht das Beste aus der Situation. Anscheinend kann sie gut mit dem Kind umgehen. Dem Jungen zuliebe nimmt Ethan viel in Kauf. Zu viel, wenn du mich fragst! Das Leben besteht nicht nur aus Vaterpflichten."

Anne-Marie hielt sich an den abgerundeten Ecken des Bänkchens fest, bis ihre Hände schmerzten. Ihr Herz schien sich in einen schweren Stein verwandelt zu haben und tat so weh, dass sie sich wünschte zu sterben.

Aber das wäre Ethan Beaumont nicht wert, dachte sie. Entschlossen stand sie auf. *Ich werde nicht hier sitzen und darauf warten, dass er mir neue Lügen erzählt*, dachte sie.

Als sie auf der Terrasse ankam, war er immer noch ins Gespräch mit seinen venezolanischen Geschäftspartnern vertieft. *Er würde es nicht einmal merken, wenn ich ohnmächtig hinfiele*, dachte sie. Aber selbst jetzt konnte sie nicht anders, als zu bewundern, wie perfekt sein weißer Smoking saß. Er hielt den Kopf leicht geneigt und lauschte konzentriert seinem Gegenüber.

So hat er mich gestern auch angesehen, dachte sie. Der Schmerz nahm ihr den Atem, und sie schwankte leicht. *Dass er mit mir geschlafen hat, heißt gar nichts*, dachte sie. *Er hat mich nur benutzt.*

Blind vor Verzweiflung streckte sie die Hand aus, um Halt zu finden. Da spürte sie den festen Griff eines Mannes um ihren Arm. „Sie sind blass, *Señorita*", sagte Roberto Santos leise und beugte sich über sie. „Bekommt Ihnen die Hitze nicht?"

Feine Schweißperlen standen ihr auf der Stirn, und ihr war übel. „Es scheint so", flüsterte sie. Er legte ihr den Arm um die Taille, führte sie zu einem freien Tisch und rückte ihr einen Stuhl zurecht.

„Ich hole Ihnen etwas zu trinken", sagte er.

„Das ist sehr freundlich, vielen Dank!" Sie fächelte sich mit einer Serviette Kühlung zu.

Sekunden später kam er mit einem großen Glas Wasser zurück. Dankbar trank sie ein paar Schlucke, dann hielt sie sich das kalte

Glas an die Stirn.

„Besser?", erkundigte sich Roberto Santos, setzte sich ihr gegenüber und betrachtete sie unter seinen schweren Lidern hervor.

Sie nickte. „Viel besser. Ich weiß nicht, was plötzlich über mich gekommen ist. Bisher hat die Hitze mir nichts ausgemacht."

„Dann war vielleicht etwas anderes schuld."

„Das kann sein", sagte sie ausweichend. Sie befürchtete, dass er alles, was sie sagte, an Desirée LaSalle weitertragen würde. „Wahrscheinlich habe ich zu viel gearbeitet und bin zu wenig aus dem Haus gekommen."

„Kann ich etwas tun, um das wiedergutzumachen?"

Hinter ihr zerschellte ein Glas auf dem Boden, und sie drehte sich unwillkürlich um. Ethan hatte sie und ihren Begleiter bemerkt und war so abrupt aufgestanden, dass er dabei das Glas umgeworfen hatte. Sein glühender Blick schien die Luft zwischen ihm und ihr zu versengen.

Sie wandte sich wieder an Roberto Santos. „Es geht mir schon viel besser. Wenn Sie mir Gesellschaft leisten würden, hätte ich gern ein Glas Champagner und etwas zu essen. Und dann würde ich gern tanzen."

Lächelnd stand er auf und bot ihr seinen Arm. „Es wird mir ein Vergnügen sein, Señorita Barclay. Sollen wir ins Haus gehen?"

„Gern. Und nennen Sie mich bitte Anne-Marie."

„Ich werde Sie Anna-Maria nennen." Er senkte den Kopf, bis sein schwarzer Pferdeschwanz beinah ihre Wange streifte. „Das klingt auf Spanisch wie Musik, finden Sie nicht?"

„*Sí*", sagte sie und schenkte ihm ein strahlendes Lächeln. Dabei war sie sich die ganze Zeit über Ethans Blick bewusst. Sie ging so nah an seinem Tisch vorbei, dass er nur den Fuß hätte auszustrecken brauchen, um sie zum Stolpern zu bringen. Aber Ethan schien vor Zorn wie gelähmt zu sein.

Gut, dachte sie. *Soll er doch zur Abwechslung auch einmal schmoren.*

Aber ohne Ethan als Publikum verlor Anne-Marie schnell den Spaß an ihrem kleinen Rachefeldzug. Nach der dritten Samba mit Roberto sagte sie: „Ich kann nicht mehr. Würden Sie so nett sein und Monsieur Beaumonts Chauffeur für mich suchen? Ich möchte gern nach Hause."

Es stellte sich heraus, dass Josephine und Louis den Chauffeur zehn Minuten vorher um dasselbe gebeten hatten. „Das ist überhaupt kein Problem, Anna-Maria", versicherte ihr Roberto. „Ich fahre Sie gern."

Sie wusste, dass sie Ärger riskierte, wenn sie darauf einging. Aber es war nichts im Vergleich zu dem, was sie an diesem Abend schon durchgemacht hatte. *Sollte er aufdringlich werden, weise ich ihn in die Schranken,* beschloss sie und nahm sein Angebot an.

Er machte jedoch keinen Versuch, mit ihr zu flirten, sondern schien aufrichtig um sie besorgt. Bevor er sie am Tor des Beaumont-Anwesens absetzte, reichte er ihr seine Karte. „Ich hätte den Abend gern auf andere Weise beendet, aber ich sehe, dass es Ihnen nicht gut geht. Wenn ich Ihnen irgendwie behilflich sein kann, Anna-Maria, rufen Sie mich an. Sie können mich unter dieser Nummer jederzeit erreichen."

Ihr kamen beinah die Tränen. „Sie haben mir schon sehr geholfen. Ich weiß nicht, was ich heute Abend ohne Sie gemacht hätte, als ich bei den Tourneaus die Fassung verlor."

Er zuckte die Schultern. „Wie Sie wissen, bin ich auf Bellefleur nicht besonders beliebt. Ich habe Fehler gemacht und werde in meinem Leben bestimmt noch weitere machen. Aber ich bin nicht das Ungeheuer, als das Ethan mich hinstellt. Ich bin nur ein Mann, dem es schwerfällt, einer Frau in einer Notlage nicht die Hand zu reichen. Wie gesagt, wenn Sie mich brauchen, melden Sie sich."

„Nein, danke", sagte sie mit schwacher Stimme. „Das wäre nicht fair. Ich bleibe sowieso nicht mehr lange hier. Am besten, Sie vergessen alles, was heute Nacht geschehen ist, Roberto. Ich werde es auch tun."

Die stille Schönheit der im Mondlicht daliegenden Gärten war beinah mehr, als Anne-Marie ertragen konnte, als sie zu ihrem Bungalow ging. Sie zog ihre hochhackigen Sandaletten aus und lief die letzten dreißig Meter barfuß. Sie war froh, als sie endlich ihren Bungalow erreicht hatte.

„Noch drei Tage", sagte sie laut, tastete den Weg in ihr Schlafzimmer und lehnte sich an die Wand. Sie war sogar zu erschöpft, um sich auszuziehen und ins Bett zu gehen. „Bald bin ich hier weg. Es kann mir gar nicht schnell genug gehen."

„Ich bin ganz deiner Meinung", kam Ethans Stimme aus der Dunkelheit. Erschrocken schrie Anne-Marie auf. Bevor sie die Fassung wiedergewinnen konnte, hatte er bereits das Licht angemacht. Sie ließ ihre Schuhe fallen und hielt sich schützend den Arm vor die Augen.

„Was ist los, Anne-Marie?", fragte er kalt. „Schämst du dich so sehr, dass du mir nicht ins Gesicht sehen kannst?"

„Ich, mich schämen?", rief sie empört und blinzelte ins Licht. Ethan saß in einem Korbstuhl auf der Veranda. „Du hast Nerven, mich auch noch zu beschuldigen, Ethan Beaumont! Wie kommst du überhaupt dazu, dich einfach in mein Zimmer zu schleichen?"

„Bisher hattest du noch nie etwas dagegen. Was stört dich diesmal daran? Hast du Angst, in deinem Bett könnte nicht genug Platz für drei sein?" Er richtete sich auf und reckte den Hals, um die Tür besser sehen zu können. „Wo ist denn Santos? Liegt er draußen im Gebüsch und wartet, bis die Luft rein ist?"

„Ich habe es nicht nötig, darauf zu antworten", erklärte sie. „Aber ich hätte mir denken können, dass du mir die Verantwortung für das Fiasko heute Abend zuschiebst. Es ist ein typisches Täterverhalten, das Opfer zu beschuldigen."

„Du, ein Opfer?" Er stand auf und blickte auf sie herab. „Dann muss mir bei deiner kleinen Vorstellung bei den Tourneaus etwas entgangen sein. Klär mich bitte auf."

Sie wandte sich ab. Selbst jetzt hätte sie sich am liebsten in seine

Arme geworfen und alles vergessen, was sie in den letzten Stunden erfahren hatte. „Bevor du heute Abend deine Geschäftspartner getroffen hast, wolltest du mir etwas sagen, Ethan. War es vielleicht, dass du Desirée LaSalle mit nach Miami genommen hast?"

Er ließ keine Reaktion erkennen. „Nein", antwortete er ruhig. „Darüber gibt es nichts zu sagen."

„Oh, bitte! Ich habe sie doch prahlen hören, dass eure Hotelzimmer nebeneinanderlagen!"

„Und? Was willst du damit sagen?"

„Du hast mich belogen!", schrie sie. „Du hast gesagt, du seist nicht an ihr interessiert."

„Das bin ich auch nicht."

„Warum warst du dann mit ihr in Miami?"

„Sie wollte zum Einkaufen hin. Ich hatte Platz in meinem Privatjet, und es gibt kaum Verkehrsflüge von hier aus. Beantwortet das deine Frage?"

„Aber sie hat gesagt …" Sie versuchte sich zu erinnern, was Desirée LaSalle genau gesagt hatte. „Sie sagte, dass …"

„Es ist mir egal, was sie gesagt hat", unterbrach Ethan sie. „Warum misst du ihren Worten so viel Bedeutung bei? Wir haben vorhin über Vertrauen gesprochen. Wenn du unbedingt wissen wolltest, was zwischen Desirée und mir gewesen ist, warum bist du damit nicht zu mir gekommen? Warum musstest du dich ausgerechnet von einem Mann wie Roberto Santos trösten lassen?"

„Wenn du nichts zu verbergen hattest, warum hast du mir dann nicht erzählt, dass sie mit dir in Miami war?"

„Ich bin dein Gastgeber, nicht dein Ehemann, Anne-Marie. Ich brauchte weder deine Erlaubnis noch schulde ich dir eine Erklärung. Ich hatte Adrian in Miami dabei. Ich würde ihn niemals einer Situation aussetzen, wie du sie dir vorstellst. Du solltest mich gut genug kennen, um das zu wissen."

Sie wusste, dass er Recht hatte. Aber dass er so ruhig blieb, während sie so verzweifelt war, reizte sie. „Offenbar kenne ich dich überhaupt nicht."

„Ich dich auch nicht. Wie gut, dass die Masken gefallen sind, bevor wir uns auf eine tiefere Bindung eingelassen hätten."

„Das hättest du doch sowieso nie getan! Glaubst du, ich wüsste nicht, was du mir heute Abend sagen wolltest? Du hast doch nur nach einer Möglichkeit gesucht, mich taktvoll loszuwerden."

„Dann hast du mir ja den perfekten Vorwand geliefert." Er schnippte eine Fussel von seinem Smokingärmel.

„Wie denn das?"

„Indem du dich unmöglich aufgeführt hast. Du hast mit einem Mann, den ich verabscheue, Champagner getrunken. Dann bist du zu ihm ins Auto gestiegen, obwohl du von seiner Vergangenheit wusstest. Und du wusstest auch, dass er keine Frau in Ruhe lassen kann."

„Er hat sich sehr anständig verhalten."

„Dann liegen wohl Welten zwischen dem, was du unter ‚anständig' verstehst, und dem, was ich darunter verstehe. Das wundert mich nicht. Du hast dich absolut skandalös benommen."

„Ich?" Sie war fassungslos.

Er erwiderte ihren Blick ungerührt. „Nachdem wir gemeinsam zu dieser Party erschienen sind und die Menschen, die ich schon mein ganzes Leben lang kenne, dich freundlich aufgenommen haben, bist du vor aller Augen mit Santos davongefahren. Das ist vielleicht in deinen Kreisen üblich, Anne-Marie, aber in meinen nicht. Denk einmal darüber nach. Deine Liebeserklärungen kannst du dir für jemand anderen aufsparen. Ich bin nicht interessiert."

„Und ich habe mir eingebildet, dir läge etwas an mir!"

„Mir lag auch etwas an dir. Ich schlafe nicht mit einer Frau, die mir nichts bedeutet."

„Aber wenn sie nicht perfekt ist wie du, lässt du sie fallen. Kein Wunder, dass deine Exfrau sich einen anderen Mann gesucht hat. Sie hat es wahrscheinlich nicht länger ertragen, mit einem Heiligen zu leben!"

Er war weiß vor Wut. „Du bringst mich noch dazu zu vergessen, dass ich ein zivilisierter Mensch bin!“

„Dann würde sich wenigstens herausstellen, dass auch du menschliche Schwächen hast.“

Sie war zu weit gegangen. Er ging mit einem Blick auf sie zu, der sie zurückweichen ließ. Aber bevor sie die Tür erreichte, versperrte er ihr den Weg, packte sie am Arm und zog sie an sich. Hart spürte sie seine Lippen auf ihren und versuchte, sich dagegen zu wehren. Aber dann wurden seine Lippen weicher, und sie stöhnte vor Verlangen, nicht vor Schmerz.

Er hörte auf, sie zu küssen, legte ihr einen Finger unters Kinn und hob ihr Gesicht leicht an. „Glaubst du wirklich, ich wüsste nicht, dass ich Schwächen habe und Fehler mache?“, fragte er rau. „Sieh mir in die Augen, Anne-Marie. Dann siehst du, wie sehr ich mich für diesen Fehler hasse.“ Abrupt ließ er sie los und ging hinaus.

11. KAPITEL

Die Generalprobe für die Hochzeit sollte am darauf folgenden Nachmittag stattfinden. Um neun Uhr morgens überbrachte ein Diener Anne-Marie eine Nachricht von Ethan, sie habe sich sofort im Haupthaus einzufinden.

„Was haben Sie mit meinem Neffen gemacht?“, fragte Josephine, die im Innenhof der Villa auf Anne-Marie gewartet hatte. „Die Temperatur hier sinkt unter den Gefrierpunkt, sobald Ethan den Raum betritt. Habt ihr euch gestritten?“

Bevor Anne-Marie antworten konnte, tauchte Ethan auf. „Hier entlang“, sagte er schroff und zeigte auf einen Raum am östlichen Ende des Ganges im Erdgeschoss.

Josephine legte Anne-Marie die Hand auf den Arm. „Hoffentlich kommen Sie lebend wieder heraus, Kind!“

Ethan führte Anne-Marie in ein Büro und nahm in dem schwarzledernen Drehsessel hinter dem Schreibtisch Platz. „Setz dich“, forderte er sie auf.

Die Stühle vor dem Schreibtisch standen in Richtung Fenster und waren direkt dem unbarmherzigen Licht der Morgensonne ausgesetzt. Anne-Marie hatte kaum geschlafen und fast die ganze Nacht in ihr Kopfkissen geweint. Sie hatte keine Lust, ihre verquollenen Augen und den fleckigen Teint im Tageslicht zur Schau zu stellen, während der Mann, der daran schuld war, frisch und ausgeruht wirkte.

„Nein, danke. Warum hast du mich rufen lassen? Ich hoffe, es ist wichtig. Ich habe nämlich noch viel zu tun vor heute Abend.“

„Dann komme ich gleich auf den Punkt“, sagte er hart. Ihre vage Hoffnung, er habe seine Meinung über sie geändert, verflüchtigte sich sofort. Er nahm den Anzug, den sie für Adrian genäht hatte, aus einer Schublade und warf ihn auf den Schreibtisch. „Fangen wir damit an.“

„Hast du ein Problem damit?“

„Dass du das fragst, zeigt schon, wie wenig kompatibel unsere Geschmäcker und Erwartungen sind."

Sie trat vor und strich über das feine Gewebe, das zusammengeknüllt auf dem Tisch lag. „Es ist dir wahrscheinlich gleichgültig, wie sehr Adrian sich darauf freut, sein Kostüm zu tragen."

„Er kann es gern bei der nächsten Kindergartenaufführung oder zum Karneval anziehen", sagte Ethan verächtlich. „Aber auf keinen Fall zu einer Familienhochzeit. Oder ist dir der Unterschied zwischen einer feierlichen Trauung und einem Hollywoodspektakel nicht klar?"

„Er ist doch noch ein kleiner Junge, Ethan. Als Ringträger wollte er gern etwas Besonderes anhaben."

„Er wird den dunklen Anzug tragen, den mein Schneider für ihn genäht hat."

„Du willst ihn in einen Erwachsenenanzug stecken? Erwartest du als Nächstes von ihm, dass er sich rasiert?"

„Kümmere dich lieber um Dinge, die dich etwas angehen."

Sie verdrehte die Augen. „Kommt jetzt der eigentliche Grund, warum Euer Gnaden mich hierher zitiert haben?"

Er überging die Spitze. „Da wir bei dieser Hochzeit die Trauzeugen sind, können wir uns nicht aus dem Weg gehen. Es ist Solanges und Philippes Ehrentag. Ich werde nicht zulassen, dass ihnen etwas ihre Hochzeit verdirbt oder dass der Name meiner Familie in den Schmutz gezogen wird. Haben wir uns verstanden, Anne-Marie?"

„Vollkommen", antwortete sie eisig. „Ich folge deinen Anordnungen aus Respekt für die anderen Mitglieder deiner Familie und aus Freundschaft mit Solange. Was du wünschst oder nicht wünschst, interessiert mich nicht mehr."

„Ich erwarte nur, dass du den Schein wahrst." Er drehte sich mit seinem Sessel um und wandte ihr den Rücken zu. „Du kannst jetzt gehen."

Seine herablassende Art machte sie so wütend, dass sie herausplatzte: „Mit wem glaubst du eigentlich zu reden, du aufgeblasener

Wichtigtuer?", schrie sie ihn an. „Ich bin keiner deiner Untertanen in deinem Marionettenkönigreich! Ich nehme keine Befehle von dir entgegen. Ich lasse mich auch nicht in deinen albernen Krieg gegen Roberto Santos hineinziehen. Ich habe nichts getan, was eine solche Behandlung rechtfertigt!"

„Du hast dich als unreif erwiesen und mein Vertrauen missbraucht", antwortete er ausdruckslos.

„Während dein Verhalten über jede Kritik erhaben war!" Ihr versagte die Stimme, aber es war ihr gleichgültig. „Egal, wie viel Mühe ich mir auch gegeben habe, es war nie genug für dich, Ethan. Du hast dich nie ganz geöffnet, nicht einmal im Bett. Ich spreche nicht von Leidenschaft. Ich spreche von Liebe. Du hast Liebe mit mir gemacht, aber du hast mir keine gegeben."

„Was soll das ganze Gerede, Anne-Marie?", sagte er eisig. „Du hast bewiesen, dass du aus demselben Holz geschnitzt bist wie meine Exfrau."

„Was wäre eigentlich gewesen, wenn ich mich gestern Abend nicht an Roberto Santos, sondern an einen anderen Mann gewandt hätte?"

Er drehte sich wieder zu ihr um. Sein Gesicht war ausdruckslos. „Du hättest dich doch gar nicht an einen anderen gewandt. Du wolltest mich gezielt verletzen."

„Das ist nicht wahr!" Sie besaß keinen Stolz mehr. „Ich war am Boden zerstört nach dem, was ich zufällig mit angehört hatte. Beinah hätte ich mich vor allen Leuten lächerlich gemacht. Roberto ist mir zu Hilfe gekommen. Es wäre mir lieber gewesen, du hättest das getan. Stattdessen hast du es vorgezogen, dich davonzustehlen, in meinem Zimmer auf mich zu warten und mich mit Vorwürfen zu überhäufen, bevor ich Zeit hatte, mich zu sammeln."

„Nur Menschen, die etwas zu verbergen haben, brauchen Zeit, um sich Geschichten auszudenken."

„Etwas zu verbergen?" Sie lachte verächtlich auf. „Ich bin schließlich nicht heimlich mit jemand anderem nach Miami geflogen! Wenn wir schon dabei sind, uns auszusprechen, dann würde mich interessieren, wie du gestern Abend noch vor mir wieder hier sein konntest. Sag jetzt nicht, ich hätte mir unterwegs Zeit gelassen. Roberto hat mich direkt nach Hause gefahren."

„Ich habe eine Abkürzung durch den Dschungel genommen."

„Im Dunkeln?"

„Vergiss nicht, dass ich auf dieser Insel geboren bin. Ich kenne sie wie meine Westentasche."

„Schade, dass du deine improvisierte Konferenz mit deinen Venezolanern nicht etwas abkürzen konntest. Dann müssten wir dieses Gespräch jetzt nicht führen."

„Ein Mann kann sein Leben nicht auf verpassten Möglichkeiten aufbauen, Anne-Marie. Was zählt, sind die Tatsachen. Du und ich kommen aus verschiedenen Welten. Es war dumm zu glauben, wir hätten genug Gemeinsamkeiten für eine dauerhafte Beziehung. Dass ein harmloser Vorfall genügt, um unsere Bemühungen zunichte zu machen, ist der beste Beweis dafür."

„Wenn du damit Desirée LaSalle meinst", sagte sie und fühlte sich so elend, dass sie sich kaum aufrecht halten konnte, „die ist so harmlos wie eine Schwarze Witwe. Ich hoffe um Adrians willen, dass dir das klar wird, bevor sie dich vollends in ihren Klauen hat." Sie ging zur Tür.

„Ich werde alles überleben, was Desirée mir antun könnte", gab er zurück. „Immerhin habe ich Lisa überlebt. Und dich."

Die Probe fand um fünf Uhr in der Kirche im Ort statt. Für Philippe und Solange mochte es ein Vorgeschmack auf den Himmel sein, aber für Anne-Marie war es die Hölle.

Anschließend gaben die Brauteltern ein Essen im Yachtclub. Die Erinnerungen an ihr Mittagessen hier mit Ethan waren qualvoll für Anne-Marie. Sie konnte es kaum ertragen, neben ihm zu sitzen. Sie atmete den Duft seiner Lieblingsseife ein und musste immer wieder daran denken, wie seine Lippen und Hände sich auf ihrer Haut angefühlt hatten.

„Ich dachte, wir hätten vereinbart, den Schein zu wahren", sagte er, ohne sie anzusehen, während der Hauptgang abgetragen wurde.

„Ich gebe mir Mühe."

„Dann gib dir mehr Mühe", sagte er mitleidslos. „Du bist nicht die Einzige, die enttäuscht ist. Aber ich bade im Gegensatz zu dir nicht in Selbstmitleid."

„Ich bin nicht wie du, Ethan. Ich kann meine Gefühle nicht einfach abstellen." Starr blickte sie auf ihr Sektglas. Es war ihr zwar gelungen, nicht zu weinen, aber das Zittern in ihrer Stimme hatte sie verraten.

„Es würde dir vielleicht leichter fallen, wenn du nicht so viel Champagner in dich hineinschütten würdest", sagte er kalt.

Sie funkelte ihn zornig an. „Ich trinke die ganze Zeit nur Wasser!", stellte sie klar.

„Ich weiß", sagte er ironisch. „Aber wenn du wütend bist, siehst du wenigstens nicht so leidend aus. Die interessante Blässe steht dir nicht."

„Ich bin erstaunt, dass dir überhaupt auffällt, wie ich aussehe."

„Ich hoffe, ich bin der Einzige, der es bemerkt. Ich habe ernst gemeint, was ich heute Morgen gesagt habe. Du hast schon genug Schaden angerichtet, und ich lasse nicht zu, dass du die Hochzeit meines Bruders verdirbst."

„Hör endlich auf, mich herumzukommandieren, Ethan."

„Tröste dich, morgen um diese Zeit ist alles vorbei, und ich werde dich nie wieder herumkommandieren."

„Das stimmt." Sie sah ihm direkt in die Augen, hob ihr Glas und prostete ihm ironisch zu: „Darauf, dass wir dann wieder die sind, die wir waren, bevor wir uns kannten." Aber sie wusste, dass sie nie wieder dieselbe sein würde.

Ethan liebte es, noch einmal nach Adrian zu sehen, wenn der Kleine schlief. Dann konnte er das Gesicht seines Sohnes betrachten, ohne seine eigenen Gefühle zu verraten. *Gebe ich dir genug, mon petit,* fragte er das schlafende Kind stumm. *Gibst du mir die Schuld daran, dass deine Mutter nicht mehr hier ist? Träumst du von ihr, vermisst du sie, weinst du um sie, wenn ich nicht hier bin?*

Manchmal wurde er so von Liebe für sein Kind überwältigt, dass er Adrian sanft in den Arm nahm. Davon wachte der Junge gelegentlich auf und murmelte: „Ich hab dich lieb, Papa", bevor er wieder einschlief. Dann verspürte Ethan große Dankbarkeit und tiefen Frieden, während er leise das Zimmer verließ.

Aber heute näherte Ethan sich dem Bett seines Sohnes schweren Herzens. Er fürchtete sich davor, was er auf dem Gesicht des schlafenden Kindes sehen würde. Er behielt Recht. Tränenspuren zeigten, welche Gefühlsstürme vor dem Einschlafen in dem Kleinen getobt hatten. Auch das zerknitterte Kostüm auf dem Boden sprach Bände.

„Warum kann ich es nicht anziehen, Papa? Es ist so schön!", hatte Adrian gebettelt.

„Es ist unpassend, mein Sohn."

„Anne-Marie hat es extra für mich genäht. Sie hat gesagt …"

„Es spielt keine Rolle, was sie gesagt hat. Sie versteht nicht, wie wir auf Bellefleur leben. Sie gehört nicht zu uns."

„Doch! Warum machst du immer alles kaputt? Anne-Marie geht weg, genau wie Mama weggegangen ist! Es ist deine Schuld! Ich hasse dich, Papa!"

Ethan wollte seinem Sohn übers Haar streichen, aber er stoppte sich. Er hatte nicht nur Angst davor, den Jungen aufzuwecken, sondern noch mehr davor, den unglücklichen Blick in seinen Augen zu sehen.

Ich habe das angerichtet, dachte er schuldbewusst. *Wenn ich auf meinen Instinkt gehört hätte und Anne-Marie von Anfang an von uns ferngehalten hätte, wäre das nicht passiert.*

Der Hochzeitstag begann mit einem wunderschönen Sonnenaufgang. Anne-Marie war früh wach und trat in den strahlenden Morgen hinaus. Vogelgezwitscher und Blumenduft begrüßten sie. *Ich schaffe es,* dachte sie. *Ich halte durch. Ich kann Ethan vor dem Altar stehen sehen, ohne zu weinen.*

An diesen Vorsatz klammerte sie sich, während sie mit Solange, deren Eltern und der anderen Brautjungfer Angelique Tourneau frühstückte. Sie brachte es sogar fertig zu lachen, als sie der Braut nach altem Brauch „etwas Altes, etwas Neues, etwas Geliehenes und etwas Blaues" überreichten. Sie schluckte den Kloß im Hals hinunter, als eine Stunde vor der Trauung Solange in einem Traum aus weißem Seidenorganza vor ihr stand. Die langen Arbeitsstunden, die sie das Kleid gekostet hatte, hatten sich gelohnt. *Ich schaffe es,* sagte sie sich erneut.

Zwei Pferdekutschen warteten vor dem Haupthaus, um die Hochzeitsgesellschaft zur Kirche zu bringen. Als Anne-Marie Adrian in seinem Cut sah, in dem er wie die Miniaturausgabe seines Vaters wirkte, blinzelte sie und presste die Lippen aufeinander. *Ich darf jetzt nicht daran denken, dass ich ihm morgen Lebewohl sagen muss,* dachte sie.

„Du siehst schön aus, Anne-Marie", sagte Adrian, als er sie in dem eleganten aquamarinblauen Seidenkleid erblickte. „Noch schöner als Solange. Du bist die schönste Frau der Welt."

Sie kämpfte gegen die Tränen an. „Und du bist der hübscheste junge Mann, den ich je gesehen habe." Sie hoffte, dass er nicht bemerkte, wie zittrig ihre Stimme klang.

Als die Pferdekutschen losfuhren, läuteten in der Ferne schon die Kirchenglocken. Die eine Hälfte der Einwohner Bellefleurs säumte die Straße und hoffte, einen Blick auf die Braut zu erhaschen. Die andere Hälfte hatte sich auf dem Platz vor der Kirche versammelt.

Während der Zeremonie wiederholte Anne-Marie in Gedanken immer wieder: *Ich schaffe es.* Äußerlich unbewegt betrat sie mit dem Brautpaar und der Familie die alte Kirche, schritt langsam auf den Altar zu und folgte den feierlichen Worten der Trauung.

Aber als sie anschließend an Ethans Arm zurück durch den

Gang zur Kirchentür schreiten sollte, war sie am Ende ihrer Selbstbeherrschung. Das Gardeniensträußchen, das sie trug, zitterte in ihrer Hand, als wäre es in eine Sturmbö geraten.

„Halt durch", sagte Ethan leise und stützte sie mit der freien Hand. „Es ist gleich vorbei."

Aber zuerst musste sie sich noch unzählige Male neben ihm fotografieren lassen und mit ihm in der Kutsche zur Villa zurückfahren. Sie musste beim Essen neben ihm sitzen und freundlich lächeln, als er einen Trinkspruch auf sie ausbrachte. Als in der Dämmerung Kerzen angezündet wurden, musste sie im Innenhof mit ihm tanzen. Sie spürte seinen Körper an ihrem und seine Hand auf ihrem Rücken und wusste, dass sie nicht mehr konnte.

„Ich halte es nicht aus", sagte sie und schloss die Augen, um die Tränen zurückzuhalten.

„Mich?", fragte er.

„Nein, uns."

„Es gibt kein ‚uns'. Es gab nie eins. Durch deine Rolle als Gastgeberin hat es nur so ausgesehen, als wären wir ein Paar. Wir haben es so überzeugend gespielt, dass wir es irgendwann geglaubt haben."

„Du kannst es ruhig so sehen. Ich denke, dass deine Heimlichkeiten alles kaputt gemacht haben. Und deine Reaktion, als ich dich dabei ertappt habe."

„Glaub, was du willst. Das Wichtigste ist, dass wir zur Besinnung gekommen sind, bevor wir bleibenden Schaden angerichtet haben."

An ihm schien alles spurlos vorübergegangen zu sein, während sie bis in ihr Innerstes verletzt war. „Du hast unsere Beziehung kaputt gemacht. Ich habe keine Lust, mir anzuhören, wie du es vor dir selbst rechtfertigst."

Als das Lied zu Ende war, führte er sie in eine letzte Drehung und ließ sie dann los. „Du darfst aufatmen, der Abend ist fast zu Ende. Das Brautpaar ist im Aufbruch. Geh hinüber zu den anderen unverheirateten Frauen. Die Braut wirft den Brautstrauß."

„Nein", protestierte sie schwach.

„Es wird aber von dir erwartet." Er nahm sie am Arm und zog sie beinah zu der breiten Treppe. Solange stand mit dem Rücken zur Menge auf der vierten Stufe und machte sich bereit, den Strauß über ihre Schulter zu werfen.

Anne-Marie schüttelte Ethans Griff ab. „Ich tue dir diesen letzten Gefallen. Aber dann ist endgültig Schluss."

Trotzig stellte sie sich ein Stück entfernt von den anderen jungen Frauen auf, die sich am Fuß der Treppe drängten. *Soll doch eine von ihnen gleich den Brautstrauß fangen, wenn ihnen so viel daran liegt,* dachte sie.

Aber der Strauß flog über die perfekt frisierten Köpfe der anderen Frauen hinweg und direkt auf sie, Anne-Marie, zu. Wenn sie ihn nicht reflexartig aufgefangen hätte, hätte er sie mitten ins Gesicht getroffen. Die Gesellschaft lachte und applaudierte. Als Anne-Marie sich mit dem Strauß in der Hand zu der Menge umdrehte, war Ethan verschwunden.

12. KAPITEL

Um zehn Uhr am folgenden Morgen war Anne-Marie abreisebereit. Der Brief an Ethan war geschrieben. Morton würde veranlassen, dass ihr Gepäck zum Haupthaus gebracht wurde und jemand sie später zum Flughafen fuhr. Sie musste sich nur noch von Josephine verabschieden. Um diese Zeit saß die alte Dame gewöhnlich auf der Veranda vor dem Morgenzimmer und trank Kaffee.

Anne-Marie sah sich ein letztes Mal in dem Gästebungalow um. Er wirkte bereits verlassen und nur noch von Erinnerungen bewohnt.

Langsam spazierte sie durch die Gärten. Hier war der Pfad, den sie mit Ethan auf dem Pferd entlanggeritten war, nachdem sie sich am Strand geliebt hatten. Dort war der Karpfenteich, wo sie Ethan zum ersten Mal gesehen hatte. Sie ließ die grünen Ranken des Waldes hinter sich und folgte dem Weg zum Haupthaus. Unterhalb der Südterrasse befand sich der Pool, in dem Ethan ihr Schwimmunterricht erteilt hatte.

Wie erwartet saß Josephine in ihrem Korbsessel und hatte ein Tablett vor sich. „Sie wollen abreisen?“ Sie war gerade dabei gewesen, sich Kaffee nachzuschenken, und hielt überrascht inne. „Ich habe erwartet, dass Sie mindestens noch eine Woche bleiben. Ich habe mich darauf gefreut, dass wir gemeinsam ein paar ruhige Tage verbringen. Jetzt, da die ganze Aufregung vorbei ist!“

„Es tut mir leid, Sie zu enttäuschen. Aber es geht nicht anders, Madame Duclos. Ich gehöre nicht hierher. Jetzt, da Solange und Philippe in den Flitterwochen sind, gibt es für mich keinen Grund mehr, zu bleiben. Aber ich wollte Ihnen noch sagen, wie viel Ihre Freundschaft mir bedeutet.“

„Freundschaft? Aber, Kind, Sie gehören doch zur Familie!“

Wenn es nur so wäre, dachte Anne-Marie. „Das ist das Netteste, was Sie hätten sagen können.“ Sie war so gerührt, dass sie sich die

Nase putzen musste. „Ich habe Sie auch sehr lieb gewonnen."

„Genug, um mich endlich Tante Josephine zu nennen, du zu sagen und mir noch ein paar Tage Gesellschaft zu leisten?"

„Ich fühle mich geehrt, aber ..." Ihre Kehle war wie zugeschnürt. „Ich muss gehen."

„Du hast dich mit Ethan überworfen, stimmts?" Josephines Blick ruhte forschend auf ihrem Gesicht. „Ich habe es mir schon gedacht, als ich euch gestern gesehen habe."

„War es so offensichtlich?"

„Nur für mich. Es tut mir sehr leid."

„Wir hatten von Anfang an keine Chance."

„Könntet ihr euch nicht wieder vertragen, wenn du noch ein paar Tage hierbleiben würdest?"

„Nein." Eine Träne lief Anne-Marie über die Wange. „Du hattest mich gewarnt. An meinem zweiten Abend hier sagtest du, wenn Ethan sich einmal in etwas verrannt habe, sei er nicht mehr davon abzubringen. Ich fürchte, er hat seine Entscheidung in Bezug auf mich getroffen."

Josephine seufzte und lehnte sich zurück. „Und du hast deine auch getroffen?"

„Ja."

„Aber du wirst uns doch besuchen kommen?"

„Vielleicht. Aber nicht sehr bald."

„Wegen meines Neffen?"

„Ich bin nicht sehr gut im Abschiednehmen. Würdest du Ethan bitte das hier von mir geben?" Sie legte den Brief auf den Tisch. „Ich bringe es nicht über mich, ihn noch einmal zu sehen."

„Das brauchst du auch nicht", sagte Josephine traurig. „Er ist gestern Nacht noch nach Venezuela geflogen." Sie richtete sich auf und blickte Anne-Marie durchdringend an. „Ich werde ihm den Brief geben, sobald er zurückkommt. Aber von Adrian musst du dich persönlich verabschieden. Er wäre tief getroffen, wenn du abreisen würdest, ohne ihn noch einmal zu sehen."

„Ich weiß." Anne-Marie schluckte. „Mir graut davor. Ich habe ihn so gern. Ich habe alle hier so gern."

„Und wir dich, *ma chére.* Die Vernünftigen unter uns jedenfalls." Sie stand etwas mühsam aus ihrem Korbsessel auf und breitete die Arme aus. „Lass dich umarmen."

Halb blind vor Tränen, ging Anne-Marie auf die alte Dame zu, küsste sie auf die Wange und atmete Josephines Duft nach Puder und französischem Parfum ein. *„Au revoir, ma tante.*"

Ein diskretes Hüsteln aus dem Morgenzimmer unterbrach den innigen Moment. „Der Wagen steht bereit, *Mademoiselle*", kündigte Morton an. „Am Flughafen wartet der Jet."

Josephines Stimme klang brüchig, als sie sagte: *„Au revoir,* Kind, und viel Glück."

Anne-Marie nickte, drückte Josephine noch ein Küsschen auf die Wange und folgte dem Butler auf den Vorplatz. Dort saß Adrian mit tief unglücklicher Miene im Schatten einer Kokospalme.

„Ich will nicht, dass du fortgehst", flehte er, als er sie kommen sah. „Bitte, bitte, bleib hier."

Es war beinah mehr, als sie ertragen konnte. „Ach, Adrian, ich würde doch bleiben, wenn ich könnte."

„Das sagen alle!", schluchzte er. „Aber dann gehen sie doch fort und lassen mich ganz allein! Erst ist Mama gegangen, dann Papa. Und jetzt du."

„Aber dein Papa kommt bald wieder." Sie kniete sich vor ihn und nahm ihn in die Arme. „Er kommt immer zu dir zurück, das weißt du doch, mein Schatz."

Aber Adrian war untröstlich und hörte nicht auf zu weinen. „Nein. Er ist fortgegangen, weil ich böse war. Er hat mich nicht mehr lieb."

„Du bist nie böse", entgegnete sie. Sie war schockiert, dass er so etwas überhaupt denken konnte. „Du bist der wunderbarste kleine Junge auf der ganzen Welt, und dein Papa liebt dich über alles."

„Nicht mehr." Ein neuer Weinkrampf schüttelte den kleinen Körper. „Niemand hat mich lieb."

Anne-Marie blickte Hilfe suchend zu dem Kindermädchen, das im Hintergrund wartete. Das Kindermädchen schien ebenso ratlos zu sein wie sie selbst.

„Es tut mir so leid", sagte sie leise und küsste Adrians weiches dunkles Haar. „Ich würde so gern bleiben. Aber wenn ich jetzt nicht gehe, verpasse ich meinen Flug."

„Das stimmt nicht", weinte Adrian und sah sie an. „Das Flugzeug gehört Papa, und es fliegt erst los, wenn man will. Du musst nicht gehen, Anne-Marie. Wenn du mich genauso lieb hättest wie ich dich, würdest du bleiben."

Sie kannte Adrian gut genug, um zu wissen, dass seine Verzweiflung echt war. Das Kind weinte nicht, um sie zu erpressen. Es war völlig außer sich, und so brachte sie es einfach nicht fertig, sich von ihm abzuwenden.

„Ich könnte schon noch einen Tag oder zwei bleiben", gab sie nach. „Aber nur bis dein Papa nach Hause kommt. Verstehst du das, Adrian?"

„Ja", sagte der Kleine mit bebenden Lippen.

Sie sah zu Morton hinüber, der geduldig neben der Limousine wartete. „Ich nehme an, Sie haben alles gehört."

Er neigte den Kopf. „*Oui, Mademoiselle.*"

„Es tut mir leid, Ihnen solche Umstände zu machen."

„Keine Ursache", sagte er verständnisvoll. „Monsieur Beaumonts Sohn hat Vorrang."

Josephines Reaktion fiel weniger zurückhaltend aus. „Halleluja!", jubelte sie. „Adrian hat es geschafft, dich zur Vernunft zu bringen."

„Ich bleibe nur, bis Ethan wieder da ist", sagte Anne-Marie.

„Das ist immerhin etwas. Morton, *Mademoiselle* wird hier im Haupthaus wohnen. Bringen Sie Mademoiselle Barclays Gepäck in die Suite neben Adrians. Der Junge wird sich besser fühlen, wenn er sie in der Nähe weiß, und ich auch."

Auch Anne-Marie fühlte sich besser. Der Tag verging angenehm und entspannt im gemächlichen Rhythmus des Insellebens. Sie aß mit Josephine und Louis zu Mittag, trank mit ihnen Tee und planschte mit Adrian im Pool. Am Abend leistete sie dem Jungen bei seinem Abendbrot Gesellschaft. Dann brachte sie ihn ins Bett, las ihm eine Geschichte vor und hörte seinem Nachtgebet zu. Das hatte er sich gewünscht.

„Lieber Gott, bitte mach, dass Anne-Marie für immer hierbleibt“ sagte er mit geschlossenen Augen und gefalteten Händen. „Das ist alles für heute. Jetzt bin ich müde. Amen.“ Anne-Marie schlich auf Zehenspitzen aus dem Zimmer und setzte sich zu Josephine und Louis auf die Terrasse, wo das Abendessen serviert wurde. Es war schon dunkel. Der Nachthimmel war sternklar wie immer. Aber es wehte nicht mehr die übliche leichte Brise vom Meer her. Die Luft war stickig und schwül, und im Lauf des Abends zogen vom Süden her Wolken auf.

„Wir bekommen schlechtes Wetter“, sagte Louis und ging den Damen voraus ins Haus. „Die Hurrikansaison kommt dieses Jahr früh.“

Sie saßen gemütlich bei Kaffee und Kognak, als die Ruhe abrupt gestört wurde. Der Polizeichef von Bellefleur ließ sich melden.

„Entschuldigen Sie die Störung, aber ich habe eine Nachricht von den Behörden in Caracas bekommen.“ Der Mann schien sehr beunruhigt. „Monsieur Beaumont ist dort heute Morgen mit einem Hubschrauber abgeflogen. Er wollte zu einer Ölplattform etwa siebzig Meilen vor der venezolanischen Küste. Die Wetterbedingungen waren leider sehr schlecht, und er ist an seinem Ziel nicht angekommen. Man hat leider auch nichts von ihm gehört.“

Josephine wurde bleich und griff nach Louis’ Hand. „Hat man eine Suchmannschaft losgeschickt?“

„*Non, Madame.* Als er vermisst gemeldet wurde, war es schon dunkel. Aber die Kollegen vor Ort werden bei Tagesanbruch mit der Suche beginnen.“

„Wer war bei ihm?", fragte Louis.

„Niemand."

„Niemand?", rief Anne-Marie entsetzt aus. „Er ist trotz des schlechten Wetters allein geflogen?"

„*Oui, Mademoiselle.* Aber er ist ein sehr erfahrener Pilot." Der Polizeichef ging zur Tür. „Sie können sich darauf verlassen, dass alles Menschenmögliche getan wird, um Monsieur Beaumont sicher nach Hause zu bringen."

„Sie halten uns auf dem Laufenden?", sagte Louis.

„Selbstverständlich, *Monsieur.* Sobald ich etwas höre, werde ich Sie sofort informieren. Bestimmt gibt es schon morgen früh gute Neuigkeiten."

Aber es gab weder am nächsten Tag noch am übernächsten oder dem Tag danach Neuigkeiten von Ethan. Die Schlechtwetterfront brachte eine Reihe von heftigen Stürmen mit sich, die Bellefleur von der Außenwelt abschnitten.

Anne-Marie weinte nicht. Es wäre ihr vorgekommen wie ein Eingeständnis, dass Ethan nie wieder nach Hause kommen würde. Und daran wollte sie nicht einmal denken.

„Wir dürfen die Hoffnung nicht aufgeben", sagte sie immer wieder zu der verzweifelten Josephine. „Wir müssen fest daran glauben, dass Ethan zurückkommt. Vor allem wegen Adrian."

Es war unmöglich, dem Jungen die Katastrophe zu verheimlichen. Die Hausangestellten wussten davon und redeten darüber. Adrian sollte nicht von einem der Bediensteten erfahren, dass sein Vater vermisst wurde.

Niemand hatte erwartet, dass er die Nachricht gut aufnehmen würde. Aber wie schlimm der Junge reagieren würde, damit hatten weder Josephine noch Anne-Marie gerechnet. „Ich bin schuld", sagte der Kleine. „Ich habe Papa gesagt, dass ich ihn hasse. Ich habe ihm etwas Schlechtes gewünscht, und jetzt ist er tot."

„Nein, mein Schatz", hatte Anne-Marie ihm versichert. „Dein

Papa ist in einen schweren Sturm geraten. Dafür kann niemand etwas. Am wenigsten du."

Aber er war nicht davon abzubringen. „Ich war es. Ich habe es getan." Als Anne-Marie versuchte, ihn in den Arm zu nehmen und ihn zu trösten, riss er sich los und lief in sein Zimmer.

„Lass ihn, Kind. Er ist der Sohn seines Vaters. Ethan fühlt sich auch immer für alles verantwortlich und zieht sich dann vor denen, die ihn lieben, zurück. Adrian kommt wieder, wenn er sich besser fühlt."

Aber als Adrian um die Mittagszeit immer noch nicht wieder aufgetaucht war, hielt Anne-Marie es nicht länger aus und ging in sein Zimmer.

„Ich möchte Adrian zum Mittagessen holen", sagte sie zu dem Hausmädchen, das gerade das Bett frisch bezog.

„Er ist nicht hier", antwortete das Mädchen.

„Wissen Sie, wohin er gegangen ist?"

„*Non, Mademoiselle.* Er hat nur gesagt, er gehe seinen Papa suchen."

Anne-Marie wurde kalt. Es war eine Stunde her, seit sie zuletzt von Adrian gehört hatten. Er konnte das Haus verlassen haben, ohne dass jemand es bemerkt hatte. Sie wollte Josephine und Louis nicht noch mehr Sorgen bereiten. Darum sagte sie zu dem Hausmädchen: „Wir müssen das Kind finden. Helfen Sie mir, die Zimmer hier oben abzusuchen."

Gemeinsam stellten sie die ganze obere Etage auf den Kopf, aber sie fanden keine Spur von Adrian. Nur sein Kätzchen lag zusammengerollt unter einem Stuhl und schlief.

„Wenn er seinen Vater suchen wollte, ist er vielleicht nach draußen gegangen", überlegte Anne-Marie laut.

„Aber er weiß doch, dass sein Vater nicht auf der Insel war, als er verschwunden ist", wandte Morton ein. „Im Garten wird er ihn nicht finden. Das Haupttor kann er allein nicht öffnen. Wenn er draußen ist, muss er noch auf dem Grundstück sein."

Anne-Marie kam ein Gedanke, der so schrecklich war, dass sie nicht wagte, ihn laut auszusprechen. Stattdessen sagte sie: „Machen Sie bitte alle mit Ihrer üblichen Arbeit weiter, und sagen Sie nichts zu Monsieur und Madame Duclos. Servieren Sie das Mittagessen. Wenn sie nach mir fragen, sagen Sie ihnen einfach, ich sei spazieren gegangen."

„Spazieren, bei diesem Wetter?", fragte Morton skeptisch.

„Ich bin Wind und Regen gewohnt. Sagen Sie ihnen das. Aber erwähnen Sie auf keinen Fall, dass Adrian verschwunden ist."

„Verzeihen Sie, *Mademoiselle,* aber ich muss darauf bestehen, dass Sie mir sagen, was Sie vorhaben. Wenn ich zulasse, dass Sie sich in Gefahr begeben, kann mich das meine Stellung kosten."

„Ich glaube, er ist zum Strand gegangen." Sie sah dem Butler direkt in die Augen. Aber was sie laut sagte, war nur die halbe Wahrheit. „Er weiß, dass sein Vater über dem Meer verschollen ist, und glaubt, dass er übers Wasser zurückkommt. Darum wartet er am Strand auf ihn."

Sie hoffte inständig, dass das alles war, was Adrian im Sinn hatte. Sie rannte durch die Gärten und schlug den Weg hinunter zu dem Strandabschnitt ein, an dem das Bootshaus lag.

Der Weg war aufgeweicht und rutschig. Bei jedem Schritt versank Anne-Marie tiefer im Matsch. Für den Rückweg bergauf würde sie noch länger brauchen. Wenn sie sich irrte und Adrian nicht unten am Strand war, würde es mehr als eine halbe Stunde dauern, bis sie wieder im Haupthaus war und Alarm auslösen konnte. Eine halbe Stunde konnte lebensentscheidend sein, wenn es um ein verschwundenes Kind ging.

Aber ihr Instinkt sagte ihr, dass sie auf dem richtigen Weg war. Als sie um die letzte Kurve bog, wo der Wald endete und man den Strand schon sehen konnte, fand sie einen durchweichten roten Turnschuh auf dem Weg, der Adrian gehörte.

Sie hielt sich an den überhängenden Ranken fest, um nicht hinzufallen, als sie das letzte Stück des rutschigen Weges zurücklegte.

Erschöpft langte sie am Strand an. Sie sah sofort, dass die Tür zum Bootshaus weit offen stand. Das Boot war verschwunden.

Eine furchtbare Angst überkam sie, als sie sich langsam nach rechts drehte und aufs offene Meer hinausblickte. Die sonst so ruhige blaue See war jetzt graugrün, stürmisch und aufgewühlt. Hohe Wellen brandeten an den Strand. Etwa zwanzig Meter weit draußen klammerte sich ein kleiner Junge in einer orangefarbenen Schwimmweste an der Ruderpinne des kleinen Segelbootes fest, das von den Wogen umhergeschleudert wurde wie eine Nussschale.

Während Anne-Marie wie gelähmt vor Angst dastand, packte eine Windbö das Segel und schleuderte das Boot auf die Seite. Es schwankte gefährlich und neigte sich, bis der Kiel aus dem Wasser ragte. Als die Jolle sich wieder aufrichtete, war der kleine Junge, der eben noch das Ruder festgehalten hatte, verschwunden. Das Segel hing flatternd herunter, während das Boot sich steuerlos in den Wind drehte.

„Adrian!“, schrie Anne-Marie und suchte verzweifelt mit dem Blick die Wasseroberfläche ab. Aber ihr Ruf verhallte ungehört im Wind.

13. KAPITEL

Ethan stand eine Weile an der Tür. Niemand hatte gehört, wie er hereingekommen war. Er beobachtete Josephine und Louis, wie sie auf dem Sofa saßen und sich in ihrem Schmerz gegenseitig Halt gaben. Josephine hatte ihren Kopf an Louis' Schulter gelehnt und er den Arm um sie gelegt. Es versetzte Ethan einen Stich, dass er es war, der ihnen solche Sorgen bereitet hatte.

„Ich habe gehört, ich sei tot", sagte er und trat ein. „Ich hoffe, ihr hattet noch kein aufwändiges Begräbnis geplant."

Sie sprangen vom Sofa auf und eilten auf ihn zu. Ihre Gesichter vor Freude aufleuchten zu sehen, wog beinah auf, was er, Ethan, in den letzten drei Tagen durchgemacht hatte.

„Ich halte aufwändige Begräbnisse für Geldverschwendung", sagte seine Tante trocken. „Ich hatte nur eine kleine Trauerfeier geplant und die ganze Insel dazu eingeladen."

Louis erholte sich nicht so schnell von dem Schreck wie seine Frau und brachte nur ein leises Schluchzen hervor, als er versuchte zu sprechen.

„Sieh dir an, was du angerichtet hast, Ethan", schimpft Josephine. „Es ist ein Wunder, dass der arme Mann keinen Herzinfarkt bekommen hat."

Ethan nahm die beiden in den Arm. „Es tut mir leid, dass ihr euch meinetwegen solche Sorgen gemacht habt. Wenn ich ein Lebenszeichen hätte geben können, hätte ich es getan. Aber es ist vorbei. Mir ist nichts passiert."

„Ich möchte wissen, was los war. Und wehe, du lässt eine Kleinigkeit aus", sagte Josephine streng.

„Das werde ich", sagte er und lachte zum ersten Mal seit einer Ewigkeit, wie es ihm schien. „Aber zuerst brauche ich etwas zu trinken. Und ihr auch, nehme ich an. Morton!"

Der Butler kam angelaufen und war ebenso perplex wie Josephine und Louis, als er Ethan sah. Er wurde ein wenig blass um die Nase. „Gütiger Himmel!"

„Alles in Ordnung, Morton", sagte Ethan. „Ich bin kein Geist, sondern nur ein ziemlich erschöpfter Mann, der gern einen Scotch hätte. Und schenken Sie sich auch einen ein. Sie sehen aus, als könnten Sie ihn brauchen."

„Scotch?", rief Josephine aus. „Dieser Anlass schreit förmlich nach Champagner. Machen Sie nicht so ein betrübtes Gesicht, Morton. Der Albtraum ist vorbei!"

„Ich fürchte, das ist er nicht." Morton senkte den Blick. Ethan begriff sofort, dass etwas nicht stimmte.

„Was ist los? Und wo ist mein Sohn?" Es war merkwürdig still im Haus gewesen, als er hereinkommen war, aber er hatte nicht darauf geachtet.

„Er ist in seinem Zimmer", sagte Josephine. „Wir haben ihm dein Verschwinden so lange wie möglich verheimlicht, Ethan. Aber nach drei Tagen mussten wir es ihm einfach sagen. Er wird überglücklich sein, seinen Papa wiederzusehen. Bitte gehen Sie ihn doch holen, Morton."

Verlegen antwortete der Butler: „Adrian ist verschwunden, *Madame.* Wir haben schon das ganze Haus nach ihm abgesucht."

Ethan spürte Angst in sich aufsteigen, aber er nahm sich zusammen. „Er kann nicht weit sein. Wir werden das Gelände absuchen."

„Mademoiselle Barclay ist bereits draußen. Sie glaubt nämlich, dass der Junge zum Strand gegangen ist, um dort auf Sie zu warten, *Monsieur.*"

„Wie lange ist sie schon weg?", fuhr Ethan den Butler an. Seine Genugtuung darüber, dass Anne-Marie noch nicht nach Kanada abgereist war, wurde vom Verschwinden seines Sohnes getrübt.

„Seit etwa einer halben Stunde, *Monsieur.*"

„Und Sie sagen erst jetzt Bescheid? Was haben Sie sich denn dabei gedacht?"

„Sie hat mich gebeten, nichts zu sagen, bis sie zurück ist", erklärte Morton. „Sie wollte Madame Josephine und Monsieur Louis nicht beunruhigen."

„Alarmieren Sie sofort das Außenpersonal", ordnete Ethan an und rannte hinaus auf die Terrasse. „Lassen Sie das Gelände absuchen, vor allem den Strand. Und schicken Sie eine Suchmannschaft hinaus aufs Wasser."

Anne-Marie kämpfte gegen die Wellen an. Wasser klatschte ihr ins Gesicht und nahm ihr den Atem. Wenigstens hatte sich der Wind etwas gelegt. Sie hatte das Boot schon fast erreicht. *Adrian kann nicht ertrinken,* sagte sie sich. Er hat eine Schwimmweste an. Das Wasser ist warm, und die Strömung geht zum Land hin.

So laut sie konnte, rief sie immer wieder den Namen des Jungen. Wieder schlug ihr eine Welle ins Gesicht. Das Salzwasser drang ihr in den Mund und in die Nase. Sie glaubte zu ersticken und schlug panisch um sich. Sie traf etwas Hartes. Das Boot. Aber dann brach die nächste Welle über ihr, und das Boot entglitt ihr.

Ich kann nicht mehr, dachte sie. *Aber ich darf nicht aufgeben, bevor ich Adrian gefunden habe*. Das Boot hob und senkte sich vor ihr. Mit letzter Kraft versuchte sie, es zu erreichen. Eine Welle hob es ihr entgegen. Aber sie bekam es nicht zu fassen, sondern wurde davon überrollt.

Sie schluckte Wasser und ergab sich der Gewalt der See, die sie grün und übermächtig in die Tiefe zog. *Dies ist also das Ende*, dachte sie. *Vielleicht ist es besser so. Ich hätte den Beaumonts sowieso nicht mehr gegenübertreten können, nachdem es mir nicht gelungen ist, Adrian zu retten*.

Ertrinken sei schmerzlos, sobald man den Kampf aufgebe, hatte sie einmal gehört. Warum empfand sie dann einen solchen Schmerz an der Kopfhaut? Und was war die dunkle Gestalt über ihr? *Ein Hai!*, durchzuckte es sie. *Hoffentlich sterbe ich, bevor er mich angreift,* war ihr letzter klarer Gedanke.

Der Zug an ihrem Haar wurde stärker. Das Licht der Wasseroberfläche kam näher. Auf einmal bekam sie wieder Luft und atmete tief ein, während sie in Ethans vor Zorn funkelnde blaue Augen blickte.

„Wie oft muss ich das noch tun?“, schrie er, um das Tosen der Wellen zu übertönen.

Ich bin tot und in der Hölle, dachte sie noch, bevor sie das Bewusstsein verlor.

Vorsichtig öffnete Anne-Marie die Augen und sah sich um. Die Spätnachmittagssonne war durch die dunklen Wolken gebrochen und zeichnete ein Muster auf die Baumwollbettdecke. *Die Hölle sieht aus wie mein Zimmer bei den Beaumonts,* dachte sie. *Und der Teufel hört sich genauso an wie Ethan!*

„Bist du endlich wach?“, sagte er. Sie wandte den Kopf und sah ihn in einem Sessel neben ihrem Bett lehnen.

Ihr Hals schmerzte so, dass sie kaum sprechen konnte. „Habe ich geschlafen?“, brachte sie mühsam hervor und versuchte sich zu erinnern, was geschehen war.

Sie erinnerte sich, dass sie Angst gehabt hatte. Sie war erschöpft gewesen. Etwas sehr Schlimmes war passiert. Als es ihr wieder einfiel, schlug sie die Hände vors Gesicht. „Oh nein“, sagte sie tonlos. „Adrian!“

„Adrian ist in besserer Verfassung als du. Aber er war auch vernünftiger.“

Es dauerte einen Moment, bis sie begriff, was er sagte. Sie ließ die Hände sinken und riskierte einen Blick auf ihn. „Adrian lebt?“

„Ja.“

Ungläubig schüttelte sie den Kopf. „Aber wie ist das möglich? Er war nirgends zu sehen.“

„Die Jolle ist ein seetüchtiges kleines Boot.“

„Aber er ist nur ein kleiner Junge.“

„Aber ein sehr kluger Junge“, sagte Ethan. „Ich habe ihm beigebracht, sich immer an einer Sicherheitsleine am Mast festzumachen. Er wusste, dass er sich auf den Boden des Bootes kauern musste, bis er entweder gerettet oder an Land gespült wurde."

Sie dachte einen Moment darüber nach. „Und wenn er aufs Meer hinausgetrieben worden wäre?"

„Die Strömungsverhältnisse in der Bucht sind so, dass man immer irgendwo an Land getrieben wird. Warum, glaubst du, ist der Strand voll Treibholz?" Seine Stimme wurde ein wenig weicher. „Es geht ihm gut, Anne-Marie."

„Und dir?" Sie setzte sich halb auf und berührte ihn vorsichtig am Arm, als könnte sie nicht glauben, dass er wirklich vor ihr saß. „Geht es dir auch gut?"

„Aber ja."

Sie seufzte erleichtert und ließ sich zurück in die Kissen fallen. „Dem Himmel sei Dank!", sagte sie heiser.

Er goss etwas Flüssigkeit in ein Glas mit Eiswürfeln. „Hier, trink das. Es ist Limonade. Das wird deiner rauen Kehle guttun."

Sie trank ein paar kleine Schlucke. „Du lügst mich doch nicht an, Ethan? Ist Adrian wirklich in Sicherheit?"

„Glaubst du, ich würde hier bei dir sitzen, wenn er es nicht wäre? Er sitzt unten bei meiner Tante und meinem Onkel und stopft sich mit Cremetörtchen voll. Wenn du dich dazu in der Lage fühlst, wird er dich bestimmt gern besuchen."

„Oh ja", sagte sie. „Bitte!"

Er nahm das Haustelefon und wählte eine Nummer. „Sie ist wach und kann Besuch empfangen", sagte er.

Er hatte kaum aufgelegt, als die Tür aufging und Adrian, Josephine und Louis hereinkamen. Erst jetzt konnte Anne-Marie glauben, dass wirklich alles in Ordnung war.

„Hast du sie schon gefragt?", erkundigte sich Josephine nun bei Ethan.

„Noch nicht", antwortete er.

„Was denn?", wollte Anne-Marie wissen.

„Nichts, das nicht warten könnte", sagte er ruhig und hob Adrian aufs Bett.

„Erzähl ihr, wie du entkommen bist, Papa", bettelte der Kleine. „Erzähl ihr, wie dein Funkgerät kaputt war, wie du auf einer einsamen Insel notlanden musstest und drei Tage lang rohen Fisch essen musstest."

Als Ethan sie ansah, wurde ihr auf einmal ganz heiß. Trotz allem, was in den letzten Tagen geschehen war, hatte er immer noch dieselbe Wirkung auf sie wie vorher. „Er hält mich für Robinson Crusoe", sagte er. „Dabei hatte ich Vorräte für eine ganze Woche an Bord."

„Hast du dir deshalb so viel Zeit damit gelassen, nach Hause zu kommen?", neckte sie ihn und sonnte sich in seinem Lächeln.

„Nein. Das Wetter war viel zu schlecht zum Fliegen."

„Und wie bist du dann von dort weggekommen?"

„Ich habe das Funkgerät repariert und um Hilfe gerufen."

„Dann sind sie gekommen und haben ihn abgeholt", berichtete Adrian begeistert und hopste auf der Matratze herum. „Jetzt erzähl ihr, wie du mich gerettet hast, Papa!"

„Darüber reden wir ein anderes Mal", mischte sich Josephine ein. „Anne-Marie hat genug Aufregung für einen Tag gehabt. Komm, Adrian. Lassen wir sie ein bisschen in Ruhe."

„Du solltest mit ihnen gehen", sagte Anne-Marie, als Ethan keine Anstalten machte, den anderen zu folgen. „Adrian war am Boden zerstört, als du verschollen warst. Es wird eine Weile dauern, bis er darüber hinweg ist."

„Und du, Anne-Marie? Warst du verzweifelt genug, um dich von Roberto Santos trösten zu lassen?"

„Ich war ziemlich verzweifelt", gab sie zu. Das warme Gefühl in ihr verflüchtigte sich. „Aber jetzt frage ich mich, warum. Du bist schon wieder unerträglich."

„Warum warst du eigentlich noch nicht auf dem Weg nach Vancouver, als die Nachricht kam, dass ich vermisst wurde?"

„Ich bin wegen Adrian hiergeblieben. Er hätte eigentlich dich gebraucht, aber dir waren deine Geschäfte anscheinend wichtiger."

„Du brauchst mir nicht zu erklären, wie man ein guter Vater ist“, sagte er leise.

„Jemand muss es ja tun.“

„Und du glaubst, dass du dazu qualifiziert bist? Du hast doch gar keine Kinder.“

„Ich habe zwar noch keins zur Welt gebracht, aber offensichtlich weiß ich mehr darüber als du. Du bist vielleicht in den Augen deiner Untertanen der König dieser Insel, Ethan Beaumont, aber für mich bist du ein gefühlloser Popanz, dem es Spaß macht, auf den Gefühlen anderer Leute herumzutrampeln. Ich hasse dich!“

„Gut!“, sagte er grinsend, setzte sich zu ihr aufs Bett und nahm sie in die Arme. „Du bist auf dem Weg der Besserung. Ich hatte mir schon Sorgen gemacht, *mon amour.*“ Dann küsste er sie lang und zärtlich.

„Wie hast du mich gerade genannt?“, fragte sie, als sie endlich wieder zu Atem kam.

„Du hast mich schon verstanden.“ Er spielte mit ihren Fingern, und sie begriff, dass er verlegen war. „Ich habe dich ‚meine Geliebte‘ genannt.“

Ungläubig fragte sie: „Träume ich?“

Er räusperte sich. „*Non, ma très chére Anne-Marie.* Mein dummer männlicher Stolz ist schuld daran, dass ich erst dem Tod ins Gesicht sehen musste, bevor ich begriff, dass ich dich liebe. Die ganze Zeit, während ich mich mit diesem verflixten Funkgerät herumgeärgert habe, habe ich nur an dich gedacht. Ich habe mich an den Duft deines Haars erinnert, an deine zarte Haut. Das hat mir die Kraft gegeben zu überleben.“

„Und wie sehr liebst du mich?“

Er küsste sie erneut. „Mehr, als du dir vorstellen kannst.“

„Genug, um mich zu heiraten?“

Er zog sich zurück und sah sie verblüfft an. „Ist das nicht ein wenig vorschnell?“

„Nein. Ich liebe dich, und ich liebe Adrian. Ich wusste nicht, dass man so empfinden kann. Dass man alles geben möchte, um jemanden glücklich zu machen. Alles, Ethan! Wenn das mehr ist, als du annehmen möchtest, dann liebst du mich nicht genug."

Er sah sie eine Weile nachdenklich an. „Du bist hiergeblieben, als du hättest gehen können", sagte er. „Du hast mich in dein Bett und in dein Herz gelassen. Du bist das Beste, was mir je passiert ist. Wie könnte ich dich nicht genug lieben? Aber was das Heiraten betrifft ..."

„Das kommt für dich nicht infrage, weil ich nicht von dieser Insel stamme und weil du Angst hast, ich könnte wie deine Exfrau sein." Sie wandte sich ab. Ihre Hoffnungen fielen in sich zusammen.

Er nahm sie bei den Händen und zwang sie, ihn anzusehen.

„Nein. Das ist es nicht. Ich wollte nur sagen, dass du es dir gut überlegen solltest, ob du meine Frau werden willst. Ich bringe einige Altlasten mit in die Ehe. Nicht nur Adrian ..."

„Adrian ist dein Sohn, Ethan. Das genügt mir schon, um ihn zu lieben."

„Er ist auch das Kind einer anderen Frau. Wenn sie zurückkommen und Teil seines Lebens sein wollte, müsste ich ihr das erlauben. Ich habe kein Recht, Adrian seine Mutter zu verweigern. Könntest du damit leben?"

„Was ist, wenn sie nicht zurückkommt und ich es nicht schaffe, sie zu ersetzen? Adrian wird immer wissen, dass ich nicht seine leibliche Mutter bin. Könntest du damit leben?"

„Es ist nicht deine Aufgabe, Lisa zu ersetzen, mein Liebling. Du bist nicht sie. Du bist du, und du bist perfekt."

„Niemand ist perfekt, Ethan", sagte sie. „Es ist gefährlich, das zu glauben. Man wird nur enttäuscht."

„Dann lass es mich anders ausdrücken. Du bist die perfekte Frau für mich. Du bist schön, dickköpfig und klug. Du hast keine Angst, dich durchzusetzen. Du erinnerst mich daran, dass ich Fehler habe wie jeder andere Mensch. Ich brauche dich. Aber wenn ich das Ganze aus deiner Sicht betrachte, sehe ich nur Nachteile für dich, wenn du mich heiratest."

„Liebe bekommt man nicht geschenkt. Sie erfordert Opfer und Kompromisse." Sie atmete tief ein und zögerte einen Moment. „Ich liebe dich so sehr, dass ich dich sogar gehen lassen würde, wenn du das willst."

„Das kommt überhaupt nicht infrage!", sagte er sanft und strich ihr über die Wange. „Ich habe nicht vor, dich jemals wieder gehen zu lassen."

Es klopfte an der Tür, und Josephine steckte den Kopf herein. „Entschuldige, dass ich störe, Ethan, aber wir können einfach nicht mehr länger warten. Hast du sie jetzt endlich gefragt, ob sie dich heiraten will?"

„Nein", sagte er und drückte Anne-Marie einen Kuss aufs Haar. „Sie hat mich zuerst gefragt, und ich habe ihren Antrag angenommen."

„Wunderbar!", sagte Josephine. „Dann bitte ich Morton, den Champagner zu öffnen. Sollen wir ihn im Salon trinken?"

„Fangt schon einmal ohne uns an", sagte Ethan. „Wir haben hier noch ein bisschen zu tun. Und wenn es dir nichts ausmacht, *ma tante*, dann wären wir dabei gern ungestört!"

„Natürlich. Nehmt euch so viel Zeit, wie ihr mögt", sagte Josephine und ließ sie allein.

„Ich bräuchte ein ganzes Leben lang", sagte Ethan und ließ den Blick voller Verlangen über Anne-Marie gleiten. „Aber ich habe in den letzten Tagen gelernt, dass man immer nur den einen Augenblick hat, den man gerade erlebt. Lass ihn uns auskosten, Anne-Marie, damit wir ihn für immer im Herzen bewahren."

„*Oui, mon amour*", sagte sie und berührte seine Lippen leicht mit der Fingerspitze. „Tun wir das." Dann hörten sie auf zu reden.

– ENDE –

Barbara McMahon

Ein Millionär zum Verlieben

Roman

Aus dem Amerikanischen von
Roswitha Krüger

MIRA®

1. KAPITEL

Was geht hier vor?" Eine wütende Stimme hallte durch die Nacht, und Lacey verkroch sich noch weiter hinter den Oleanderbüschen, um nicht gesehen zu werden. Als der Wagen in die Einfahrt gebogen war, hatte sie sich sofort versteckt. Jetzt wagte sie nicht mehr hervorzukommen, denn es wäre ihr peinlich gewesen, von ihrem Nachbarn in dessen Garten entdeckt zu werden. Was wollte er eigentlich hier? Lacey hatte angenommen, er sei im Ausland.

Zum Glück war in dieser Nacht kein Vollmond, und das Rauschen des Passatwindes in den Blättern der Oleander- und Hibiskusbüsche, die den gepflegten Rasen säumten, übertönte alle anderen Geräusche. *Wenn die Kinder sich ebenfalls still verhalten, findet er uns vielleicht nicht,* dachte Lacey und hoffte, dass der Mann die Suche aufgab und ins Haus ging.

„Wer ist da?", erklang die Stimme jetzt ganz nah.

Lacey sah schwarze Schuhe und den Schatten eines Mannes. Sie duckte sich noch tiefer und presste den Rücken gegen die raue Steinwand, doch ein Rückzug erschien unmöglich. Bevor sie sich noch einen Ausweg überlegen konnte, packte jemand sie an der Schulter.

Lacey kam sich sehr dumm vor, als sie die Zweige zur Seite schob und auf den Rasen trat. Der Mann hielt sie noch immer fest, so dass sie seine kräftigen Finger durch den dünnen Stoff ihres T-Shirts spürte.

Obwohl sie mit ihren ein Meter fünfundsiebzig nicht gerade klein war, musste sie zu ihm hoch schauen. In der Dunkelheit waren seine Gesichtszüge nicht auszumachen, aber Lacey ahnte, dass es sich nur um Steve Carmichael handeln konnte. Sie hatte mehrmals eine genaue Beschreibung des Mannes von ihrer Schwägerin Suzanne erhalten, als diese sie dazu überredet hatte, ihren Urlaub auf Barbados zu verbringen.

„Und jetzt sagen Sie mir, wer Sie sind und warum Sie sich in meinem Garten verstecken." Der Druck seiner Hand auf ihrer Schulter war so schmerzhaft, dass Lacey befürchtete, am nächsten Tag blaue Flecken zu haben. Der britische Akzent, den sie bei ihrer Ankunft auf Barbados so charmant gefunden hatte, klang bei Steve Carmichael förmlich und eisig.

„Tut mir leid, wir haben bloß gespielt", entschuldigte sie sich und sah sich nach den Kindern um. Bei diesem Gegner brauchte sie Verbündete.

„Gespielt?" In seiner Stimme schwang noch ein drohender Unterton mit.

„Ja, Verstecken. Jimmy, David, kommt heraus. Ihr habt gewonnen." Lacey war mit ihren sechsundzwanzig Jahren viel zu alt für ein solches Spiel mit den Nachbarskindern. Aber vorhin hatte sie Lust dazu bekommen, vielleicht auch aus beginnender Langeweile, da sie den ganzen Tag mit niemandem reden konnte.

Steves Aufmerksamkeit wurde von zwei kleinen Schatten auf dem Rasen abgelenkt. Die Jungen kamen herbeigelaufen und blickten grinsend zu dem wütenden Mann auf.

„Hallo, Mr. Carmichael", grüßte Jimmy lässig.

„Das hätte ich mir denken können. Sag mal, Jimmy, habt ihr keinen eigenen Garten?", fragte Steve, ohne den Griff um Laceys Schulter zu lockern.

„Doch, aber in Ihrem Garten kann man viel besser spielen", erklärte Jimmy, und David nickte zustimmend.

Lacey bemühte sich, nicht gänzlich die Fassung zu verlieren. „Verzeihen Sie unser unbefugtes Eindringen", begann sie förmlich. „Aber mein Garten ist sehr klein und bietet kaum Versteckmöglichkeiten. Bei Ihnen dagegen ist viel Platz, und es stehen hier so viele schöne Büsche und Bäume. Außerdem haben wir angenommen, dass Sie verreist sind."

„Das war ich auch. Ich komme gerade aus Europa zurück. Aber das gibt Ihnen nicht das Recht, sich Zutritt zu meinem Anwesen zu verschaffen." Er warf einen Blick auf die Jungen. „Diese beiden Lausebengel kenne ich, und wer sind Sie?“

„Ich heiße Lacey Stanford und wohne in Mrs. Tuttles Haus nebenan.“ Lacey zeigte auf das kleine Haus auf der anderen Seite der Mauer, die die beiden Grundstücke voneinander trennte.

„Aha, sie hat also wieder mal vermietet.“ Steve Carmichael wirkte alles andere als erfreut, und Lacey überlegte, ob er Mrs. Tuttles Feriengäste grundsätzlich ablehnte oder nur solche, die es wagten, seinen Garten zu betreten.

„Nein, ich gehöre sozusagen zur Familie und verbringe hier meinen Urlaub. Tut mir leid, dass ich Sie gestört habe.“ Lacey versuchte, sich aus Steves Griff zu befreien, doch er ließ ihre Schulter nicht los.

„In Zukunft bleiben Sie auf Ihrer Seite der Mauer“, sagte er streng.

Lacey unterdrückte das Bedürfnis zu salutieren und nickte nur. Endlich gab er sie frei, und hätte sie es mit ihrem Stolz vereinbaren können, wäre sie gelaufen, um so schnell wie möglich den Schutz von Mrs. Tuttles Haus zu erreichen. Das Ganze war ihr entsetzlich peinlich. Steve Carmichael musste sie für eine Idiotin halten.

Die beiden Jungen rannten lachend davon. Ihnen machte es nichts aus, in Nachbars Garten erwischt worden zu sein. Lacey folgte ihnen und musste dabei an Steves Auto vorbeigehen, das er, mit aufgeblendeten Scheinwerfern, in der Einfahrt geparkt hatte. Erst jetzt wurde sie sich ihrer unordentlichen Erscheinung bewusst, ihrer schmutzigen Knie, des zerzausten Haares und der zerrissenen Shorts. Lacey versuchte, so schnell wie möglich aus dem blendenden Licht in die Dunkelheit zu entkommen.

„Einen Augenblick bitte.“

Noch bevor sie in den Schatten treten konnte, hatte Steve sie eingeholt und forderte sie auf, sich umzudrehen. Er musterte sie von oben bis unten, und unwillkürlich hielt Lacey die Luft an. Sie verspürte ein leichtes Prickeln auf der Haut.

Suzanne hatte nicht übertrieben, im Gegenteil. Der Mann sah

phantastisch aus. Er war groß, hatte dichtes schwarzes Haar und leuchtend blaue Augen.

Auch nach dem langen Flug über den Atlantik wirkte er frisch und tadellos gekleidet. Der helle Anzug und das weiße Hemd unterstrichen die tiefe Bräune seines markanten Gesichts. Der Anblick seiner breiten Schultern, schmalen Hüften und endlos langen Beine rief bei Lacey die Vorstellung von Steve Carmichael in einer Badehose hervor.

Verlegen schaute sie zur Seite. An so etwas zu denken war ganz untypisch für sie. Wahrscheinlich lag es an dem exotischen Zauber der Insel.

„Verbringt Mrs. Tuttle diesen Sommer in ihrem Haus?", fragte Steve und blieb am Rand des Lichtkegels stehen. Für Laceys Geschmack war das noch immer zu nahe.

„Nein, ich wohne dort für ein paar Wochen allein."

„Mrs. Tuttles Garten ist zwar etwas klein, trotzdem möchte ich Sie bitten, deswegen nicht auf mein Grundstück auszuweichen", wies er sie erneut zurecht.

„Ich habe gehört, dass Sie Ihre Privatsphäre schätzen, und ich werde Sie bestimmt nicht wieder stören", versprach Lacey. „Ich bin erst vor vier Tagen hier angekommen. Sie waren nicht da, und ich habe Sie auch heute Abend nicht erwartet. Wir haben nichts auf Ihrem Anwesen beschädigt." Lacey fühlte sich wie ein Kind, das beim Kirschenstehlen in Nachbars Garten erwischt worden war. Sie warf Steve einen herausfordernden Blick zu, obwohl sie sich ihres unangemessenen Verhaltens bewusst war.

„Ich werde in den nächsten Wochen zu Hause sein und möchte weder von lärmenden Kindern noch von einer amerikanischen Touristin gestört werden."

Lacey nickte. „Verstanden, und noch einen schönen Abend, Mr. Carmichael", sagte sie kühl.

„Auf Wiedersehen, Miss Stanford."

„Mrs. Stanford, bitte", korrigierte Lacey ihn, drehte sich um und lief hinüber zu ihrem Haus. Sie widerstand der Versuchung, sich umzuschauen, um festzustellen, ob Steve ihr nachsah. Auf keinen Fall wollte sie sich noch einmal vor ihm blamieren.

In ihrem Schlafzimmer schaute Lacey sofort in den Spiegel. Sie sah entsetzlich aus. Ihr langes blondes Haar war völlig zerzaust, und einige Blätter hatten sich darin verfangen. Auf ihren Wangen entdeckte sie Schmutzspuren, die durch ihre ohnehin schon tiefe Bräune noch dunkler erschienen. Ihre blaugrauen Augen, deren Farbe sich entsprechend Laceys Empfindungen änderte, wirkten jetzt vor Verlegenheit fast dunkelblau. Lacey war es ausgesprochen peinlich, dass sie ihrem gut aussehenden Nachbarn ausgerechnet in diesem Zustand zum ersten Mal begegnet war.

Sie schnitt ihrem Spiegelbild ein Gesicht und ging ins Badezimmer, um zu duschen. Das warme Wasser fühlte sich herrlich an, und während sie sich genüsslich einseifte, dachte sie noch einmal an den Mann, der sie vorhin überrascht hatte. Ihre Schwägerin Suzanne hatte ihr alles über Steve Carmichael erzählt. Vor etwa zehn Jahren hatte er das Haus nebenan von seinem Großvater geerbt, und Suzanne hatte ihn vor einigen Jahren während ihrer Ferien auf Barbados zum letzten Mal gesehen. Steves Familie lebte in Bridgetown, der Hauptstadt der Insel, während er das große Haus allein bewohnte.

Suzannes Tante Eleanor Tuttle hatte das kleine Ferienhaus, in dem Lacey sich jetzt aufhielt, als junge Braut gekauft. Eleanor wohnte nicht mehr auf Barbados, besuchte aber die Insel so oft wie möglich. In diesem Sommer hatte sie jedoch keine Zeit und deshalb Lacey angeboten, hier ihren Urlaub zu verbringen.

Suzanne hatte Lacey anvertraut, dass sie als Teenager für Steve Carmichael geschwärmt hatte. Er war jedoch unbeeindruckt geblieben, lebte zurückgezogen und schien sich nur für sein Geschäft zu interessieren. Und soweit Suzanne wusste, war er nicht verheiratet.

„Zumindest war er noch ledig, als ich ihn das letzte Mal gesehen habe“, erklärte Suzanne. „Das war in dem Sommer, bevor ich

Michael kennen gelernt habe.“ Nachdem Suzanne Michael begegnet war, hatte sie kein anderer Mann mehr interessiert. „Bis dahin war Steve für mich der bestaussehende Mann, den ich kannte. Ich bin ihm in jenem Sommer richtig nachgelaufen“, gestand Suzanne. „Und nicht nur ich, auch meine Cousinen haben sich vergeblich um ihn bemüht. Er hatte damals eine prominente Freundin, Elizabeth Maltron.“

Der Name war Lacey bekannt. Elizabeth war Schauspielerin und nie verheiratet gewesen. Soweit Lacey sich erinnern konnte, war Elizabeths Name nie im Zusammenhang mit dem von Steve Carmichael genannt worden. In Hollywood hatte Elizabeth den Ruf eines Partygirls, das kein Vergnügen ausließ. *Was ist zwischen den beiden wohl geschehen, fragte* Lacey sich.

Das geht mich nichts an, wies sie sich zurecht. Steve Carmichael war nur ein Nachbar, den sie zudem – wenn auch unbeabsichtigt – verärgert hatte. Da sie jedoch einige Wochen auf Barbados bleiben wollte, war es wohl besser, wenn sie gut mit ihm auskam.

Dass er jünger ist, als ich ihn mir vorgestellt habe, und dass er blendend aussieht, hat nichts mit meinem Versöhnungsangebot zu tun, sagte Lacey sich bestimmt, während sie sich abtrocknete.

Sie zog ein hellblaues Baumwollkleid an und schlüpfte in ihre weißen Sandaletten. Das noch feuchte Haar band sie im Nacken zusammen. Es würde von allein trocknen, bevor sie schlafen ging.

Ohne weiter darüber nachzudenken, legte Lacey Schokoladenkekse, die sie am Nachmittag gebacken hatte, auf einen Teller und ging damit hinüber zu Steve Carmichaels Haus. Dies sollte ihr Friedensangebot sein, und sie hoffte, dass er es annahm.

Die Nacht war still, und man hörte nur das sanfte Rauschen des Windes in den Palmenblättern. Diese Ruhe hatte Lacey, die an die Lichter und den geschäftigen Lärm der Großstadt gewöhnt war, anfangs nervös gemacht. Inzwischen begann sie die friedliche Atmosphäre der Insel zu schätzen. Hier war die Luft klar und duftete köstlich nach Jasmin. Der Wind strich Lacey fast zärtlich über die Haut, und am schwarzen Himmel glitzerten Tausende von Sternen.

Lacey genoss die tropischen Abende, an denen sie entweder zum Strand hinunterging oder auch nur auf der Terrasse saß. Selbst das Spiel mit den Kindern hatte ihr Spaß gemacht, und bei dem Gedanken daran musste sie lächeln.

Jetzt stand sie vor dem großen Haus ihres Nachbarn. Es war völlig dunkel bis auf ein schwach erleuchtetes Fenster auf der Rückseite, an dem sie gerade vorbeigekommen war. Sie klopfte an die Vordertür und wartete. Aus der Ferne hörte sie das leise Schlagen der Wellen an den nur wenige hundert Meter entfernten Sandstrand. Der Wind, der ständig über die Insel wehte und die hohen Temperaturen am Tage erträglich machte, bewegte die Blätter der üppig blühenden Hibiskus-, Oleander- und Jasminbüsche. Lacey sog tief die salzhaltige, mit dem süßen Duft des Jasmins vermischte Luft ein und war glücklich, dass sie einige Zeit in diesem Paradies verbringen durfte.

Sie klopfte noch einmal an die Tür, diesmal lauter. Steve Carmichael musste zu Hause sein, denn sein Auto stand noch in der Einfahrt. Vielleicht ist er zum Strand hinuntergegangen, überlegte Lacey.

In diesem Augenblick wurde die Haustür aufgerissen.

„Sie? Was ist jetzt los?" Steve hatte das Licht auf der Veranda und im Hauseingang eingeschaltet und schaute irritiert auf Lacey herab.

Sie musterte Steve, der jetzt nur knappe Shorts trug. Seine Beine waren lang und kräftig, und seine muskulöse Brust hatte den gleichen Bronzeton wie sein Gesicht.

„Also, was ist los?", wiederholte Steve ungeduldig.

Sie fühlte sich ertappt und merkte, wie ihr das Blut in die Wangen schoss. Gleichzeitig wurde ihr bewusst, dass ihr erster Eindruck richtig gewesen war. Steve Carmichael hatte tatsächlich eine phantastische Figur.

Plötzlich verlangte es Lacey danach, diesen Mann zu berühren, die Finger über seine bronzefarbene Haut gleiten zu lassen, sich an seine breite Brust zu lehnen. Sie schluckte und versuchte zu lächeln. *Verliere ich den Verstand?*, fragte sie sich. So hatte sie noch nie auf einen Mann reagiert.

„Ich bringe Ihnen eine kleine Entschädigung, weil ich unbefugt Ihr Grundstück betreten habe", antwortete sie und hielt Steve den Teller hin, den sie mit beiden Händen umklammerte.

„Vielleicht haben Sie es nicht bemerkt, aber es ist bereits nach elf Uhr", fuhr er sie an. „Ich habe schon geschlafen und schätze es nicht, wegen ein paar Keksen aufgeweckt zu werden."

Lacey glaubte Steves durchdringenden Blick bis in ihr Innerstes zu spüren und überlegte, ob seine Augen auch so blau waren, wenn er nicht wütend war. Erst dann wurde ihr klar, was er gesagt hatte.

„Entschuldigung, ich habe gar nicht auf die Uhrzeit geachtet", gestand sie eingeschüchtert.

„Wenigstens haben Sie sich umgezogen", stellte Steve fest, diesmal etwas freundlicher. Er lehnte am Türpfosten und betrachtete Lacey nachdenklich.

Wieder überkam Lacey ein seltsames Kribbeln, und ein Wärmegefühl breitete sich in ihrem Körper aus.

„Ja, ich …"

„Sie hätten sich die Mühe sparen können. Ich will weder Ihre Kekse noch was Sie sonst zu bieten haben. Ich möchte nur ins Bett, und zwar allein."

„So wie Sie sich benehmen, möchte es auch bestimmt niemand mit Ihnen teilen." Wütend stieß Lacey ihm den Teller in den Magen und ließ ihn los, bevor sie sich davon überzeugen konnte, dass Steve ihn festhielt. Dann drehte sie sich um und rannte zurück zu ihrem Haus. Sie warf die Tür hinter sich zu und kochte noch immer vor Wut, als sie wenig später im Wohnzimmer auf und ab ging.

Dieser eingebildete Kerl! Lacey stampfte mit dem Fuß auf und warf ein Sofakissen durchs Zimmer. Sie hatte ihm ein Friedensangebot gemacht, und er hatte sie beleidigt. Nie wieder würde sie freundlich zu diesem Mann sein, was auch geschehen mochte. Nie wieder würde sie ihm eine Gelegenheit geben, sie zu beschimpfen. Sollte er doch von den Klippen ins Meer springen!

Steve Carmichael war unerträglich, arrogant und anmaßend. Ihr Angebot war nur eine freundliche Geste gewesen, und jetzt bildete sich der Kerl sonst was ein. Lacey malte sich grimmig aus, mit welchem Vergnügen sie ihm das Gesicht zerkratzen würde.

Allmählich beruhigte sie sich jedoch, und ihr Sinn für Humor kehrte zurück. Bei der Vorstellung, dass Steve wegen ein paar Keksen aus dem tiefsten Schlaf gerissen worden war, musste sie unwillkürlich lächeln. Sie hatte versucht, sich mit ihrem Nachbarn zu versöhnen, und mit ihrer Unbesonnenheit alles verschlimmert.

Lacey war sich wirklich nicht bewusst gewesen, wie spät es war, sonst hätte sie bis zum Morgen gewartet. Steve Carmichael hatte einen langen Flug hinter sich, war müde und wollte vermutlich nur schlafen.

Bei dem Gedanken an sein Bett spürte Lacey wieder die Wärme in ihrer Brust. *Ob er wohl nackt schläft,* überlegte sie. Vermutlich ging er nicht in den Shorts ins Bett, die er beim Öffnen der Tür getragen hatte.

Bevor sie weiter darüber nachdenken konnte, klingelte es an der Tür. Lacey zögerte einen Moment, obwohl sie sich denken konnte, wer es war.

Sie öffnete und stand Steve gegenüber, der sie noch immer wütend anfunkelte und unaufgefordert den Flur betrat. Lacey sah den roten Streifen auf seinem Bauch, dort, wo sie ihm den Teller in den Magen gestoßen hatte – denselben Teller, den Steve jetzt in der linken Hand hielt.

„Ich will Ihre Kekse nicht und könnte Sie wegen Körperverletzung belangen.“ Obwohl er sich um Höflichkeit bemühte, war der drohende Unterton in seiner Stimme unüberhörbar.

„Aber ich würde sicher davonkommen, weil Sie mich provoziert haben.“ Sie riss ihm den Teller aus der Hand und stellte ihn achtlos auf den Flurtisch. „Wenn das alles ist, lassen Sie sich nicht aufhalten, und kehren Sie in Ihr einsames Bett zurück."

„Sind Sie noch immer daran interessiert?", fragte Steve gefährlich sanft, während er den Blick über ihren Körper hinauf zu ihren geröteten Wangen schweifen ließ.

„Soweit ich mich erinnere, habe ich Sie stehen gelassen. Wahrscheinlich sind Sie mir nachgelaufen in der Hoffnung, etwas zu bekommen, das Sie nicht haben können." Lacey sah ihn herausfordernd an und unterdrückte das seltsam kribbelnde Gefühl in ihrem Magen.

Steve betrachtete sie mit zusammengekniffenen Augen. „Woher kommen Sie?", fragte er.

„Aus Kalifornien. Warum?"

„Das erklärt einiges. Eine lockere Kalifornierin, die das Surfen liebt. Hier auf Barbados sind wir etwas konservativer."

„Wie Ihr Aufzug unschwer erkennen lässt. Ich habe mir wenigstens ein Kleid angezogen, bevor ich Sie aufgesucht habe. Sie hingegen sehen alles andere als anständig aus in diesen Shorts." Lacey schaute an Steve herab und musste sich zwingen, den Blick wieder auf sein Gesicht zu lenken. Sie war an den Anblick der zahlreichen gut aussehenden Männer an den Stränden Kaliforniens gewöhnt. Steve Carmichael übertraf diese jedoch alle, und Lacey hätte ihn die ganze Nacht bewundern können.

„Die üblichen Vorurteile", warf sie Steve vor.

„Surfen Sie nicht?", fragte er.

„Das schon, aber …"

„Und sind Sie nicht aus Kalifornien?", unterbrach er sie.

„Doch, aber deswegen habe ich noch längst keine lockere Moral. Sie sollten jetzt gehen", forderte sie ihn auf, „auch wenn Sie sich vielleicht etwas anderes von diesem Besuch versprochen haben." Lacey war sich darüber im Klaren, dass sie Steve provozierte.

„Keine Angst, ich will nur in mein Bett. Da komme ich müde und abgespannt aus England, mein Flug hatte Verspätung, und zu

Hause finde ich eine Invasion in meinem Garten vor. Nachdem ich endlich eingeschlafen bin, werde ich rüde aufgeweckt und auch noch angegriffen."

„Sie Ärmster. Soll ich Ihre Wunde verarzten, damit es nicht mehr wehtut?", erbot sich Lacey sarkastisch.

Steves Augen blitzten. Er trat einen Schritt vor, griff nach Laceys Arm und beugte sich dicht zu ihr herab.

Sie hielt den Atem an und war sich nur zu sehr der Nähe dieses faszinierenden Mannes bewusst. Als Steve ihren Mund betrachtete, beschleunigte sich ihr Herzschlag, und fast hätte sie die Lippen mit der Zunge befeuchtet.

„Ein verlockendes Angebot, Mrs. Stanford, aber für solche Intimitäten kennen wir uns noch nicht gut genug."

Lacey spürte, wie sich ihre Wangen röteten. Wie hatte sie sich nur dazu hinreißen lassen können, mit diesem Mann zu flirten?

„Ich gehe jetzt nach Hause", verkündete Steve, „und ich möchte keine weiteren Friedensangebote, keine Attacken, keine Besuche und keine Lärmbelästigung. Ich will nur allein gelassen werden. Haben Sie verstanden?"

„Ja." Sie nickte gehorsam, noch immer verwirrt durch Steves Nähe und seine Berührung. Sie verstand nicht, warum ihr Körper so intensiv auf Steve Carmichael reagierte. Sie sah in seine Augen und hoffte, dass er ihr Verlangen, von ihm geküsst zu werden, nicht erriet.

Steve blickte sie noch eine Weile gedankenverloren an. Dann gab er ihren Arm frei und ging zur Tür. Dort drehte er sich um.

„Nochmals vielen Dank für Ihr Angebot. Vielleicht komme ich ein anderes Mal darauf zurück." Er lächelte anzüglich, bevor er die Tür hinter sich schloss.

Lacey schaute ihm sprachlos nach. Bildete dieser Mann sich wirklich ein, dass sie ihn hatte küssen wollen? Sie unterdrückte die Erkenntnis, dass sie es nur deswegen nicht getan hatte, weil sich keine Gelegenheit dazu geboten hatte.

Vom Wohnzimmerfenster aus beobachtete sie Steve. Erst jetzt bemerkte Lacey, dass er sich in der Eile nicht einmal Schuhe angezogen hatte. Hoffentlich schneiden ihm die Kieselsteine in die Fußsohlen, wünschte sie ihm boshaft, dann trat sie entschlossen vom Fenster zurück. Sie musste sich eingestehen, dass sie sich kindisch aufgeführt hatte und Steve als Sieger aus der Auseinandersetzung hervorgegangen war.

Ihr letzter Gedanke vor dem Einschlafen galt dem Gefühl einer starken Hand auf ihrem Arm und dem Blick aus blauen Augen.

2. KAPITEL

Am nächsten Morgen wurde Lacey von den warmen Sonnenstrahlen geweckt, die durch ihr Schlafzimmerfenster fielen. *Die Sonne ist besser als ein Wecker,* dachte sie und streckte sich wohlig unter dem dünnen Laken. Dann sprang sie auf und stellte sich unter die Dusche. Sie freute sich bereits auf einen weiteren herrlichen Tag am Strand.

Während sie ihr Haar bürstete, sah sie zum Fenster hinaus auf das Meer. Es war nur ein kurzer Weg zum Strand, und vom Haus aus konnte man einen flüchtigen Blick vom klaren blauen Wasser erhaschen. Deutlicher sah man die Wipfel der hohen Palmen am Strand, die sich im Morgenwind wiegten und deren tiefes Grün einen reizvollen Kontrast zum azurblauen Himmel bildete. Lacey schaute in den Garten und bewunderte wie so oft den roten Hibiskus und die purpurnen Bougainvilleen, die nicht nur hier blühten, sondern auch in Steve Carmichaels Garten.

Flüchtig kehrte die Erinnerung an das Zusammentreffen mit ihrem Nachbarn zurück, aber Lacey verscheuchte dieses peinliche Erlebnis aus ihren Gedanken.

Nach dem Frühstück packte sie ihre Tasche und ging hinunter zum einsamen Strand. Sie breitete ihr Handtuch im Schatten einer großen Palme aus, zog ihr T-Shirt aus und lief ins Wasser. Die Farbe des warmen, kristallklaren Wassers wechselte von hellem Türkis zu tiefem Blau in der Ferne. Der Sand am Strand und auf dem Meeresboden war fein wie Puder und durch die Korallen der Insel zartrosa getönt.

Hier, auf der Westseite von Barbados, schlug das Meer in kleinen Wellen an den Strand. Die großen Brecher des Atlantiks, die zum Surfen einluden, gab es nur an der Ostküste. Lacey kannte eine solche Brandung aus Kalifornien und von Hawaii, wo sie oft gesurft hatte, aber nun wollte sie die sanften Wogen der Karibik genießen. Die Brandung an der Atlantikküste würde sie an einem anderen Tag ausprobieren.

Lacey schwamm einige Runden, legte sich anschließend in die Sonne und picknickte im Schatten der Palme. Die Nachmittagshitze veranlasste sie, ihre Sachen einzusammeln und zurück zum Haus zu gehen. Sie freute sich auf eine kühle Dusche und ein Nickerchen.

Wie immer wollte sie das Haus durch die Hintertür betreten und stellte erschrocken fest, dass sie ihren Schlüssel vergessen hatte. Wahrscheinlich lag er noch auf der Frisierkommode, wo sie ihn zuletzt gesehen hatte. Wie sollte sie jetzt hineinkommen? Langsam ging Lacey ums Haus, in der Hoffnung, ein geöffnetes Fenster zu finden. Da sie diese aber abends immer verriegelte und erst öffnete, wenn sie vom Strand zurückkam, waren sie jetzt geschlossen. Auch an der Vordertür hatte Lacey keinen Erfolg.

Sie schaute zu ihren Nachbarn hinüber. Die Danbys waren offenbar weggefahren, denn ihr Auto stand nicht in der Einfahrt.

Langsam wandte Lacey den Blick zu dem Grundstück ihres anderen Nachbarn. Die Sonne spiegelte sich in den Fenstern von Steve Carmichaels Haus, aber auch diese waren alle verschlossen. Die Limousine stand jedoch noch immer in der Zufahrt, also war Steve vermutlich da. Ob er wohl einen Schlüssel für ihr Haus hatte?

Lacey war unentschlossen. Steve hatte sich am Vorabend nicht gerade freundlich von ihr verabschiedet, und sie mochte ihn nicht um Hilfe bitten. Aber was sollte sie tun? Sie musste damit rechnen, dass die Danbys erst spätabends zurückkehrten.

Ich könnte durch ein Fenster einbrechen, überlegte sie, aber es wäre überflüssig, wenn Steve Carmichael einen Schlüssel hat und ich nur danach zu fragen brauche.

Natürlich konnte sie auch einen Schlosser anrufen, aber dazu brauchte sie ein Telefon. Außerdem würde das Zeit kosten, und es war wirklich einfacher, sich erst einmal bei Steve nach einem Schlüssel zu erkundigen.

Obwohl es mir lieber wäre, einer Gruppe feindseliger Sponsoren gegenüberzutreten, als ausgerechnet Steve Carmichael um etwas zu bitten, dachte Lacey, als sie über den Kiesweg zu seinem Haus ging.

Sie klopfte an die Tür, die gleich darauf von Steve geöffnet wurde. Noch immer trug er nichts weiter als die knappen Shorts, und seine breiten Schultern schienen den Türrahmen auszufüllen. Unwillkürlich befeuchtete Lacey mit der Zunge ihre trockenen Lippen. Steve sah sie schweigend an, dann ließ er den Blick langsam an ihr hinuntergleiten, ihn auf ihren Brüsten verweilen, die nur von dem T-Shirt bedeckt wurden, ihren Hüften und ihren langen gebräunten Beinen.

Seine eingehende Musterung machte sie verlegen. Lacey hatte ihr langes Haar am Morgen zu einem Zopf geflochten, aber inzwischen hatten sich einige Strähnen gelöst. Das Meersalz war auf ihrer Haut getrocknet, und ihre Nase schälte sich nach einem Sonnenbrand. Während Steve Laceys Beine begutachtete, ärgerte sie sich, dass sie an diesem Morgen nicht ihr hübsches langes Strandkleid angezogen hatte. Leider trug sie das ausgeleierte und viel zu große T-Shirt ihres Bruders, das wie ein Sack an ihr herunterhing.

Da Steve noch immer nichts sagte, war Lacey gezwungen, mit einer Erklärung für ihren Besuch anzufangen.

„Tut mir leid, Sie zu stören, aber ich bin in der Klemme." Lacey zögerte kurz und fuhr dann fort: „Ich habe mich ausgesperrt. Haben Sie zufällig einen Schlüssel für Mrs. Tuttles Haus, oder kann ich von Ihnen aus den Schlosser anrufen?"

Steve betrachtete sie argwöhnisch, doch dann machte er einen Schritt zur Seite und ließ Lacey eintreten. Sie musste dicht an ihm vorbeigehen und streifte dabei mit dem Arm seine muskulöse Brust. Lacey erkannte bestürzt, welches Verlangen diese leichte Berührung in ihr auslöste. Sie sehnte sich danach, mehr von Steves Haut auf ihrer zu spüren. Es wurde höchste Zeit, dass sie sich aus dem Bann dieses Mannes befreite.

Am liebsten hätte sie sich umgedreht und wäre davongelaufen, aber nachdem sie Steve um Hilfe gebeten hatte, wäre es unhöflich gewesen.

Sie konnte einfach nicht begreifen, warum ausgerechnet Steve Carmichael solche erotischen Wünsche in ihr hervorrief. Lag es an der exotischen Atmosphäre der Insel oder allein an der Ausstrahlung dieses Mannes? Gab es eigentlich Voodoo auf Barbados und war sie möglicherweise einem Zauber zum Opfer gefallen?

„Haben Sie nun einen Schlüssel?“, verlangte Lacey steif.

„Wie lange bleiben Sie hier?“, kam die Gegenfrage.

„Nur so lange, bis ich den Schlüssel habe.“

„Nein, ich meine, auf Barbados.“

„Etwa einen Monat.“ Lacey wurde langsam ungeduldig.

„Kommt Ihr Mann bald nach?“

„Ich bin nicht verheiratet“, sagte sie, und ihr Herz klopfte dabei schneller.

„Geschieden?“

„Nein, ich war verheiratet.“

„Auf jeden Fall ist Ihr Annäherungsversuch etwas origineller als üblich“, meinte er.

„Welcher Annäherungsversuch? Wovon reden Sie?“ Lacey versuchte sich einzureden, dass er die Frage nach einem Ehemann nicht aus Interesse an ihr gestellt hatte.

„Ich habe einige Erfahrung mit hilflosen Damen, aber ich dachte, ich hätte Ihnen meine Haltung klargemacht. Ich bin nicht an Ihnen interessiert.“

Endlich begriff Lacey, wovon er sprach.

„Entschuldigen Sie die Störung, Mr. Carmichael“, entgegnete sie wütend. „Ich habe nur um Nachbarschaftshilfe gebeten, aber das war wohl zu viel verlangt. Auf Wiedersehen.“

Bildet sich dieser Mann etwa ein, dass ich hinter ihm her bin?, dachte Lacey empört. *Er hat ja keine Ahnung, wie ich mich innerlich dagegen gesträubt habe, ausgerechnet ihn um Hilfe zu bitten.*

„Und wie wollen Sie jetzt in Ihr Haus kommen, oder war das nur ein Trick mit dem verlorenen Schlüssel, um in mein Haus zu gelangen?“, fragte Steve misstrauisch und eine Spur freundlicher.

„Spinnen Sie? Was habe ich in Ihrem Haus zu suchen? Und wenn ich hinter Ihnen her wäre, was definitiv nicht der Fall ist, würde mir sicherlich etwas Besseres einfallen." Lacey bemühte sich um Fassung. „Ich habe meinen Schlüssel im Haus liegen gelassen und die Tür zugeschlagen. Das kann jedem passieren."

„Und was gedenken Sie jetzt zu tun?" Steve lehnte lässig an der Wand, hatte die Arme verschränkt und sah Lacey aufmerksam an.

„Sie haben also keinen Schlüssel für Mrs. Tuttles Haus?", wiederholte sie ihre Frage.

„Ganz bestimmt nicht. Ich gehe Feriengästen grundsätzlich aus dem Weg", erklärte er.

„Dann warte ich im Garten, bis die Danbys zurückkommen, und rufe von ihrem Telefon aus einen Schlosser an. Keine Angst, ich werde Sie nicht länger belästigen." Mit diesen Worten drehte Lacey sich um und ging zur Tür.

„Vielleicht kommen die Danbys erst mitten in der Nacht nach Hause", meinte Steve boshaft.

„Dann schlage ich ein Fenster ein und klettere ins Haus. Sie brauchen sich nicht weiter um mich zu kümmern, Mr. Carmichael." Lacey öffnete die Tür und ging hocherhobenen Hauptes die Treppe hinunter und über den Kiesweg zurück zu ihrem Haus.

Noch bevor sie dieses erreicht hatte, hörte sie Schritte hinter sich. Sie drehte sich um und registrierte erstaunt, dass Steve ihr mit einem Werkzeugkasten folgte.

„Ich lasse Sie nicht den ganzen Nachmittag in der Sonne schmoren, nur weil die Danbys nicht zu Hause sind", erklärte er mürrisch, während er näher kam.

„Ich werde schon allein fertig." Lacey sah ihn nun herausfordernd an.

„Das sehe ich", antwortete er sarkastisch. „Sind Sie überhaupt alt genug, um allein zu verreisen?"

Steve blieb vor ihr stehen, umfasste ihr Kinn und zwang sie, ihn anzusehen. Lacey spürte den Druck seiner Finger, der fest und zärtlich zugleich war. Plötzlich zuckte es um seine Mundwinkel.

„Sie sehen wie ein Teenager aus und haben nicht einmal genug Verstand, Ihre Nase einzucremen“, spottete er. „Sie sperren sich selbst aus und behaupten nun, dass Sie damit allein fertig werden. Ich wundere mich nur, dass Sie es überhaupt geschafft haben, nach Barbados zu kommen. Wie alt sind Sie?“

Lacey hätte ihm gern eine passende Antwort gegeben, aber ihr fiel nichts ein. Als sie zu Steve aufschaute, vergrößerten sich ihre Pupillen, und das Blau ihrer Augen wurde intensiver. Die intime Berührung seiner Hand sandte kleine elektrische Schocks durch ihren Körper, und Lacey konnte weder denken noch sprechen. Sie sah Steve nur an und wünschte sich, dass ihr etwas Kluges einfallen würde.

„Ich bin alt genug, um auf mich selbst aufzupassen“, brachte sie schließlich hervor.

„Die Farbe Ihrer Augen ändert sich. Wussten Sie das?“ Steves Tonfall war auf einmal sehr sanft. „Erst waren Ihre Augen grau, jetzt sind sie blau.“

Lacey erwiderte noch immer seinen Blick und glaubte sich darin zu verlieren. Ihr Herz raste, und das Verlangen, Steves Haut zu berühren, über seine Muskeln zu streichen und mit den Fingern durch sein dichtes Brusthaar zu fahren, wurde fast unerträglich. Sie atmete tief durch, bevor sie antwortete:

„Ich weiß, dass meine Augenfarbe wechselt. Öffnen Sie jetzt meine Tür?“, fragte sie und ärgerte sich, dass ihre Stimme so angespannt klang.

Steve seufzte, ließ ihr Kinn los und trat einen Schritt zurück. „Ich werde dafür sorgen, dass Sie in Ihr Haus kommen. Dann kann ich mich hoffentlich ungestört um meine eigenen Angelegenheiten kümmern. Waren Sie am Strand?“

„Ja. Gehen Sie auch manchmal dorthin?“, fragte sie höflich und bemühte sich, unbefangen zu klingen. Steve tat, als ob sie ihn ständig störte. Ihr gestriges Verhalten zählte eigentlich nicht. Schließlich hatte sie nicht wissen können, dass er bereits schlafen gegangen war.

„Natürlich, so oft wie möglich“, antwortete er. Steve warf einen Blick, während sie um das Haus zur Hintertür gingen, auf Laceys gebräunte Beine und stellte fest: „Ihrer Hautfarbe nach zu urteilen, gehen Sie oft dorthin.“

„Jeden Tag.“

„Das werde ich mir merken“, versprach er und stellte seinen Werkzeugkasten vor der Tür ab.

Will er damit sagen, dass er den Strand von nun an meiden wird, um mir aus dem Weg zu gehen, oder ob er kommen wird, um mich dort zu treffen, überlegte Lacey. Steve hatte bisher keinerlei Interesse an ihr gezeigt, ganz im Gegenteil, und irgendwie ärgerte sie sich darüber. Sie war ein fröhlicher, kontaktfreudiger Mensch, aber dieser Mann war unmöglich. Was immer sie sagte oder tat, legte er bewusst falsch aus, und er machte sich nicht einmal die Mühe, freundlich zu sein.

Inzwischen hatte Steve vorsichtig eine Glasscheibe aus der Tür entfernt, griff durch die Öffnung und drückte von innen auf die Klinke. Dann öffnete er die Tür und bedeutete Lacey einzutreten.

Diesmal achtete sie darauf, dass sie Steve im Vorbeigehen nicht wieder unabsichtlich berührte, obwohl sie sich seiner körperlichen Nähe nur allzu sehr bewusst war.

„Vielen Dank“, sagte sie höflich, wobei sie seinen Blick mied. „Und bitte entschuldigen Sie, dass ich Sie belästigt habe.“

„Das war’s dann hoffentlich. Wie soll ein Mann seine Arbeit schaffen, wenn er ständig abgelenkt wird?“ Steve sprach mehr zu sich selbst, während er die Glasscheibe wieder so einsetzte, dass der Schnitt nicht zu sehen war.

„Nochmals vielen Dank“, sagte Lacey leise. Sie fühlte sich noch immer im Bann dieses faszinierenden Mannes.

„Hängen Sie sich den Schlüssel um den Hals. Dann können Sie ihn am Strand nicht verlieren“, riet er und ging in die Knie, um sein Werkzeug einzuräumen.

Lacey trat einen Schritt vor und tat so, als wolle sie sich die eingesetzte Scheibe ansehen. In diesem Augenblick spürte sie, wie Steves Hand über ihre Wade strich, und zuckte zusammen. Ihr wurde gleichzeitig heiß und kalt, und sie schaute irritiert zu ihm herab.

„Sie sind sehr braungebrannt. Wohnen Sie in Kalifornien auch in der Nähe des Meeres?“ Er richtete sich langsam auf.

„Ich benötige mit dem Auto fünfzehn Minuten bis zum Strand und fahre dort so oft wie möglich hin.“ Lacey suchte verzweifelt nach einem unverfänglichen Gesprächsthema und trat einen Schritt zurück. Sie brauchte etwas Abstand von Steve, um einen klaren Gedanken fassen zu können.

„Möchten Sie ein paar Kekse?“, fragte sie, als sie den Teller vom Vorabend auf dem Tisch sah.

„Die Kekse waren ein Bestechungsversuch, weil Sie in meinen Garten eingedrungen waren.“

„Ein Friedensangebot, weil wir Sie durch unser harmloses Spiel verärgert hatten. Das ist etwas anderes“, protestierte sie. „Möchten Sie nun Kekse oder nicht?“

„Nein.“ Steve kam näher, und Lacey stockte der Atem. Ihr Herz begann, in köstlicher Erwartung schneller zu schlagen.

Steve streckte die Arme aus und umfasste Laceys Taille. Dann schob er die Hände unter ihr T-Shirt. Lacey empfand ein Brennen auf der Haut und wurde von heißem Verlangen erfüllt. Als Steve langsam ihren Rücken streichelte, drohte sie das Gleichgewicht zu verlieren.

Sie versuchte vergeblich, tief durchzuatmen. Ihr erster Impuls war, Steve Einhalt zu gebieten, doch die erregende Kraft, die von seinen Händen ausging, ergriff von ihrem Körper Besitz und ließ sie jeden vernünftigen Gedanken vergessen. Noch nie war Lacey sich der intimen Nähe eines Mannes so bewusst geworden.

Lacey wollte protestieren, doch Steve verschloss ihren Mund mit seinem. Sein Kuss war fest und fordernd, und das Spiel seiner Zunge rief nie gekannte Emotionen in ihr hervor.

Lacey hob die Hand und ließ die Finger durch Steves dichtes weiches Haar gleiten. Mit der anderen Hand strich sie über seine muskulösen Schultern und seinen Rücken. Sie gab sich ganz ihren Gefühlen hin und war berauscht von der Sinnlichkeit dieses Moments.

Noch immer lagen Steves Lippen besitzergreifend auf ihren, erforschte seine Zunge ihren Mund. Als Steve Laceys T-Shirt hochschob und ihre bloße Haut seine Brust berührte, wurde ihr Körper von Hitzewellen durchflutet.

Unvermittelt löste Steve sich von ihr und hielt sie an den Armen von sich.

Lacey spürte, wie sie feuerrot wurde, und blickte erschrocken zu Steve auf. Wie hatte sie sich so gehen lassen können? Hatte sie jede Kontrolle über sich verloren?

„Ich glaube, Sie sind eine Hexe", sagte er leise, wobei er genauso schwer atmete wie sie.

Langsam fand Lacey zurück in die Wirklichkeit. Sie befreite sich aus Steves Griff und zog ihr T-Shirt so weit wie möglich herunter. Wie hatte sie nur so stark auf Steve reagieren und es ihm gleichzeitig so deutlich zeigen können? Zu allem Überfluss hatte er den Kuss beendet, nicht sie.

Er lächelte, und Lacey glaubte Spott in seinen Augen zu lesen.

„Habe ich damit Ihre Dienste bezahlt?", fragte sie kühl und ging in die Küche. Sie wollte jetzt nur noch allein sein, aber Steve folgte ihr.

„Ich pflege für einen Kuss nicht zu arbeiten, Mrs. Stanford, aber ich betrachte diesen als Dankeschön dafür, dass ich Ihnen Zugang zum Haus verschafft habe."

„Ich hätte es auch allein bewerkstelligt", behauptete Lacey und schaute zum Fenster hinaus in den blühenden Garten. Doch diesmal sah sie die Farbenpracht nicht, sondern fühlte noch immer den Aufruhr ihrer Sinne, den die intime Nähe zu Steve hervorgerufen hatte.

„Von wegen. Sie hätten bis mitten in der Nacht im Garten gesessen, und das nur wegen Ihrer Sturheit."

Lacey wirbelte herum und blitzte Steve wütend an.

„Das hätte ich nicht getan. Sie haben sich mir aufgedrängt, obwohl ich auch ohne Ihre Hilfe zurechtgekommen wäre. Jetzt kann ich es Ihnen nicht mehr beweisen."

„Nein, leider", bestätigte Steve grinsend. „Jetzt müssen Sie mir Ihre Tüchtigkeit auf eine andere Art glaubhaft machen."

„Ich brauche Ihnen überhaupt nichts zu beweisen." Lacey warf den Kopf zurück. Ihre Augen waren grau vor Zorn. Der Mann trieb sie zur Raserei, und sie gab sich ihrer Wut hin, um ihre Verlegenheit zu überspielen.

„Da haben Sie vermutlich Recht." Steve sah sie nun gleichgültig an. „Achten Sie in Zukunft auf Ihren Schlüssel, und sollten Sie je etwas allein zustande bringen, lassen Sie es mich schriftlich wissen. Auf Wiedersehen, Mrs. Stanford." Steve nahm seinen Werkzeugkasten und ging davon, ohne sich umzuschauen.

Sie warf die Tür krachend hinter ihm zu. Ihr Zorn verebbte allmählich, als die Erinnerung an Steves Kuss zurückkehrte. Immer wieder durchlebte Lacey diesen köstlichen Moment, und die Wärme, die sie dabei empfand, war sicherlich nicht auf ihre Wut zurückzuführen.

Lacey war schon oft geküsst worden, aber nie zuvor hatte es sie so tief berührt. Ihr war noch immer schwindelig, und sie fühlte sich einsamer denn je. Nur weil ein Mann sie geküsst hatte?

Sie war mit sechsundzwanzig Jahren zu alt, um sich von einem ebenso aufregenden wie anmaßenden Don Juan verführen zu lassen. Sie hatte einige der attraktivsten Männer Kaliforniens abgewiesen und war sich für einen Ferienflirt auf Barbados zu schade.

Und deine Reaktion?, fragte sie sich, und ihr Ärger flammte wieder auf. Lacey ging ins Badezimmer und wünschte sich, die Erinnerungen an diesen Mann genauso wegwaschen zu können wie das Salz von ihrer Haut. In Zukunft wollte sie vorsichtiger sein. Sie würde sich weder von Steve küssen lassen noch auf seine Anziehungskraft reagieren.

Während sie unter der warmen Dusche stand, überlegte sie, was sie hätte anders machen können. Sie war tüchtig. Zweifellos wäre es ihr möglich gewesen, ohne Steve Carmichaels Hilfe ins Haus zu gelangen.

Als Produktionsassistentin der erfolgreichen Fernsehserie „Many Lives und Loves“ musste Lacey tüchtig sein, und mit sechsundzwanzig nahm sie bereits eine Führungsposition in dieser Branche ein. Mit ein wenig Überlegung hätte sie das Problem einer zugeschlagenen Tür auch ohne ihren arroganten Nachbarn lösen können. Aber ihr war nichts anderes eingefallen, als ihn um Hilfe zu bitten.

Warum?

3. KAPITEL

Lacey schlief unruhig in dieser Nacht und träumte von Steve Carmichael, insbesondere von seinen Küssen. Sie wachte mehrmals auf und glaubte noch immer Steves Lippen auf ihrem Mund zu spüren.

Heute wollte sie nach Bridgetown fahren, um einzukaufen und sich einige der Sehenswürdigkeiten der Inselhauptstadt anzuschauen. Lacey interessierte sich für die zahlreichen Museen und historischen Stätten, und vielleicht fand sie einige Parks mit einem repräsentativen Querschnitt der Inselflora. Vor allem aber plante Lacey einen Rundgang durch die Stadt, über den sie sich bereits aus Broschüren informiert hatte.

Es war ein herrlicher sonniger Tag, und der Passatwind, der von der Karibik her wehte, verschaffte angenehme Kühlung. Die Autobahn zur Stadt verlief an der Küste entlang. Durch üppige Palmen, die sich vom Blau des Himmels abhoben, schimmerte immer wieder das türkisfarbene Wasser des Ozeans. Nach kurzer Zeit erreichte Lacey die Stadt. Die weißen Gebäude von Bridgetown wirkten kühl und einladend und bildeten einen scharfen Kontrast zu den intensiven Farben der sie umgebenden Blumen und Palmen.

Lacey parkte ihr Auto in der Nähe des Zentrums und ging zur Broad Street, Bridgetowns Haupteinkaufsstraße. Das reichhaltige Angebot der Geschäfte lud zum Stöbern und Anprobieren ein, so dass die Zeit für sie nur so verflog.

Lacey beschloss, ihr Mittagessen bei den Docks einzunehmen und sich bei dieser Gelegenheit die Ausflugsdampfer im Hafen anzusehen. Sie ging, beladen mit Einkaufstaschen, die Broad Street hinunter zum Trafalgar Square und weiter zur Careenage. Soweit sie wusste, boten die Straßencafés hier den besten Ausblick auf den Yachthafen.

Sie fand genau das Café, das ihren Vorstellungen entsprach. Nachdem sie einen Tisch im Schatten gewählt hatte, von dem aus sie die

Schiffe beobachten konnte, bestellte sie sich eine leichte Mahlzeit.

Lacey genoss den malerischen Anblick und war glücklich, dass Suzannes Tante ihr das Ferienhaus angeboten und ihr damit einen so herrlichen Urlaub ermöglicht hatte. Auf Barbados fand Lacey die idyllische Schönheit, nach der sie sich sehnte, ruhige, einsame, endlos lange Strände. Sie spürte, wie sie sich von Tag zu Tag mehr erholte und Kraft für ihr aufreibendes Leben in Kalifornien tankte.

Als Lacey zwei Kinder sah, die ein Eis schleckten, beschloss sie, ihre Einkaufstaschen auf dem Stuhl liegen zu lassen und sich am nahe gelegenen Eisstand ein schönes großes Schokoladeneis als Dessert zu kaufen. Gerade als sie zu ihrem Tisch zurückkehren wollte, sah sie ein Pärchen davor stehen, und sie beeilte sich, um den Tisch zu beanspruchen. Dabei wich sie einem Passanten aus und stieß mit einem anderen zusammen – Steve Carmichael.

Steve hatte gerade die Straße überquert und war offenbar auf dem Weg zu einer Verabredung. Er trug einen grauen Seidenanzug, ein hellblaues Hemd und eine dunkelblaue Krawatte. Er sah aus, als wäre er einem Modejournal entstiegen, nur dass jetzt eine Schokoladeneiskugel an seinem Hosenbein klebte.

Lacey sah ihn erschrocken an, als ihr bewusst wurde, was sie mit ihrer überstürzten Reaktion angerichtet hatte. Steves makelloser Anzug war durch das schmelzende Eis verschmiert, und entsetzt beobachtete Lacey, wie die Eiskugel langsam am Hosenbein entlang rutschte und schließlich auf Steves Schuh landete.

Sekundenlang schloss Lacey die Augen, bevor sie aktiv wurde. Sie holte Papiertaschentücher aus ihrer Handtasche und versuchte, das Eis abzuwischen.

„Es tut mir ja so leid. Kommen Sie, ich mache es sauber.“ Sie drückte die Tücher gegen das Hosenbein, um die klebrige Flüssigkeit aufzusaugen.

Plötzlich spürte sie einen eisernen Griff um ihr Handgelenk. Gleichzeitig merkte Lacey, wie sich Steves Beinmuskeln unter ihren Fingern anspannten und wie dicht ihre Hand an einer bestimmten Stelle war.

„Danke, ich schaffe das allein." Steves Stimme klang seltsam.

Lacey wagte, vorsichtig nach oben zu blicken, konnte aber Steves Gesichtsausdruck nicht erkennen, da seine Augen von einer dunklen Sonnenbrille verdeckt waren.

„Es tut mir wirklich leid", wiederholte sie und richtete sich auf. Steve sah wieder einmal phantastisch aus. Das hellblaue Hemd unterstrich den Bronzeton seiner Haut, und die dunkelblaue Krawatte harmonierte mit seiner Augenfarbe. Lacey registrierte ein Flattern im Magen. Sie war wie hypnotisiert.

Steve sagte kein Wort, sondern zog Lacey hinüber zu ihrem Tisch. Das Pärchen hatte inzwischen einen anderen Platz gefunden.

„Setzen." Mit einer Hand umklammerte Steve noch immer Laceys Handgelenk, während er mit der anderen einen Stuhl für sich hervorzog. Er schaute erst Lacey an, dann das schmelzende Eis auf seiner Hose.

„Erzählen Sie mir noch einmal, wie tüchtig Sie sind. Ich vergesse das immer wieder", bat er resigniert.

Lacey nickte und sah auf die Hand um ihr Gelenk. Steves Griff tat weh, verursachte aber gleichzeitig ein wohlbekanntes Kribbeln in ihrem Arm. Sie atmete tief durch, um ihre Nerven zu beruhigen. Flüchtig erinnerte sie sich an die festen Muskeln, die sie gespürt hatte, als sie das Eis hatte wegreiben wollen. Es war ziemlich weit oben auf Steves Oberschenkel gelandet, und Lacey wurde rot, als ihr bewusst wurde, was sie getan hatte.

Endlich ließ Steve ihr Handgelenk los, und Lacey schaute wieder zu ihm auf. Noch immer waren seine Augen hinter der Sonnenbrille verborgen, und Lacey wünschte sich, dass er diese abnehmen würde, damit sie seinen Gesichtsausdruck deuten konnte.

„Das Missgeschick tut mir wirklich leid", versicherte sie erneut. „Ich wollte nur schnell zu meinem Tisch zurückkehren, bevor sich jemand anders hier hinsetzte."

Steve schaute sich um, aber niemand schien Interesse an dem

Tisch zu bekunden. Sein Blick kehrte zurück zu Lacey.

„Dann wollte ich den Schaden beheben", fuhr sie fort. „Ich wollte Ihnen gewiss nicht zu nahe treten. In Kalifornien sind wir etwas lockerer."

Steve lächelte anzüglich.

„Ganz so steif sind wir auf Barbados nun auch wieder nicht. Soll ich es Ihnen beweisen?" Seine Stimme klang so verführerisch, dass Lacey überlegte, was er wohl tun würde, wenn sie zustimmte. Sie erinnerte sich an seinen Kuss und sah verlegen zur Seite. Ihr fiel keine passende Antwort ein.

Steve winkte einen Kellner herbei. „Möchten Sie etwas trinken?", fragte er Lacey höflich.

„Noch einen Eistee, bitte."

Steve bestellte zwei Eistee und bat den Kellner, ihm außerdem ein feuchtes Tuch zu bringen.

Der Kellner nickte, und Lacey tadelte sich insgeheim, dass sie nicht selbst auf die Idee gekommen war.

Schon wenige Minuten später kehrte der Kellner mit dem Tee und zwei großen feuchten Servietten zurück.

Steve nahm ein Tuch und begann, das geschmolzene Eis von seinem Hosenbein zu wischen.

„Es wäre natürlich einfacher, wenn ich die Hose ausziehen und unter Wasser halten würde", meinte er. „Aber die Leute würden vielleicht Anstoß daran nehmen, wenn ich hier nur in Boxershorts sitze."

Unwillkürlich musste Lacey sich Steve in Boxershorts und Jackett mit Krawatte vorstellen, und sie kicherte.

Auch um Steves Mundwinkel zuckte es, als er nach der anderen Serviette griff.

Lacey wusste nicht, ob sie sich über Steve unverhofftes Auftauchen ärgern oder freuen sollte. Während sie noch darüber nachdachte, nahm er die Sonnenbrille ab und rieb sich die Augen. Er legte die Brille auf den Tisch, führte das Teeglas an den Mund und sah Lacey nachdenklich an.

„Wollten Sie mich wieder mit Ihrer Tüchtigkeit beeindrucken?“, fragte er leise.

„Ich habe Sie nicht gesehen. Sie hätten mir aus dem Weg gehen sollen“, verteidigte sie sich.

„Also wieder mal meine Schuld.“ Er seufzte theatralisch.

„Nein, natürlich nicht“, lenkte sie ein. „Ich hätte aufpassen müssen. Aber ich hatte es so eilig. Ich kann mich nur entschuldigen und Ihnen anbieten, die Kosten für die Reinigung zu übernehmen.“

„Ich werde Ihnen die Rechnung schicken“, versprach er. „Nur hilft mir das heute nicht. Ich habe eine Verabredung.“

Lacey war geknickt, weil sie Steve wieder einmal ein Problem bereitet hatte. Jedes Mal, wenn sie in seiner Nähe war, geschah etwas, das sie in einem schlechten Licht erscheinen ließ.

Steve bemerkte Laceys schuldbewusste Haltung. „Wenigstens hält das Wetter. Es regnet noch nicht, obwohl vor dem Abend ein Sturm aufkommen soll.“

Es herrschte eine Weile Schweigen, bevor Lacey die Unterhaltung fortsetzte.

„Mir gefällt es hier. Ich war noch nie in einem Straßencafé.“

„Gibt es denn keine in Kalifornien?“

„Wahrscheinlich schon, aber nicht dort, wo ich arbeite. Los Angeles ist sozusagen eine fußgängerfeindliche Stadt. Wir fahren überall mit dem Auto hin und suchen Drive-in-Schalter auf, aber keine Straßencafés.“ Sie lächelte schüchtern. „Haben Sie heute gearbeitet?“

„Ja.“

„Müssen Sie nicht wieder ins Büro?“

Steve zögerte einen Augenblick, dann schüttelte er den Kopf. „Ich kann mir ein paar Minuten frei nehmen. Zu meiner Verabredung kann ich nicht mehr gehen.“ Er betrachtete den Schokoladenfleck auf seiner Hose.

„Was machen Sie beruflich, dass Sie mitten am Tag einfach Ihren Arbeitsplatz verlassen können?“, fragte Lacey neugierig.

„Sie denken wohl, dass ich meine Zeit vertrödele", entgegnete er spöttisch. „Ich gönne mir eine Pause. Ich war, wie gesagt, auf dem Weg zu einer Verabredung, und jetzt muss ich anrufen und absagen. In diesem Aufzug möchte ich mich dort nicht blicken lassen."

Lacey schaute beschämt zu Boden.

„Ich arbeite oft bis spät in die Nacht, da werde ich mir wohl mal eine kleine Pause leisten können", erklärte Steve.

„Wo sind Sie tätig?", fragte Lacey.

„Bei ‚The Chandlery'", antwortete er kurz angebunden.

Lacey kannte den Namen. „Import-Export?" Sie war überrascht. Der Name war auch in Kalifornien bekannt.

Steve nickte.

„Und was machen Sie da?" Lacey musterte Steves teuren Anzug und die goldene Uhr an seinem Handgelenk. Was immer er bei Chandlery tat, es wurde offenbar gut bezahlt.

„Ich leite die Firma. Sie gehört mir."

Das überraschte Lacey. Jetzt war ihr klar, warum er ein so großes Anwesen besaß. Als Inhaber dieser Firma hatte er bestimmt genug Geld.

„Als ob Sie es nicht gewusst haben", sagte er verächtlich.

„Das habe ich auch nicht", erwiderte Lacey scharf. Sie versuchte sich zu erinnern, ob Suzanne diesbezüglich etwas erwähnt hatte.

„Das behaupten Sie. Aber Mrs. Tuttle weiß alles über mich und meine Familie sowie mein Geschäft, und sie ist nicht der Typ, der solche Informationen für sich behält. Ich bin überzeugt, dass sie ihren Feriengästen von mir erzählt."

Lacey wusste nicht, wie sie auf Steves Anschuldigung reagieren sollte. Warum sprach er überhaupt in einem so vorwurfsvollen Ton mit ihr?

„Glauben Sie mir, Steve, ich hatte keine Ahnung, was Sie beruflich machen", versuchte sie, ihn zu beschwichtigen. „Bei meiner Ankunft auf der Insel waren Sie nicht da, und wenn ich darüber nachgedacht hätte, dann hätte ich angenommen, Sie sind im Urlaub."

„Ich war auf Geschäftsreise, und jetzt bin ich zurück und muss mich auf meine Arbeit konzentrieren. Ich habe keine Zeit, mich mit einer Touristin abzugeben."

„Wieso glauben Sie eigentlich, dass ich meine Zeit mit Ihnen verbringen will? Sie sind unhöflich und unerträglich eingebildet. Zugegeben, Sie sehen gut aus." Das war eine gewaltige Untertreibung. Lacey war noch nie einem attraktiveren Mann begegnet, und sie genoss es, Steve einfach nur anzuschauen. „Aber Sie sind keine Gabe Gottes an die Frauenwelt, und ich würde Sie nicht einmal geschenkt nehmen."

„Wollen Sie jetzt die Unschuld vom Lande spielen?", warf er ihr vor. „Warum versuchen Sie denn immer, meine Aufmerksamkeit zu erregen, mich zu stören, mit mir zu flirten ..."

„Flirten? Ich flirte nie!" Lacey war über diese Beschuldigung zutiefst empört.

„Sie sind äußerst verführerisch mit Ihren langen gebräunten Beinen, Ihren ausdrucksvollen Augen und dem leicht zerzausten Haar." Steves Stimme war rau, und er bedachte Lacey mit einem durchdringenden Blick. „Und ich habe keine Ruhe mehr, seit Sie da sind. Wenn Ihr ständiges Auftauchen kein Flirten sein soll, was ist es dann? Machen Sie das in Kalifornien auch so? Bandeln Sie dort auch mit jedem Mann an?"

„Ich arbeite sehr hart und habe gar keine Zeit für so etwas", rechtfertigte sie sich. „Ich fange morgens um sieben Uhr an und höre erst auf, wenn der letzte Streifen fertig ist. Oft arbeite ich mehr als zehn Stunden am Tag."

„Was machen Sie?", fragte er.

Lacey schaute zu den bunten Schiffen im Hafen. Ein dünner Ölfilm bedeckte stellenweise das Wasser und reflektierte das Sonnenlicht in Regenbogenfarben, die mit dem frischen Weiß der Segel kontrastierten. Langsam gewann Lacey die Fassung wieder. Es war zu schön hier, als dass sie sich ärgern wollte.

„Ich bin Produktionsassistentin von ‚Many Lives and Loves'.

Haben Sie schon mal davon gehört?" Sie wandte sich wieder Steve zu, und ihr Ausdruck wirkte herausfordernd, aber auch stolz.

„Nein."

„Es ist eine Fernsehserie, und zwar eine sehr erfolgreiche", erklärte sie.

Für einen Moment schien Steve verwirrt, dann wurde seine Miene ausdruckslos. „Meine Mutter schaut sich diese Serien manchmal an. Ich habe noch nie eine gesehen."

„Die meisten Berufstätigen kennen unsere Serie nicht, denn sie wird tagsüber ausgestrahlt. Es geht manchmal recht hektisch bei uns zu, da wir jeden Tag eine neue Folge bringen. Vielleicht wäre es weniger anstrengend, wenn wir hier drehen könnten. Auf dieser Insel kommt mir alles so friedlich vor", sagte Lacey.

„Friedlicher als das, woran Sie gewöhnt sind, davon bin ich überzeugt." Steves Tonfall wurde merklich schärfer. „Ich kenne die Leute aus dem Showgeschäft. Sie verbringen ihre Nächte auf Partys, tauschen die Partner und verraten ihre Freunde, nur um im Rampenlicht zu stehen. Jetzt wundere ich mich nicht mehr über Ihr Benehmen. Das erklärt alles."

Lacey schaute Steve erschrocken an. Sie verstand nicht, warum er so bitter reagierte. Sie hatte ihm doch nicht absichtlich das Eis auf die Hose gekippt.

Doch Steve sprach schon weiter in diesem harten, vorwurfsvollen Ton. „Ich glaube, dass wir auf dieser schönen kleinen Insel etwas ausgeglichener sind. Wir rennen nicht ständig dem Dollar hinterher wie die Amerikaner. Wir genießen die Früchte unserer Arbeit, und unseren Freunden gegenüber sind wir loyal und zuverlässig."

Ist er mir noch immer wegen des Missgeschicks mit dem Eis böse, oder spricht er von etwas anderem?, überlegte Lacey.

Sie sah wieder hinüber zum Hafen, zu den weißen, blauen und roten Schiffen, die dort vor Anker lagen. Die Menschen, die am Kai entlangschlenderten, wirkten zufrieden, und niemand schien es eilig zu haben. Auch die Verkäuferinnen in den Geschäften waren freundlich gewesen und hatten sich Zeit genommen. Sogar der Verkehr auf Barbados war nicht so hektisch wie in Los Angeles.

Lacey blickte wieder zu Steve. Sie konnte sich nicht vorstellen, dass ihr Chef oder einer ihrer Freunde sich mitten am Tag in ein Straßencafé setzte, um sich mit einer Zufallsbekanntschaft zu unterhalten. Zeit war Geld. Steve hatte Recht, die meisten ihrer Landsleute nahmen das Leben nicht so leicht, und ihre Hauptsorge galt dem Profit. Aber warum zweifelte Steve die Loyalität und Zuverlässigkeit der Amerikaner ihren Freunden gegenüber an?

„Ich weiß nicht, wovon Sie reden, in Los Angeles verstehen wir unter einer Freundschaft dasselbe wie Sie“, erklärte Lacey. „Mag sein, dass man bei uns etwas ehrgeiziger ist, aber das geht nicht auf Kosten der Freunde.“

„Sparen Sie sich Ihre Phantasie für die Dreharbeiten“, wies Steve sie zurecht. „Ich war mit einer Dame aus dem Showgeschäft verlobt. Alles ging gut, bis ich es ablehnte, mich mit ihr in Hollywood niederzulassen, wo sie gedachte, luxuriöse Partys zu geben, zu denen sie alle wichtigen Männer der Filmbranche einladen konnte. Als ich mich weigerte, so ein Leben zu führen, hieß es ‚adieu‘. Sie war nur an meinem Geld interessiert, und als ich es nicht ihrer Karriere opfern wollte, hatte sie keine Verwendung mehr für mich.“

Lacey war schockiert über dieses Geständnis und Steves offenkundige Verbitterung. Es musste schrecklich für ihn gewesen sein. Gewiss handelte es sich bei der Verlobten um Elizabeth Maltron.

„Nicht alle Frauen sind so“, widersprach Lacey und hätte zu gern den Schmerz von Steves Gesicht vertrieben.

„Ausnahmen bestätigen die Regel, aber diese Ausnahmen findet man nicht unter den Frauen im Showgeschäft“, sagte er abweisend.

„Das stimmt nicht“, protestierte sie. „Ich bin an Ihrem Geld nicht interessiert. Ich verdiene selbst genug, um mir alles leisten zu können, was ich mir wünsche.“

„Wirklich?“ Steve lachte verächtlich. „Warum rennen Sie mir dann ständig über den Weg, werfen Ihr blondes Haar zurück und wackeln aufreizend mit den Hüften, bis der stärkste Mann schwach wird?“

„Das lässt sich sofort ändern.“ Lacey sprang auf, griff ihre Einkaufstaschen und eilte davon, ohne sich umzusehen.

Was für ein egoistischer, selbstgerechter Mensch! Glaubte er, dass alle Frauen ihm nachliefen, nur weil er gut aussehend und wohlhabend war? Lacey überlegte, was zwischen ihm und Elizabeth vorgefallen sein mochte. Hatte er ähnliche Erfahrungen mit anderen Frauen gemacht, die auch nur sein Geld wollten? Lacey konnte sich das nicht vorstellen. Selbst wenn Steve keinen Cent besessen hätte, wäre sie seiner Anziehungskraft erlegen.

Sie verlangsamte den Schritt, als sie das Ende der kurzen Straße erreichte. Sie musste Steve zugestehen, dass die meisten Frauen wahrscheinlich tatsächlich hinter ihm herrannten. Der Mann war phantastisch. Wenn er lediglich einen Hauch von Charme hätte, wäre er sogar umwerfend.

Trotz ihrer guten Vorsätze konnte Lacey nicht widerstehen, noch einmal flüchtig über die Schulter zurückzublicken. Steve war fort. Lacey seufzte. Für eine Weile hatte sich die Situation zwischen ihnen entspannt, aber jetzt standen sie wieder auf Kriegsfuß miteinander. Sie reckte das Kinn und schaute hinüber zum Meer.

Sie war entschlossen, jeden Tag ihres Urlaubs zu genießen, und dazu brauchte sie bestimmt keinen Mann. Sie war sich selbst genug, und so sollte es auch bleiben.

Schließlich würde sie ohnehin nach Los Angeles zurückkehren. Es lohnte sich nicht, Freundschaften auf Barbados zu schließen, die auf diese Entfernung keinen Bestand hatten.

Entschieden wehrte Lacey sich gegen die Erkenntnis, dass sie sich ein wenig einsam fühlte, da sie den ganzen Tag mit niemandem reden konnte.

Erst jetzt bemerkte sie, dass sie in die falsche Richtung gelaufen war und wieder umkehren musste, um zu ihrem Auto zu gelangen. Als sie an dem Café vorbeiging, blickte sie zu dem Tisch, an dem sie mit Steve gesessen und wo nun ein älteres Paar Platz genommen hatte. Lacey schaute weg, doch in Gedanken erlebte sie ein zweites Mal jene wenigen Minuten, in denen sie sich einigermaßen zwanglos mit Steve unterhalten hatte, bevor er wieder aufgebraust war.

Den restlichen Nachmittag verbrachte Lacey in hektischer Aktivität. Sie schrieb Karten an ihre Freunde und versuchte, ein Buch zu lesen. Die Hitze machte ihr zu schaffen, und sie konnte sich auf nichts konzentrieren.

Nach dem Abendessen beschloss sie, noch ein kühles Bad im Meer zu nehmen. Sie zog ihren türkisfarbenen Bikini an, streifte ein T-Shirt über, schlüpfte in ihre Sandaletten und lief durch den Garten hinunter zum Strand. Dort streifte Lacey die Schuhe ab. Der Sand war noch immer herrlich warm und weich wie Puder. Es dämmerte bereits, und von Süden her wehte eine leichte Brise. Am Horizont zogen Wolken auf. Ob es wohl zu dem Sturm kam, den Steve erwähnt hatte?

Sie schaute nach oben. Der Himmel war noch hell, doch bald würde er dunkel sein, ohne den Schein der Großstadtlichter, wie Lacey es aus Los Angeles kannte, dafür übersät mit Tausenden von Sternen.

Am Rande des Wassers blieb Lacey stehen, zog ihr T-Shirt aus und warf es neben das Handtuch und die Sandaletten in den Sand. Dann watete sie in das Wasser, das nur unwesentlich kühler war als die Luft und ihre Beine weich umspielte. Als es tiefer wurde, tauchte Lacey unter die Oberfläche und genoss das erfrischende Nass auf ihrem Gesicht und in den Haaren. Sie schwamm weiter hinaus, drehte sich auf den Rücken und ließ sich einfach treiben.

Es war ein wunderschöner Abend. Hier draußen hörte man kaum noch das Rauschen des Windes in den Palmen und das Schlagen der Wellen an den Strand. Lacey spürte nur das herrliche warme Wasser, das sie so mühelos trug. Über ihr zeichneten sich die ersten funkelnden Sterne ab, es war himmlisch.

Diese friedliche Stimmung wurde plötzlich durch ein klatschendes Geräusch gestört. Starke Arme durchpflügten rasch das Wasser, und Lacey drehte sich auf den Bauch, um zu sehen, wer sich ihr näherte. Vorhin hatte sie niemanden am Strand bemerkt.

„Wissen Sie nicht, wie gefährlich es ist, allein zu schwimmen?“, vernahm Lacey eine vertraute Stimme, als der Schwimmer sie fast erreicht hatte.

Steve Carmichael!

„Mir passiert schon nichts. Ich bin nicht weit vom Ufer entfernt und bekomme nie einen Krampf.“ Erst in diesem Moment wurde Lacey bewusst, wie dunkel es inzwischen geworden war. Sie konnte Steves Gesicht kaum erkennen.

„Sie sind weit vom Strand abgetrieben, und Sie haben bis jetzt noch keinen Krampf gehabt. Niemand ist dagegen gefeit, und es passiert ganz unerwartet.“

Steve war jetzt sehr nahe, und Lacey sehnte sich danach, ihn zu berühren, seine kühle Haut an ihrer zu spüren, sich von seinen kräftigen Armen tragen zu lassen.

Sie zwang sich, an etwas anderes zu denken, und stellte überrascht fest, dass sie tatsächlich sehr weit vom Strand weggetrieben war. Steve hatte sie zu Recht gewarnt, obwohl sie das niemals zugeben würde. Langsam begann sie zurückzuschwimmen, und er wich nicht von ihrer Seite.

„Wissen Sie nicht, dass es gefährlich ist, im Dunkeln zu schwimmen?“, wiederholte er.

„Ich wollte mich nur etwas abkühlen. Es war ein heißer Tag“, verteidigte sie sich.

Lacey wollte es nicht eingestehen, war aber froh, dass Steve sie gewarnt hatte. Während sie ihren Träumen nachhing, hatte sie nicht auf die Strömung geachtet.

Als sie endlich wieder Sand unter den Füßen spürte, richtete sie sich auf. Jetzt war das Wasser warm und die Luft kühl. Lacey begann zu frieren, und sie wollte sich so schnell wie möglich abtrocknen.

„Man darf Sie nicht unbeaufsichtigt lassen", tadelte Steve, der neben ihr stand.

„Wie ich Ihnen bereits sagte, komme ich sehr gut allein zurecht, Mr. Carmichael. Ich brauche keinen Aufpasser." Lacey watete durch das Wasser zum Strand.

„Was brauchen Sie dann?" Steve hielt sie am Arm fest, zog sie an sich und presste den Mund auf ihren. Seine Lippen waren kühl, salzig und fordernd. Lacey öffnete bereitwillig den Mund, und Steves Kuss wurde sanfter, als seine Zunge ihre fand.

Laceys Herz klopfte schneller, und Steve drückte sie noch fester an sich. Sie spürte seine kühle Haut, aber jetzt war ihr nicht mehr kalt. Sie glaubte, am ganzen Körper zu glühen.

Unfähig, einen klaren Gedanken zu fassen, erwiderte Lacey Steves Zärtlichkeiten. Sie ließ die Hände über die harten Muskeln seiner Brust und seiner Arme gleiten, und seine Haut erwärmte sich genauso schnell wie ihre.

Lacey verlor sich ganz in diesem berauschenden Moment und wurde von einer Welle nie gekannter Gefühle davongetragen. Sie gab sich seinem Kuss hin und hätte ihn nie enden lassen mögen.

Doch ganz plötzlich riss Steve sie in die Wirklichkeit zurück. Er löste sich von ihr, hielt sie noch einen Augenblick von sich und versuchte, in der Dunkelheit ihr Gesicht zu erkennen.

„Ich wünschte, Sie wären nie hierhergekommen, Lacey Stanford", sagte er leise. „Sie könnten mir Unannehmlichkeiten bereiten, und ich will mich auf nichts einlassen."

Lacey wand sich aus seinem Griff. Das reichte.

„Was fällt Ihnen eigentlich ein, mich so zu beleidigen? Ich habe Ihnen weder Unannehmlichkeiten bereitet noch bin ich daran interessiert, mich mit Ihnen einzulassen. Sie haben mich zuerst angefasst." Lacey machte eine Pause, um Luft zu holen. „Keine Angst, Mr. Carmichael, ich beabsichtige nicht, Ihre kostbare Privatsphäre zu verletzen. Ich verbringe nur ein paar Urlaubswochen hier, in denen ich Ihnen von jetzt an aus dem Weg gehen werde. Und lassen Sie die Hände von mir."

Lacey drehte sich um und stapfte wütend zum Strand. Sie griff nach ihrem T-Shirt und Handtuch und lief, ohne sich abzutrocknen, hinauf zu ihrem Haus. Sie war so zornig, dass sie die kühle Nachtluft nicht spürte.

Wie sehr sie diesen Mann verabscheute! Sie hatte ein herrliches Bad im Meer genossen, und er hatte sich ihr aufgezwungen. Lacey verdrängte die Erkenntnis, dass sie Steves Kuss genossen und leidenschaftlich erwidert hatte.

Ihre Wut loderte erneut auf. Dieser Mann hatte ihr nichts als Ärger bereitet, seit er von seiner Geschäftsreise zurückgekehrt war. Wie konnte er behaupten, dass sie ihm Unannehmlichkeiten bereitete? Er kannte sie überhaupt nicht und hatte doch selbst die Initiative ergriffen. Dabei besaß er die Unverfrorenheit, ihr die Schuld zu geben. Erst als Lacey das Haus erreichte, merkte sie, dass sie ihre Sandaletten am Strand vergessen hatte.

4. KAPITEL

Lacey wurde durch den Sturm geweckt, den Steve vorhergesagt hatte. Blitze erhellten den Himmel, und Donner grollte. Minutenlang tobte das Unwetter ums Haus, bis es sich abschwächte. Das darauf folgende Geräusch von strömendem Regen wirkte fast beruhigend auf Lacey. Sie verkroch sich unter dem dünnen Laken und dachte daran, dass Steve den Sturm angekündigt hatte. Wie lange das jetzt her schien. Sie schloss die Augen, froh, im warmen, trockenen Bett zu liegen, und schlief bald wieder ein.

Am Morgen regnete es noch immer, und der Himmel war grau und wolkenverhangen. Da Lacey nicht hinausgehen wollte, putzte sie das Haus, schrieb einen Brief an ihre Eltern und versuchte, etwas zu lesen.

Am Nachmittag begann sie sich zu langweilen. Sie griff wieder nach dem Buch, aber im nächsten Augenblick fiel der Strom aus. Bei dem trüben Tageslicht konnte sie nur noch etwas erkennen, wenn sie sich dicht ans Fenster setzte. Sie legte das Buch zur Seite und blickte hinaus.

Steve Carmichael lenkte gerade seinen Wagen in die Einfahrt, und ein paar Sekunden später sprang er hinaus und lief zu seiner Haustür, ohne einen Regenschirm aufzuspannen. Allein das Wissen um seine Anwesenheit hob Laceys Stimmung.

Es wurde Abend, draußen wurde es noch dunkler, und es gab noch immer keinen Strom. Lacey suchte vergeblich nach Kerzen oder einer Petroleumlampe. Sie hatte keine Lust, den ganzen Abend im Dunkeln zu verbringen, und erwog, zum Supermarkt zu fahren und Kerzen zu kaufen. Aber es regnete weiterhin in Strömen, und die Aussicht auf eine Autofahrt war alles andere als verlockend.

Steve hat bestimmt eine Kerze für mich, dachte Lacey, *und eigentlich kann er nichts dagegen haben, einer Nachbarin in einer solchen Notlage zu helfen.* Sie schaute aus dem Fenster und überlegte, ob

Steve in ihrer Bitte einen weiteren Versuch sehen würde, seine Aufmerksamkeit zu erregen. *Ach was, ich bin schließlich kein alberner Teenager, der ihn anhimmelt,* tat sie diese Vorstellung ab. *Ich will mir nur eine Kerze borgen.*

Lacey nahm den Regenschirm, den sie bei ihrer Suche gefunden hatte, und eilte aus dem Haus, bevor sie ihre Meinung wieder änderte. Hoffentlich war Steve nicht noch einmal fortgefahren. Nein, sein Wagen stand nach wie vor in der Einfahrt.

Lacey klopfte an die Haustür und hielt den Atem an.

Sie musste einen Augenblick warten, bis Steve öffnete. Er trug noch immer seinen Anzug und hatte nur das Jackett abgelegt und die Krawatte gelockert. In einer Hand hielt er einen Brief, in der anderen eine Lesebrille. Offensichtlich war er in seine Arbeit vertieft gewesen.

Steve runzelte bei Laceys Anblick die Stirn.

„Hallo." Erwartungsvoll schaute sie zu ihm auf. Ob er sie wohl hineinbitten würde?

„Was gibt's?" Seine Stimme klang betont gleichgültig, ganz anders als am Vorabend am Strand, aber daran wollte Lacey jetzt nicht denken.

„Bei mir ist der Strom ausgefallen, und ich habe keine Kerzen. Können Sie mir welche leihen?", bat sie ihn. „Ich möchte bei diesem schrecklichen Wetter nicht zum Supermarkt fahren."

„Das hätte wohl auch keinen Sinn", erwiderte er. „Ich bin überzeugt, dass er geschlossen hat. Die Stromversorgung ist auf der ganzen Insel unterbrochen. Haben Sie in Mrs. Tuttles Haus nach Kerzen gesucht?"

„Selbstverständlich." Für wie dumm und unpraktisch hielt er sie eigentlich?

Steve seufzte leicht und bedeutete Lacey einzutreten.

Nachdem sie den Regenschirm geschlossen und auf der Veranda abgestellt hatte, ging Lacey ins Haus. Sie folgte dem schwachen Lichtschein, der aus einem der Zimmer drang. Steve hatte Sturmlaternen angezündet und überall verteilt, so dass der Raum behaglich und einladend wirkte.

Auf dem Couchtisch waren Papiere und Akten ausgebreitet, auf dem Boden stand Steves Aktenkoffer.

„Haben Sie gearbeitet?“, fragte Lacey.

„In Bridgetown ist der Strom am späten Vormittag ausgefallen, und daher konnte ich nicht mehr viel schaffen. Deshalb habe ich die Arbeit mit nach Hause genommen.“ Steve legte die Brille auf den Tisch, und Lacey spürte seine Hand auf ihrem Rücken, als er sie zum Sofa führte.

„Ich will Sie nicht stören, aber ich wäre Ihnen dankbar, wenn Sie mir ein paar Kerzen geben könnten.“ Lacey schaute zu den Stapeln von Papier auf dem Tisch, bevor sie sich setzte.

„Sie haben mich bereits gestört, und ich brauche sowieso eine Pause“, erklärte er. „Möchten Sie etwas trinken, während ich die Kerzen hole?“ Er schob das Papier zur Seite.

„Gern“, antwortete sie, „aber etwas Alkoholfreies.“

„Natürlich.“

Nur wenige Minuten später kehrte Steve mit zwei großen Gläsern Orangensaft und einigen langen Kerzen in Händen zurück. Er reichte Lacey ein Glas, das sie ihm vorsichtig abnahm, um nicht versehentlich seine Hand zu berühren.

„Hier sind die gewünschten Kerzen“, sagte er und legte diese auf einen Beistelltisch neben dem Sofa. „Hat Mrs. Tuttle keine Petroleumlampen im Haus?“

„Nein, offenbar nicht. Ich habe schon am Nachmittag das ganze Haus durchsucht, weil ich befürchtete, dass der Strom bis zum Abend wegbleibt. Passiert das hier oft?“

Steve zuckte die Schultern. Er hatte in einem Sessel Lacey gegenüber Platz genommen. „Das nun nicht gerade, aber es kommt schon ab und zu vor. Es wundert mich, dass Mrs. Tuttle nicht vorgesorgt hat. Aber ich gebe Ihnen die Kerzen gern.“

Lacey trank einen Schluck von dem Saft und war sich bewusst, dass Steve sie beobachtete. Sein Blick machte sie nervös.

„Was haben Sie heute den ganzen Tag gemacht?“, fragte Steve. „Bei dem Wetter sind Sie wohl kaum am Strand gewesen.“ Er lehnte sich in seinen Sessel zurück, ohne Lacey aus den Augen zu lassen.

„Ich habe fast den ganzen Tag gelesen, obwohl ich nach dem Stromausfall kaum etwas erkennen konnte.“ Lacey fühlte eine innere Anspannung, als ob im nächsten Augenblick etwas geschehen würde.

„Es muss recht einsam für Sie sein, den Urlaub allein zu verbringen und dann auch noch ans Haus gefesselt zu sein“, vermutete Steve.

„Ein wenig, aber der Regen wird ja bald aufhören.“ Lacey brauchte sein Mitgefühl nicht.

„Ja, und zwar noch heute Abend. Morgen früh werden Sie sich fragen, ob Sie von dem schlechten Wetter nur geträumt haben.“ Er stand plötzlich auf. „Ich bin gleich wieder zurück. Ich habe noch etwas für Sie.“

Lacey war unruhig, und kaum hatte Steve das Zimmer verlassen, erhob sie sich ebenfalls. Das Glas in der Hand, ging sie zum Fenster und sah hinaus. Die Blätter der Büsche waren schwer von den Tropfen und der Himmel noch immer wolkenverhangen. Lacey wandte sich ab und schaute sich im Zimmer um. Die dezenten Farben, Braun- und Beigetöne und die spärliche Dekoration verliehen dem Raum eine maskuline Note.

Neben wenigen Bildern an den Wänden befand sich nur auf einem kleinen Tisch neben der Tür ein großes gerahmtes Foto, und Lacey ging hinüber, um es näher zu betrachten. Es zeigte ein älteres Paar. Der Mann erschien sehr groß und wirkte vornehm, und die Ähnlichkeit mit Steve war unverkennbar. Es musste sich um Steves Eltern handeln.

„Hier, die haben Sie gestern Abend vergessen.“

Erschrocken drehte Lacey sich um und stieß dabei gegen Steves ausgestreckten Arm. Der Orangensaft schwappte aus dem Glas und spritzte auf Steves weißes Hemd.

Langsam ließ Steve den Arm sinken. In der Hand hielt er ihre Sandaletten, die sie am Strand vergessen hatte. Lacey schaute ungläubig auf den Fleck, der sich auf seiner Brust ausbreitete.

„Das darf nicht wahr sein", flüsterte sie und riskierte einen Blick in seine Augen.

Er lächelte. „Haben Sie eine geheime Absprache mit meiner Reinigung getroffen?", fragte er und trat vorsichtshalber einen Schritt zurück.

„Es tut mir so leid, aber Sie haben mich erschreckt. Ich habe Sie nicht kommen hören." Lacey wäre am liebsten im Boden versunken. Sie spürte, wie ihr das Blut in die Wangen schoss.

„Ich wollte mir ohnehin etwas Bequemeres anziehen. Hier, Ihre Sandaletten." Steve reichte sie ihr, und Lacey nahm sie mit zitternden Fingern entgegen. Als sie dabei seine Hand berührte, glaubte sie, einen elektrischen Schlag zu spüren. Das mussten die Elektronen sein, die nach dem Gewitter in der Luft schwirrten.

„Danke." Sie klemmte die Schuhe unter den Arm. „Ich lasse Sie jetzt in Ruhe. Vielen Dank auch für die Kerzen."

„Nun mal langsam, davon geht die Welt nicht unter." Steve umfasste ihr Kinn und zwang sie, ihn anzusehen. Der Druck seiner warmen Finger beschleunigte Laceys Puls.

„Sie sollten mich lauthals verfluchen", sagte sie zerknirscht.

„Möchten Sie das wirklich?" Steves Tonfall war so erregend, dass Laceys Phantasie Bilder heraufbeschwor, die sie erröten ließen.

„Nein, aber dann würde ich mich besser fühlen."

Steve lachte, und es war ein warmes, fröhliches Lachen. Lacey lächelte, erstaunt, wie die Fröhlichkeit Steves Gesicht verändert hatte. Doch er wurde gleich wieder ernst und blickte Lacey lange an, ohne ihr Kinn loszulassen.

Für Lacey stand die Welt still. Sie wagte kaum noch zu atmen.

Plötzlich holte Steve tief Luft, ließ die Hand sinken und schaute hinüber zu dem Couchtisch mit den Papieren. Diese Geste brachte

Lacey in die Wirklichkeit zurück.

„Vielen Dank für alles." Sie nahm die Kerzen von dem Beistelltisch und wandte sich zur Tür. Sie wollte jetzt nur aus dem Haus, weg von diesem Mann. Er war zu aufregend, zu gefährlich.

„Lacey ..."

Sie drehte sich flüchtig um, lächelte wieder und winkte, dann lief sie hinaus. Auf der Veranda nahm sie ihren Regenschirm, öffnete ihn im Gehen und atmete erst auf, als sie den Schutz ihrer eigenen vier Wände erreichte.

Als Lacey am nächsten Morgen erwachte, strahlte die tropische Sonne ins Zimmer. Der Sturm war vorbei. Lacey blickte aus dem Fenster. Der starke Regen hatte die Blumen und Sträucher vom Staub befreit, und das frühe Tageslicht ließ ihre Farben noch intensiver leuchten. Auch die Stromversorgung klappte wieder, wie Lacey wenig später feststellte.

Es war schon fast zehn Uhr, als Lacey zum Strand hinunterging. Das Unwetter hatte seine Spuren hinterlassen. Palmwedel lagen auf dem Boden, und Hibiskusblüten bedeckten den Weg. Der Sand am Strand war noch feucht, begann aber bereits in der Sonne zu trocknen.

Plötzlich sah Lacey den Mann auf dem bunten Handtuch, genau an der Stelle, an der sie sich im Allgemeinen ausbreitete. Sie erkannte ihn sofort: Steve Carmichael.

Er blickte auf, als sie in seine Nähe kam, seine Augen hinter dunklen Gläsern versteckt. Lacey war froh, dass sie diesmal auch eine Sonnenbrille trug, so konnte sie ihn ungestört von oben bis unten betrachten.

Er trug eine knappe helle Badehose, die den warmen Bronzeton seiner Haut betonte. Seine breite Brust war behaart, die Beine lang und muskulös. Steve schien zu dieser Insel zu gehören, der See, dem Sand und der Sonne. Nichts an ihm erinnerte mehr an den nüchternen Geschäftsmann, der seine Zeit in einem stickigen Büro verbrachte. Dieser Mann strahlte etwas Ursprüngliches und Ungezähmtes aus.

Verlegen wurde Lacey sich bewusst, dass sie wieder einmal ihr unförmiges T-Shirt trug. Schade, aber es war bequem und schützte sie vor der Sonne. Außerdem hatte sie nicht erwartet, Steve hier anzutreffen.

„Guten Morgen." Steve sprang mit einer geschmeidigen Bewegung auf und ging Lacey entgegen. Wortlos nahm er ihr das Handtuch und den Picknickkorb ab.

„Was suchen Sie hier?" Lacey hätte sich auf die Zunge beißen mögen. Auch wenn sie es nicht so gemeint hatte, die Frage war unhöflich. „Ich meine, warum arbeiten Sie heute nicht?", fügte sie schnell hinzu.

„Heute ist Sonnabend. Auch ein Chef hat seine freien Tage, und ich liebe das Meer." Er ging zurück zu seinem Strandlaken und zog es an den Rand des Schattens. Dann breitete er Laceys Handtuch daneben aus.

„Ich kann auch woanders hingehen." Lacey stand noch immer bewegungslos da und schaute den Strand entlang.

„Hier ist genug Platz", bemerkte er überflüssigerweise. „So breit machen Sie sich doch gar nicht."

„Ich dachte, wir seien übereingekommen, Abstand voneinander zu wahren", sagte Lacey und zögerte, sich neben ihm niederzulassen. Sie war bereit, sich an die Vereinbarung zu halten. Warum tat er es nicht?

„Entspann dich, Kalifornierin", zog er sie auf.

Lacey spürte, wie sie rot wurde. Bisher hatte sie Steve immer vorgeworfen, zu förmlich zu sein, und da sie nicht wusste, was sie entgegnen sollte, schaute sie ihn einfach nur an. Sie hatte nicht erwartet, ihn so bald wiederzusehen, schon gar nicht hier. Sofort drängte sich ihr die Erinnerung an ihre letzte Begegnung an diesem Ort auf, an Steves Kuss, seinen starken Körper an ihrem, den süßen Duft der Nachtluft. Lacey blinzelte, um diese Vorstellung zu verscheuchen.

„Die Sonne ist heute sehr intensiv. Sie sollten sich eincremen", schlug Steve vor.

„Ja, Sie haben Recht. Barbados ist näher am Äquator als Los Angeles, und ich verbrenne schnell."

Auch jetzt mochte Lacey sich nicht rühren. So versuchte sie, den Augenblick hinauszuzögern, da sie ihr T-Shirt ausziehen und sich Steves Blick aussetzen musste. Das Bewusstsein, dass er sie hinter seiner Brille beobachtete, machte sie befangen. *Wahrscheinlich amüsiert er sich über mich,* dachte sie verärgert.

Sie nahm die Sonnenbrille ab und zog das T-Shirt über den Kopf. Ihr Haar hatte sie wieder zu einem Zopf geflochten, was in der Hitze praktischer war. Dann rieb sie sich die Arme, Beine und den Bauch mit Sonnencreme ein. Steve beobachtete jede ihrer Bewegungen, und Lacey wurde immer nervöser. Sie weigerte sich, das Gespräch fortzusetzen und ihn damit merken zu lassen, wie sehr sie sein Verhalten irritierte.

„Sollten Sie nicht auch die Nase eincremen?" Steve lächelte sie herausfordernd an. „Das dürfen Sie auf keinen Fall vergessen. Ich möchte nicht, dass Sie heute Abend vor meiner Tür stehen und mich um eine Salbe gegen Sonnenbrand bitten."

„Keine Angst, ich kann schon selber auf mich aufpassen", erwiderte sie spitz.

„So wie bisher." Steve amüsierte sich offenbar köstlich.

Bevor Lacey darauf antworten konnte, hatte er sich aufgerichtet und nahm ihr die Tube mit der Sonnencreme aus der Hand. Er setzte die Brille ab, drückte etwas Flüssigkeit auf seine Fingerspitze und hob Laceys Kinn mit der anderen Hand, so dass er ihr Gesicht genau betrachten konnte.

Lacey erwiderte seinen Blick. Steves Augen waren so blau wie das Meer oder der Himmel über Barbados. Noch nie hatte sie so blaue Augen gesehen, und noch nie hatte sie sich so stark zu einem Mann hingezogen gefühlt. Sie hätte den ganzen Tag hier sitzen und sich in diesem Blau verlieren mögen. Aber Steve richtete seine Aufmerksamkeit auf ihre Nase.

Behutsam verrieb er die Creme. Der Druck seiner Finger an ihrem Kinn und die Nähe seines Armes an ihren Brüsten wirkten wie ein Feuersturm auf Laceys Sinne. Sie sah Steve weiterhin unverwandt an, unfähig, ihre eigenen Gefühle zu verstehen. Träumte sie das alles, oder lag es nur am exotischen Zauber der Insel?

Steves Augen begegneten jetzt Laceys, und minutenlang rührte sich keiner von ihnen. Lacey schaute auf Steves Mund und erinnerte sich an das Gefühl seiner Lippen auf ihren. Ihr Herz begann schneller zu schlagen, und sie befeuchtete ihre trockenen Lippen mit der Zungenspitze.

Dadurch wurde sein Blick auf ihren Mund gelenkt, und einen Augenblick lang glaubte Lacey, dass Steve sie wieder küssen würde. Sie erkannte, dass sie ihn nicht daran würde hindern können.

„Hallo, Lacey, kommst du mit schwimmen?“ Jimmy und David standen nur wenige Meter entfernt und betrachteten neugierig die beiden Erwachsenen auf den Handtüchern.

Im ersten Moment wusste Lacey nicht, wo sie war. Sie zwinkerte und nahm überrascht wahr, dass sie sich noch immer am Strand befand. Ruckartig zog sie sich von Steve zurück und lächelte die beiden Jungen unsicher an. Sie hatte sie seit dem Versteckspiel nicht mehr gesehen.

„Vielleicht später“, antwortete sie.

Ich muss mich zusammenreißen, dachte sie. Steve Carmichael konnte sie nicht einmal leiden, das hatte er ihr mehrmals deutlich gezeigt, und sie wollte hier lediglich ihren Urlaub verbringen.

Jimmy und David liefen voran ins Wasser, und Lacey beobachtete sie dabei. Sie wagte nicht mehr, Steve anzuschauen, und versuchte, das Verlangen ihres Körpers zu ignorieren und ein Zittern zu unterdrücken.

Lacey blieb noch eine Weile sitzen, nur um Steve zu beweisen, dass er sie nicht nervös machte. Dann stand sie wortlos auf und ging durch den heißen weichen Sand zum Meer. Das Wasser war herrlich kühl und erfrischend auf ihrer erhitzten Haut. Lacey zwang sich, nicht mehr zum Strand zurückzuschauen. Was tat Steve jetzt, überlegte sie. Verfolgte er sie mit seinen Blicken?

Sie schwamm einige Runden und zögerte den Moment hinaus, da sie zu Steve zurückkehren musste. Die Jungen hatten einen Ball mitgebracht, und Lacey spielte mit ihnen, bis sie müde wurde.

Zu gern hätte sie eine Pause gemacht und wäre zu ihrem Handtuch im Schatten der Palme zurückgekehrt. Als sie sich zum Ufer umwandte, sah sie, dass Steve aufstand und zum Rand des Wassers ging. Dort blieb er einen Moment stehen, dann sprang er kopfüber in die Wellen, tauchte und schwamm hinaus. Lacey nutzte die Gelegenheit, erklärte den Jungen, dass sie genug hätte, und zog sich auf ihr Handtuch zurück. Sie trocknete sich ab und beobachtete Steve, der sich in dem klaren blauen Wasser bewegte.

Er kam wenig später, blieb einige Minuten mit dem Rücken zu Lacey stehen und blickte über die Weite des schimmernden Meeres. So hatte Lacey die Möglichkeit, ihn ungeniert zu betrachten und den Anblick seines schlanken, durchtrainierten Körpers zu genießen.

Als Steve sich umdrehte, schaute Lacey sofort weg. Sein wissender Gesichtsausdruck besagte, dass er ihre Gedanken erraten hatte. Verlegen machte sie sich an ihrem Picknickkorb zu schaffen.

„Möchten Sie einen kleinen Imbiss?“, fragte sie. „Ich nehme mir jeden Tag etwas zu essen mit an den Strand. Die Auswahl ist nicht groß, aber ich teile gern mit Ihnen.“

„Und was haben Sie anzubieten?“

„Käse, Kräcker und kaltes Huhn.“

„Großartig. Ich nehme von dem Huhn“, erklärte er.

Lacey reichte ihm einen Hähnchenschenkel und eine Serviette und nahm sich selbst Käse und Kräcker.

„Sie sind eine gute Köchin“, lobte Steve, nachdem er das Fleisch genüsslich verzehrt hatte.

„Danke.“ Lacey lächelte und schüttelte leicht den Kopf. „Man muss aber keine gute Köchin sein, um ein Hähnchen zu braten.

Das kann jeder. Ich bereite mir nur einfache Mahlzeiten, um satt zu werden."

„Ich auch", gestand er.

„Kochen Sie selbst?", fragte sie interessiert.

Steve nahm sich ein Stück von dem Käse. „Wie soll ich mich sonst ernähren?", fragte er.

„Darüber habe ich nicht nachgedacht." Lacey runzelte die Stirn. Wenn er nicht verheiratet war, musste er wohl für sich selbst sorgen, es sei denn, er beschäftigte eine Köchin.

„Haben Sie keine Köchin?", wollte sie wissen.

Er verneinte. „Im Allgemeinen esse ich in einem Restaurant in Bridgetown zu Mittag. Abends genügen mir belegte Brote, und an meinen freien Tagen nehme ich nur leichte Mahlzeiten zu mir."

Ob Steve sich manchmal einsam fühlt?, überlegte Lacey, während er den anderen Hähnchenschenkel aß. Aber wahrscheinlich gab es genug Frauen, die ihn nur zu gern zu sich zum Essen einluden.

„Haben Sie noch etwas Limonade?", fragte er.

Lacey hatte nur einen Becher mitgebracht, den sie bereits benutzt hatte. Sie zögerte einen Moment, bevor sie den Becher wieder mit Limonade füllte und ihn Steve reichte.

Er nahm ihn ihr ab, und Lacey beobachtete, dass er den Rand genau dort an den Mund führte, wo auch sie ihn mit den Lippen berührt hatte. Ob das Zufall war?

„Wie können Sie es sich erlauben, für einen Monat in die Ferien zu fahren?", fragte Steve, gab ihr den Becher zurück und streckte sich wieder auf dem Handtuch aus. „Soweit ich weiß, bekommen die meisten Amerikaner nur zwei Wochen Urlaub im Jahr."

„Um diese Zeit hat die Serie immer vier Wochen Sommerpause", erklärte Lacey. „Natürlich gibt es auch dann noch genug zu tun. Aber in diesem Jahr bin ich ausgerückt, um nicht ständig erreichbar zu sein. Ich genieße es, einmal einen ganzen Monat lang abzuschalten."

„Ich kann mir nicht vorstellen, dass Sie ganz allein hierher gereist sind", mutmaßte Steve. „Kommt noch jemand nach?"

Laceys Herz begann schneller zu schlagen. Sie schaute über das blaue Meer, das im Sonnenschein funkelte. Das sanfte Schlagen der Wellen wurde vom Rauschen des Windes in den Palmwedeln fast übertönt. Der Sand flimmerte in der Hitze, eine Hitze, die Lacey auch in sich spürte.

„Niemand reist mir nach", sagte sie etwas unsicher und ließ ihren Blick zum fernen Horizont schweifen. Sie erinnerte sich an Steves Meinung über Leute vom Showgeschäft. Wie gern hätte sie ihn davon überzeugt, dass sie nicht so war, aber sie wusste nicht, wie sie anfangen sollte. Würde er ihr überhaupt zuhören? Lacey war so in ihre Gedanken vertieft, dass sie nicht merkte, wie Steve sich bewegte. Dann spürte sie seine Finger an ihrem Kinn, als er ihren Kopf zu sich drehte.

„Was macht Ihre Nase?" Seine Stimme klang belustigt, aber der Ausdruck in seinen Augen war ernst.

„Ich verbrenne sie mir immer", flüsterte sie.

„Sie sind sehr hübsch, Lacey. Sind alle Kalifornierinnen so wie Sie?" Fast zärtlich fuhr Steve mit dem Finger über ihre Wange.

Steve beobachtete, wie Lacey ihre Lippen mit der Zunge befeuchtete, und zog sie mit einem unterdrückten Stöhnen fest an sich. Bevor er fortfahren konnte, rief sie sich seine verletzenden Worte vom Abend zuvor ins Gedächtnis zurück und stieß ihn weg. Steve streckte sich wieder auf seinem Handtuch aus. Er atmete schwer und hatte die Lippen zusammengepresst.

„Was ist los?", fragte er schließlich und sah Lacey aus zusammengekniffenen Augen an.

„Bleiben Sie mir vom Leib", fauchte sie, verlegen, dass er sie in der Öffentlichkeit in die Arme genommen hatte.

„Warum? Sie genießen unsere Küsse doch genauso wie ich. Sind Sie nicht deswegen hergekommen?", warf er ihr vor. „Warum spielen Sie auf einmal die empörte Touristin?"

Lacey sprang auf, schüttelte den Sand von ihrem Handtuch und breitete es so weit wie möglich von Steve entfernt am Rande des

Schattens aus. Dann legte sie sich hin und schloss die Augen. Sie wollte sich nicht von Steve provozieren lassen. „Ich bin zum Strand gekommen, weil ich mich gern hier aufhalte. Ich hatte keine Ahnung, dass Sie auch hier sein würden, und ich spiele nicht die empörte Touristin. Lassen Sie mich einfach in Ruhe!"

Lacey bemühte sich jedoch vergeblich, Steve zu ignorieren. Sie öffnete die Augen und sah ihn nachdenklich an. Er beobachtete sie noch immer.

„Ich dachte, Sie können mich nicht leiden", begann sie.

Steve antwortete nicht gleich, und Lacey, die die Augen wieder geschlossen hatte, war sich nicht sicher, ob er sie weiterhin ansah.

„Sie sind verführerisch, Lacey Stanford", gestand er schließlich, „und verdammt attraktiv. Sie beginnen mich zu interessieren, aber das ist alles. Wie Sie sagten, werden Sie noch für ein paar Wochen hier sein und dann wieder verschwinden. Ich bin Frauen gegenüber sehr vorsichtig, und wenn es sich um Frauen aus dem Showgeschäft handelt, bin ich sogar ausgesprochen misstrauisch." Er machte eine bedeutungsvolle Pause und fuhr fort. „Aber das bedeutet nicht, dass man nicht etwas Spaß haben kann, da gerade diese Frauen meist besonders willig sind."

Lacey hatte sich aufgerichtet und ihre Sonnenbrille aufgesetzt. *Was mag bloß zwischen Steve und Elizabeth vorgefallen sein, dass er so verbittert ist,* überlegte sie. Ob Suzanne es wusste? Lacey wollte ihre Schwägerin fragen, sobald sich die Gelegenheit bot.

„Suzanne hat mich nicht darauf vorbereitet, dass ich jemanden wie Sie hier antreffe", sagte sie.

„Suzanne? Eleanor Tuttles Nichte, Suzanne Bonard?", fragte Steve scharf.

Lacey nickte. „Ja, aber sie heißt jetzt Suzanne Stanford. Sie hat meinen Bruder geheiratet."

Er zog die Augenbrauen hoch. „Das ist also die verwandtschaftliche Verbindung. Natürlich erinnere ich mich an Suzanne. Sie ist jetzt wohl alt genug, um verheiratet zu sein."

Lacey musterte ihn aufmerksam. Zu gern hätte sie gewusst, wie genau er sich an Suzanne erinnerte.

„Suzanne und ihre Cousinen haben einen Sommer lang Jagd auf mich gemacht." Steve schüttelte den Kopf und lächelte leicht. „Ich fühlte mich geschmeichelt, aber sie waren mir zu jung. Außerdem gab es da noch Elizabeth." Er hielt inne und schien sich jene Zeit ins Gedächtnis zurückzurufen.

„Wer weiß, wenn sie gewartet hätten, hätte mich eine von ihnen einfangen können, nachdem Elizabeth mich sitzen ließ." Er stand auf und schüttelte sein Handtuch aus.

„Das ist schon so lange her", sagte Lacey leise. „Es ist höchste Zeit, dass Sie sich um andere Dinge kümmern."

„Um was für Dinge? Um Sie zum Beispiel?", fuhr er auf. „Ich habe Ihnen bereits gesagt, zwischen Ihnen und mir läuft nichts. Ein kleiner Sprung ins Bett vielleicht, aber mehr nicht." Mit diesen Worten wandte Steve sich ab und ging davon.

Lacey zuckte zusammen. Das hatte sie nicht gemeint. Aber wenn er sein Leben von seiner Vergangenheit und von Elizabeth beherrschen lassen wollte, dann war das seine Sache.

Sie selbst war an einem flüchtigen sexuellen Abenteuer nicht interessiert. Sie spürte, wie Steves Unterstellung ihre Wut anfachte, und beobachtete, wie er den Weg zu seinem Haus einschlug. Er sah verdammt gut aus, und sie hätte ihm zu gerne ihre Meinung gesagt, aber eigentlich war sie viel zu verwirrt, um die richtigen Worte zu finden.

Sie blickte auf das Meer. Die sanfte Schönheit der Karibik wirkte beruhigend auf ihre angespannten Nerven. *Mal sehen, was dieser Sommer noch bringt,* dachte sie. *Vielleicht gelingt es mir vor meiner Abreise doch noch, mich mit diesem faszinierenden Mann anzufreunden.*

Doch ein kleiner Stich in der Brust verriet Lacey, dass sie mit Steve nicht nur befreundet sein wollte. Sie sehnte sich nach mehr.

Nur war Steve nicht interessiert, noch nicht einmal an einer

Freundschaft. *Das darf ich nicht vergessen, wenn ich nicht mit gebrochenem Herzen dastehen will,* ermahnte sie sich, und auf einmal erschien ihr der Sommer endlos lang.

Sie warf den Kopf zurück und wischte die Tränen weg, die ihr plötzlich über die Wangen liefen. Sie wusste, was sie von Steve erwarten konnte, und sie hatte es seit ihrer ersten Begegnung gewusst.

„Ich verfluche dich, Steve Carmichael!“, sagte sie leise.

5. KAPITEL

Am nächsten Morgen beschloss Lacey, den Strand am Sonntag nicht mehr aufzusuchen. Von jetzt an würde sie nur noch an den Wochentagen dort hingehen, wenn sie Steve im Büro wusste. Stattdessen wollte sie heute ein wenig die Insel erforschen. Auf Barbados gab es so viel zu sehen, und ihre Ferien vergingen nur allzu schnell.

In der Frühe war die Insel besonders schön. Kleine weiße Wolken zogen über den tiefblauen Himmel. Das helle Sonnenlicht ließ das Grün der Bäume und das Gelb, Rot und Purpur der Blumen noch strahlender leuchten. Überall blühten Hibiskus, Oleander und Bougainvilleen. Es war ein wunderschöner Tag, um sich die Gegend anzusehen.

Lacey fuhr den Spring Garden Highway entlang und achtete sorgfältig auf den Linksverkehr, der auf der Insel herrschte. Sie ließ sich Zeit, um ausgiebig die Schönheit zu beiden Seiten der Straße bewundern zu können, die farbenprächtigen Gärten, durch die man immer wieder einen Blick aufs türkisfarbene Meer erhaschte, und die grünen Hügel, die sich auf der Landseite erhoben.

Lacey aß in einem Restaurant namens „Sam Lord's Castle" zu Mittag, dann fuhr sie weiter über die kleinen Straßen des Hinterlandes. Am frühen Nachmittag wurde der Wind stärker und blies jetzt aus Westen. Am Himmel waren dunkle, schwere Regenwolken aufgezogen, und es war merklich kühler geworden. Lacey hoffte, noch vor dem Einsetzen des Regens zu Hause zu sein.

Sie beschloss, quer über die Insel zu fahren, um schneller heimzukommen. Bei schlechtem Wetter konnte man ohnehin nichts mehr besichtigen. Die Fahrt entlang der Atlantikküste wollte sie sich für einen anderen Tag aufheben.

Ein flüchtiger Blick über die Schulter überzeugte Lacey, dass sie sich beeilen musste. Der Himmel war jetzt vollkommen düster, und der Wind rüttelte an dem kleinen Auto.

Zuversichtlich bog sie nach Westen ab, aber die Straße machte einen Bogen und führte zu einer weiteren Kreuzung. Da die Sonne nicht mehr zu sehen war, wusste Lacey nicht, in welcher Richtung Westen lag. Sie bog noch einmal nach links ab, und gleich darauf begann es, in Strömen zu gießen. Noch nie hatte sie einen so plötzlichen Sturm erlebt. Sie betätigte die Scheibenwischer und drosselte das Tempo. Doch die Scheibenwischer waren diesem Niederschlag nicht gewachsen, und Lacey konnte kaum noch etwas sehen. Sie fuhr noch langsamer die enge Straße entlang, die durch Felder und Wiesen führte.

Endlich entdeckte sie ein Straßenschild neben einer Telefonzelle. Sie versuchte, die Angaben auf dem Schild zu lesen, aber der Regen machte es unmöglich. In diesem Wetter mochte sie den Wagen nicht verlassen, um näher an das Schild heranzukommen. Früher oder später führte jede Straße auf der Insel ans Meer, und sobald Lacey die Küste erreicht hatte, würde sie auch ihren Weg nach Hause finden.

Der Wind drückte gegen das kleine Auto, der Regen prasselte herunter. Lacey blickte angestrengt geradeaus, und ihre Hände umklammerten krampfhaft das Lenkrad.

Plötzlich gab es ein lautes, knirschendes Geräusch, und der Motor ging aus. Lacey trat auf die Bremse und kam am Straßenrand zum Stehen. Sie versuchte, den Motor erneut zu starten. Er tuckerte, aber der Wagen sprang nicht an.

„Das hat mir noch gefehlt", fluchte sie und probierte einen zweiten Start, jedoch ohne Erfolg.

Sie lehnte sich zurück und schaute aus dem Fenster. Durch den heftigen Niederschlag konnte sie nicht einmal das Ende der Kühlerhaube erkennen. Während der letzten Stunde war sie an keinem Haus vorbeigekommen und hatte keinen Menschen gesehen. Was sollte sie jetzt machen?

Sie erinnerte sich an die Telefonzelle, die sie passiert hatte. Aber bis dorthin zurück war es mindestens ein Kilometer. Vielleicht gab es in entgegengesetzter Richtung eine andere, die nicht so weit entfernt war, aber Lacey mochte es nicht riskieren, danach zu suchen. Sie schaute sich im Auto um, ob es irgendetwas gab, womit sie sich vor dem Regen hätte schützen können. Doch außer der Serviette in ihrem Picknickkorb fand sie nichts.

Ein weiteres Mal versuchte Lacey vergeblich, den Wagen zu starten. Sie seufzte. Es gab keine andere Möglichkeit, sie musste sich in das Unwetter wagen. Als sie aus dem Wagen stieg, schien es ihr, als würde sie unter eine eiskalte Dusche treten. Der Wind peitschte ihr das Wasser ins Gesicht, und schon nach kurzer Zeit war Lacey bis auf die Haut durchnässt.

Völlig durchgefroren, erreichte sie die Telefonzelle und musste feststellen, dass das Telefonbuch fehlte. Aber wenigstens konnte sie für ein paar Minuten im Trockenen stehen. Lacey steckte eine Münze in den Apparat und wählte die Nummer der Auskunft.

„Bitte, können Sie mir die Rufnummer einer Autowerkstatt geben? Mein Wagen ist stehen geblieben“, sagte sie, vor Kälte am ganzen Körper zitternd. Hoffentlich beeilte sich das Fräulein vom Amt.

„Tut mir leid“, erwiderte die weibliche Stimme am anderen Ende, „aber die Werkstätten auf der Insel haben sonntags geschlossen.“

Lacey war sprachlos. Damit hatte sie nicht gerechnet.

„Gibt es denn keine Werkstatt für dringende Fälle?“, fragte sie verzweifelt.

„‚Bums' Garage‘ in Bridgetown hat einen Notruf“, teilte die Dame von der Auskunft mit und nannte Lacey die Nummer.

Lacey rief sofort dort an, ließ das Telefon mehrere Minuten klingeln und legte enttäuscht auf. Niemand hatte abgenommen. *Vielleicht habe ich mich verwählt,* dachte sie und probierte es wieder, aber auch diesmal blieb sie erfolglos.

Sie schaute hinaus in den Regen. Wenn sie Pech hatte, saß sie hier bis Montag fest. Sie rief nochmals die Auskunft an und ließ sich Steves Nummer geben.

Das Telefon klingelte lange, und Lacey wollte gerade auflegen, als Steve sich meldete.

„Gott sei Dank. Steve?", rief sie.

„Ja?", fragte er misstrauisch.

„Steve, ich bin's, Lacey Stanford. Mein Auto ist liegen geblieben, und ich kann keine Werkstatt erreichen. Kennen Sie eine, die sonntags geöffnet hat?"

„Wo sind Sie?", fragte er.

„Ich weiß nicht, irgendwo im Landesinneren", gestand sie. „Ich wollte mir die Insel ansehen, aber diese Gegend scheint unbewohnt zu sein, und ich kann das Meer von hier nicht sehen, um mich zu orientieren."

„Es regnet in Strömen", erklärte er überflüssigerweise.

„Das weiß ich auch. Ich bin klitschnass. Das Auto war nicht so rücksichtsvoll, genau vor einer Telefonzelle den Geist aufzugeben. Ich musste ca. einen Kilometer durch den Regen laufen." Obwohl Lacey sich bemühte, die Ruhe zu bewahren, klang ihre Stimme verzweifelt.

„Na gut, ich höre mich um", versprach Steve. „Wenn ich eine offene Werkstatt finde, wo soll ich die Leute hinschicken?"

Lacey blickte nach draußen, suchte nach einem markanten Zeichen, das sie Steve beschreiben konnte. Im Inneren der Insel sah alles gleich aus, wenigstens war es ihr so vorgekommen, seit sie von „Sam Lord's Castle" abgefahren war.

„Ich weiß nicht. Hinter ‚Sam Lord's Castle' gab es einen Wald, dann bin ich an ein paar Zuckerrohrfeldern vorbeigefahren, und hin und wieder habe ich den Atlantik von der Straße aus gesehen."

Steve stöhnte. „Lacey, Sie beschreiben die östliche Hälfte der Insel. Gibt es nicht irgendeinen genaueren Anhaltspunkt?"

„Warten Sie. Dort draußen ist ein Straßenschild. Ich laufe hin und schaue nach." Sie legte den Hörer neben das Telefon, öffnete die Glastür der Zelle und spurtete durch den Regen zu dem Schild. „Bridgetown, 12 km", las sie.

„Steve? Nach Bridgetown sind es von hier aus zwölf Kilometer.

Mehr steht nicht auf dem Schild." Sie machte eine kurze Pause, weil sie außer Atem war. „Auf keinen Fall bin ich auf einer Hauptstraße, denn es gibt hier weit und breit kein Haus und keine Menschenseele."

„Gehen Sie zurück zu Ihrem Wagen, und bleiben Sie dort. Ich schicke Ihnen jemanden." Steve sprach sehr ruhig, aber Lacey fragte sich, ob er nicht doch verärgert war, weil sie ihn wieder einmal gestört hatte. Sicherlich hatte er Besseres zu tun, als einen Automechaniker zu finden, der ihr zu Hilfe eilte.

„Vielen Dank", sagte sie leise und hoffte, dass Steve sich nicht einbildete, dies sei nur ein weiterer Trick, um ihn einzufangen.

Zitternd vor Kälte legte Lacey den Hörer auf und lief zurück zu ihrem Auto. Wenigstens hatte sie noch etwas zu essen in ihrem Picknickkorb, obwohl sie sich wünschte, stattdessen ein Handtuch oder eine Decke eingepackt zu haben. Die Temperatur war zwar sicherlich nicht unter zwanzig Grad gesunken, aber Lacey war völlig durchnässt und fror entsetzlich.

Es dauerte fast eineinhalb Stunden, bis die Scheinwerfer eines anderen Autos auftauchten. Lacey setzte sich gerade hin und betätigte ihre Lichthupe. Ein großer schwarzer Wagen hielt direkt vor ihrem. Steve stieg aus und spannte seinen Regenschirm auf.

Er trug Jeans und ein ausgeblichenes Sweatshirt, und nass und kalt wie Lacey sich fühlte, war sie umso mehr beeindruckt, wie gut Steve unter solchen Umständen aussah. Er öffnete ihre Wagentür und schaute hinein.

„Sind Sie okay?", fragte er, während er ihre traurige Erscheinung von oben bis unten betrachtete.

Bei diesem Blick wurde Lacey etwas wärmer. „Ich bin okay", antwortete sie. „Und vielen Dank, dass Sie gekommen sind. Haben Sie keine Werkstatt gefunden?"

„Es gibt nur eine in Bridgetown, die sonntags geöffnet hat, aber die sind heute so ausgelastet, dass sie mir nicht sagen konnten, wann sie zu Ihnen kommen würden. Deswegen habe ich mich selbst auf den Weg gemacht. Lassen Sie mich mal versuchen, den Wagen zu starten."

Lacey rutschte auf den Beifahrersitz und machte Platz für Steve.

„Es muss an der Feuchtigkeit liegen", erklärte er, nachdem auch er vergeblich versucht hatte, das Auto in Gang zu bringen. Lacey atmete erleichtert auf. Es wäre zu peinlich gewesen, wenn der Motor ausgerechnet in diesem Augenblick angesprungen wäre.

„Es sieht nicht so aus, als ob ich es schaffe. Kommen Sie mit." Er stieg aus und hielt seinen Regenschirm über Lacey, die sich vergewisserte, dass alle Türen des Autos verriegelt waren.

Der Wind trieb den Regen gegen ihre Körper, aber wenigstens blieb Laceys Gesicht diesmal trocken. Sie schaute zu Steve auf.

„Vielen Dank, dass Sie mir zu Hilfe gekommen sind", wiederholte sie. „Ich hatte nämlich schon befürchtet, die ganze Nacht hier festzusitzen."

Er sah ihr in die Augen. „Du siehst wie eine gebadete Maus aus." Unvermittelt war er zum Du übergegangen. Er beugte sich herab und senkte seinen Mund sanft auf ihren. Seine Lippen waren weich und warm, und Lacey drängte sich dem Kuss entgegen.

Ihre feuchte Kleidung klebte an ihr wie eine zweite Haut. Lacey fror, aber als sie Steves Berührung fühlte, vergaß sie alles Unbehagen. Jetzt zählte nur noch das köstliche Gefühl seiner Lippen auf ihren, das zärtliche Spiel seiner Zunge. Laceys Brustspitzen richteten sich auf, und die Wärme, die ihren Körper durchflutete, vertrieb die Kälte des Regens.

Lacey sehnte sich nach mehr, aber Steve löste sich plötzlich von ihr, trat zurück und musterte sie in dem trüben Licht. Als sein Blick auf ihren Brüsten verweilte, verschränkte Lacey befangen die Arme. Ihr T-Shirt verbarg nichts. Die harten Knospen ihrer Brust zeichneten sich unter dem feuchten Material deutlich ab.

Steve fuhr mit dem Finger über die sanfte Rundung und glitt unter Laceys Arm. Lacey spürte, wie ihre Knie weich wurden und Tausende von Schmetterlingen in ihrem Bauch flatterten. Die Wärme, die in ihr aufgestiegen war, entflammte zu einem heißen Feuer, als Steves Finger um ihre Brustspitzen kreiste. Lacey wollte nicht, dass er damit aufhörte. *Vielleicht bin ich doch ein lockeres Mädchen,* dachte sie flüchtig.

Sie erwiderte Steves Blick, und minutenlang sahen sie einander nur an.

„Heute sind deine Augen blau", sagte er leise und schien den Wind und den Regen nicht zu spüren.

„Sie ändern die Farbe", erklärte sie, erstaunt, dass sie überhaupt noch zu einer klaren Antwort fähig war. Unwillkürlich befeuchtete sie ihre trockenen Lippen mit der Zunge.

„Halt mal den Schirm", bat Steve und drückte ihn ihr in die Hand. „Ich will beide Hände frei haben."

Er zog Lacey an sich und küsste sie wieder.

Dieser Kuss war anders, heißer, fordernder. Steve presste seine Lippen auf ihre, und mit der Zunge erforschte er das Innere ihres Mundes. Mit den Händen fuhr er unter Laceys feuchtes T-Shirt und hinterließ eine Feuerspur auf ihrer kühlen Haut, als er langsam über ihren Rücken strich.

Lacey glaubte zu schweben und fragte sich, wie lange sie noch in der Lage war, den Schirm zu halten. Auch sie wollte beide Hände frei haben, um Steve zu berühren und seine kräftigen Muskeln zu fühlen. Sie hätte für immer in seinen Armen liegen mögen.

Steve glitt mit den Lippen über ihren Hals und leckte den Regen von ihrer Haut. Seine Hand hatte ihre nackte Brust erreicht, streichelte die harte Knospe, und Lacey lehnte sich zurück, um sich den köstlichen Gefühlen hinzugeben.

Steve schaute sie an, und Lacey fragte sich, was er sah. Sie war nass und müde, aber sie fror nicht mehr. Ihr Puls raste, und sie meinte zu verbrennen. Las Steve das Verlangen in ihren Augen? Erkannte er, wie sehr sie sich nach ihm sehnte? Sie senkte die Lider, doch Steve schaute sie unverwandt an.

„Du bist die lästigste Nachbarin, die ich je hatte", flüsterte er, während er seine Zärtlichkeiten fortsetzte.

„Tut mir leid." Lacey nahm seine Worte kaum wahr. Sie spürte nur seine Hände, die sie an den Rand der Ekstase brachten.

„Du bist ganz kalt", bemerkte Steve.

„Jetzt nicht mehr." Lacey registrierte, dass sie noch immer den Schirm hielt, während der Regen gegen ihre Beine prasselte.

Steve schüttelte den Kopf, zog Laceys T-Shirt herunter und nahm ihr den Schirm ab. „Machen wir, dass wir ins Trockene kommen."

Er schob Lacey zu seinem Auto, ließ sie auf dem Beifahrersitz Platz nehmen, bevor er um den Wagen eilte und sich hinter das Steuer setzte.

Lacey hoffte, dass er sie gleich wieder in die Arme nehmen würde, und war enttäuscht, als er es nicht tat.

Steve startete den Motor und stellte die Heizung an. „Die brauche ich nicht oft, aber für dich ist es jetzt besser. Wir sind bald zu Hause, dann kannst du ein heißes Bad nehmen."

Er blickte geradeaus, als er wendete und nach Hause fuhr. Nichts erinnerte mehr an die leidenschaftlichen Momente, die sie gerade erlebt hatten. Lacey war verletzt. Aber was hatte sie erwartet, fragte sie sich. Liebesschwüre? Ein freundliches Dankeschön für ein bisschen Spaß?

Ihr war trotz der eingeschalteten Heizung kalt. Sie schaute Steve von der Seite an und sah, dass seine Jeans und sein Sweatshirt ebenfalls nass geworden waren. Nur ihre Gesichter waren trocken geblieben. Dann blickte Lacey an sich herab und stellte fest, dass das T-Shirt noch immer an ihren Brüsten klebte. Vorsichtig, ohne Steves Aufmerksamkeit zu erregen, versuchte sie, das Hemd von ihrer Haut zu lösen. Steves Lächeln besagte, dass ihm nichts entgangen war. Er schien alles zu bemerken. Ahnte er auch, was sie fühlte?

Lacey spürte, wie sie rot wurde, und wandte den Kopf zum Seitenfenster. Sie versuchte, die offensichtliche Spannung zwischen ihnen zu ignorieren. Nur zu deutlich war sie sich Steves Nähe bewusst, seiner Hände, mit denen er sie noch vor Kurzem gestreichelt hatte und mit denen er jetzt so ruhig das Steuerrad festhielt. Unwillkürlich strich sie über ihre Oberschenkel und glaubte dabei noch immer, Steves harte Muskeln an ihren Beinen zu spüren. Sie erinnerte sich an seinen Kuss, schmeckte seine Lippen und sehnte sich danach, wieder von ihm in die Arme genommen zu werden. Sie musste verrückt sein.

„Wie hast du mich gefunden?“, fragte sie, um sich abzulenken.

„Ich habe zuerst ‚Bums’ Garage‘ angerufen, aber ich wollte mich nicht darauf verlassen, dass sie tatsächlich kommen. Also habe ich mir die Straßenkarte vorgenommen und einen Halbkreis mit einem Radius von zwölf Kilometern um Bridgetown gezogen.“

Lacey schaute ihn nun an. „Und dann hast du mich gleich entdeckt.“

„Nicht gleich“, erklärte Steve. „Ich musste mehrere Straßen absuchen. Deswegen hat es über eine Stunde gedauert, aber jetzt sind wir gleich zu Hause.“

„Vielen Dank“, sagte Lacey noch einmal. „Bestimmt habe ich deine Pläne für heute über den Haufen geworfen.“

Er schwieg eine Weile, bevor er zugab: „Nein, ich hatte nichts Bestimmtes vor. Doch in Zukunft solltest du besser auf den Hauptstraßen bleiben.“

„Woran kann ich die erkennen?“, fragte sie und versuchte, ihr Zittern zu unterdrücken. Sie hätte nicht gedacht, dass es auf einer tropischen Insel so kalt werden konnte.

„Wenn du sie nicht erkennst, dann fahr lieber gar nicht erst los“, riet er. „Was hättest du getan, wenn ich heute nicht zu Hause gewesen wäre?“

„Ich hätte Mr. Danby angerufen“, fuhr Lacey ihn an und war sich gleichzeitig bewusst, dass sie wirklich in der Klemme gewesen wäre, wenn Steve ihren Anruf nicht beantwortet hätte.

„Dann hätte der alte Mann bei diesem Wetter hinausgemusst.“ Seine Stimme hatte einen vorwurfsvollen Unterton. „Bist du dir darüber im Klaren, dass er nicht gerade vor Gesundheit strotzt?“

„Ich hätte gewartet, bis der Regen aufhört", entgegnete sie trotzig. Schließlich hatte sie nicht vorhersehen können, dass ihr Auto einfach stehen bleiben würde, und daher hatte sie auch keine Vorkehrungen für den Notfall getroffen.

„Es hätte bis zum Morgen regnen können", meinte Steve gleichmütig.

„Verdammt, ich weiß, dass ich in der Patsche war", fluchte Lacey. „Und ich habe mich bei dir bedankt, weil du mich so edelmütig gerettet hast. Aber was hätte ich denn tun sollen, nachdem in der Werkstatt niemand ans Telefon ging? Ich kenne niemanden auf der Insel."

„Dem kann ich abhelfen", erklärte Steve, während er in die breite Nord-Süd-Straße einbog, die den Norden der Insel mit der Südseite verband.

Lacey kannte die Gegend und wusste, dass sie bald zu Hause sein würden. Sie freute sich auf eine heiße Dusche und nahm sich vor, so lange darunter stehen zu bleiben, bis das heiße Wasser aufgebraucht war.

Steve fuhr in die Einfahrt zu seinem Haus und hielt dicht vor der Veranda. Seine Jeans waren auf der Rückfahrt nicht getrocknet, aber er war nicht so durchnässt wie Lacey. Er stieg aus, öffnete den Regenschirm und half dann Lacey beim Aussteigen.

Sie wollte sofort zu ihrem Haus hinüberlaufen, aber Steve hielt sie fest.

„Hiergeblieben. Du kannst mein Badezimmer benutzen." Er zog sie hinter sich her in den Flur.

„Ich wohne doch gleich nebenan", widersprach sie.

Steve hörte nicht auf sie. „Geh nach oben. Die zweite Tür links ist das Badezimmer. Inzwischen mache ich uns einen heißen Tee. Beeil dich."

„Steve ..." Lacey wollte protestieren, aber er drehte sie einfach um und gab ihr einen Klaps auf den Po.

„Geh nach oben, Lacey."

Sie ging in das obere Stockwerk und suchte das Badezimmer. Es war groß und von schlichter Eleganz, mit einer eingelassenen Wanne und einer separaten Dusche. Schnell zog Lacey die nassen Sachen aus und stellte sich unter den heißen Strahl.

Das Wasser war herrlich warm. Sie ließ es eine Weile über ihren Kopf und ihren Körper rinnen. Dann nahm sie das Shampoo, dessen Duft sie sofort an Steve erinnerte. Sie stand in seiner Dusche, benutzte seine Seife, sein Shampoo und genoss dieses Gefühl.

Als plötzlich die Badezimmertür geöffnet wurde, erschrak sie. Kam Steve etwa herein? Doch bevor sie reagieren konnte, hörte sie, wie die Tür wieder geschlossen wurde. Sie schaute hinter dem Vorhang hervor und sah, dass Steve ihr ein trockenes Sweatshirt hingelegt hatte.

Lacey ließ sich Zeit, bevor sie sich abtrocknete und das Sweatshirt anprobierte. Es war ihr zu groß und reichte ihr bis zur Mitte der Oberschenkel. Die Ärmel musste sie aufkrempeln. Aber die flauschige Innenseite des Baumwollhemdes fühlte sich herrlich weich auf der Haut an. Lacey wischte den beschlagenen Spiegel ab und betrachtete sich darin.

In dem Shirt, mit den langen, nackten Beinen darunter, sah sie direkt sexy aus. Obwohl es zu weit war, zeichneten sich die Kurven ihrer Brüste deutlich ab. Vor allem gehörte das Hemd Steve, und Lacey stellte sich vor, dass es unlängst noch Steves Haut berührt hatte.

„Bist du angezogen?“, rief Steve von draußen.

Lacey warf einen letzten Blick in den Spiegel. „Angezogen“ war vielleicht etwas übertrieben, aber das musste reichen, wenn sie nicht wieder in ihre nassen Sachen schlüpfen wollte.

„Ja.“ Sie öffnete die Tür, vor der Steve mit einer Tasse heißen Tee in der Hand wartete.

Er hatte sich inzwischen trockene Jeans und ein T-Shirt angezogen, das seine breite Brust und die braunen muskulösen Arme zur Geltung brachte. Er reichte Lacey die Teetasse und schaute dann bewundernd herab zu ihren Beinen.

„Fühlst du dich besser?“, fragte er.

Lacey nahm ihm die Tasse ab und lächelte. „Wunderbar. In diesem Sweatshirt wird mir so richtig warm.“

„Nur in dem Sweatshirt?“, fragte er.

Lacey nahm einen Schluck von der heißen Flüssigkeit. Sie wusste, worauf Steve anspielte, und die Wärme, die sich in ihrem Körper ausbreitete, war nicht allein auf den Tee zurückzuführen. Wieder erinnerte sie sich an Steves Küsse und die aufreizenden Zärtlichkeiten seiner Hände. Der triumphierende Ausdruck in seinen Augen verriet ihr, dass er genau das mit seiner Frage beabsichtigt hatte.

Lacey wandte sich ab. „Ich muss nach Hause“, sagte sie und stellte die Tasse auf die Kommode neben der Tür.

„Ich packe deine Sachen in den Trockner und bringe dich später hinüber. Du kannst dir inzwischen das Haar fönen.“

„Ich werde doch wieder nass, wenn ich nach Hause gehe“, wandte sie ein.

„Nicht, wenn du einen Regenmantel überziehst. Sei nicht so widerspenstig, Lacey.“

Sie schaute ihn empört an. Wie konnte er ihr vorwerfen, dass sie widerspenstig war?

„Ich liebe es, wie die Farbe deiner Augen sich ändert.“ Er war ihr viel zu nahe, und er kam noch näher.

6. KAPITEL

Lacey beobachtete, wie Steve immer näher kam. Gleich würde er sie berühren. Während sie noch überlegte, wie sie reagieren würde, schrillte plötzlich das Telefon durch das Haus. Steve zögerte einen Moment, doch dann drehte er sich um.

Lacey holte tief Luft. Es war besser, wenn sie von hier verschwand, solange sie noch die Kraft dazu hatte. Sie ging zurück ins Badezimmer und zog ihre noch leicht feuchten Strumpfhosen an. Jetzt fühlte sie sich etwas wohler in ihrer Haut. Sie sammelte den Rest ihrer Sachen ein und ging nach unten.

Steve stand am Fuß der Treppe. Den Telefonhörer an ein Ohr gepresst, beobachtete er, wie Lacey auf ihn zukam.

„Ich habe eben meine Meinung geändert … Sicher … Nein, ich bringe jemanden mit – eine Nachbarin.“ Er schaute auf, und Laceys Herz schlug schneller, als sie merkte, wie Steve sie von oben bis unten bewundernd musterte.

Mit wem telefonierte er?

„Wir kommen pünktlich. Es fängt doch erst um acht Uhr an, oder?“, fuhr er fort.

Lacey schritt die letzten Stufen herab, ohne ihn aus den Augen zu lassen. Unten hielt Steve sie auf, indem er seinen rechten Arm um ihre Schultern legte und sie an sich zog.

„Mach dir keine Sorgen, Mutter. Bis heute Abend.“ Mit einem kleinen Seufzer legte Steve auf.

„Kannst du bis halb acht fertig sein?“, fragte er Lacey.

„Fertig? Wofür?“, wollte sie wissen.

„Ich nehme dich mit zu einer Party meiner Eltern“, entgegnete er bestimmt. „Dort kannst du Bridgetowns High Society kennen lernen. Es wird dir gefallen, denk nur an die vielen Männer, die du becircen kannst.“

Lacey begriff, und ihre Augen funkelten. „Damit ich dich nicht mehr belästige."

„Genau", zischte er. „Kein Grund mehr, nach meiner Gesellschaft zu verlangen. Such dir andere Opfer, an denen du deinen Charme ausprobieren kannst."

„Du egoistischer Idiot!", schimpfte sie. „Ich lasse meinen Charme weder bei dir noch bei irgendeinem anderen männlichen Wesen spielen. Alles, was ich will, ist, nur ein paar erholsame Ferienwochen auf dieser Insel zu verbringen."

„Und das machst du großartig", gab er zurück. „Du belästigst Leute in ihren eigenen vier Wänden, stößt mit ihnen auf der Straße zusammen und ruinierst ihre Kleidung, du sperrst dich aus deinem Haus aus und verirrst dich auf einer Insel, die kleiner ist als Los Angeles. Und jedes Mal wendest du dich in deiner Not an mich, weil du genau weißt, dass ich dem hilflosen Ausdruck in deinen Augen und deiner Stimme nicht widerstehen kann und dir zu Hilfe eile."

„Du eilst mir zu Hilfe?" Lacey kochte vor Wut. „Du schreist mich an, nur weil ich mit den Kindern in deinem Garten spiele. Ich hätte das Problem mit der zugeschlagenen Tür auch allein gelöst, wenn du dich mir nicht aufgedrängt hättest. Und es tut mir leid, dass ich dich heute angerufen habe. Ich hätte lieber die Polizei verständigen sollen. Wer braucht dich schon?" Sie schüttelte seinen Arm ab und wollte aus dem Haus stürmen. Nur weg von hier, weg von diesem eingebildeten Kerl.

Doch er hielt sie fest, drehte sie zu sich um, umfasste ihr Kinn und zwang sie, ihn anzusehen. Sein harter Tonfall duldete keinen Widerspruch.

„Du brauchst mich noch, Lacey. Ich nehme dich heute Abend mit zu dieser Party, auf der du die halbe Stadt kennen lernen wirst. Sei pünktlich um halb acht fertig, oder ich komme rüber und ziehe dich an."

Lacey biss sich auf die Unterlippe. Sie zweifelte nicht, dass er seine Drohung wahr machen würde. „Okay", sagte sie knapp und ging rückwärts zum Eingang. Dann riss sie die Tür auf und stürzte hinaus in den Garten und den kalten Regen, den sie kaum spürte.

In ihrem Haus angekommen, lehnte sie sich erst einmal an die Wand und atmete tief durch. Sie hatte keine Lust, bei diesem Unwetter noch einmal wegzugehen. Andererseits war die Aussicht auf eine Party verlockend. Sie würde einige Leute kennen lernen und vielleicht sogar jemanden, mit dem sie etwas unternehmen konnte in der kurzen Zeit, die sie noch auf Barbados blieb.

Sie schaltete ihren Lockenstab ein und überlegte, welches Kleid sie anziehen sollte.

Lange vor halb acht war Lacey fertig. Sie hatte sich für ein zartrosa Chiffonkleid entschieden, in dem ihre Bräune vorteilhaft zur Geltung kam. Es war sowohl vorn als auch hinten tief ausgeschnitten, und mit einem fast boshaften Lächeln überlegte sie, was Steve wohl zu ihrem Aufzug sagen würde. Das ist mir egal, wies sie sich zurecht, doch tief in ihrem Innern wusste sie, dass sie von Steve bewundert werden wollte.

Das Haar fiel ihr in weichen Wellen über die Schultern bis auf den Rücken. Die Sonne hatte es ein wenig aufgehellt, und es schimmerte golden im Licht. Lacey hatte nur die Augen dezent geschminkt, denn ihr gebräuntes Gesicht brauchte kein Make-up. Zufrieden betrachtete sie sich im Spiegel. *Vielleicht bin ich der Star des Abends,* dachte sie. Dann wird Steve sich ärgern, dass er mich den Gästen vorgestellt hat.

Das war kaum anzunehmen. Es schien viel wahrscheinlicher, dass Steve sich beglückwünschen würde, auf die Idee mit der Party gekommen zu sein. Von nun an gab es für Lacey keine Entschuldigung mehr, sich im Notfall an ihn zu wenden.

Unruhig ging sie im Wohnzimmer auf und ab und überlegte, ob sie das Richtige tat. Immer wenn sie sich geschworen hatte, Steve nie wiederzusehen, passierte etwas, das sie beide zusammenbrachte. Falls sie tatsächlich einige andere Leute kennen lernte, würde sie ihm nicht mehr ständig über den Weg laufen. Genau das wollte sie doch, oder nicht?

Es klopfte an der Tür. Lacey öffnete, und Steve stand vor ihr im dunklen Anzug und mit einem Regenschirm in der Hand. Er sah wieder einmal großartig aus, aber sie schluckte ein Kompliment hinunter, sonst bildete er sich ein, dass sie mit ihm flirtete.

Es nieselte jetzt nur noch, und der Wind hatte sich gelegt.

„Ich bin fertig." Lacey zog ihren Regenmantel über und fühlte sich etwas befangen in ihrem eleganten Kleid. Sie hob das Haar über den Kragen des Mantels und ließ es über den Rücken fallen.

Steve stand regungslos an der Tür und sagte kein Wort. Lacey zögerte. Vielleicht sollte sie lieber zu Hause bleiben? Aber Steve hatte ihr schon die Hand auf die Schulter gelegt und führte sie zu seinem Wagen.

Sie hielten vor einem großen Haus in Bridgetown, vor dem bereits zahlreiche Fahrzeuge standen. Mehrere junge Männer begrüßten die Gäste und nahmen die Autoschlüssel entgegen, um die Wagen für sie zu parken.

Als sie an der Reihe waren, öffnete einer der jungen Männer die Wagentür für Lacey, hielt schützend einen Regenschirm über sie und führte sie zum Hauseingang. Steve folgte nur einen Augenblick später.

„Guten Abend, Mr. Carmichael", begrüßte ihn der junge Mann. „Ich habe Sie heute Abend gar nicht erwartet."

„Guten Abend, John. Verbringst du deine Ferien hier?"

„Ja, ich vermisse Barbados, wenn ich in England bin."

„Komm nächste Woche vorbei", forderte Steve ihn auf. „Ich habe Arbeit für dich, wenn du willst."

„Das werde ich tun. Vielen Dank, Mr. Carmichael." John ging wieder zum Parkplatz.

Lacey registrierte erfreut diesen sympathischen Zug an Steve. Ob er oft Studenten einen Job anbot?

„Steve!" Eine große Frau mit dunklem Haar, das von einzelnen grauen Strähnen durchzogen war, kam auf sie zu. Ihr Gesichtsausdruck war überrascht und erfreut zugleich.

„Wie schön, dass ihr gekommen seid. Und das ist …?“ Sie betrachtete Lacey wohlwollend.

Lacey erkannte die Frau von dem Foto, das sie in Steves Wohnzimmer gesehen hatte. Aber sie hätte auch so gewusst, dass es sich nur um Steves Mutter handeln konnte, denn die Ähnlichkeit war unverkennbar.

„Lacey Stanford“, sagte Steve. „Lacey, darf ich dir meine Mutter vorstellen, Sally Carmichael.“

„Guten Abend, Mrs. Carmichael.“ Lacey gab ihrer Gastgeberin die Hand.

„Nennen Sie mich Sally, meine Liebe. Was für ein aufregendes Kleid! Ich freue mich so, Sie kennen zu lernen. Kommen Sie, damit ich Sie mit Joe bekannt machen kann.“

„Mutter, ich möchte, dass Lacey heute Abend so viele Leute wie möglich kennen lernt“, erklärte Steve. „Sie ist nur für ein paar Wochen zu Besuch hier und …“

„Und ist wahrscheinlich einsam, wenn du arbeitest. Ich verstehe schon.“ Sally nickte ihrem Sohn wissend zu und bat Lacey, ihr zu folgen. Sie schaute sich in der Menge um und entdeckte den Mann, den sie suchte.

„Joe, darf ich dir Lacey Stanford vorstellen, Steves Freundin. Lacey, das ist Joe, Steves Vater.“ Sally lächelte beide an.

Lacey schüttelte Joe Carmichaels ausgestreckte Hand. Er war gut aussehend, groß und breitschultrig, genau wie sein Sohn. Wenn Steve sich so gut hielt wie sein Vater, würde er sein Leben lang ein sehr attraktiver Mann bleiben. Für einen Moment bedauerte Lacey, dass sie dies nicht mehr erleben würde.

Sallys Miene war nachdenklich geworden, dann lächelte sie wieder. „Ein kleines Wunder ist geschehen. Es ist das erste Mal, dass Steve wieder jemanden mitbringt, seit er sich von Elizabeth getrennt hat, und ich freue mich sehr darüber.“

„Elizabeth?“ Lacey war überrascht. Diese Geschichte lag schon lange zurück. Sie schaute sich nach Steve um und begegnete seinem rätselhaften Blick.

„Hallo, hier sind ja Kyle und Lynn", rief Sally. „Kommen Sie, Lacey, damit ich Sie mit Steves Freunden bekannt machen kann."

Sie stellte Dr. Kyle Lincoln und dessen Frau Lynn vor und erklärte Lacey, dass Kyle und Steve schon seit ihrer Kindheit miteinander befreundet waren. Mit Lynn verstand Lacey sich auf Anhieb, und bald unterhielt sie sich mit ihr wie mit einer alten Freundin.

Lacey begann, die Party zu genießen. Lynn führte sie herum und machte sie mit anderen jungen Leuten bekannt. Einige von ihnen waren schon in Kalifornien gewesen, so dass Lacey mit ihnen über ihre Heimat plaudern konnte.

Einmal sah sie hinüber zu Steve und merkte, wie er den Ausschnitt ihres Kleides musterte. Es schien ihr, als habe sein Blick sie berührt, und für kurze Zeit vermochte sie dem Gespräch der jungen Leute nicht zu folgen. Sie hatte nur noch Augen für Steve. Nur er existierte für sie in diesem Raum.

Dann ertönte Musik aus einem anderen Zimmer, und die Paare gingen hinüber, um zu tanzen. Einer der jungen Männer, der Lacey vorgestellt worden war, fragte sie, ob sie tanzen wolle, und sie folgte ihm. Noch einmal schaute sie sich zu Steve um, lächelte ihn zögernd an und hoffte, dass er sie später auffordern würde. Steve blickte nur ihren Begleiter an, runzelte die Stirn und wandte sich wieder dem älteren Ehepaar zu, mit dem er sich zuvor unterhalten hatte.

Für Lacey war das wie ein Schlag ins Gesicht. Steve war es ganz egal, mit wem sie tanzte oder was sie tat. Sie war töricht, wenn sie sich einbildete, dass er mit ihr tanzen wollte, sosehr sie sich auch danach sehnte, sich an seine Brust geschmiegt in seinen Armen zu wiegen.

Der junge Mann, mit dem sie sich jetzt zwischen den anderen Paaren drehte, war kein Ersatz.

Lacey wechselte die Tanzpartner und wurde schließlich von Kyle Lincoln aufgefordert. Auch mit ihm unterhielt sie sich über

Barbados, wobei sie es sorgfältig vermied, Steves Namen zu erwähnen. Aber Kyle war nicht so zurückhaltend und erzählte mehrere Anekdoten aus seiner und Steves Kindheit. Lacey lachte über einige der Eskapaden, und sie genoss den Tanz mit Kyle.

Plötzlich stand Steve vor ihnen, und nachdem sie sich von ihrer Überraschung erholt hatte, lächelte Lacey ihn an. Er nickte seinem Freund zu, legte den Arm um Lacey und zog sie fest an sich.

„Du bringst mich noch zur Raserei in diesem Kleid", sagte er rau und begann, sich nach dem Rhythmus der Musik zu bewegen.

Lacey bedachte ihn mit einem verführerischen Augenaufschlag. „Warum?", fragte sie.

„Du trägst nicht mal einen BH darunter. Ist das auch so eine kalifornische Sitte?"

Lacey kicherte. „Steve, ich kann dir sofort fünf Frauen auf dieser Party nennen, die ebenfalls keinen BH tragen. Geht es deswegen bergab mit der Moral auf der Insel?"

Obwohl Steves Miene sich verdüsterte, streichelte er mit den Händen Laceys nackten Rücken. Sie schmiegte sich an ihn, und sein Gesicht entspannte sich.

„Ich habe so viele nette Leute kennen gelernt. Vielen Dank, dass du mich mitgenommen hast." Lacey fuhr ihm vorsichtig mit den Fingern durch das dichte Haar. „Kyle ist besonders lieb."

„Er ist verheiratet", entgegnete Steve knapp.

„Ja, ich weiß, mit Lynn. Ich mag sie auch."

Für einen Moment meinte Lacey, einen Hauch von Wehmut in Steves Augen zu entdecken. Doch dieser Ausdruck war sofort wieder verschwunden, so dass sie glaubte, es sich eingebildet zu haben. Warum sollte Steve Carmichael auch wehmütig sein?

„Ein glückliches Paar", sagte er nur. „Wenn du genug Leute kennen gelernt hast, lass uns nach Hause fahren. Im Allgemeinen besuche ich die Partys meiner Eltern nicht."

„Glaubt deine Mutter deswegen, dass ich deine Freundin bin?", neckte Lacey ihn, denn zahlreiche Bemerkungen, die Mrs. Carmichael an diesem Abend gemacht hatte, hatten bei ihr diesen Eindruck erweckt.

Steve ergriff ihren Arm und führte sie hinüber in eine Ecke, wo sie ungestört waren.

„Du bist nicht meine Freundin, und das werde ich auch meiner Mutter erklären. Darauf hattest du es wohl die ganze Zeit angelegt? Du wolltest es auf einen Versuch ankommen lassen, nur so zum Spaß. Ein kleines Spiel mit den Gefühlen anderer, und dann flatterst du weiter zum Nächsten, bis du den reichsten Mann gefunden hast."

Steves Stimme war rau und tief, seine Augen glitzerten gefährlich, und er hielt Laceys Arm so fest, dass ihr die Tränen kamen.

Er war zweifellos wütend, aber sie hatte ihn doch nur mit den falschen Hoffnungen seiner Mutter aufgezogen.

„Steve, es tut mir leid. Ich wollte dich nicht verärgern. Du tust mir weh." Sie versuchte, sich aus seinem Griff zu befreien. „Ich bin nicht Elizabeth, stecke mich nicht mit ihr in eine Schublade. Ich kann nicht ändern, was dir in der Vergangenheit widerfahren ist, aber ich bin ein ganz anderer Mensch. Ich bin ich."

Er atmete tief durch und bemerkte erst in diesem Moment die Tränen in ihren Augen.

Sein Mund wurde schmal. „Ich fahre jetzt nach Hause. Wenn du mitkommen willst, okay. Wenn du dich jedoch von einer deiner Eroberungen zurückbringen lassen willst, dann lass es mich wissen."

„Ich habe keine Eroberungen gemacht. Ich begleite dich", sagte Lacey und blinzelte, um die Tränen zu vertreiben. Sie war wütend und verletzt. Steve hatte sie hierher gebracht, damit sie andere Leute kennen lernte. Jetzt führte er sich auf, als ob sie sich danebenbenommen hätte. Was war nur los mit ihm? War er etwa eifersüchtig? Lacey verdrängte diesen Gedanken sofort, da er ihr völlig abwegig erschien.

Endlich gab Steve ihren Arm frei und ging voran durch das Zimmer. Lacey folgte ihm mit einem aufgesetzten strahlenden Lächeln, während sie einigen ihrer neuen Bekannten zum Abschied zuwinkte.

Lynn holte sie ein, bevor sie die Eingangshalle erreicht hatte.

„Wollen Sie schon gehen?“, fragte sie.

„Ja, aber ich hoffe, wir sehen uns bald einmal“, antwortete Lacey.

„Bestimmt. Ich rufe Sie an“, versprach Lynn. „Ich habe Ihre Telefonnummer, meine Mutter ist mit Eleanor befreundet. Schön, Sie kennen gelernt zu haben, Lacey.“ Mit diesen Worten wandte sie sich ab. Anschließend suchte Lacey ihre Gastgeber auf und verabschiedete sich auch von ihnen.

„Wann sehen wir uns wieder?“, fragte Sally.

„Ich weiß nicht, aber ich rufe Sie vor meiner Abreise noch einmal an.“ Sollte Steve das mit seiner Mutter klären. Lacey wollte jetzt nur noch nach Hause.

Steve hatte den Wagen bereits vorfahren lassen, als sie aus dem Haus kam. Sie hatte sich beeilt und trug den Regenmantel über dem Arm. Es nieselte nur noch leicht. Steve hielt ihr die Beifahrertür auf, und sie bedankte sich mit einem höflichen Lächeln. Er verzog keine Miene, nahm neben ihr Platz und fuhr schweigend davon.

Lacey starrte geradeaus in die Dunkelheit und fragte sich, warum Steve so aufgebracht war. Er hatte vorgeschlagen, zu dieser Party zu gehen, und hatte sie praktisch gezwungen, mitzukommen.

Die Nachtluft war kühl und feucht, und sie begann zu frieren. Sie bereute es, den Mantel nicht übergezogen zu haben, denn in der Enge des Autos war es schwierig, das nachzuholen. Steve, der ihr Unbehagen bemerkte, stellte die Heizung an.

„Vielen Dank“, sagte sie verbindlich. Als es im Auto warm wurde, begann sie, sich ein wenig zu entspannen. Es war spät, außerdem war sie müde nach diesem ereignisreichen Tag.

Steve stoppte den Wagen vor ihrem Haus und schaltete den Motor und die Scheinwerfer aus. Er öffnete die Tür auf seiner Seite.

„Von hier schaffe ich es allein.“ Lacey stieg aus, denn sie war nicht daran interessiert, diesen Abend zu verlängern.

„Ich bringe dich zur Tür", sagte er nur.

Sie holte den Schlüssel aus ihrer Handtasche. Steve nahm ihn ihr ab und schloss auf. Im Flur brannte eine kleine Lampe, der Rest des Hauses war dunkel.

„Nochmals vielen Dank." Lacey blieb im Eingang stehen. Wenn Steve es so eilig hatte, heimzukommen, wollte sie ihn schließlich nicht aufhalten.

„Jetzt kennst du also noch ein paar Leute auf der Insel." Da sein Gesicht im Schatten war, konnte Lacey ihn kaum sehen.

„Das bedeutet, dass du mich nicht mehr um Hilfe bitten musst", fuhr er gespielt fröhlich fort. „Du kannst deine Verführungskünste bei anderen ausprobieren. Ich gebe dir nur einen Rat, lass die Finger von Kyle."

Lacey wies ihn nicht darauf hin, dass die meisten Männer, die sie heute Abend kennen gelernt hatte, verheiratet waren. Das wusste er schließlich selbst, und wenn Steve glaubte, dass sie hinter verheirateten Männern her war, schätzte er sie falsch ein. Sie war nicht nach Barbados gekommen, um ein Abenteuer zu erleben.

„Mach dir keine Sorgen um mich", sagte sie und wollte die Tür vor ihm schließen.

Er fuhr ihr mit dem Finger über die Wange, und Lacey war überrascht. Sie versuchte, den Ausdruck auf seinem Gesicht zu deuten, aber es war zu dunkel. Sein Finger glitt von ihrer Wange über ihren Hals zu der Vertiefung zwischen ihren Brüsten, und Lacey hielt den Atem an. Ein fast schmerzhaftes Sehnen erfüllte ihren Körper, und sie begann zu zittern.

Sie griff nach seiner Hand und zog sie weg, aber Steve umfasste ihr Handgelenk und schob ihr den Arm auf den Rücken. Obwohl er ihr nicht wehtat, zwang diese unbequeme Position Lacey, sich ihm entgegenzubiegen.

Steve trat noch näher, legte seine freie Hand an ihren Hinterkopf und senkte seinen Mund auf ihren.

Sie ließ den Regenmantel fallen und umschlang Steves Schultern. Sie war bereit für ihn und doch erschrocken über die Heftigkeit seines Kusses. Seine Lippen waren heiß und fordernd, und er hielt sie so fest an sich gepresst, dass sie kaum noch atmen konnte. Die Hitze seines Mundes schien sie zu verbrennen, erregte sie und weckte ein nie gekanntes Verlangen.

Lacey erwiderte den Kuss, ließ ihre Hände über Steves Brust, gleiten, fühlte die kräftigen Muskeln unter der weichen Seide des Hemdes. Sie glaubte am ganzen Körper zu glühen und spürte nichts mehr von der Kühle des Abends.

Ein vorbeifahrendes Auto brachte sie beide in die Wirklichkeit zurück. Steve löste sich von Lacey und schaute ihr ins Gesicht. Seine Augen glitzerten im schwachen Licht der Flurlampe. Lacey atmete schwer. Ihr Puls raste, und sie befürchtete, die Kontrolle über ihre Beine zu verlieren.

Sie merkte, dass auch Steve um Fassung rang, doch sein Blick war zornig.

„Du bist eine Hexe, aber ich lasse mich von deinem Zauber nicht einfangen", sagte er leise. Ohne ein weiteres Wort drehte er sich um und ging zu seinem Auto.

Lacey stand noch immer in der offenen Tür und sah zu, wie Steves Wagen davonfuhr. Sie verharrte in dieser Position noch lange, nachdem Steve in seinem Haus verschwunden war.

Am nächsten Morgen vergewisserte Lacey sich, dass Steves Wagen verschwunden war, bevor sie zum Strand hinunterging. Nach dem Mittagessen setzte sie sich mit einem Buch unter einen schattigen Baum im Garten. Von dem gestrigen Sturm war nichts mehr zu spüren. Die Luft war wieder warm und erfüllt von Blütenduft, und Lacey atmete tief durch.

Als sie ein Auto vorfahren hörte, stand sie auf und ging um das Haus, um nachzuschauen, wer da kam. Ein junger Mann kletterte aus Mrs. Tuttles Wagen.

„Sind Sie Miss Stanford?“, fragte er, während ein weiteres Auto vor der Einfahrt hielt.

„Ja“, bestätigte sie.

„‚George’s Autowerkstatt‘. Wir haben Ihren Wagen repariert. Es war der Verteiler, eine üble Sache. Aber jetzt ist alles in Ordnung“, berichtete er. „Wenn Sie bitte hier unterschreiben würden.“ Er reichte ihr einen Zettel.

Lacey war wie versteinert. Sie hatte Mrs. Tuttles Auto ganz vergessen. Wie konnte das nur geschehen, und wer hatte daran gedacht? Es musste Steve gewesen sein.

Sie unterzeichnete das Formular und gab es dem jungen Mann zurück. „Soll ich das Geld überweisen, oder nehmen Sie einen Scheck?“, fragte sie.

„Das ist alles erledigt.“ Er nickte ihr zu und ging zu dem Wagen, der auf ihn wartete.

Lacey schmunzelte. Steve war wirklich sehr rücksichtsvoll. Er rettete sie aus dem Unwetter, nahm sie mit zur Party, und jetzt auch noch das. Natürlich musste sie ihm die Kosten für die Reparatur erstatten und sich bei ihm bedanken, sobald er zurückkam.

Steve traf ein, als Lacey gerade beim Essen war. Sie hörte sein Auto vorfahren und lief sofort nach draußen, um ihn abzufangen, bevor er sein Haus betrat.

Er blieb stehen, als er seinen Namen hörte, und sah Lacey entgegen. Sie lächelte zaghaft zu ihm auf, er verzog hingegen keine Miene. „Vielen Dank, Steve, dass du dich um mein Auto gekümmert hast. Das war lieb von dir.“

„Schon gut“, sagte er ruhig, aber er hatte die Hände zu Fäusten geballt, als er Lacey ansah. Dann schaute er weg und blickte schweigend hinaus zum Meer. Lacey redete schnell weiter, um die peinliche Stille zu unterbrechen.

„Trotzdem vielen Dank. Und sag mir bitte, was es gekostet hat, damit ich dir das Geld geben kann.“ Sie hoffte, dass er endlich etwas sagen und nicht so abweisend vor ihr stehen würde.

„Ich lasse dir die Rechnung vom Büro aus zuschicken.“ Steve bedachte sie wieder mit einem Blick, zögerte einen Moment, als ob er etwas sagen wollte, doch dann drehte er sich um und ging ins Haus.

Lacey beobachtete ihn dabei und fühlte sich auf einmal sehr einsam. Steve machte sich nichts aus ihr, während ihre Gefühle für ihn immer stärker wurden. Seufzend drehte sie sich um und ging zu ihrem Haus zurück.

7. KAPITEL

Während der nächsten beiden Tage achtete Lacey sorgfältig darauf, Steve nicht zufällig über den Weg zu laufen. Sie hielt sich nur am Strand auf, wenn sie Steve im Büro wusste, und abends blieb sie im Haus, um ihm nicht bei einem nächtlichen Spaziergang zu begegnen.

Als sie am Donnerstagmittag vom Strand zurückkam, bemerkte sie zwei Autos in Steves Einfahrt, seine dunkle Limousine und einen fremden Wagen. Doch das ging sie nichts an. Steve konnte schließlich tun und lassen, was er wollte.

Sie machte sich etwas zu essen, duschte und zog sich Shorts und ein leichtes Oberteil an. Da es heiß war, wollte sie heute nicht mehr wegfahren. Sie band ihr Haar im Nacken zusammen und kam mit einem Buch unter dem Arm nach unten. Dabei blickte sie aus dem Fenster und sah, dass Steves Wagen noch immer in der Einfahrt stand. Das andere Auto war verschwunden. *Ob Steve zu Hause ist*, überlegte Lacey.

Sie setzte sich in den kühlen Schatten eines Mimosenbaumes und war schon bald in ihren spannenden Kriminalroman vertieft. Das Splittern von Glas, gefolgt von dem lauten Fluchen einer Männerstimme, ließ sie zusammenschrecken. Sie wandte den Kopf zu Steves Grundstück, von dem der Krach gekommen war, und lauschte angespannt. Da hörte sie es wieder, nicht mehr so laut, aber es handelte sich zweifellos um Steve.

Hatte er das Glas zerbrochen und sich dabei verletzt? Lacey erhob sich aus ihrem Liegestuhl und legte das Buch zur Seite. Sie durchquerte den Garten, um nachzuschauen, was geschehen war. Entschlossen ging sie um die Mauer, die die beiden Gärten voneinander trennte, und klopfte an die Hintertür von Steves Haus.

„Pass auf, wenn du reinkommst. Hier liegen überall Glasscherben“, rief Steve aus der Küche.

Lacey öffnete die Tür und trat ein. Ihre Augen mussten sich erst an das dunkle Licht gewöhnen.

Dann bemerkte sie Steve, der auf Krücken gestützt am Kühlschrank lehnte. Er trug kurze Hosen, und sein linkes Bein war bis zum Knie in Gips. Der Küchenboden war mit Glasscherben und Resten von Kartoffelsalat übersät.

Lacey, die die Situation mit einem Blick erfasste, sah sich nach einem Besen um. „Ich mache das sauber“, versprach sie. „Rühr dich nur nicht vom Fleck, sonst rutschst du mit den Krücken auf einer Scherbe aus und brichst dir auch noch das andere Bein.“

Nachdem sie einen Besen gefunden hatte, fegte sie die Scherben und den Kartoffelsalat zusammen. Anschließend holte sie einen Eimer Wasser und einen Mopp und wischte den Boden. Zwischendurch warf sie einen Blick auf Steve. Er war sehr blass und schien Schmerzen zu haben.

„Was ist passiert?“, fragte sie und stellte den Mopp zur Seite. Jetzt sah sie auch die Schramme an seiner Stirn und das Pflaster auf seinem linken Arm. „Setz dich bitte erst einmal hin“, forderte sie Steve auf.

Er schaute sie dankbar an. „Mir geht es grässlich“, gestand er.

„Vielleicht solltest du dich etwas hinlegen.“ Lacey berührte seinen Arm, um ihn zu stützen. „Kann ich dir helfen?“, erbot sie sich besorgt.

„Nein danke, es geht schon.“ Er humpelte auf seinen Krücken zu einem Stuhl am Küchentisch und ließ sich umständlich darauf nieder.

Lacey nahm ihm die Krücken ab und stellte sie an die Wand.

„War das dein Mittagessen?“ Sie wies auf den Abfall, den sie zusammengekehrt hatte.

„Ja, ich war hungrig, aber ich bin offenbar nicht mal in der Lage, mir eine Schüssel Kartoffelsalat zu holen.“

„Das ist auch schwer, wenn man beide Hände für die Krücken braucht. Ich mach dir was zurecht. Was ist denn nun passiert?“

„Ich bin die Steintreppe in meinem Büro hinuntergefallen und habe mir den Fuß gebrochen", erzählte er.

„Und am Kopf hast du auch etwas abbekommen." Erst jetzt wurde ihr klar bewusst, dass Steve sich noch viel schlimmer hätte verletzen können. Sie blinzelte, um diese schreckliche Vorstellung zu verdrängen. Dann schaute sie sich in der Küche nach etwas zu essen um.

„Willst du mich jetzt mit deinen Kochkünsten beeindrucken?", fragte er spöttisch.

Lacey beachtete seine schlechte Laune nicht. „Wenn ich dich mit Erdnussbutter- und Marmeladensandwiches beeindrucken kann, gern. Sonst muss ich dich leider enttäuschen."

Steve entspannte sich ein wenig und lehnte sich auf dem Stuhl zurück. Er beobachtete, wie Lacey ein Glas Erdnussbutter aus einem Regal nahm, es öffnete und daran schnupperte.

„Du trägst noch immer keinen BH", bemerkte er.

„Nein, es ist zu heiß. Glaubst du, dass ich einen brauche?" Sie sah ihn verschmitzt an.

Steve blickte so interessiert auf ihre Brüste, dass Lacey rot wurde. Jetzt lächelte er und schüttelte langsam den Kopf.

Wütend drehte sie sich um und klappte die bestrichenen Brotscheiben zusammen. *Ich habe ihn herausgefordert,* dachte sie, während sie noch immer die Hitze in ihren Wangen spürte. Aber wenn Steve dadurch für einen Moment seine Schmerzen vergessen hatte, wollte sie ihm nicht böse sein. Er hatte sie auch vorher schon so angesehen, sie sogar berührt. Lacey verspürte wieder das leichte Kribbeln im Bauch. Sie holte tief Luft, legte die Sandwiches auf einen Teller und stellte diesen vor Steve auf den Tisch.

Anschließend holte sie Milch aus dem Kühlschrank und schenkte ein Glas ein. Sie beugte sich vor, um es Steve hinzuschieben.

„Bitte etwas mehr nach rechts", sagte er.

Lacey musste sich noch weiter vorbeugen, um das Milchglas in die gewünschte Position zu bringen. Es entging ihr nicht, dass er ihr dabei in den Ausschnitt schaute.

Sie richtete sich auf und bedachte Steve mit einem wütenden Blick, doch er lächelte nur und griff nach dem Brot. Am liebsten hätte Lacey ihm die Milch über den Kopf geschüttet, aber dafür hätte sie sich wieder nach vorn lehnen müssen, und das wollte sie auf keinen Fall.

Sie zog sich einen Stuhl heran und setzte sich. „Wie lange musst du an Krücken gehen?“, fragte sie.

„Etwa eine Woche hat der Arzt gesagt. Dann bekomme ich einen Gehgips, und wenn der nach ein paar Tagen hart ist, bin ich wieder auf den Beinen.“

„Wie ist es zu dem Sturz gekommen?“, fragte Lacey neugierig.

„Das geht dich nichts an“, wies er sie zurecht und biss in das Sandwich.

Sie sprang auf. Diesmal war Steve zu weit gegangen. „Auf Wiedersehen, Mr. Carmichael“, verabschiedete sie sich kühl.

Doch bevor sie zurückweichen konnte, hatte Steve ihren Arm ergriffen und zog sie zu sich heran.

„Bitte geh nicht. Es tut mir leid.“ Er schaute ihr in die Augen, die jetzt vor Zorn grau waren. Lacey hatte ihm helfen wollen, und er hatte sie abgewiesen.

„Also gut, ich entschuldige mich noch einmal“, lenkte er ein. „Ich bin die Treppe im Büro hinuntergegangen und war mit den Gedanken woanders. Die Stufen sind alt und abgetreten, ich bin gestolpert und die ganze Treppe hinuntergefallen.“

Laceys Wut war verflogen. „Männer sind immer schlechter Laune, wenn es ihnen nicht gut geht“, sagte sie mitfühlend. „Ich kenne das von meinem Vater und meinem Bruder.“

„Außerdem habe ich Kopfschmerzen“, klagte er, „aber ich schaffe es nicht, nach oben zu humpeln.“

„Hast du kein Sofa hier unten, wo du dich hinlegen kannst?“, fragte sie. Steve hielt ihren Arm noch immer umfasst und streichelte mit dem Daumen ihre weiche Haut. Lacey wurde nervös. Sie sah, wie sich die harten Spitzen ihrer Brüste unter dem T-Shirt abzeichneten, und sie wollte Steve entkommen, bevor auch er ihre Reaktion bemerkte. Sie zog ihm ihren Arm weg, und Steve griff nach seinem Milchglas.

Lacey wartete, bis er ausgetrunken hatte, und stellte das Glas in die Spüle. Auch die Sandwiches hatte er fast alle gegessen. Sie lächelte, als sie an Steves Bemerkung über ihre Kochkünste dachte. Sie war tatsächlich eine gute Köchin, wie er vielleicht noch herausfinden würde.

„Ich bringe dir heute Abend noch etwas zu essen vorbei", versprach sie und ging zur Tür.

„Ich schaffe das auch allein", wehrte er ab.

„Natürlich, wie mit dem Kartoffelsalat", erinnerte sie ihn.

„Würdest du mir bitte meine Krücken zurückgeben, bevor du wieder gehst?"

Lacey hatte vergessen, dass sie diese außerhalb seiner Reichweite an die Wand gelehnt hatte. Nachdem sie sie ihm gebracht hatte, blieb sie einen Moment zögernd stehen. Vielleicht brauchte Steve doch ihre Hilfe.

Er stand unsicher auf und humpelte durch die Halle zum Wohnzimmer. Lacey begleitete ihn, um sich zu vergewissern, dass er das Sofa sicher erreichte.

Am Treppenabsatz blieb er stehen und schaute zu ihr herab. Sie lehnte den Kopf leicht zurück, und noch bevor sie zurücktreten konnte, hatte Steve seinen Mund auf ihren gesenkt.

Sie spürte seine festen Muskeln an ihren Brüsten. Ihre erhitzte Haut war von seiner nur durch den dünnen Stoff ihrer Kleidung getrennt.

„Du könntest mich umstoßen", flüsterte er an ihren Lippen.

„Warum tust du das immer wieder?", fragte Lacey leise. Ihr Herz klopfte so laut, dass sie überzeugt war, Steve würde es hören.

„Ich kann nicht widerstehen." Er bedeckte ihren Mund mit sanften, kleinen Küssen.

„Eines Tages wirst du es müssen", sagte sie.

„Nein." Er fuhr ihr sanft mit der Zunge über die Unterlippe.

„Ich muss jetzt gehen." Lacey war frustriert. Sie wollte richtig geküsst werden, und Steve wusste es.

„Bleib." Er küsste ihren Mundwinkel.

„Du kannst mich nicht einmal leiden", protestierte sie.

„Aber ich will dich."

Endlich presste er seine Lippen auf ihre, ergriff leidenschaftlich von ihrem Mund Besitz. Es war himmlisch, und Lacey glaubte zu schmelzen.

Als Steve nach einer Weile sein Gewicht auf den Krücken verlagerte, wurde Lacey wieder an seine Verletzung erinnert. So schwer es ihr auch fiel, sie musste den Kuss beenden, denn Steve konnte nicht stehen bleiben.

Langsam hob sie die Hände, legte sie auf seine Brust und schob ihn vorsichtig zurück, so dass er nicht das Gleichgewicht verlor. Er löste seinen Mund von ihrem und sah sie einen Moment verwirrt an. Offenbar verstand er nicht, warum sie sich zurückzog, aber es wäre unverantwortlich gewesen weiterzumachen.

„Woran hast du gedacht, bevor du gefallen bist?", fragte Lacey, um die Spannung, die plötzlich zwischen ihnen herrschte, etwas zu mildern.

„Das geht dich nichts an", antwortete er leise.

Lacey kniff die Augen zusammen. „Ein Schubs, und du fällst hin und brichst dir auch das andere Bein", drohte sie.

Steve blickte sie lange an, dann seufzte er leicht. „An dich."

Hatte sie richtig gehört? Er hatte so leise gesprochen, dass Lacey sich nicht sicher war. Sie befeuchtete ihre trockenen Lippen mit der Zungenspitze. Noch einmal schaute sie sehnsüchtig zu seinem Mund und wünschte sich, ihn küssen zu können.

„Soll ich dir zum Sofa helfen?", fragte sie. Am liebsten hätte sie sich ausgezogen und sich neben ihn gelegt, aber diesen Wunsch hätte sie niemals laut geäußert.

Steve richtete sich auf und wich zurück. „Vielen Dank, aber ich habe dir schon gesagt, dass ich deine Hilfe nicht brauche", entgegnete er steif.

Lacey wollte sich nicht anmerken lassen, wie sehr sie diese Bemerkung verletzte. „Ich bringe dir später etwas zu essen." Sie wandte sich ab und ging auf den Eingang zu.

„Ich habe genug Freunde und Verwandte, die in kurzer Zeit hier sein können", rief er ihr nach. „Du musst dich nicht um mich kümmern, nur um mir zu zeigen, was für eine gute Hausfrau du bist."

„Ich stell dir das Essen auf den Küchentisch, und da kann es meinetwegen vergammeln", schrie sie zurück, ohne sich noch einmal umzudrehen.

Mit einem Knall warf sie die Tür hinter sich zu, um ihrem Ärger Luft zu machen. Dieser Mann trieb sie zur Verzweiflung – und sie liebte ihn.

Diese Erkenntnis traf Lacey wie ein Schlag, und für einen Moment verharrte sie regungslos. Nein, das war unmöglich. Wie konnte sie Steve lieben, wo er sie nicht einmal leiden mochte? Aber er wollte sie, und sie wollte ihn. Sie liebte ihn um seiner Freundlichkeit und seiner Rücksichtsnahme willen. Sie liebte sogar seine Launen. Mit seinem blendenden Aussehen und der Art, wie er ihr zu Hilfe geeilt war, auch wenn er schwor, es nie wieder zu tun, hatte er ihr Herz erobert. Seine Küsse und seine Zärtlichkeiten erregten sie auf eine Weise, wie sie es nie zuvor erlebt hatte. Lacey fühlte mit ihm, weil er sich den Fuß gebrochen hatte, und sie wagte nicht daran zu denken, wie viel schlimmer es hätte kommen können.

Aber sie wollte nicht mit den anderen Frauen, die Steve gekannt hatte, in eine Schublade gesteckt werden. Sie war anders als Suzanne mit ihrer Teenager-Schwärmerei oder Elizabeth, die nur auf ihren Vorteil bedacht war. Steve durfte nicht erfahren, was sie für ihn empfand. Sie würde es nicht ertragen, wenn er sich über sie lustig machte.

Sie liebte ihn, aber sie würde es für sich behalten. Langsam ging sie zurück zu ihrem Haus.

Zum Abendessen gab es Schinken, Kartoffeln und Mais. Lacey dachte daran, noch ein Blech Kekse zu backen, aber da sie es für sich allein nicht getan hätte, wollte sie auch Steve nicht damit beeindrucken. Es waren noch einige Kekse vom Vortag übrig geblieben, sie legte sie auf das Tablett, das sie zu Steve hinüberbrachte.

Lacey stellte das Tablett auf den Tisch in seiner Küche und warf einen letzten Blick darauf. Eine warme Mahlzeit, Eistee, Kekse, dazu Besteck und eine Serviette – Steve würde ein üppiges Abendessen bekommen, wenn er wollte. *Hoffentlich lässt er es nicht wirklich verderben,* dachte sie, bevor sie sich umdrehte, um wieder zu gehen.

„Lacey!“ Er war offenbar noch immer im Wohnzimmer.

„Ich habe dir dein Essen gebracht. Guten Appetit!“ Sie lächelte über den Befehlston in seiner Stimme.

„Lacey, komm her!“

„Geht nicht, mein Essen wird kalt.“

Sie hatte Angst, Steve noch einmal zu sehen, Angst davor, dass sie ihn dann nicht mehr würde verlassen können. Sie lief durch den Garten zurück zu ihrem Haus, um selbst etwas zu essen, aber sie hatte keinen Appetit. Vielleicht hätte sie bei Steve bleiben und darauf achten sollen, dass er etwas aß. In seiner Verfassung wäre er nicht in der Lage gewesen, sie hinauszuwerfen.

Ich gehe später noch einmal hinüber und hole das schmutzige Geschirr ab, beschloss sie. Als sie aus dem Fenster zu Steves Haus schaute, sah sie, dass das Licht in der Küche eingeschaltet war. Möglicherweise bedeutete das, dass er sein Abendessen jetzt zu sich nahm.

Lacey wartete bis nach neun Uhr, bevor sie zu Steve ging, um das Tablett zu holen. Sie hatte diesen Augenblick bewusst hinausgezögert, obwohl sie Steve vermutlich nicht einmal begegnen würde. Aber sie wollte etwas für ihn tun.

Steve war nicht da, als Lacey seine Küche betrat, aber sie stellte befriedigt fest, dass er seine Mahlzeit offenbar genossen hatte. Der Teller war leer und der Tee ausgetrunken. Lacey stellte das Geschirr wieder auf das Tablett und nahm auch den schmutzigen Teller und das Glas vom Mittagessen aus der Spüle, um es ebenfalls abzuwaschen. Sie würde es am nächsten Morgen mitnehmen, wenn sie Steve das Frühstück brachte.

Auf dem Büfett neben der Spüle entdeckte Lacey zwei Medizinfläschchen, von denen eines Aspirin enthielt. Sie nahm das andere in die Hand und las das Etikett. Es handelte sich um ein rezeptpflichtiges Schmerzmittel. Armer Steve, gewiss hatte er große Schmerzen. Wie es ihm wohl ging?

Sie musste es wissen. Sie ließ das Tablett auf dem Küchentisch stehen und schlich durch die Halle. Sie wollte jeden Lärm vermeiden, damit Steve nicht aufwachte, falls er schlief. Als sie an der Treppe vorbeikam, schaute sie hinauf zu den Schlafzimmern. Bestimmt hatte er es nicht gewagt, sich dort hinaufzuschleppen.

Sie fand Steve im Wohnzimmer, wo er auf dem Sofa lag, das verletzte Bein auf einer Lehne, den Kopf auf der anderen. Da er viel zu groß für das kleine Sofa war, drohte er jeden Augenblick herunterzurutschen.

„Steve?“, sagte sie leise und kniete sich neben ihn. Wenn er schlief, wollte sie ihn in Ruhe lassen, aber diese Position war anscheinend sehr unbequem für ihn.

„Hmm?“, brummte er, die Augen noch immer geschlossen.

„Bist du okay?“, fragte sie voller Mitgefühl.

„Ich fühle mich entsetzlich“, gestand er kläglich.

„Du liegst so unbequem. Kann man denn das Sofa nicht aufklappen?“

„Ja, aber das ist zu mühsam.“

Lacey richtete sich auf, verließ das Zimmer und ging hinauf in den ersten Stock, wo sie einen Wäscheschrank fand. Mit Laken, Kissen und einer leichten Decke auf den Armen kehrte sie nach wenigen Minuten zurück.

„Komm, Steve, ich mache dir das Bett“, bestimmte sie energisch.

„Lacey, ich habe dir gesagt, ich werde allein fertig.“ Seine Stimme klang schon wieder etwas kräftiger.

„Das sehe ich. Keine Angst, Steve, ich werde niemandem verraten, dass ich dir geholfen habe, und an deinem Macho-Image kratzen. Aber meinst du nicht, dass du dich gleich besser fühlen wirst, wenn du dich in einem richtigen Bett ausruhen kannst?"

„Wenn du schon in diesem Ton mit mir sprichst, dann sag doch gleich wie diese Krankenschwestern ‚wir'. Würden wir uns in einem richtigen Bett nicht besser fühlen?" Steve hatte die Augen geöffnet und funkelte Lacey an.

Diese Vorstellung, dass sie beide zusammen im Bett lagen, erschien Lacey verlockend und gefährlich zugleich. Ohne auf Steves Bemerkung einzugehen, legte sie die Laken auf einen Stuhl und reichte Steve die Krücken. Obwohl sie ihm gern beim Aufstehen geholfen hätte, hielt sie sich zurück. Sie wusste, dass sie ihn damit nur verärgern würde.

Stöhnend richtete Steve sich auf.

„Ich habe die Schmerztabletten in der Küche gesehen", sagte Lacey. „Wirken sie?"

„Ich nehme es an. Auf jeden Fall fühle ich mich benommen, und mein Kopf schmerzt entsetzlich."

„Genau wie dein Fuß und dein Arm, da bin ich sicher." Lacey bemühte sich um einen ruhigen Tonfall, aber es fiel ihr schwer, sich ihr Mitgefühl nicht anmerken zu lassen.

„Und meine Rippen, die sind auch angeknackst." Steve stand mühsam auf und schleppte sich zu einem Stuhl.

Mit wenigen Handgriffen klappte Lacey das Sofa auseinander, breitete das Laken aus und legte die leichte Decke ans Fußende. Es war noch zu heiß, um sie zu benutzen, aber in der Nacht konnte es kühler werden.

„Hast du jetzt alles, was du brauchst? Kommst du allein zurecht?", fragte sie.

„Ja, ich komme allein zurecht", knurrte er.

Lacey lächelte. Steve schien es nicht zu gefallen, dass er ihr in irgendeiner Weise verpflichtet war. Sie kniete sich neben ihn auf den Boden und schaute zu ihm auf. Er sah sie lange an, bevor er ihr eine Strähne aus dem Gesicht strich und zärtlich mit dem Finger über ihre Wange fuhr.

„Das ist nur eine kleine Gegenleistung dafür, dass du mir geholfen hast, in mein Haus zu gelangen", sagte sie leise. „Deine kostbare Unabhängigkeit ist dadurch nicht gefährdet."

Er erwiderte ihr Lächeln, ohne den Blick von ihr zu lassen. Er ließ seine Hand über ihren Nacken, dann über ihre Schulter gleiten und berührte leicht ihre Brust.

Das war zu viel. Lacey konnte nicht länger bleiben. Sie sprang auf, in der Hoffnung, dass Steve nicht erriet, wie aufgewühlt sie innerlich war.

„Gute Nacht, Steve. Ich bringe dir morgen das Frühstück." Bevor er etwas erwidern konnte, beugte sie sich herab, küsste ihn auf die Wange und eilte aus dem Haus.

8. KAPITEL

Am nächsten Morgen erwachte Lacey voller Erwartung. Sie blieb noch einige Minuten im Bett liegen und stellte sich vor, wie sie Steve das Frühstück bringen würde. Ob sie es ihm am Bett servieren sollte?

Er hatte ihr sehr deutlich gezeigt, dass er nicht von ihr abhängig sein wollte, doch er hatte keine Wahl. Er kam nicht allein zurecht, und Lacey beabsichtigte nicht, ihn zu bemuttern. Dennoch genoss sie es, Steve ein wenig zu ärgern. Das war eine bescheidene Rache für sein Verhalten ihr gegenüber.

Lacey stand auf, duschte und zog einen Badeanzug an. Sie beschloss, nur ein T-Shirt darüber zu tragen, obwohl sie gern ihr schickes Strandkleid vorgeführt hätte. Doch Steve würde wahrscheinlich eine Bemerkung fallen lassen, da sie bisher immer nur ein T-Shirt angehabt hatte, und schließlich war heute ein Tag wie jeder andere.

Sie ging nach unten und machte sich Kaffee und Toast. Sie brauchte eine kleine Stärkung, bevor sie Steve gegenübertrat. Obgleich sie sich darauf freute, ihn wiederzusehen, fühlte sie sich ein wenig befangen. Bei dieser Erkenntnis musste Lacey unwillkürlich lächeln, denn sie war es gewohnt, mit weitaus schwierigeren Situationen fertig zu werden als mit der Zubereitung des Frühstücks für einen kranken Nachbarn.

Nachdem sie gegessen hatte, ging sie hinüber zu Steves Haus. Verwundert stellte sie fest, dass die Tür nur angelehnt war.

Sie betrat die Küche und schaute sich um. Was er wohl für gewöhnlich zum Frühstück isst, Cornflakes oder Eier mit Schinken?

Lacey hielt Eier mit Schinken für eher geeignet, einen kranken Mann wieder zu Kräften kommen zu lassen, aber sie fragte besser Steve. Außerdem wollte sie wissen, ob er im Bett frühstücken würde.

Lacey durchquerte die Halle und betrat das Wohnzimmer, wo sie erstaunt bemerkte, dass Steve noch immer schlief. Es war schon spät, und im Allgemeinen arbeitete er um diese Zeit bereits im Büro. Er musste sich ernsthafter verletzt haben, als er angenommen hatte.

Sie zögerte und wusste nicht, ob sie ihn aufwecken oder weiterschlafen lassen sollte. Schlaf war die beste Medizin. Lacey sah, dass die Kleidungsstücke, die Steve am Vortag getragen hatte, auf dem Boden verstreut lagen. Wenn er sich nicht die Mühe gemacht hatte, hinauf ins Schlafzimmer zu humpeln und sich einen Schlafanzug zu holen, dann war er vollkommen nackt unter dem Laken, das um seine Hüften geschlungen war. Sein Brustkorb hob und senkte sich bei seinen gleichmäßigen Atemzügen, und Lacey sah den Bluterguss auf der linken Seite. Auch die Verletzungen an seinem Arm und Kopf hatten sich noch dunkler verfärbt.

Steve brauchte dringend eine Rasur, und Lacey verspürte plötzlich den sehnlichen Wunsch, ihren Finger über die rauen Wangen gleiten zu lassen. Sie ballte die Hände zu Fäusten und legte sie auf den Rücken, um der Versuchung zu widerstehen.

„Ist es Morgen, oder träume ich?“

Lacey schaute zu Steve herab, der sie anlächelte.

„Es ist Morgen“, sagte sie, „und ich bin wegen des Frühstücks gekommen.“

„Ich habe nichts vorbereitet“, zog er sie auf.

Sie lachte. „Ich weiß, aber ich kann es für dich machen. Was möchtest du, Cornflakes oder Eier mit Schinken?“

„Eier mit Schinken“, bat Steve und setzte sich auf, wobei das Laken noch weiter herabrutschte.

Lacey hielt den Atem an und betrachtete Steve fasziniert. Seine Haut war bis zur Taille gebräunt, und der helle Streifen darunter verriet Lacey, dass Steve unter dem Laken nichts weiter anhatte. Als sie nur zögernd aufschaute, begegnete sie Steves spöttischem Blick.

„Ich mache jetzt das Frühstück. Wie möchtest du deine Eier?“, fragte Lacey, in der Hoffnung, dass sie nicht errötet war.

„Gut durchgebraten.“ Lacey sah fasziniert zu, wie er sich über die raue Wange rieb. Genau an dieser Stelle hätte sie Steve gern berührt. Der Wunsch war so übermächtig, dass sie beinahe die Hand ausgestreckt hätte.

„Ich bin gleich zurück." Sie wandte sich ab und wollte davoneilen, bevor sie sich zum Narren machte.

„Und lass dir Zeit", rief er ihr nach. „Ich möchte duschen."

Erstaunt drehte Lacey sich wieder um. „Willst du etwa die Treppe hinaufhumpeln?"

„Hier unten gibt es keine Dusche. Außerdem fühle ich mich heute besser."

„Dein Gips könnte nass werden", warnte sie ihn.

„Ich wickle eine Plastiktüte darum", erklärte er. „Aber du gehst mir besser aus dem Weg, sonst könnte mein Anblick dein jungfräuliches Gemüt beleidigen." Steve rutschte noch weiter nach oben und war im Begriff aufzustehen.

„Du hast Recht." Lacey verließ fluchtartig das Zimmer.

Sie machte Kaffee und briet Schinken, den sie warm stellte. Die Eier wollte sie erst in die Pfanne schlagen, wenn Steve aus der Dusche kam. Sie hörte das Wasser im Bad rauschen, dann war es still. Lacey wartete noch einige Minuten, bis sie glaubte, dass Steve sich angezogen haben müsste. Dann goss sie Kaffee in eine Tasse und ging mit dieser nach oben.

Wo war Steve? Lacey schaute sich um. Die Tür zu dem Bad, das sie nach dem Sturm benutzt hatte, stand offen, aber Steve war nicht in dem Raum. Es gab mehrere Türen im ersten Stock, aber Lacey wusste nicht, welche zu Steves Zimmer führte.

„Steve?"

„Hier bin ich."

Lacey folgte der Stimme und betrat ein großes Schlafzimmer, das geschmackvoll eingerichtet war. In der Mitte des Raums befand sich ein breites Bett, und das große Fenster bot eine herrliche Aussicht über den Garten und das Meer dahinter. Die Tür zum Bad war geöffnet. Lacey sah Steve, der auf Krücken gestützt vor dem Spiegel stand und sich rasierte. Er hatte sich nur ein Handtuch um die Hüften geschlungen.

„Ich habe dir eine Tasse Kaffee gebracht", sagte Lacey. „Magst du ihn schwarz?" Sie reichte ihm die Tasse.

Steve nahm sie ihr ab und hielt dabei Laceys Hand fest. „Heiß und schwarz." Er führte die Tasse an die Lippen und schaute Lacey tief in die Augen.

Ihre Finger prickelten von der Berührung, und Laceys Herz setzte einen Schlag aus, als sie Steves Blick erwiderte.

„Bist du bald fertig?", fragte sie.

„Fertig wofür?" Steve grinste.

„Für das Frühstück." Lacey zog die Hand zurück, ein wenig enttäuscht, dass Steve sie sofort freigab.

„Ich muss mich nur noch rasieren. Ich will nachher ins Büro", antwortete er und wandte sich wieder zu dem Spiegel um.

„Um Himmels willen, werden sie dort nicht einen Tag ohne dich auskommen? Du solltest dir Zeit lassen und dich ausruhen, bevor du wieder anfängst zu arbeiten."

„Wenn ich deinen Rat brauche, wie ich mein Leben führen soll, werde ich dich fragen. Es gibt Dinge, die erledigt werden müssen und die nur ich machen kann."

Lacey zog die Nase kraus und streckte Steve die Zunge heraus. Sie wusste, dass sie sich kindisch benahm, aber das war ihr egal. Steve hatte nicht das Recht, sie zurechtzuweisen.

Er hob die Augenbrauen und drehte sich um. „Bevor du das noch einmal tust, warte, bis ich deine Lippen mit meinen berühre."

Lacey musste schlucken, um sich gegen das starke Verlangen zu wehren, das Steves Worte in ihr geweckt hatten. Sie überlegte, wann er sie wieder küssen würde, und als ob er ihre Gedanken erriet, streckte er die Hand aus, griff nach ihrem Arm und zog sie zu sich heran.

Er beugte sich vor und senkte seine kühlen Lippen auf ihre. Steve roch nach Rasierschaum, Shampoo und Kaffee, und Lacey schloss die Augen und öffnete den Mund, um Steve zu schmecken, zu fühlen und sich ganz dem herrlichen Gefühl hinzugeben, das sie erfüllte. Nur widerwillig zog sie sich schließlich zurück und atmete schwer.

Steve lächelte und wischte ihr den Rasierschaum von der Oberlippe. „Du siehst wie ein kleines Kind aus, das sich mit Schlagsahne beschmiert hat." Er musterte ihr Gesicht noch einen Moment, dann grinste er. „Ich komme in ein paar Minuten zum Frühstück herunter. Vielen Dank für den Kaffee."

Lacey wandte sich ab, um hinunterzugehen. Sie fühlte sich wie betäubt. Sie liebte Steve Carmichael und wünschte sich, ihm jeden Tag beim Rasieren zuschauen zu dürfen und anschließend mit ihm gemeinsam zu frühstücken. Als sie an dem breiten Bett vorbeikam, hielt sie einen Augenblick inne und sah sich dort im Geiste neben Steve liegen. *Das wird nie geschehen,* dachte sie, und der Schmerz, den sie empfand, war nur ein Vorgeschmack auf das, was sie bei ihrer Abreise von Barbados erwartete. Ohne sich noch einmal umzudrehen, lief sie hinunter zur Küche.

Sie schlug gerade die Eier in die Pfanne, als sie hörte, wie Steve auf seinen Krücken die Treppe hinunterhumpelte. Es dauerte noch eine Weile, bis er es in die Küche geschafft hatte.

„Gut abgepasst", sagte Lacey und stellte ihm den Teller mit den Eiern und dem Schinken auf den Tisch.

Steve setzte sich mühsam auf den Stuhl und lehnte die Krücken an die Wand. „Sieht gut aus", bemerkte er.

„Ich koche nicht oft. Dazu habe ich weder die Zeit noch die Lust. aber Eier bringe ich zustande." Lacey setzte sich Steve gegenüber an den Tisch. Eigentlich sollte ich sofort von hier verschwinden, dachte sie, aber sie wollte Steve noch ein wenig Gesellschaft leisten. Es dauerte bestimmt nicht lange, bis er sich wieder über etwas aufregte und einen Streit anfing. Dann war es Zeit für Lacey zu gehen.

„Ich dachte, alle Frauen kochen gern", mutmaßte Steve.

„Ich nicht. Ich tue es nur, wenn es unbedingt sein muss. Meistens gehe ich essen."

„Und wenn du eines Tages heiratest? Willst du es auch dann nicht probieren?“

„Ich werde nur einen Mann heiraten …“, begann sie.

„… der reich genug ist, eine Köchin einzustellen.“

„Nein, der selbst kochen kann.“ Sie lächelte ihn an. „Dann kann er für uns beide das Essen zubereiten. Auf keinen Fall will ich eine Köchin. Ich kann nicht im Nachthemd herumlaufen, wenn Personal im Haus ist.“ Lacey runzelte die Stirn. „Nein, eine Köchin kommt nicht infrage.“

„Was für eine verführerische Vorstellung. Wie sieht dein Nachthemd aus?“, fragte Steve interessiert.

Lacey bedachte ihn mit einem vielsagenden Blick. „Das Nachthemd, das ich mitgebracht habe, ist aus Batist, also fast durchsichtig. Es hat Spitze am Hals- und Armausschnitt. Vorn wird es mit einem Band zusammengehalten, und wenn man daran zieht, öffnet es sich bis hier.“ Sie zeigte auf einen Punkt zwischen ihren Brüsten und lächelte Steve aufreizend an.

Als sie das spöttische Funkeln in seinen Augen sah, wurde Lacey verwegener. Sie spürte eine seltsame Erregung und wollte ihre Beschreibung ausführlicher fortsetzen. Doch in diesem Augenblick hörte sie draußen ein Auto vorfahren.

„Erwartest du jemand?“, fragte sie.

„Nein.“

Gleich darauf wurde die Haustür geöffnet, und eine fröhliche Stimme rief: „Steve? Wo bist du?“

„In der Küche, Mutter.“ Er zuckte die Achseln, und Lacey glaubte einen Ausdruck des Bedauerns in seinem Gesicht zu lesen.

Sally Carmichael blieb an der Tür stehen und blickte Lacey erstaunt an. „Guten Morgen“, grüßte Sally freundlich. „Ich wusste nicht, dass sich jemand um meinen Sohn kümmert. Ich habe erst heute Morgen von seinem Unfall erfahren, aber jetzt verstehe ich, warum er mich gestern nicht angerufen hat.“ Mit wenigen Schritten durchquerte sie die Küche, setzte sich ebenfalls an den Tisch und schenkte Lacey ein Lächeln.

„Möchten Sie eine Tasse Kaffee, Mrs. Carmichael?“, fragte Lacey.

Sally nickte. „Ja bitte, mit Milch und Zucker.“ Dann wandte sie sich an Steve: „Und wie geht es dir, mein Sohn?“

„Es ist halb so schlimm, Mutter“, antwortete er. „Ich habe mir nur den Fuß gebrochen, und gestern Abend war ich zu müde, um dich anzurufen.“

„Und was ist mit den Verletzungen an deinem Kopf und deinem Arm?“ Sallys Besorgnis war unverkennbar.

„Es ist nichts Ernsthaftes. Ich will nachher noch ins Büro.“

„Das kommt überhaupt nicht infrage. Ich habe mit Kyle gesprochen, und er ist der Meinung, dass du einige Tage Ruhe brauchst.“

Lacey versuchte, ein Lächeln zu unterdrücken, aber Steves Miene ließ erkennen, dass es ihr nicht gelang.

„Das Gleiche habe ich ihm auch gesagt“, erzählte sie Sally.

„Und ich habe dir zu verstehen gegeben, dass ich mich nicht von einem vorlauten Mädchen bevormunden und mir sagen lasse, wie ich mein Leben führen soll.“

Lacey sah ihn verwirrt an. „Vorlaut?“

„Oder naseweis, wenn dir das besser gefällt.“

„Wenn du glaubst, dass ich meine Meinung ändere, nur weil du mich beleidigst, dann irrst du dich“, erwiderte sie empört. „Vernünftige, kluge Erwachsene sind nicht vorlaut. Du wirst dich heute noch schlechter fühlen als gestern. Aus Erfahrung weiß ich, dass eine Verletzung am zweiten Tag immer am meisten schmerzt. Außerdem glaube ich, dass man in einer Firma, die halbwegs sachkundig geleitet wird, auch mal einen Tag ohne den geschätzten Chef auskommt.“

Als Lacey aufstand und ihr T-Shirt herunterzog, begegnete sie Steves wütendem Blick.

„Ich gehe jetzt“, erklärte sie.

„Vielen Dank für das Frühstück.“ Steves zornige Stimme verriet, dass er es bereits bereute, sich von ihr bedienen lassen zu haben.

„Vielen Dank, dass Sie Steve versorgt haben“, sagte Sally. Ihre Augen funkelten belustigt, obwohl sie sich um einen ernsten Ausdruck bemühte.

„Jetzt brauche ich mich nicht mehr um ihn zu kümmern. Sie sind ja da“, erklärte Lacey.

„Ich bin kein Kind mehr.“ Steve schlug mit der Gabel auf den Tisch.

„Du benimmst dich aber so.“ Lacey war versucht, ihm wieder die Zunge herauszustrecken. Aber dann fiel ihr ein, wozu diese Reaktion beim ersten Mal geführt hatte, und so wiederholte sie nur: „Ich gehe jetzt.“ Sie nickte Mrs. Carmichael freundlich zu.

„Ich bleibe ein oder zwei Tage hier, Lacey, und da sehen wir uns doch hoffentlich noch einmal.“

Lacey lächelte nur und nickte nochmals, denn sie wollte sich nicht festlegen. Ohne sich von Steve zu verabschieden, drehte sie sich um und ging zur Hintertür hinaus. *Damit ist meine Chance, Steve näherzukommen, vertan*, dachte sie. Von nun an würde seine Mutter ihn versorgen, und in wenigen Tagen würde Kyle Lincoln ihm einen Gehgips verpassen. Danach brauchte Steve niemanden mehr und würde allein fertig werden.

Diese Überlegungen deprimierten Lacey, und sie versuchte, sich zusammenzureißen. Sie war hier, um ihre Ferien zu genießen, und es war höchste Zeit, dass sie Steve Carmichael aus ihren Gedanken verbannte.

An diesem Tag ging sie nicht mehr hinüber zu Steves Haus. Sie sah, dass der Wagen seiner Mutter noch immer in der Einfahrt parkte, und so wusste sie, dass Sally für Steve kochen und ihm seine Medizin geben würde. Trotz ihres Vorsatzes, nicht mehr an ihn zu denken, hätte Lacey sich zu gern nach seinem Befinden erkundigt. Aber sie mochte nicht hinübergehen und fragen. Steve würde es als aufdringlich empfinden und doch nur glauben, dass sie allein seines Geldes wegen an ihm interessiert war. Noch immer stellte er alle Frauen auf eine Stufe mit Elizabeth.

Lacey hatte durchaus Verständnis für Steves Misstrauen ihr gegenüber. Es musste entsetzlich sein, wenn er von seinen Mitmenschen ständig wegen seines Reichtums umschmeichelt und nicht um seiner selbst willen geliebt wurde.

Am nächsten Nachmittag saß Lacey wieder in ihrem Garten im Schatten des Mimosenbaumes. Den Kriminalroman hatte sie zu Ende gelesen, und jetzt begann sie ein Buch über die Geschichte von Barbados.

„Guten Tag. Darf ich auf einen Plausch herüberkommen?“ Sally Carmichael stand am Rand des Gartens neben der Steinmauer.

„Gern. Setzen Sie sich zu mir. Möchten Sie einen Eistee?“ Lacey hatte ein großes Glas neben sich im Gras stehen.

„Nein danke. Wir haben gerade gegessen. Ich störe Sie doch hoffentlich nicht?“ Sally war näher gekommen und zeigte auf das Buch.

„Nein. Nehmen Sie doch Platz.“ Lacey schloss das Buch und legte es neben das Teeglas. „Wie geht es Steve?“

Sally streckte sich seufzend auf der Liege neben Lacey aus. „Er arbeitet. Ich habe mich geweigert, ihn in die Stadt zu fahren, und daher hängt er jetzt am Telefon. Der Hörer scheint an seinem Ohr angewachsen zu sein.“

„Dann geht es ihm offensichtlich besser“, bemerkte Lacey.

„Nein, ich glaube, er hat noch immer starke Schmerzen, aber er will sich davon nicht unterkriegen lassen. Er nimmt seine Arbeit sehr ernst, und auch eine solche Kleinigkeit wie dieser Sturz hält ihn nicht auf.“

„Er hat Glück gehabt, dass er sich nicht schlimmer verletzt hat.“ Lacey schauderte bei der Vorstellung, dass Steve sich das Genick hätte brechen können.

„Ja, das hat er“, stimmte Sally zu. „Ich hätte ihn zu gern von der Arbeit abgehalten, aber das ist unmöglich. Steve ist sehr pflichtbewusst und glaubt, dass die Firma ohne ihn nicht läuft.“

„Handelt es sich um einen Familienbetrieb?“ Lacey streckte sich auf ihrer Liege aus.

„Ja, die Firma hat meinem Vater gehört“, erzählte Sally. „Als er starb, hinterließ er meinem Mann und mir einige Anteile, doch der Mehrheitsanteil wurde Steve übertragen. Mein Vater hatte die Firma in den letzten Jahren seines Lebens nicht sehr gut geführt, aber unter Steves Leitung hat sie einen beträchtlichen Aufschwung genommen. Er verdient jetzt gutes Geld damit, aber dafür arbeitet er auch sehr hart.“

Lacey wusste, dass Steve erfolgreich war, aber sie hatte nicht geahnt, dass er sich diesen Erfolg hatte erkämpfen müssen. Das Geschäft war hart, besonders auf internationaler Ebene.

„Erzählen Sie mir von sich, Lacey“, forderte Sally sie auf. „Wir haben uns am Abend der Party gar nicht richtig miteinander unterhalten können.“

Lacey lächelte und berichtete Sally ein wenig von ihrem Leben in Los Angeles. Obwohl sie sich erst seit zwei Wochen auf Barbados aufhielt, erschien ihr dieses jetzt weit entfernt. In wenigen Wochen würde sie in das pulsierende Leben von Südkalifornien zurückkehren.

Dieses Leben war so ganz anders als das, das Sally Carmichael führte, und so stellte Sally viele Fragen und zog Vergleiche. Der Nachmittag verflog im Nu, so dass Lacey es bedauerte, als Sally sich verabschieden musste. Sie hätte gern noch mehr über Steve erfahren. Seine Mutter hätte ihr Geschichten aus seiner Kindheit und auch aus seinem jetzigen Leben erzählen können. Aber Lacey hatte nicht zu neugierig fragen mögen, denn sie wusste, dass Steve darüber verärgert gewesen wäre.

Obwohl Steve deutlich zu verstehen gegeben hatte, dass er Lacey nicht wiederzusehen gedachte, wollte sie alles über ihn wissen. Selbst wenn sie ihm vor ihrer Abreise nach Los Angeles nicht mehr begegnete, musste sie alles über ihn erfahren: wie er als Kind gewesen war, wie die Ereignisse ihn geprägt hatten und wie er zu dem Mann geworden war, der er heute war.

Jeden Tag schaute Lacey zu Steves Haus hinüber, um zu sehen, ob seine Mutter gekommen war, um Steve zu versorgen. Tatsächlich stand der Wagen von morgens bis abends dort.

Lacey ging täglich zum Strand hinunter. Manchmal fuhr sie in die Stadt, um einzukaufen, oder sie besuchte den Markt. Ihre Haut war gleichmäßig gebräunt, ihr Haar heller geworden, und allmählich spürte sie, wie sie sich von den Anstrengungen des letzten Jahres erholte. Sie war glücklich und zufrieden, nur Steve fehlte ihr. Sie mochte ihn jedoch nicht besuchen, solange seine Mutter sich bei ihm aufhielt, zumal sie weder von ihm noch von Sally eingeladen wurde. Die Tage vergingen, ohne dass Lacey Steve zu Gesicht bekam, und das war der einzige Makel an einem perfekten Sommer.

Als Lacey eines Morgens wieder hinüber zu Steves Einfahrt blickte, parkte Sallys Auto nicht dort. Hatte Sally sich verspätet, oder hatte Steve bereits seinen Gehgips und war nicht länger auf die Hilfe seiner Mutter angewiesen?

Gegen Mittag schaute Lacey noch einmal nach. Noch immer stand Sallys Wagen nicht in der Einfahrt. Lacey war versucht, zu Steve hinüberzugehen, um ihm sein Mittagessen zuzubereiten, aber etwas hielt sie zurück. Sie wollte ihm keinen Grund zu der Annahme geben, dass sie ihm hinterherlief. Wenn seine Mutter glaubte, dass Steve allein zurechtkam, dann durfte Lacey sich nicht einmischen. Er wusste ja, wo sie wohnte. Wenn er etwas brauchte, konnte er anrufen.

Lacey schnitt Sellerie und Zwiebeln für einen Salat, den sie zu Abend essen wollte. Sie überlegte, ob sie Steve davon etwas anbieten sollte. Sie könnte ihn anrufen und fragen und brauchte ihn deswegen nicht aufzusuchen. Einen solchen freundlichen, nachbarschaftlichen Anruf würde er sicher nicht als aufdringlich empfinden.

Sie war noch immer unschlüssig, was zu tun sei, als sie aus dem Fenster blickte und sah, wie Steve um die Steinmauer bog.

Er bewegte sich erstaunlich schnell mit seinen Krücken über den Rasen und setzte sich auf einen der Stühle unter dem Mimosenbaum. Dann schaute er Lacey durch das geöffnete Fenster an, ohne ihr freundliches Lächeln zu erwidern.

„Mir fällt zu Hause die Decke auf den Kopf“, gestand er schließlich, um seine Gegenwart zu erklären.

„Geht es dir besser?“, fragte Lacey. „Ich habe bemerkt, dass deine Mutter heute nicht gekommen ist.“

„Ich werde auch allein fertig“, erwiderte er mürrisch. „Ich brauche keine Krankenschwester.“

Lacey lachte leise. „Wie wäre es, wenn du mir beim Abendbrot Gesellschaft leistest, da du nun schon einmal hier bist“, lud sie ihn ein. „Die Auswahl ist groß: gebratenes Huhn, frisches Brot und Salat. Und zum Nachtisch gibt es Erdbeertorte.“

„Vielen Dank. Das hört sich gut an“, sagte Steve.

Lacey nickte nur und wandte sich wieder dem Sellerie zu. Ihr Herz klopfte vor Freude. Sie hatte Steve fast eine Woche lang nicht gesehen, und jetzt blieb er zum Essen bei ihr. Während sie den Tisch deckte, schaute sie immer wieder hinaus in den Garten. Steve schien sich dort wohl zu fühlen, denn er saß entspannt auf seinem Stuhl im Schatten.

Lacey hatte beschlossen, das Abendbrot im Haus zu servieren, da es draußen windig war. Steve wirkte ein wenig müde, aber Lacey sah darüber hinweg und suchte nach Gesprächsthemen, die sie beide interessierten. Sie erzählte ihm von ihrer Kindheit in Südkalifornien und von ihrem Bruder und wie glücklich ihre Familie gewesen war, als dieser Suzanne geheiratet hatte. Auch Steve gab Anekdoten aus seiner Kindheit zum Besten und erzählte von den Streichen, die er mit Kyle ausgeheckt hatte. Lacey amüsierte sich köstlich.

Der Nachtisch fand Steves Zuspruch, denn er aß drei Stück von der Erdbeertorte.

„Es freut mich, dass es dir geschmeckt hat“, sagte Lacey und räumte den Tisch ab.

„Du hast großartig gekocht“, lobte Steve.

„Es ist nicht schwer, ein Huhn zu braten“, erwiderte sie. „Außerdem habe ich dir gesagt, dass ich kochen kann, es ist nur nicht gerade eines meiner Hobbys. Möchtest du noch einen Kaffee?"

Er nickte, und Lacey brachte ihm eine Tasse Kaffee ohne Milch und Zucker, heiß und schwarz, wie Steve ihn liebte.

„Morgen bekomme ich meinen Gehgips, und dann kann ich wieder zurück ins Büro", erklärte Steve.

„Soll ich dich in die Stadt fahren?", fragte sie.

„Nein, vielen Dank. Meine Mutter holt mich ab", sagte er.

„Das ist recht umständlich. Ich könnte dich zu deinem Büro fahren, anschließend in der Stadt ein wenig einkaufen, was ich ohnehin vorhabe, und dich dann wieder mit zurücknehmen." Lacey wagte kaum zu atmen. Zu gern hätte sie den nächsten Tag auf diese Weise verbracht. Ob Steve ihr Angebot annahm?

9. KAPITEL

Steve nahm einen Schluck von seinem Kaffee und nickte dann langsam. „Na gut, wenn du ohnehin in die Stadt fährst, wäre es schön, wenn du mich mitnimmst.“ Lacey senkte den Blick, um sich ihre Freude nicht anmerken zu lassen. Steve brauchte nicht zu erfahren, dass sie erst vor Kurzem eingekauft und nicht beabsichtigt hatte, am nächsten Tag wieder nach Bridgetown zu fahren. Aber Lacey liebte die Geschäfte an der Broad Street und der High Street, und dort wollte sie bummeln gehen, während Steve im Büro arbeitete. Anschließend würde sie ihn ins Krankenhaus fahren, wo er seinen Gehgips bekommen sollte.

Sie freute sich, dass sie auf diese Weise mehr Zeit mit Steve verbringen konnte. Die Ferien neigten sich langsam dem Ende zu, und sie wollte ihm beweisen, dass sie nicht seines Geldes wegen an ihm interessiert war. Aber würde er es ihr jemals glauben?

„Wann möchtest du morgen früh fahren?“, fragte sie, während sie noch immer auf ihre Tasse starrte. Lacey wagte es nicht, Steve anzusehen, weil sie befürchtete, dass er ihre Nervosität bemerken und seine Absicht ändern würde.

„Im Laufe des Vormittags, wenn es dir recht ist“, antwortete er. „Ich arbeite ein paar Stunden im Büro, dann muss ich ins Krankenhaus. Die Geschäfte öffnen gegen zehn, nicht wahr?“

Lacey nickte. „Ich würde gern einmal einen Blick in dein Büro werfen“, sagte sie, in der Hoffnung, dass Steve diese Bitte nicht für aufdringlich hielt.

Er zuckte die Schultern. „Büros sehen alle gleich aus, aber wenn du unbedingt möchtest. Wie ist deins übrigens eingerichtet?“

„Ich habe nur einen winzigen Raum, in dem ich mich kaum aufhalte. Entweder bin ich im Studio, beim Produzenten oder in einer Sitzung. Du kannst dir gar nicht vorstellen, wie viele Sitzungen wir abhalten.“

„Wahrscheinlich handelt es sich dabei um Sitzungen in einem

exklusiven Restaurant, so genannte Geschäftsessen, während deren man sich von der Öffentlichkeit bewundern lassen kann“, bemerkte Steve sarkastisch. Plötzlich hatte er wieder einen bitteren Zug um die Mundwinkel.

„Bewundert werden nur die Stars“, erklärte Lacey. „Für mich ist es meistens harte Arbeit. Ich fange frühmorgens an und bleibe, bis die Aufnahmen beendet sind. Wenn ich Glück habe, kann ich um fünf oder sechs Uhr abends gehen, aber wenn es Probleme gibt, komme ich oft erst nach Mitternacht nach Hause.“

Lacey wollte die Verbitterung von Steves Gesicht vertreiben. Sie zwang sich zu einem Lächeln und erzählte ihm einige der amüsanten Begebenheiten, die sie im Laufe der Jahre im Showgeschäft erlebt hatte, von den Eitelkeiten der Stars, den Einfällen der Drehbuchautoren und von Problemen am Set.

Allmählich entspannte sich Steve, und er hörte interessiert zu. Er lachte gerade über eine besonders lustige Episode, als sein Blick aus dem Fenster fiel und von dem Sonnenuntergang angezogen wurde.

„Ich liebe diese Zeit der Dämmerung“, sagte er leise.

Lacey schaute ebenfalls aus dem Fenster und bewunderte den Himmel, der eine Palette der verschiedensten Rottöne aufwies und vor dem sich die Palmen im Abendwind wiegten.

„Es ist wirklich wunderschön“, stimmte sie zu und beobachtete, wie der Himmel sich allmählich tiefrot färbte. Die Palmen waren jetzt nur noch als schwarze Silhouetten zu erkennen und bildeten sekundenlang einen Kontrast zum Purpur des Himmels, bevor es ganz dunkel wurde.

„Das sind die schönsten Augenblicke des Tages“, sagte Steve lächelnd. „Ich genieße das Farbenspiel am Abendhimmel. Nun habe ich fast mein ganzes Leben auf der Insel verbracht, aber ich glaube, ich habe nie zwei identische Sonnenuntergänge gesehen.“

„Das werde ich vermissen, wenn ich wieder zu Hause bin“, gestand Lacey. „In Kalifornien bin ich immer viel zu beschäftigt, um zuzuschauen, wie die Sonne im Meer versinkt. Außerdem, bei dem häufigen Smog in Los Angeles sind die Sonnenuntergänge nicht besonders aufregend."

„Reist du bald ab?", fragte Steve betont beiläufig.

„In etwa einer Woche."

„Zurück zur Arbeit?"

Lacey nickte, erstaunt, wie weit entfernt ihr ihre Arbeit auf einmal erschien. Sie hatte sich in Barbados verliebt, den sympathischen Tonfall der Menschen, die liebliche Landschaft, die strahlend weißen Gebäude und die leuchtenden Blumen, die die Luft mit ihrem betörenden Duft erfüllten. Lacey liebte alles auf dieser Insel – besonders den Mann, der neben ihr saß.

Bei dieser Erkenntnis wurde ihr das Herz schwer. Wie sollte sie es über sich bringen, dies alles zu verlassen, sich von Steve zu verabschieden? Konnte sie einfach in ein Flugzeug steigen und gen Westen fliegen, in dem Bewusstsein, Steve nie wiederzusehen? War es möglich, dass er niemals erfahren würde, was sie für ihn empfand? Für einen Moment war Lacey von dieser Vorstellung überwältigt, und sie spürte Panik in sich aufsteigen. *Nein, das schaffe ich nicht,* dachte sie verzweifelt.

Steve würde lachen, wenn er ihre Gefühle erriet, und sie beschuldigen, dass sie auch nicht besser war als Elizabeth. Schlimmer noch, er würde behaupten, dass sie, Lacey, lediglich für ihn schwärmte wie einst Suzanne.

Ich muss abreisen, dachte Lacey traurig, *auch wenn es mir das Herz bricht*. Steve durfte niemals wissen, wie viel er ihr bedeutete. Ihre Liebe war zu kostbar, als dass sie durch den Spott eines Mannes zerstört werden sollte.

Steve nahm seine Krücken und stand auf. „Ich gehe jetzt nach Hause, Lacey. Vielen Dank für das Abendessen."

Lacey war froh, endlich allein zu sein, bevor Steve ihr Geheimnis erraten konnte. „Ich freue mich, dass du vorbeigeschaut hast", meinte sie nur, obwohl es so viel gegeben hätte, was sie ihm gern gesagt oder von ihm gehört hätte. Schweigend sah sie zu, wie Steve das

Haus verließ und langsam zu seinem eigenen zurückging.

Sie stand noch lange am Fenster und schaute ihm nach, bis er nicht mehr zu sehen und seine Schritte auf dem Kies nicht mehr zu hören waren. Mit einem kleinen Seufzer drehte Lacey sich schließlich um und ging zurück zum Tisch, um abzudecken.

Sie spülte das Geschirr, räumte die Küche auf und sehnte sich dabei die ganze Zeit danach, noch einmal in Steves Armen zu liegen, seine Lippen auf ihren, seine Hände auf ihrer Haut zu spüren. Nur Steve konnte diese herrliche Erregung in ihr wecken, aber er durfte niemals von ihrer Liebe erfahren. Lacey wünschte sich, er wäre geblieben, und war gleichzeitig froh, dass er gegangen war.

Am nächsten Morgen zog Lacey ein weiß-rosa Sommerkleid mit engem Oberteil und weit schwingendem Rock an. Das Haar fasste sie im Nacken mit einem rosa Band zusammen, und die zarten Farben brachten ihre Sonnenbräune und ihre blaugrauen Augen vorteilhaft zur Geltung.

Pünktlich um zehn Uhr verließ sie das Haus und war erstaunt, dass Steve, an ihr kleines Auto gelehnt, bereits auf sie wartete. Er hatte einen Koffer bei sich und trug einen dunkelblauen Anzug, ein weißes Hemd und eine dezent gemusterte Krawatte.

Für einen Moment kam Lacey sich wie die Chauffeuse eines Generaldirektors vor. Sie verstaute den Koffer im Kofferraum und legte die Krücken auf den Rücksitz. Als sie Steve auf den Beifahrersitz half, amüsierte sie sich über seine frustrierte Miene. Lacey wusste, er ärgerte sich, dass er von ihr abhängig war.

Die Fahrt nach Bridgetown verlief recht schweigsam. Lacey war sich Steves Nähe sehr bewusst, aber sie versuchte, es zu ignorieren und sich auf den Verkehr zu konzentrieren. Noch immer fiel es ihr schwer, auf der linken Seite der Straße zu fahren, und sie wollte keinen Fehler machen und sich nicht vor Steve blamieren.

Erst als sie den Stadtrand erreicht hatten, sagte sie: „Du musst mir jetzt den Weg weisen. Ich weiß nicht, wo dein Büro ist."

„Da bin ich überrascht", murmelte er leise und nannte ihr die Richtung.

„Warum? Ich bin noch nie dort gewesen." Lacey steuerte den Wagen vorsichtig durch den dichten Verkehr.

„Bist du noch nie an dem Gebäude vorbeigegangen, in der Hoffnung, dass ich dich sehen und hineinbitten würde?", fragte er.

„Warum sollte ich so etwas Albernes tun?"

„Suzanne hat es getan."

„Typisch Teenager, nur bin ich kein Teenager, und ich bin auch nicht in dich verknallt." Sie sah ihn flüchtig von der Seite an, blickte dann aber sofort wieder geradeaus.

„Manchmal wirkst du nicht viel älter als ein Teenager, besonders wenn du mit einer verbrannten Nase am Strand herumläufst. Bieg an der nächsten Kreuzung links ab, und anschließend kannst du rechts auf den Parkplatz fahren. Schaffst du die Kurve?"

„Keine Angst, ich fahre, seit ich sechzehn Jahre alt bin. Nur kommt mir hier alles seitenverkehrt vor."

„Für uns ist das ganz normal", sagte Steve. „Ich fühle mich in den USA im Verkehr verloren."

Nachdem Lacey den Wagen auf den Parkplatz gelenkt hatte, stellte sie den Motor ab. „Schaffst du es von hier aus allein?", fragte sie, doch sie wusste, dass er sich nicht von ihr helfen lassen würde, wenn seine Mitarbeiter ihn sehen konnten.

„Ja, es geht. Um zwei Uhr muss ich im Krankenhaus sein. In meinem Koffer habe ich Sachen zum Umziehen. Die brauche ich erst dort."

„Ich werde dich rechtzeitig abholen", versprach Lacey.

Steve öffnete die Tür, um auszusteigen, zögerte dann einen Moment. „Wo willst du zu Mittag essen?"

„Ich nehme irgendwo einen kleinen Imbiss zu mir. Keine Angst, ich komme nicht zu spät zurück."

Steve seufzte und drehte sich noch einmal zu Lacey um. „Sei gegen halb eins hier, und wir essen zusammen, bevor wir ins Krankenhaus fahren."

Laceys Augen waren fast blau, als sie Steve anlächelte. Sie wusste, dass er sie eigentlich nicht zum Mittagessen einladen wollte, aber sie nahm, was sie bekommen konnte.

„Vielen Dank, ich werde um halb eins hier sein", versicherte sie.

Er kletterte aus dem Wagen und humpelte zu der großen gläsernen Eingangstür seiner Firma, auf der „The Chandlery, Import/Export" stand. Lacey wartete, bis sich die Tür hinter Steve geschlossen hatte. Dann startete sie den Wagen und fuhr davon.

Bereits vor halb eins kam sie zurück. Sie hatte ihre Einkäufe erledigt, sogar noch einen Eistee in einem der Straßencafés in der Nähe der Creenage getrunken, und trotzdem war ihr der Vormittag lang geworden. Sie stellte den Wagen auf dem Parkplatz ab und betrat das Gebäude, in dem Steve vorhin verschwunden war.

Eine Empfangsdame lächelte sie freundlich an.

„Ich bin gekommen, um Mr. Carmichael abzuholen", sagte Lacey.

„Nehmen Sie den Aufzug zum sechsten Stock. Dort ist sein Büro", erklärte die junge Dame.

Lacey stieg im obersten Stock aus. Obwohl dieses Haus bei Weitem nicht so hoch war wie die in Los Angeles, war es für Bridgetown ein großes Gebäude. Die Chefetage war luxuriös eingerichtet, mit weichem dunkelgrauen Teppichboden und hellgrauen Wänden, an denen sich farbenfrohe Bilder befanden.

Auch hier saß eine freundliche Dame an einem Empfangstisch, die Lacey zu Steves Büro führte.

Er war nicht in seinem Zimmer, aber seine Sekretärin meinte, dass er nichts dagegen hätte, wenn Lacey dort auf ihn wartete. *Ob Steve seiner Sekretärin von mir erzählt hat,* überlegte Lacey, als die junge Frau ihr die Tür zu Steves Büro offen hielt.

Lacey ging hinüber zu dem großen Fenster hinter Steves Schreibtisch, das einen herrlichen Blick über einen großen Park und das Zentrum von Bridgetown bot. Die weißen Gebäude schimmerten in der Sonne, und bunte Blumen blühten im Park und schmückten die Fensterbänke des gegenüberliegenden Hauses. Am Ende der Straße konnte Lacey das Meer schimmern sehen und den Hafen, in dem die farbenprächtigen Boote auf dem Wasser schaukelten.

Sie drehte sich um, um Steves Büro genauer zu betrachten. Es war sehr groß, mit einem repräsentativen Schreibtisch, einem Sofa an der Wand und einem kleinen Konferenztisch, um den sechs Stühle gruppiert waren. Obwohl Akten und Papierstapel auf dem Schreibtisch lagen, sah alles viel ordentlicher aus als auf ihrem Schreibtisch in Los Angeles, wie Lacey sich eingestand.

Da es ihr allmählich langweilig wurde, setzte sie sich auf die Schreibtischkante und schlug die Beine übereinander. Dann zog sie den Saum ihres Kleids ein wenig hoch und lehnte den Kopf zurück. Das war die typische Haltung einer Sekretärin, die nicht tippen konnte und ihren Sex-Appeal einsetzen musste, um den Chef zu beeindrucken. Lacey zog den Kleidersaum noch höher, stützte sich mit den Händen ab und schaute mit einem kleinen Seufzer aus dem Fenster.

„Lass dich bitte nicht von mir stören."

Erschrocken drehte Lacey sich zur Tür um. Dort stand Steve, auf seine Krücken gestützt, und musterte anerkennend und amüsiert ihre nackten Beine.

„Bitte stellen Sie jetzt keine Anrufe durch, Carol", rief er seiner Sekretärin über die Schulter zu, dann schloss er die Tür hinter sich und kam in den Raum.

Lacey hatte einen Augenblick gebraucht, bevor sie sich gefasst und ihr Kleid heruntergezogen hatte. Es war ihr ausgesprochen peinlich, in dieser Haltung von Steve beobachtet worden zu sein.

Er kam zu ihr herüber und lehnte sich an den Schreibtisch. „War das eben die Pose eines Starlets?", fragte er belustigt.

Lacey bedachte ihn mit einem wütenden Blick. „Ich habe nicht gemerkt, dass du hereingekommen bist. Ich dachte, ich sei allein, und mir war heiß." Sie sagte das Erstbeste, was ihr einfiel, denn sie wollte auf keinen Fall verraten, wovon sie geträumt hatte.

„Ich finde es hier angenehm kühl, aber wenn dir so heiß ist, dann zieh dein Kleid doch ganz aus." Steve schob ihr den Saum wieder über das Knie.

„Wie fühlt sich das an?" Seine Stimme war tief und verlockend, während er seine Finger über die weiche Haut ihres Oberschenkels gleiten ließ. Laceys Herz klopfte wild, und das Atmen fiel ihr immer schwerer.

„Bitte nicht." Sie wollte sich zurückziehen, aber Steve legte ihr den Arm um die Taille und hielt sie fest. Lacey schaute zu ihm auf, sich ihrer wachsenden Erregung nur allzu sehr bewusst. Steve war so nahe, und gleich würde er sie küssen.

Als er sich vorbeugte, nahm sie den Duft seines Aftershaves wahr – ein frischer, herber Duft, der sie von nun an immer an Steve erinnern würde.

„Blondinen wirken im Allgemeinen kühl und zurückhaltend, aber du nicht, Lacey. Du bist eine feurige, leidenschaftliche Frau." Steve richtete den Blick auf ihren Mund, und sein Gesicht näherte sich ihrem. Schon spürte sie seinen warmen Atem, und sie schloss die Augen.

Plötzlich klingelte das Telefon, so dass Lacey zusammenschrak.

„Verdammt! Ich habe sie doch gebeten, keine Anrufe durchzustellen." Steve griff hinter Laceys Rücken nach dem Telefon und zog es heran, bevor er den Hörer abnahm. Lacey war mit der Telefonschnur an Steves Körper gefesselt.

„Carmichael ... Sam ruft heute Nachmittag dort an ... Nein, das stimmt nicht ... Darüber müssen Sie mit Sam verhandeln ... Nein, ich gehe gleich weg. Wenden Sie sich an ihn." Steve legte den Hörer auf, wandte sich um und lehnte sich mit der Hüfte an den Schreibtisch.

Lacey nutzte die Gelegenheit, um vom Tisch zu rutschen und ihr Kleid glatt zu streichen. Dabei musste sie ihre Enttäuschung bekämpfen. Sie war froh, mit Steve zusammen zu sein, und er musste sie nicht küssen. Doch sie musste sich eingestehen, dass sie es sich gewünscht hätte.

„Wollen wir jetzt essen gehen?“ Nichts in seinem Tonfall erinnerte mehr an die zärtlichen Momente vor dem Anruf.

„Ja.“ Lacey hatte sich jetzt unter Kontrolle und gab sich gleichgültig und kühl. Zumindest hoffte sie, dass sie diesen Eindruck vermittelte, denn innerlich zitterte sie noch immer und sehnte sich nach Steves Umarmung und seinen Zärtlichkeiten.

Steve führte sie in ein kleines Restaurant in der Nähe des Krankenhauses, in dem sie sofort einen Platz bekamen. Das Essen war ausgezeichnet, und Steve zeigte sich von seiner charmantesten Seite.

Lacey entdeckte, dass er sehr amüsant sein konnte, solange sie nicht auf persönliche Dinge zu sprechen kam. Als sie eine Frage nach seiner Firma stellte, presste er sofort verärgert die Lippen zusammen und wechselte das Thema. Lacey beließ es bei diesem einen Versuch, aber sie war frustriert. Warum gab er ihr keine Gelegenheit, ihn näher kennen zu lernen? Wollte er auch nichts über sie erfahren?

Sie wurde immer bedrückter. Sie hatte so viele unausgesprochene Fragen an Steve, sie war traurig, dass er sich offensichtlich nicht für ihr Leben interessierte. Sie bedeutete ihm nichts.

Nach dem Essen fuhren sie zum Krankenhaus, und Lacey begleitete Steve hinein. Sie trug den kleinen Koffer, in den Steve ein paar alte Kleidungsstücke gepackt hatte, die er anziehen wollte, bevor der Gips gewechselt wurde. Kyle Lincoln erwartete sie vor der Röntgenabteilung.

„Guten Tag, Lacey. Hallo, Steve. Wie geht's, alter Junge?“

Falls der Arzt sich über Laceys Anwesenheit im Krankenhaus wunderte, ließ er es sich nicht anmerken. Für einen Augenblick spürte Lacey Steves Anspannung, registrierte seinen flüchtigen Blick in ihre Richtung, aber nach Kyles lockerer Begrüßung fing er sich wieder.

„Mir wird es sehr viel besser gehen, wenn ich endlich einen Gehgips habe." Steve reichte seinem Freund die Hand.

Lacey beobachtete die beiden Männer, die sich eine Weile unterhielten. Der Arzt erkundigte sich nach dem Befinden seines Patienten und gab ihm Ratschläge für eine schnelle Genesung.

Selbst auf Krücken und mit dem Fuß in Gips strahlte Steve noch immer Kraft und Stärke aus. Kyle war von einer ähnlichen Aura umgeben, wie man sie von einem Arzt an seinem Arbeitsplatz erwartete. Doch Patienten wirkten in einer solchen Situation meist eingeschüchtert, aber Steve benahm sich, als würde er sich in seinem eigenen Büro befinden.

Eine Krankenschwester kam mit einem Rollstuhl zu ihnen. „Ich kann Mr. Carmichael jetzt in den Röntgenraum bringen, Dr. Lincoln", sagte sie.

„Sehr schön. Sobald dein Fuß geröntgt ist, kommt der Gips runter und der Gehgips rauf. Danach wird noch eine Aufnahme gemacht, und dann kannst du nach Hause."

„Ich brauche keinen Rollstuhl", protestierte Steve.

„Das ist bei uns so üblich", erklärte Kyle.

„Ich kann laufen", beharrte Steve.

„Sei nicht kindisch, Steve. Du wirst schneller gesund, wenn du die Anweisungen deines Arztes befolgst", sagte Lacey und wollte ihm die Krücken abnehmen.

„Und ich will nicht …"

„… dass du mir sagst, was ich zu tun habe", beendete sie den Satz gleichzeitig mit ihm. „Das habe ich jetzt oft genug gehört. Lass dir mal was Neues einfallen", ergänzte sie schnippisch.

Steve hob die Augenbrauen. „Warte nur, bis ich hier fertig bin", drohte er, als er Lacey widerwillig die Krücken überließ. Dann setzte er sich in den Rollstuhl und ließ sich den Koffer geben.

Kyle lachte leise und drehte sich zu Lacey um, als Steve davongeschoben wurde.

„Ich bin froh, dass Sie es ihm gesagt haben. Wenn ich das gewagt hätte, hätte er mich mit der Krücke niedergeschlagen."

„Das bezweifle ich. Er leidet nur darunter, so unbeweglich zu sein. Wird die Prozedur lange dauern?“

„Nein, aber Steve muss eine Weile warten, bis der Gips so fest ist, dass er das Krankenhaus verlassen kann. Auch dann darf er den Fuß noch einen Tag lang nicht belasten, bis die Masse hart ist. Ich werde mir jetzt die erste Röntgenaufnahme ansehen, und danach können wir beide eine Tasse Kaffee zusammen trinken, während Steve seinen Gehgips bekommt.“

„Das hört sich gut an. Ich warte hier auf Sie.“

Lacey setzte sich ins Wartezimmer und blätterte ein Magazin durch. Es dauerte nicht lange, bis Kyle zurückkam und mit ihr in die Krankenhauskantine ging. Sie unterhielten sich eine Weile, bis Kyles Pieper ertönte.

„Wahrscheinlich ist Steve jetzt so weit, dass wir die zweite Röntgenaufnahme machen können. Danach dürfen Sie ihn mit nach Hause nehmen“, sagte der Arzt.

„Vorausgesetzt, dass er nicht wieder ins Büro will. Er hat dort heute Vormittag gearbeitet, wussten Sie das?“, erzählte Lacey, als sie Kyle zur Röntgenabteilung begleitete.

„Danach wird ihm bestimmt nicht zumute sein“, erwiderte Kyle. „Es tut höllisch weh, wenn ein Gips abgenommen und ein neuer angelegt wird. Ich glaube, er wird sich jetzt eine Weile ausruhen wollen.“

Als Lacey Steve wiedersah, wusste sie, dass Kyle Recht hatte. Steve wirkte müde, und man merkte ihm an, dass er an Schmerzen litt. Er erhob keine Einwände, als die Schwester ihn im Rollstuhl hinaus zum Parkplatz fuhr. Er trug jetzt alte Jeans, von denen er das linke Hosenbein bis zum Knie abgeschnitten hatte, und dazu ein blaues T-Shirt. Lacey nahm der Schwester den Koffer mit Steves Anzug ab und legte ihn in den Kofferraum. Sie bot Steve keine Hilfe an, da er diese ohnehin abgelehnt hätte. Kyle würde hoffentlich darauf achten, dass sein Freund sich nicht übernahm.

Kyle begleitete sie bis zum Auto und wartete, bis beide darin Platz genommen hatten. Erst dann sagte er beiläufig: „Lynn und ich möchten euch beide heute Abend gern zum Essen zu uns einladen, wenn es dir gut genug geht, Steve. Wir wollen auf der Terrasse grillen."

„Wenn Lacey uns fährt", sagte Steve, ohne sie anzusehen.

„Ich komme gern. Kann ich etwas mitbringen?", fragte Lacey und beugte sich aus dem Fenster, um Kyle besser sehen zu können. „Soll ich Lynn anrufen, wenn ich zu Hause bin?"

„Das wäre schön. Und, Steve, belaste den Gips nicht vor morgen früh. Bis später dann."

Lacey lenkte den Wagen vorsichtig vom Parkplatz und fuhr dann in die Richtung nach Hause. Als sie an einer Ampel halten musste, schaute sie Steve an und sah, dass er sich mit geschlossenen Augen in seinem Sitz zurückgelehnt hatte. War er eingeschlafen?

„Wie war es?", fragte sie leise, denn sie wollte ihn nicht aufwecken, falls er schlief.

„Es tut fast so weh wie an dem Tag, als ich gestürzt bin."

„Kyle hat mir gesagt, dass es sehr schmerzen würde. Haben sie dir Tabletten mitgegeben?"

„Ja, aber ich will jetzt keine nehmen. Vielleicht heute Abend, bevor ich schlafen gehe. Ich kann warten."

Es war noch früh am Nachmittag, und auf den Straßen herrschte nur leichter Verkehr. Schon bald hatte Lacey den Spring Garden Highway erreicht, auf dem sie nach Norden fuhr. Vom Meer wehte ein kühler Wind durch das offene Wagenfenster und blies ihr die Haarsträhnen, die sich im Nacken gelöst hatten, ins Gesicht.

Lacey genoss das Gefühl des angenehmen Luftzugs auf der Haut, denn die Sonne schien warm durch die Windschutzscheibe. Die verschiedenen Grüntöne der Bäume und Büsche am Straßenrand vermittelten die Illusion von Kühle. Schon bald bog Lacey in ihre Straße ab und stoppte den Wagen vor Steves Haus.

Steve rollte den Kopf auf dem Sitz zur Seite und öffnete die Augen. „Möchtest du heute Abend dahin fahren?", fragte er. „Wir können immer noch absagen."

„Was möchtest du denn? Wie fühlst du dich überhaupt?"

„Im Augenblick grässlich. Aber wenn ich mich eine Weile hingelegt habe, geht es mir bestimmt besser."

„Dann warten wir ab, wie du dich nachher fühlst", schlug sie vor. „Ich komme um sechs Uhr rüber, und dann entscheiden wir uns. Oder ist das zu spät?"

„Nein, ich rufe Lynn an und sage ihr Bescheid. Vielen Dank, dass du mich heute in die Stadt gefahren hast." Steve drehte sich um und schaute auf den Rücksitz. „Wo sind deine Einkaufstüten?"

„Im Kofferraum." Dort befand sich nur eine Tüte, aber Lacey wollte Steve nicht wissen lassen, dass sie keineswegs nach Bridgetown gefahren war, um einzukaufen.

Er griff nach ihrer Hand und legte sie auf seinen Oberschenkel. Da er die Augen geschlossen hatte und sich nicht rührte, wagte Lacey ebenfalls nicht, sich zu bewegen, um den Zauber des Moments nicht zu zerstören. Steve umschloss ihre zarte Hand mit seinen langen, festen Fingern, und Lacey fühlte die harten Muskeln an seinem Oberschenkel.

„Wenn ich nicht gleich aussteige, schlafe ich hier ein", sagte Steve, die Augen noch immer geschlossen.

„Und das wäre sehr unbequem. Hinaus mit dir. Brauchst du Hilfe?" So ungern Lacey dieses friedliche Zusammensein auch beendete, wusste sie doch, dass er müde war und sich ausruhen musste.

„Nein." Steve zog Lacey an sich und drückte ihr einen kleinen Kuss auf die Wange.

„Das nächste Mal nehmen wir meinen Wagen. Da haben wir mehr Platz." Er öffnete die Tür und kletterte hinaus. Ohne sich noch einmal umzusehen, humpelte er zu seinem Haus.

Lacey schaute ihm nach, während ihr Herz heftig pochte. Das nächste Mal, hatte er gesagt, als ob er plante, öfter mit ihr wegzufahren. Sie seufzte und fuhr den Wagen hinüber zu ihrer Einfahrt. Es gab noch diesen Abend, und was kam danach? Bald musste sie abreisen, und es blieb nicht mehr viel Zeit für gemeinsame Unternehmungen.

Dabei konnte sie sich nichts Schöneres vorstellen.

10. KAPITEL

Lacey zog ihren Badeanzug an. Es war zwar schon spät am Nachmittag, aber sie hatte noch etwas Zeit, bis sie sich für den Besuch bei den Lincolns zurechtmachen musste. Bis dahin wollte sie schwimmen gehen.

Auf dem Weg hinunter zum Strand blickte sie flüchtig zu Steves Haus. Es wäre schön, wenn es ihm nachher gut genug ging und sie gemeinsam zu der Grillparty fahren könnten. Lacey hoffte, dass Steve schlafen und sich bis zum Abend erholen würde. Andernfalls würde er akzeptieren müssen, dass sie für sie beide das Essen zubereitete.

Das Wasser war herrlich sanft und angenehm erfrischend bei dem heißen Wetter. Nachdem Lacey einige Runden geschwommen war, legte sie sich eine Weile in die Sonne. Schließlich war es Zeit, wieder nach oben zu gehen und sich für den Abend fertig zu machen. Aber zuerst musste sie sich nach Steves Befinden erkundigen. Wenn sein Fuß noch immer so schmerzte, war es besser, sie blieben zu Hause.

Lacey betrat Steves Haus wieder durch die Hintertür, ohne vorher anzuklopfen. Wenn er noch schlief, wollte sie ihn nicht aufwecken. Sie ging durch die Küche ins Wohnzimmer. Das Sofa war gemacht, und Steve war nirgends zu sehen.

Schnell schaute sie in die anderen Zimmer im Erdgeschoss, bevor sie es oben versuchte. Vorsichtig öffnete sie die Schlafzimmertür. Steve lag auf dem Bett und schlief, den Fuß auf ein Kissen gestützt. Sie betrachtete das Gesicht des geliebten Mannes, um sich für die vielen Jahre, die noch vor ihr lagen, jeden Zug einzuprägen. Im Schlaf wirkte Steve entspannt und verletzlich.

Lacey blieb unschlüssig an der Tür stehen. Sollte sie ihn aufwecken? Besser nicht, aber dann konnte er vielleicht in der Nacht nicht schlafen.

Vorsichtig betrat sie das Zimmer und näherte sich Steves Bett. Er lag in der Mitte, und wenn Lacey ihn berühren wollte, musste sie sich auf das Bett knien.

„Steve?“, sagte sie leise.

Er reagierte nicht.

„Steve?“ Sie kniete sich auf die Matratze, beugte sich vor und berührte leicht seine Schulter.

„Hm?“, brummte er mit geschlossenen Augen.

„Steve, möchtest du jetzt aufstehen?“ Sie hatte ihre Hand noch immer auf seine Schulter gelegt.

Steve öffnete die Augen ein wenig und schaute Lacey an.

„Warst du schwimmen?“

„Ja, es ist schön draußen. Möchtest du aufstehen?“

„Wie spät ist es?“, fragte er.

„Gleich sechs. Ich wusste nicht, ob ich mich umziehen soll oder nicht. Wenn es dir nicht so gut geht, kann ich uns das Abendessen hier machen.“

Steve schloss die Augen wieder für eine Minute. „Lass uns zu Kyle und Lynn fahren“, sagte er dann schließlich.

„Okay.“

Lacey wollte vom Bett heruntersteigen, aber Steve hielt sie fest und zog sie zu sich, so dass sie neben ihm im Bett lag.

„Dusch doch hier“, schlug er vor und sah sie mit leisem Lächeln von der Seite an.

„Nein danke, ich habe selbst eine Dusche zu Hause“, antwortete sie ihm.

„Aber dort kann ich nicht bei dir sein“, erklärte er.

Lacey lächelte. „Nein. Soll ich mir dort vorstellen, dass du bei mir bist?“ Sie versuchte, sich gegen das Verlangen zu wehren, das diese Vorstellung in ihr weckte. Sie sah Steve fest in die Augen, in der Hoffnung, dass er ihre Gedanken nicht erriet.

„Und ich stell mir vor, dass du mit mir unter meiner Dusche stehst.“ Er ließ den Finger ihr Bein empor bis unter den Saum ihres Bikinihöschens gleiten. „Ich wette, dass deine Haut hier drunter ganz hell ist.“

Laceys glaubte, innerlich zu schmelzen. Sie hatte keine Kraft mehr. Sie sollte Steve zurückstoßen, vom Bett springen und davonlaufen, aber sie konnte und wollte sich nicht bewegen. Sie hielt den Atem an, und ihr Herz schlug immer schneller.

Steve lächelte aufreizend. Aus zusammengekniffenen Augen beobachtete er Laceys Mienenspiel, während er seine Hand über ihre Hüfte zur Taille wandern ließ.

„Lacey, deine Haut ist so zart wie eine Feder und warm wie ein Sommertag."

„Steve ..." Jetzt musste sie etwas sagen, ihm Einhalt gebieten.

„Hmm?" Er stützte sich auf einen Arm und schob seine rechte Hand unter ihr T-Shirt, zeichnete ihre Rundungen nach und hinterließ eine glühende Spur auf ihrer Haut.

„Hör auf", flüsterte Lacey. Als sie ihm die Hand auf die Schulter legte, fühlte sie seine Körperwärme durch das dünne Baumwollhemd.

„Nein." Steve ließ seine Hand unter ihr Bikinioberteil gleiten. Laceys drängte sich noch enger an Steve. Es war verrückt, aber sie konnte ihn nicht zurückweisen.

Als er seinen Mund auf ihren senkte, gab Lacey ihren Widerstand endgültig auf. Sie sehnte sich nur noch nach der Ekstase, die Steve ihr bereiten würde, und öffnete bereitwillig die Lippen. Das Gefühl war vertraut und doch aufregend neu. Steves Mund war warm, seine Lippen fest und fordernd, und Lacey erwiderte den Kuss voller Leidenschaft.

Steve rollte Lacey auf die Seite und öffnete den Verschluss ihres Bikinis. Er streichelte ihren Rücken, ließ seine Hand nach vorn zu ihrer Brust wandern und umkreiste mit dem Daumen die rosige Spitze.

Lacey stöhnte, legte ihm die Arme um den Nacken und ließ ihre Finger durch sein dichtes Haar gleiten. Sie bog sich ihm entgegen, gab sich seinen Zärtlichkeiten hin, bereit, das Wunder der Liebe mit ihm zu entdecken.

In diesem Augenblick ertönte das laute Schrillen des Telefons.

„Verdammt, ich sollte alle Telefone im Haus und im Büro herausreißen lassen", fluchte Steve, rollte sich zur Seite und nahm den Hörer ab. „Hallo ... Ja, Lynn, ich wollte euch gerade anrufen. Mir geht es gut ... Ja, wir kommen bald. Kann ich irgendetwas mitbringen? ... Na gut, bis bald."

Es war also entschieden, dass sie zu den Lincolns fuhren, was bedeutete, dass Lacey sich mit dem Umziehen beeilen musste. Sie sprang vom Bett und machte mit hochrotem Kopf das Oberteil ihres Bikinis wieder zu.

„Ich bin in einer halben Stunde fertig", sagte sie, ohne Steve anzuschauen.

„Dusch hier", bat er sie noch einmal.

„Oh nein, dann schaffen wir es nie zu Kyle und Lynn", erklärte sie und ging zur Tür. Wenn Steve sie jetzt wieder küsste, würde sie nirgends mehr hingehen wollen, und damit würde sie das Schicksal herausfordern.

Er lächelte. „Wahrscheinlich hast du Recht, aber wir hätten hier mehr Spaß."

Lacey eilte hinüber zu ihrem Haus, wo sie sich sofort unter die Dusche stellte, um das Salz aus ihrem Haar und von der Haut zu spülen. Dann fönte sie das Haar und ließ es locker in Wellen über die Schultern fallen. Sie entschied sich für ein blaues Sommerkleid, das das Blau ihrer Augen betonte. Obwohl sie nach einem Blick in den Spiegel mit ihrem Aussehen zufrieden war, irritierte sie ihre Nervosität. Sie machte einige tiefe Atemzüge, bevor sie entschlossen das Haus verließ und zu Steve hinüberging.

Er erwartete sie bereits auf der Veranda. Sie lächelte zu ihm auf, blieb aber neben seinem Wagen stehen. Steve kam langsam die Treppe herunter und ging zur Beifahrerseite. Lacey fühlte sich plötzlich befangen. Nach dem, was in seinem Schlafzimmer geschehen und beinahe noch passiert wäre, wusste sie nicht, was sie zu ihm sagen sollte.

Steve blieb vor ihr stehen, stützte sich mit einer Hand auf die Krücke und hob mit der anderen Laceys Kinn. „Du siehst hübsch aus", bemerkte er mit einem grollenden Unterton. „Für wen hast du dich so fein gemacht? Für Kyle? Ich habe dir schon gesagt, er ist glücklich verheiratet. Ich will nicht, dass du mit ihm flirtest und seine Ehe gefährdest."

Für einen Moment sah Lacey ihn sprachlos an, sie spürte Zorn in sich aufsteigen. Nach seinem letzten Kuss hatte sie geglaubt, dass Steve endlich begonnen hatte, ihr zu vertrauen. Lacey war verletzt, weil er sie offenbar noch immer als Femme fatale betrachtete, die nur daran interessiert war, Unruhe zu stiften und sich einen reichen Mann zu angeln.

„Ich weiß sehr wohl, wie ich mich einem Gastgeber gegenüber zu benehmen habe", entgegnete sie kühl. „Und ich flirte grundsätzlich nicht. Du brauchst dir also keine Sorgen zu machen, dass ich dich vor deinen Freunden blamiere. Bist du sicher, dass du wirklich hinfahren möchtest?"

„Ganz sicher." Er gab ihr Kinn wieder frei und kletterte in den Wagen.

Lacey atmete tief durch, bevor sie um den Wagen ging und sich hinter das Lenkrad setzte. Vielleicht war es ein Fehler, zu der Grillparty zu fahren. Aber jetzt war es zu spät, sie hatte die Einladung angenommen.

Die Lincolns bewohnten ein großes, sehr geschmackvoll eingerichtetes Haus oberhalb von Bridgetown mit einem phantastischen Blick über die Stadt.

„Steve, wie schön, dass du kommen konntest." Lynn begrüßte ihn mit einem Kuss auf die Wange. „Hallo, Lacey, ich freue mich, Sie wiederzusehen. Tretet ein. Steve, wie konntest du nur die Treppe hinunterfallen? Mir ist das Herz vor Schreck fast stehen geblieben, als Kyle es mir erzählt hat."

„Ich habe nicht aufgepasst. Ich war mit meinen Gedanken woanders", antwortete er mit einem flüchtigen Blick auf Lacey.

Lacey schaute schnell weg und begrüßte ihren Gastgeber. Sie erinnerte sich an Steves Antwort, nachdem sie ihn gefragt hatte, wo er mit seinen Gedanken gewesen war. Er hatte ihr gestanden, dass er an sie, Lacey, gedacht hätte. Erst jetzt wurde ihr klar, dass es mehrere Möglichkeiten gab, sowohl in positiver als auch in negativer Hinsicht.

Wenige Minuten später saßen sie zu viert bei einem Drink auf der Terrasse, und Steve erzählte von seinem Unfall.

„Aber jetzt genug davon. Wechseln wir das Thema", erklärte er schließlich.

„Ich habe Dutzende von Fragen an Lacey", sagte Lynn. „Ich möchte alles über Ihre Arbeit in Hollywood erfahren, wenn Sie es nicht als aufdringlich empfinden."

„Fragen Sie ruhig, und ich quetsche Sie danach über Barbados aus." Lacey lächelte. „Das Leben auf so einer Insel ist grundverschieden von meinem Leben in Los Angeles, also gibt es eine Menge zu erzählen."

Es wurde ein sehr fröhlicher und unterhaltsamer Abend. Kyle grillte Hähnchen und Steaks auf dem Grill, und Steve führte die Aufsicht, wie er erklärte. Die beiden Frauen kümmerten sich um den Salat und das Brot und deckten den Tisch auf der Terrasse. Lacey lachte über die vielen Anekdoten, die ihre neuen Freunde ihr erzählten. Sie fühlte sich so wohl bei ihnen, als würde sie sie schon seit Jahren kennen.

Lacey berichtete von ihrem Leben in Hollywood und unterhielt ihre Gastgeber mit Geschichten, die sie bei den Dreharbeiten von „Many Lives und Loves" erlebt hatte.

„Ich wünschte, wir könnten die Serie hier auch sehen", sagte Lynn. „Da ich jetzt weiß, dass Mimi Anderson in Wirklichkeit so schüchtern ist, würde es mir besonderen Spaß machen, sie im Film als Femme fatale zu erleben. Sie muss eine gute Schauspielerin sein, wenn sie sich so in eine Rolle einleben kann."

„Sie ist großartig", stimmte Lacey zu. „Nur so gelingt es ihr, trotz ihrer Schüchternheit auf dem Bildschirm überzeugend zu wirken."

„So viel anders als hier ist es in Los Angeles eigentlich auch nicht", überlegte Lynn.

„Eigentlich nicht. Wir haben nur mehr Smog, eine höhere Einwohnerzahl und eine höhere Kriminalitätsrate." Lacey schob ihren Teller weg und lehnte sich auf dem Stuhl zurück. Sie war angenehm satt und unterhielt sich prächtig.

„Und wie ist es in Hollywood?"

„Habe ich eine Frau geheiratet, die insgeheim von einer Schauspielkarriere träumt?", fragte Kyle mit gespieltem Entsetzen.

„Nein; aber es hört sich so interessant an", erklärte Lynn.

„Auch der Arztberuf ist interessant und der eines Import-Export-Händlers." Lacey blickte Steve kurz an.

„Steves Beruf ist auf jeden Fall interessant. Er reist um die ganze Welt, trifft berühmte Leute und genießt alle Vorteile, die er als Eigentümer einer der größten Exportfirmen unseres Landes hat." Lynn lächelte ihm zu.

„Warum erwähnen die Frauen nie die harte Arbeit, die damit verbunden ist?", klagte Steve.

„Oder die vielen schlaflosen Nächte, die man an Krankenbetten verbringt?", fügte Kyle hinzu.

Lynn und Lacey sahen sich an und schmunzelten.

„Die Männer haben es schwer, nicht wahr?", bemerkte Lynn.

„Zumindest sollen wir das glauben", erwiderte Lacey und stand auf. „Kann ich Ihnen beim Abräumen helfen?"

„Ja, gern. Ihr Männer bleibt sitzen und versichert euch gegenseitig, wie schwer ihr arbeitet, während wir Frauen aufräumen", sagte Lynn, während sie das Geschirr zusammenstellte.

Kyle gab seiner Frau einen Klaps auf das Hinterteil, und sie bedachte ihn mit einem vorwurfsvollen Blick.

„Wir arbeiten wirklich hart, vergiss das nicht", sagte er fröhlich.

„Ich weiß, Liebling. Du auf jeden Fall." Lynn gab ihm einen Kuss, bevor sie das Geschirr in die Küche trug.

Lacey wich Steves Blick aus. Sie wünschte sich, Steve genauso selbstverständlich küssen zu können, wie Lynn dies soeben bei ihrem Mann getan hatte.

Sie folgte Lynn in die Küche, wo sie ihr beim Aufräumen half. Als sie fertig waren, nahmen sie für die Männer zwei kühle Flaschen Bier mit hinaus.

Inzwischen war die Dämmerung hereingebrochen, und die Lichter der Stadt funkelten zu ihnen herauf. Lacey ging zu Steve, um ihm sein Bier zu bringen. Er saß auf einer Liege, hatte den verletzten Fuß vor sich ausgestreckt und den anderen neben der Liege auf den Boden gestellt.

Er nahm Lacey die Bierflasche ab und hielt dabei ihre Hand fest. „Setz dich zu mir."

Lacey zögerte einen Moment. Lynn hatte sich zu Kyle auf die Liege gesetzt. Warum versuchte Steve den Eindruck einer so intimen Beziehung zu wecken? Was bezweckte er damit? Wollte er Kyle zeigen, dass sie, Lacey, bereits in festen Händen war?

Aber sie wollte sich nicht streiten, und so setzte sie sich auf das Knie von Steves gesundem Bein. Sofort zog er sie an sich, so dass sie mit dem Rücken an seiner Brust lag und sein linker Arm sich unter ihren Brüsten befand.

„Möchtest du einen Schluck?" Steve reichte ihr das Bier.

„Nur einen kleinen." Lacey führte die Flasche an den Mund, dann gab sie sie Steve zurück. Auch er trank noch einen Schluck, stellte die Flasche neben sich auf den Boden, lehnte sich wieder zurück und zog Lacey mit sich.

Allmählich entspannte Lacey sich. Sie genoss es, an Steves Brust zu liegen und seinen Herzschlag durch den dünnen Stoff ihrer Kleidung zu spüren. Noch immer lag seine Hand unter ihrer Brust, so dass er mit dem Finger den Ansatz berührte. Lacey versuchte, die Hand zur Seite zu schieben, doch Steve ließ es nicht zu.

Wie konnte er sich nur so ruhig mit Kyle und Lynn unterhalten, während er in ihr, Lacey, die köstlichsten erotischen Gefühle weckte? Sie wagte kaum zu atmen, geschweige denn sich an der Unterhaltung zu beteiligen. Noch einmal versuchte sie es nun, freizukommen.

„Sitz still", flüsterte er ihr ins Ohr, und sie spürte seinen warmen Atem auf der Haut.

Lacey lehnte sich wieder zurück und schloss die Augen. Die Wärme, die von Steves Hand an ihrer Brust ausging, durchflutete ihren Körper. *Wie lange soll ich das noch ertragen, ohne verrückt zu werden?*, dachte sie.

„Man kann Steves Büro von hier aus sehen", sagte Lynn. „Zeig es Lacey, Steve."

Steve deutete auf das Gebäude, und Lacey musste sich ein wenig zur Seite drehen, um es sehen zu können.

„Wenn du nicht damit aufhörst, trete ich dir auf deinen kranken Fuß", sagte sie dabei so leise, dass nur er es hören konnte.

„Das wäre schlimm." Er lächelte und küsste sie leicht.

Lacey schmiegte sich wieder an ihn, achtete aber darauf, dass seine Hände keine gefährlichen Zonen berührten. Sie genoss diesen Abend, und sie genoss es, mit Steve zusammen zu sein. Sie mochte seine Freunde, und die Sympathie beruhte vermutlich auf Gegenseitigkeit. Lacey träumte davon, wie anders alles sein könnte. Sie stellte sich vor, noch oft so in Steves Armen zu liegen, mit ihm über die Ereignisse des Tages zu reden oder über die Probleme der Welt zu diskutieren. Ob Steve wohl gern ausging oder lieber zu Hause blieb und Freunde einlud wie Lynn und Kyle?

Lacey ließ ihren Blick über die funkelnden Lichter der Stadt bis zu dem dunklen Meer wandern, und sie wusste, dass sie diesen Abend für immer im Gedächtnis bewahren würde. Sie atmete den schweren, süßen Duft des Jasmins ein, und eine sanfte, warme Brise von der See strich über ihre Haut. Sie wünschte sich, dass dieser Abend nie enden möge.

„Schläfst du?" Steve rüttelte sie ein wenig.

„Nein."

„Lynn wollte wissen, wann du wieder anfängst zu arbeiten", sagte er amüsiert.

„Ich muss Mitte nächsten Monats wieder in Kalifornien sein. Dann beginnen die Dreharbeiten, und es wird ziemlich hektisch."

Bildete sie es sich ein, oder hatte Steve sich tatsächlich ein wenig versteift, als sie von ihrer Rückkehr nach Hollywood sprach? Sie hoffte, dass er ihre Abreise zumindest ein wenig bedauern würde.

„Kommen Sie im nächsten Sommer wieder?", fragte Lynn.

„Ich weiß nicht", antwortete Lacey ehrlich. Sie hatte keinen Grund, noch einmal hierherzukommen, wenn Steve nichts sagte. Und würde er das tun? Würde er zugeben, dass er sich freuen würde, wenn sie, Lacey, wieder nach Barbados zurückkehrte?

„Dann sollten Sie sich alles auf der Insel ansehen, solange Sie noch hier sind. Ich kann Sie herumführen, wenn Sie möchten", bot Lynn an.

„Darauf komme ich gern zurück", sagte Lacey. „Außer Sam Lord's Castle habe ich kaum etwas gesehen. Ich will auch noch zum Surfen an die Ostküste und mir die Windmühlen und die Zuckerrohrfelder ansehen." Mit Bestürzung dachte sie daran, wie schnell die Zeit verflog. In zwei Wochen waren ihre Ferien vorüber, sie musste zurück nach Los Angeles, und Steve würde nicht mehr als eine bittersüße Erinnerung sein. Lacey verdrängte mühsam diese trüben Gedanken.

„Vielleicht können wir am nächsten Sonntag alle zusammen zur Ostküste fahren und dort surfen. Steve ist zwar nicht in der Lage, auf ein Brett zu steigen, aber er kann mitkommen und mit uns picknicken", schlug Kyle vor.

„Ich bin überzeugt, dass mir Sand in meinem Gips gefällt", murrte Steve, worüber alle lachten.

„Wir stecken dein Bein in eine Plastiktüte, wie du es auch machst, wenn du duschst", sagte Kyle. „Also, wie ist es mit Sonntag? Ich habe frei."

„Ich komme gern mit", erklärte Lacey begeistert. Sie wusste

zwar, dass sie sich bis dahin bestimmt noch einige Male mit Steve streiten würde, doch das sollte ihr die gute Laune nicht verderben. Sie freute sich darauf, einen Tag mit Lynn und Kyle verbringen zu können.

Es war schon recht spät, als Steve vorschlug, nach Hause zu fahren. „Einige von uns müssen morgens früh aufstehen und hart arbeiten“, sagte er.

„Ich arbeite sonst auch hart, und deswegen habe ich mir meinen Urlaub redlich verdient.“ Lacey war ein wenig beleidigt, weil Steve ihre Arbeit offenbar für unwichtig hielt.

„Jedenfalls kannst du morgen früh ausschlafen“, erklärte er, während er auf dem dunklen Boden nach seinen Krücken suchte.

Es war ein schöner Abend gewesen, und Lacey war überzeugt, dass auch Steve ihn genossen hatte. Er saß entspannt und müde neben ihr, als sie zurückfuhren. Ob sein Fuß noch schmerzte? Lacey wagte nicht, ihn danach zu fragen, um die angenehme Stimmung, die zwischen ihnen herrschte, nicht durch einen von Steves sarkastischen Kommentaren zerstören zu lassen.

Sie parkte den Wagen vor Steves Haus und lehnte sich zurück. Obwohl sie müde war, mochte sie sich noch nicht von Steve verabschieden.

Auch er konnte sich nicht dazu entschließen auszusteigen. Er saß schweigend da und blickte hinaus zum Sternenhimmel.

„Kyle und Lynn sind wirklich reizend“, bemerkte Lacey. „Ich habe mich bei ihnen sehr wohl gefühlt.“

„Wir sind schon seit Jahren befreundet. Kyle und ich sind zusammen aufgewachsen.“

„Ich weiß.“ Sie lächelte. „Ich habe schon von einigen eurer Jungenstreiche auf der Party deiner Eltern gehört.“

„Jede Geschichte hat zwei Seiten. Du musst dir auch meine Version anhören“, forderte Steve.

„Bei einigen der Episoden wäre das bestimmt sehr interessant“, meinte Lacey.

„Komm mit mir herein", bat er rau.

„Brauchst du Hilfe? Soll ich eine Taschenlampe holen?"

„Nein, ich möchte, dass du die Nacht mit mir verbringst."

Lacey schwieg. Steve hatte nicht von Liebe gesprochen, nicht erklärt, dass er sein Leben mit ihr verbringen wollte. Er hatte sie nur eingeladen, die Nacht mit ihm zu verbringen. Sie war verletzt, weil er anscheinend glaubte, dass sie ohne Weiteres mit jedem Mann ins Bett sprang. Hielt er sie für so leichtfertig?

„Das geht nicht", sagte sie leise.

„Warum nicht?"

„Was ist mit Liebe?"

Steve setzte sich aufrecht hin und versuchte, Laceys Gesicht in dem schwachen Licht zu sehen.

„Liebe ist ein Gefühl, das überbewertet und von Frauen benutzt wird, um Lust und Verlangen mit dem Mantel des Anstands zu bedecken. Wenn du von mir Beteuerungen unsterblicher Liebe hören willst, wirst du vergebens warten. Was willst du von mir? Einen Ehering? Den wollte Elizabeth auch, als Zeichen dafür, dass ich ihre Karriere in jeder Weise unterstützen würde."

„Dafür brauche ich dich nicht, Steve", erwiderte Lacey ruhig. „Ich habe bereits erreicht, was ich wollte, und ich möchte dich auch nicht heiraten. Außerdem halte ich Liebe nicht für ein überbewertetes Gefühl. Deine Freunde haben mir heute Abend wieder einmal gezeigt, dass es so etwas gibt. Deine Eltern lieben sich, genau wie meine. Ich bin daher der Meinung, dass es sich lohnt, auf die Liebe zu warten."

Sie öffnete die Wagentür und drehte sich noch einmal zu Steve um. In dem Licht, das von draußen hereinfiel, konnte sie jetzt sein Gesicht erkennen, sah die Wut in seinen Augen und die zusammengepressten Lippen.

„Ich bin nicht Elizabeth", schrie Lacey ihn an. „Und ich versuche nicht, dich einzufangen. Ich hatte einen schönen Abend, aber es war wohl zu viel erwartet, dass es so weitergehen würde. Am Ende bist du jedes Mal wütend auf mich. Warum? Was habe ich dir eigentlich getan? Gute Nacht, Steve."

Lacey kletterte aus dem Auto und schlug die Tür hinter sich zu. Ohne zurückzublicken, lief sie zu ihrem Haus, während ihr die Tränen über die Wangen rannen.

11. KAPITEL

Lacey verbrachte eine unruhige Nacht. Immer wieder wachte sie aus wilden Träumen auf und erinnerte sich an Steves Bitte, bei ihm zu bleiben, und an die wütenden Worte, die er ihr anschließend ins Gesicht geschleudert hatte. Er machte sich nichts aus ihr, aber er begehrte sie. Lacey fühlte sich ein wenig wohler. Gab es einen so großen Unterschied zwischen Begehren und Liebe? Sie dachte eine Weile darüber nach und kam zu dem Schluss, dass es zwei vollkommen verschiedene Dinge waren.

Was sollte sie jetzt tun? Sie wünschte sich, dass Steve etwas für sie empfand, aber er glaubte, dass sie nur an seinem Geld interessiert war. Wie konnte sie ihn vom Gegenteil überzeugen? Lacey sah blicklos in die Dunkelheit, und ihr Herz schmerzte. So angestrengt sie auch nachdachte, sie fand keine Lösung für ihr Problem.

Als sie gegen Mittag des nächsten Tages vom Strand kam, klingelte gerade das Telefon. Sie hatte einige schöne Stunden am Meer verbracht, aber da sie in der Nacht so lange wach gelegen hatte, sehnte sie sich jetzt nach einem ausgiebigen Mittagsschlaf in einem kühlen Zimmer. Sie war müde, nervös und deprimiert.

Lacey eilte sofort zum Telefon. Vielleicht rief Steve an. Sein Wagen stand noch immer in der Einfahrt. Vielleicht hatte Steve sie vom Strand zurückkommen sehen. Lacey hoffte wider alle Vernunft, dass er es war.

„Hallo, Lacey? Hier ist Michael. Na, wie ist dein Urlaub?"

„Hallo, Michael." Sie lächelte, obwohl ihr das Herz schwer wurde. Sie hatte mit ihrem Chef nicht mehr gesprochen, seit sie Kalifornien verlassen hatte. „Mir geht es gut, und wie ist dein Urlaub?"

Michael erzählte ihr kurz von seinen Angelerlebnissen, eine sehr geruhsame Beschäftigung für einen Mann, der sonst vor Energie förmlich übersprudelte. Dann wechselte er zu dem Thema „Many Lives and Loves", und schon waren sie bei den Problemen und Herausforderungen ihres Berufes angelangt.

„Was gibt's Neues?", fragte Lacey.

Hatte sie da eben ein Geräusch an der Hintertür gehört? War jemand ins Haus gekommen? Lacey versuchte, in die Küche zu blicken, aber es gelang ihr nicht. Sie konzentrierte sich wieder auf das Gespräch mit ihrem Chef.

„Es gibt Probleme mit den Darstellern", sagte er gerade.

Lacey hatte damit gerechnet, denn das war bereits während der Dreharbeiten im Frühling der Fall gewesen. „Handelt es sich um Carr, Michael?"

„Ja, leider. Andrew Carr regt sich wieder mal über die Drehbücher auf, behauptet, dass der Text sich nicht mit seiner Schauspielerehre vereinbaren lässt. Dieser Idiot. Aber wir brauchen ihn, und er muss die Episoden so spielen, wie sie im Skript stehen. Ich möchte ihm nicht noch mehr Geld anbieten, und ich weiß auch nicht, ob es richtig wäre. Was meinst du?" Auch über die weite Entfernung klang Michael sehr besorgt.

„Geld erleichtert so manches." Wieder glaubte Lacey, ein Geräusch aus der Küche zu hören, aber sie konnte niemanden sehen.

„Ja, aber ich kann nicht bei jedem Schauspieler die Gage erhöhen, nur weil ihm eine Stelle im Drehbuch nicht passt. Vielleicht kannst du Carr mit deinem Charme zur Vernunft bringen."

„Meinem Charme kann niemand widerstehen, wie du weißt", erinnerte sie ihren Chef, der ihr das oft vorgeworfen hatte.

„Genauso wenig wie meinem Geld", sagte Michael.

„Er hat bereits ein Haus, ein Auto und mehr Geld, als er ausgeben kann", sinnierte Lacey.

„Ja, aber Carr will aus der Serie aussteigen, falls er nicht mehr bekommt. Er behauptet, dass einige Textstellen unter seiner Würde sind."

„Okay, Michael, ich werde alle meine Überredungskünste anwenden", versprach Lacey.

„Wirklich? Ruf Carr bitte noch heute an und schmier ihm so viel Honig um den Bart, bis er zahm ist."

„Und wenn Süßholzraspeln nicht hilft, greife ich zu härteren Methoden."

„Schlag ihm meinetwegen mit einem Baseballschläger auf den Kopf."

„Aber bis dahin lass sie alle im Ungewissen", sagte sie.

„Ich lasse sie raten, ob ich sie hinauswerfe oder nicht", erklärte Michael vergnügt.

Lacey kicherte. Sie arbeitete gern mit Michael zusammen. Er kannte als Einziger die Probleme, die sie mit eigenwilligen Stars hatte und die sie lösen musste, damit die Dreharbeiten erfolgreich verliefen.

Wieder glaubte Lacey, ein Geräusch an der Tür zu hören. Vielleicht war sie nicht geschlossen und bewegte sich im Wind.

„Und wie geht es sonst?", fragte sie.

„Grässlich. Ich weiß nicht, warum wir eine so lange Pause machen. Ich werde unruhig und will wieder an die Arbeit."

„Keine Sorge, wir fangen ja bald an. Und ich werde noch heute bei Carr anrufen und dir anschließend das Ergebnis unserer Unterhaltung mitteilen."

„Vielen Dank, Lacey. Und wie sind deine Ferien?"

„Wunderbar! Mir geht es hier großartig, und bis zu deinem Anruf habe ich nicht ein einziges Mal an meinen Job gedacht."

„Jedem das seine. Ruf mich an, sobald du Carr überzeugt hast."

„Wenn ich ihn überzeugen kann."

Lacey legte kopfschüttelnd den Hörer auf. Michael war nur in seinem Element, wenn er arbeiten konnte. Sie fragte sich, wie er es aushielt, für einige Wochen im Jahr nichts anderes zu tun, als in einem Boot zu sitzen und zu angeln. Wahrscheinlich ging er dann seiner Frau auf die Nerven.

Lacey machte sich etwas zu essen. Anschließend wollte sie sich hinlegen, aber als sie zufällig aus dem Fenster blickte, sah sie, dass Steves Auto noch immer in der Einfahrt stand. Warum war er zu Hause? Stimmte etwas nicht? Nach kurzem Zögern ging sie hinüber, um nachzuschauen.

Sie betrat das Haus, wie so oft in letzter Zeit, durch die Hintertür, die direkt in die Küche führte. Dort sah sie Steve am Tisch sitzen und ins Leere starren.

„Hallo." Lacey lächelte ihn an und erschrak dann über seinen wütenden Gesichtsausdruck. Seine Augen blitzten gefährlich.

„Ist das wieder ein Merkmal deiner lockeren kalifornischen Lebensart, dass du uneingeladen bei Leuten eindringst?", fuhr er sie unbeherrscht an.

Lacey blieb erschrocken an der Tür stehen. Sie hatte Steve schon so oft spontan besucht, und er hatte nie protestiert.

„Ich wollte mich doch nur vergewissern, ob du etwas brauchst", sagte sie.

„Das war nicht nötig."

Stirnrunzelnd trat sie näher an den Tisch und blieb vor Steve stehen. Sie begriff nicht, warum er so abweisend war. Er hatte sie schon mehrfach zurückgewiesen, aber diesmal schien er sie ja beinahe zu hassen.

„Was ist los, Steve?", fragte sie ohne Umschweife.

Er stand auf und blickte drohend zu ihr herab. Mit dem Gehgips brauchte er jetzt keine Krücken mehr.

„Nichts ist los, Lacey. Aber ich habe dich bereits darauf hingewiesen, dass ich keine Nachbarin brauchen kann, die hinter mir herjagt. Es ist schwer, dich davon zu überzeugen, doch ich meine es ernst. Bleib mir vom Leib."

Ihr Zorn entflammte, denn schließlich war sie nur gekommen, um ihm ihre Hilfe anzubieten.

„Keine Angst, ich halte mich so weit wie nur möglich von dir fern", sagte sie kühl. „Ich habe nur hereingeschaut, um zu sehen, ob ich etwas für dich tun kann, und du fährst mich an, als ob ich dich überfallen hätte. Du bist der unberechenbarste Mann, der mir je begegnet ist. Du bist doch derjenige, der seine Hände nicht von mir lassen kann, und dann soll ich verschwinden. Diesen Wunsch erfülle ich dir nur allzu gern."

Bevor sie sich umdrehen und davongehen konnte, packte Steve ihren Arm, zerrte sie herum und schüttelte sie aufgebracht.

„Ich kann also meine Hände nicht von dir lassen? Ich komme wunderbar ohne dich zurecht und vor allem ohne deinen Charme. Du bist vom ersten Tag an nur ein Ärgernis gewesen."

Er beugte den Kopf und presste seine Lippen auf ihre. Der Kuss war schmerzhaft, strafend und voller Verachtung, und dabei drückte Steve Lacey so fest an den Tisch, dass sie die Kante schmerzhaft im Rücken spürte. Lacey fühlte sich zutiefst gedemütigt. Die Tränen liefen ihr über die Wangen, und sie versuchte verzweifelt, sich gegen Steve zu wehren, aber sie war machtlos gegen seine Stärke.

Endlich richtete er sich auf, ohne sie loszulassen. Er schüttelte sie noch einmal, dann stieß er sie von sich, so dass sie fast gefallen wäre.

„Verschwinde von hier und wage es niemals, wieder hierher zurückzukommen." In seinem kalten, harten Tonfall lag etwas Endgültiges.

Wie betäubt drehte Lacey sich um und verließ fluchtartig das Haus. Die Tränen strömten ihr mittlerweile über das Gesicht, ihr Mund brannte, und ihre Arme schmerzten. Wie konnte Steve ihr so etwas antun? Lacey verstand die Welt nicht mehr. Sie lief hinauf in ihr Schlafzimmer und warf sich weinend aufs Bett.

Sie wusste nicht, wie lange sie geweint hatte, aber es kam ihr wie eine Ewigkeit vor, bis ihr Verstand wieder arbeitete. Erst gestern Abend hatte Steve sie gebeten, bei ihm zu bleiben, und heute hatte er sie auf diese Weise angegriffen. Er hatte ihr bereits vorher mehrmals deutlich zu verstehen gegeben, dass er sie nicht treffen wollte. Wenn sie ehrlich war, musste sie einräumen, dass sie heute keinen Grund gehabt hatte, ihn aufzusuchen. Aber sie hatte ihn sehen wollen, besonders nachdem sie sich gestern im Zorn getrennt hatten. Jetzt war alles noch schlimmer als zuvor.

Wieder traten ihr Tränen in die Augen, aber Lacey kämpfte dagegen an. Weinen war auch keine Lösung. Es gab nichts mehr, was sie tun konnte. Sie tastete nach den Stellen, an denen Steve sie festgehalten hatte. Es tat weh, aber der Schmerz in ihrem Herzen war weitaus stärker.

Sie liebte ihn so sehr, und er empfand nicht einmal freundschaftliche Gefühle für sie. Das Leben war ungerecht, aber es musste weitergehen.

Morgen wollte sie Andrew Carr anrufen und ihn überreden, das Drehbuch ohne weitere Einwände zu akzeptieren. Anschließend würde sie ihr Besichtigungsprogramm auf Barbados beenden und Vorkehrungen für ihre Abreise treffen. Auf jeden Fall beabsichtigte sie, ihren Kummer für sich zu behalten. Sie hatte so viel mit Schauspielerinnen zu tun, dass sie hoffte, ein wenig von ihnen gelernt zu haben.

Äußerlich ließ Lacey sich nichts anmerken. Sie ging weiterhin jeden Tag an den Strand, kochte ihre Mahlzeiten, fuhr zum Einkaufen und erkundete die Insel. Aber innerlich war sie wie betäubt. Sie hatte keinen Appetit, saß stundenlang am Strand, blickte aufs Wasser hinaus und suchte nach Antworten, die es nicht gab.

Steve war fort. Sein Haus war abends nicht beleuchtet, und auch sein Auto stand nicht in der Einfahrt.

Lacey fuhr jeden Tag über die Insel, um sich etwas anzuschauen, und sie genoss es. Natürlich wäre es viel schöner gewesen, wenn Steve sie herumgeführt und ihr alles erklärt hätte, aber sie verdrängte entschlossen jeden Gedanken an ihn. Sie besuchte den Tierpark und die Blumengärten, besichtigte Museen und Zuckerrohrplantagen. Besonders eindrucksvoll war der Ausblick vom Schottland Distrikt über grüne Felder bis zum blauen Atlantik in der Ferne.

Das Surfparadies befand sich im Süden der Insel. Lacey fuhr eines Nachmittags dorthin, um es sich anzusehen, und sie spürte das Verlangen, selbst auf ein Brett zu steigen. Ich werde noch einmal herkommen und surfen, bevor ich abfliege, nahm sie sich vor.

Dann war es Zeit, zu packen, denn ihre Ferien gingen zu Ende.

Sie wusch ihre Kleidung, verstaute alles im Koffer, was sie in den nächsten drei Tagen nicht mehr brauchen würde, und putzte das Haus. Sie war froh über die Ablenkung, die diese Aktivitäten ihr verschafften.

Am nächsten Morgen hörte sie Steves Auto vorfahren. Für einen Augenblick setzte ihr Herzschlag aus, dann beschleunigte er sich. Steve war zurückgekehrt. Wo immer er gewesen sein mochte, er war wieder da. Am liebsten wäre Lacey sofort zu ihm gelaufen, um mit ihm zu reden und ihn zu fragen, warum er so wütend reagiert hatte. Sie wollte ihn wissen lassen, dass sie in zwei Tagen abreisen würde, vor allem aber musste sie ihn noch einmal sehen.

Aber Lacey zwang sich, still sitzen zu bleiben, bis er ins Haus gegangen war. Dann stand sie auf und zog an jedem Fenster die Vorhänge zu, um nicht in Versuchung geführt zu werden, wieder nach ihm Ausschau zu halten oder von ihm gesehen zu werden.

Morgen würde sie zum Surfen an die Atlantikküste fahren.

Am nächsten Tag stand Lacey früh auf und freute sich auf einen letzten Ausflug zum Strand. Zum ersten Mal, seit Steve sie fortgeschickt hatte, konnte sie sich wieder für etwas begeistern. Das Wetter war herrlich. Die Sonne strahlte am wolkenlosen Himmel, die sanfte, warme Luft ließ die Hitze, die der Nachmittag bringen würde, nur ahnen. Der ungewöhnlich starke Ostwind wehte den Duft der Blumen und Bäume über die Insel.

Als Lacey den Wagen auf die Straße zurücksetzte, glaubte sie flüchtig, eine Gestalt an einem der Fenster von Steves Haus zu erkennen. Sein Auto war da, aber er sollte eigentlich im Büro sein, denn heute war ein Wochentag. Ob er sie beobachtete? Vielleicht wollte er nur feststellen, ob sie endlich abreiste.

Um die Südostküste zu erreichen, musste sie durch Bridgetown und weiter am Flughafen vorbeifahren. Für Lacey war die Tour ein Abschied von der Insel. Ein letztes Mal wollte sie die betörende Schönheit der Landschaft, der Blumen und des Meeres in sich aufnehmen. Der Fahrtwind blies durch das offene Fenster, und Lacey genoss es, nur für den Moment zu leben. Sie verdrängte jeden Gedanken an die Zukunft.

Am Strand mietete sie ein Surfbrett, breitete ihr Handtuch neben dem eines jungen Paares aus, das ihr versprach, auf ihre Sachen zu achten, und lief mit dem Brett ins Wasser.

Die Wellen waren über zwei Meter hoch und sehr stark. Lacey warf sich in die erste, tauchte und brachte anschließend ihr Brett in Position. Die gleichmäßige Brandung ermöglichte einen wunderbaren Ritt. Lacey surfte über den Kamm und dann an der Seite der Welle entlang. Die Sonne glitzerte auf dem Meer, und das salzige Wasser zerstäubte in Regenbogenfarben.

Nur das Ende eines jeden Ritts war unangenehm, denn der Strand fiel plötzlich ab, und der Sand war im Gegensatz zur karibischen Küste rau und steinig. Zweimal rutschte Lacey vom Brett und schürfte sich die Knöchel auf, aber nach dem dritten Versuch hatte sie den Bogen heraus, wie man an dieser Küste surfen musste.

Es war herrlich, so über die Wellen zu gleiten, und Lacey konnte nicht verstehen, dass Leute am Ufer saßen und bei diesem Vergnügen nur zuschauten, anstatt es selbst zu probieren.

Ein Mann am Strand sah aus wie Steve. Für einen Moment geriet Lacey auf ihrem Brett ins Schwanken und musste sich darauf konzentrieren, das Gleichgewicht zu wahren. Als sie wieder in seine Richtung blickte, war der Mann verschwunden. *Jetzt sehe ich wohl schon Gespenster,* dachte sie leicht verärgert.

Noch ein Ritt, und dann wollte sie eine Pause einlegen. Das Zischen des Wassers unter ihr, das glitzernde Licht und das Gefühl von Schwerelosigkeit vermittelten ihr die Illusion, durch die Luft zu fliegen.

Plötzlich sah sie einen Jungen auf sich zukommen, der die Welle direkt vor ihr schnitt und ihr noch fröhlich zuwinkte, bevor er an der Seite der Welle herabglitt. Lacey hatte sofort einen Schritt zurück gemacht, um die Richtung zu ändern, und sie bemühte sich verzweifelt, die Balance zu halten.

Doch es gelang ihr nicht.

Sie rutschte vom Brett und wurde von der gewaltigen Welle an Land geschleudert, während die Brandung über sie hinwegrollte. Lacey schlug mit der Schulter und dem Gesicht auf, versuchte, aufzutauchen, um Luft zu bekommen, und stieß mit dem Kopf gegen das Surfbrett.

Dann wurde ihr schwarz vor den Augen.

„Lacey?“

Ihr Kopf schmerzte, und ihre Haut brannte wie Feuer. Lacey wollte nicht aus der warmen, dunklen Geborgenheit auftauchen.

„Lacey!“

Sie träumte ohnehin. Sie hatte geglaubt, Steves Stimme zu hören, aber das war unmöglich. *Wo bin ich?* dachte sie. *Warum tut mein Kopf so weh?*

Mühsam öffnete sie die Augen und schloss sie sofort wieder. Das Licht war zu hell. Obwohl sie in der Sonne lag, fror sie.

„Lacey, wach auf. Lacey, du musst aufwachen. Es wird alles wieder gut.“

Aber die Anstrengung war zu groß. Sie zitterte vor Kälte, und sie träumte von Steve. Sie hatte seine Stimme ganz deutlich gehört. Wieder schwanden Lacey die Sinne.

„Lacey?“ Das war nicht Steves Stimme. Lacey hatte von ihm geträumt, und ihr Körper schmerzte noch immer. Was war denn nur los mit ihr?

Als sie die Augen endlich aufschlug, blickte sie in Kyle Lincolns Gesicht.

„Wo bin ich?“, fragte sie mit schwerer Zunge. In ihrem Kopf hämmerte es, und sie fühlte sich am ganzen Körper zerschunden.

„Sie sind im Krankenhaus, aber es ist nichts Ernstes. Sie haben uns jedoch einen gehörigen Schrecken eingejagt, als Sie eingeliefert wurden. Sie waren bewusstlos, und für einen Moment fürchtete ich schon, Sie seien tot."

Lacey schloss die Augen, blieb aber diesmal bei Bewusstsein. „Mein Kopf tut weh." Noch immer glaubte sie, Steves Stimme zu hören.

„Sie haben sich an Ihrem Surfbrett gestoßen", erklärte Kyle. „Wissen Sie noch, wie es passiert ist?"

„Ja, ein Junge hat mich geschnitten, und ich bin abgerutscht."

„Und dann wurden Sie von dem Brett getroffen, als Sie auftauchen wollten. Zum Glück waren einige Surfer in der Nähe, die den Unfall beobachtet und Sie sofort aus dem Wasser gezogen haben", berichtete Kyle. „Steve hat Sie hergebracht. Ich hatte Angst, dass er den Jungen umbringen würde. Steve und er warten jetzt draußen. Der Bengel wollte nur aufschneiden, er hat es nicht böse gemeint. Lacey, machen Sie die Augen auf, damit ich feststellen kann, ob Sie eine Gehirnerschütterung haben."

„Warum ist Steve hier?", flüsterte sie. Hatte sie Kyle richtig verstanden? Sie fühlte sich noch immer benommen, aber sie befolgte Kyles Anweisung.

„Sie sind noch einmal glimpflich davongekommen, aber Ihr Kopf wird einige Tage schmerzen. Außerdem haben Sie Schrammen am Arm und im Gesicht", erklärte der Arzt.

Lacey tastete nach der verletzten Haut an ihrer Wange. Ihr Arm brannte, aber dort hatte man ihr über die schmerzende Stelle einen Verband angelegt.

„Wir haben die Wunden gereinigt", sagte Kyle. „Die Schramme in Ihrem Gesicht wird eine Weile brennen, aber eine Narbe wird wohl nicht zurückbleiben. Möchten Sie jetzt nach Hause?"

Sie nickte und zuckte zusammen, als diese Bewegung ihr Schmerz verursachte. „Ja. Kann ich fahren?" Ihr fiel ein, dass ihr Auto noch immer am Strand stand, und auch ihr Handtuch und ihre Kleidung mussten dort liegen. „Wie bin ich hierhergekommen?"

Kyle runzelte die Stirn. „Ich habe es Ihnen schon gesagt. Steve hat Sie gebracht, und er kann Sie mit nach Hause nehmen."

„Nein." Lacey versuchte, sich zu erinnern. „War er am Strand?" Hatte sie ihn tatsächlich dort gesehen? Aber warum? Steve wollte ihr doch gar nicht begegnen. Das hatte er ihr sehr deutlich klargemacht. „Wie lange war ich bewusstlos? Ich kann mich nicht erinnern, wie ich hierhergekommen bin."

„Lange genug, dass ich mir Sorgen gemacht habe", antwortete Kyle. „Ich sage jetzt Steve Bescheid, dass er Sie holen kann."

„Nein! Nicht Steve. Ich will ihn nicht sehen! Ich kann es nicht!" Lacey geriet in Panik.

„Schon gut, beruhigen Sie sich." Kyle drückte sie sanft auf das Bett zurück. „Ich rufe jemand anders an. Wen?"

„Rufen Sie bei den Danbys an. Mr. Danby wird kommen." Sie schloss erschöpft die Augen.

„Nicht Steve?", fragte der Arzt wieder.

„Nein, nicht Steve", wiederholte Lacey leise. „Mr. Danby wird bestimmt kommen."

„Ich rufe ihn sofort an", versprach Kyle. „Der Junge, der den Unfall verursacht hat, wartet auch noch draußen, denn er möchte sich entschuldigen. Soll ich ihn hereinbitten?"

Am liebsten hätte Lacey abgelehnt. Sie war müde und wollte nur noch schlafen, aber sie musste den Jungen wohl anhören.

„Schicken Sie ihn herein", sagte sie also. *Warum ist Steve hier?*, überlegte sie. Er hatte es doch abgelehnt, sie je wiederzusehen. Doch ihr Kopf schmerzte zu sehr, als dass sie weiter über Steve nachdenken konnte.

Der Junge vom Strand war jetzt ganz kleinlaut, und er bekam einen großen Schreck, als er Lacey sah. Sie nahm seine Entschuldigung an und warnte ihn, in Zukunft auf andere Surfer zu achten und niemanden zu schneiden. Er versicherte ihr, dass er seine Lektion gelernt hätte.

„Es tut mir wirklich sehr leid. Kann ich noch irgendetwas für Sie tun?" Sein junges Gesicht wirkte besorgt und ernst.

Schon wollte Lacey verneinen, als ihr etwas einfiel. „Könntest du meine Sachen vom Strand holen und in mein Auto legen?"

„Ja, natürlich. Wenn Sie möchten, nehme ich einen Freund mit, und wir bringen Ihnen das Auto nach Hause. Das mache ich gern." Er schien froh zu sein, dass er seinen Fehler wiedergutmachen konnte. Lacey nickte. Damit war ein Problem gelöst. Sie erklärte dem Jungen so gut wie möglich, wo sie ihre Kleidung hingelegt hatte und wo das Auto stand.

Kaum war der Junge fort, hörte Lacey einen heftigen Wortwechsel vor der Tür. Steve schien sich über etwas aufzuregen. Seine Stimme klang zornig, aber dann wurde er von Kyle beruhigt, und es war wieder still. Lacey legte sich zurück und schloss die Augen. Kyle erlaubte Steve nicht, sie zu sehen. Sie war verwirrt, denn sie verstand noch immer nicht, warum Steve hier auf sie wartete.

Sie wachte erst auf, als Mr. Danby kam.

„Meine Liebe, sind Sie sicher, dass Sie das Krankenhaus schon verlassen können?", fragte Mr. Danby besorgt.

„Der Arzt hat es erlaubt", versicherte sie ihm.

Kyle kam, um ihre Entlassungspapiere zu unterzeichnen. „Ich habe Ihnen ein Hemd mitgebracht", sagte er. „Es ist Ihnen wahrscheinlich zu groß, aber es ist immer noch besser, als im Bikini nach Hause zu fahren."

Kein Wunder, dass Mr. Danby so schockiert ausgesehen hat, dachte Lacey amüsiert. Sie wollte den alten Mann nicht verunsichern, es war ausgesprochen nett von ihm, sie aus dem Krankenhaus abzuholen. Sie zog Kyles Hemd an und rollte die Ärmel auf. Da es ihr bis auf die Oberschenkel reichte, sah es fast wie ein Minikleid aus.

„Ich schaue heute Abend noch einmal nach Ihnen, um zu sehen, wie es Ihnen geht", versprach Kyle.

„Vielen Dank, Herr Doktor."

„Das ist kein schöner Abschied von Barbados, Lacey. Sie müssen unbedingt wiederkommen, damit wir Ihnen etwas Besseres bieten können."

„Auf Wiedersehen, Kyle." Lacey lächelte den Arzt an und folgte dann Mr. Danby zu seinem Auto, wobei sie sich nervös nach Steve umsah.

„Er ist fort, Lacey. Ich habe ihn bereits vor einer Weile weggeschickt", sagte Kyle, der sie nach draußen begleitete.

Sie nickte und spürte einen Stich im Herzen, als sie an Steve dachte. Es wurde höchste Zeit, dass sie nach Kalifornien und zu ihrer Arbeit zurückkehrte, damit sie endlich an etwas anderes dachte als an Steve Carmichael.

Nachdem Mr. Danby Lacey auf dem schnellsten Weg zurück nach Hause gebracht hatte, bedankte sie sich bei ihm. Er fragte, ob sie sonst Hilfe benötigte, aber sie verneinte. Lacey wollte nur noch in ihr Bett und schlafen.

12. KAPITEL

Es war schon fast dunkel, als Lacey aufwachte. Sie blieb noch eine Weile liegen und überlegte, ob sie aufstehen sollte, um ihren knurrenden Magen zu beruhigen. Solange sie sich nicht rührte, waren die Schmerzen erträglich, bis auf ein dumpfes Pochen im Kopf.

Doch schließlich siegte der Hunger, so dass Lacey mühsam aufstand. Sie beschloss, sich unter die heiße Dusche zu stellen, anschließend eine Suppe aufzuwärmen und dann wieder ins Bett zu gehen.

Ihr Kopf tat noch immer weh, und als sie in den Badezimmerspiegel blickte, erschrak sie. Ihr Gesicht sah entsetzlich aus, denn die rechte Seite war von Schrammen überzogen. Außerdem prangte eine dicke Beule an der Stelle, wo das Surfbrett sie getroffen hatte.

Ihr rechter Arm war von der Schulter bis zum Ellenbogen bandagiert und fühlte sich steif und wund an. Ihr ganzer Körper schmerzte, und eine lähmende Müdigkeit überkam Lacey. Was für ein Urlaubsende! An den langen Flug nach Kalifornien, der ihr bevorstand, wagte sie gar nicht zu denken.

Sie wickelte ein Stück Plastik um den bandagierten Arm, bevor sie sich unter die Dusche stellte. Nachdem sie sich mit dem heißen Wasser das Salz von der Haut gespült hatte, ging es ihr etwas besser. Sie kämmte sich das nasse Haar zurück und zog sich vorsichtig ihr dünnes Batistnachthemd an.

Anschließend ging sie nach unten, um eine Suppe aufzuwärmen. Sie hatte sogar Appetit und aß zwei Teller davon. Danach schluckte sie eine Kopfschmerztablette und wollte wieder zurück ins Bett.

In diesem Augenblick klopfte es an der Tür. *Wahrscheinlich hat Mrs. Danby das Licht in der Küche gesehen und will sich nach meinem Befinden erkundigen,* dachte Lacey. Sie ging zur Tür und öffnete. Vor ihr stand Steve Carmichael.

Sie war zu benommen, um etwas zu sagen. Im Krankenhaus hatte sie sich geweigert, ihn zu sehen. Warum war er gekommen?

Er trat unaufgefordert ein, und Lacey musste einen Schritt zurück machen, um ihn vorbeizulassen. Sie schloss die Augen. Sie hatte jetzt nicht die Kraft, sich mit Steve auseinanderzusetzen. Müde wandte sie sich ab, um nach oben zu gehen.

„Geh bitte nach Hause, Steve. Ich kann nicht mehr."

„Lacey, bist du okay? Du hast mir heute Nachmittag einen solchen Schrecken eingejagt. Ich dachte schon, dieses entsetzliche Brett hätte dich erschlagen." Steve griff nach Laceys gesundem Arm und hielt sie fest.

Sie schaute zu ihm auf. „Ich bin bald wieder in Ordnung, hat Kyle gesagt. Nur im Augenblick geht es mir nicht sehr gut."

„Wir sind ein schönes Paar", bemerkte er mit einem Blick auf ihren Arm und sein Bein.

Lacey sah ihn nur an. Sie verstand noch immer nicht, warum er hier war.

„Lacey ..." Langsam zog Steve sie zu sich heran, nahm sie in die Arme und bettete ihren Kopf an seine Schulter. Zärtlich streichelte er ihren Rücken, in dem Bemühen, sie nicht zu fest zu halten, damit sie sich jederzeit von ihm lösen konnte.

Aber Lacey dachte nicht daran, sondern schmiegte sich an ihn, die Augen geschlossen. Es war so schön, Steves Stärke zu spüren, und sie wollte jetzt nicht an die Zukunft denken.

Sie spürte seine Lippen auf ihrem Haar, auf ihrer Wange, dann auf dem Mund. Steves Kuss war sanft und zärtlich.

Plötzlich befiel Lacey der schreckliche Verdacht, dass Steve nur aus Mitleid gekommen war. Sie öffnete die Augen und zog sich wieder zurück.

„Warum bist du hier?", fragte sie müde.

Er hatte sie sofort freigegeben, führte sie zum Sofa und bat sie, Platz zu nehmen. Er setzte sich neben sie und hob ihr Kinn, damit er sie ansehen konnte.

„Ich bin fast gestorben, als ich dich stürzen sah. Dann warst du so lange bewusstlos. Kyle hatte große Mühe, mich davon zu überzeugen, dass dir nichts Ernstes passiert war."

Er streichelte Laceys gesunde Wange.

„Dann habe ich auf deinen Anruf gewartet. Du rufst mich doch immer an, wenn du Hilfe brauchst – wenn du dich aus deinem Haus aussperrst oder dein Auto nicht anspringt. Nur heute hast du es nicht getan. Ich habe vergeblich im Krankenhaus darauf gewartet, dass du nach mir fragst. Da wurde mir klar, dass du wahrscheinlich nie wieder nach mir verlangen würdest."

„Du hast gesagt, dass ich mich von dir fernhalten soll." Lacey rollten die Tränen über das Gesicht, als sie sich an seine verletzenden Worte erinnerte.

„Ich weiß, und ich war ein verdammter Narr." Steve tupfte eine Träne von ihrer Wange. „Ich bin für ein paar Tage verreist, um dich zu vergessen, aber das ist mir nicht gelungen. Kaum war ich zurück, habe ich nach dir Ausschau gehalten. Ich kann weder essen noch schlafen. Ich habe dich vermisst, Lacey."

Lacey verstand die Welt nicht mehr. So hatte sie sich die nächste Begegnung mit Steve nicht vorgestellt. Sie hatte allenfalls davon geträumt, sich noch einmal mit ihm zu unterhalten.

„Ich habe dich auch vermisst", gab sie leise zu. Dabei bemerkte sie, wie übernächtigt und angespannt Steve aussah.

Er erkannte ihre Unsicherheit und Verwirrung und lehnte sich lächelnd zurück.

„Als junger Mann habe ich mich einmal verliebt", erzählte er. „Das Mädchen war jung und hübsch, und ich glaubte, sie zu lieben. Wir wollten heiraten."

Lacey wollte diese Geschichte nicht hören. Sie war plötzlich eifersüchtig auf eine Frau, der es gelungen war, Steves Liebe zu erringen. Sie wollte nicht hören, warum er ihr, Lacey, diese Gefühle nicht entgegenbrachte.

„Eines Tages stellte ich fest, dass diese Frau für mich nichts empfand. Sie wollte mich nur meines Geldes und der Dinge wegen heiraten, mit denen ich ihre Zukunft fördern konnte, eine Zukunft, die sie sich nur als Hollywoodstar vorzustellen vermochte. Ich war am Boden zerstört." Als er Lacey ansah, entdeckte er Wärme und Mitgefühl in ihren Augen.

„Diesen Schmerz wollte ich nie wieder erfahren. Nie wieder wollte ich eine Frau lieben, die meine Gefühle nicht erwiderte. Es hat zu wehgetan, so dass ich zu Frauen auf Distanz ging."

Warum erklärt er mir das alles, überlegte Lacey. Ihr Kopf und ihr Arm schmerzten, und ihr Körper verlangte nach Ruhe. Sie wollte nicht länger zuhören.

„Aber das hielt die Frauen nicht davon ab, mir nachzulaufen, nicht um meinetwillen, sondern meines Geldes und meines beruflichen Erfolges wegen. Einige verfolgten ihr Ziel recht dreist."

„Steve, du brauchst mir das alles nicht zu erklären ..."

Er legte ihr die Hand auf den Mund. „Ich möchte es aber. Du musst es wissen. Als du hier aufkreuztest, schien mir jedenfalls das gleiche Schema abzulaufen. Ich traf dich überall: im Garten, als ich nach Hause kam, am Strand, als ich schwimmen ging. Du hast dich ausgesperrt und bist mit deinem Auto liegen geblieben. Wo ich auch eintraf, du warst schon da."

„Steve, ich hatte nicht die Absicht ..."

„Lacey, jetzt bin ich an der Reihe." Seine Mundwinkel zuckten leicht, ein Zeichen, dass er sich über ihre ständigen Unterbrechungen amüsierte.

„Und jedes Mal, wenn ich dich wiedersah, wollte ich dich", fuhr er fort.

Lacey spürte, wie eine herrliche Wärme ihren ganzen Körper durchflutete.

„Als ich dich heute sah, wusste ich, dass ich dich brauche, egal, was du für mich empfindest. Ich bin dir zum Strand gefolgt, wollte mit dir reden, dich wissen lassen, was ich fühlte", gestand Steve. „Wenn du nur mein Geld willst, okay. Ich habe genug für uns beide, aber ich will dich. Ich möchte für dich sorgen und aufpassen, dass dir nichts zustößt. Selbst wenn du zornig bist, habe ich dich gern. Ich mag es, wenn du dich über mich aufregst, dich erhitzt und dann unter meinen Küssen schmilzt." Er hielt einen Moment inne und holte tief Luft. „Lacey, ich liebe dich. Ich habe mich dagegen gewehrt, aber es war vergeblich. Nur will ich nicht wieder den Schmerz erleben, der mit einseitiger Liebe verbunden ist. Ich gebe mich zufrieden mit dem, was ich bekommen kann, und das bist du. Heirate mich, Lacey."

Lacey war sprachlos. Sie blickte Steve nur ungläubig an. Hatte der Schlag auf den Kopf ihr den Verstand geraubt? Wahrscheinlich träumte sie nur. Vielleicht war Steve gar nicht hier und erzählte ihr nichts von großer Liebe. Es war nur ein Traum, aus dem sie nicht erwachen wollte.

„Bist du es tatsächlich?", fragte sie schließlich.

Er lächelte, nahm sie in die Arme und senkte seine Lippen auf ihre – zärtlich und sanft zuerst, dann immer fordernder und leidenschaftlicher, bis Lacey hellwach war.

Er ließ seine Hände über den dünnen Stoff ihres Nachthemds und die sanfte Rundung ihrer Brüste gleiten. Plötzlich lehnte er sich zurück und sah sie an.

„Hast du etwas darunter an?", fragte er.

„Natürlich nicht. Das ist ein Nachthemd. Darunter trägt man für gewöhnlich nichts."

Steve nahm Lacey leise aufstöhnend wieder in die Arme. Er achtete darauf, dass er ihre schmerzenden Körperteile nicht berührte. Als er Lacey auf den Schoß zog, ruhten ihre Brüste an seiner Brust. Sein Mund war heiß und forschend, als er ihre Lippen fand, und Lacey zeigte Steve all die Liebe, die sie für ihn empfand. Sie fühlte sich lebendiger als jemals zuvor. Sie lag in Steves Armen, und er liebte sie.

Er ließ seinen Mund von ihren Lippen über die Wange zum Ohr wandern, knabberte an ihrem Ohrläppchen und küsste die kleine pulsierende Stelle an ihrem Hals. Lacey lehnte den Kopf zurück, bog sich Steves Küssen entgegen und zitterte trotz der Hitze, die in ihr brannte. Ihr Körper schmerzte nicht mehr, sondern war mit köstlicher Erwartung erfüllt.

Steves Zärtlichkeiten weckten ihre kühnsten und erotischsten Phantasien. Sie spürte seine harte Männlichkeit an ihrer Hüfte, und ihr Herz öffnete sich voller Liebe für diesen Mann. Er hatte sie gebeten, ihn zu heiraten, und jetzt küsste er sie, als wollte er sie nie wieder gehen lassen.

„Heißt das, ja?“, fragte er dicht an ihren Lippen.

„Ja.“ Lacey zog seinen Kopf herab, um den Kuss fortzusetzen.

Steves Hände waren überall. Er erforschte und erregte ihren Körper, wie sie es sich in ihren wildesten Träumen nicht hätte vorstellen können. Als er eine Hand unter ihr Nachthemd schob, wusste Lacey, dass sie den Himmel auf Erden gefunden hatte.

Steve hielt plötzlich inne, als er mit dem Finger zufällig eine Schramme berührte, die Lacey sich beim Surfen zugezogen hatte.

„Tut mir leid, ich habe deinen Unfall vergessen“, sagte er.

„Ich spüre nicht einmal mehr meine Kopfschmerzen“, erklärte sie, lehnte den Kopf an seine Brust und lauschte dem heftigen Pochen seines Herzens. *Ob meins wohl auch so schnell oder gar noch schneller schlägt*, überlegte sie.

Steve nahm sie wieder in die Arme und hielt sie ganz fest.

„Steve, ich liebe dich“, sagte Lacey, glücklich, dass sie ihm endlich ihre Gefühle gestehen durfte.

„Du musst das nicht sagen“, erwiderte er.

Sie zog sich zurück und sah ihn erstaunt an. „Was muss ich nicht sagen? Dass ich dich liebe? Das empfinde ich doch schon die ganze Zeit.“

„Das tust du nicht. Ich habe zufällig dein Telefongespräch mit angehört. Aber das macht nichts. Ich kann damit leben, zumindest für den Anfang.“

„Ich weiß nicht, wovon du redest.“ Lacey war verwirrt.

Steve sah sie lange an. „Ich habe gehört, wie du am Telefon über uns geredet hast“, erklärte er dann. „Du hast von Geld gesprochen und dass du mich zu etwas überreden würdest. Ich fühlte mich betrogen. Ich hatte mich so lange gegen meine Gefühle gewehrt, und als ich im Begriff war, mein Misstrauen aufzugeben, hast du meine Befürchtungen bestätigt."

Lacey schüttelte den Kopf. Aus ihrem Traum wurde ein Alptraum, und Angst überkam sie. Würde sie Steve wieder verlieren? Sie liebte ihn von ganzem Herzen, aber warum zweifelte er daran? Und von welchem Telefonat redete er?

„Steve, ich habe mit niemandem über uns am Telefon gesprochen", protestierte sie.

„Doch, es war an dem Tag, als ich dich aufgefordert habe, nie wieder mein Haus zu betreten. Dieses Gespräch war der Grund dafür. Ich war am Boden zerstört."

„Ich erinnere mich sehr wohl an jenen Tag. Du warst alles andere als liebenswürdig." Sie schauderte unwillkürlich, als sie sich daran erinnerte, wie grob er sie behandelt hatte.

Steves Augen blitzten für einen Moment, dann schaute er weg. „Für mich war das ein Schlag in die Magengrube. Lacey, ich wollte dich so sehr, und ich hatte angefangen, dir zu vertrauen ..."

„Ich habe wirklich niemals am Telefon über dich geredet", wiederholte sie.

„Ich habe es aber ganz deutlich gehört. Du musst es nicht leugnen. Ich sagte dir bereits, dass ich damit leben kann."

Lacey sprang auf und funkelte ihn an. „Aber ich nicht. Ich bin keine Lügnerin. Ich liebe dich, ob du es glaubst oder nicht, und ich habe so etwas nicht getan."

Steve erhob sich ebenfalls. „Lacey, es ist mir völlig egal. Ich nehme dich zu jeder Bedingung, und ich will dich heiraten. Reicht das nicht?"

„Nein, nicht, wenn du mir nicht glaubst." In ihrem Kopf begann es wieder zu hämmern, und Tränen traten ihr in die Augen. Eben noch hatte sie im siebten Himmel geschwebt, und jetzt war alles vorbei.

„Lacey, ich habe dich doch gehört."

Sie schloss die Augen und legte die Hand an die schmerzende Stirn. Sie musste nachdenken. Was konnte Steve falsch interpretiert haben?

„Ich habe an diesem Tag mit Michael telefoniert", erinnerte sie sich nun.

„Wer ist Michael?", fragte Steve misstrauisch.

„Mein Chef. Es gab ein Problem, deswegen hat er mich angerufen, und wir haben ganz bestimmt nicht über dich geredet."

„Ich habe es ganz deutlich gehört", beharrte Steve. Dabei sah er Lacey so drohend an, dass sie einen Schritt zurücktrat.

„Jetzt habe ich wieder Kopfschmerzen", klagte sie. „Aber lass mich nachdenken. Wir sprachen darüber, dass Carr sich weigerte, das Drehbuch zu akzeptieren, und Michael dachte daran, ihm mehr Geld zu bieten. Ich war jedoch der Meinung, dass Carrs Gage hoch genug sei. Er hat ein teures Auto, ein Haus in Malibu und mehr Geld auf dem Konto, als er ausgeben kann. Deswegen hat Michael mich gebeten, Carr zu überreden, das Drehbuch auch ohne eine zusätzliche Zahlung anzunehmen."

Steve, der aufmerksam zuhörte, runzelte die Stirn. Dann setzte er sich wieder, ohne Lacey aus den Augen zu lassen. „Es gab also ein Problem mit einem Schauspieler namens Carr", sagte er langsam.

„Ja, Andrew Carr."

„Und du solltest deinen Charme einsetzen, um ihn um den Finger zu wickeln."

„Das war nur Spaß. Michael sagt das immer." Lacey blickte Steve scharf an. „Woher weißt du das?"

„Ich habe das Gespräch mit angehört. Aber ich schwöre dir, dass ich denken musste, du sprichst von mir. Du hast meinen Namen genannt."

„Das ist unmöglich." Lacey versuchte, sich genau daran zu erinnern, was sie am Telefon gesagt hatte.

„Vielleicht habe ich gefragt: ‚Ist es wegen Carr, Michael?'", überlegte sie. „Aber das sind zwei Worte."

„Du hast dich so oft über meinen britischen Akzent amüsiert, mein Liebling, aber deine Aussprache ist für mich auch etwas fremd. So wie du es betonst, klingt es für mich wie ein Wort." Er machte eine Pause. „Lacey, liebst du mich wirklich?"

Ihr Herz schmerzte, als sie sah, wie verletzlich Steve zu ihr aufschaute. Sie spürte, dass er ihr vertrauen wollte und dass er anfing, ihr zu glauben. Wie konnte er an ihrer Liebe zweifeln? Ihr Herz gehörte doch nur ihm.

„Steve, wie konntest du mir misstrauen? Glaubst du, dass ich jeden Mann so küsse wie dich? Ich hatte solche Angst, dass du über mich lachen würdest." Ihre Augen strahlten jetzt blau, und ihr Herz klopfte zum Zerspringen.

„Ich glaube dir, mein Liebling." Steve griff nach ihrer Hand. „Und wirst du mich heiraten?"

„So bald du willst." Lacey setzte sich wieder und schmiegte sich an Steves Brust.

„Ich habe nur eine Bedingung", sagte er.

„Welche?" Lacey war bereit, alles zu versprechen.

„Keine Arbeit mehr im Showgeschäft. Ich will, dass meine Frau bei mir bleibt und unsere Kinder aufzieht."

Laceys Lächeln und das Strahlen ihrer blauen Augen zeigten Steve, dass sie damit einverstanden war.

– ENDE –

Emma Darcy

Entscheidung auf Tortola

Roman

Aus dem Amerikanischen von
Sabine Buchheim

MIRA®

1. KAPITEL

Die große Schar einheimischer Kinder, die ins Hotelfoyer strömte, fiel Adam Cazell zuallererst auf – ein höchst ungewohntes Bild, da es Cocktailstunde war und das Raffles Hotel „Le Royal“ als Mekka der reichen Touristen in Phnom Penh galt. Adam hielt auf dem Weg zur berühmten Elephant Bar inne, wo er mit dem Rest seiner Gruppe verabredet war, und beobachtete amüsiert die fröhlich schwatzenden Kinder in ihren schwarzen Hosen und weißen Jacken.

Dann bemerkte er die Frau, die die Kleinen vor sich her scheuchte. Sie ließ Adam wie angewurzelt stehen bleiben. Ihre Schönheit raubte ihm den Atem, beschleunigte seinen Puls und löschte jeden anderen Gedanken aus.

Heller, makelloser Teint, schimmernd wie Perlmutt.

Glattes, seidig glänzendes schwarzes Haar, das ihr bis über die Taille fiel.

Exotische samtschwarze Augen, mandelförmig und von langen, dichten Wimpern umrahmt.

Fein geschwungene Augenbrauen, die das herzförmige Gesicht betonten.

Eine gerade, schmale Nase über dem sinnlichsten Mund, den Adam je gesehen hatte, volle rosige Lippen, die keinerlei kosmetischer Hilfsmittel bedurften. Soweit er es erkennen konnte, trug sie kein Make-up.

Ein wahres Kunstwerk der Natur.

Im Gegensatz zu den Kindern kam sie eindeutig nicht aus Kambodscha.

Sie war groß, schlank und besaß eine angeborene Anmut. Adam hatte nicht die leiseste Ahnung, aus welchem Land sie stammte und welche Gene in ihr vereint waren. Er wusste nur, dass er noch nie jemandem wie ihr begegnet war. Unter all den hinreißenden Frauen, die seine Bekanntschaft suchten, konnte sich keine mit ihr vergleichen, und da er einer der wenigen Multimillionäre im besten Alter war, hatte er ganze Heerscharen von Schönheiten getroffen.

Er konzentrierte sich darauf, sie mit purer Willenskraft dahingehend zu beeinflussen, dass sie in seine Richtung schaute.

Vergeblich.

Sie sprach mit den Kindern, die ihr so andächtig lauschten, als wäre sie eine Göttin, der es zu huldigen galt.

„Gütiger Himmel!“ Der erstaunte Ausruf kam von seiner derzeitigen Begleiterin Tahlia Leaman. Sie hakte sich bei ihm unter. „Das ist ja Rosalie James!“

Als er Tahlia verlassen hatte, war sie damit beschäftigt gewesen, sich im Bad das lange blonde Haar zu föhnen – eine langwierige Angelegenheit, die seine Geduld stets aufs Äußerste strapazierte.

Sie hob den freien Arm und winkte. „Hallo, Rosalie!“

Der Gruß bewirkte ein leichtes Stirnrunzeln, einen kurzen Blick – die dunklen Augen sahen an Adam vorbei –, ein flüchtiges Nicken in Tahlias Richtung, und das war's. Nicht mehr als eine lästige Unterbrechung ihrer Unterhaltung mit den Kindern.

„Ist wohl wegen ihrer Kinderstiftung hier“, meinte Tahlia. „Komm, Liebling, die anderen warten wahrscheinlich schon in der Bar auf uns.“

Es irritierte ihn, dass die Frau von ihm nicht einmal Notiz genommen hatte. Dabei hob er sich allein durch seine Größe von knapp eins neunzig von der Masse ab, ganz zu schweigen von seiner breitschultrigen, athletischen Gestalt und dem markanten Gesicht, das die meisten Frauen attraktiv fanden. Für seine achtunddreißig Jahre hatte er sich gut gehalten. Sein dunkelbraunes, an den Schläfen leicht angegrautes Haar verlieh ihm etwas Respektables. Nein, er war es nicht gewöhnt, von irgendjemandem ignoriert zu werden!

„Wer ist Rosalie James?“, erkundigte er sich.

Sie zog ungläubig die Brauen hoch. „Das weißt du nicht?“

„Wenn ich es wüsste, würde ich wohl kaum fragen.“ Er wollte Informationen und kein Geschwätz.

Tahlia seufzte. „Nur die Königin des Laufstegs für alle wichtigen Designer in Europa und Amerika, das perfekte Model, um das sich alle reißen. Der Rest von uns steht nicht einmal zur Diskussion, wenn Rosalie James verfügbar ist."

„Schwingt da so etwas wie Neid mit?"

„Es ist die schlichte Wahrheit. Man kann einfach nicht neidisch auf sie sein, obwohl ihr die Spitzenjobs hinterhergetragen werden. Wenn sie nicht posiert, rackert sie sich für Waisenkinder ab. Ich wette, dass sie einen Großteil ihrer Gagen in die Stiftung steckt. Sie zeigt sich kaum in der Gesellschaft und verabscheut Partys." Tahlia warf ihm einen koketten Seitenblick zu. „Sie ist nicht dein Typ, Adam."

„Nein."

Gemeinsam gingen sie in die Bar.

Die Erinnerung an Rosalie James ließ sich jedoch nicht verdrängen, ihr Bild hatte sich ihm unauslöschlich eingeprägt – eine Seltenheit, die ihn sowohl ärgerte als auch neugierig machte. Warum sollte eine schöne Frau ihre gesamte Freizeit der Wohltätigkeit widmen und zudem ihren Verdienst dafür opfern? Was trieb sie dazu?

Adam war ein Macher. Es beflügelte ihn, erfolgreiche Unternehmen aufzubauen, aber sobald sie Gewinn erwirtschafteten, begannen sie ihn zu langweilen. Seine jüngste Herausforderung war die Gründung einer neuen Fluglinie, und da er mit der Idee spielte, Billigflüge nach Südostasien zu organisieren, hatte er die Recherchen vor Ort mit dieser Vergnügungsreise verbunden.

Seiner Meinung nach hatte Kambodscha Touristen eine Menge zu bieten. Hier in Phnom Penh boten beispielsweise der Königspalast und die Silberpagode mit ihren berühmten Buddhas – einer war mit über neuntausend Diamanten verziert, ein anderer aus Kristall – so viele unglaubliche Kostbarkeiten, dass einem der Kopf schwirrte. Und ein Abstecher nach Angkor Vat, jenem berühmten Tempelkomplex aus dem zwölften Jahrhundert, lohnte sich in jedem Fall.

Adam hatte ein paar seiner Führungskräfte und deren Ehefrauen mitgebracht, und als er mit Tahlia die „Elephant Bar“ betrat, war seine Begleitung dort bereits versammelt und schwärmte von den Sehenswürdigkeiten von Angkor Vat. Er schickte Tahlia zu ihnen und ging an die Bar, um Drinks zu bestellen.

„Eine Gruppe von Kindern ist gerade ins Hotel gekommen“, sagte er zum Barmann. „Wissen Sie, warum?“

„Sie singen für eine Reisegruppe, die heute Abend am Swimmingpool das Dinner einnimmt. Es findet dort eine Tombola statt, der Erlös geht an ihr Waisenhaus. Miss James hat das kleine Konzert als Dankeschön organisiert.“

„Kennen Sie diese Miss James?“

Der Mann nickte lächelnd. „Die Kinder nennen sie den Engel. Sie singt auch wie einer. Sie tut hier viel Gutes für die Waisen.“

Adam stutzte. Der Engel. Sie war ihm nicht wie ein überirdisches Wesen erschienen. Sein Eindruck von ihr war äußerst real gewesen. Körperlich. Sinnlich. Sexuell. Daher war es noch frustrierender, dass sie seine Anwesenheit nicht registriert hatte. Keinerlei Anzeichen, dass sie ihn erkannt hätte. Selbst bei der Erwiderung von Tahlias Gruß hatte sie offenbar keinen Gedanken an den Begleiter ihrer Kollegin verschwendet.

Welche Frau nahm von solchen Dingen keine Notiz?

Die meisten Frauen seines Bekanntenkreises waren wie Schmetterlinge, die instinktiv den süßen Nektar des Geldes suchten. Wie Tahlia, zum Beispiel. Das gefragte Model genoss die Reise und seine Gesellschaft – solange sie eben dauerte. Adam betrachtete seinen Reichtum nicht als Lockmittel, sondern als Selbstverständlichkeit. Er schätzte es, die schönsten Frauen der Welt um sich zu haben, genauso wie sie sich an dem Luxusleben erfreuten, das er ihnen bieten konnte.

Für ihn war dieses Arrangement so natürlich, dass es eigentlich auf eine Frau mehr oder weniger nicht hätte ankommen sollen. Außer … Ignoriert zu werden hatte ihn in seinem Stolz getroffen, insbesondere da ihn jemand ignoriert hatte, den er genauso tief hatte beeindrucken wollen, wie er von ihr beeindruckt war. *Ein vorübergehendes Ärgernis*, redete er sich ein. Rosalie James lebte auf einem anderen Planeten als er. Ihr nachzustellen wäre absurd. Unproduktiv. In ihrer Welt zählten gute Taten eindeutig mehr als … sündhafte Vergnügungen.

Er versuchte, sie aus seinen Gedanken zu verbannen, und plauderte mit seinen Managern über die Chancen, eine Flugroute von Saturn Airline nach Kambodscha einzurichten. Als sie sich jedoch von der Bar in den Speisesaal begaben, hörte er sie singen. Ihre Stimme – es konnte nur ihre sein – trug glockenhell und rein den Text eines melodischen Liedes vor. Einfach engelsgleich.

Keiner der Künstler, die er in den letzten Jahren für Saturn Records verpflichtet hatte, konnte sich auch nur annähernd mit dieser Stimme messen. Ein Schauer durchrann ihn. Rosalie James besaß das Zeug, zu einem Star in der Musikwelt aufzusteigen. Mit ihrem Aussehen, ihrem Talent …

Dann fielen die Kinder in den Chor ein. Sie sangen allerdings mehr mit Begeisterung als mit Musikalität und übertönten mit ihren sich fast überschlagenden Stimmen Rosalies Sopran.

Vergiss sie, ermahnte Adam sich.

Er hatte die Plattenfirma verkauft, um die Fluggesellschaft zu finanzieren.

Es versprach absolut keinen Profit, die Bekanntschaft mit Rosalie James zu erzwingen – weder auf persönlicher noch auf geschäftlicher Ebene.

Sechs Monate später sah Adam Cazell sie wieder.

Und war wieder einmal bezaubert von ihrer Schönheit.

Er war in der New Yorker Met. Es war der Premierenabend von Puccinis „Turandot“. Adam war kein großer Opernfan, aber seine derzeitige Gespielin hatte ihm die Teilnahme an diesem gesellschaftlichen Ereignis abgeschmeichelt. Sacha Rivken liebte Events, bei denen die Prominenz zusammenströmte, um zu sehen und gesehen zu werden. Und da ihre Affäre noch jung war, hatte er ihr gern diesen Wunsch erfüllt.

Zusammen mit einer Gruppe von Freunden saßen sie in einer Loge der berühmten Metropolitan Opera und genossen die knisternde Atmosphäre. Sacha hatte für sich und Adam Plätze in der ersten Reihe gesichert, damit sie einen ungehinderten Blick auf die Besucher der beiden Hauptlogen hatte, die der Bühne gegenüberlagen.

Die weiter entfernte Loge füllte sich zuerst. Sacha spekulierte gerade darüber, wer das angrenzende Abteil gemietet haben mochte, als die Gäste erschienen. Adam zuckte zusammen, als hätte ihn ein Schlag getroffen.

Rosalie James ... Sie führte ihren Begleiter in die vorderste Reihe.

Das glänzende schwarze Haar war zu einer eleganten Hochfrisur aufgesteckt und entblößte einen hellen Schwanenhals, den ein atemberaubendes Collier aus Rubinen und Diamanten schmückte. An diesem Abend trug sie keine geschlechtslose weiße Jacke und schwarze Hose, sondern eine Kreation aus dunkelrotem Samt, die jede ihrer weiblichen Kurven liebevoll betonte. Der herzförmige Ausschnitt gab den verführerischen Ansatz ihrer Brüste frei. Ihre Haltung war hoheitsvoll. Sie wirkte hoheitsvoll. Hätte sie eine Tiara getragen, hätten sich die Leute gefragt, welcher königlichen Familie sie entstammen mochte.

Als sie ihren Platz am Ende der Reihe einnahm, blickte sie lächelnd zu dem Mann auf, der im Begriff war, sich neben sie zu setzen – ein großer Mann, dessen Statur Adams in nichts nachstand, ungefähr Ende dreißig, mit silbernen Strähnen im kastanienbraunen Haar. Er erwiderte das Lächeln, als würden sie eine besonders herzliche, intime Erinnerung teilen.

Adam hatte noch nie Eifersucht empfunden, doch in diesem Moment durchzuckte ihn der Zorn wie eine schwarze Woge. Wenn er Rosalies Begleiter durch pure Willenskraft in Stücke hätte zerreißen können, wäre der Mann binnen Sekunden zerfetzt worden. Sie hatte für *ihn* Platz in ihrem Leben – für einen Mann, der Adam äußerlich so ähnlich war. Adam fühlte sich betrogen und benachteiligt, jeder Muskel in seinem Körper verkrampfte sich vor Wut über die Grausamkeit des Schicksals.

„Da ist Rosalie James“, flüsterte Sacha entzückt. „Sie hat das Prunkstück der diesjährigen Ballavanti-Kollektion an. Ich wette, man hat es ihr für die Premiere zur Verfügung gestellt, damit der Designer noch mehr Publicity bekommt. Schau dir nur dieses Collier an! Garantiert eine Leihgabe von Bergoff. Muss ein Vermögen wert sein!“

Sie gibt also wirklich kein Geld für sich selbst aus, überlegte Adam. Es handelte sich auch um keine Geschenke eines Liebhabers, was ihn ein wenig besänftigte. „Wer ist der Mann neben ihr?“, fragte er, in der Hoffnung, einen Namen zu erfahren, der ihm mehr über ihren Geschmack verriet.

„Keine Ahnung. Ein ziemlicher Hüne. Sehr beeindruckend.“

Adam presste die Lippen zusammen.

„James … Ist sie mit dem Tenor verwandt, der heute sein Debüt gibt?“, erkundigte sich einer der Opernkenner in ihrer Gruppe.

Adam schlug das Programmheft auf, das er zuvor gekauft hatte. Der betreffende Sänger hieß Zuang Chi James. „Sie ist keine Chinesin“, meinte er ironisch.

„Du hast seine Biografie nicht gelesen, Adam“, konterte sein Freund. „Zuang Chi wurde zwar in China geboren, wurde dann aber von seiner Familie nach Australien geschmuggelt, weil er eine Chance bekommen sollte, seine Stimme zu schulen. Er wurde offiziell vom früheren australischen Botschafter in China und dessen Frau – Edward und Hilary James – adoptiert. Sie schickten ihn aufs Musikkonservatorium von Sydney, wo er ein Stipendium gewann und …“

„Hey! Rosalie James ist ebenfalls Australierin“, warf Sacha ein. „So abwegig ist die Verbindung gar nicht.“

Australierin? War das ihre Nationalität? Adam betrachtete sie eindringlich. Er konnte sich keine englischeren Namen vorstellen als Edward und Hilary, aber Rosalie wirkte weder englisch noch australisch. Und der Bursche mit dem rötlichen Haar neben ihr glich eher einem riesenhaften, streitlustigen Schotten. Ihre schmale zarte Hand verschwand in seiner, als die Lichter erloschen.

Adam durchlitt den ersten Akt der Oper, die ihm herzlich gleichgültig war. Er konnte Rosalie James und ihren Begleiter nicht aus seinen Gedanken verbannen, beide schienen vom Geschehen auf der Bühne wie gebannt. Sie blickte nicht einmal in die Richtung von Adams Loge. Wann immer Zuang Chi James sang, beugte sie sich vor und konzentrierte sich ganz auf den Tenor, als hätte sie ein persönliches Interesse an seiner Darbietung. War er ihr Adoptivbruder? Zumindest erntete er unter allen Künstlern den meisten Applaus von ihr.

Andererseits war es sein Debüt in der Met, ein Meilenstein in der Karriere jedes Opernsängers, und sogar Adam musste einräumen, dass er eine wundervolle Stimme hatte. Diese Tatsachen allein könnten ihren Enthusiasmus erklären. Schließlich sang sie selbst wie ein Engel, wenn auch nicht mit dem vollen Timbre einer ausgebildeten Sopranistin. Am Ende fiel Adam ein, dass die Einnahmen der Premiere einer wohltätigen Einrichtung zugute kommen sollten.

Deshalb war Rosalie James also hier.

Aus karitativen Gründen.

Wahrscheinlich waren die meisten Besucher ihrer Loge in der einen oder anderen Weise sozial engagiert, entweder als Leiter diverser Organisationen oder als großzügige Sponsoren. Allerdings war sie mit dem großen Mann neben ihr viel zu vertraut, als dass Adam ihn zu diesem Kreis gezählt hätte. Das allzu offensichtlich enge Verhältnis zwischen ihnen war ihm ein Dorn im Auge und Anlass wachsender Gereiztheit.

Er war froh, als der letzte Vorhang fiel.

Das anschließende Supper im „Four Seasons“ war mehr nach seinem Geschmack.

Drei Monate später kreuzten sich ihre Pfade erneut.

Unbeabsichtigt.

Unerwartet.

Mit der gleichen erstaunlichen Wirkung wie zuvor, aber mit einem großen Unterschied. Dieses Mal wurde Adam nicht von einer Frau begleitet. Und Rosalie James war allein.

Es war in England, an einem Sonntag im Hochsommer. Adam verließ sein Londoner Haus und freute sich darauf, mit seinem Aston Martin aufs Land zu fahren, um seine Tochter von Davenport Hall abzuholen, wo sie die erste Woche der Schulferien mit ihrer besten Freundin verbracht hatte, die zufälligerweise die Nichte des Earls of Stanthorpe war.

Adams Exfrau war entzückt über die Verbindung zur britischen Oberklasse. Ihre Tochter nach Roedean zu schicken war purer Snobismus von Sarah gewesen – Adam fand es lächerlich, aber nicht wichtig genug, um darüber zu streiten. Außerdem schien Cate dort glücklich zu sein und hatte sich bislang noch nie beklagt.

Sein einziges Kind aus seiner einzigen Ehe war gerade dreizehn geworden und überaus temperamentvoll. Er war stolz auf sie und genoss jede Minute, wenn sie bei ihm war. Sie hatten viel Spaß miteinander und amüsierten sich mit Beschäftigungen, die ihrer Mutter zuwider waren, wie zum Beispiel abenteuerlichen Spritztouren oder dem Sammeln neuer Erfahrungen.

Für Sarah gab es nichts anderes als England, woanders war sie einfach nicht glücklich, das hatte sie ihm bei der Scheidung drei Jahre nach der Hochzeit unmissverständlich klargemacht. Sie wollte nicht ihr Leben lang mit ihm um die Welt vagabundieren. Inzwischen war sie mit einem Parlamentsmitglied verheiratet, die perfekte Politikergattin und im Vorstand etlicher Wohltätigkeitseinrichtungen.

Adam wünschte ihr alles Gute. Es herrschte keine Verbitterung zwischen ihnen. Er hatte sie mehr als großzügig bei der Scheidung abgefunden und zahlte noch immer alles, was Sarah für Cate verlangte. Mit Geld erkaufte man sich Harmonie, das hatte er festgestellt. So konnte er seine Tochter bei sich haben, wenn er wollte. Nachdem er wegen Cates Sommerferien sämtliche Geschäftstermine verschoben hatte, kränkte es ihn allerdings ein wenig, dass sie es vorgezogen hatte, die erste Woche mit ihrer besten Freundin zu verleben. Hatte sie in der Schule nicht schon genug Gesellschaft von Celeste? Oder war Davenport Hall eine so große Attraktion?

Da man ihn zum Lunch eingeladen hatte, damit er Celestes Familie kennen lernte, bevor er mit Cate aufbrach, begutachtete Adam das Anwesen bei seiner Ankunft besonders gründlich. Er passierte das Tor und fuhr eine lange Allee entlang, deren hohe Bäume mit ihren Ästen einen sonnengesprenkelten Tunnel bildeten. Irgendwie hatte er dabei das sonderbare Gefühl, in eine Zeitschleife geraten zu sein.

Cate hatte ihm erzählt, dass das Herrenhaus über vierhundert Jahre alt sei, und die mächtigen Baumstämme deuteten auf ein ähnliches Alter hin, obwohl das frische grüne Laub von der Beständigkeit des Lebens zeugte. Die Straße mündete in einer kreisrunden Auffahrt, in deren Mitte ein massiger Steinbrunnen plätscherte. Dahinter erhob sich ein imposantes, dreistöckiges Gebäude, dessen Fassade mit Efeu überwuchert war.

Der Eindruck von Solidität und Dauerhaftigkeit war überwältigend. Dies war also seit fast einem halben Jahrtausend das Heim der Earls von Stanthorpe. Adam besaß keine so tiefen Wurzeln, aber er spürte die Faszination und die Geborgenheit, die sich aus dem Wissen ergab, dass sich nichts jemals ändern würde. Strahlte dieser Ort einen besonderen Zauber aus, der Cate fesselte? Oder war sie bereits zu stark von Sarahs Wertvorstellungen geprägt?

An der Vordertür wurde er von einem alten Butler begrüßt, der der Familie vermutlich seit Jahrzehnten diente. Nachdem er seinen Namen genannt hatte, wurde Adam in eine geräumige Halle gebeten. Ein breiter roter Läufer teilte den schwarz-weiß gefliesten Boden. Von den Wänden blickten die Porträts zahlreicher früherer Earls mit strengen Mienen auf den Besucher herab. Plötzlich durchzuckte Adam der Gedanke, dass er die Last eines solch gewaltigen Erbes nicht gern tragen und ein Leben lang an einen Platz gefesselt sein würde.

Als er jedoch in einen elegant möblierten Salon von imposanten Ausmaßen geleitet wurde, bekam er einen Eindruck von der verführerischen Macht alten Besitzes. Es gab drei Sitzgruppen, bestehend aus Sofas, Sesseln und Tischen, eine davon direkt vor einem massiven Marmorkamin, in dem allerdings kein Feuer brannte. Strahlender Sonnenschein fiel durch eine Reihe von sechs Fenstern am Ende des Zimmers, wo ein Mann und eine Frau sich lächelnd von einer anderen Polstergruppe erhoben.

„Mr. Adam Cazell, Mylord", verkündete der Butler.

Der Earl of Stanthorpe war groß und schlank, aber ohne das blutarme Flair, das Adam stets mit Aristokraten verband. Er hatte intelligente dunkle Augen und einen kräftigen Händedruck. „Hugh Davenport", stellte er sich zwanglos vor. „Es ist mir ein Vergnügen, Cates Vater kennen zu lernen. Dies ist meine Frau Rebel."

Ein sonderbarer Name für eine Dame des Establishments, und sie war zweifellos eine ganz außergewöhnliche Persönlichkeit – lockiges schwarzes Haar, das ihr bis auf die Schultern fiel, leuchtende braune Augen, ein markantes Kinn und ein warmherziges, gewinnendes Lächeln.

Adam erwiderte das Lächeln und begrüßte die Gastgeberin.

„Sie hatten hoffentlich eine angenehme Reise von London, Mr. Cazell?"

„Adam."

„Danke." Ihr Lächeln bekam eine verschmitzte Note. „Ich habe gelernt, dass man hier in England vorsichtig ist, was den spontanen Gebrauch von Vornamen betrifft. Da ich aus Australien stamme, kann ich alte Gewohnheiten nur schwer ablegen."

Ein waschechter englischer Earl, der mit einer Australierin verheiratet war? War er am Ende auch ein Rebell?

„Bitte setzen Sie sich." Sie deutete auf einen Sessel. „Die Kinder sind mit den Hunden draußen und müssten gleich wieder zurückkommen."

Sie hatte kaum ausgesprochen, als Cate in den Raum stürmte. „Hallo, Dad! Ich habe deinen Wagen in der Auffahrt gesehen."

Celeste folgte Cate auf den Fersen, zusammen mit zwei Yorkshireterriern. „Wir haben uns beeilt, aber Sie waren schneller, Mr. Cazell. Fluffy und Buffy, seid still!"

Der Befehl beeindruckte die Hunde nicht im Mindesten. Sie betrachteten Adam als einen Eindringling in ihrem Revier und kläfften ihn an.

Zwei kleine Jungen rannten an den Mädchen und den Hunden vorbei und blieben abrupt stehen, als sie Cates Vater bemerkten. Sie beäugten ihn von Kopf bis Fuß, bevor der Ältere – Adam schätzte ihn auf ungefähr fünf – fast ehrfürchtig meinte: „Er ist so groß wie Onkel Zachary, Mum."

Rebel lachte.

Dann kam Rosalie James herein.

Sie sah ihn direkt an.

Und Adam hatte das dunkle Gefühl, dass die Zeitschleife aus dem Blättertunnel ihn eingeholt hatte.

2. KAPITEL

Dies war also Adam Cazell ... Cates Vater ... Wie ihr Neffe soeben gesagt hatte, so groß wie Zachary Lee, aber wie war es um sein Herz bestellt? Aus Gesprächen mit seiner Tochter hatte Rosalie den Eindruck gewonnen, dass Adam Cazell Cate davon nicht genug schenkte, deren Unzufriedenheit mit ihrem häuslichen Leben allzu offensichtlich war. Celeste hielt den Vater ihrer besten Freundin für „hinreißend", doch das hing mehr mit ihrem Bild von ihm als kühnen, millionenschweren Geschäftsmann zusammen, der über eine enorme Kaufkraft verfügte.

Ein facettenreicher Mann, dachte Rosalie, wenn man seine erstaunlichen Erfolge betrachtete, aber aus der Nähe ...

Plötzlich trafen sich ihre Blicke. In den Augen des großen Mannes lag so viel Machtbewusstsein, dass ihr der Atem stockte und ein sonderbarer Schauer über den Rücken rann. Silbergraue Augen – wie Stahl – durchdrangen die Abwehrmauern, die sie vor langer, langer Zeit um sich errichtet hatte. Tapfer erwiderte sie seinen Blick, außer Stande zu irgendeiner anderen Reaktion. Sie spürte, wie ihre Knie zu zittern begannen.

Hugh rettete sie, indem er die Jungen zu sich heranzog. „Dies sind meine Söhne Geoffrey und Malcolm."

Während Adam Cazell gezwungen war, die beiden anzuschauen und etwas Passendes zu äußern, hatte Rosalie Gelegenheit, sich wieder zu fangen, bevor sie vorgestellt wurde.

„Und das ist Rebels Schwester, Rosalie James."

Die Höflichkeit verlangte, dass sie seine Hand berührte. Er umfasste die ihre, schloss seine starken Finger, als wollte er ihr seinen Stempel aufdrücken und Besitzansprüche anmelden. Als wollte er nicht nur ihre Hand, sondern ihren ganzen Körper nehmen.

Widerwillen regte sich in ihr.

Niemand nahm sie. Niemand!

„Ihre Schwester?" Erstaunt über den Verwandtschaftsgrad sah

er stirnrunzelnd zwischen Rebel und Rosalie hin und her.

„Keine Ähnlichkeit", sagte sie trocken.

„In Rebels Familie wurden alle adoptiert, Mr. Cazell", warf Celeste ein. „Kinder aus der ganzen Welt. Rebel ist Australierin."

„Und Sie?", fragte er Rosalie.

Der Instinkt riet ihr, ihm private Informationen zu verweigern. Sie ahnte allerdings, dass er gnadenlos nachhaken würde. „Mein Leben geht nur mich etwas an, Mr. Cazell", entgegnete sie ruhig.

„Adam", korrigierte er sie.

Sie wünschte keine Vertraulichkeit mit ihm. Wenn man diesem Mann den kleinen Finger reichte, würde er den ganzen Arm nehmen, und Rosalie hatte nicht vor, sich seinem Willen zu beugen. Sie wandte sich von ihm ab und bedachte ihre schwatzhafte Nichte mit einem vorwurfsvollen Blick. „Wir sollten Cate eine Chance geben, mit ihrem Vater zu reden, Celeste. Sie hat ihn nicht mehr gesehen, seit … Wie lange ist es her, Cate?"

Dieser Seitenhieb zielte auf sein väterliches Gewissen. Leider ruinierte seine Tochter die Wirkung. „Dad wird schon zu mir kommen, wenn er Lust dazu hat", meinte sie lässig.

Überraschenderweise lachte Adam Cazell, ließ Rosalies Hand los und drehte sich zu seiner Tochter um. „Wie wär's mit einer Umarmung, Catie?" Er breitete die Arme aus.

Strahlend vor Freude über die liebevolle Einladung schmiegte sie sich an ihn und ließ sich von ihm durch die Luft wirbeln. „Ich bin kein kleines Kind mehr, Dad", erinnerte sie ihn würdevoll, ohne allerdings ihr Vergnügen vollends verbergen zu können.

Mit geheuchelter Zerknirschung setzte er sie ab. „Diese Teenager", stöhnte er. „Du bist gerade erst einer geworden. Muss sich denn alles ändern?"

„Finde dich damit ab, dass ich erwachsen werde", verkündete sie stolz.

„Du kannst mir während der Ferien Nachhilfeunterricht geben", schlug er großzügig vor.

„Gewiss.“ Sie verzog die Lippen. „Ein paar Wochen, um alles Wichtige nachzuholen.“

Die Ironie dieser Bemerkung blieb ihm verborgen. Oder er ignorierte sie einfach und lächelte, um seine Tochter zu besänftigen. „Was habt ihr beide in der letzten Woche denn so angestellt?“ Er zwinkerte Celeste zu. „Wollen wir uns nicht setzen, und ihr klärt mich über Teenagerangelegenheiten auf?“

Ein echter Charmeur, dachte Rosalie, als Celeste begeistert auf die Einladung reagierte. Sie begaben sich alle zu der Sitzgruppe vor den Fenstern. Mit dem Selbstvertrauen eines Königs plauderte Adam Cazell mit seiner Tochter und der Familie, deren Gast sie bis nach dem Lunch noch war.

Rosalie hatte sich für einen Sessel entschieden, der ein wenig abseits stand. Sie wollte die Unterhaltung lieber beobachten als sich daran beteiligen. Natürlich würde Adam Cazell ihre Gleichgültigkeit auffallen, und er würde früher oder später versuchen, ihre Aufmerksamkeit zu erringen, aber im Moment fühlte sie sich sicher genug, um ihn eine Weile zu betrachten. Und er bot ein wahrhaft sehenswertes Bild.

Hinter seinem Charme steckte ein angeborener Ehrgeiz, aus dem er offenbar seine Energie für alle seine Unternehmungen zog und der seinen Erfolg in der Geschäftswelt erklärte. Außerdem war er attraktiv, ohne ein Beau zu sein. Seine Züge waren zu ausgeprägt, um im klassischen Sinn als schön zu gelten. Die markanten Linien übten jedoch einen sehr männlichen Reiz aus, und Rosalie nahm an, dass er bei Männern und Frauen gleichermaßen gut ankam. Sein widerspenstiges dunkles Haar milderte den strengen Eindruck ein wenig, steigerte seine Anziehungskraft und ließ ihn umgänglicher erscheinen.

Die Jungen hatten jedenfalls keine Angst vor ihm.

Sie wirkten eher fasziniert.

Wie von Zachary Lee.

Der Vergleich nagte an Rosalies Gerechtigkeitssinn. Adam Cazell mochte zwar die gleiche beeindruckende Statur wie ihr großer Bruder haben und durch seine breiten Schultern unterschwellig das Gefühl von Geborgenheit vermitteln, aber sie war überzeugt, dass er lieber nahm als gab.

Sie rieb sich die Hand, die er gedrückt hatte, um die Erinnerung an seine überwältigende Stärke zu vertreiben. Er bemerkte ihre Geste, und sie hielt sofort inne. Adam Cazell sollte sich nicht einbilden, dass es ihm gelungen sei, sie durch eine simple Berührung zu verunsichern. Diese Genugtuung wollte sie ihm nicht verschaffen.

Rosalie war sich nicht sicher, ob ihn Sex oder sein Ego dazu trieb, sich für sie zu interessieren – vielleicht beides. Es hatten ihr schon zu viele wohlhabende und einflussreiche Männer nachgestellt, als dass sie seine Motive nicht durchschaut hätte. Ihm ging es dabei um Publicity und Sex nach Belieben, bis der Reiz des Neuen verflogen war und die Leidenschaft erlahmte.

Normalerweise perlten derartige Avancen an ihr ab, aber an Adam Cazell war etwas Tieferes, Persönlicheres, Bedrohenderes. So gern sie die Gedanken an ihn auch verdrängt hätte, es schien, als hätte er sich in ihr Unterbewusstsein geschlichen, aus dem sie ihn nicht mehr vertreiben konnte. Wenn sie ihn lange genug beobachtete, würde die beunruhigende Wirkung dieses Mannes vielleicht nachlassen.

Sonderbarerweise hatte seine Tochter sie ebenfalls stark beeindruckt. Cate war äußerst intelligent und besaß eine für ihr Alter erstaunliche Menschenkenntnis. Das gelegentliche Aufflackern von Zynismus in einigen ihrer Bemerkungen hatte Rosalie erschreckt, denn es verriet Erfahrung mit Enttäuschungen und zerstörten Illusionen. Cate hatte einen Schutzwall um sich errichtet, für den sie mit dreizehn noch viel zu jung war.

Eine privilegierte Erziehung garantierte keineswegs eine glückliche Jugend. Celeste, die mit ihrem blonden Haar und den großen blauen Augen wie ein Engel wirkte, war von Hugh als „Satansbraten“ bezeichnet worden, ein aufsässiges Kind, das wegen seines schlechten Benehmens von etlichen Schulen geflogen war – bis Rebel aufgetaucht war und sich alles zum Guten gewendet hatte. Rebel hatte in Hughs verwaister Nichte ein einsames Mädchen gesehen, das dringend der Rettung bedurfte. Nach kurzer Zeit hatte Hugh erkennen müssen, wie falsch er die Situation beurteilt hatte.

Rosalie fand nicht, dass Cate Cazell der Rettung bedurfte. Cate war eine Kämpfernatur und vermutlich genauso willensstark wie ihr Vater. Sie hatte sein dunkles, welliges Haar und die Gesichtsform geerbt. Ihr Mund war jedoch weicher, und ihre Augen strahlten in einem wärmeren Grau. Sie war groß, wenngleich wesentlich schlanker als ihr Vater. Als Erwachsene würde sie wahrscheinlich atemberaubend aussehen.

Aber im Moment sehnte sich das Mädchen nach mehr Zeit und Zuwendung seitens seines Vaters. Und die soll Cate auch bekommen, dachte Rosalie und erinnerte sich daran, wie viel Zachary Lee ihr bedeutet hatte. Er hatte sich um ihre Wünsche und Bedürfnisse gekümmert, sie geliebt, beschützt und ihr das Gefühl von Sicherheit vermittelt. Durch ihn war sie nicht allein gewesen.

Ja … Und darunter litt Cate … Sie war zu viel allein. Ihre Familie bestand aus einer gesellschaftlich engagierten Mutter, die viel zu sehr damit beschäftigt war, die politische Karriere ihres Mannes zu fördern, um ihrer Tochter zuzuhören, einem Stiefvater, der nie für sie da war, und einem Vater, der gelegentlich in ihr Leben platzte, Unmengen Eiskrem verteilte, aber nicht lange genug blieb, um zu erkennen, dass Süßigkeiten nicht genügten. Kein Wunder, dass Cate gern bei Celestes Familie war!

„Rosalie …“

Seine Stimme riss sie aus ihren Grübeleien und ließ ihr Herz schneller schlagen.

„Ich habe gerade daran gedacht, wo ich Sie das letzte Mal gesehen habe“, meinte er lächelnd.

Als Model stand sie immer in der Öffentlichkeit. Dass Adam Cazell sie irgendwo gesehen hatte, war nicht verwunderlich – vermutlich hatte er eine seiner Freundinnen zu einer Modenschau begleitet. War dies ein weiterer Versuch, in ihr Leben einzudringen?

„Es war die Premiere von ‚Turandot' in der New Yorker Met", fuhr er zu ihrer Überraschung fort.

„Sie waren dort?", warf Rebel erfreut ein. „Sie haben Zuang Chi singen gehört?"

Er nickte. „Eine herrliche Stimme."

„Er ist unser Bruder", erklärte Rebel stolz. „Wir waren alle bei der Premiere. Die ganze Familie. Es war ein wunderbarer Abend, oder, Rosalie?"

„Ja."

Sie hatte Adam Cazell nicht in der Oper gesehen, und es behagte ihr überhaupt nicht, dass er sie ohne ihr Wissen beobachtet hatte – obwohl sie an diesem Abend mehr oder weniger im Dienst gewesen war, weil man sie dafür bezahlt hatte, das Kleid und den Schmuck zu tragen.

Er beugte sich auf dem Sofa vor wie eine Raubkatze, die zum Sprung ansetzte. „Wie groß ist Ihre Familie, Rebel?"

Sie lachte. „Wir sind vierzehn. Plus Ehemänner und Frauen sowie unsere prachtvollen Eltern. Wir haben allein eine Loge in der Met gefüllt, nicht wahr, Liebling?" Sie lächelte Hugh verträumt an.

„Oh ja. Ein wunderbarer Abend", wiederholte er.

Adam nickte zustimmend. „Schade, dass ich nicht schon damals Ihre Bekanntschaft gemacht habe. Ich muss gestehen, dass ich nur Augen für Rosalie hatte." Er blickte zu ihr hinüber. „Sie waren bezaubernd."

Sie erwiderte sein Lächeln. „Ich habe repräsentiert."

„Und der rothaarige Mann neben Ihnen?"

„Zachary Lee", verkündete Rebel fröhlich. „Unser großer Bruder."

In seinen Augen blitzte es zufrieden auf.

Ein potenzieller Rivale ausgeschaltet, folgerte Rosalie. Er hatte garantiert ihren Begleiter wahrgenommen, ihn eingeschätzt und überlegt, welches Verhältnis sie zu ihm haben mochte.

„Wir sind allesamt nicht blutsverwandt", erklärte sie, um ihm die Freude zu verderben. „Deshalb sehen wir uns auch nicht ähnlich."

„Onkel Zachary ist der Amerikaner", teilte Celeste ihm mit.

„Zu dem wir alle aufblicken", ergänzte Rosalie rasch, um Celeste daran zu hindern, die einzelnen Nationalitäten aufzuzählen. Am klügsten war es wohl, das Thema zu wechseln. „Gehen Sie oft in die Oper, Adam?"

„Nein."

„Es war eine Premiere", kommentierte seine Tochter, bevor er weitersprechen konnte. „Daddys Freundinnen lieben Premieren."

„Catie, du übertreibst", schalt er sie gutmütig. „Ich habe dich auch schon zu einigen mitgenommen. Zum Harry-Potter-Film, zum ..."

„Okay, okay", abwehrend hob sie die Hände. „Er kennt sich in der Popmusik besser aus, Rosalie. Sie wissen ja ... Saturn Records, bevor er die Firma verkauft hat. Er hat keine Klassik produziert."

„Was nicht bedeutet, dass ich sie nicht schätze." Die Antwort klang ein wenig gereizt.

„Ich habe nie gehört, dass du ein Konzert gespielt hättest."

„Du bist eben nicht immer bei mir."

Schwerer Schnitzer!

Cate presste die Lippen zusammen. „Du hast Recht, Dad. Wie viel Zeit steht mir zu? Fünfzehn Prozent, wenn ich Glück habe? Immerhin könntest du ständig Opernarien hören, wenn ich nicht bei dir bin." Sie lächelte Rosalie entschuldigend an. „Tut mir leid. Ich hätte mich nicht einmischen dürfen, denn ich kann nicht beschwören, dass mein Vater keine klassische Musik mag."

„Es ist selten eine gute Idee, für andere zu sprechen", meinte Rosalie mitfühlend.

Cates eher schnippische Entschuldigung hatte Adam ein Stirnrunzeln entlockt. Nun richtete er seinen durchdringenden Blick erneut auf Rosalie. „Eine wirklich gute Stimme weckt immer mein

Interesse, gleichgültig, was gesungen wird."

„Dann müssen Sie es genossen haben, Zuang Chi zuzuhören." Insgeheim fragte sie sich, ob und wie er auf den stummen Hilfeschrei seiner Tochter nach mehr Aufmerksamkeit reagieren würde.

„Und Ihnen auch."

„Mir?" Was meinte er damit? Hatte sie den Faden verloren, während sie über Cate nachgedacht hatte?

„Ich habe Sie im Raffles Hotel „Le Royal" in Phnom Penh singen gehört. Sie haben dort einen Chor von Waisenkindern geleitet."

Der Schock verschlug ihr sekundenlang die Sprache. „Das war vor neun Monaten."

„Ja. Sie haben eine schöne Singstimme. Sehr rein." Er lächelte. „Wenn ich Saturn Records noch immer leiten würde, hätte ich vielleicht versucht, Sie unter Vertrag zu nehmen."

„Rosalies leibliche Mutter war eine professionelle Sängerin", sagte Rebel.

„Ich bin nicht interessiert." Kopfschüttelnd schaute sie ihre Schwester an. „Das weißt du."

Rebel seufzte. „Ich persönlich halte es für Verschwendung. Sogar Zuang Chi findet …"

„Nein! Ich habe in dieser Welt nichts zu suchen!" Die energische Zurechtweisung brachte ihre Schwester endlich zum Schweigen. Rosalie wandte sich erneut Adam Cazell zu, der für ihren Geschmack bereits zu viel über ihr Leben erfahren hatte. „Was haben Sie in Phnom Penh gemacht, Adam?"

„Ich habe für meine Fluglinie recherchiert." Er schien sich königlich über ihre Ausweichmanöver zu amüsieren.

Sie spürte, dass er sie in die Enge treiben wollte. Jäger … Krieger … in ihrer Fantasie verkörperte er beides, und zum ersten Mal seit vielen Jahren fühlte Rosalie sich einem Mann gegenüber verwundbar.

Hughs alter Butler rettete die Situation. „Der Lunch kann gleich im Esszimmer serviert werden, Mylord."

„Danke, Brooks.“ Hugh erhob sich langsam. „Mädchen, Jungen, Adam …“

Er geleitete sie hinaus und überließ es den beiden Schwestern, ihnen zu folgen – eine Entscheidung, zu der ihn zweifellos ein bedeutsamer Blick seiner Frau bewogen hatte. Rosalie fragte sich mitunter, ob die Harmonie des Paares auf Gedankenübertragung beruhte. Wenigstens war sie für einen Moment von Adam Cazells Anwesenheit befreit, aber Rebel hatte natürlich noch etwas zu diesem Thema zu sagen.

„Er ist von dir fasziniert, Rosalie. Völlig bezaubert, würde ich meinen.“

„Rebel, mir liegt nichts daran, den Arm irgendeines Mannes zu schmücken.“

„Das schlage ich dir ja auch gar nicht vor. Ich glaube lediglich, dass mehr dahintersteckt. Er ist aufrichtig interessiert.“

„Er ist ein Playboy. Du hast gehört, was Cate über all seine Freundinnen erzählt hat.“

„Vielleicht solltest du dir ja auch einmal etwas Abwechslung gönnen.“

„Warum willst du mich mit ihm verkuppeln?“, erkundigte Rosalie sich stirnrunzelnd. Vor der Hochzeit war Rebel ein Verkaufsgenie gewesen.

„Ich mache mir Sorgen um Cate“, räumte sie seufzend ein. „Du hast sicher den bitteren Unterton bemerkt, wenn sie mit ihrem Vater redet. Möglicherweise könntest du etwas Gutes bewirken.“

„Cate Cazell ist kein verirrtes Kind, Rebel. Sie ist stark genug, um ihren eigenen Kampf mit ihrem Vater auszufechten. Ich finde, sie hat heute ein paar recht gute Seitenhiebe gelandet.“

„Eltern neigen dazu, solche Äußerungen zu ignorieren und sich einzureden, das Kind sei launisch oder schwierig. Niemand ist so blind wie der, der nicht sehen will. Du könntest ihn jedoch dazu bewegen, sie mit deinen Augen zu betrachten. Auf dich würde er hören. Es ist nicht gut, dass Cate sich verlassen fühlt.“

„Ich will keine Beziehung mit ihm."

„Es muss ja keine ernste Beziehung sein."

„Er wird mich überrumpeln, sobald sich eine Chance bietet."

„Du hast viel Übung darin, dir Männer vom Leib zu halten."

„Er ist anders."

„So?" Rebel schaute sie neugierig an.

„Sieh mich nicht so an. Ich weiß, wenn etwas nicht sicher ist."

„Ich dachte, du würdest mit jeder Situation fertig. Entschuldige, dass ich dich bedrängt habe. Ich bin eben besorgt um Cate. Sie ist ein Teenager. Wenn sie nicht bekommt, was sie von ihrem Vater braucht ..."

„Sie hat eine Mutter."

„Die ist mit sich selbst beschäftigt. Adam ist derjenige, zu dem Cate aufblickt. Wenn er nicht für sie da ist ..."

„Cate schafft es allein."

„Nein. Sie schwebt in Gefahr. Wenn sie sich abgeschoben und einsam fühlt, ist es nur ein kleiner Schritt zum ersten Experiment mit Drogen."

„Warum sprichst du nicht selbst mit Adam darüber?"

„Mich will er nicht erobern."

Damit endete die private Unterhaltung. Sie hatten das Esszimmer erreicht, wo die anderen bereits auf sie warteten.

Unter Adams prüfendem Blick wurde Rosalie sich des schmalen Streifens nackter Haut zwischen ihren Jeans und dem blau-weiß gestreiften Top überdeutlich bewusst. Am liebsten hätte sie geschrien: „Nein! Sehen Sie woanders hin, Adam Cazell!"

Aber er würde sich davon nicht beirren lassen.

Dass Cate neben ihm stand, belastete sein Gewissen nicht im Mindesten. Es kam ihm gar nicht in den Sinn, dass es wichtiger war, seine Tochter zu gewinnen als eine andere Frau.

Rebel hatte Recht.

Rosalie hatte die Macht, ihn zu bewegen, ihr zuzuhören. Vielleicht konnte sie es riskieren – Cate zuliebe.

3. KAPITEL

Sonntags wurde der Lunch auf Davenport Hall stets in dem behaglichen Esszimmer serviert und war eine Familienmahlzeit. Ungeachtet etwaiger Gäste und trotz ihres kindlichen Alters saßen die Jungen mit ihren Eltern am Tisch – Geoffrey mit einem Kissen auf dem Stuhl und Malcolm in einem Kindersitz. Sie waren zwar erst fünf und drei, aber wohlerzogen, und Celeste mit ihren dreizehn Jahren benahm sich ganz wie eine junge Dame.

Es war ein hübscher, einladender Raum. Die Möbel waren weiß, die Accessoires gelb, und durch die hohen Fenster hatte man einen herrlichen Blick auf den Rosengarten. Auf der schneeweißen Tischdecke prangte eine Schale mit gelben Rosenknospen, gelbe Leinenservietten in silbernen Ringen gaben weitere Farbakzente. Rosalie saß zwischen den Jungen, gegenüber von Adam Cazell, der von den Mädchen flankiert wurde. Rebel und Hugh nahmen die Kopfenden der Tafel ein.

Fasziniert beobachtete Adam, wie die Jungen ihre Servietten aus den Haltern zogen und auf dem Schoß ausbreiteten. In den Kreisen, in denen er sonst verkehrte, wurden kleine Kinder von den Erwachsenen getrennt. Willkommen in einer echten Familie, dachte Rosalie und hoffte, dass er aus diesem Erlebnis etwas lernen möge.

Die Mädchen bestimmten die Konversation und berichteten Adam von der Schule – von den Lehrern, die sie mochten oder verabscheuten, von Hockeyturnieren und dem Klatsch über andere Schülerinnen in ihrer Klasse. Geduldig lauschte er ihren Schilderungen, lächelte an den richtigen Stellen oder runzelte die Stirn. Er wirkte völlig entspannt und nicht im Mindesten herablassend.

Er war charmant.

Und sehr, sehr attraktiv.

Möglicherweise präsentierte er sich von seiner besten Seite, weil sie ihn beobachtete.

Gelegentlich warf er ihr einen amüsierten Blick zu, machte jedoch keinerlei Anstalten, sie in ein persönliches Gespräch zu verwickeln. *Er wartet auf den richtigen Moment,* dachte sie. Vermutlich hoffte er, sie würde in der heiteren Atmosphäre ihre Wachsamkeit außer Acht lassen, so dass er weitere Informationen über sie sammeln konnte. Da sie jedoch seit ihrem achtzehnten Lebensjahr – also seit nunmehr elf Jahren – im internationalen Modegeschäft tätig war, hatte Rosalie zu viele Erfahrungen mit Männern seines Schlages, um nicht zu wissen, welche Taktiken sie bevorzugten.

Wenn der erste Schritt nicht die erwünschte Wirkung erzielte, musste man günstigere Umstände schaffen und einen raffinierteren Annäherungsversuch starten. Die wenigsten gaben beim ersten Rückschlag auf. Meist glaubten sie es einfach nicht. Warum sollte eine Frau jemanden wie sie zurückweisen? Doch nur, um begehrenswerter zu erscheinen und zu hartnäckigeren Avancen zu motivieren. Aber die Jagd dauerte nie lange. Falls das erhoffte Ergebnis sich nicht bald abzeichnete, gab es für solche Männer immer eine andere Schönheit. Für das Ego war es ohnehin besser, wenn man bewundert und nicht verschmäht wurde.

Adam Cazells nächster Zug erfolgte nach dem Lunch. Den Kaffee hatten sie im Salon genommen. Die Mädchen waren nach oben gegangen, um Cates Koffer fertig zu packen. Rebel hatte Malcolm ins Kinderzimmer gebracht, damit er seinen Mittagsschlaf hielt, und Geoffrey beanspruchte Hughs Aufmerksamkeit.

Adam erhob sich aus seinem Sessel. „Hätten Sie etwas dagegen, wenn ich einen kleinen Spaziergang machen würde, Hugh? Ich möchte mir vor der Rückfahrt nach London noch ein wenig die Beine vertreten."

„Keineswegs." Als fürsorglicher Gastgeber wandte er sich an Rosalie. „Würdest du Adam herumführen? Ich fürchte, Geoffrey ist zu müde für einen längeren Marsch", fügte er bedauernd hinzu.

Sie saß in der Falle.

Ein cleveres Manöver von Adam Cazell.

Auf dem Gelände von Davenport Hall war sie jedoch sicher. Rosalie stand auf, um den Gast ihres Schwagers zu begleiten. Sogleich trat ein triumphierendes Funkeln in seine Augen. Es untergrub ihr Selbstvertrauen und beschleunigte ihren Puls.

„Gibt es einen Irrgarten, in dem wir uns verlaufen könnten?", fragte er.

„Nein, aber einen See, in dem Sie ertrinken könnten", konterte sie sofort.

Er lachte. Seine Züge wurden weicher und steigerten seine Attraktivität. Rosalie ballte unwillkürlich die Fäuste und versuchte, sich seiner schier übermächtigen Ausstrahlung zu erwehren. Sie musste sich zwingen, sich wieder zu entspannen und so zu tun, als wäre sie unbeeindruckt.

„Wir nehmen die hintere Tür", erklärte sie und ging voraus in die Halle.

Mit wenigen Schritten hatte er sie eingeholt. „Gibt es am See Boote?"

„Wollten Sie sich nicht die Beine vertreten?"

Adam schmunzelte. „Rudern ist auch eine körperliche Betätigung. Sie könnten sich ausruhen, während ich die Arbeit übernehme."

„Die Boote sind allesamt Einsitzer."

„Sie haben soeben meinen romantischen Traum zerstört. Da bin ich nun in historischer Umgebung und in Gesellschaft einer schönen Frau ..."

„Und Sie haben eine Tochter, die nicht möchte, dass Sie von ihr abgelenkt werden", erinnerte Rosalie ihn.

„Ah! Immer in Sorge um die kindlichen Bedürfnisse. Ich schätze, es rührt daher, dass Sie selbst eine Waise waren."

Er war einfach zu scharfsinnig. Natürlich brauchte er einen messerscharfen Verstand, um seine jeweiligen Ziele zu erreichen, und momentan konzentrierte er sich ganz auf sie und den Wunsch, sie zu erobern. Sie musste ihn irgendwie von sich ablenken, wenn sie

Cate helfen wollte.

„Kinder brauchen das Gefühl, dass jemand sie liebt und für sie da ist. Meinen Sie, Ihre Tochter empfindet das, Adam?"

„Zumindest trägt sie meinen Namen", erwiderte er spöttisch. „Aber bedeutet das auch, dass sie mich mag? Nein. Sie benutzt ihn, weil er ihr Vorteile bietet."

Seine nüchterne Analyse imponierte ihr. Sie sah ihn herausfordernd an. „Sie haben meine Frage nicht beantwortet."

„Sie meine auch nicht, Rosalie James."

Wie du mir, so ich dir.

Sie traten in die warme Nachmittagssonne hinaus und schlenderten den Pfad entlang, der zu dem idyllischen See führte. Die weiten Rasenflächen leuchteten in sattem Grün, prachtvolle Rhododendrenbüsche setzten spektakuläre Farbakzente, während Wasserlilien für eine eher exotische Note sorgten. Eine durch und durch englische Gartenlandschaft, dachte Rosalie und wusste, dass Rebel hier bei Hugh eine Heimat gefunden hatte.

Sie selbst fühlte sich völlig entwurzelt. Keine Stadt, kein Land übte einen besonderen Reiz auf sie aus. Menschen ja, aber keine Orte. Sie fragte sich, ob der ständig umherreisende Adam Cazell irgendein Anwesen als sein Heim betrachtete. Cate zufolge besaß er Häuser in London, New York, Hongkong und auf einer Karibikinsel. Letzteres vermutlich aus steuerlichen Gründen.

„Leben Sie hier bei Ihrer Schwester?", erkundigte er sich.

„Nein. Ich bin nur zu Besuch hier."

„Wo sind Sie zu Hause?"

Rosalie zuckte die Schultern. „Eigentlich nirgendwo. Es gibt Orte, an denen ich bleiben kann, wann immer ich möchte."

„Sie müssen doch eine Anschrift haben, unter der Ihre Auftraggeber Sie erreichen können."

Er versuchte, sie auszuhorchen. Wollte erfahren, wo er sie finden könnte. Rosalie hatte nicht vor, es ihm leicht zu machen, obwohl er natürlich Recht hatte. Sie hatte eine Londoner Adresse, ein Apartment in Mayfair, das Joel Faber gehörte, dem Mann ihrer Schwester Tiffany. Joel hatte es allen Familienmitgliedern zur Verfügung gestellt und Rosalie zur Betreuerin der Wohnung ernannt, weil er genau wusste, dass sie den Großteil ihrer Einkünfte spendete.

„Ich habe nicht viele Besitztümer", meinte sie. „Dafür habe ich keine Verwendung."

„Wollen Sie mir erzählen, dass Sie alles in einem Koffer aufbewahren?"

„So ungefähr. Ich fliege wahrscheinlich genauso viel um die Welt wie Sie."

„Dann haben wir etwas gemeinsam."

„Im Gegensatz zu Ihnen habe ich allerdings keine Tochter, die allein ist."

„Cate ist nicht allein. Sie hat ihre Schule, genau wie Celeste. Ihre Mutter und ihr Stiefvater sind immer in England. Sie kann bei ihnen sein, sie anrufen ..."

„Sie haben andere Prioritäten", unterbrach Rosalie ihn mit einem vorwurfsvollen Blick. „Nur weil sie hier sind, bedeutet das nicht, dass sie Zeit für sie haben. Jedenfalls nicht mehr als Sie."

„Sie beschuldigen mich, meine Tochter zu vernachlässigen?"

„Ich sage Ihnen lediglich, wie es für Cate ist."

„Sie kennen meine Tochter seit ... einer Woche? Ein bisschen vermessen, finden Sie nicht, Rosalie?"

„Mir ist klar, dass Sie das glauben – so ist es leichter, meine Kritik zu ignorieren."

„Hat sie Ihnen das arme reiche Mädchen vorgespielt?" Ein gereizter Unterton schwang in seiner Stimme mit.

„Nein, dafür ist Cate zu stolz."

„Warum greifen Sie mich dann an?" Er sah sie eindringlich an. „Ist das Ihre beste Art der Verteidigung?"

„Verteidigung wogegen?"

Er blieb stehen. Da sie eingewilligt hatte, ihn auf diesem Spaziergang zu begleiten, musste sie warten. Es war einfach, die Ausstrahlung dieses Mannes zu ignorieren, solange man neben ihm lief, doch nun wurde sie von der von ihm ausgehenden Energie förmlich erdrückt.

„Das ist Ihrer nicht würdig, Rosalie."

Sie traute ihren Ohren kaum. „Wie bitte?"

„Wenn Sie sich die Wahrheit auf Ihre Fahnen geschrieben haben, sollten Sie nicht lügen, was Ihre Gefühle für mich betrifft. Es ruiniert Ihre Glaubwürdigkeit."

Er hatte ihr den Fehdehandschuh zugeworfen. Rosalie reagierte prompt. „Okay. Sie möchten, dass ich meinen Koffer eine Weile bei Ihnen unterstelle. Darauf verzichte ich."

„Was ich will, können Sie nicht in einen Koffer packen. Mir ist es egal, ob Sie sich anziehen oder nicht."

Spöttisch zog sie die Brauen hoch. „Kein schmückendes Beiwerk?"

„Unwichtig."

„Nur die nackte Wahrheit."

Seine Miene war undurchdringlich. „Das hätte ich gern, aber nicht in dem begrenzten Sinn, der Ihnen vorschwebt."

Ein Schauer durchrann sie. Er wollte also nicht nur ihren Körper erobern! Sie stellte für ihn eine Herausforderung dar und gab ihm Rätsel auf, und deshalb hatte er sich in den Kopf gesetzt, ihre Motivation zu ergründen. Um ihren Seelenfrieden nicht zu gefährden, dachte sie lieber nicht darüber nach, was sie für ihn empfand.

„Ich habe keine Zeit für Sie, Adam."

„Nehmen Sie sich frei."

Das Charisma dieses Mannes zerrte an ihren Nerven. Etwas Ähnliches hatte sie noch nie erlebt. Es war, als würde er sie allein für sich beanspruchen, und ihr Selbsterhaltungstrieb kämpfte dagegen an, sich seinem Willen beugen zu müssen.

„Sie nehmen sich frei – für Ihre Tochter", rief sie.

„Das tue ich", erklärte er, den Blick unverwandt auf sie gerichtet. „Ich hole Cate während der Ferien zu mir. Während des Schuljahres schicke ich ihr Postkarten von allen Orten, an denen ich mich gerade aufhalte. Sie kann mich jederzeit auf meinem Handy anrufen."

„Trotzdem hat sie die erste Woche der Sommerferien hier verbracht."

„Nicht, weil ich keine Zeit hatte. Es war ihre eigene Entscheidung."

„Und was verrät diese Entscheidung, Adam? Was findet Ihre Tochter bei Celestes Familie, das sie bei Ihnen nicht hat?"

„Sagen Sie es mir."

Rosalie zögerte. Was Cate betraf, hatte er nicht so viel falsch gemacht, wie sie vermutet hatte. Sie suchte fieberhaft nach den passenden Worten, um ihm das Problem zu verdeutlichen. „Sie reibt es Ihnen doch förmlich unter die Nase, Adam."

„Was?"

„Festen Boden unter den Füßen. Die Gewissheit, dass sich nichts ändern wird."

Er machte eine weit ausholende Geste. „Dies ist nicht mein Leben – genauso wenig wie Ihres. Ich kann nicht ändern, wer und was ich bin."

„Sie sehnt sich nach dem, was Celeste hat: ein Heim, wo sie willkommen ist, eine intakte Familie, in der Kinder als Segen und nicht als Last empfunden werden, die es zu ertragen gilt."

„Ich habe Cate nie als Bürde betrachtet", entgegnete er nachdrücklich.

„Und was ist mit Ihren Freundinnen? Cate hat eine endlose Liste aufgezählt. Wenn Ihre Tochter bei Ihnen ist, verbringen Sie dann viel Zeit mit ihr allein, oder kommt sie sich wie das fünfte Rad am Wagen vor?"

„Sie schien nie etwas dagegen zu haben, wenn ich eine Partnerin hatte."

„Welche Wahl hat sie denn, außer sich anzupassen, wenn sie mit Ihnen zusammen sein möchte?"

„Ich fahre mit ihr, wohin sie will. Wir haben jedes Mal viel Spaß miteinander."

„Sie unterhalten sie."

„Was ist daran verkehrt?" Es fiel ihm sichtlich schwer, seinen Ärger zu verbergen.

„Es ist Augenwischerei, Adam, und lindert nicht die innere Einsamkeit. Die Furcht, nur ein flüchtiger Bestandteil Ihres Lebens zu sein, nagt an Cate. Wenn Sie sich wirklich um sie sorgen, verreisen Sie mit ihr diesmal an einen besonderen Ort – nur sie beide – und lernen Sie sie als Persönlichkeit kennen. Sie ist dreizehn. Sie braucht das Gefühl, dass jemand auch den Menschen liebt, der in ihr steckt."

„Warum machen Sie sich so viele Gedanken?", fragte er mürrisch.

„Wer sollte es sonst tun?"

Er schüttelte den Kopf. „Catie geht Sie nichts an."

„Die Sorge um Kinder geht uns alle an, Adam."

„Sie ist keine Waise."

„Sie braucht Hilfe."

Er runzelte zwar die Stirn, aber er widersprach nicht – was durchaus ein Fortschritt sein konnte. „Wer kennt den Menschen, der in Ihnen steckt, Rosalie?"

„Meine Familie."

„Alle vierzehn Geschwister und das Paar, das Sie adoptiert hat?"

„Manche mehr, andere weniger. Alles in allem stehen wir uns sehr nahe."

Sie vertrat Cates Interessen, weil Rebel sie darum gebeten hatte und sie selbst natürlich auch mit dem Mädchen fühlte. Sonderbarerweise war ihre Abneigung gegen Adam Cazell geschwunden. Er war kein schlechter Vater. In Anbetracht seiner Position und seines Lebensstils gab er sich wirklich Mühe, eine wichtige Rolle im Leben seiner Tochter zu spielen.

„Sie haben großes Glück mit Ihrer Familie", meinte er lächelnd.

Versonnen blickte er auf den See hinaus, und Rosalie spürte, dass er sich von ihr zurückzog. Er war so stark und selbstsicher, und dennoch fühlte er sich auf dem Gipfel seiner Macht womöglich sehr einsam. Sie fragte sich, ob seine Eltern sich genug Zeit für ihn genommen hatten, ob er Geschwister hatte, mit denen er aufgewachsen war und alles geteilt hatte. Was war mit seiner Exfrau, seinen Freundinnen … hatten sie je sein Herz berührt – oder seine Seele?

Während er seinen Gedanken nachhing, kam ihr plötzlich die Idee, dass er immer allein gewesen war und nichts anderes kannte. Ein Mann wie er hatte wenig Ebenbürtige, und diese würden stets mit ihm wetteifern. Hatten seine Partnerinnen je mehr in ihm gesehen als den reichen Gönner? Sein immenses Vermögen und der damit verbundene Einfluss hatten ihnen vermutlich genügt.

Vielleicht hatte sie sich in ihrem Urteil über ihn getäuscht. Impulsiv trat sie näher und berührte seinen Arm. „Cate und Sie könnten eine wundervolle Einheit bilden, wenn Sie sich mehr um sie bemühen würden."

Adam ignorierte ihre Bitte und sah sie prüfend an. „Und was ist mit uns?" Er legte ihr die freie Hand auf die Schulter.

Eine heiße Woge durchrann sie. Schockiert über ihre heftige Reaktion schaute sie ihn verwirrt an.

„Warum vertrauen Sie mir Cate an, wenn Sie selbst sich nicht einmal die Zeit genommen haben, die Person kennen zu lernen, die in mir steckt, Rosalie?"

Seine Worte trafen sie mitten ins Herz.

Sein unverhohlenes Verlangen raubte ihr den Atem.

In ihr regte sich etwas Neues und Fremdes, ein sinnliches Erwachen, mit dem sie nicht gerechnet hatte, der Wunsch, diesen Mann in jeder Hinsicht kennen zu lernen, die Sehnsucht nach jener Liebe, die zwischen ihren Schwestern und deren Männern existierte. Trotz dieser intensiven Emotionen wurde sie von Panik erfasst. *Es ist nicht sicher,* warnte eine innere Stimme.

„Dad!", ertönte der empörte Ruf seiner Tochter.

Er presste die Lippen zusammen. „Glauben Sie nicht, dass ich aus Ihrem Leben verschwinde, Rosalie. Wir sehen uns wieder."

Sie war zutiefst aufgewühlt, als er sie freigab und sich zu Cate umwandte. Seine Tochter hatte die Arme vor der Brust verschränkt und blickte ungeduldig zu ihnen herüber. Oder war sie wütend, weil er schon wieder mit einer anderen Frau weggegangen war, statt auf sie zu warten?

Sie hatte nämlich beobachtet, wie Adam und Rosalie einander berührt hatten.

Rosalie versuchte, Adams Worte zu verdrängen und sich auf das Kind zu konzentrieren, das kein Kind mehr war. Sie lief in einigem Abstand neben Adam her, aber das Gefühl, auf unerklärliche Weise mit ihm verbunden zu sein, ließ sich nicht abschütteln.

Sie erreichten Cate.

Adam legte den Arm um die Schultern seiner Tochter, und sofort wich ihre Anspannung. Lächelnd zog er sie an sich und plauderte mit ihr, während sie sich in seiner Aufmerksamkeit sonnte.

Nachdem er sich von der Familie verabschiedet und für die Gastfreundschaft bedankt hatte, brachen Cate und er auf.

Rosalie beobachtete, wie der Wagen die Auffahrt hinunterrollte und im Schatten der Allee verschwand. Ein sonderbares Sehnen erfüllte ihr Herz. *Ich sollte bei ihnen sein.*

Unsinn, schalt sie sich sofort im Stillen.

„Hast du etwas ausrichten können?“ Rebel hatte sich ihr unbemerkt genähert.

„Ich habe es versucht.“

„Dann wird er es beherzigen“, erklärte ihre Schwester zuversichtlich.

Rosalie schwieg. Rebel war eine gute Menschenkennerin, und Adam Cazell gehörte zu den Männern, die einen Rat annahmen, wenn sie ihn für vernünftig hielten.

Wir sehen uns wieder.

War das gut oder schlecht?

Zu diesem Zeitpunkt konnte sie es unmöglich entscheiden.

Fest stand nur, dass Adam Cazell irgendwann in ihr Leben zurückkehren würde und sie sich dann mit ihm befassen musste.

4. KAPITEL

Auf der Rückfahrt von Davenport Hall kreisten Adams Gedanken um Rosalie James. Dass sie sich gegen ihren Willen – und dieser Wille war sehr, sehr stark – zu ihm hingezogen fühlte, schmeichelte ihm. Aber warum war sie ihm gegenüber so wachsam? Was wollte sie verbergen? Und wie sollte er ihre Geheimnisse ans Licht bringen und sich damit befassen?

Neben ihm seufzte Cate tief auf.

Prompt bekam Adam Gewissensbisse. Er sollte an sie denken und sich einen Plan überlegen, wie er die Probleme lösen konnte, von deren Existenz er nichts geahnt hatte, bis Rosalie James ihn darauf hingewiesen hatte.

„Bedauerst du, dass du fortmusstest, oder freust du dich, mit mir unterwegs zu sein?“, fragte er sie lächelnd.

Sie verzog das Gesicht. „Ich kann es dir nicht verübeln“, meinte sie resigniert. „Sie ist wunderschön. Sogar ich muss sie immer ansehen, wenn sie in der Nähe ist.“

„Du redest von Rosalie James, oder?“

„Von wem denn sonst? Sie ist um Klassen besser als all deine Freundinnen.“

„Ja, sie ist anders“, räumte er ein und widerstand der Versuchung, seine Tochter über diese rätselhafte Frau auszuhorchen.

Sie hatten beide die letzte Woche auf Davenport Hall verbracht, in familiärer Umgebung, in der es keine Schranken gab, und Celeste hatte zweifellos Cates Neugier bezüglich der berühmten Tante befriedigt. Um sich jedoch, wie Rosalie geraten hatte, in die Gefühlswelt seiner Tochter hineinzuversetzen, zwang er sich, auf Cates Bemerkung einzugehen.

„Hast du meine Freundinnen nicht gemocht?“, erkundigte er sich.

Sie zuckte die Schultern. „Es ist doch egal, ob ich sie mag oder nicht. Ich meine … du hast mich nie gefragt. Ich musste mich einfach mit ihnen arrangieren."

„Ist dir das schwergefallen?"

Cate überlegte.

Sie ließen die Ortschaft Milton Prior hinter sich. Der Aston Martin glitt lautlos über die Straßen. Adam hatte genug Zeit zum Nachdenken, während er fuhr und auf eine Antwort wartete.

Es wäre ihm nie in den Sinn gekommen, seine Tochter um Erlaubnis zu bitten, wenn er eine Frau seiner Wahl bei sich haben wollte. *Ich habe auch Bedürfnisse,* sagte er sich, *Cate muss das akzeptieren.* Er hatte jedenfalls nicht vor, den Rest seines Lebens wie ein Mönch zu verbringen. Aber vielleicht sollte er künftig mehr darauf achten, wie sie sich mit seiner Partnerin vertrug. Er hatte sich angewöhnt, stets das zu tun, was er wollte, und stillschweigend vorausgesetzt, dass Cate sich einfügte.

„Ich hätte nichts gegen Rosalie", erklärte sie schließlich.

„Aber gegen die anderen hattest du etwas", folgerte er.

Sie sah ihn an. „Sie waren nur hinter dir her, Dad. Du bist doch nicht dumm. Mit mir haben sie sich notgedrungen abgefunden, um dich nicht zu ärgern."

Die Bitterkeit in ihren Worten erschütterte ihn. Cate war erst dreizehn, und trotzdem beurteilte sie ihre Mitmenschen mit kritischen Augen. So sollte es nicht sein. Aber wie konnte er sie davor schützen? Er war, wer er war, und das würde sich nicht ändern.

„Warum hättest du nichts gegen Rosalie James?"

Sie zögerte. „Rosalie hat etwas Merkwürdiges an sich. Man sollte glauben, sie wäre mit sich selbst beschäftigt – du weißt schon, mit ihrem Äußeren und ihrem Ruhm. Die Mädchen in der Schule würden vor Aufregung sterben, wenn sie dort auftauchen würde. Sie ist ein Star in der Modewelt und wirklich wunderschön. Es ist nicht das Make-up oder ein guter Fotograf."

„Das habe ich gemerkt", bestätigte er.

„Trotzdem scheint es ihr nicht wichtig zu sein", fuhr Cate eindringlich fort. „Sie schüttelt es ab, als wäre es nur ein Job, den sie ausübt, weil sie das Glück hatte, mit diesem Aussehen geboren zu werden. Nichts Besonderes. Wenn man sie darüber ausfragt, langweilt sie sich schnell und wechselt das Thema, und plötzlich spricht man über sich selbst."

„Ein guter Trick, um ihre Privatsphäre zu schützen."

„Hm …" Stirnrunzelnd schüttelte sie den Kopf. „Ich denke nicht, dass es ein Trick ist."

„Warum nicht?"

„Weil sie tatsächlich zuhört. Es ist, als ob sie in einen hineinschaut und versteht. Wenn es ein Trick wäre, würde es ihr nichts bedeuten, was man ihr erzählt. Es würde einfach an ihr vorbeirauschen. Wie bei Mum." Ein erschreckend verächtlicher Unterton schwang in ihrer Stimme mit. „Sie tut so, als würde sie zuhören, aber ihre Gedanken sind ganz woanders."

„Hast du ein Verständigungsproblem mit deiner Mutter?"

„Nun ja …" Ihre Kritik schien auch ihm zu gelten.

Adam behagte das gar nicht. Er ermahnte sich insgeheim, dass man sich Respekt verdienen musste und nicht geschenkt bekam, auch nicht als Elternteil. Hatte er sich nicht als Teenager selbst von seinen Eltern zurückgezogen, nachdem er erkannt hatte, dass der Graben zwischen den Generationen unüberwindlich war? Sie hatten nie die geringste Ahnung gehabt, was ihn bewegte. Um des lieben Friedens willen hatte er sich bemüht, ihrem Bild von einem perfekten Sohn zu entsprechen, und hinter ihrem Rücken seine eigenen Ziele verfolgt.

Ein ziemlich ernüchternder Gedanke, wenn er ihn auf seine Tochter übertrug.

Cate lachte leise. „Mit Mum zu reden ist ungefähr so, als würde man sich mit dem Kakadu in der Fernsehwerbung unterhalten."

„Welcher Fernsehwerbung?"

Sie seufzte. „Natürlich. Du hast ja keine Zeit, fernzusehen."

„Dann erzähl mir davon", schlug er vor.

„Diese Frau wird von einer Freundin angerufen, die ihr offenbar den neuesten Klatsch mitteilen will, und die Frau hat keine Lust, sich das anzutun. Also legt sie den Hörer neben den Papagei, der auf seiner Stange sitzt. Alle paar Sekunden kräht der Kakadu ‚Ich weiß, ich weiß' in den Hörer. Und am Schluss: ‚Ich weiß, Liebes.' Es ist einfach super!"

Die Imitation der Papageienstimme klang für Adams Geschmack zu sehr nach Sarah. Er nahm sich vor, mit seiner Exfrau zu sprechen und sie zu warnen, dass sie Cate durch mangelndes Interesse verlieren würde.

„Der Spot ist für eine Schokoladensorte, die die Frau derweil isst", fügte Cate hinzu. „Ganz schön clever, oder? Süßes ist eben verlockender als irgendein Unsinn, der nichts mit dem eigenen Leben zu tun hat."

„Sehr clever."

Die Botschaft war angekommen. Und außerdem äußerst geschickt verpackt. Adam wusste, dass Sarah sich völlig darauf konzentrierte, die politische Karriere ihres Mannes zu fördern und durch soziales Engagement Wählerstimmen zu fangen. Cate war ein Anhängsel, keine Hauptperson. *Genau wie für mich,* wie er sich eingestehen musste. Allerdings war sie für ihn ein Anhängsel, um das er sich kümmerte. Und hier ging es allein um den Grad der Fürsorge.

Er fragte sich, ob Cate Rosalie James ihre Unzufriedenheit anvertraut und was Rosalie sonst noch herausgehört hatte. Sein Respekt für sie stieg um etliche Punkte. Es bedurfte zudem einigen Mutes, um ihm die Wahrheit so unverblümt vor Augen zu führen.

Cate sah ihn prüfend an. „Hast du versucht, sie zu ködern?"

„Wen?"

„Rosalie James."

Der Zynismus in ihrer Frage ließ ihn zusammenzucken. Dabei war absolut nichts Zynisches an den Gefühlen, die diese Frau in ihm weckte, und er hatte keine Lust, Cate davon zu berichten.

„Oder wartet in London jemand auf dich?", hakte sie nach, als er nicht sofort antwortete.

„Nein. Ich bin momentan mit niemandem zusammen."

Mit niemandem seit Sacha, deren Anziehungskraft nach dem Opernabend sehr rasch verflogen war. Ähnlich wie bei Tahlia nach der Nacht in Phnom Penh. Nicht dass eine der Frauen irgendeine Schuld traf. In beiden Fällen war es ihm schwergefallen, Rosalie James aus seinen Gedanken zu verbannen.

„Also?", beharrte Cate. „Du warst mit ihr im Park allein."

So viel zu seiner Fähigkeit, alles nach seinen Wünschen zu arrangieren. Wie oft mochte Cate ihn beobachtet haben, wenn er versucht hatte, eine Frau „zu ködern"? Fühlte sie sich wie eine unbeteiligte Zuschauerin und nicht wie ein fester Bestandteil seines Lebens?

„Rosalie wollte unter vier Augen mit mir sprechen. Über dich." Ihm war klar, dass dies der einzige Grund für sie gewesen war, ihn zu begleiten. Ihr Widerstand gegen seine Absichten war unerschütterlich gewesen. Obwohl er möglicherweise ein paar Punkte bei ihr gesammelt hatte.

„Über mich?" Cate staunte.

„Hm ..." Er lächelte sie an. „Sie mag dich. Sehr sogar."

Sie errötete. Adam war sich nicht sicher, ob vor Freude oder vor Verlegenheit. Rasch wandte sie den Kopf ab und blickte aus dem Fenster.

„Was hat sie gesagt?"

Er wählte die Worte mit Sorgfalt, weil er die neu begründete Vertrautheit zwischen ihnen nicht gefährden wollte. „Dass du sehr klug bist und ich mehr über dich erfahren sollte, statt dich als selbstverständlich hinzunehmen." Er ließ ihr Zeit, diese Information zu verarbeiten. „Ich halte das für eine ausgezeichnete Idee. Deshalb dachte ich, wir könnten die Ferien auf Tortola verbringen, zusammen ausspannen und tun, wozu wir Lust haben. Wie klingt das?"

Mit leuchtenden Augen sah sie ihn an. „Du meinst, nur wir beide?"

„Ja, nur wir beide."

„Keine Freundinnen oder Manager, die dringend mit dir reden wollen?“

„Keine. Ich werde jeden Tag ein oder zwei Stunden am Computer sitzen müssen, aber ansonsten gehöre ich ganz dir, Catie. Wir können morgen in London bummeln gehen, dir neue Sachen kaufen, uns neue Spiele und Bücher besorgen und dann in die Karibik starten. Was sagst du dazu?“

„Ja!“ Sie klatschte begeistert in die Hände. „Das wird toll, Dad!“

Adam lachte. Es machte ihn glücklich, sie so glücklich zu sehen. „Wir werden eine schöne Zeit haben.“

„Oh ja.“

„Trotzdem brauchen wir unbedingt neue Spiele. Du schlägst mich immer beim Scrabble.“

„Aber nur, weil du nicht lange genug überlegst, mit welchem Wort du am meisten Punkte bekommen kannst.“

„Dann sei gewarnt. In Zukunft werde ich nachdenken.“

Cate lachte und schmiedete eifrig Pläne.

Rosalie James war vergessen.

Allerdings nicht von Adam.

Es würde keine andere Frau in seinem Leben geben.

Bis sie diesen Platz einnahm.

5. KAPITEL

Rosalie packte gerade ihre Sachen für die nächste Reise, als das Telefon klingelte. „Rosalie James“, meldete sie sich.

„Adam Cazell.“

Das tiefe Timbre seiner Stimme ließ ihr Herz schneller schlagen. Rosalie war wie gelähmt. Es war fast einen Monat her, dass sie ihn auf Davenport Hall getroffen hatte. Sie war inzwischen in Thailand gewesen und hatte es meist geschafft, ihn und seine Tochter aus ihren Gedanken zu verdrängen.

Der Schock, den sie jetzt empfand, rührte jedoch weniger vom Klang seiner Stimme her als vielmehr von seiner Präsenz am anderen Ende der Leitung, die ihre ganze Aufmerksamkeit beanspruchte und alles andere auslöschte. Das Gefühl, belagert zu werden, war überwältigend.

„Ich möchte mich für den guten Rat bedanken, den Sie mir bei unserer letzten Begegnung gegeben haben“, erklärte er herzlich.

Ein wohliger Schauer durchrann sie – und versetzte sie zugleich in Panik. Sie atmete tief durch. „Woher haben Sie diese Nummer, Adam?“

„Von Ihrer Schwester.“

„Rebel hat sie Ihnen gegeben?“

„Ja, warum auch nicht?“

Celeste und Cate … beste Freundinnen … die persönliche Verbindung. Rebel hatte offenbar gedacht, die Regel der Privatsphäre würde in diesem Fall nicht gelten.

„Ich habe ihr erzählt, wie sehr ich Ihre Hilfe bei Cate schätze“, fuhr er fort. „Und das ist absolut ehrlich gemeint, Rosalie.“

„Sie haben ein engeres Verhältnis zu ihr aufgebaut?“, erkundigte sie sich interessiert.

„Es waren überaus lohnende Wochen.“

„Das freut mich.“

„Ich dachte, Sie würden gern herkommen und sich selbst davon überzeugen."

Noch ein Treffen. Natürlich war das der Grund für den Anruf. Cate war völlig nebensächlich. Er war raffiniert und versuchte, sie durch seine Tochter wieder in sein Leben zu locken. Aber trotz dieser Erkenntnis – oder vielleicht gerade deshalb – war das Verlangen groß, die beiden wiederzusehen.

Nur würde es dabei nicht bleiben.

Adam Cazell würde Himmel und Hölle in Bewegung setzen, sie an sich zu binden, und sie könnte sich durchaus an diesen Mann verlieren. Und dann? Sie wollte niemandem gehören. Die Kontrolle über ihr eigenes Leben war ihr wichtig. Die Freiheit, zu tun, was sie wollte, war für sie unverzichtbar.

„Cate und ich sind auf Tortola, Rosalie. Es ist eine der britischen Jungferninseln in der Karibik. Ich habe hier eine Villa."

Weit weg, dachte sie erleichtert. Er würde also nicht an der Tür klopfen und eine Entscheidung verlangen, die sie in einen Gewissenskonflikt stürzen würde.

„Cate und ich haben die letzten Wochen einfach gefaulenzt und viel miteinander geredet. Wir möchten beide, dass Sie uns besuchen. Bleiben Sie eine Woche. Spannen Sie aus, und genießen Sie die Zeit."

Eine überaus verlockende Einladung ... eine Woche auf einer Karibikinsel. Sie hatte noch nie von Tortola gehört. Es konnte keines der großen Touristenzentren sein. Ein privates Refugium. Keine Paparazzi, die fotografierten und auf Sensationen lauerten. Sie sollte gar nicht erst davon träumen. Es war ohnehin nicht möglich.

„Danke, aber ich habe eine berufliche Verpflichtung, Adam. Ich fliege morgen früh zu einem Fototermin nach New York."

„Wie lange wird es dauern?"

„Ein paar Tage", erwiderte sie ausweichend.

„Von New York nach Tortola ist es nicht weit. Ich könnte Ihnen mein Privatflugzeug zur Verfügung stellen. Sie brauchen nur das New Yorker Büro der Saturn Company anzurufen und Ihren Namen zu nennen, und es wird alles arrangiert, um Sie herzubringen, sobald Ihr Job erledigt ist."

Rosalie war hin- und hergerissen. Der Wunsch, einzuwilligen und sich bei Adam Cazell fernab der Öffentlichkeit innerhalb eines begrenzten Zeitrahmens zu erholen, kämpfte mit der Furcht, in eine Situation zu geraten, der nur schwer zu entrinnen war.

„Ich verspreche Ihnen, dass Ihr Aufenthalt hier Sie zu nichts verpflichtet, Rosalie", drängte er sanft. „Cate kann als Anstandsdame fungieren. Wäre das sicher genug für Sie?"

Bei ihm war gar nichts sicher. „Ich kenne Sie kaum, Adam", entgegnete sie zögernd.

„Aber Sie kennen Cate. Sie kannten sie sogar besser als ich", erinnerte er sie. „Und ich werde nichts tun, was das Vertrauensverhältnis gefährden könnte, das zwischen mir und meiner Tochter besteht."

„Sie will Sie sicher für sich selbst haben."

„Kommen Sie her, und finden Sie es heraus."

Schon wieder diese Sehnsucht.

„Sie mag Sie." Zielstrebig untergrub er ihren Entschluss, sich von ihm fernzuhalten. „Ich möchte Sie kennen lernen, Rosalie. Und ich glaube, Sie möchten auch mehr über mich erfahren."

Oh ja ... Sie wollte wissen, wie man sich als Frau bei diesem Mann fühlte. Und sie wollte wissen, warum er sie so faszinierte und eine derart unkontrollierbare Wirkung auf sie ausübte. Vielleicht würde sie besser damit umgehen können, wenn sie es wüsste.

„Warum geben Sie uns nicht diese wertvolle gemeinsame Zeit?"

Warum nicht?

Ein paar Tage in seiner Gesellschaft würden das Problem mit ihm vielleicht ein für alle Mal aus der Welt schaffen. Nichtsdestotrotz rebellierte ihr Instinkt dagegen, sich seinem Willen zu beugen.

„Ich werde es mir überlegen", versprach sie. „Ein Abstecher nach Tortola lässt sich möglicherweise einrichten."

„Ich gehe nicht fort, Rosalie“, sagte er leise.

Es war eher eine Feststellung als eine Drohung. War er davon überzeugt, so nachhaltig in ihr Leben eingedrungen zu sein, dass sie ihn nicht mehr daraus vertreiben konnte? Woher wusste er, dass sie spürte, wie er nur darauf lauerte, ihre Gedanken und Träume zu beherrschen?

„Damit rechne ich auch nicht, Adam. Aber bevor ich Ihr Angebot akzeptiere, muss ich gründlich darüber nachdenken. Bitte benutzen Sie diese Telefonnummer nie wieder ohne meine Erlaubnis.“

Er schwieg einen Moment. „Es tut mir leid, wenn Sie meinen Anruf als Belästigung empfinden. Er war nicht so gemeint.“

„Ich entscheide gern selbst, welche Anrufe willkommen sind und welche nicht. Benutzen Sie nicht meine Schwester, Adam, oder ein anderes Mitglied meiner Familie.“

„Versprochen.“

„Danke für die Einladung. Ich überlege es mir.“

Rosalie legte auf und beendete das Telefonat, bevor er noch etwas äußern konnte. Sie war froh, sich einigermaßen behauptet zu haben. Dieses Gefühl brauchte sie bei ihm. Besonders bei ihm. Er würde nämlich nicht verschwinden, und sie musste mit dem Unbehagen, das er verursachte, fertig werden.

Adam hörte das Klicken, mit dem die Verbindung beendet wurde. Das Ausmaß von Rosalies Widerstand erstaunte ihn. Er hatte allerdings damit gerechnet und die Einladung so formuliert, wie es ihm am erfolgversprechendsten schien. Und vielleicht klappte es ja. Sie hatte noch nicht abgelehnt. Die Entscheidung war offen geblieben.

Während er den Hörer auflegte, spürte Adam ein so heftiges Verlangen in sich aufsteigen, dass er Rosalie, hätte sie vor ihm gestanden, sofort zum nächsten Bett getragen und ihr das Eingeständnis entlockt hätte, dass sie den gleichen überwältigenden Drang wie er empfinde, die intimsten Geheimnisse des anderen zu erkunden.

Jedes Hindernis auf dem Weg zu ihrem Zusammensein musste zerschmettert werden.

Oder ausgeräumt, korrigierte er sich reumütig. Er ahnte, dass er bei Rosalie James mit Gewalt gar nichts erreichen würde, außer sie noch weiter von sich wegzutreiben. Sie hatte zwar eine große Familie, die sie gelegentlich emotional unterstützte, aber die meiste Zeit war sie auf sich allein gestellt, und Adam vermutete, dass sie die Fesseln einer festen Beziehung scheute. Er fragte sich, ob sie je mit einem Mann zusammen gewesen war.

Der Erste zu sein … ein reizvoller Gedanke.

Obwohl ihm eigentlich mehr daran lag, sie besser kennen zu lernen. *Das schaffe ich*, sagte er sich. *Wenn nicht hier auf Tortola, dann woanders.*

Er ging hinaus auf die weitläufige Veranda oberhalb der Bucht. Das smaragdgrüne Wasser glitzerte in der Nachmittagssonne – ein herrlicher, beruhigender Anblick. Welten entfernt von der hektischen Betriebsamkeit New Yorks und jeglichem Stress, der perfekte Ort, um auszuspannen. Selbst Rosalie musste hier irgendwann die Vorsicht außer Acht lassen.

„Kommt sie her?" Cate schaute vom Spielbrett auf, das sie gerade aufbaute.

„Ich weiß es nicht", erwiderte er ehrlich. „Sie hat ein Fotoshooting in New York. Vielleicht fliegt sie im Anschluss daran hierher. Ich schätze, es hängt davon ab, wie sie sich fühlt."

„Du verlierst deine Anziehungskraft, Dad", antwortete sie kopfschüttelnd.

„Ich hatte nicht erwartet, dass Rosalie James gleich angelaufen kommt."

„Das unterscheidet sie von den anderen. Ich wette, du hattest noch nie eine Freundin, die nicht sofort zugegriffen hätte."

Wie wahr.

Adam setzte sich an den Tisch, auf dem Spielplan und Zugkarten bereits ausgelegt waren. Sie beide liebten „Union Pacific". Um zu gewinnen, brauchte man sowohl strategisches Talent als auch Glück, und Cate war eine gefährliche Gegnerin, die erbarmungslos jede Chance nutzte, seine Fortschritte zu vereiteln.

„Ich finde es trotzdem enttäuschend“, fügte sie seufzend hinzu.

„Rosalie führt ihr eigenes Leben, Cate. Sie muss entscheiden, ob sie uns mit einbeziehen will oder nicht.“

Sie blickte ihn herausfordernd an. „Du könntest ihr bei ihrer Wohltätigkeitssache helfen. Gib ihr doch Freiflüge von deiner Gesellschaft.“

„Das würde mir nicht im Traum einfallen.“ Er war überzeugt, dass er es sich mit ihr endgültig verscherzen würde, falls er diese Taktik probierte.

„Könnte hilfreich sein.“

„Nein. Manche Menschen kann man nicht kaufen, Cate. Rosalie James ist einer von ihnen.“

Sie nickte. „Ich glaube, du hast Recht. Ich würde sie sonst auch nicht so mögen. Mum verkehrt mit vielen Leuten, die irgendetwas von ihr wollen. Es sind keine echten Freunde.“

„Ich bin sicher, deine Mutter weiß das. In der Politik nennt man so etwas ‚nützliche Kontakte‘.“

„Mir gefällt das nicht, Dad. Es ist alles so falsch.“ Sie rümpfte angewidert die Nase.

„Dagegen kann man nichts tun. So funktioniert es nun mal.“

Diese Zusammenhänge hätte Sarah ihr längst begreiflich machen müssen, dachte Adam. Cate hätte eine andere Meinung über das Leben ihrer Mutter, wenn diese mehr Zeit mit ihr verbringen, ihr zuhören und manches erklären würde. Sobald sie wieder in London waren, würde er sich mit seiner Exfrau verabreden und ihr die Augen öffnen.

„Mag sein“, räumte Cate gelangweilt ein.

„Lass uns anfangen.“

„Okay.“ Sie lächelte ihn strahlend an. „Vielleicht kommt Rosalie ja – das wäre schön, oder?“

„Ja, das wäre es, aber wir sollten uns nicht darauf verlassen." Wozu Hoffnungen nähren, die am Ende bitter enttäuscht wurden. „Es ist ihre Entscheidung."

Das war eine Tatsache, mit der er sich auseinandersetzen musste, falls Rosalie ihm weiter aus dem Weg ging. Aber er würde den Grund dafür herausfinden, und wenn es das Letzte war, das er tat.

Rosalie zwang sich, weiter für die New-York-Reise zu packen. Ihre Gedanken kreisten jedoch um Tortola. Zögernd inspizierte sie den Inhalt ihres Kleiderschranks. Ein Badeanzug? Ein paar leichte Freizeitsachen? Nur für den Fall, dass sie beschloss …

Es war verrückt, Adam Cazell in ihr Leben zu lassen. Cates Schilderungen zufolge war er ein notorischer Playboy, und Rosalie schämte sich fast, weil sie sich zu so einem Mann hingezogen fühlte. Für ihn war sie nur eine weitere Frau in einer langen Reihe. Eine größere Herausforderung als die meisten, die zweifellos sein Verlangen schürten. Warum erwog sie überhaupt die Möglichkeit, sich mit ihm einzulassen?

Weil ein Teil von ihr sich nach dieser Erfahrung sehnte. Wenn die Affäre vorbei war, würde sie vielleicht ihr Leben fortsetzen können und nicht mehr über ihn nachdenken müssen. Es hieß doch, Leidenschaft sei nicht von Dauer. Außerdem würde sie ihm nicht wirklich nachgeben. Es wäre eher eine gegenseitige Übereinkunft, wenn sie nach Tortola flog.

Allerdings fühlte sie sich dabei nicht sicher.

Hätte Rebel Adam bloß nicht die Telefonnummer verraten. Warum hatte sie es eigentlich getan? Sie hatten sich darauf geeinigt, dass die Nummer nur mit Rosalies Zustimmung herausgegeben wurde. Am einfachsten war es, den Anschluss zu notieren, unter dem Rosalie sich melden konnte, falls sie es wünschte.

Sie nahm den Hörer vom Apparat auf dem Nachttisch und wählte die Nummer von Davenport Hall. „Warum hast du Adam Cazell diese Nummer gegeben, Rebel?", fragte sie empört, als ihre

Schwester abnahm.

„War das falsch?"

„Du weißt, wie wichtig mir meine Privatsphäre ist."

„Ich dachte, du würdest gern hören, dass dein Rat bezüglich Cate auf fruchtbaren Boden gefallen ist."

„Das hättest du mir auch erzählen können."

„Rosalie ... Mir schien es richtig, dass du es von ihm selbst erfährst. Er war sehr beeindruckt und dankbar ..."

„Das hat nichts mit Cate zu tun. Er will mich, Rebel, und das weißt du. Du hast es mir selbst gesagt."

„Hat er dich um ein Treffen gebeten?"

„Ja."

„Wenn du abgelehnt hast, wird er deine Entscheidung gewiss respektieren."

„Er wird weiter fragen, davon bin ich überzeugt."

„Warum hast du Angst vor ihm, Rosalie? Er wird dich nicht belästigen. Mag sein, dass er dich wieder einlädt, aber du kannst dich jederzeit weigern."

Sie atmete tief durch, um die Panik zu unterdrücken, die sich in ihre Stimme geschlichen hatte. „Du hättest ihm die Nummer nicht geben dürfen."

Rebel seufzte. „Es war ein Fehler, und es tut mir leid. Die Wahrheit ist jedoch ... ich mag ihn. Er ist zweifellos ein Playboy gewesen, aber die meisten Männer wissen nicht, was ihnen fehlt, bis sie es endlich gefunden haben. Ich glaube, bei ihm wärst du sicher."

Ein gewaltiges Lob. Rosalie traute ihren Ohren kaum. „Du weißt nicht, wovon du redest. Adam Cazell und ich sind grundverschieden."

„Das dachte ich auch von Hugh und mir, als wir uns das erste Mal trafen."

„Du weißt, woher ich komme, Rebel."

„Ja, und ich fürchte, es hat dein ganzes Leben geprägt. Eine Frau zu sein bedeutet mehr als nur Arbeit. Nicht dass ich deine Leistungen herabwürdigen will, ich finde es wundervoll, dass du so vielen Kindern hilfst und für sie sorgst. Aber es ist zu … selbstlos."

„Ist es nicht. Es ist äußerst befriedigend."

„Okay, ich will nicht streiten. Es ist dein Leben und deine Entscheidung. Entschuldige, dass ich das Falsche getan habe, ich hoffte, es wäre richtig."

„Schon gut. Nur bitte mach es nicht noch einmal."

„Ehrenwort", versicherte Rebel. „Trotzdem ist es meiner Meinung nach ein Jammer, dass du Adam Cazell abweist. Überleg dir zumindest, ob du ihm nicht eine Chance geben solltest. Er könnte gut für dich sein."

Eine Frau zu sein bedeutet mehr …

Gut für dich …

Bei ihm wärst du sicher …

Rebels Worte hallten noch lange in ihr nach.

Rosalie wusste nicht, was stimmte und was nicht.

6. KAPITEL

Adam konnte sich nicht erinnern, wann er je eine so nervöse Anspannung empfunden hatte wie beim Anblick der kleinen Saturn-Maschine, die nach der Landung auf Beef Island auf ihn zurollte. Er selbst hatte nichts von Rosalie James gehört, aber sie war an Bord. Die Bestätigung, dass sie auf dem Weg nach Tortola sei, war am Morgen eingetroffen. Wie lange sie bleiben würde, hatte sie nicht mitgeteilt – was zweifellos bedeutete, dass es davon abhing, was mit ihm passieren würde. Und mit Cate.

Sie standen da, um sie zu begrüßen. Cate sprudelte förmlich über vor Plänen – wohin sie gehen sollten, was sie Rosalie während ihres Aufenthalts zeigen müssten, welche Gästesuite sie in der Villa bewohnen und welche Blumen Schlafzimmer und Bad schmücken sollten.

Adam war klar, dass seine Tochter sich entschieden hatte. Wenn er sich eine neue Freundin nahm, war Rosalie James ihre erste Wahl, und Cate beabsichtigte, alles Mögliche zu tun, um die Beziehung zu fördern. Die Frage war nur, würde eine glückliche Cate das gleiche Interesse bei Rosalie wecken wie eine, die Aufmerksamkeit brauchte? Vermutlich nicht auf Dauer. Rosalie war eine Frau mit einer Mission.

Dies war eine Auszeit für sie, Adam gab sich keinen falschen Illusionen hin. Offenbar hatte sie beschlossen, ihm etwas von sich selbst zu geben, sonst wäre sie nicht gekommen. Zumindest war dieser Besuch ein Anfang. Für sie war es vielleicht auch ein Ende. Er wusste, dass er sich nicht einbilden durfte, es könnte mehr als ein Kurztrip sein, aber er würde so weit gehen, wie er konnte. In jeder Hinsicht.

„Was mag sie wohl anhaben?“, meinte Cate atemlos, als das Flugzeug zum Stehen kam.

„Egal.“ Adam wandte den Blick nicht von der Tür, die jeden Moment aufgehen musste.

„Sie ist ein Topmodel, Dad, und kommt direkt von einem Fototermin. Garantiert hat sie einen ganzen Berg toller Sachen mit."

„Leute, die viel reisen, bevorzugen leichtes Gepäck. Ich schätze, sie hat nur einen Koffer dabei."

„Ich wette, du irrst dich."

„Warten wir's ab."

Sein Herz schlug schneller, als die Tür geöffnet und die Ausstiegsstufen heruntergeklappt wurden. Rosalie trat hinaus. Sie trug einen weichen weißen Hut und eine dunkle Sonnenbrille, die es unmöglich machte, ihren Gesichtsausdruck zu deuten. Aber der Rest von ihr sieht erstaunlich jung aus, verletzlich, dachte Adam, und sehr feminin. Die schulterfreie weiße Bauernbluse und der weit schwingende weiße Rock mit schwarzen Punkten mit dem breiten roten Gürtel kleideten sie hervorragend.

„Wow! Das ist total in", verkündete Cate bewundernd.

Aber keineswegs extravagant oder aufreizend. Dies war eine weichere, umgänglichere Rosalie James. Selbst die dunklen Gläser und der Hut dienten nicht dem Zweck, sich dahinter zu verstecken. Die Hitze und das gleißende Sonnenlicht rechtfertigten diesen Schutz.

Adams Anspannung schwand, und die Vorfreude wuchs. Mit vor Selbstvertrauen federnden Schritten ging er lächelnd auf sie zu, um sie zu begrüßen. Cate beeilte sich, ihm zu folgen.

Nachdem sie aus der Maschine gestiegen war, blieb Rosalie an der Treppe stehen und wartete darauf, dass der Flugbegleiter ihr Gepäck brachte. Ihre schwarze Handtasche war gerade groß genug für die Börse, den Pass, ein wenig Make-up und eine kleine Haarbürste. Als sie zu dem Mann aufblickte, der die Stufen hinunterkletterte, bemerkte Adam, dass sie ihr langes schwarzes Haar im Nacken mit einer roten Spange zusammengefasst hatte.

„Du hattest Recht, Dad. Nur ein Koffer, und der ist nicht einmal groß", stellte Cate fest. „Heißt das, sie will nicht lange bleiben?"

„Man kann immer noch Sachen kaufen, wenn man sie braucht." Er weigerte sich, irgendwelche Beschränkungen zu akzeptieren, was Rosalie James betraf.

Sie war hier.

Er war im Vorteil.

Und er würde seine Chance nutzen.

Rosalie war ein Nervenbündel. Während des Flugs war sie einigermaßen ruhig gewesen, da ihre Entscheidung gefallen war, herzukommen und sich überraschen zu lassen, was sich zwischen Adam Cazell und ihr entwickeln mochte. Sie hatte keine Ahnung, ob es gut für sie sein würde oder nicht, aber sie hoffte, es würde wenigstens die Qual der Ungewissheit beenden. Doch in dem Moment, als sie aus der Maschine gekommen war und ihn gesehen hatte, war ihr Mut unter der überwältigenden körperlichen Ausstrahlung dieses Mannes dahingeschmolzen.

Er verströmte zu viel Kraft.

Es war nicht sicher.

Wie sollte sie dieses ... Experiment unter Kotrolle halten?

Würde sie sich danach frei fühlen und unbekümmert abreisen können?

Sie riss ihren Blick von Adam los und richtete ihn auf seine Tochter – ihre Rettungsleine bei Problemen, falls sie unfähig sein sollte, Rebels Rat zu befolgen und sich Adam Cazell als Frau zu offenbaren. Cate anzuschauen linderte die Panik in ihrem Herzen.

Der Teenager trug ein reizendes Outfit, bestehend aus einer Caprihose und einem weißen nabelfreien Top, das mit Kirschen bedruckt war, dazu hatte sie sich einen passenden roten Hut über die kurzen dunklen Locken gestülpt. Ihr strahlendes Lächeln zeigte, wie sehr sie sich über Rosalies Besuch und weibliche Gesellschaft freute.

Der Flugbegleiter brachte den Koffer, den sie vor Tagen neu gepackt hatte, für den Fall, dass sie sich doch noch entschließen sollte, Adams Einladung anzunehmen. Er enthielt genug Garderobe für eine Woche auf einer Karibikinsel, aber plötzlich schien eine Woche endlos lang. Unzählige „Was-ist-wenn"-Fragen gingen ihr durch den Kopf, als sie dem Mann für seine Dienste dankte und sich unter Aufbietung all ihrer Selbstbeherrschung lächelnd zu Adam umdrehte. Immerhin war sie aus freien Stücken hier.

„Willkommen auf Tortola."

Seine tiefe Stimme jagte ihr einen wohligen Schauer über den Rücken. Die silbergrauen Augen leuchteten vor Freude, als sie seine Hand ergriff und sagte: „Danke. Aus der Luft sieht die Insel atemberaubend schön aus."

„Unsere Bucht ist besonders hübsch", warf Cate ein. „Das Wasser ist smaragdgrün, und man kann es direkt von Dads Villa aus erreichen."

„Klingt himmlisch!" Rosalie war froh, dass Adam ihre Finger losließ, so dass sie die Hand seiner Tochter schütteln konnte. „Ich brauche wohl nicht zu fragen, wie es dir geht, Cate. Du scheinst dich hier blendend amüsiert zu haben."

Sie blickte mit leuchtenden Augen zu ihrem Vater auf. „Ich habe Dad in einigen Punkten auf die Sprünge geholfen."

„Ich hatte gar nicht gewusst, wie dumm ich bin, bis sie mich aufgeklärt hat."

Cate versetzte ihm einen liebevollen Stoß. „Ich habe nie gesagt, du wärst dumm."

Er lächelte Rosalie an. „Sie hätte mir nicht verraten dürfen, weshalb ich immer beim Scrabble verloren habe. Die letzten drei Partien habe ich haushoch gewonnen." Er nahm den Koffer und deutete auf den Jeep neben der Landebahn. „Lassen Sie uns aus der Sonne verschwinden, bevor unsere Hirne gegrillt werden."

Rosalie lief zwischen den beiden, Cate bestritt die Unterhaltung mit ihren Plänen für den Nachmittag. Da die Mittagszeit bereits nahezu vorbei war, würden sie die Küste entlang nach Road Town fahren, in einem Restaurant am Hafen den Lunch einnehmen, dann vielleicht einen Bummel durch die bunten Geschäfte in der Main Street machen – falls Rosalie es wünschte –, bevor sie über Cane Garden Bay zur Villa zurückkehrten.

„Ich freue mich schon darauf, mir von dir die Insel zeigen zu lassen, Cate." Rosalie war erleichtert, bei dem Mädchen keinerlei Anzeichen von Unzufriedenheit zu entdecken.

Vielleicht hatte Adam die Wahrheit gesagt, als er erklärt hatte, die Idee mit der Einladung sei genauso von seiner Tochter wie von ihm. Cate schien tatsächlich nicht im Mindesten betrübt zu sein, dass die traute Zweisamkeit mit ihrem Vater gestört wurde. Im Gegenteil, sie beanspruchte nachdrücklich Rosalies Aufmerksamkeit, indem sie die Fremdenführerin spielte, von den Aktivitäten der vergangenen Wochen berichtete und sich eifrig nach dem Fototermin und künftigen Engagements erkundigte.

Adam beschränkte sich hauptsächlich darauf, zuzuhören, und warf nur gelegentlich ein paar Worte ein. Der Lunch – köstliche Meeresfrüchte und exotische Säfte – verlief in ähnlich ungezwungener Atmosphäre, der perfekte Beginn eines Urlaubs, in dem nichts von ihr verlangt wurde. Inzwischen konnte Rosalie Adam sogar anschauen, ohne sich von seiner überwältigenden Männlichkeit bedroht zu fühlen.

Er war gut zu Cate. Sehr gut sogar. Die Zuneigung zwischen den beiden erinnerte sie an die Unbeschwertheit, die sie bei Zachary Lee empfand – keine Geheimnisse, völliges Verstehen. Beide Männer waren groß. War das einer der Gründe, weshalb sie Adam Cazell so attraktiv fand? Ihr Unterbewusstsein verband vermutlich überdurchschnittliche Stärke mit der Fähigkeit zu beschützen – für sie ein tief verwurzeltes Bedürfnis. Aber Stärke musste man auch vertrauen können, sonst konnte sie Schmerzen zufügen.

Von ihm schien jedoch keine Gefahr auszugehen. Eine unterschwellige Zielstrebigkeit, geduldiges Warten auf den richtigen Moment, ja, aber die Erkenntnis, dass er nichts überstürzen würde, erlaubte es Rosalie, noch eine Weile die Touristin zu spielen. Die Geschäfte, in die Cate sie nach dem Lunch führte, boten viel Lokalkolorit: faszinierendes Kunsthandwerk von farbenprächtigen Aquarellen bis hin zu Skulpturen, herrliche Strandkleider und T-Shirts.

Sie fühlte sich sogar mutig genug, Adam zu necken. „Hier haben Sie also Ihr hinreißendes Hemd gekauft." Es war mit roten und rosafarbenen Hibiskusblüten bedruckt.

Er lachte. „Man muss sich der Umgebung anpassen."

„Sie wirken darin nicht ganz so ... beeindruckend."

„Ich möchte Sie überhaupt nicht beeindrucken."

Sie schüttelte den Kopf. „Ich glaube nicht, dass erst die Kleidung einen Mann macht."

„Oder eine Frau", erwiderte er schlagfertig.

Mit klopfendem Herzen erinnerte sie sich daran, dass mehr zwischen ihnen war als nur oberflächliche Sympathie. Sie spürte, dass tief in ihrer beider Inneren etwas darauf brannte, entdeckt, geteilt und vollständig erkundet zu werden.

Es war richtig gewesen, herzukommen.

Allerdings wurde dadurch der Urlaub mit ihm nicht berechenbarer oder weniger furchteinflößend. Alles in Rosalie sträubte sich gegen die Vorstellung, dass sie sich ihm ganz öffnen sollte. In ihrem Leben gab es Details, die sie unter Verschluss hielt. Und so sollte es auch bleiben. Das Zusammensein mit Adam Cazell durfte die Grenze nicht überschreiten. Das würde sie nicht dulden.

Als sie den Bergkamm überquert hatten, der die Insel durchzog, und die Villa erreichten, wurde deutlich, was Cate mit „unsere Bucht" gemeint hatte. Der gesamte Landstreifen gehörte Adam, der sich hier ein eigenes tropisches Paradies geschaffen hatte.

Die Villa war ein architektonisches Meisterwerk – eine Ansammlung von Pavillons, die durch idyllische Pfade über künstliche Teiche inmitten sorgsam gepflegter Beete miteinander verbunden waren. Großzügige Freiflächen boten einen herrlichen Blick auf den Strand und das Meer. Das Mobiliar war hauptsächlich aus Rattan gefertigt, die Polster, Vorhänge und Teppiche leuchteten in bunten Farben. Über dem gesamten Anwesen lag eine heitere, entspannte Atmosphäre.

Rosalie wurde der Köchin und drei jungen Frauen vorgestellt, die täglich aus dem Ort kamen und sich um den Haushalt kümmerten. Zwei Gärtner winkten ihr vom Rasen aus zu, als Adam ihnen mitteilte, dass sie sein Gast sei. Cate begleitete sie in eine geräumige Gästesuite, die über allen Komfort verfügte. *Luxus im großen Stil,* dachte Rosalie, *aber es wirkt nicht aufdringlich, sondern fügt sich harmonisch in das Ambiente ein.* Und die einheimischen Angestellten waren zweifellos froh über ihre Arbeitsplätze.

Ob Adam sie gut bezahlte? Rosalie hoffte es. Der bloße Gedanke an eine Ausbeutung der Bevölkerung war ihr zuwider. Sie würde niemals für einen Designer Modell stehen, der billige chinesische Arbeitskräfte unter menschenunwürdigen Bedingungen für sich schuften ließ. Menschen waren Menschen, egal, wo sie lebten, auch wenn sie viel zu oft in ihrer Heimat dazu verurteilt waren, ums nackte Überleben zu kämpfen, statt sich am Dasein zu erfreuen.

Die Nachmittagshitze wurde von einer frischen Brise gemildert, die vom Meer herüberwehte. Große Deckenventilatoren sorgten für eine gleichmäßige Luftzirkulation. Rosalie packte aus, duschte und ruhte sich dann auf dem breiten Bett aus. Sie hatte eine anstrengende Reise hinter sich, und heute Abend würde sie sogar noch einen Schritt weiter gehen – mit Adam Cazell.

Am besten bringe ich die Sache schnell hinter mich, ohne lange darüber zu grübeln, überlegte sie. Sie wollte auch nicht, dass er zu viel nachdachte und ihr mehr Informationen entlockte, als sie zu geben bereit war. Ihr Mangel an sexueller Erfahrung war nebensächlich. Adam würde die Initiative ergreifen, und sie brauchte nur den Gefühlen nachzugeben, die er in ihr wecken würde. Sie konnte sie einfach genießen und durfte sie nicht unterdrücken – und dann würde es passieren.

Ein Klopfen an der Tür weckte sie. „Es ist bald Zeit fürs Dinner, Miss James“, rief eines der Hausmädchen. „Werden Sie Mr. Cazell und Miss Cate Gesellschaft leisten, oder möchten Sie lieber in Ihrer Suite essen?“

„Nein, ich gehe zu den anderen. Danke“, erwiderte Rosalie.

„Wir servieren das Dinner um sieben Uhr auf der vorderen Veranda, Miss James."

„Danke."

Das Licht war jetzt nicht mehr so grell. Rosalie beeilte sich, damit sie den Sonnenuntergang über dem Meer nicht verpasste. Sie hatte bereits entschieden, was sie anziehen wollte. *Perfekt für eine Verführung,* dachte sie selbstironisch, obwohl sie wusste, dass gar keine Verführungskünste erforderlich sein würden. Das Outfit signalisierte allerdings ihre Bereitschaft für eine sexuelle Beziehung. Adam war zweifellos erfahren genug, um solche Zeichen richtig zu interpretieren.

Ein nervöser Schauer durchrann sie, als sie den Sarong um ihre Hüften schlang. Kein Slip, sonst besann sie sich beim Entkleiden womöglich noch anders, weil die mit der Entblößung verbundene Verwundbarkeit zu viele erschreckende Erinnerungen in ihr wachrief. Je schneller sie sich dieser Pflicht entledigen konnte, desto weniger würde sie ihren Mut zusammennehmen müssen.

Das zum Rock passende Oberteil wurde im Nacken verknotet. Kein BH. Der hauchdünne, mit warmen Grün- und Brauntönen bedruckte Stoff war mit einem hautfarbenen Material gefüttert. Es war ein sonderbares Gefühl, ihr Verhalten nach der Garderobe auszurichten. Bislang hatten Kleidungsstücke stets dazu gedient, ihren Körper zu bedecken.

Sie bürstete sich das Haar und ließ es offen über ihren fast nackten Rücken fallen. Ein wenig Lippenstift, um ihren Mund zu betonen, ein Hauch grüner Lidschatten, damit ihre Augen noch strahlender wirkten, und das Make-up war fertig.

Nachdem sie Sandalen übergestreift hatte, verließ sie ihre Räume und ging hinüber zum Wohnbereich. *Diese Reise ist notwendig gewesen,* ermahnte sie sich im Stillen. Wie Rebel gesagt hatte, war sie eine Frau, und es ließ sich nicht leugnen, dass Adam Cazell ihre Sexualität geweckt hatte, die nun nach Erfüllung verlangte. Sie musste ihre Furcht verdrängen. Ihr gesamtes Erwachsenenleben hatte sie der Hilfe für Kinder gewidmet, die Unterstützung brauchten. Und nun … an diesem Abend … war sie entschlossen, etwas für sich selbst zu tun.

Ob richtig oder falsch, sie würde es tun und sich später mit den Konsequenzen befassen. Später.

Adam stand am Rand der Veranda und beobachtete das Farbenspiel von Himmel und Meer, während die Sonne allmählich am Horizont versank. Er hatte sich vorgenommen, an diesem Abend den entspannten Gastgeber zu spielen, damit Rosalie keinen Grund hatte, ihm auszuweichen. Falls es ihm gelang, sie zum Bleiben zu bewegen, nachdem Cate sich zurückgezogen hatte, wäre es ein Zeichen, dass sie bereit war, eine Beziehung mit ihm zu riskieren. Es war unbedingt erforderlich, langsam vorzugehen, Stück für Stück an Boden zu gewinnen und nichts zu forcieren.

„Ich habe Rosalie die besten Boutiquen gezeigt, aber sie hatte kein Interesse, sich irgendwelche Sachen zu kaufen“, meinte Cate.

Lächelnd wandte er sich seiner Tochter zu, die am Tisch saß und in einem Magazin blätterte. „Deshalb ist sie ja auch nicht hier“, erwiderte er lässig.

„Nun, nach dir scheint sie auch nicht verrückt zu sein“, bemerkte Cate trocken.

„Wir haben bereits festgestellt, dass Rosalie James anders ist“, erinnerte er sie.

„Ich finde, du bist zu zurückhaltend. Wenn du sie zu deiner Freundin machen willst, muss sie das wissen.“

„Sie weiß es. Die Entscheidung liegt allein bei ihr. Entweder respektiere ich das oder sie reist sofort wieder ab.“

Es war ein sonderbares Gefühl, die Situation mit seiner dreizehnjährigen Tochter zu diskutieren, und trotzdem schätzte er das Vertrauensverhältnis und die Aufrichtigkeit, die sich zwischen ihnen entwickelt hatten. Genau wie Cate fühlte er sich weniger einsam. Nun galt es, Rosalie in diese Gemeinschaft einzubeziehen und ihr Geborgenheit zu vermitteln.

„Man kann Menschen auch bei ihrer Entscheidung beeinflussen“, erklärte Cate würdevoll.

„Nur wenn sie es zulassen.“

„Sie wäre nicht gekommen, wenn sie es nicht gewollt hätte. Ich verschwinde nach dem Dinner und sehe in meinem Zimmer fern. Du hast möglicherweise nicht allzu viel Zeit. Am besten fängst du gleich an, sie zu überreden.“

„Ich weiß deine Rücksichtnahme zu würdigen.“

Ihr Grinsen verriet, welche Hintergedanken sie hegte. „Alles für einen guten Zweck.“

Cate hatte sich kaum wieder in die Zeitschrift vertieft, als Adam Rosalie aus dem Gästeflügel kommen sah. Ihr Anblick raubte ihm den Atem. Sie bewegte sich wie eine Insulanerin, mit wiegenden Hüften und natürlicher Anmut. Ihr langes schwarzes Haar unterstrich das feminine Bild, indem es wie ein seidiger Vorhang bis zur Taille fiel.

Bis auf den hellen Teint glich sie tatsächlich einer Einheimischen, dunkles Haar, dunkle Augen und exotische Kleidung, bestehend aus einem sarongähnlichen Rock und einem knappen Oberteil, unter dem sich ihre Brüste abzeichneten. Sie wirkte sinnlich und erdverbunden zugleich.

Dies war nicht der Engel von Phnom Penh oder die majestätische Erscheinung in der Oper. Dies war die Frau, die sie hier sein wollte.

Heute Abend!

Adams Herz klopfte, als wollte es zerspringen.

Sie musste nicht überredet werden.

Gleichzeitig war ihm sofort klar, dass ihr Urlaub nun noch schneller verrinnen würde, als er erwartet hatte. Seine Erregung wuchs, doch irgendwie musste er es schaffen, Rosalie zu erobern, und zwar so bedingungslos, dass sie nicht wieder entschlüpfen konnte.

Rosalie James hatte entschieden.

Aber am Ende des Spiels musste er triumphieren.

7. KAPITEL

Der Tisch war abgeräumt, bis auf eine große Platte mit einer Käseauswahl, Cracker und aufgeschnittenen tropischen Früchten. Cate hatte sich auf ihr Zimmer zurückgezogen, um fernzusehen. Das Personal war nach Hause gegangen. Rosalie und Adam waren endlich allein miteinander und tranken aus kleinen Gläsern Tokajer, der perfekt zu dem milden Abend passte.

Der Mond war fast voll, unzählige Sterne funkelten am Himmel, das leise Rauschen der Wellen, die an das vorgelagerte Riff brandeten, diskret angebrachte Lampen beleuchteten den exotischen Garten, köstliches Essen, erlesener Wein, völlige Abgeschiedenheit … Was könnte romantischer und verführerischer sein, dachte Rosalie verträumt, als diese Kombination aus urwüchsiger Schönheit und purem Luxus. Ihre nervöse Furcht vor dem Unvermeidlichen schwand dahin. Und genau das hatte Adam Cazell angestrebt.

Er sah überaus sexy aus. Das weite, dünne Hemd wurde nur von wenigen Knöpfen geschlossen und betonte seine muskulösen Schultern und die breite Brust. Die weiße Leinenhose wurde in der Taille von einer Kordel gehalten – provozierend lässig. Ein leichter Zug … ein kurzes Schnippen mit dem Daumen über die beiden Knöpfe … Rosalie atmete tief durch und riss sich von dem Gedanken los, wie Adam völlig nackt aussehen mochte. „Kommen Sie oft her, Adam?", fragte sie.

Er zuckte die Schultern. „Wann immer ich eine Pause von der geschäftlichen Hektik und den Menschen brauche. Ich finde, es ist der ideale Ort, um den Druck abzuschütteln."

„Ist es Ihr Lieblingsplatz?"

„Gemessen an dem, was er bietet, ja. Aber andere Gegenden haben andere Vorzüge. Ich bin ein Globetrotter, Rosalie. Wie Sie."

Ihre Blicke trafen sich. Seine Augen signalisierten, dass sie mehr miteinander verband als nur sexuelle Chemie.

Das bedeutet gar nichts, sagte sie sich. „Ich reise nicht zu meinem

Vergnügen, Adam."

„Ich weiß. Sie reisen für die Menschen. Was haben Sie in Thailand gemacht?"

Sie überlegte, wie viel er über ihre Arbeit mit Kindern wusste. Er hatte sie mit dem Waisenchor in Phnom Penh beobachtet. Was konnte es schaden, wenn sie ihm mehr darüber erzählte?

„Sie haben beim Dinner Cate gegenüber erwähnt, dass Sie unlängst dort waren", erinnerte er sie.

„Ich habe meinen Bruder Joseph besucht. Er leitet in Bangkok eine Schule für Waisenkinder. Joseph war selbst eines, bevor unsere Eltern ihn adoptierten."

„Joseph aus Thailand, Zuang Chi aus China, Rebel aus Australien, Zachary Lee aus Amerika … Verraten Sie mir, wer noch zu Ihrer außergewöhnlichen Familie gehört. Rebel sagte, es seien vierzehn Geschwister aus aller Welt."

Seine Neugier war durchaus verständlich, aber Rosalie wusste, dass er nur an ihr interessiert war – wer sie war, woher sie kam. Wie würde er reagieren, wenn sie ihm ihren Hintergrund enthüllte? Einerseits scheute sie sich, ihm etwas derart Privates anzuvertrauen, andererseits war sie stolz auf die James-Familie und darauf, wie das Leben so vieler Kinder zum Guten gewendet worden war. An ihren Geschwistern und ihr hatte sich bewiesen, dass Liebe und die nötige Fürsorge solch wunderbare Ergebnisse zeitigen konnten.

„Tiffany Makana stammt aus Fidschi. Sie ist die Einzige von uns, die bereits als Baby adoptiert wurde. Man hatte sie auf einer Kirchentreppe ausgesetzt. Carol Tay wurde als Älteste adoptiert. Sie und ihr Sohn Alan kommen aus Vietnam. Suzanne Griffith ist gebürtige Kanadierin. Tom gehört zu den Aborigines, den australischen Ureinwohnern. Sie alle und Zachary Lee leben in Australien."

„Das sind erst neun."

„Muhammad und Leah kommen aus Indien und sind inzwischen dorthin zurückgekehrt. Muhammad ist Arzt und Leah Krankenschwester in Kalkutta. Shasti stammt aus Äthiopien. Sie ist in

Afrika und arbeitet für UNICEF. Kim ist aus Korea und nun in Hongkong."

„Und Sie?"

„Mich hat man von den Philippinen geholt."

„Aber Sie sind keine Einheimische", erwiderte er voller Überzeugung.

„Ich wurde dort geboren. Meine Mutter war halb Philippina, halb Amerikanerin."

„Und Ihr Vater?"

Rosalie zuckte die Schultern. „Ich weiß nichts über ihn, außer dass er auf einer US-Basis in der Nähe von Manila stationiert war und ziemlich groß gewesen sein muss."

„Erinnern Sie sich an ihn?"

„Nein."

„Keine Fotos?"

„Sie waren nicht verheiratet, Adam", erklärte sie ruhig. „Meine Mutter war ein uneheliches Kind und ich auch. Es gab keine Angehörigen, die mich nach ihrem Tod hätten zu sich nehmen können."

„Wie alt waren Sie damals?"

„Sieben."

„Also landeten Sie in einem Waisenhaus."

„Auf den Philippinen leben viele heimatlose Kinder. Ich möchte lieber nicht über diesen Teil meines Lebens reden." Sie mied seinen prüfenden Blick. „Erzählen Sie mir von Ihrer Familie."

„Es gibt nur Cate. Meine Eltern sind tot. Ich war ein Einzelkind. Man könnte meine Jugend durchaus als privilegiert bezeichnen, weil es mir an nichts gefehlt hat und ich auf gute Schulen geschickt wurde." Er lächelte bitter. „In gewisser Weise waren meine Eltern auch stolz auf mich, aber im Grunde genommen war ich ein Fremder für sie, mit dem sie nichts anfangen konnten."

Ein Fremder ... Plötzlich fiel ihr der Moment am See auf Davenport Hall ein, als sie seine Einsamkeit gespürt hatte. „Also haben Sie allein den Gipfel erklommen." Seine Willenskraft nötigte ihr den größten Respekt ab.

„Ich hatte gute Leute, die für mich gearbeitet haben. Genau wie Sie die James-Familie haben, die Sie bei all Ihren Aktivitäten unterstützt, Rosalie." Er sah sie eindringlich an. „Aber der Antrieb kommt von innen. Er wird von der Überzeugung genährt, dass nichts unerreichbar ist. Ist das nicht so?"

Ihr Herzschlag beschleunigte sich, als Adam eine Tatsache feststellte, die sie nicht bestreiten konnte. Er hatte ihre Motivation exakt beschrieben und eine weitere Gemeinsamkeit aufgedeckt, die nichts mit der von ihr bereits akzeptierten sexuellen Anziehungskraft zu tun hatte. Sie musste etwas unternehmen, damit er sich auf das beschränkte, was sie ihm geben wollte.

„Das trifft vielleicht auf mich und meine Arbeit mit Kindern zu. Es gibt immer noch welche, denen man helfen muss", räumte sie ein. „Sie hingegen könnten sich auf Ihren Lorbeeren ausruhen, Adam. Was kommt nach der Fluglinie?" Sie erhob sich und trat an den Rand der Veranda. Mit einer weit ausholenden Geste deutete sie auf die tropische Nacht. „Sie könnten doch einfach dieses Paradies genießen."

„Ich genieße es, aber das reicht mir nicht." Er stand ebenfalls auf und ging zu ihr. „Es gibt keinen Ort, der mir genügen würde. Sie denken schließlich auch nicht daran, Wurzeln zu schlagen, oder?"

„Ich habe von Ihnen gesprochen", protestierte sie.

Seine Augen funkelten spöttisch. „Und ich habe darauf hingewiesen, wie ähnlich wir einander sind. Es ist egal, wo wir überall unsere Koffer lassen. Sie leben in sich selbst, genau wie ich."

„Das tut doch jeder", wehrte sie ab. Sie spürte, dass er ein Netz um sie wob, das sie unwiderruflich an ihn fesselte.

„Die meisten Menschen hängen an Dingen. An ihrem Land, ihrer Gemeinde, ihrem Heim. Diese Dinge geben ihrer Existenz eine Bedeutung. Wurzeln …"

Er ließ das Wort nachhallen und vereitelte so ihren Versuch, den Ketten auszuweichen, die er zwischen ihnen schmiedete. Rosalie schwieg, jeder Muskel ihres Körpers war angespannt. Adam würde sie bald berühren. Es konnte jeden Augenblick so weit sein. Dies war schließlich der Hauptgrund, weshalb er sie eingeladen hatte, oder? Mit seinem Gerede wollte er nur sein Ziel verschleiern.

Er nahm ihre Hand, umschloss sie mit der Wärme und Stärke seiner Finger. „Lassen Sie uns einen Spaziergang machen."

Einen Spaziergang?

Ehe Rosalie ihre Überraschung überwunden hatte, zog er sie von der Veranda zu dem Pfad, der zum Strand hinunterführte. „Es ist nicht das, was ich von Ihnen erwartet hatte", erwiderte sie.

„Was ist verkehrt an einem Spaziergang in aller Freundschaft?"

„Wir sind nicht befreundet." Sie war sich des Drucks seiner Hand überdeutlich bewusst. Er verlieh den unterschwelligen erotischen Schwingungen, die während des Dinners geherrscht hatten, eine völlig neue Dimension. „Tun Sie nicht so, als würden Sie meine Freundschaft wollen, Adam."

„Liebende können auch Freunde sein, Rosalie. Insbesondere, wenn sie so viel gemeinsam haben."

„Sind Sie mit all Ihren früheren Geliebten befreundet?"

„Es war keine wie Sie."

„Unsinn!" Sie ignorierte den Köder, den er nach ihr ausgeworfen hatte, bevor er seine Wirkung entfalten und sie beeinflussen konnte. „Das sagen Sie vermutlich zu allen. Warum auch nicht? Jeder ist anders. Aber erwarten Sie nicht, dass ich glaube, es hätte eine besondere Bedeutung."

„Sie benutzen also meinen Ruf als Playboy, um meine Glaubwürdigkeit anzuzweifeln. Das ändert jedoch gar nichts an dem, was ich bei Ihnen empfinde, Rosalie. Und das ist einzigartig in meiner Erfahrung."

„Na schön." Sie hatte genug von seinen Schmeicheleien, seinem Charme, von seinen Tricks, das Unvermeidliche hinauszuzögern.

„Warum leugnen Sie es so hartnäckig?"

Sie bemühte sich, einen klaren Gedanken zu fassen. „Es würde nichts ändern, Adam. Ich wünschte, Sie würden aufhören, mich an sich zu binden." Sie blieb stehen. „Es war ein Fehler. Ich gehe wieder zurück."

Bevor sie den Rückzug antreten konnte, verstellte er ihr den Weg, legte ihre Hand auf seine Schulter und schloss sie in die Arme. „Du meinst, Sex würde es vertreiben?", fragte er herausfordernd. „Bist du hier, weil du glaubst, eine flüchtige Affäre würde es verglühen lassen?"

Ihr Verstand schrie Ja, aber irgendwie zwang Adam sie, andere Antworten zu suchen, die sie hoffnungslos verwirrten. Die Hitze seines Körpers strahlte auf sie ab, schärfte ihre Sinne für seine muskulöse Brust, seine Schenkel und seine überwältigende Stärke, die völlige Unterwerfung forderte. Sie konnte nicht mehr denken. Die widersprüchlichsten Emotionen kämpften in ihr.

„Du irrst dich, wenn du glaubst, das Begehren sei rein körperlicher Natur", fuhr er fort. „Lass es uns ausprobieren. Wollen wir herausfinden, wie leicht du mich vergessen kannst?"

Sie war viel zu aufgewühlt, um auch nur ein Wort über die Lippen zu bringen. Er umfasste ihr Kinn und zwang sie sanft, ihn anzuschauen. Während er ihr tief in die Augen sah, senkte er den Mund auf ihren.

Würde er ihr ihre Geheimnisse entlocken?

Würde sie je wieder sie selbst sein?

Es war zu spät, ihn zurückzuweisen. Zu spät …

Sein Kuss war ein Angriff auf ihre Sinne. Fordernd, leidenschaftlich drängte er sie, sich ihm zu öffnen. Rosalie war zu verblüfft über das plötzlich in ihr erwachende Verlangen, so dass sie nicht die Kraft fand, sich dagegen zu wehren. Sie klammerte sich an ihn, verschränkte die Arme in seinem Nacken und gab sich ganz den Wonnen hin, die er ihr schenkte.

Adam wurde von dem Drang, sie zu nehmen, beinahe überwältigt. Sein Körper brannte vor Verlangen. Da er jedoch wusste, dass dies genau das war, was sie wollte – vorbei und erledigt –, kämpfte er gegen seine Lust an und konzentrierte sich auf das noch heftigere Bedürfnis, sich so nachhaltig in ihrem Bewusstsein zu verankern, dass er dort immer einen Platz innehaben würde. Er wollte verdammt sein, wenn sie ihn je vergessen sollte!

Er löste den Mund von ihrem und atmete tief durch. Rosalie hatte die Augen geöffnet und schien dennoch nichts wahrzunehmen, als wäre sie vor Verzückung verzaubert. Sofort erinnerte er sich an die Verletzlichkeit, die er zuvor bei ihr gespürt hatte. War dies ihr erstes Mal? Hatte sie noch nie die Leidenschaft mit einem Mann erlebt?

Was sollte er tun? Was war das Beste für sie? Sollte er die Gelegenheit nutzen, während sie wie in Trance war, oder es lieber langsam angehen lassen, damit sie die einzelnen Stadien der Lust bewusst genießen konnte? Schnelligkeit würde keine Furcht zulassen, aber welche Erinnerung würde sie danach daran haben?

Er musste diese Erfahrung für sie unvergesslich machen. Verschwommene Eindrücke waren ihm nicht dienlich. Adam küsste sie sanft auf den Mund, ließ seine Lippen aufreizend über ihre gleiten, spielte behutsam mit ihrer Zunge. Er spürte, wie ein leichter Schauer Rosalie durchrann und ihre Brüste sich hoben und senkten.

„Komm mit, Rosalie", bat er leise.

Schweigend ließ sie ihn gewähren, als er sie enger an sich zog. Ihr seidiges Haar fiel ihm über den Arm, den er um ihre Taille gelegt hatte. Sie lehnte sich an ihn, während sie den Weg entlanggingen. Er wusste, dass sie aufgewühlt war und unsicher, wohin er sie bringen würde, doch sie vertraute sich seiner Führung an und akzeptierte, dass das, was sie begonnen hatten, an einem Ort seiner Wahl beendet werden musste.

Ihr war es gleichgültig, ihm hingegen nicht. *Diese Nacht soll für sie unvergesslich werden*, sagte er sich und geleitete sie über den Rasen zu einem Frangipanibaum, dessen Blüten exotischen Duft verströmten. Unter dem dichten Blattwerk standen zwei Sonnenliegen, doch die schienen ihm nicht geeignet, um Rosalie darauf zu lieben.

Er führte sie aus dem Schatten ins Mondlicht in die Nähe des Strandes, wo sich der Blütenduft mit der salzigen Meeresluft mischte und sie die Wellen im Sand auslaufen und die Sterne am Horizont funkeln sehen konnten.

Dies war der richtige Platz … Eine urwüchsige Kulisse für einen uralten Akt … Adams Sinne waren aufs Äußerste geschärft für das, was er hier erreichen wollte – eine Vereinigung, die Rosalie so fest an ihn binden würde, dass sie die unvermeidlichen Trennungen überdauern und in ihrer eigenen Welt existieren konnte.

Es interessierte ihn nicht, warum er ausgerechnet auf diese Frau fixiert war. Er vertraute auf seinen Instinkt, der ihm sagte, dass sie mehr als jede andere wert war und es eine nicht wieder zu schließende Lücke in sein Leben reißen würde, falls er sie verlor. Plötzlich fiel ihm ein, dass es ein Band gab, das ihre gemeinsame Zukunft besiegeln könnte.

„Hast du je daran gedacht, ein eigenes Kind zu haben, Rosalie?"

Ein eigenes Kind …

Rosalies Magen krampfte sich zusammen bei dieser weiteren Ablenkung von dem, was sie sich wünschte. Ihre Gedanken waren völlig mit Adam, der romantischen Umgebung und dem erregenden Gefühl beschäftigt gewesen, sich einer Naturgewalt zu fügen, die all die Jahre nur darauf gewartet hatte, hier und jetzt die Oberhand zu gewinnen.

„Es gibt zu viele Kinder", protestierte sie. Ihre eigene Kindheit ließ sie einfach nicht los.

„Mag sein." Er drehte sie zu sich um, den Blick unverwandt auf sie gerichtet, umfasste er ihre Taille. „Aber warum leugnen, was ganz natürlich für dich – für uns – ist?", fuhr er mit verführerischer Stimme fort. „Das Meer, das Land, die Luft … Rings um dich ist nichts als Geburt, Wachstum und der Kreislauf des Lebens."

„Aber wir können uns aussuchen, was wir tun", warf sie nachdrücklich ein, und um zu zeigen, welche Wahl sie getroffen hatte, knöpfte sie sein Hemd auf und legte ihre Hände auf seine Brust.

„Ja." Sein Atem beschleunigte sich. „Und ich ergreife die Chance, die du mir bietest."

Es gibt keine, dachte sie. Sie war heute sicher vor jedem Zufall. Es war gleichgültig, ob er etwas zur Verhütung benutzte oder nicht. Sie war darauf nicht angewiesen. Ihr fruchtbarer Zyklus begann erst in fünf Tagen. Hier auf Tortola würde kein neues Leben entstehen. Bevor sie Gefahr lief, schwanger zu werden, würde sie längst fort sein. Aber das wollte sie ihm nicht sagen. Sollte er ruhig glauben, was er wollte, solange …

Ihr stockte der Atem, als er den Knoten löste, mit dem ihr Top im Nacken zusammengehalten wurde. Der Stoff rutschte herunter, und die rosigen Knospen ihrer Brüste richteten sich in der kühlen Nachtluft auf.

Bei all ihren Auftritten auf dem Laufsteg in durchsichtigen Kreationen hatte sie sich nie befangen oder entblößt gefühlt. Es gehörte zu ihrem Job, die Modelle so zu präsentieren, dass jedes Detail des Entwurfs zur Geltung kam. Aber dies hier war anders. Es war persönlich. Sie spürte, wie ihre Haut unter Adams Blicken zu prickeln begann.

Er warf das Top achtlos zu Boden, streifte sich das Hemd ab und ließ es ebenfalls aufs Gras fallen. Angesichts seiner athletischen Gestalt durchrann sie ein wohliger Schauer. Er war ein stattlicher Mann. Würde er sanft zu ihr sein?

Es war zu spät, um sich darüber Sorgen zu machen.

Adam besaß die körperliche Fitness eines Ausdauersportlers und einen messerscharfen Verstand. Falls sie ein Kind von ihm empfing … Nein, nicht daran denken! Mit ihm zusammen zu sein war bereits ein riesengroßer Schritt für sie. Sie zitterte innerlich, als er die Kordel an seinem Hosenbund zog und aus dem Kleidungsstück stieg – nackt und so männlich, dass sie fast in Panik geriet.

Rosalie kämpfte dagegen an. Sie war hergekommen, um herauszufinden, wie es sein würde. Die Entscheidung war gefallen. Er war ihre Wahl. Sie zwang sich, den Sarong zu öffnen und mit einer Kühnheit beiseite zu werfen, die sie nicht im Entferntesten empfand.

Adam betrachtete sie von Kopf bis Fuß. „Die perfekte Frau", sagte er lächelnd. „Das hast du zweifellos schon unzählige Male gehört. Du bist nicht zum Vorführen von Kleidern geschaffen. Das ist künstlich und völlig bedeutungslos."

Er kam näher. Ihr Herz klopfte wie wild, als er leicht über ihre Schultern und Arme strich. Mit seinen Fingerspitzen zeichnete er federleicht Muster auf ihre Taille, auf die Hüften und Schenkel. Seine Berührungen schienen ihre Haut zu entflammen und ihr Blut zu erhitzen.

„Dieser Körper wurde dazu geschaffen, sich einem Mann hinzugeben." Er spreizte die Finger und umschloss ihre Brüste. „Und sie wurden geschaffen, ein Kind zu stillen." Er umkreiste die festen Spitzen spielerisch mit den Daumen. „Darum geht es im Leben, Rosalie ... Unsere Vereinigung ist das, was die Natur gewollt hat."

Sie ignorierte diese Behauptung. Zwischen ihnen bestand lediglich eine körperliche Faszination, und mehr würde sie auch nicht zulassen. Seine Umarmung sandte wahre Schockwellen durch ihre Nervenbahnen. *Das ist es,* dachte sie, *benommen vor Furcht und Erregung.*

„Rosalie ..." flüsterte er rau, bevor er seinen Mund leidenschaftlich auf ihre Lippen presste.

Sein Kuss weckte in ihr das Bedürfnis, ihn mit dem gleichen Feuer zu erwidern. Sie wollte nicht mehr reden, sondern bloß noch fühlen.

Aber Adam sprach trotzdem zu ihr – ohne Worte, nur mit Zärtlichkeiten. Er schlang sich ihr langes Haar um die Hand und zwang sie sanft, sich zurückzubeugen, damit er ihre Brüste mit den Lippen liebkosen konnte. Während er seine Zunge aufreizend um die festen Knospen kreisen ließ, durchrannen sie die köstlichsten Wonnen. Eine unendlich süße Folter, die alle lang unterdrückten weiblichen Instinkte zum Leben erweckten.

Dann bettete er sie auf das weiche Gras und hauchte unzählige winzige Küsse auf ihren flachen Bauch. Er streichelte die empfindsame Innenseite ihrer Schenkel, erkundete das Zentrum ihrer Weiblichkeit und bereitete sie behutsam auf das Kommende vor.

Ihre Sehnsucht wuchs ins Unermessliche, als er sacht mit dem Finger in sie eindrang. Doch plötzlich änderte sich alles. Verwirrt registrierte sie, dass Adam seine Lippen tiefer wandern ließ, ein weitaus erregenderes Ziel fand und Wogen unbeschreiblicher Lust in ihr auslöste.

Sie wand sich, drängte sich ihm entgegen, schien völlig die Kontrolle über sich verloren zu haben. Und als sie glaubte, nicht länger auf Erfüllung warten zu können, schob er sich endlich über sie und drang in sie ein. Sie war bereit für ihn, fieberte der Erlösung entgegen und seufzte erleichtert auf, als sie ihn in sich spürte. Er bewegte sich langsam und hielt inne, als er auf Widerstand traf.

Selbst in diesem flüchtigen Moment der Panik hätte sie es nicht über sich gebracht, ihn aufzuhalten. Falls es schmerzhaft war, ließ es sich nicht ändern. Ihr war es gleichgültig. Sie klammerte sich an ihn. „Tu es!"

Mehr Ermutigung brauchte er nicht, um zu vollenden, was er begonnen hatte. Er durchdrang die dünne Barriere – nur ein leichtes Ziehen, das sogleich durch das wunderbare Gefühl gelindert wurde, ihn zu umschließen.

Es tat nicht weh. Sie passten zueinander wie zwei Hälften eines Ganzen. Diese erstaunliche Erkenntnis prägte er ihr ein, erst langsam, dann immer schneller in jenem uralten Rhythmus. Rosalie war ihm hilflos ausgeliefert. Sie entdeckte unbekannte Pfade der Lust, brennendes Verlangen rüttelte an den verschlossenen Pforten ihres Verstandes, riss sie auf, zwang Rosalie, sich Adam bedingungslos zu öffnen … Höher und höher kletterte sie hinauf, bis sie meinte, den Himmel zu berühren, mit ihm zu verschmelzen …

Während sie noch ganz verzaubert von Adams Liebesspiel in seinen Armen ruhte, träumte sie von dem neuen Leben, das sie hätten schaffen können, wenn es der richtige Zeitpunkt gewesen wäre. Zum ersten Mal sehnte sie sich nach einem Kind.

Die absolute Vollendung, dachte sie und erkannte, was Rebel mit ihrer Bemerkung über Weiblichkeit gemeint hatte. Eine Frau und ein Mann, die eine untrennbare Einheit bildeten und einander alles schenkten.

Diese Nacht würde sie nie vergessen.

8. KAPITEL

Adam wollte nicht denken. Er wollte einfach Rosalie halten und sich jedes Detail einprägen – ihren warmen weiblichen Duft, die samtige Zartheit ihrer Haut, die seidige Fülle ihres Haars, das leichte Heben und Senken ihrer Brüste, während sie befriedigt seufzte.

Trotzdem ließen sich die Gedanken nicht ausschalten. Sie drehten sich alle um die Frage, warum sie ausgerechnet ihn ausgesucht hatte, um ihre Unschuld zu verlieren. Wie bedeutsam war das? Hatte sie lediglich entschieden, dass es dafür an der Zeit wäre und sie ihn dazu benutzen könnte? Hatte sie von seiner Erfahrung profitieren wollen, ohne irgendwelche Verpflichtungen eingehen zu müssen?

Alle ihre Äußerungen an diesem Abend deuteten darauf hin, dass sie nur eine flüchtige Affäre wünschte. Hatte sie es tatsächlich ernst gemeint oder sich nur schützen wollen? Vielleicht hatte sie Angst, zu viel zu empfinden. Sie fühlte sich zu ihm hingezogen – möglicherweise gegen ihren Willen – und bemühte sich, die Zuneigung in harmlosen Grenzen zu halten. War ihr klar, dass inzwischen manche Dinge zu stark geworden waren, um verdrängt zu werden? Was fühlte sie jetzt?

Ihr erstes Mal!

Er hatte sich nicht einmal erkundigt … „Geht es dir gut, Rosalie?"

Es beschämte ihn, dass er keinen Gedanken an ihr Befinden verschwendet hatte. Sie hatte ihn angetrieben, sich seinem Rhythmus angepasst – ob aus echtem Verlangen oder purer Entschlossenheit vermochte er nicht zu sagen. Hatte das Vergnügen den Schmerz überwogen? Er wusste, dass sie einen Höhepunkt erlebt hatte.

Als sie nicht gleich antwortete, drehte er sie auf den Rücken und beugte sich über sie, um ihr Gesicht zu betrachten. „Warum hast du mir nicht erzählt, dass es dein erstes Mal war?"

Seufzend schüttelte sie den Kopf, als wollte sie dieser Tatsache keine Bedeutung beimessen. Vielleicht wünschte sie sogar, er hätte es nicht bemerkt.

„Rosalie ...“, sanft strich er ihr über die Wange, „... ich bin kein Narr.“

Sie atmete tief durch. „Ich wollte nicht, dass sich dadurch etwas ändert. Du solltest mich so nehmen wie irgendeine andere Frau.“

„Du bist nicht wie irgendeine andere Frau.“

Ein Lächeln umspielte ihre Lippen. „In der Nacht sind alle Katzen grau, sagt man.“

„Das behaupten nur Leute, deren Urteilsvermögen getrübt ist.“

„Aber es ist doch der gleiche Akt.“

„Nein. Es ist bei jeder Person anders. Es hängt stark davon ab, was man für den anderen empfindet. Du hast mich nicht rein zufällig ausgesucht“, fügte er nachdrücklich hinzu.

Sie zögerte. „Rebel meinte, bei dir sei ich sicher.“

„Sicher ...“

Eine sonderbare Formulierung, so sonderbar, dass Adam sofort ihre Wichtigkeit erkannte. Möglicherweise war dies der Schlüssel zu all ihren Reaktionen auf ihn. Er registrierte es ebenso wie die Tatsache, dass sie ihre Entscheidung mit ihrer Schwester diskutiert hatte, was ihre Verwundbarkeit bewies.

„Habe ich dir wehgetan, Rosalie?“ Eine Woge der Zärtlichkeit erfasste ihn, als ihm dämmerte, welcher Tapferkeit es bedurft hatte, sie mit ihm zusammenzubringen.

„Nein, es war ...“, sie lächelte strahlend, „... erstaunlich, Adam.“

Es erregte ihn maßlos, wie sie seinen Namen aussprach. Er fühlte sich, als wäre er jemand ganz Besonderes für sie. Ihr erster Liebhaber. Ihr einziger Liebhaber, schwor er sich im Stillen.

„Danke“, setzte sie scheu hinzu und streichelte seine Wange. „Es war schöner, als ich es mir je hätte träumen lassen.“

Und es würde noch schöner werden. Er spürte ein fast ehrfürchtiges Staunen in ihrer Berührung, ihrer Stimme, ihren Augen. Aber er musste dafür sorgen, dass dies erst der Anfang war und sie ihn wieder begehrte. Und wieder. Ihr „Danke“ war gleichsam eine Warnung, dass in ihrem Hinterkopf eine Uhr tickte, die gestoppt werden musste.

Adam erhob sich und zog sie mit sich auf die Füße. „Lass uns zum Meer hinuntergehen“, sagte er und nahm ihre Hand.

Ihre Fügsamkeit würde bald schwinden, und er wollte jeden Vorteil nutzen, der sich ihm bot.

Rosalie konnte kaum fassen, dass sie tatsächlich nackt neben einem ebenfalls nackten Mann lief. Es war sonderbar befreiend, als hätten sie sämtliche Verpflichtungen und Lasten ihres Lebens abgestreift und wären ganz allein in ihrer eigenen Welt. Wie Adam und Eva. Sie lächelte verträumt. Ob wohl der Garten Eden genauso schön gewesen war?

Sie blickte hinauf zu den Sternen, fühlte den Sand unter ihren Füßen und die sanfte Brise auf ihrer Haut, roch die salzige Seeluft und den Duft exotischer Blüten und schwelgte in dem Gefühl unverdorbener Unschuld – eine leere Seite, auf der alles geschrieben werden konnte, ein spannender Neuanfang.

Meine Geburt als Frau, dachte sie und schaute den Mann an, der sie hergebracht hatte. Hatte er diese Kulisse absichtlich ausgewählt, weil er ihren Zauber kannte und wusste, wie gut die Magie wirkte?

Adam hatte ihren Blick bemerkt. „Ja?“

Sie kannte die Antwort auf ihre Frage, weil sie sich seiner Worte von vorhin erinnerte, Worte, die sie nicht hatte hören wollen. „Es ist ein Traum“, erwiderte sie ausweichend.

„Nein, es ist Wirklichkeit. Alles um uns – um dich, um mich – ist echt, Rosalie.“ Er lächelte. „Warum genießt du nicht einfach den Augenblick?“

Den Augenblick genießen … Es klang verführerisch. Sie wanderten am Rand der sanft anlandenden Wellen entlang. Das Wasser in der Bucht war völlig ruhig, während die Wogen sich weiter draußen geräuschvoll am Riff brachen. Adam verstärkte den Druck seiner Finger, obwohl nicht die geringste Gefahr bestand, dass Rosalie straucheln oder von ihm fortgerissen werden könnte. Das Wasser umspülte warm ihre Beine, der sandige Untergrund war fest und recht warm.

Sehen, hören, riechen, fühlen … Es wäre so leicht, sich in diesen Wahrnehmungen zu verlieren, so leicht, deren Einfluss auf ihre Emotionen zu akzeptieren. Lass alles los, sagte sie sich, sei einfach für diese eine Nacht eine Frau mit einem Mann. Genieße den Augenblick, ohne Rücksicht auf die Vergangenheit oder die Zukunft.

Sie gingen weiter ins Wasser, bis es ihnen an die Schenkel reichte. Rosalie merkte verwundert, dass ihre Haut empfindsamer war als vor dem Liebesspiel. Sie seufzte.

Adam blieb besorgt stehen. „Hast du Schmerzen?"

Sie lachte. „Wie ich schon sagte, es war erstaunlich. Ich hatte nicht mit dem gerechnet, was du gemacht hast."

Es freute ihn, dass sie sich an die Wonnen erinnerte, die er ihr bereitet hatte. „Es gibt noch viele andere Dinge, die ich gern mit dir machen würde."

„Ich möchte schwimmen." Sie befreite ihre Hand aus seiner, weil sie plötzlich das Gefühl hatte, gefangen zu sein.

„Okay, dann schwimmen wir zusammen."

Dagegen hatte sie nichts einzuwenden.

Teilen war gut.

Eingesperrt sein nicht.

Sie schwammen zur Mitte der Bucht. Adam passte sein Tempo Rosalies an. Es war eine berauschende Erfahrung, zu spüren, wie das Wasser über ihren nackten Körper strömte und ihr Haar sie schwerelos umschwebte.

So etwas hatte sie noch nie getan. Noch ein erstes Mal … Es vermittelte ihr den Eindruck, eins zu sein mit den Elementen, frei von allen Sorgen, gesellschaftlichen Schranken und einer Karriere, die totale Disziplin verlangte.

Sie lachte, als sie sich das Entsetzen ausmalte, mit dem Designer und nach Perfektion strebende Fotografen auf Haar zu reagieren pflegten, das mit Salzwasser in Berührung gekommen war.

„Was amüsiert dich so?“, fragte Adam.

Sie glitten mit gemächlichen Zügen nebeneinanderher. Er beobachtete sie, um bei den ersten Anzeichen von Erschöpfung sofort zu reagieren. Rosalie trat Wasser. Sie war neugierig, wie er sie sah. War der Glamour, den sie als Model verkörperte, Teil der Faszination?

„Dies ist nicht die Frau, die du in der New Yorker Oper gesehen hast“, meinte sie herausfordernd.

Er schmunzelte. „Du gefällst mir besser, wenn du die Rüstung abgelegt hast.“

„Findest du mich dann berührbarer?“

„Eher erreichbarer.“

Mit einer blitzschnellen Bewegung packte er ihre Hände und legte sie sich auf die Schultern, dann tauchte er kurz ab und schob sich unter sie. Während sie auf ihm zu schweben schien, begann er in der Rückenlage zum Strand zurückzuschwimmen.

„Du musst mich nicht abschleppen“, protestierte sie, obwohl sie es insgeheim genoss. Dass er seine Stärke einsetzte, um ihre Kräfte zu schonen, machte sie glücklich.

„Ich sorge nur für deine Sicherheit“, erklärte er.

Sicherheit …

Körperlich fühlte sie sich bei ihm jetzt sicher. Die Furcht, die für sie untrennbar mit sexuellen Aktivitäten verbunden gewesen war, war verschwunden. Adam hatte ihr gezeigt, wie unbeschreiblich wundervoll es mit dem richtigen Mann sein konnte, der wusste, wie man Freude bereitete, statt … Ihr Verstand schottete die brutalen Bilder ab, die sie als Kind gesehen hatte.

So musste es nicht sein.

So sollte es nicht sein.

Zachary Lee hatte es ihr gesagt, hatte es ihr versichert, aber bis zu dieser Nacht mit Adam hatte die Angst sie daran gehindert, solchen Beteuerungen Glauben zu schenken. Sogar jetzt noch kam es ihr eigenartig vor, dass sie die Bewegungen des nackten Mannes unter ihr spüren konnte, ohne in Panik zu geraten.

Es gefiel ihr. Es gefiel ihr, wie ihre Brüste über seine Brust streiften und wie ihre Schenkel über seine strichen. Es war himmlisch sinnlich.

Adam hörte auf zu schwimmen. „Hier können wir stehen." Er richtete sich auf, und ihre Füße sanken sofort auf den Boden.

Da ihr das Wasser bis zu den Schultern reichte, klammerte sie sich Halt suchend an ihn. Vielleicht suchte sie aber auch nur seine Nähe, weil er sich so gut anfühlte.

Adam lächelte. „In Phnom Penh haben sie dich ‚Engel' genannt. In New York hast du wie eine Königin ausgesehen. Und jetzt glitzerst du wie eine Nixe."

„Die Männer ins Verderben lockt?"

Er lachte. „Gib mir lieber einen Kuss."

Rosalie schaute auf seinen Mund. Sie hatte noch nie einen Kuss begonnen, außer bei Begrüßungen oder Freundschaftsbekundungen – und dann auch nur auf die Wange. Er senkte den Kopf, um es ihr zu erleichtern. Ihre Neugier erwachte. Warum sollte sie es nicht einmal probieren?

Sie berührte seinen Mund mit ihrem. Die federleichte Berührung ließ ihre Lippen prickeln. Als sie instinktiv mit der Zunge darüberfuhr, schmeckte sie Salz. Adam öffnete die Lippen und hieß ihre Zunge willkommen, indem er sie mit seiner umschmeichelte. Das aufreizende Spiel weckte die köstlichsten Empfindungen in ihr.

Ihr Herz klopfte, als wollte es zerspringen, das Blut strömte schneller und heißer durch ihre Adern. Wie im Fieber schob sie die Finger in sein Haar und schmiegte sich an ihn. Er umfasste ihren Po und hob sie hoch, so dass ihre Augen auf gleicher Höhe waren. Sie musste den Kuss unterbrechen, um nach Atem zu ringen.

„Leg deine Beine um meine Hüften, Rosalie", flüsterte er rau.

Ja, das war besser. Äußerst befriedigend. Nun küsste er sie, und sie hatte nichts dagegen einzuwenden, denn er verstand es, einen

Kuss noch aufregender zu gestalten. Plötzlich merkte sie, wie seine Erregung wuchs. Es schockierte sie ein wenig, dass er sie im Wasser lieben wollte.

„Ist es dir recht?“, fragte er rasch.

Rosalie sah ihm an, dass er auf ihre Wünsche Rücksicht nehmen würde, und wurde von Freude fast überwältigt. „Ja.“ Sie warf den Kopf in den Nacken und blickte hinauf zu den funkelnden Sternen.

Adam küsste sie auf den Hals und drang kraftvoll in sie ein. Sie schlang die Beine fester um ihn, während sie das Gefühl auskostete, diesen Mann in sich zu halten, ihn zu umschließen, ihn zu besitzen.

Sie hatte immer geglaubt, dass Männer die Macht hätten. Eine Macht, die Rosalie irgendwie zu ihrem eigenen Vorteil nutzen oder der sie ausweichen musste, falls diese Macht zu bedrohlich wurde. Die Erkenntnis, dass es auch noch eine andere Wahrheit gab, insbesondere beim Sex, traf sie wie ein Schlag. Die Macht einer Frau nämlich, einen Mann auf diese Weise zu nehmen, ihn in sich zu haben, weil sie es so wollte und es ihm gefiel. Und es fühlte sich gut an. Großartig.

Rosalie schaukelte leicht hin und her, eine köstliche Erfahrung. Dann verfiel Adam in eine wiegende Bewegung, die sogar noch erregender war. Sie küsste ihn und gab sich hemmungslos der Leidenschaft hin. Nie hätte sie sich träumen lassen, dass dieser wunderbare Mann solche Lust in ihr wecken könnte.

Sie blieben eine kleine Ewigkeit in dieser Position, schwelgten in der intimen Umarmung, bis sie gemeinsam einen geradezu überwältigenden Höhepunkt erreichten.

Als Adam sie aus dem Wasser trug, lehnte sie erschöpft den Kopf an seine Schulter. Er brachte sie hinauf in den Garten der Villa und bettete sie auf eine der Liegen unter einem Baum. Fürsorglich hob er ihr langes Haar über die Rückenlehne, damit es trocknen konnte.

Dann brach er einen Zweig mit cremefarbenen Blüten von einem Strauch und ließ sich auf der benachbarten Liege nieder. Lächelnd zupfte er die Blüten ab und rieb mit ihnen sanft über Rosalies Körper. Die samtigen Blätter hinterließen den süßen Duft von Frangipani auf ihrer Haut.

Einem Impuls folgend, nahm sie die restlichen Knospen, befahl ihm, sich auf den Rücken zu legen und nicht zu bewegen. Sie fand es höchst stimulierend, ihn so zu berühren, die Konturen seiner Muskeln nachzuzeichnen und seine prachtvolle Gestalt zu betrachten.

Sie liebkoste sogar die Innenseite seiner Schenkel und jene Teile seines Körpers, die ihr zuvor Furcht eingeflößt hatten. Jetzt empfand sie keine Angst mehr, sondern eher liebevolle Neugier und eine gewisse Ehrfurcht vor der Männlichkeit, die die Frau in ihr geweckt hatte.

„Wenn du so weitermachst, wirst du mich wieder erregen", warnte Adam sie leise.

„Vielleicht will ich das ja", erwiderte sie lächelnd.

„Dann wirst du mich lieben, Rosalie."

Ihn lieben?

Wie liebte man einen Mann?

Sie erinnerte sich, wie er ihr Freude bereitet hatte, und umkreiste spielerisch mit einer Blüte seine Brustwarzen. Dann beugte sie sich vor, zog die kleine Knospe zwischen ihre Lippen und ahmte seine Zärtlichkeiten nach. Sie hörte, wie er scharf den Atem einsog, spürte, wie er die Muskeln anspannte, und wurde von einer wahren Euphorie erfasst. Instinktiv ließ sie die Hand über seinen flachen Bauch tiefer gleiten und streichelte ihn, wie er sie gestreichelt hatte. Zu fühlen, wie seine Erregung unter ihrer Berührung wuchs, war eine völlig neue Erfahrung für sie.

Sie wandte sich der anderen Brustwarze zu, zupfte und knabberte spielerisch daran, bis Adams Atemzüge immer kürzer und schneller wurden. Ihr fielen die intimen Küsse ein, mit denen er sie in Ekstase versetzt hatte. Sie rutschte ein wenig tiefer, um ihn in den Mund zu nehmen und …

Rosalie hatte es kaum getan, als Adam sich kerzengerade aufrichtete, sie packte und über sich hob, so dass sie rittlings über ihm schwebte und er in sie eindringen konnte. Langsam senkte sie sich auf ihn herab. Sie beugte sich vor, stützte sich auf seine Schultern und fand ihren eigenen Rhythmus, den Adam noch erregender machte, indem er ihre Brüste streichelte, ihren flachen Bauch, ihre Hüften. Diese himmlisch sinnlichen Zärtlichkeiten verwandelten sie in ein hemmungsloses Geschöpf, das jede Berührung und Bewegung auskostete.

Sie sah die Freude in seinen Augen, fühlte sie durch seinen Körper strömen und erkannte, dass er das Gleiche empfand wie sie. Als sie schließlich den Gipfel der Lust erreichten, ruhte sie in seinen Armen aus und blickte verträumt hinauf zum Himmel. Endlich wusste sie, was die Leute meinten, wenn sie vom Himmel auf Erden sprachen.

Schöner als das konnte er nicht sein.

Absoluter Frieden und höchstes Glück.

9. KAPITEL

Cate hatte bereits mit dem Frühstück begonnen, als Adam auf die Terrasse kam, auf der sie gewohnheitsmäßig die Mahlzeiten einnahmen. Eines der Mädchen hatte ihm gesagt, dass Miss James die Gästesuite noch nicht verlassen habe. Er hatte eigentlich erwartet, dass Rosalie sein Bett mit ihm teilen würde, doch sie hatte darauf bestanden, in ihren eigenen Räumen zu schlafen. Was für ihn die Frage aufwarf, ob sie vorhatte, die letzte Nacht als Traum abzuhaken.

Verärgert über diese Bezeichnung, schüttelte er den Kopf und wünschte, sie hätte das Wort nie benutzt. Dabei hatte er zweifelsfrei und äußerst realistisch gezeigt, was sie in einer dauerhaften Beziehung miteinander erleben könnten. Trotzdem hatte sie es vorgezogen, den Rest der Nacht allein zu verbringen. Der Grund dafür war ihm ein Rätsel.

War sie mit der unumstößlichen Absicht hergekommen, eine flüchtige Affäre mit ihm zu haben und sich dann von ihm zu trennen? Oder war sie es lediglich nicht gewöhnt, bei einem Mann zu schlafen, neben ihm aufzuwachen und ihm am Morgen danach in die Augen zu blicken?

Adam wusste, dass seine Verunsicherung sich erst legen würde, wenn er Rosalie wiedersah und die Folgen ihrer Intimitäten abschätzen konnte.

„Hallo, Dad!"

Er lächelte seine Tochter an, die ihn mit unverhohlener Neugier betrachtete.

„Ist es heute ein guter Morgen oder nicht?", fragte sie, bevor er überhaupt Zeit gefunden hatte, die Begrüßung zu erwidern.

„Ich finde ihn ganz in Ordnung." Er schaute hinaus aufs glitzernde Meer.

„Ich rede nicht vom Wetter", erklärte Cate ungeduldig. „Ich hatte eigentlich damit gerechnet, dass Rosalie und du zusammen zum Frühstück kommen würdet."

Er zuckte die Schultern. „Vermutlich schläft sie noch."

„Das weißt du nicht?"

„Ich glaube, sie wäre nicht sonderlich begeistert, wenn ich ihre Räume betreten würde, um mich davon zu überzeugen", meinte er trocken.

Cate stieß einen verächtlichen Laut aus. „Du lässt nach, Dad. Gestern Abend war ich ziemlich sicher, dass es zwischen euch gut läuft."

Stirnrunzelnd überdachte er ihre unverblümte Äußerung. Es ließ sich nicht leugnen, dass bei seinen bisherigen Beziehungen zu Frauen stets der Sex im Vordergrund gestanden hatte. Und es hatte noch nie getrennte Schlafzimmer gegeben.

„Ich sagte dir bereits, dass Rosalie anders ist." Er goss Ananassaft in ein Glas.

„Sie hat dich doch nicht abgewiesen, oder?", erkundigte Cate sich besorgt. „Ich meine … du hast noch eine Chance bei ihr?"

„In erster Linie ist Rosalie James unser Gast, und wir werden uns ihren Wünschen beugen."

In Anbetracht von Cates persönlichem Interesse an der Sache war die knappe Zurechtweisung wahrscheinlich ungerecht, aber Adam wollte die Situation mit ihr nicht diskutieren, zumal er die Lage selbst nicht im Griff hatte.

Er setzte sich an den Tisch und trank einen Schluck Saft. Cate machte sich erneut über ihre Cornflakes her, die Missbilligung über sein Versagen, die Frau ihrer Wahl zu erobern, stand ihr deutlich im Gesicht geschrieben. Ihre Miene spiegelte seine eigene Unzufriedenheit wider. Nicht dass er seinen Annäherungsversuch als gescheitert bezeichnen würde – Rosalie hatte zweifellos erfüllten Sex mit ihm gehabt, aber der Abschied hatte seine Hoffnung auf eine tiefere, dauerhaftere Verbindung erheblich erschüttert.

„Du kannst nicht immer haben, was du willst, Cate", erklärte er.

„Was hat sie gegen dich?", entgegnete sie. „Du bist reich. Du kannst ihr alles geben. Du siehst gut aus. Und für einen älteren Mann bist du fabelhaft in Form. Sogar die Mädchen auf der Schule finden dich sexy."

„Sex ist nicht alles, genauso wenig wie Geld." Es behagte ihm gar nicht, dass sie in solchen Kategorien dachte. Sie war gerade dreizehn. War er ein so schlechtes Vorbild für sie gewesen? Oder plapperte sie nur das dumme Zeug nach, über das junge Mädchen heutzutage tratschten? „Hat deine Mutter mit dir über Jungen gesprochen?"

Sie warf ihm einen vernichtenden Blick zu. „Ich bin kein Baby mehr, Dad."

„Nein, aber du musst lernen, deinen eigenen Wert zu erkennen, und das hat mehr mit der Person zu tun, die in dir steckt, als mit dem, was irgendein Junge dir in Bezug auf Sex oder Geschenke bieten kann."

Cate überlegte. „Ist Rosalie anders, weil sie ihren eigenen Wert kennt?"

„Ja."

„Aber sie ist hergekommen. Das bedeutet doch etwas, oder?" Nach kurzem Zögern fügte sie hoffnungsvoll hinzu: „Eine Art Probelauf?"

„Vielleicht", räumte er ein. Ihm war nur allzu bewusst, dass der Probelauf in der letzten Nacht womöglich seine Richtung geändert hatte, falls Rosalies einziges Ziel Sex gewesen sein sollte.

„Was wollen wir heute unternehmen? Ich könnte euch allein lassen und mit dem Rad ..."

„Nein, wir benehmen uns wie immer, okay?"

Cate kicherte. „Dann hast du aber nicht viele Gelegenheiten, mit ihr allein zu sein."

Er schüttelte den Kopf. „Ich möchte nicht, dass du dich beiseite geschoben fühlst. Wir beide, du und ich, Cate, wir sind ein Team."

Ihre Augen strahlten bei diesem erneuten Beweis seiner Zuneigung, und Adam erkannte einmal mehr, wie wenig Zeit er ihr in all den Jahren gewidmet hatte. Ein gemeinsamer Urlaub im Sommer konnte das nicht wettmachen, und er war nicht bereit, den Boden, den er bei seiner Tochter gewonnen hatte, wieder aufs Spiel zu setzen, indem er sich ausschließlich auf Rosalie konzentrierte. Außerdem wäre dies vermutlich der schlimmste Fehler, den er in ihren Augen begehen konnte. Immerhin hatte in erster Linie die Sorge um Cates Wohlbefinden sie dazu bewogen, seine Einladung überhaupt zu akzeptieren.

„Nun, ich schätze, du weißt, was du tust, Dad", meinte sie und wandte sich wieder ihrem Frühstück zu.

Das Problem war nur, dass er nicht die leiseste Ahnung hatte, was er tun sollte. Er konnte sich bei Rosalie nur vorantasten. Sie ließ sich nicht so leicht einordnen und war ihm immer noch ein Rätsel. Er wusste inzwischen, dass sie auf den Philippinen geboren war, unterschiedliche Nationalitäten in sich vereinte, mit sieben verwaist und von einem Mitglied der James-Familie aus, wie er annahm, elenden Verhältnissen gerettet worden war.

Sie war in einem liebevollen, geordneten Haushalt aufgewachsen, hatte als Model internationalen Ruhm erlangt, nutzte ihre Honorare und freie Zeit, um bedürftigen Waisen zu helfen, und war bis zur vergangenen Nacht jeder intimen Beziehung mit einem Mann ausgewichen.

Weil sie sich bei ihnen nicht sicher gefühlt hatte?

Sexuell sicher?

Dies deutete auf eine frühe traumatische Erfahrung hin, vielleicht noch zu jener Zeit, als sie ein heimatloses Kind gewesen war. *Ich möchte lieber nicht über diesen Teil meines Lebens reden.* Sie war jedenfalls nicht vergewaltigt worden. Ihre Unberührtheit schloss diese Möglichkeit aus.

Vielleicht bezog sich ihre Bemerkung, sicher bei ihm zu sein, auf Vertrauen.

Vertrauen darauf, dass er ein von Natur aus rücksichtsvoller Mensch war, der ihr nicht wehtun würde?

Vertrauen darauf, dass sie mit ihm Sex haben konnte, ohne unerwünschte Konsequenzen fürchten zu müssen?

Ein Playboy …

Nur dass er mit ihr nicht spielte. Rosalie James hatte seine Prioritäten verändert. Es war ihm sehr, sehr ernst damit, sie als Partnerin und nicht nur als zeitweilige Gespielin zu gewinnen. Das musste sie inzwischen eigentlich gemerkt haben. Aber würde sie sich auf das einlassen, was sie miteinander teilen könnten, oder war die Entschlossenheit – das Bedürfnis – frei und ungebunden zu sein, unumstößlich?

Das Geräusch von Schritten riss Adam aus seinen Grübeleien und lenkte seinen Blick auf den Pfad vor dem Gästehaus. Ein Adrenalinstoß jagte durch seinen Körper, als er Rosalie sah, die sich der Veranda näherte.

Sie trug den gleichen schwarz-weiß gepunkteten Rock wie bei ihrer Ankunft, die gleichen Sandaletten, aber ein anderes Top – ärmellos, eng anliegend mit einem Rüschenbesatz am V-Ausschnitt. Irgendwie hatte er die dunkle Ahnung, dass es sich bei diesem Outfit um ihre Reisegarderobe handelte.

War sie fertig mit ihm? Zufrieden, das Cate jetzt die väterliche Aufmerksamkeit erhielt, die ihr zuvor gefehlt hatte? Jeder Muskel in Adams Körper war in Alarmbereitschaft. Er würde ihre Entscheidung abzureisen nicht akzeptieren, obwohl er sie natürlich nicht zum Bleiben zwingen konnte. Verzweifelt suchte er nach Argumenten, um sie umzustimmen.

Rosalies innere Anspannung wuchs, als Adam sich von seinem Stuhl erhob. Er trug weiße Shorts, die so viel von seinem Körper entblößten, dass es ihr unmöglich war, die Erinnerungen an ihr intimes Zusammensein zu verdrängen. Sie stürmten auf sie ein und untergruben die Disziplin, die sie sich selbst auferlegt hatte, um die Gefühle, die Adam in ihr geweckt hatte, zu unterdrücken.

Dann traf er sie mit seinem Lächeln mitten ins Herz, ein Lächeln, das seine Erinnerungen an die letzte Nacht widerspiegelte und ihr einen heißen Schauer über den Rücken jagte.

„Guten Morgen“, sagte er, während sie um die nötige Fassung rang, damit sie ihm ihre Entscheidung mitteilen konnte, Tortola noch an diesem Tag zu verlassen.

Die Entdeckungsreise ist vorbei, hatte sie sich in ihrem Zimmer eingeredet. Adam hatte ihr einen großen Gefallen erwiesen und ihr gezeigt, dass Sex keineswegs nur negative Seiten hatte. Es war sogar schöner gewesen, als sie sich je hätte träumen lassen. Andererseits hatte sie aber auch erkannt, dass es eine gefährliche Ablenkung darstellte, falls sie zu viel darüber nachdachte. In ihrem Leben gab es aber wichtigere Dinge als das Streben nach selbstsüchtigen Vergnügungen.

„Hallo!“ Cates Begrüßung lenkte Rosalies Aufmerksamkeit auf Adams Tochter, die sie fröhlich anlächelte. „Gut geschlafen?“

„Ja, danke.“

Sie rang sich ein unbekümmertes Lächeln ab, obwohl ihr soeben klar geworden war, dass sie keinen Gedanken daran verschwendet hatte, wie das Mädchen auf die unerwartete Abreise reagieren würde. Cate hatte sich viel Mühe gegeben, sie am Vortag willkommen zu heißen, und brannte darauf, ihre Gastfreundschaft unter Beweis zu stellen.

„Dad hat noch nicht gegessen. Ich wollte gerade unsere Köchin bitten, Eier und Speck zu braten. Möchten Sie auch eine Portion?“

Rosalie zögerte. Das Angebot klang verlockend und herrlich dekadent. Als Model musste sie stets auf ihr Gewicht achten, und es war lange her, seit sie sich das letzte Mal solche Köstlichkeiten gegönnt hatte. „Könnte ich pochierte Eier haben?“

„Absolut fettfrei“, versprach Cate heiter, bevor sie in die Küche eilte.

„Saft?“ Adam trat an einen Tisch, auf dem ein Krug und mehrere Gläser standen. „Es ist Ananas.“

„Wunderbar. Danke.“ Sie war hin- und hergerissen. Es wäre nicht gut, Cate zu enttäuschen, obwohl sie jetzt bei ihrem Vater war.

„Cate ist sehr figurbewusst geworden“, erklärte Adam, als er das gefüllte Glas auf den Tisch stellte und Rosalie einen Stuhl zurechtrückte. „Der Gedanke an Babyspeck versetzt sie in Panik. Die Modeindustrie hat in diesem Punkt einiges angerichtet. Ich hoffe, dass du meiner Tochter eine vernünftige Ansicht über gesunde Ernährung vermittelst. Als schlichtem Mann traut man mir bei so wichtigen Themen kein Urteil zu, aber auf dich wird sie hören.“

„Übergewicht kann einem Mädchen das Leben im wahrsten Sinne des Wortes schwer machen.“ Rosalie war froh, dass er die vergangene Nacht nicht erwähnte.

„Einem Jungen auch.“ Adam setzte sich wieder. „Aber meist sind es Mädchen, die an Magersucht erkranken.“

Rosalie furchte die Stirn. Magersucht war in der Tat ein ernstes Thema, und Adams Tochter befand sich, wie Rebel erwähnt hatte, in einer gefährlichen Situation, in der sie leicht in etwas hineingeraten konnte, was außer Kontrolle geriet. Etwas, von dem sie glaubte, es würde sie attraktiver für die Menschen machen, deren Meinung ihr etwas bedeutete, oder einfach nur, um mehr Aufmerksamkeit auf sich zu lenken.

„Fürchtest du, Cate könnte ein Opfer dieses psychologischen Problems werden?“, fragte sie ernst.

„Es geht dabei doch um Kontrolle, oder? Momentan habe ich den Eindruck, dass sie zu sehr darauf achtet, was sie isst. Außerdem ist sie viel zu dünn für ihre Größe.“

„In ihrem Alter wächst man schnell. Ich würde sie eher schlank als dünn nennen, Adam. Gestern fand ich, sie hätte einen ganz normalen, gesunden Appetit.“ Allerdings hatte sie sich so sehr auf Adam konzentriert, dass sie kaum auf Cate geachtet hatte.

„Zum Lunch aß sie keine Pommes frites zu ihrem Fisch, in dem sie übrigens nur herumgestochert hat. Und sie hat ein paar Salatblätter geknabbert.“ Seine Aufzählung zeigte, dass er die Diät seiner Tochter genau verfolgte. „Das Gleiche gestern Abend. Keine Süßigkeiten oder Käse. Zum Frühstück hatte sie eine kleine Schale Getreideflocken mit Magermilch. Sie wird sich wahrscheinlich mit einer Scheibe Melone beschäftigen, während wir essen."

„Das ist nicht genug."

„Genau meine Meinung. Würdest du mit ihr darüber reden, Rosalie?"

Sie nickte. Es war verrückt, dass ein Mädchen, dem alle Köstlichkeiten dieser Welt zur Verfügung standen, freiwillig hungerte, während unzählige Kinder sich aus purer Not um ein paar Krümel aus der Mülltonne prügelten.

„Hast du mit ihrer Mutter gesprochen, Adam?"

„Das werde ich noch tun. Es ist mir erst aufgefallen, seit wir hier sind. Aber so, wie ich Sarah kenne, wird sie lediglich schimpfen und sich nicht die Zeit nehmen, einen vernünftigen Ernährungsplan auszuarbeiten. Cate bewundert dich. Was immer du sagst, wird vermutlich zu ihr durchdringen."

„Okay, ich werde es versuchen."

„Danke. Nach dem Frühstück setze ich mich normalerweise für ein oder zwei Stunden an meinen Computer, um mich um die Firma zu kümmern. Du hast hoffentlich nichts dagegen, wenn ich dich mit Cate allein lasse."

Sie schüttelte den Kopf. „Es erleichtert mir, das Thema anzuschneiden."

Adam lächelte. „Ich bin froh, dass du hier bist, Rosalie. In deiner Gesellschaft fühlt man sich einfach wohl."

Sie erwiderte das Lächeln und dachte das Gleiche über ihn, und zwar nicht nur in sexueller Hinsicht. Er bedrängte sie nicht körperlich, hatte sie nicht einmal berührt, als sie Platz genommen hatte. Und seine Bitte um Hilfe für Cate bedeutete, dass er ihr nicht nur vertraute, sondern sie auch als Freundin seiner Tochter respektierte. Eine vermutlich dringend benötigte Freundin.

Vielleicht hatte sie sich getäuscht, als sie ihm insgeheim unterstellt hatte, er hätte Cate lediglich als Ausrede für die Einladung nach Tortola vorgeschoben. Was in der letzten Nacht passiert war, hatte sie, Rosalie, selbst provoziert und angefangen. Womöglich hatte Adam über seine Tochter reden wollen, als er den Spaziergang im Garten vorgeschlagen hatte – einen freundschaftlichen Spaziergang. Sie hatte allein an sich gedacht und ihren Wunsch … ihn für ihre Ziele zu benutzen.

Beschämt erinnerte sie sich an ihre Behauptung, sie könnten nur ein Liebespaar und keine Freunde sein. Und trotz ihrer nachdrücklichen Weigerung, eine wie auch immer geartete Beziehung mit ihm einzugehen, hatte er sich als rücksichtsvoller und einfühlsamer Liebhaber erwiesen. Ihn und Cate ausgerechnet jetzt zu verlassen, wäre gemein und falsch. Nein, sie konnte heute nicht abreisen.

„Hoffentlich kann ich etwas ausrichten", sagte sie ernst.

„Du hast die Macht."

Irgendwie hatte sie den Eindruck, dass er wesentlich mehr meinte als nur den Einfluss, den sie auf seine Tochter hatte.

„Eier und Speck kommen in fünf Minuten", verkündete Cate und setzte sich wieder an den Tisch. „Ich habe die Köchin gebeten, Ihren Speck in der Mikrowelle zu braten, Rosalie. Er ist dann schön knusprig und ohne Fett. Eines der Mädchen auf der Schule hat uns diesen Trick verraten."

„Eine in Amerika weit verbreitete Methode", erwiderte Rosalie lächelnd und kam unverzüglich auf das Thema Diät zu sprechen.

Adam lehnte sich zurück und verspürte grenzenlose Erleichterung. Nicht wegen Cate. Zugegeben, er war besorgt wegen ihres Diätfimmels, aber er hätte jederzeit in London einen Ernährungsberater für sie engagieren können. Er dankte seinem Schöpfer, dass er eine mitfühlende Saite in Rosalie berührt und mehr Zeit mit ihr gewonnen hatte.

Sie würde heute bleiben.

Er beobachtete, wie sie seiner Tochter interessiert lauschte, die von ihren Schulfreundinnen erzählte und schilderte, welche Mahlzeiten im Internat serviert wurden, welche sie mochten und welche sie verabscheuten, wie modebewusst die Mädchen waren und welche Bedeutung sie den neuesten Trends beimaßen. Sie sammelte Hintergrundinformationen, machte dies jedoch so geschickt, dass Cate sich in ihrer Aufmerksamkeit sonnte.

Die simple Wahrheit war: Rosalie James nahm Anteil.

Daran war nichts geheuchelt.

Sie sorgte sich aufrichtig um seine Tochter.

Adam fragte sich, wie er es anstellen solle, ihr Mitgefühl auf sich zu lenken. Wirkte er auf sie so selbstsicher? Als würde er ihre Gesellschaft nicht brauchen oder sich nicht nach mehr als einer rein sexuellen Affäre sehnen?

Ich bin auch hier, dachte er in einem Anflug von Eifersucht. Er musste langsam vorgehen und die gewonnene Zeit nutzen, um Rosalie in Sicherheit zu wiegen, damit ihr das Bleiben verlockender erschien als die Abreise. Ihre Ängste vor einer dauerhaften Bindung mussten beseitigt oder zumindest gelindert werden.

Heute Nacht würde sie wieder ihm gehören.

Sein Instinkt riet ihm allerdings, Rosalie in dem Glauben zu belassen, sie habe alles unter Kontrolle.

Adam lächelte. Er bezweifelte, dass einer von ihnen imstande war, die Wirkung zu steuern, die sie aufeinander ausübten. Der Unterschied bestand darin, dass er den Zauber erkunden wollte, während sie ihm eher zu entrinnen suchte. Aber die Macht war so gewaltig …

Und Rosalie hatte sich entschieden, noch eine weitere Nacht zu bleiben.

10. KAPITEL

Die vierte Nacht und die letzte Nacht ... Und diesmal bleibt es dabei, ermahnte Rosalie sich, obwohl es für sie eigentlich keinen Grund zur Abreise gab. Sie merkte nur, dass die Bindung an die Cazells immer stärker wurde. Die nette Gesellschaft der beiden und das romantische Inselidyll schienen allerdings ihre sonst so ausgeprägte Entschlusskraft zu untergraben.

Es gab für sie absolut keinen Anlass mehr, ihren Aufenthalt zu verlängern – es sei denn, aus purer Selbstsucht, und das entsprach nicht ihrem Charakter. Nicht im Entferntesten. Außerdem vermittelte es ihr das unbehagliche Gefühl, irgendwann dafür bezahlen zu müssen, und zwar einen höheren Preis mit jedem Tag, den sie blieb. Nichts war umsonst. Zudem war sie nicht sicher, wie sie mit den Emotionen umgehen sollte, die sie Adam und seiner Tochter inzwischen entgegenbrachte. Sie hatte weder beabsichtigt, ein so enges Verhältnis zu den beiden aufzubauen, noch hatte sie gewollt, dass sie sich in ihr Herz schlichen.

Sie hätte gleich nach der ersten Nacht abreisen sollen.

Oder zumindest nach der zweiten.

Und trotzdem waren sie jetzt hier an der Cappoon's Bay, wo eine lautstarke Inselparty rings um das „Beach Shack" gefeiert wurde, einer windschiefen Holzbude direkt am Strand. Es war eine laue Vollmondnacht, und alle Gäste amüsierten sich blendend. Man aß, trank, tanzte zu den Klängen einer Steelband, genoss den Augenblick und dachte nicht an morgen.

Auch Rosalie konnte sich nicht erinnern, je so entspannt und glücklich gewesen zu sein. Sie fand es herrlich, nichts zu tun und einfach nur zu leben. Adam und sie teilten sich eine Decke auf dem Sand, vor sich eine Kühlbox mit Drinks und Snacks. Cate hatte sich ein Stück entfernt einer Gruppe von Tänzern angeschlossen, die mit fröhlichen Gesten die Zuschauer zum Mitmachen animierten. Es war wieder eine betörend schöne Nacht auf Tortola.

Aber es musste die letzte sein. Rosalie hatte ihre Entscheidung getroffen und Adam alles für den Abflug am nächsten Tag arrangieren lassen. Es war daher unsinnig, davon zu träumen, das Vergnügen, das sie hier kennen gelernt hatte, möge ewig dauern. Überdies würden Adam und Cate am Ende der Woche selbst nach London zurückkehren.

„Kannst du nicht bis dahin bleiben?“, hatte Cate gebettelt.

„Man erwartet mich in Paris für die Prêt-à-porter-Präsentationen“, hatte Rosalie sich entschuldigt, weil sie instinktiv davor zurückscheute, die Vertrautheit zu vertiefen, indem sie die Insel gemeinsam verließen – wie eine Familie nach dem Sommerurlaub.

Sie waren keine Familie. Es hatte jedoch Gelegenheiten gegeben, bei denen sie ein starkes Gefühl der Zusammengehörigkeit verspürt hatte, insbesondere dem Mann gegenüber, der nun neben ihr saß. Diese Empfindung entsprang nicht nur körperlicher Intimität. Manchmal brauchte er sie nur anzusehen, und sie hatte den Eindruck, als würde er sie durch und durch kennen, als hätten sie ein ganzes Leben miteinander verbracht, als existierten keine Geheimnisse zwischen ihnen. Was natürlich lächerlich war. Und auch beunruhigend.

Nur Zachary Lee hatte sie je so angeschaut, allein er verstand sie auch ohne Worte. Aber ihr großer Bruder besaß Kenntnisse über sie, die Adam Cazell nicht hatte. Oder war Adam mit einer erstaunlichen Intuition gesegnet? Als Liebhaber war er jedenfalls äußerst sensibel, was ihre Reaktionen auf ihn betraf.

Rosalie wandte den Blick von den Feiernden ab und richtete ihn auf den Mann, der ihr gezeigt hatte, wie viel Freude es bereitete, eine Frau zu sein. Freude, mit ihm zusammen zu sein. Sie mochte ihn – mochte es, ihn anzusehen, mit ihm zu reden, ihn zu berühren, seine männliche Stärke zu spüren. Rebel hatte Recht gehabt. Rosalie war bei ihm sicher. Allerdings war sie nicht sicher vor den Gefühlen, die er in ihr weckte.

„Du musst nicht wirklich abreisen, oder?“ Adams Frage beendete das einträchtige Schweigen zwischen ihnen. „Du hast dich dazu entschieden.“ Er blickte sie prüfend an. „Verrätst du mir, warum?“

„Ich bin länger geblieben, als ich geplant hatte, Adam.“ Wie sollte sie ihm das verwirrende Gefühl erklären, einen wichtigen Teil ihrer Persönlichkeit verloren zu haben.

„Ich weiß.“ Er lächelte wehmütig. „Du bist hergekommen, um ein Bedürfnis zu stillen und die Antwort auf eine Frage zu finden. Das hat nur eine Nacht gedauert.“

Beschämt erinnerte sie sich an ihre ursprüngliche Absicht, ihn zu ihrer eigenen Befriedigung zu benutzen. „Ich dachte, du hättest auch bekommen, was du wolltest.“

„Ein Trostpflaster?“, spottete er.

„Du hast mich als Mensch nicht gekannt“, entgegnete sie.

„Ja, ich wollte dich kennen lernen, Rosalie. Deinen Verstand, dein Herz, deine Seele – nicht nur deinen Körper.“ Er ließ seinen Blick über ihre weiblichen Kurven gleiten, die ihm inzwischen so vertraut waren. „Der sehr schön ist“, fügte er sanft hinzu. „Aber ich habe andere Frauen getroffen, die auf ihre Art ebenso schön waren. Danach habe ich bei dir nicht gesucht. Ich glaube, wir haben einander viel mehr zu geben.“

Als er ihren Verstand, ihr Herz und ihre Seele beanspruchte, geriet sie in Panik. Es war eine Sache, ihm mit dem Körper zu vertrauen, eine andere hingegen war es, sich so tief in eine Affäre mit ihm zu verstricken, dass ihre Selbstständigkeit eingeschränkt wurde, weil sie ihn pausenlos vermisste.

„Es war eine sehr romantische Zeit mit dir, und dafür bin ich dir dankbar, Adam.“

„Aber du möchtest es hier und jetzt beenden.“

„Ja.“ Sie war erleichtert, dass er sie verstand.

„Weil du denkst, dass alles anders wird, sobald wir in den Alltag zurückkehren.“

„Es kann nicht das Gleiche sein. An uns werden dann andere Ansprüche gestellt. Das weißt du, Adam.“

„Unsere gemeinsame Zeit wäre vermutlich recht begrenzt, doch das würde sie mir umso kostbarer machen."

„Und was, wenn ich nicht da bin, wenn du mich bei dir haben willst?" Rosalie zog herausfordernd die Brauen hoch. „Du bist ein Mann, der es gewöhnt ist, zu bekommen, was er will. Wie lange würde es dauern, bis du dich in mein Leben mischst, weil dich die Situation frustriert?"

Er schüttelte den Kopf. „Mir ist klar, dass ich immer nach deiner Arbeit an zweiter Stelle rangieren werde. Würde ich versuchen, den ersten Platz einzunehmen, würde ich dich verlieren. Ich hatte gehofft, wir könnten einen vernünftigen Kompromiss schließen."

„Begreifst du nicht, dass ich nicht zu dir passe?", protestierte sie. „Ich bin nicht besonders gesellig. Ich wünschte nur ..."

Rosalie verstummte erschrocken. Um ein Haar hätte sie sich verraten und eingeräumt, dass sie sich danach sehnte, ihr Verhältnis wider alle Vernunft und trotz all ihrer Verpflichtungen zu verlängern. Wichtigere Verpflichtungen, wie sie sich nachdrücklich sagte. Adam musste nicht gerettet werden, unzählige Kinder hingegen schon.

„Du wünschst dir nur, was wir hier hatten", beendete er den Satz für sie.

„Das ist nicht möglich." Warum, zum Teufel, hatte sie nicht den Mund gehalten?

„Der Ort ist gleichgültig, Rosalie. Es geht darum, wie wir die Zeit miteinander verbringen. Ich versichere dir, ich möchte sie nicht auf belanglosen Partys vergeuden."

„Bitte, hör auf." Sie ertrug den Druck nicht länger. „Ich habe eine Aufgabe. Du passt nicht dazu, Adam."

Er blickte sie eindringlich an. „Ich könnte es, wenn du es mir gestattest ..."

„Nein. Du würdest alles nur für mich tun, und ich will dir nicht verpflichtet sein."

„Ich unterstütze viele karitative Organisationen. Und keine einzige fühlt sich mir gegenüber verpflichtet."

„Es ist lediglich Geld. Du bist nicht persönlich beteiligt."

„Geld beschafft viele nützliche Dinge. Ich könnte alles besorgen, was du in deinen Waisenhäusern brauchst. Du könntest mir davon erzählen ..."

„Und dann wäre ich von dir abhängig."

„Wäre das so schrecklich?"

„Lass mich gehen, Adam. Lass mich einfach gehen."

Es war ein verzweifeltes, gequältes Flehen. Sie riss ihren Blick von seinem los und schaute hinaus aufs Meer, während sie die Knie anzog und sich unbewusst kleiner machte, damit sie sich ihm und seinen Angriffen nicht mehr ausgesetzt fühlte. Ihre Entscheidung war richtig – sie musste richtig sein. All die Jahre, die sie der Rettung bedürftiger Kinder gewidmet hatte, waren ihr wichtiger als jede Zweierbeziehung.

Adam schwieg, aber die Stille brachte keine Erleichterung. Sie zerrte an den Nerven, die vom ständigen Kampf gegen seine Ausstrahlung bereits überreizt waren. Rosalie wurde von bohrenden Zweifeln befallen. Sie hasste die Vorstellung, ihn zu verlassen, während er sich von ihr ausgenutzt fühlte.

Andererseits hatte sie ihm etwas von sich selbst gegeben. Mehr als jedem anderen Menschen. Außerdem war das Verlangen gegenseitig gewesen. Und es war befriedigt worden. Sie hatte also keinen Grund für ein schlechtes Gewissen, als hätte sie ihm weitergehende Rechte auf sich verweigert.

„Was ist mit Cate, Rosalie?", fragte Adam. „Sie hält dich für ihre Freundin. Stößt du sie auch zurück?"

Aus seinem Mund klang es gemein und brutal. „Ich hoffe, ich habe ihr einige positive Aspekte aufgezeigt, Adam. Mehr kann ich nicht tun."

„Mehr willst du nicht tun. Das hast du dir so ausgesucht", konterte er bitter.

Ihre Geduld war erschöpft. Worte sprudelten nur so aus ihr, brachen aus den geheimsten Tiefen ihrer Seele hervor. „Ich habe mir keinen Vater *ausgesucht,* der mich weder kennen lernen noch für mich sorgen wollte. Ich habe mir keine Mutter *ausgesucht,* die kaum besser war als eine Prostituierte und deren Tod einigen ihrer schmierigen Freunde die Chance gab, mich für ihre schmutzigen Geschäfte zu benutzen. Ich habe es mir nicht *ausgesucht,* entführt und in einem Haus eingesperrt zu werden, in dem Kinder von reichen ausländischen Pädophilen …"

„Pädophile!"

Sein unverhohlenes Entsetzen bereitete ihr tiefe Genugtuung und spornte sie zugleich an. „Ich habe es mir nicht *ausgesucht,* mit ansehen zu müssen, was manchen dieser Kinder passiert ist, doch es gab kein Entrinnen, und ich wusste, dass die Reihe irgendwann an mir sein würde. Die Besitzer des Hauses betrachteten mich als einen Schatz, der einen hohen Preis erzielen würde. Sie hoben mich für einen besonderen Kunden auf …"

„Du warst erst sieben!"

„Manche waren noch jünger", rief sie. „Einige starben an ihren Verletzungen. Hätte Zachary Lee damals nicht als Journalist verdeckt ermittelt, den Kinderschänderring aufgedeckt und mich gerettet …"

Rosalie verstummte schaudernd. Sie presste die Lippen zusammen und schloss die Augen, um die Erinnerungen zu verdrängen, die plötzlich auf sie einstürmten. Sie hatte noch nie jemandem davon erzählt. Außer der James-Familie natürlich. Sie wussten alles übereinander. Aber niemand sonst. Und warum sie es ausgerechnet Adam anvertraut hatte … Rosalie schüttelte den Kopf. Wegen des überwältigenden Wunsches, er möge sie verstehen? Sie gehen lassen …

„Es gibt andere Kinder in der Welt … in ähnlichen Verhältnissen." Sie schluchzte leise.

„Schon gut, Rosalie", meinte er tröstend. „Ich weiß jetzt, woher du kommst. Ich weiß, wohin du musst."

„Cate hat dich."

„Ja, sie hat mich." Adam seufzte. „Und wer bin ich, dass ich einem Engel die Flügel beschneiden dürfte?"

Diesmal war das Schweigen zwischen ihnen nicht so drückend, obwohl es von Kummer geprägt war, der sie beide verband. Rosalie spürte Adams Einsamkeit ebenso deutlich wie ihre eigene. Es tat weh. Sie waren einander in den letzten Tagen so nahe gewesen. Es gab jedoch Wichtigeres als sie beide und größeren Schmerz, der gelindert werden musste – um jeden Preis. Wie konnte sie da auch nur in Betracht ziehen, ihre Hilfe einzuschränken und zu nehmen, was dieser Mann ihr bot?

Würde er ihr ein Beistand sein?

Durfte sie darauf vertrauen, dass er sich nicht einmischte oder sie drängte, weniger und weniger zu tun?

Würde der herzzerreißende Kummer, den sie jetzt empfand, sich nicht jedes Mal wiederholen, wenn sie versuchte, die Beziehung zu Adam fortzusetzen?

Besser, es hatte sofort ein Ende. Die Entscheidung war getroffen. Adam hatte sie akzeptiert. Morgen würde sie abreisen und wieder ihr eigenes Leben führen.

Adam gelangte zu dem bedauerlichen Schluss, dass er nichts sagen oder tun konnte, um Rosalie umzustimmen. Ihr Leben basierte auf ihren Erfahrungen als Kind, und ihre Erinnerungen konnten weder ausgelöscht noch gemildert werden. Er durfte gar nicht daran denken, welches Trauma sie durchlitten hatte. Sie würde stets damit leben müssen.

Er fühlte sich unendlich geehrt, dass sie unter allen Männern, die sie hätte haben können, ihn auserwählt hatte, um ihr zu zeigen, dass Sex ein Akt der Liebe und nicht der Gewalt sein konnte, dass es dabei um das Schenken von Freude ging und nicht um brutale, rücksichtslose Eroberung. Er hoffte … nein, er wusste, dass sie das jetzt begriffen hatte und er dadurch ein wenig zum Gleichgewicht zwischen Gut und Böse beigetragen hatte.

Aber sie gehen zu lassen …

Der bloße Gedanke, sie zu verlieren, schnürte ihm das Herz ab. Sein Instinkt drängte ihn, darum zu kämpfen, sie in seinem Leben zu behalten, und sei es auch nur gelegentlich. Er könnte und würde ihr bei ihrer Mission helfen, aber jetzt war nicht der richtige Zeitpunkt, ihr das klarzumachen. Da er nun das Problem und ihr Geheimnis kannte, musste er ihr den geforderten Freiraum lassen, die Freiheit, ihrem Gewissen zu folgen.

Vielleicht war sein Verlangen nach ihr zu stark, um einen Schlussstrich zu ziehen. Vielleicht konnte Rosalie ihn und alles, was sie geteilt hatten, hinter sich lassen. Doch Adam konnte es einfach nicht glauben. Die Wege des Schicksals waren verschlungen. Er war überzeugt, dass sie füreinander bestimmt waren, dass er der richtige Mann für sie war und sie die richtige Frau für ihn, dass sie sich wieder treffen würden, weil es noch nicht genug war. Für keinen von ihnen.

Etwas Zeit war ihnen geblieben. Adam überlegte fieberhaft, wie er das Schweigen brechen und wieder zu ihr durchdringen könnte, um sie für diese letzte Nacht auf Tortola zurückzugewinnen. Ihre Körpersprache verriet, dass sie sich in ihr Schneckenhaus zurückgezogen hatte, vermutlich aus Schock, weil sie sich ihm so rückhaltlos geöffnet hatte.

Ob sie je einem anderen ihre Vergangenheit anvertraut hatte?

Nein. Adam war in diesem Punkt absolut sicher. Allein die Intensität ihrer Beziehung hatte sie bewogen, ihre Geheimnisse zu offenbaren, und so eng war sie noch nie mit jemandem verbunden gewesen. Er musste das Band zu ihr wieder aufnehmen und verstärken.

„Danke, dass du es mir erzählt hast, Rosalie“, sagte er.

Sie saß wie versteinert da und starrte blicklos aufs Meer.

„Du hast mein Ehrenwort, dass nie jemand diesen Teil deines Lebens von mir erfahren wird. Er ist sicher.“

Seufzend wandte sie den Kopf und lächelte traurig. „Sicher“, wiederholte sie. „Ich habe nicht einmal an … Klatsch gedacht.“

„Das brauchst du auch nicht. Es wird keinen geben.“

„Ich schätze, ich muss dir trauen."

„Das kannst du. Du hast mir bereits vertraut, und zwar mit mehr als nur Worten. Dass du dich mir geschenkt hast, ist mir überaus kostbar. Und das ist ebenfalls etwas völlig Privates, es gehört nur uns."

Tränen schimmerten in ihren Augen. „Danke, Adam."

„Nimm meine Hand."

Nach kurzem Zögern legte sie ihre Finger in seine und gestattete ihm erneut Körperkontakt. Die Verbindung fühlte sich zerbrechlich und unsicher an, trotzdem schwang etwas Vertrauensvolles darin mit, der Glaube, dass er ihr nichts Böses wollte und alles in seiner Macht Stehende tun würde, um ihr nicht zu schaden.

„Sobald du morgen abgereist bist, werde ich Cate erklären, dass du nur aus Sorge um das Verhaltnis zwischen ihr und mir hergekommen bist und uns nun beruhigt wieder allein lassen konntest. Ich werde ihr taktvoll begreiflich machen, dass es nie etwas … Dauerhaftes sein sollte."

Adam spürte, wie Rosalie den Druck ihrer Finger verstärkte, ein instinktiver, unterbewusster Protest gegen die Trennung und ein Beweis für ihr Schwanken zwischen vergangenem Verlangen und gegenwärtigen Wünschen.

„Ich weiß das zu schätzen. Richte ihr aus, dass es mir leidtut, falls ich Erwartungen geweckt habe, die ich nicht erfüllen kann."

Er nickte und strich mit dem Daumen über ihr Handgelenk. „Lass uns das Thema beenden und unseren letzten Abend genießen. Okay?"

Rosalie atmete erleichtert auf und lächelte. „Das wäre schön."

Rosalie bemühte sich, ihren Kummer zu verbergen, während die Strandparty weiter tobte. Cate unterbrach gelegentlich das Tanzen und kam herüber, um sich frische Diätcola zu holen und von neuen Bekannten zu berichten.

Zwischen den kurzen Besuchen seiner Tochter versuchte Adam

sein Bestes, um Rosalie mit amüsanten Inselgeschichten zu unterhalten. Er erwähnte, dass die Bevölkerung englische Gepflogenheiten als völlig normal betrachtete, wie beispielsweise das Fahren auf der linken Straßenseite – und zwar in amerikanischen Autos, die für den Rechtsverkehr konstruiert waren. Dann wies er sie auf die bandagierten Touristen hin, die man mitunter beim Einkaufsbummel in der Stadt beobachten konnte. Es handelte sich hierbei um Patienten einer exklusiven Klinik auf der Insel, die sich auf diskrete Faceliftings spezialisiert hatte.

Die Zeit verging wie im Flug, bis Cate bereit zum Aufbruch war. Die Heimfahrt zur Villa schien allzu kurz. Der familiäre Teil der Nacht war vorbei, als Cate erklärte, völlig erschöpft zu sein und gleich ins Bett zu wollen. Rosalie blieb mit Adam allein zurück und dachte beklommen daran, wie sie die letzten Nächte verbracht hatte. Einerseits sehnte sie sich verzweifelt nach der Intimität, andererseits scheute sie davor zurück, nachdem sie vorhin die Beziehung beendet hatte.

Adam hielt wieder ihre Hand, diesmal wirkte die Geste jedoch eher freundschaftlich als erotisch. Vielleicht hatte sie sein Verlangen nach ihr getötet, indem sie ihm die Schrecken ihrer Kindheit geschildert hatte. Oder vielleicht spürte er auch, dass sie sich innerlich von ihm entfernt hatte. Sie befreite ihre Finger aus seinem Griff, um in ihr Zimmer zu flüchten und eine weitere Diskussion zu vermeiden.

Er wandte sich ihr zu, ergriff erneut ihre Hand und die andere dazu und legte sich die Handflächen auf die Brust. Dort hielt er sie fest und zwang sie, die Wärme seines Körpers und das Klopfen seines Herzens zu fühlen. „Rosalie …“

Gequält sah sie ihn an. Das Begehren in seinem Blick und sein bittender Tonfall waren unmissverständlich.

„Würdest du diese Nacht mit mir … Würdest du mir diese Nacht schenken?“

In den vorigen Nächten war sie regelmäßig in ihr Zimmer zurückgekehrt, weil er nicht den Eindruck gewinnen sollte, es handele sich um eine dauerhafte Affäre, und weil sie Zeit für sich gebraucht hatte. Aber nun war es vorbei. Wenn sie jetzt bei ihm bliebe, wäre es nicht unaufrichtig oder irreführend. Außerdem wünschte sie sich eine letzte schöne Erinnerung, die sie mitnehmen konnte.

„Ja, Adam“, flüsterte sie zärtlich.

Er schloss sie in die Arme. Sie schob die Finger durch sein dichtes Haar und genoss es, ihn zu berühren. Ihre Lippen trafen sich zu einem Kuss, der jegliche Traurigkeit verdrängte und dem Zauber, mit diesem Mann zusammen zu sein, neues Leben einhauchte.

Arm in Arm gingen sie in seine Suite, wo sie einander langsam entkleideten und die erotischen Wonnen des Gebens und Nehmens auskosteten.

„Diesmal ist es kein Sex, Rosalie“, raunte Adam, während er ihre Nase, Schläfen und Lider küsste. „Diesmal ist es ein Liebesakt.“

Sie erkannte die Wahrheit, als er von ihrem Mund Besitz ergriff und sich ihr Körper ihm instinktiv entgegendrängte. Sie mochte Adam Cazell nicht nur, sondern liebte alles an ihm und wollte, dass er es spürte und merkte, dass er nicht nur eine „Erfahrung“ für sie war. Dies war ihr Abschiedsgeschenk für ihn, und sie gab vorbehaltlos – mit ihrem Körper, ihrem Herzen und ihrer Seele.

Als er in sie eingedrungen war, hielt er inne, damit sie beide die Vereinigung genießen konnten.

Rosalie schaute ihm tief in die Augen. „Du wirst immer ein Teil von mir sein, Adam.“

„Und du von mir“, erwiderte er.

Diese Wahrheit nahm sie mit sich, als sie am nächsten Tag von Tortola abflog. Sie tröstete sie in den folgenden Tagen, Wochen und Monaten. Egal, wie beschäftigt sie auch war, egal, wie engagiert sie sich um bedürftige Kinder kümmerte …

Sie konnte Adam Cazell nicht vergessen.

11. KAPITEL

Rosalie war gerade in das Apartment in Mayfair zurückgekehrt und räumte die Spiele ein, die sie gekauft hatte, als das Telefon läutete. Es waren allesamt Spiele, die sie bei Adam und Cate auf Tortola kennen gelernt hatte, und da sie demnächst eine Reise nach Kambodscha plante, hatte sie gedacht, die Kinder dort würden sich über ein paar neue Sachen freuen.

„Rosalie James", meldete sie sich am Apparat. Ihre Gedanken kreisten um die traumhaften Nachmittage auf der Veranda und den Spaß, den sie bei den Brettspielen gehabt hatten. Cate hatte mit ihrem Vater verbissen um den Sieg gekämpft und zugleich Rosalie, die die Regeln nicht so gut kannte, liebevoll geholfen.

„Hier ist Rebel. Ich habe dich seit einer Ewigkeit nicht mehr gesehen."

Nicht seit dem Tag, als Rosalie Adam auf Davenport Hall begegnet war.

„Ich war selten hier", entschuldigte Rosalie sich.

„Komm doch morgen zum Lunch. Es ist der letzte Tag von Celestes Herbstferien, und sie würde dich auch gern wiedersehen."

Celeste war Cates beste Freundin. War dies ein Trick, um ein Treffen zu arrangieren? Rosalie erinnerte sich daran, wie ihre Schwester sie gedrängt hatte, die Bekanntschaft mit den Cazells zu vertiefen.

„Hat Celeste jemanden mit nach Hause gebracht?", erkundigte sie sich vorsichtig.

„Nein. Wir sind ganz unter uns. Ich würde dir keine anderen Gäste zumuten", fügte Rebel eingedenk Rosalies Menschenscheu hinzu. „Okay?"

„Okay. Es wäre nett, die Jungen wiederzusehen."

„Ich schicke dir den Rolls vorbei. Neun Uhr?"

„Fein."

Ein Familientag ... Versonnen legte Rosalie den Hörer auf. Sie war immer gern auf Davenport Hall gewesen, und es wäre albern, auf Besuche dort zu verzichten, weil sie die Umgebung unweigerlich an das erinnern würde, was sie zurückgewiesen hatte. Es gab ohnehin unzählige Souvenirs, sogar die Spiele, die sie gekauft hatte, gehörten dazu.

In mehreren Telefonaten seit Rosalies Rückkehr von Tortola hatte Rebel Adam nur einmal erwähnt und sich beiläufig erkundigt, ob er lästig gefallen sei, nachdem sie ihm die Nummer des Apartments verraten hatte. Rosalie hatte ihrer Schwester versichert, dass er sich wie ein richtiger Gentleman benommen und sich ihr nicht aufgedrängt hätte. Sie hatte sich sogar entschuldigt, weil sie Rebels Urteil über ihn angezweifelt hatte. Bei ihm war sie in der Tat sicher gewesen.

Es waren keine Klatschgeschichten über sie veröffentlicht worden. Adam hatte nicht versucht, sie von ihrer Entscheidung abzubringen. Er hatte weder Kontakt mit ihr aufgenommen noch zufällige Treffen herbeigeführt. Vor ihrer Abreise hatte er ihr lediglich eine seiner Visitenkarten in die Hand gedrückt, für den Fall, dass sie ihn je anrufen wollte – egal, aus welchen Gründen.

Es bestand allerdings die Möglichkeit, dass Cate Celeste von Rosalies Besuch auf Tortola erzählt hatte, und falls Rebel darüber informiert war … Würde sie die Verabredung zum Lunch dazu nutzen, Näheres zu erfahren?

Rosalie atmete tief durch. Was, wenn das Thema Adam angeschnitten wurde? Sie könnte es schnell abwenden, und Rebel würde nicht riskieren, sich auf gefährliches Terrain vorzuwagen.

Wie sich jedoch herausstellte, erwähnten weder Celeste noch Rebel die Cazells. Rosalie wurde auf Davenport Hall herzlich begrüßt. Alle freuten sich, sie zu sehen. Geoffrey und Malcolm verlangten sofort, dass sie mit ihnen spielte, und schleppten sie nach einem gemütlichen Morgentee in den Kinderflügel, wo Daddy eine prachtvolle Autorennbahn aufgebaut hatte.

Beim Lunch bestürmte Celeste sie mit Fragen über die neuesten Modetrends für den nächsten Winter.

Rosalie wurde unwillkürlich an Cates Schlankheitswahn erinnert. Sie hoffte inständig, dass Adams Tochter inzwischen eine ausgewogenere Diät befolgte. Ihr fiel auf, dass Celeste sich zum Dessert ein großes Stück Käsekuchen mit Erdbeeren gönnte – allerdings hatte ihre Adoptivnichte in Rebel eine äußerst vernünftige Mutter, die ihren Kindern keine Flausen gestattete.

„Wie geht es deiner Freundin Cate Cazell?" Die Frage war heraus, ehe Rosalie es verhindern konnte.

„Cate? Fabelhaft! Sie hat bei unserem letzten Hockeyturnier das Siegtor geschossen", erklärte Celeste begeistert.

„Wie schön für sie." Die Erkenntnis, dass sie offenbar in kein Wespennest gestochen hatte, ermutigte sie, ihre Neugier zu befriedigen. „Als ich sie am Anfang der Sommerferien hier traf, hatte ich das Gefühl, sie wäre mit sich selbst nicht recht glücklich", begann sie vorsichtig.

Celeste zuckte die Schultern. „Cate fand, dass ihre Eltern sich nicht genug um sie kümmern würden. Das scheint sich mittlerweile gelegt zu haben."

„Das freut mich. Hat sie diese Ferien auch mit ihrem Vater verbracht?"

„Nein, er ist in Hongkong. Aber sie hatte viele Pläne mit ihrer Mutter und ist zu ihr nach London gefahren."

„Gut."

Celeste wandte sich an Hugh und erkundigte sich, wann er sie nach Roedean zurückbringen wolle. Rosalie schalt sich im Stillen, weil sie sich noch immer den Cazells verbunden fühlte. Adam war am anderen Ende der Welt und ging seinen Geschäften nach. Cate hatte eine Mutter, die den Bedürfnissen ihrer Tochter jetzt offenbar mehr Beachtung schenkte. Die Rolle, die Rosalie in Adams und Cates Leben gespielt hatte, war vorbei.

Warum, um alles in der Welt, war sie dann so deprimiert? Sie hatte sich entschlossen, allein zu bleiben. Es war leichter, ihre freiwilligen Pflichten unabhängig von anderen zu erfüllen. Ohne Verpflichtungen. Ohne jemandem etwas zu schulden.

Eigentlich hätte sie sich freuen müssen, dass sie zumindest für Cate etwas Gutes erreicht hatte. Adam hatte sich jedenfalls auf der Insel als fürsorglicherer und aufmerksamerer Vater erwiesen, und … wie war der Name seiner Exfrau? Sie war mit dem Unterhausabgeordneten Gerald Mayberry verheiratet. Sarah … ja, so hieß sie. Sarah war offenbar von Adam über ihre mütterliche Verantwortung aufgeklärt worden.

Es gab also keinen Grund, darüber traurig zu sein.

Nichtsdestotrotz war Rosalie froh, die Rückkehr in ihr einsames Apartment hinauszögern zu können, als Rebel sie aufforderte, noch ein wenig zu bleiben und ihr Gesellschaft zu leisten, während Hugh Celeste ins Internat zurückbrachte. Ihre Schwester war stets gut gelaunt, und jede Unterhaltung war Rosalie momentan lieber als Schweigen.

Während sie die Jungen badete und fürs Bett fertig machte, kreisten ihre Gedanken um Adams Bemerkung über ein eigenes Kind. Geoffrey und Malcolm waren einfach süß, und Rebel vergötterte sie. Auf Rosalies Vorhaltungen, sie habe noch mehr Kinder in eine ohnehin überbevölkerte Welt gesetzt, hatte ihre Schwester erklärt, sie erziehe ihre Söhne zu sozialem Verantwortungsbewusstsein, und davon könne es auf der Welt nicht genug geben.

„Was passiert, wenn du stirbst, Rosalie?“, hatte Rebel zudem gekontert. „Wer wird dein Werk fortführen? Wir hatten großes Glück, ein Teil der James-Familie zu sein. Meinst du nicht, dass das, was uns widerfahren ist, weitergegeben werden sollte?“

Beständigkeit …

Sie war wichtig.

Es hatte allerdings nie einen Mann für Rosalie gegeben, bei dem sie je eine Ehe und eine eigene Familie in Betracht gezogen hätte. Und es war sinnlos, jetzt Adam mit dieser Idee in Verbindung zu bringen. Zu spät …

Nachdem sie die Jungen ins Bett verfrachtet hatten, gingen die

Schwestern wieder hinunter. „Was immer du zu Adam Cazell über Cate gesagt hast, es hat etwas bewirkt“, stellte Rebel zufrieden fest. „Sie ist nicht mehr in Gefahr.“

„Ich hoffe es.“

„Und was ist mit dir, Rosalie? Macht es dich noch immer glücklich, durch die Welt zu reisen und überall Gutes zu tun?“

„Es ist lohnend.“

Rebel seufzte. „Ich finde, du hättest Adam Cazell eine Chance einräumen sollen. Ich mochte ihn.“

„Hm …“

„Okay, okay, ich habe versprochen, dir niemanden aufzudrängen, und daran halte ich mich. Lass uns die Nachrichten ansehen, während wir auf Hugh warten. Er müsste pünktlich zum Dinner wieder hier sein.“

Sie begaben sich ins Fernsehzimmer und machten es sich gemütlich, nachdem Rebel ihnen Sherry eingeschenkt hatte. Das Fernsehprogramm sorgte für Ablenkung, so dass ein Gespräch überflüssig war. Rosalie trank nur selten Alkohol, doch an diesem Abend erwog sie ernsthaft, ihren Kummer zu betäuben. Wegen Trunkenheit am Steuer brauchte sie sich nicht zu sorgen. Hughs Chauffeur würde sie sicher nach Hause bringen.

Die Nachrichtenthemen rauschten an ihr vorbei, bis Rebel leise aufschrie. „Oh nein!“

Auf dem Bildschirm erschien das Wrack einer Luxuslimousine. „Was ist passiert?“, fragte Rosalie.

„Hör zu“, befahl ihre Schwester.

„… der Unterhausabgeordnete und seine Gattin Sarah wurden sofort ins Krankenhaus transportiert, wo man nur noch ihren Tod feststellen konnte. Mrs. Mayberrys Tochter wurde früher am Abend in ihr Internat gebracht und wartet dort nun auf ihren Vater, den bekannten englischen Millionär Adam Cazell, der zum Unfallzeitpunkt in Hongkong weilte …“

„Cate!“ Rosalie sprang auf und verschüttete dabei ihren Sherry.

„Sie weiß sicher schon vom Tod ihrer Mutter und hat jetzt niemanden bei sich."

„Die Schulleiterin hat sie gewiss unter ihre Fittiche genommen. Hoffentlich sieht sie diese Bilder nicht. Schau dir den Wagen an ..." Schockiert schüttelte Rebel den Kopf.

Rosalie versuchte, sie aus ihrer Lethargie zu reißen. „Sie hat gerade ihre Mutter verloren. *Ihre Mutter,* Rebel! Du weißt, wie man sich da fühlt. Glaubst du tatsächlich, eine Rektorin könnte ihr geben, was sie braucht? Der Flug von Hongkong hierher dauert fast vierzehn Stunden. Adam ist frühestens morgen Vormittag bei ihr."

Rebel blickte sie verwirrt an. „Was können wir tun, Rosalie? Wir sind nicht mit ihr verwandt."

„Wir sind Freunde. Mitfühlende Freunde. Sie ist gern hier. Wir können sie herbringen. Cate muss Menschen um sich haben, die sich um sie kümmern. Die auf sie aufpassen ..."

Rebel stand auf. Sie nahm Rosalie das Glas ab, stellte es beiseite und packte sie bei den Schultern. „Hör auf. Wir haben kein Recht ..."

„Adam wird mir seine Erlaubnis geben." Sie befreite sich aus Rebels Umklammerung und eilte ins Wohnzimmer, wo ihre Handtasche lag. „Ich werde ihn sofort anrufen."

Ihre Schwester folgte ihr protestierend. „Wie, um alles in der Welt, willst du ihn in Hongkong erreichen? Oder im Flugzeug, falls er bereits auf dem Heimweg sein sollte?"

„Adam hat mir eine Nummer gegeben, unter der ich ihn zu jeder Zeit, an jedem Ort und aus jedem Grund anrufen kann." Sie suchte in ihrer Brieftasche nach der Karte. „Cate darf heute Abend nicht allein gelassen werden."

„Rosalie ... Du kennst den Mann doch kaum."

„Ich kenne ihn." Sie warf Rebel einen ungeduldigen Blick zu. „Du sagtest, ich solle ihm eine Chance einräumen, und das habe ich getan. Ich habe einige Tage mit ihm und Cate auf einer Karibikinsel verbracht ..."

Rebel blieb vor Überraschung der Mund buchstäblich offen stehen.

„… und kann nicht tatenlos abwarten, wenn Adam nicht für sie da ist."

„Richtig." Rebel klappte den Mund wieder zu. „Ruf ihn an. Ich helfe dir."

Endlich hatte Rosalie die Karte gefunden und lief damit in die große Halle, wo das nächste Telefon stand. Mit klopfendem Herzen wählte sie die Nummer, ohne auch nur einen Gedanken daran zu verschwenden, dass sie damit die Beziehung zu den Cazells wieder aufleben ließ. Stattdessen erinnerte sie sich allzu lebhaft, wie verstört, verloren und einsam sie gewesen war, als man sie über den Tod ihrer Mutter informiert hatte. Niemand hatte damals ihre Hand gehalten oder sie in die Arme geschlossen, um ihr ein wenig Sicherheit zu vermitteln. Sie war allein gewesen …

„Adam Cazell …" Er klang angespannt.

„Hier ist Rosalie, Adam."

„Rosalie …" Der Kummer in seiner Stimme beschwor den Trennungsschmerz herauf, das Verlangen, bei ihm zu sein.

„Ich bin auf Davenport Hall", erklärte sie rasch. „Ich möchte Cate abholen, hierher bringen und bei ihr bleiben, bis du eintriffst. Vielleicht braucht sie mich, Adam."

„Ja." Seine Erleichterung war unüberhörbar. „Ich habe vorhin mit ihr gesprochen. Sie ist völlig verzweifelt, Rosalie." Er seufzte. „Danke, dass du an sie gedacht hast."

Ihr Magen krampfte sich zusammen. Sie dachte auch an ihn, Adam, wollte mit ihm zusammen sein, ihn sehen und berühren. Trotzdem konzentrierte sie sich auf das Notwendige. „Würdest du die Schulleiterin informieren und alles regeln?"

„Selbstverständlich."

„Bist du noch in Hongkong?"

„Nein. Ich bin sofort abgereist, als ich die Nachricht erhielt. Momentan sitze ich in einer Maschine nach London."

„Komm nach der Landung sofort her. Hier ist es für euch beide ruhiger."

Er war ein bekannter Mann. Genau wie Cates Stiefvater. Die Reporter würden sie belagern. Rosalie sorgte sich nicht um sich selbst, sondern um Cate. In erster Linie galt es, das Mädchen zu trösten und vor den Medien zu schützen.

„Ja." Adam begriff sofort, worauf sie anspielte. „Danke. Und richte bitte Rebel und Hugh meinen Dank aus."

„Gern."

„Rosalie ..." Allein die Art, wie er ihren Namen aussprach, rührte sie zu Tränen. „Es ist mir eine große Hilfe, zu wissen, dass du bei Catie bist."

Dass er seine Tochter Catie statt Cate nannte, verriet seine grenzenlose Liebe.

„Ich werde gleich mit ihr telefonieren", fuhr er fort, „und ihr sagen, dass du kommst. Es wird ihr viel bedeuten."

Sie wusste, dass es auch ihm viel bedeutete. Der Schlussstrich, den sie auf Tortola gezogen hatte, war ausradiert, und nun gab es kein Zurück mehr zu getrennten Wegen. Aber daran mochte sie jetzt nicht denken. Im Moment war schnelles und wirksames Handeln gefordert. Und Mitgefühl.

Rosalie räusperte sich. „Ich fahre gleich los. Pass auf dich auf, Adam", setzte sie leise hinzu.

Mit tränenfeuchten Augen legte sie den Hörer auf und wandte sich zu Rebel um, die zumindest Rosalies Teil des Gesprächs mit angehört hatte. „Würdest du euren Chauffeur bitten, den Rolls vorzufahren?"

Rebel nickte. „Natürlich. Ich werde außerdem Hugh über sein Autotelefon anrufen. Er soll sofort umkehren und dich zu Cate bringen, sobald wir dort eintreffen. Der Earl of Stanthorpe stößt nie auf Widerstand. Ach ja ... Sag Mrs. Tomkins und Brooks, was wir vorhaben. Sie können auf die Jungen aufpassen. Außerdem muss ein Zimmer für Cate hergerichtet werden – und für Adam, falls er bleiben möchte."

Sie griff nach dem Telefon, während Rosalie sich beeilte, die Anweisungen auszuführen. Zum Glück war ihre Schwester wieder zur Vernunft gekommen. Die Haushälterin und der Butler von Davenport Hall ließen sich durch einen Notfall nicht aus der Ruhe bringen. Innerhalb von zehn Minuten saßen Rebel und Rosalie im Fond des Rolls-Royce und waren unterwegs nach Roedean.

Die erste halbe Stunde der Fahrt nach Sussex legten sie schweigend zurück. Rosalie nutzte die Zeit, um sich in Cate hineinzuversetzen. Das Mädchen hatte die letzten Tage mit seiner Mutter verbracht und sich von ihr verabschiedet, ohne zu ahnen, dass es für immer sein würde.

Rebel wandte sich ihr zu. „Möchtest du über deine Beziehung zu den Cazells reden, Rosalie?“ erkundigte sie sich sanft.

„Nein.“ Es war zu persönlich, zu intim, und außerdem wusste sie nicht, wie es enden würde. „Ich muss mir erst selbst darüber klar werden, Rebel“, fügte sie entschuldigend hinzu.

Ein kurzes Nicken, dann herrschte wieder Schweigen.

Rosalie dachte an die Worte, die sie in ihrer letzten gemeinsamen Nacht zu Adam gesagt hatte. *Du wirst immer ein Teil von mir sein. Und du von mir,* hatte er geantwortet.

Selbst wenn die halbe Welt zwischen ihnen lag, war die räumliche Entfernung nebensächlich. Ebenso wie die Zeit, die seit Tortola verstrichen war. Als sie vorhin mit ihm telefoniert hatte, war es wie damals gewesen – ihre Herzen und Seelen befanden sich in einem Einklang, der mit Logik oder Vernunft nicht zu erklären war. Sie waren zwei Hälften eines Ganzen, und irgendwo, irgendwie gab es eine Zukunft für sie.

Doch die musste warten.

Im Augenblick war Cate wichtiger.

12. KAPITEL

Rosalie ging ohne Zögern ins Wohnzimmer der Schulleiterin, wo Cate auf sie wartete. Man hatte sie vorgewarnt, dass Adams Tochter unter Schock stehe. Außer mit seinem Vater hatte das Mädchen kein Wort gesprochen. Es hatte nichts gegessen und keine Träne vergossen.

Dies hatte man Mr. Cazell mitgeteilt, als er angerufen hatte, um zu veranlassen, dass seine Tochter der Obhut von Miss Rosalie James anvertraut wurde. Er hatte nicht gewollt, dass Cate gestört oder von einem Arzt behandelt wurde. Sie sollte Miss James begleiten, die sich auf dem Anwesen des Earls of Stanthorpe um sie kümmern würde.

Rosalie ließ sich nicht anmerken, welche Verantwortung auf ihren Schultern lastete. Sie schloss leise die Tür hinter sich in der Gewissheit, dass Rebel alles für die Abreise aus Roedean vorbereitete, kurz mit Celeste sprach, Cates Sachen packte und nach unten brachte. Rebel würde mit Hugh in seinem Wagen heimfahren, während Rosalie und Cate den Rolls nehmen sollten. Zuvor galt es allerdings die unsichtbare Mauer zu durchdringen, die Cates Unterbewusstsein errichtet hatte, um das Unerträgliche fernzuhalten.

Das Mädchen saß am Fenster und starrte blicklos in die Nacht hinaus. Für eine traumatisierte Seele war Dunkelheit besser als Licht. Sie verbarg gnädig, was man nicht sehen wollte. Rosalie wusste dies durch ihre Arbeit mit geretteten Kindern, die zu verstört waren, um zu begreifen, dass ihnen keine Gefahr mehr drohte.

Sie war jedoch überzeugt, dass sich zwischen Cate und ihr ein Vertrauensverhältnis entwickelt hatte. Die Harmonie, die sie früher verbunden hatte, war genauso wenig geschwunden wie das Band zwischen Adam und ihr. Als sie den Raum durchquerte, nahm sie einen Stuhl und platzierte ihn in rechtem Winkel zu Cates, nahe genug, um sie zu berühren, aber nicht direkt gegenüber, was als Bedrohung empfunden werden könnte. Das Mädchen reagierte nicht auf sie, weder durch einen Blick noch durch ein Wort.

„Cate, ich bin es, Rosalie", begann sie ruhig, nachdem sie sich gesetzt hatte. „Es tut mir sehr leid um deine Mutter. Ich weiß, dass du die letzten Tage bei ihr verbracht hast, und hoffe, es war eine schöne Zeit für dich."

Das Mädchen presste die Lippen zusammen und schluckte.

„Ich hoffe, es war so schön wie nie", fuhr Rosalie fort.

Cate drehte abrupt den Kopf. Grenzenloser Schmerz spiegelte sich in ihren Augen. „Sie ist tot. Ich werde sie nie wiedersehen."

„Ich weiß." Sie nahm behutsam eine Hand des Mädchens und streichelte sie sanft, um die Spannung abzubauen. „Ich weiß, dass du jetzt nur noch Erinnerungen an deine Mutter hast. Damit kann man zwar nicht die Lücke füllen, die sie hinterlassen hat, aber du weißt, dass sie dich geliebt hat und stets nur das Beste für dich wollte. Diese Erinnerung musst du hüten, denn sie ist sehr kostbar. Es wäre der größte Beweis für deine Liebe, wenn du danach streben würdest, ein guter Mensch zu sein – eine Tochter, auf die sie stolz gewesen wäre."

Tränen schimmerten in ihren Augen. „Ich habe es nicht gesagt, Rosalie. Ich habe ihr nicht gesagt, dass ich sie liebe."

„Dein Lächeln, dein Lachen, das Glück in deinen Augen, dein Abschiedskuss … all das hat deiner Mutter gezeigt, wie sehr du sie liebst. Sie wusste es, Cate. Glaub mir. Dafür brauchte sie keine Worte."

„Dieses Mal hat sie mir zugehört. Wirklich. Aber ich habe ihr nicht gesagt, wie viel es mir bedeutet hat, endlich …" Sie schluchzte auf.

„Endlich ein echter Teil ihres Lebens zu sein?", beendete Rosalie den Satz für sie und schüttelte dann den Kopf. „Auch ihr hätte es viel bedeutet, ein echter Teil deines Lebens zu sein. Manchmal stürzen wir uns in so viele Aktivitäten, dass das eine besondere Band, das wir eigentlich am meisten schätzen sollten, in den Hintergrund gedrängt wird. Aber es ist nicht verloren, dazu ist es viel zu stark.

Und wenn es wieder auftaucht, ist es für euch beide wundervoll, Cate. Darüber muss man nicht reden, es ist einfach da."

Tränen rannen ihr über die Wangen. „Fühlst du dieses Band auch zu mir und Daddy?"

„Ja", erwiderte sie aufrichtig. „Und ich bin hier, Cate. Um dich anstelle deines Vaters zu trösten, während er zu dir zurückfliegt." Sie nahm die andere Hand und drückte sie leicht. „Willst du mich nach Davenport Hall begleiten?"

Cate nickte.

Rosalie stand auf und zog Cate auf die Füße. Das Mädchen schwankte ein wenig, und Rosalie schloss sie fest in die Arme. Der schmale Körper sank gegen sie, zwei Arme legten sich um ihre Taille. Geduldig streichelte Rosalie Cates Haar und Rücken, während das Mädchen an ihrer Schulter weinte.

Irgendwann verwandelte sich das Schluchzen zu bebenden Seufzern. „Weiß Daddy, dass ich auf Davenport Hall bin?", fragte sie atemlos.

„Ja. Er kommt direkt vom Flughafen dorthin, Cate."

Noch ein tiefer Seufzer. „Dann können wir jetzt gehen, Rosalie."

Sie brachen unverzüglich auf. Hugh und die Schulleiterin halfen ihnen in den Rolls. Rebel stand neben dem Jaguar und wartete darauf, mit ihrem Mann vorauszufahren. Sie hob aufmunternd den Daumen, um zu versichern, dass alles bei ihrer Ankunft bereit sein würde.

Als sie unterwegs waren, ermunterte Rosalie Cate zu einem genauen Bericht über die Ferien bei ihrer Mutter. Reden war das beste Ventil für aufgestaute Gefühle, und sobald sich die unvermeidlichen Selbstvorwürfe wieder einstellten, wollte Rosalie beschwichtigend eingreifen.

Der plötzliche Verlust war schlimm genug. Die Erkenntnis, um all die kommenden Jahre betrogen worden zu sein, war nur schwer zu verkraften. Aber Cate durfte keinesfalls einen Schuldkomplex entwickeln, und deshalb konzentrierte Rosalie sich ganz auf die positiven Erlebnisse während der Ferien und führte dem Mädchen vor Augen, wie glücklich es sich schätzen könne, der Mutter wieder nahegekommen zu sein.

Als sie Davenport Hall erreichten, hatte die Erschöpfung gesiegt. Rebel geleitete sie hinauf in das Zimmer, das für Cate hergerichtet worden war. Das Mädchen war viel zu müde, um noch etwas zu essen, und begnügte sich mit einem Becher heißer Schokolade. Rosalie brachte Cate ins Bett, setzte sich zu ihr und hielt ihre Hand. Sie redeten weiter, doch nur in Halbsätzen … flüchtige Gedanken, tröstende Beteuerungen. Irgendwann schlief Cate ein.

Rebel hatte einen großen Ohrensessel und einen Hocker neben das Bett gerückt und Kissen und eine Decke bereitgelegt, damit Rosalie es sich bequem machen konnte. Auf einem Servierwagen standen Thermosbehälter mit Suppe und heißer Schokolade sowie Butter, Toast und frisch gebackene Muffins. Rosalie betrachtete die Auswahl, verspürte jedoch keinen Appetit. Sie ließ sich im Sessel nieder, fest entschlossen, in der Nacht ein Auge auf Cate zu haben.

Adam würde am Vormittag eintreffen.

Weiter wollte sie jetzt nicht denken.

Es ist wegen Cate, sagte Adam sich immer wieder. Er durfte nicht mehr in Rosalies Mitgefühl hineininterpretieren. Sie hatte irgendwie von seinem Aufenthalt in Hongkong erfahren und sofort daran gedacht, dass seine Tochter allein und in Not war.

Der Himmel allein mochte wissen, wie vielen traumatisierten Kindern sie im Lauf der Jahre geholfen hatte. Er war ihr zutiefst dankbar, dass sie Cate in den schrecklichen Stunden nach Sarahs Tod zur Seite gestanden hatte. Es waren der falsche Zeitpunkt und der falsche Ort, um sie in seinem Sinne zu beeinflussen. Das durfte er nicht.

Seit Tortola waren jedoch Monate – endlose, leere Monate – verstrichen, und dies war für ihn die erste Gelegenheit, um … nein, das durfte er nicht!

Von den besten Vorsätzen beseelt, kam er auf Davenport Hall an. Kaum hatte der Wagen gehalten, stieg Adam aus und wies den Chauffeur der firmeneigenen Limousine an, auf weitere Instruktionen zu warten.

Als er die Stufen zum Portal hinaufeilte, wurde eine der hohen Eingangstüren vom Butler geöffnet. Der ältere Mann nickte ihm würdevoll zu. „Guten Morgen, Sir."

„Guten Morgen", erwiderte Adam.

Obwohl es erst halb acht war, hatte offenbar jemand nach ihm Ausschau gehalten, um ihn dann schnellstmöglich zu seiner Tochter zu bringen. Diese Fürsorge bestätigte ihn in seinem Urteil über die Davenports als freundliche, großzügige Menschen.

Rebel stand in der großen Halle. „Adam", begrüßte sie ihn rasch. „Sie haben es erstaunlich schnell geschafft."

„Das ist der Vorteil, wenn man eine Fluglinie besitzt."

„Brooks, bitte kümmern Sie sich um Mr. Cazells Chauffeur."

„Gewiss, Mylady."

Sie nahm Adams Arm und führte ihn zu der breiten Treppe am Ende der Halle. „Cate schläft noch. Rosalie hat die ganze Nacht an ihrem Bett gesessen, für den Fall, dass sie Trost braucht, aber der Schlaf war tief und friedlich. Die beiden haben sich lange unterhalten, und ich glaube, das Reden hat Cates Kummer gelindert." Sie blickte ihn mitfühlend an. „Es tut mir sehr leid um ihre Mutter, Adam. Welch schreckliches Ende."

„Und zwar zum denkbar ungünstigsten Zeitpunkt", meinte er leise. „Ich habe mit Sarah über Cates Bedürfnis nach mehr Aufmerksamkeit ihrerseits gesprochen, und Cates Äußerungen zufolge hat ihre Mutter meine Worte beherzigt. Dadurch wird der Verlust natürlich noch schmerzlicher. Ich bin Ihnen zutiefst dankbar, dass Sie sie zu sich geholt haben. Das war sehr gütig von Ihnen."

„Hugh und ich helfen gern. Rosalie …", Rebel schaute ihn jetzt prüfend und bittend zugleich an, „… ist ein ganz besonderer Mensch, Adam."

War das eine Warnung?

„Ich weiß. Sie ist die außergewöhnlichste Frau, der ich je begegnet bin."

Seine Gefühle für ihre Schwester schienen sie gleichermaßen zu beruhigen und zu ängstigen. „Ich darf mich nicht einmischen", ermahnte sie sich halblaut, als sie die Stufen hinaufstiegen.

Sie ist natürlich neugierig, was unsere Beziehung betrifft, dachte Adam. Er fragte sich, wie viel Rosalie verraten hatte, um ihr inniges Verhältnis zu seiner Tochter zu erklären. Wahrscheinlich hatte sie die Informationen auf ein Minimum beschränkt. Was Rosalie und er miteinander geteilt hatten, war Privatsache, aber das Band zwischen ihnen ließ sich nicht leugnen. Was ihn wiederum für die Zukunft hoffen ließ.

„Auf dem Nachttisch in Cates Zimmer ist eine Gegensprechanlage", fuhr Rebel sachlich fort. „Zögern Sie bitte nicht, sie zu benutzen, falls Sie Hilfe brauchen. Soll ich Ihnen eine kleine Erfrischung bringen lassen? Kaffee, Tee …?"

„Nein, ich warte, bis Cate aufwacht. Danke, Rebel."

„Sie und Cate sind herzlich eingeladen, auf Davenport Hall zu bleiben, solange Sie möchten. Sie müssen nichts überstürzen."

„Nochmals vielen Dank für Ihre Gastfreundschaft, aber wir brechen auf, sobald Cate fertig ist. Sie will jetzt sicher bei mir in London sein."

„Ja. Man muss sich den Tatsachen stellen", räumte sie traurig ein. „Das Einzige, was einen dann aufrichtet, ist das Gefühl, geliebt und umsorgt zu werden."

Das warf für ihn die Frage auf, woher Rebel – ein weiteres Adoptivkind der James' – stammen mochte. Und das brachte ihn zurück zu Rosalies ehrenamtlicher Tätigkeit. Rebel unterstützte sie dabei zweifellos, allerdings ahnte er, dass sie auch seine Werbung um Rosalie billigte. Vielleicht hatte er in ihr eine Verbündete.

Sie erreichten den Korridor im ersten Stock. Rebel dirigierte Adam nach links bis fast ans Ende eines langen Flügels, wo sie vor einer angelehnten Tür stehen blieb. „Sie sind hier drin. Ich lasse Sie jetzt allein, Adam", flüsterte sie und ging den Weg zurück, den sie gekommen waren.

Adam wappnete sich innerlich für ein Treffen, mit dem er zwar fest gerechnet hatte, aber nicht unter diesen Umständen. Energisch rief er sich seine guten Vorsätze ins Gedächtnis. *Rosalie ist wegen Cate hier*, redete er sich ein, doch sein Herz klopfte, als wollte es ihm sagen, dass sie auch seinetwegen hier sei. Er versuchte es zu ignorieren und öffnete die Tür.

Im Zimmer war es wegen der zugezogenen Vorhänge dunkel. Dank des Lichtscheins, der durch die Tür fiel, konnte er jedoch erkennen, dass es sich um kein normales Schlafzimmer, sondern um ein geräumiges Gästequartier handelte: bequeme Sessel vor dem Kamin, ein Schreibtisch vor dem Fenster, Tisch und Stühle, ein Bücherschrank, Fernseher ...

Adam atmete tief durch und trat ein. Ein mächtiges Himmelbett fesselte seine Aufmerksamkeit – Cate lag dort regungslos in den Kissen. Rosalie erhob sich aus einem Sessel neben dem Bett. Sie wirkte blass und erschöpft, aber in ihren Augen stand die stumme Botschaft, er möge weder reden noch sich bewegen.

Adam wagte nicht einmal zu atmen, als sie auf ihn zukam. Wie hypnotisiert sog er jedes Detail von ihr in sich auf: ihr seidiges langes Haar, den dunkelblauen Pullover, der ihre Brüste umschmeichelte und ihre schmale Taille betonte, die schwarze Hose über ihren makellosen Beinen. Sie bedeutete ihm mit einer Geste, wieder in den Flur hinauszugehen. Es kostete ihn einige Überwindung, sich von ihrem Anblick loszureißen und sich auf Cate zu konzentrieren.

„Wie geht es ihr?", fragte er, als Rosalie die Tür hinter ihnen fast geschlossen hatte.

„Besser, nachdem sie mit mir über ihre Gedanken und Gefühle gesprochen hat. Bitte hab Verständnis dafür, dass sie sich heute an dich klammern wird. Du musst ihr den Eindruck vermitteln, dass sie bei dir sicher ist. Auf gar keinen Fall darfst du weggehen und sie allein lassen. Sie wird Angst haben, auch dich zu verlieren. Diese Furcht kannst du nicht durch Logik entkräften, und sie wird sich nicht so schnell legen."

Ihr Rat klang vernünftig. „Verstanden." Er nickte. „Danke für alles, was du getan hast, Rosalie."

Sie lächelte matt. „Danke für dein Vertrauen."

Er hätte ihr sein Leben anvertraut. Und Cates.

Vielleicht spürte sie die Emotionen, die in ihm kämpften, oder sah es in seinen Augen. Sie trat beiseite und wies auf die Tür. „Du solltest jetzt hineingehen, Adam."

Instinktiv streckte er die Hand nach ihr aus. „Geh nicht fort, bevor wir aufbrechen."

„Keine Sorge", beruhigte sie ihn leise. „Ich werde im Wohnzimmer sein."

Große Erleichterung. „Danke."

Sie nickte erneut und wandte sich ab.

Er brachte es nicht über sich, Rosalie nachzublicken. Also betrat er das Zimmer, damit Cate ihn sah, wenn sie aufwachte.

13. KAPITEL

Cate beugte sich auf dem Rücksitz der Limousine vor und blickte an Adam vorbei auf Rosalie, die beiseite getreten war, damit der Chauffeur die Tür schließen konnte. „Morgen“, wiederholte sie drängend. „Versprochen?“

„Versprochen“, bestätigte Rosalie.

Adams Ungeduld wurde durch dieses Versprechen erheblich besänftigt. Der Wagen umrundete langsam den Steinbrunnen und rollte die Allee entlang, die von Davenport Hall zur Hauptstraße führte. Ihm war es gleichgültig, dass Rosalie nur auf eine Tasse Tee vorbeikam, weil Cate sie gebeten hatte, ihr bei der Auswahl der passenden Garderobe für die Beerdigung ihrer Mutter zu helfen. Für ihn war es eine weitere Chance, mit ihr zusammen zu sein, eine Chance, über andere Dinge zu reden.

Rosalie hatte seine Einladung, heute mit ihnen zu Abend zu essen, abgelehnt. „Als Dankeschön“, hatte er hinzugefügt.

Sie hatte jedoch den Kopf geschüttelt. „Das wäre nicht angemessen, Adam.“ Ihr Blick verriet, dass sie genau wusste, was er wirklich wollte.

Ob sie es ebenfalls wollte, hatte er nicht herausfinden können. Er war viel zu sehr damit beschäftigt gewesen, sein brennendes Verlangen zu zügeln und den Impuls zu unterdrücken, sie einfach in die Arme zu reißen und zu küssen, bis sie nachgab. Das war natürlich unmöglich – zumindest in Cates Gegenwart.

Aber morgen würde er es schaffen, mit ihr allein zu sein. Er würde mit ihr sprechen, ungeachtet der Entscheidung, die sie auf Tortola getroffen hatte, würde sie drängen, ihre Meinung zu ändern, würde ihr alles bieten, was ihm zur Verfügung stand – alles, solange er sie nur überreden konnte, einen Platz in seinem Leben einzunehmen.

„Erinnerst du dich, was du auf Tortola über Rosalie gesagt hast, Dad? Dass wir sie gehen lassen müssen, weil viele Kinder in schrecklichen Verhältnissen von ihr abhängig sind?“

Er zuckte zusammen. „Ja."

Damals hatte es keine Alternative gegeben.

Vielleicht hatte sich daran nichts geändert, aber dennoch würde er die Grenzen ihrer Entscheidung ausloten. Sie gehörten zusammen. Und momentan rebellierte sein Körper gegen eine noch längere Trennung.

Adam tat Sarahs Tod leid, insbesondere für Cate. Tatsache war jedoch, dass er schon seit langem keine Liebe mehr für seine Exfrau empfand. Rosalie war der Mittelpunkt seines Universums. Alles andere war nebensächlich.

„Als Rosalie gestern Abend zu mir kam ..." Cate blickte ihn hoffnungsvoll an. „Sie sagte, sie fühle sich mit dir und mir verbunden, Dad."

„Ja, so viel steht fest." Er seufzte. „Aber es bedeutet nicht, dass sie bei uns bleiben wird, Cate. Rechne nicht damit, Liebes."

„Bei ihr fühle ich mich ... Ich kann es nicht erklären. Ich bin gern mit ihr zusammen."

„Mir geht es genauso. Und den Kindern, denen sie hilft, vermutlich auch. In Phnom Penh nennt man sie den Engel."

„Der Engel", wiederholte Cate versonnen. Sie wandte den Kopf und schaute aus dem Fenster, während sie ihren Gedanken nachhing.

Adam war überzeugt, dass Rosalie genauso menschlich war wie er und die Freuden der Intimität genossen hatte. Sie konnte unmöglich vergessen haben, wie es für sie gewesen war. Er würde nicht zulassen, dass sie es vergaß.

Nach einer Weile meinte Cate: „Ich schätze, Engel wissen alles. Sie sagte, Mummy habe mich geliebt."

„Natürlich hat sie das." Er drückte ihre Hand. „Ich liebe dich auch."

Sie seufzte. „Ich wünschte, es wäre immer so gewesen wie während der letzten Ferien mit ihr. Früher war ich trotzig und frech, wenn sie zu beschäftigt war, um mir zuzuhören."

„Das ist okay. Mach dir deshalb keine Vorwürfe. Deine Mutter hat gemerkt, dass sie dich vernachlässigt hatte, Cate. Sie wollte dich dafür entschädigen.“

„Rosalie sagte …“

„Ja?“

Sie suchte nach den richtigen Worten. „Es ging um ein besonderes Band, das mitunter wegen anderer Dinge in den Hintergrund gerät. Aber es ist nie verloren und immer da …“

Du wirst immer ein Teil von mir sein.

„Und es ist wundervoll, wenn es wieder auftaucht.“

Ja!

Hoffnung erfüllte Adams Herz.

Morgen …

Nachmittagstee … Rosalie war hin- und hergerissen. Da sie es Cate versprochen hatte, musste sie die paar Stunden irgendwie durchstehen, aber das Wiedersehen mit Adam, seine erotische Ausstrahlung – der bloße Gedanke daran machte die Sehnsucht nach ihm noch stärker.

Sie hätte letzte Nacht mit ihm zusammen sein können, hätte die unbeschreibliche Sinnlichkeit mit ihm genießen können, die noch immer die Stunden vor dem Einschlafen überschattete. Und ihre Träume beherrschte. Seine Einladung hatte nicht nur dem Dinner gegolten. Hätte sie eingewilligt, hätte sie auch weitaus mehr zugestimmt, und dann wäre sie in Versuchung geraten, eine festere Beziehung mit ihm einzugehen, die ihre Lebensplanung völlig über den Haufen werfen würde.

Nicht mehr als ein paar Stunden, ermahnte sie sich, als die Limousine, die er ihr geschickt hatte, vor seinem Haus in Knightsbridge hielt. Das dreistöckige Gebäude lag gegenüber einem gepflegten, umzäunten Park. Nur wenige Blocks von Harrods entfernt, dachte sie. Sollte sich unter Cates Garderobe nichts Passendes für die Beerdigung finden, könnte man einen Einkaufsbummel unternehmen. Es wäre zumindest eine Möglichkeit, Adams Gesellschaft zu meiden.

Es sei denn, er bestand darauf, sie zu begleiten.

Und dann wäre sie mit ihm allein, während Cate Sachen anprobierte.

Der Chauffeur öffnete den Wagenschlag. Mit einem resignierten Seufzer nahm Rosalie sich vor, ihr Bestes für Cate zu tun und gleichzeitig Adam so weit wie möglich zu ignorieren. Sie stieg aus, überquerte den Bürgersteig und näherte sich der Treppe, die zur Vordertür hinaufführte.

Sie hatte kaum die oberste Stufe erreicht, als die Tür geöffnet wurde. Rosalie erschrak, doch nicht Adam stand ihr gegenüber, sondern Cate. Das Mädchen hatte offenbar ihre Ankunft sehnsüchtig erwartet. Es trug Jeans und ein blau-grün gestreiftes Sweatshirt.

„Du bist gekommen!" Der Ausruf verriet die Verunsicherung des Teenagers nach dem Verlust der Mutter.

Rosalie lächelte. „Die Aussicht auf eine Fahrt in dieser riesigen Limousine war einfach zu verlockend. Man fühlt sich darin wie in einem Panzer."

Cate grinste. „Zugegeben, man ist vom Rest der Welt abgeschnitten, aber dafür ist es viel kuscheliger als in einem Panzer."

„Stimmt. Komfort ist verführerisch."

Betont heiter ging Rosalie an Cate vorbei und wartete, bis diese die Tür geschlossen hatte. Es fiel ihr schwer, in Adams Haus eine entspannte Miene zu zeigen. Insgeheim sehnte sie sich danach, alles genau zu betrachten, um mehr über ihn zu erfahren, doch das würde unweigerlich zu noch lebhafteren Erinnerungen führen als zu den, die sie schon jetzt plagten. Sie musste sich auf Cate konzentrieren.

„Dad hat mich heute Morgen zu Mums Haus mitgenommen. Ich habe die Sachen abgeholt, die sie für mich gekauft hat, und noch eine Menge anderen Kram, den ich behalten möchte." Nach kurzem Zögern fügte Cate hinzu: „Ich möchte nicht noch einmal dorthin."

Die Wunden waren noch zu frisch. „Vielleicht später einmal", meinte Rosalie und legte ihr den Arm um die Schultern. „Manchmal tut es gut, einen Ort wieder zu besuchen, an dem man einen wichtigen Teil seines Lebens verbracht hat. Betrachte es einfach als ein Haus, dessen Bewohner du kennst, die jedoch fortgezogen sind."

Cate holte tief Luft. „Ich sehe überall Mum. Ich meine, nicht wirklich, aber ..."

„Überall sind ihre Spuren."

„Ja ... Jedenfalls habe ich alles in Taschen gestopft, und jetzt ist mein Zimmer ein einziges Chaos."

„Du hast Zeit, alles aufzuräumen, Cate."

„Hm ..." Sie deutete auf eine offene Tür. „Dad ist dort drin."

Rosalie atmete tief durch, als sie das Zimmer betrat. Adam stand vor einem schwarzen Marmorkamin, über dem ein imposantes Gemälde des australischen Hinterlandes hing. Aus den Augenwinkeln bemerkte sie schwarze Ledersofas mit bunt gemusterten Kissen.

Adam dominierte jedoch den Raum. Alles an ihm strahlte Kraft und Macht aus. Nicht nur seine beeindruckende Gestalt, die mit schwarzen Jeans und einem dunklen Hemd bekleidet war, sondern auch sein markantes Gesicht und seine intelligenten silbergrauen Augen.

Die Intensität seines Blicks beraubte Rosalie jeglichen Schutzes vor ihren Erinnerungen. Die Sehnsucht, mit diesem Mann wieder zusammen zu sein, durchströmte sie, und selbst unter Aufbietung all ihrer Willenskraft gelang es ihr nicht, die verräterische Röte ihrer Wangen zu verbergen.

„Es ist schön, dich hier zu haben, Rosalie." Aus seinem Mund klang die Feststellung sehr, sehr persönlich.

„Cate hat um meinen Rat gebeten." Sie rang dabei verzweifelt um Fassung.

Adam nickte. „Es freut mich, dass sie davon profitieren kann." Er wandte sich seiner Tochter zu. „Warum gehst du nicht nach oben und probierst die Sachen an, die du für passend hältst. Du kannst sie uns dann vorführen."

„Okay."

„Möchtest du, dass ich dich begleite?", schlug Rosalie eifrig vor.

„Ich könnte dir beim Aussuchen helfen …"

„Nein, nein." Cate hob abwehrend die Hände. „In meinem Zimmer kann man sich kaum bewegen, so vollgestopft ist es. Ich mache, was Dad sagte."

Und ließ Rosalie mit ihm allein.

Kaum war Cate verschwunden, drehte Adam sich zu Rosalie um. Sie war wie gelähmt, ihr Herz klopfte, als wollte es zerspringen, während er sie mit vor Begehren funkelnden Augen ansah.

Er nahm ihr die Handtasche ab und warf sie achtlos aufs Sofa. Dann ergriff er ihre Hände und presste heiße Küsse auf die Innenflächen, bevor er sie sich auf die Schultern legte. Er schloss sie in die Arme und zog sie fest an sich. Ein Schauer durchrann ihn. Herausfordernd blickte er sie an.

„Wie oft habe ich davon geträumt, dich so zu halten, Rosalie. Ich brauche dich. Das Verlangen nach dir lässt mir Tag und Nacht keine Ruhe. Es wird immer heftiger, weil ich weiß, dass du irgendwo dort draußen bist, während ich mich nach dir verzehre."

Der leidenschaftliche Ausbruch, die Wärme seines Körpers an ihrem … beides hatte eine verheerende Wirkung auf ihre eigenen, lang unterdrückten Wünsche. Die Hilfe für notleidende Kinder, die bislang ihr Leben bestimmt hatte, war vergessen, als sein Mund ihre Lippen bedeckte. Ihr Herz sagte, dass sie das Richtige tat, als sie seinen Kuss erwiderte und Wogen der Lust ihr Blut erhitzten.

„Du kannst es nicht leugnen!", flüsterte er, als er den Kuss unterbrach, um Atem zu schöpfen. Er umfasste ihren Hinterkopf und drückte ihr Gesicht an seine Schulter. Sein warmer Atem streifte ihre Wange. „Wir gehören zusammen. Sag es! Gib es zu!"

Rosalie wollte nicht reden. Sie wollte nur so lange wie möglich das himmlische Gefühl auskosten, ihn zu spüren. Seufzend schloss sie die Augen, atmete seinen Duft ein und strich mit den Lippen über seinen Hals.

„Nein!" Er wich vor ihr zurück und packte sie bei den Oberarmen. „Ich dulde nicht, dass du dir nimmst, was du willst, und dann wieder verschwindest. Begreif es doch endlich, Rosalie. Du und ich sind füreinander geschaffen. Und zwar in mehr als nur in sexueller Hinsicht."

Füreinander geschaffen? Die Worte hallten in ihr nach, ohne einen Sinn zu ergeben. Sexuell, ja. Das brennende Begehren in ihrem Körper verriet, dass es die Wahrheit war – sofern man in der Formulierung „füreinander geschaffen" eine Wahrheit erkennen konnte. Ihre physische Reaktion auf ihn war überwältigend. Und das Gefühl, zusammenzugehören, war stark. Aber es gab noch andere Aspekte, wichtige Dinge, die sie ebenfalls berücksichtigen musste.

„Ich habe damit nicht angefangen, Adam", wisperte sie.

„Oh doch, Rosalie. Du hast mich angerufen."

„Weil du nicht hier warst und dich nicht um Cate kümmern konntest."

„Also bist du für mich eingesprungen. Weil du und ich eins sind."

„Nein, weil ..."

„Weil dein Herz und dein Verstand sofort mit meinem und Cates harmoniert haben, Rosalie. Ein Band, das zuvor noch nie jemand geknüpft hat."

„Sie brauchte jemanden, der ihr hilft. Und das habe ich getan", wandte sie ein.

„Du hast mich angerufen, weil du nicht anders konntest. Was uns aneinanderfesselt, ist so stark ..."

„Ich wusste, wie sie sich fühlt." Sie wehrte sich hartnäckig dagegen, sich von ihm zu einem Eingeständnis drängen zu lassen, zu dem sie nicht bereit war.

„Und ich. Du wusstest auch, wie ich mich fühle", konterte er. „Ich wollte, dass du für uns beide da bist."

Die Leidenschaft in seiner Stimme bereitete ihr Kopfschmerzen. „Was verlangst du von mir?", rief sie.

„Dass du uns in dein Leben lässt. Dass wir ein Teil davon sein dürfen."

„Das seid ihr."

„In Gedanken. Aber es könnte viel mehr als das sein, Rosalie. Partner, im wahrsten Sinne des Wortes."

„Du meinst, ich soll mit euch leben."

„Ja."

Die Vorstellung, eine dauerhafte Beziehung mit ihm einzugehen, versetzte sie in Panik. Sie wäre dann nicht frei für das, was sie tun musste. „Ich habe für morgen einen Flug nach Kambodscha gebucht, Adam. Die Kinder in den Waisenhäusern erwarten mich."

„Ich würde nie versuchen, deine Arbeit zu behindern. Im Gegenteil, ich möchte dich nach Kräften unterstützen."

„Du weißt nicht …"

„Ich bin lernfähig." Er ließ ihre Arme los und umfasste ihr Gesicht. „Alle Mittel, die mir zur Verfügung stehen, könnten auch dir gehören, Rosalie. Flieg mit meiner Linie. Es würde dich nichts kosten. Ich gründe eine neue Saturn-Gesellschaft, die Hilfswillige für deine Stiftung rekrutiert und bezahlt. Wenn die Rettung von Kindern dein Lebenswerk ist, lass mich mitmachen. Teil es mit mir. Ich bin für dich da."

Seine Vorschläge überwältigten sie. „Du hast es dir nicht gründlich genug überlegt", protestierte sie schwach.

„Seit deiner Abreise von Tortola habe ich kaum noch an etwas anderes gedacht."

„Es ist zu viel."

„Nein. Es wird nie genug sein. Aber gemeinsam können wir tatsächlich etwas bewirken, Rosalie."

Stimmte das? Oder hing alles nur von seinem Vergnügen ab? „Und wenn du nicht genug von dem bekommst, was du von mir willst?"

„Glaubst du, ich könnte dich rauswerfen und alles beenden?" Adam schüttelte nachdrücklich den Kopf. Obwohl ihn ihr Verdacht zu amüsieren schien, wiederholte er die Worte, die sie einst zu ihm gesagt hatte, mit so viel Gefühl, dass es ihr Herz rührte. „Du wirst immer ein Teil von mir sein. Immer. Und was du mir auch von dir gibst, es wird nie genug sein, das weiß ich, aber es ist besser als nichts. Und das weiß ich auch."

Sie war verunsichert. Hin- und hergerissen.

„Was ich dir jetzt anbiete, wird dir nicht genommen werden", versicherte er. „Es wird nicht als Druckmittel benutzt werden, um dir mehr Zeit abzupressen. Es ist ein Geschenk – im Tausch für das Geschenk, dich zumindest für eine Weile in meinem Leben zu haben."

Zu ihm heimzukommen ... zwischen den Reisen und Engagements ... seine Unterstützung bei ihren Aufgaben zu haben ... wäre es purer Eigennutz, Ja zu sagen? Sie wollte bei ihm sein, wollte es so sehr ... aber würde sie die wirklich wichtigen Dinge schleifen lassen, wenn sie ihren Gefühlen für ihn nachgab?

„Die Kinder müssen an erster Stelle kommen", beharrte sie. „Sie brauchen mich."

„Rosalie ..."

Cates bebende Stimme drang an ihr Ohr!

Rosalie befreite sich aus Adams Armen und drehte sich besorgt um. Sie wagte sich nicht auszumalen, was Adams Tochter mit angehört hatte und welchen Schaden es in ihrem derzeitigen emotionalen Zustand angerichtet haben mochte.

Cate stand an der Tür. Sie trug noch die gleichen Sachen wie zuvor – möglicherweise war sie gar nicht auf ihrem Zimmer gewesen. Tränen rannen ihr über die Wangen. Schluchzend sah sie Rosalie an. „Begreifst du denn nicht?"

Ratlos hob Rosalie die Hände.

Cate kam auf sie zu. „Daddy und ich ... wir brauchen dich auch!"

Nein, das war zu viel ... Rosalie ertrug es nicht. Sie war in einem Chaos der Gefühle gefangen ... Alles stürzte auf sie ein ... Ein Netz der Versuchung legte sich über sie und fesselte sie an einen Platz, an den sie nicht gehörte. Cate brauchte ihre Mutter ... ihre Mutter war tot ... es handelte sich um eine Form der Gefühlsübertragung. Sie hatte ihren Vater. Und Adam ... Er war zuvor allein zurechtgekommen. Er würde es wieder schaffen. Es bestand keine zwingende Notwendigkeit. Dies war keine Frage von Leben und Tod wie so oft bei den Kindern. Die Kinder …

„Es tut mir leid. Ich kann nichts mehr tun. Ich muss gehen." Die Worte wollten ihr kaum über die Lippen. Fort, nur fort von hier. Ihr Herz fühlte sich an, als würde es jeden Moment unter dem Druck zerbrechen, den diese zwei Menschen ihm aufbürdeten. „Meine Tasche …" Danach greifen. Gehen. Nicht zurückblicken. Nicht stehen bleiben.

„Rosalie …"

Adam rief sie. Seine tiefe Stimme dröhnte ihr in den Ohren, verursachte ihr eine Gänsehaut, zerrte erbarmungslos an dem Band, das zwischen ihnen bestand. Sie stürmte blicklos an Cate vorbei, erreichte die Eingangstür in der Halle, doch irgendwie wollten ihre Füße sie nicht weiter tragen. Er appellierte an den Teil von ihr, der ihm gehörte, den zuvor noch niemand besessen hatte.

Sie blickte zurück.

Der Schmerz in seinen Augen raubte ihr den Atem.

„Verzeih mir", rief sie. Seine Vorwürfe waren berechtigt gewesen.

Sie hatte angefangen. Selbstsüchtig … übermütig … leichtsinnig … war nach Tortola gereist … hatte die Grenzen überschritten …

Er schüttelte den Kopf. „Es gibt nichts zu verzeihen."

„Oh doch", entgegnete sie schuldbewusst.

In seinem Blick lag jedoch kein Vorwurf. Er sah sie an, als würde er alles über sie wissen, alles an ihr verstehen. Er schien sie nicht nur vorbehaltlos zu akzeptieren, sondern noch mehr ausdrücken zu wollen, etwas, das ihr gequältes Herz wärmte und streichelte und in die dunkelsten Winkel ihrer Seele vordrang und sie erhellte.

„Es gibt nichts zu verzeihen", wiederholte er und fügte zärtlich hinzu: „Ich liebe dich."

14. KAPITEL

Sie kamen alle ... flogen aus aller Welt nach Tortola ... sämtliche Mitglieder der James-Familie. Denn es war Rosalie – Rosalie von den Philippinen – die heiraten würde, und daran hatte keiner von ihnen noch geglaubt. Sie wollten den Mann kennen lernen, der ihr Herz erobert hatte. Sie wollten sich vergewissern, dass er der Richtige für sie war und ihr das geben konnte, was sie brauchte.

Dabei war es völlig nebensächlich, dass Adam Cazell millionenschwerer Geschäftsmann war, dessen Saturn-Gesellschaften weltweit agierten. Rosalie war einzigartig. Sie kannten sie als willensstarke, aufopferungsvolle Persönlichkeit, die sich ganz ihrer Sache verschrieben hatte, aber alle waren sich ihrer Vergangenheit und ihres verwundbaren Herzens bewusst, das stets gab, ohne nach den Konsequenzen zu fragen. Sie mussten sich überzeugen, dass Adam Cazell ebenfalls ein Geber und kein Fordernder war.

Zuang Chi war momentan der Star einer gefeierten Operntournee durch Europa, und trotzdem überließ er seine Rolle seiner Zweitbesetzung. Muhammad und Leah arrangierten für ihre Patienten in Kalkutta alles Notwendige, damit diese von anderen Ärzten und Schwestern betreut wurden. In Hongkong legte Kim das schwierige juristische Problem beiseite, aus Flüchtlingen Einwanderer zu machen. Shasti informierte die UNICEF-Mitarbeiter in Afrika, dass sie vorübergehend woanders benötigt werde – eine dringende Familienangelegenheit. Zachary Lee, der gerade mit einem Sender in Los Angeles verhandelte, übertrug seinem Assistenten die Verantwortung.

In Australien organisierte Joel Faber, Tiffany Makanas Ehemann, die Tour für die dort ansässigen Familienmitglieder und sorgte dafür, dass Carol und Alan Tays Pension in Haven Bay während ihrer Abwesenheit gehütet wurde. Suzanne Griffith und ihr Mann Leith Carew flogen vom Barossa Valley in Südaustralien ein, nachdem sie ihr Weingut der Obhut von Leith' Vater anvertraut und Tom aus

Alice Springs abgeholt hatten. In Brisbane trafen alle für die große Reise zusammen.

In Thailand versprach Joseph den Waisen in seiner Schule, viele Fotos von Rosalies Hochzeit mitzubringen, und benutzte das Freiflugticket, das Adam ihm geschickt hatte. Edward und Hilary James, die aus so vielen heimatlosen Kindern eine Familie gemacht hatten, unterbrachen ihre Rundreise durch Südamerika und begaben sich nach Tortola, um der Hochzeit ihrer Adoptivtochter beizuwohnen. Sie hofften inständig, dass Rosalie endlich die Liebe gefunden hatte, die sie am meisten brauchte.

Rebel und Hugh Davenport brachten Celeste mit und logierten als Ehrengäste in Adams Villa auf Tortola. Rebel sollte als Rosalies Brautjungfer fungieren, während Hugh Adams Trauzeuge war. Am Heiligen Abend auf Davenport Hall hatte Adam um Rosalies Hand angehalten und war erhört worden. Keiner der Anwesenden hatte auch nur den geringsten Zweifel, dass der Antrag aufrichtiger Liebe entsprang.

Nichtsdestotrotz verstand Rebel, dass die Familie sich selbst davon überzeugen wollte.

Rosalie war … eben Rosalie.

So kamen alle nach Tortola und trafen mit unterschiedlichen Maschinen ein. Am Flugplatz warteten bereits Wagen und Fahrer auf sie. Adam hatte Privathäuser angemietet, um seine Gäste unterzubringen, und Personal eingestellt, das ihnen jeden Wunsch von den Augen ablesen sollte. Er brannte ebenso sehr darauf, die außergewöhnliche James-Familie kennen zu lernen wie umgekehrt, und wollte endlich den geheimnisvollen Zusammenhalt live erleben. Sein Haus stand allen zu jeder Zeit offen.

Celeste hatte Cate die zu jeder Adoption gehörige Geschichte erzählt und ihr sogar empfohlen: „Du solltest dich von Rosalie adoptieren lassen, so wie Rebel es bei mir getan hat. Dann bist du auch juristisch eine von ihnen. Du wirst es dir wünschen, wenn du sie erst einmal getroffen hast. Die ganze Familie ist einfach toll!“

Cate schwebte ohnehin auf Wolken, sie war so begeistert über Rosalies Hochzeit mit ihrem Vater, dass ihr die James eigentlich völlig gleichgültig waren, obwohl sie sie natürlich faszinierten und beeindruckten: Leah, die in ihren wunderschönen Saris so anmutig und feminin wirkte, Shasti so atemberaubend majestätisch mit ihrem Turban und den äthiopischen Gewändern, Tom, der australische Ureinwohner, mit der ganzen Würde seiner uralten Rasse.

Adam war klar, dass sie ihn genau unter die Lupe nahmen und beobachteten, wie er sich ihrer Schwester gegenüber verhielt. Sie gingen dabei ebenso diskret vor wie bei ihren Erkundigungen über die Zukunftspläne. Er hatte das Gefühl, als würden sie durch ihre Äußerungen feine Tentakel nach ihm ausstrecken und ihn leicht berühren, um die Wahrheit zu ertasten. Allmählich wich die anfängliche Distanziertheit aufrichtiger Herzlichkeit, und Adam wurde in ihren Zauberkreis hineingezogen, in dem jeder den anderen bedingungslos akzeptierte.

„Wie war es für dich, als du sie getroffen hast?“, fragte er Hugh, als Adam und er einmal allein waren.

Sie saßen auf der Veranda über der Bucht, genossen die frische Brise und gönnten sich einen Drink zur Entspannung. Die meisten Familienmitglieder hatten sich nach einem ausgedehnten Lunch verabschiedet. Rebel ging die morgige Hochzeitszeremonie noch einmal mit Edward und Hilary durch. Cate und Celeste waren schwimmen. Rosalie schlenderte mit Zachary Lee über den Strand, ihrem großen Bruder, der einst solche Eifersucht in Adam geweckt hatte und dem nun seine tiefe Dankbarkeit gehörte, weil er Rosalie gerettet hatte.

Hugh lächelte mitfühlend. „Am Anfang war es überwältigend. Es sind so positive Menschen. Man meint, dass nichts sie besiegen kann. Ich habe mich in ihrer Gegenwart meiner Vergangenheit geschämt und beschlossen, mich zu bessern.“ Er seufzte. „Alles in allem fühlte ich mich jedoch geehrt, dass Rebel ausgerechnet mich gewählt hat.“

Geehrt … ja. Adam nickte. „Wir beide sind glückliche Männer, Hugh."

„Dir steht mit Rosalie ein schwerer Weg bevor. Rebel war damit zufrieden, mit mir ein Heim zu gründen."

„Wir müssen kein festes Domizil haben. Für uns ist das nicht wichtig. Es genügt, zu wissen, dass wir beim anderen zu Hause sind. Immer."

Hugh sah ihn interessiert an. „Fast das Gleiche hat Rebel gesagt. Seit sie euch beide bei deinem ersten Besuch auf Davenport Hall zusammen gesehen hat, redet sie davon, dass du der Richtige für Rosalie bist. Deshalb hat sie dir auch die Telefonnummer in Mayfair gegeben."

„Ach ja?" Schmunzelnd erinnerte Adam sich, dass er sich eingebildet hatte, diesbezüglich manipuliert zu haben. „Deine Frau ist ziemlich clever."

„Hm … War früher ein echtes Verkaufsgenie. Hat ihr Bestes getan, dich Rosalie schmackhaft zu machen, aber insgeheim hat sie geglaubt, dass die Festung nicht zu erobern sei. Es war eine große Überraschung, als sie herausfand, dass Rosalie sich dir geöffnet hat."

Die Festung … eine faszinierende Formulierung.

Sie hatte sich ihm geöffnet. Die Liebe hatte ihm den Weg geebnet und Rosalie das Gefühl vermittelt, bei ihm sicher zu sein. Adam schwor sich, ihr nie einen Grund zu geben, an seiner Liebe zu zweifeln. Er wollte, dass Rosalie sich für den Rest ihres Lebens bei ihm sicher fühlte.

Sie wanderten an der Wasserlinie entlang. Gelegentlich wurden ihre bloßen Füße von den auslaufenden Wellen umspült. Von all ihren Geschwistern fühlte Rosalie sich bei Zachary Lee am wohlsten. Sie hatte ihm vertraut, bevor sie irgendjemandem sonst vertraut hatte.

„Ein herrliches Fleckchen Erde", meinte er bewundernd.

„Ja", antwortete sie. „Hier habe ich Adam wirklich kennen und vertrauen gelernt."

„Hattest du Angst?“

„Ja und nein. Ich habe den unwiderstehlichen Drang verspürt, mit ihm zusammen zu sein, obwohl die Vorstellung ein wenig furchteinflößend war. Aber dann wollte ich ihn immer mehr. Bei ihm habe ich mich sicher gefühlt, Zachary.“

„Das habe ich gemerkt.“

Sie lächelten einander an. Die Harmonie zwischen ihnen bedurfte keiner Worte.

„Adam ist in vieler Hinsicht wie du. Groß …“

Ein tiefes Lachen kam aus seiner breiten Brust. „Ich wusste gar nicht, dass du mich heimlich unter der Dusche beobachtet hast“, neckte er sie.

Errötend versetzte sie ihm einen spielerischen Schlag. „Ich meinte sein Herz und seine Intelligenz. Allerdings muss ich zugeben, dass ich auch seinen Körper liebe.“

„Gut! Dann ist deine Welt jetzt wieder im Gleichgewicht, Rosalie. Das haben wir dir alle gewünscht.“

„War ich so anormal, Zachary?“, fragte sie stirnrunzelnd.

„Nein, nicht anormal. Nur … unvollkommen. Und jetzt füllt Adam den Platz aus, den du aus deinem Leben verdrängt hattest.“

Verdrängt … Allmählich dämmerte ihr, dass sie genau das getan hatte. Weil sie sich eingebildet hatte, keinen Mann zu brauchen, hatte sie alle von sich ferngehalten.

Erst Adam hatte sowohl die Leidenschaft als auch das Bedürfnis nach Zweisamkeit in ihr geweckt, ihr ihre feminine Seite gezeigt und ihr seine Liebe geschenkt.

Ohne etwas zu verlangen.

Er hatte nur gegeben.

So wie sie Hunderte von Malen Kindern gegeben hatte, die man ausgegrenzt hatte. Sie hatte so gehandelt, weil es notwendig war, und erst als Adam ihr seine Liebe gegeben hatte, war ihr klar geworden, dass auch sie Liebe brauchte – von ihm.

Ein großer Mann … so groß wie ihr Lieblingsbruder Zachary

Lee, der sie gerettet hatte. Adam hatte sie ebenfalls gerettet. Vor der Einsamkeit, die sie für die unvermeidliche Folge des von ihr gewählten Lebensweges gehalten hatte. Doch es war nicht so. Adam hatte ihr gezeigt, wie es sein könnte. Wie es jetzt war. Gemeinsam. Alles teilen.

Außer … Plötzlich dachte sie an etwas anderes, das sie auch aus ihrem Leben verdrängt hatte – etwas, wonach Adam sie in ihrer ersten Nacht auf Tortola gefragt hatte. Ein eigenes Kind. Sie hatte diese Möglichkeit stets weit von sich gewiesen, aber nun … Kein Kind nur für sie, sondern eines, das aus der Liebe füreinander entsprang. Auch sein Kind.

Rosalie lächelte.

Beständigkeit.

Wie Rebel gesagt hatte, konnte die Welt nur besser werden, wenn man Nächstenliebe und Hilfsbereitschaft weitergab.

„War das ein privates Lächeln, oder lässt du mich daran teilhaben?“, erkundigte Zachary Lee sich scherzhaft.

Sie strahlte ihn glücklich an. „Es gehört allein Adam. Ich lasse ihn heute Nacht daran teilhaben.“

„Die Hochzeit ist erst morgen“, erinnerte er sie würdevoll.

Rosalie lachte. „Adam wollte es juristisch einwandfrei machen. Als seine Frau werde ich immer Zugriff auf seinen Besitz haben. Er wollte, dass ich mich in diesem Punkt sicher fühle. Aber das Band zwischen uns braucht kein amtliches Siegel, Zachary.“

„Dann feiern wir es also nur, oder?“

„Ja.“

„Nun, es gibt uns zumindest Gelegenheit, uns für dich zu freuen. Und das tun wir, Rosalie. Wir alle.“

Es war ein traumhafter Morgen. *Perfekt,* dachte Adam. Die Natur zeigte sich von ihrer schönsten Seite. Eine passendere Kulisse für die Braut seines Herzens als jede Kathedrale. Obwohl sie natürlich auch eine kirchliche Trauung hätte haben können, wenn sie es gewollt hätte, zusammen mit einem kostbaren Brautkleid und Hunderten von Gästen. Aber solche Dinge waren Rosalie unwichtig. Sie hatte hier auf der Insel heiraten wollen, unter freiem Himmel und nur vor den Augen ihrer Familie.

Keine formelle Garderobe. Die meisten Männer trugen ähnliche Sachen wie er selbst und Hugh – bunt gemusterte, lässige Hemden und weiße Hosen. Die Frauen waren gebeten worden, das anzuziehen, was ihnen gefiel. Cate und Celeste hatten sich beispielsweise für türkisfarbene Sarongs entschieden und darauf bestanden, dass „ihre Musik" anstelle des Hochzeitsmarsches gespielt werden sollte.

„Weiß Rosalie davon?", hatte er gefragt.

„Es ist eine Überraschung", hatte Cate aufgeregt geantwortet.

„Und absolut passend", hatte Celeste ihm versichert.

Es war so weit. Die Familie hatte sich im Schatten eines alten Mangobaumes versammelt. Ein einheimischer Priester wartete neben Adam und Hugh. Cate und Celeste hatten ihre Plätze am Rand der Veranda eingenommen, beide trugen Körbe.

Aus den Lautsprechern ertönten die ersten Takte des alten Abba-Titels „Take a Chance On Me", und die beiden Mädchen tanzten die Stufen hinunter und hüpften den provisorischen Mittelgang entlang, während sie die Blütenblätter aus ihren Körben in alle Himmelsrichtungen verstreuten. Ihre überschwängliche Begeisterung entlockte allen ein Lächeln. Selbst Rebel, die ihnen in einem königsblauen Sarong folgte, war sich nicht zu schade, ein paar gewagte Tanzschritte zu vollführen.

Wir haben unsere Chance ergriffen, dachte Adam, *und hier sind wir nun, um das Ergebnis zu feiern.*

Die Musik endete. Die Mädchen gesellten sich zur Familie. Rebel nahm ihren Platz neben dem Priester ein. Alle Köpfe wandten sich der Veranda zu, als Rosalie erschien, flankiert von Edward – dem einzigen Vater, den sie je gekannt hatte – und Zuang Chi, der sich erboten hatte, für seine Schwester und den Mann ihrer Wahl zu singen.

Adams Herz begann wie wild zu klopfen, als er seine Braut erblickte. Er hatte sie in vielen Rollen gesehen, herausgeputzt wie eine Königin oder schlicht wie eine Bäuerin. Heute wirkte sie so überirdisch wie eine vestalische Jungfrau und so bodenständig wie eine Inselprinzessin, unglaublich schön und strahlend. Ihr Lächeln schien allein ihm zu gelten.

Sie trug einen dünnen weißen Sarong, der an einer Schulter zusammengehalten wurde. Ihr prachtvolles, langes Haar fiel offen über die andere Schulter bis zur Taille. Ein Kranz aus Frangipaniblüten schmückte ihr Haar. Sie hielt einen Zweig davon in der Hand. Als sie die Stufen hinunterstieg, teilte sich der kunstvoll drapierte Rock und entblößte ihre Beine. Adam sah, dass sie barfuß war.

Als würde sie zu ihm kommen mit nichts außer sich selbst.

Und das war mehr als genug für Adam.

Dieses wunderbare Geschöpf, das ihm kostbarer war als jedes andere Wesen, würde seine Frau werden.

Rosalie spürte, wie Adams Liebe ihr entgegenschlug, als sie auf ihn zuging. Hinter sich hörte sie Zuang Chi „True Love" anstimmen.

Ja, sie gehörten zueinander. Davon war sie jetzt überzeugt. Adam … der erste Mann … der einzige Mann für sie … Verstand, Herz und Seele in perfekter Harmonie … für immer.

Adam reichte ihr die Hand.

Sie legte ihre Finger in seine und wusste im Innersten, dass sie bei ihm sicher war.

Immer.

Sie blickte ihm in die Augen, und von dem Bedürfnis überwältigt, die Worte auszusprechen, die ihre Gefühle für ihn ausdrückten, flüsterte sie: „Ich liebe dich."

– ENDE –

Band-Nr. 15007
8,95 € (D)
ISBN-10: 3-89941-367-9
ISBN-13: 978-3-89941-367-0
448 Seiten

Liebesreise nach Cornwall

Angela Devine
Der Kuss der Rose

Rose freut sich sehr auf das Haus, das sie in einem malerischen Fischerdorf in Cornwall geerbt hat. Doch wer ist der geheimnisvolle Fremde, dem sie immer wieder über den Weg läuft?

Charlotte Lamb
Das Cottage am Moor

Ein paar herrliche Wochen in dem einsamen, idyllisch gelegenen Cottage am Moor liegen vor Juliet, als unvermittelt ihr Ex-Mann auftaucht. Wie hat er sie gefunden – und was will er von ihr?

Alison Fraser
Felsen der Liebe

Ausgerechnet Guy Delacroix ist der andere Besitzer des majestätischen Anwesens „Heron's View", das Meg geerbt hat – der Mann, der ihre Liebe vor Jahren nie erwiderte.

MIRA®

3 Romane in einem Band

Band-Nr. 15009
8,95 € (D)
ISBN-10: 3-89941-371-7
ISBN-13: 978-3-89941-371-7
432 Seiten

Miranda Lee
Liebesreise nach Australien

Das Haus am Lake Macquarie

Wer ist die schöne Fremde, der sein Vater das Ferienhaus am Lake Macquarie vererbt hat – und die in Luke den Wunsch weckt, seine anstehende Hochzeit abzusagen?

Flitterwochen auf Dream Island

Es ist ein unmoralisches Angebot: Der attraktive Fotograf Rafe soll die rassige Isabel auf ihre Flitterwochen begleiten – und sie verwöhnen.

Traumhafte Tage in Sydney

Justin McCarthy will keine Frau in seinem Leben haben, doch nach nur einem Wochenende an der Goldküste ist er unsterblich verliebt.

MIRA®

Emilie Richards
Glut der Liebe

Band-Nr. 25172
6,95 € (D)
ISBN-10: 3-89941-230-3
ISBN-13: 978-3-89941-230-7
320 Seiten

Emilie Richards
Sehnsucht nach Neuseeland

Band-Nr. 25203
6,95 € (D)
ISBN-10: 3-89941-296-6
ISBN-13: 978-3-89941-296-3
304 Seiten

Emilie Richards
Das Geheimnis des Opals

Band-Nr. 25214
6,95 € (D)
ISBN: 978-3-89941-331-1
304 Seiten

Band-Nr. 45004

4 CD's nur 10,95 € (D)

ISBN-10: 3-89941-220-6
ISBN-13: 978-3-89941-220-8

ca. 230 Minuten

Nora Roberts

Ein Meer von Leidenschaft

Hörbuch

Bei Wind, Wellen und leidenschaftlichen Nächten an Bord erkennt Kate, dass sie nie aufgehört hat, Dominic zu lieben. Doch ihre Lebensstile scheinen unvereinbar zu sein …